DAS ACHTE OPFER

Andreas Franz

DAS ACHTE OPFER

Roman

Weltbild

Besuchen Sie uns im Internet:
www.weltbild.de

Genehmigte Lizenzausgabe
für Verlagsgruppe Weltbild GmbH,
Steinerne Furt, 86167 Augsburg

Umschlaggestaltung: Johannes Frick, Augsburg
Umschlagmotiv: Photonica, Hamburg
Gesamtherstellung: Oldenbourg Taschenbuch GmbH,
Hürderstraße 4, 85551 Kirchheim

ISBN 3-8289-7187-3

2006 2005 2004 2003
Die letzte Jahreszahl gibt die aktuelle Lizenzausgabe an.

PROLOG

Halb zehn. Große Pause. Es war stickig im Klassenzimmer, und alle strömten hinaus in die Gänge und hinunter auf den Pausenhof. Auch Carla, zwölf Jahre alt, einsfünfundfünfzig groß, mit noch sehr knabenhafter Figur und einem kindlich-naiven Gesichtsausdruck, graublauen Augen und schulterlangem, dunkelblondem Haar, stieg die Treppen hinab, ein Schulbrot, das ihre Mutter ihr am Morgen eingepackt hatte, in der linken Hand. Sie fühlte sich nicht sonderlich wohl, vor einem Monat hatte sie zum ersten Mal ihre Periode gehabt, die einhergegangen war mit heftigen Unterleibsschmerzen und Übelkeit; sie hatte zwei Tage dem Unterricht fernbleiben müssen. Glücklicherweise war sie frühzeitig von ihrer Mutter aufgeklärt worden, so daß dieses erste Mal nicht zu einem Horrortrip wurde; dennoch hatte sie Angst gehabt. Wovor genau, hätte sie nicht auszudrücken vermocht. Vielleicht, weil Blut ihr immer Angst machte, vielleicht, weil die Schmerzen so heftig waren, vielleicht aber auch nur vor dem Neuen, Unbekannten, das sie trotz aller Aufklärung noch nicht ganz verstand. Aus den Erzählungen ihrer Mutter entnahm sie lediglich, daß sie damit den ersten Weg zum Frauwerden beschritt. Und Frauwerden bedeutete, Kinder bekommen zu können, vorsichtig im Umgang mit Jungs und Männern zu sein, und, und, und …

Sie hatte Hunger, aber keinen Appetit. Da waren wieder diese leichte, bohrende Übelkeit und das Ziehen in ihrem Bauch, und sie ahnte, daß es bald wieder soweit sein würde. Sie hielt das Brot eine Weile in der Hand, betrachtete es, während um sie herum geredet, gestritten, gelacht oder gebalgt wurde, Jungen die Mädchen hänselten, ein paar Lehrer als hilflose Aufpasser fungierten und die Sonne bereits jetzt am Morgen mit unbarmherziger Kraft von einem wolkenlosen, milchig-blauen Himmel schien. Sie stand einen Moment unschlüssig, ob sie essen sollte oder nicht, als sie von hinten angetippt wurde. Sie drehte sich um, ihre beste und auch einzige Freundin, die dreizehnjährige Sylvia, grinste sie an. »Na, auch keinen Hunger?«
»Nee, nicht so richtig. Mir geht's nicht so besonders. Hab Bauchweh.«
»Kriegst du wieder deine Tage?« fragte Sylvia und legte einen Arm um Carlas Schultern.
»Hmh, sieht so aus. Verdammter Mist.«
»Ach komm, ist alles halb so schlimm. Ich hab den Scheiß schon seit zwei Jahren und komme inzwischen ganz gut damit zurecht.«
»Hast du auch immer solche Schmerzen?«
»Geht so. Ich hab ganz gute Tabletten dagegen. Damit läßt sich's aushalten. Auf jeden Fall stirbt man nicht daran.«
»Das weiß ich auch! Ist trotzdem ein blödes Gefühl.«
Sie gingen ein Stück über den Hof, setzten sich auf eine der vielen Rundbänke. Carla nahm ihr Brot und warf es in den neben ihr stehenden Abfallkorb. Sie hatte die Beine eng geschlossen, die Hände gefaltet, den Blick zu Boden gesenkt.
»Hör mal zu, Carla, ich hab da eine Idee. Am Samstag steigt bei Matti eine kleine Fete. Du kennst doch Matti, oder?«
»Hab den Namen schon mal gehört, aber ...«
»Das ist der Dunkelhaarige da drüben am Geländer. Er ist

schon in der zehnten, und – na ja, er hat mich gefragt«, sagte sie lachend und zuckte mit den Schultern. »Du mußt dir mal vorstellen, ausgerechnet mich, ob ich nicht Lust hätte, auch zu kommen.« Sie machte eine kurze Pause und fuhr dann fort: »Bei der Gelegenheit hat er mich auch gleich gefragt, ob ich dich nicht fragen will, ob du nicht auch Lust hättest ...«

Carla blickte erstaunt auf. »Was, ich?«

»Ja, warum nicht du?«

»Ich bin zwölf, wenn du das vergessen haben solltest.«

»Na und? Ich bin dreizehn und gehe auch hin. Ich kann dir nur soviel verraten – was ich bis jetzt von Mattis Feten gehört habe, da soll's ganz schön abgehen.«

»Wie meinst du das?«

»Tolle Musik und so 'n Zeug. Der macht das regelmäßig, wenn seine Eltern mal wieder verreist sind. Was ist, kommst du mit?«

»Weiß nicht. Ich glaube kaum, daß meine Eltern das erlauben.«

»Und warum nicht? Du kannst ihnen ja sagen, daß du mit mir dorthin gehst und wir auch nicht länger als bis elf oder höchstens zwölf bleiben. Dein Vater oder meine Mutter können uns ja abholen. Das Wichtigste ist doch, daß die Alten wissen, wo wir sind. Dann machen sie sich auch keine Sorgen. Brauchen sie im übrigen auch nicht, ist alles ganz harmlos. Ich weiß auch schon von ein paar anderen, die hingehen.«

»Mal sehen.«

»Schau, heute ist Montag. Wenn du heute oder morgen deine Tage kriegst, dann bist du am Samstag auch wieder einigermaßen fit. Überleg's dir. Ich würde mich jedenfalls freuen, wenn du ...«

»Mal sehen, was sich machen läßt. Aber versprechen kann ich gar nichts.«

»Okay, wir können ja heute nachmittag oder heute abend mal telefonieren.«
Sie standen von der Bank auf und gingen mit langsamen Schritten zum Schulgebäude zurück. Sie folgten einfach dem Strom der anderen Schüler, die sich nach und nach in den einzelnen Klassen verteilten. Die nächsten zwei Stunden würden die Hölle werden. Mathe. Wenn es überhaupt ein Fach gab, das Carla haßte, dann dieses. Nicht, weil sie es nicht kapierte, sie gehörte zu den besten Schülerinnen der Klasse, sondern weil sie einfach nicht begriff, wozu sie das alles lernen sollte. Es gab nur einen einzigen Traum, den sie sich später erfüllen wollte – Schauspielerin. Und das Talent dazu besaß sie, wahrscheinlich hatte sie es von ihrer Mutter geerbt, die bis vor wenigen Jahren nicht nur als Model in vielen Zeitschriften und Magazinen, sondern auch im Fernsehen in zahlreichen Werbespots zu sehen gewesen war. Jetzt hatte sie ihr Engagement zurückgeschraubt, wollte etwas Ruhe in ihr Leben bringen und sich mehr um die Familie kümmern. Aber schon seit sie ein kleines Kind war, wußte Carla, daß sie nichts mehr wollte, als eines Tages auch auf der Bühne und vor der Kamera zu stehen.

SAMSTAG, 18.00 UHR

Gemeinsam mit Sylvia betrat Carla Mattis Haus, eine geräumige Villa nicht weit von ihrem eigenen Haus entfernt. Sie hatte ihr hübschestes, dunkelblaues Kleid angezogen, sich etwas geschminkt, um dadurch ein wenig älter auszusehen. Sie hatte ihren Eltern gesagt, daß sie nach der Party mit zu Sylvia gehen und auch dort übernachten würde. Sie bräuchten sich also keine Sorgen zu machen.

Außer Matti waren noch ein paar Jungen und Mädchen von der Schule da, und einige Gesichter, die sie noch nie zuvor gesehen hatte. Soweit sie feststellen konnte, war sie die jüngste der Anwesenden, die meisten waren etwa zwischen fünfzehn und zwanzig. Vielleicht sogar ein wenig älter. Einige tranken Bier, andere auch härtere Sachen. Manche rauchten, laute Musik hämmerte aus riesigen Lautsprechern. Man mußte fast schreien, wollte man sich unterhalten. Ein paarmal meinte sie, von Blicken förmlich verfolgt zu werden, aber sie konnte sich auch täuschen. Matti kam kurz zu ihr, wechselte einige belanglose Worte mit ihr. Sie fühlte sich nicht sonderlich wohl in der Umgebung: der Lärm, die vielen fremden Gesichter, der schwer in der Luft hängende, süßliche Geruch. Und doch war sie neugierig, trank eine Cola, beobachtete das Treiben um sich herum.

Zwanzig Uhr. Sie saß immer noch auf ihrem Stuhl, ohne daß sich irgend jemand um sie gekümmert hätte. Selbst Sylvia, ihre beste Freundin, war seit über einer halben Stunde in dem Treiben verschwunden, zuletzt hatte sie sie mit einem bestimmt fünf oder sechs Jahre älteren Jungen die Treppe zum ersten Stock hochgehen sehen. Sie trank eine weitere Cola, als eine ihr unbekannte junge Frau auf sie zukam und sich zu ihr setzte. Carla schätzte sie auf etwa zwanzig, sie war groß, hatte lange, dunkle Haare und ebenso dunkle, große Augen, sie trug ein schwarzes Minikleid, das jede ihrer reichlich vorhandenen Rundungen mehr als betonte. Für einen Moment sah sie Carla direkt an, schließlich sagte sie mit warmer, weicher Stimme: »Ich hab dich noch nie gesehen. Bist du zum ersten Mal hier?«

Carla nickte.

»Na ja, beim ersten Mal ist es noch ein bißchen – komisch, oder? Aber man gewöhnt sich dran. Willst du nicht lieber

was anderes trinken ... als diese Cola? Soll ich dir was mixen?«
»Was denn?« fragte Carla mißtrauisch.
»Laß dich einfach überraschen. Es wird dir schmecken, ich garantiere es dir. Und außerdem fühlst du dich danach mit Sicherheit ein bißchen wohler.«
»Ich fühl mich nicht unwohl ...«
»Ach komm, das sieht doch jeder, daß dir das alles hier nicht ganz geheuer ist. Ich bin gleich wieder da.« Sie erhob sich, reichte Carla die Hand und fügte hinzu: »Übrigens, ich heiße Anna, und du?«
»Carla.«
»Ein hübscher Name, wirklich. Bis gleich.«
Kaum eine Minute später kehrte Anna zurück, ein Glas in der Hand, das sie Carla hinhielt. »Hier, das ist garantiert besser als Cola. Du mußt es aber auf einen Zug austrinken.«
»Warum?«
»Man muß sich an den Geschmack erst gewöhnen, das ist alles. Es ist wie mit Medizin. Aber ich schwöre dir, es ist nichts Schlimmes. Also komm, trink.« Carla nahm das Glas und trank es leer, wie Anna gesagt hatte. Das Getränk schmeckte etwas bitter, und es brannte anfänglich im Magen. Doch schon nach wenigen Augenblicken spürte sie Wärme in sich aufsteigen, spürte sie, wie die Anspannung, die sie während der letzten zwei Stunden verspürt hatte, schwand.
»Na, und? Besser jetzt?«
Carla lächelte zum ersten Mal an diesem Abend. »Ein bißchen.«
»Möchtest du noch eins?«
»Ja, warum nicht?«
»Komm mit, dann kann ich dich auch gleich den anderen vorstellen. Es sind alles ganz nette Typen.«

Sie wurde einem nach dem anderen vorgestellt, trank ihr zweites Glas leer. Ein junger Mann in Jeans, T-Shirt und einem Blazer kam auf sie zu, lächelte sie an.

»Na, wie geht's?«

»Ganz gut, warum?«

»Nur so 'ne Frage. Kennst du eigentlich schon das Haus?«

»Nein, wie sollte ich?«

»Mein Bruder Matti ist nicht gerade ein besonders aufmerksamer Gastgeber. Aber du mußt ihn entschuldigen, er ist noch jung und unerfahren. Wenn du gestattest, werde ich mich deiner annehmen. Einverstanden?«

»Von mir aus.«

»Gut, gehen wir nach oben. Oben ist nämlich mehr los als hier unten. Highlife, wenn du verstehst, was ich meine. Also, komm.«

»Wie heißt du?«

»Nenn mich Charles oder Charly. Aber nur meine Freunde dürfen mich Charly nennen.«

»Okay, Charly.«

Sie gingen die Treppe hoch, betraten das zweite Zimmer links. Vier Jungs und vier Mädchen saßen an einem Glastisch und blickten auf, als Charly und Carla in das Zimmer kamen. Die einzige Person, die Carla kannte, war Sylvia, die anderen hatte sie noch nie zuvor gesehen.

»Hier, setz dich. Wir haben hier eine gemütliche, aber aufregende Runde. Es wird dir gefallen.« Charly blickte einen auf der anderen Seite des Tisches stehenden Mann an, gab ihm ein Zeichen. Der Mann ging an einen Schrank, holte ein kleines Päckchen heraus, legte es auf den Tisch. Charly öffnete es, kippte den weißen Inhalt auf die Glasplatte. Er sagte: »So, Leute, jetzt kann die Party losgehen.«

SONNTAG, 11.00 UHR

Carla wachte auf. Ihr war schwindlig und übel, sie setzte sich auf. Sylvia schlief noch, sie atmete ruhig und gleichmäßig. Die Übelkeit wurde stärker, Carla rannte ins Badezimmer und übergab sich. Die Übelkeit ließ nach, sie versuchte sich zu erinnern, aber sosehr sie sich auch anstrengte, die vergangene Nacht war einfach aus ihrem Gedächtnis verschwunden. Sie ging zurück in Sylvias Zimmer, setzte sich aufs Bett, hielt den Kopf zwischen ihren Händen.

»Hey, was ist los mit dir?«

Carla drehte den Kopf ein wenig, sah Sylvia stumm an.

»Ist dir schlecht?«

»Sauschlecht. Was ist gestern abend passiert?«

»Nichts weiter, warum?«

»Ich fühl mich hundeelend. Und ich kann mich an nichts mehr erinnern.«

»Warte, ich hab was für dich. Ist gegen die Übelkeit. Bei mir war's beim ersten Mal auch so.« Sie stand auf, holte ein Glas, ging ins Bad und kam kurz darauf zurück. »Hier, trink das. Du wirst dich gleich besser fühlen.«

Carla trank, ohne zu fragen, was Sylvia ihr da gab. Die Übelkeit hörte fast augenblicklich auf.

»Und?«

»Geht schon wieder. Danke.«

»Und du kannst dich an nichts erinnern?«

»Nein, gar nichts.«

»Mann o Mann! Ich kann mir aber vorstellen, daß der eine oder andere sich an dich erinnern kann.«

»Wie meinst du das?«

»Hast du schon mal mit einem Jungen geschlafen?«

»Spinnst du? Ich habe auch nicht vor ...«

»Na ja, vielleicht ganz gut, daß du dich nicht erinnern kannst«, sagte Sylvia und legte sich wieder ins Bett.
»Was meinst du damit?«
»Nur so.«
»Hör auf, so 'n Scheiß zu reden. Sag mir lieber, was passiert ist.«
»Hör zu, Carla, es tut mir leid, aber – es ist passiert. Du hast letzte Nacht mit mindestens drei Jungs geschlafen. Zumindest haben sie es erzählt.«
»Du spinnst doch! Ich und mit Jungs geschlafen! Daß ich nicht lache!«
»Frag sie doch«, sagte Sylvia mit seltsam kalter Stimme. »Soll ich dir die Namen nennen?«
»Ist das wirklich wahr?« fragte Carla mit weit aufgerissenen Augen.
»Wenn ich's dir sage. Aber tröste dich, ich hatte auch meinen Spaß. Es war 'ne geile Fete, ehrlich.«
»Wenn meine Eltern das erfahren ...«
»Ach, Quatsch, deine Eltern erfahren kein Wort. Und bevor du gehst, gebe ich dir noch was mit. Hier«, Sylvia zog ihre Nachttischschublade heraus und gab Carla zwei kleine Tütchen.
»Versteck die gut, damit niemand sie findet. Das Zeug wird dir den Tag versüßen.«
»Was ist es?«
»Gib einfach die Hälfte des Inhalts auf den Handrücken, und atme es ein. Die Wirkung ist phänomenal. Ich spreche da aus Erfahrung.«
»Es ist doch kein Rauschgift, oder?«
»Rauschgift! Blödsinn! Heroin ist Rauschgift. Nein, das hier ist harmlos. Aber gut, verdammt gut sogar.«
Carla steckte die Tütchen in ihre Jeanstasche, in der sie auch das Kleid und die Schuhe verstaute. Sie zog sich ein weißes

Sweatshirt, Jeans und Turnschuhe an, kämmte sich noch einmal über und verließ das Haus. Auf dem Weg nach Hause dachte sie an nichts anderes als an die verlorene Erinnerung.

ZWEI JAHRE SPÄTER

Carla saß allein in dem Zimmer, die Tür stand offen. Der Fernseher lief ohne Ton, aus der Stereoanlage hämmerten monotone Technorhythmen. Die Sonne fiel schräg durch das kleine Fenster. Im Zimmer befanden sich ein Schrank, zwei Sessel, ein Tisch und ein großes, weiches Bett. Seit über einem Jahr lebte sie in diesem Haus, in diesem Zimmer, hier aß und trank sie, und hier empfing sie ihre Freier. Meist handelte es sich dabei um ältere Männer, die sich vorher bei Maria, die die Termine verwaltete, anzumelden hatten. Der nächste Mann würde in etwa einer Stunde kommen, ein fettleibiger Kerl, der Carla schon oft bestiegen hatte, der so viel Geld hatte, daß er es sich mühelos leisten konnte, die fünfhundert Mark, die eine Stunde kostete, auch mehrmals im Monat zu bezahlen. Sie haßte diesen Typen, genau wie all die anderen, die ihre geilen Schwänze in sie hineinsteckten. Sie haßte Maria, obgleich die ihr nie etwas getan hatte, ganz im Gegensatz zu Rick, dem allgegenwärtigen Aufpasser, der sie regelmäßig schlug und sie inzwischen mehr als einmal vergewaltigt hatte. Und sie haßte diesen gottverdammten Charly, Mattis Bruder, der sie hierhergebracht hatte. Sie hätte damals, auf jener Party, nie vermutet, was für ein Teufel hinter diesem Lächeln steckte, zu welcher Brutalität er fähig war.

Sie stand auf, etwas schwerfällig, schloß die Tür, ging zum

Schrank, holte die Spritze heraus, zog sie voll mit dem Heroin, das sie, seit sie hier lebte, spritzte, band sich die Manschette um den Oberarm, stach die Nadel in eine gut sichtbare Vene und ließ das Gift langsam in ihren Körper fließen. Allmählich schwand das Zittern, ihr Atem wurde ruhiger. Der fette Kerl konnte kommen.

Sie zündete sich eine Zigarette an, kippte ein Wasserglas halbvoll mit Wodka und trank es in einem Zug leer.

Der Fette kam pünktlich zur verabredeten Zeit. Schweiß lief in Bächen über sein feistes, widerliches Gesicht, seine verschlagenen Schweinsaugen glitten gierig über den vor ihm sitzenden, zerbrechlich wirkenden Körper. Er legte die fünfhundert Mark auf den Tisch, sagte, was Carla tun sollte, und Carla tat es. Und er gehörte zu jenen, die es ohne Kondom haben wollten, denen es scheißegal war, welches Risiko sie damit eingingen oder was sie unter Umständen den Mädchen damit antaten. Das Heroin und der Alkohol verhinderten, daß sie den Schmerz spürte, wenn er mit seinem riesigen, dicken Schwanz in sie eindrang. Das Heroin und der Alkohol machten sie gleichgültig dem gegenüber, was mit ihr geschah.

Manchmal dachte sie an ihre Eltern und an ihren Bruder, aber die hatten wahrscheinlich längst die Suche nach ihr aufgegeben und glaubten mit Sicherheit, daß sie tot war. Carla wußte nicht einmal, in welcher Stadt sie war. Aber es war bestimmt nicht mehr Friedberg.

Als der Fette fertig war, zog er sich an, sagte »Bis bald« und verschwand. Carla sah ihm nicht einmal hinterher. Kurz darauf kam Rick herein, nahm wortlos das Geld, zählte nach und steckte es in die Hemdtasche.

»Hast du noch genug Stoff?« fragte er kalt.

»Nein, nur noch einen Schuß. Und der Wodka ist auch fast alle.«

»Okay, ich besorg dir beides. Du hast heute abend noch zwei Kunden, mach dich also frisch. Und mach verdammt noch mal das Fenster auf, hier drin stinkt's wie in einem – Puff!« Er lachte meckernd und ging. Carla drehte die Musik wieder auf, öffnete das Fenster, warme Luft strömte herein. Sie ließ sich rücklings auf das Bett fallen, starrte an die Decke, dachte an gar nichts. Es gab nichts mehr, woran zu denken sich lohnte.
Rick kehrte nach einer guten Stunde zurück, warf fünf Tütchen Heroin auf den Tisch und stellte die beiden Flaschen Wodka daneben. »Hier, verstau das. Es darf keiner sehen, daß du das Zeug nimmst. Irgendwann mußt du mit dem Scheiß aufhören.«
Carla nickte nur müde. Der nächste Kunde kam um sieben, er wollte nicht viel, er wollte nur dasitzen, das nackte Mädchen betrachten und sich dabei selbst befriedigen. Allein dafür war er bereit, eine Menge Geld zu bezahlen.
Für zweiundzwanzig Uhr war der letzte Freier des Tages angekündigt. Auch er kam pünktlich. Wie alle hatte auch er zu klingeln, wie alle Neuen wurde auch er eingehend gemustert, bevor er eingelassen wurde. Es war ein junger Mann, ein sehr junger Mann, mit kurzgeschnittenen, braunen Haaren, groß, muskulös, in Jeans, einem weißen T-Shirt, Sakko und Tennisschuhen. Carla sah erst auf, als er bereits im Zimmer stand. Sie kniff die Augen zusammen, ungläubig staunend betrachtete sie den vor ihr Stehenden. Waren es ein oder zwei Jahre, seit sie ihn zuletzt gesehen hatte? Es war auf jeden Fall eine verflucht lange Zeit. Eine Zeit, in der sie aufgehört hatte, ein kleines Mädchen zu sein, und doch keine Frau wurde. In der sie gelernt hatte, sich die Spritze zu setzen und zu saufen. In der sie drei bis vier Schachteln Zigaretten am Tag rauchte und nicht mehr wußte, was in der Welt vor sich ging. In der ihr das Leben zunehmend

gleichgültiger wurde. Und jetzt auf einmal stand er da, Patrick, der große, gute Patrick. Sie erhob sich wie in Zeitlupe von ihrem Sessel, ging auf ihn zu, legte wortlos die Arme um seinen Hals und drückte sich ganz fest an ihn.

»Patrick! Mein Gott, Patrick! Wo kommst du her? Und wie hast du mich gefunden?«

»Ich habe nie aufgehört, dich zu suchen, mein kleines Schwesterchen. Nie. Und jetzt endlich habe ich dich gefunden, und ich werde dich mit nach Hause nehmen. Mama und Papa glauben nämlich, daß du schon nicht mehr lebst. Was ist bloß passiert?«

»Ich weiß es nicht«, sagte sie kopfschüttelnd. »Ich weiß es wirklich nicht.« Unvermittelt fing sie an zu weinen und legte ihren Kopf an seine Schulter.

»Ich hol dich jetzt hier raus. Kapiert?« sagte er ernst.

»Wie willst du das machen?« fragte sie mutlos. »Die passen hier auf. Ich darf ja nicht mal allein auf die Straße, immer nur in Begleitung. Ich hab nämlich schon mal versucht abzuhauen, aber sie haben mich wieder eingefangen und jetzt ...«

»Du wirst dich jetzt anziehen und einfach mit mir aus diesem Haus gehen.«

»Sie werden dich umbringen«, flüsterte sie.

»Ich habe eine Pistole dabei. Wir wollen doch mal sehen, wer schneller ist. So kurz vor dem Ziel lasse ich mich jetzt nicht mehr aufhalten. Du gehörst nicht in diesen verdammten Puff, du gehörst nach Hause, zu unserem Vater und unserer Mutter. Sie werden sich wahnsinnig freuen, dich zu sehen. Und dann fängt das Leben neu an. Und ich werde dir dabei helfen. Du hast mir so wahnsinnig gefehlt. Du warst und wirst es immer bleiben – meine kleine Schwester. Und keiner wird meiner kleinen Schwester mehr weh tun. Ich schwöre es dir bei meinem Leben.«

Carla zog sich die Jeans und ein T-Shirt über, schlüpfte in ihre Turnschuhe. Sie öffnete die Tür einen Spalt, lugte hinaus in den nur schwach erleuchteten Gang, auf dem sich kein Mensch aufhielt. Patrick holte die Pistole aus der Innentasche seines Sakkos und steckte sie in die rechte Seitentasche. Vorsichtig und geräuschlos schritten sie über den Teppich, gelangten an die Eingangstür. Patrick blickte um sich, sie waren allein. Er drückte die Klinke, die Tür ging leise auf. Carla huschte nach draußen, Patrick folgte ihr, ließ die Tür sanft ins Schloß fallen. Sie liefen über den dunklen Hinterhof zum unverschlossenen Auto. Carla öffnete die Beifahrertür, Patrick ging um den Wagen herum, wollte gerade einsteigen, als eine Stimme von hinten ihn zurückhielt.

»Na, Junge, wohin so eilig? Und was willst du mit meinem Mädchen?«

Ohne sich umzudrehen, erwiderte Patrick: »Dein Mädchen? Daß ich nicht lache! Carla ist meine Schwester, und unsere Eltern haben sie schon viel zu lange nicht mehr gesehen. Und genau deswegen werde ich jetzt mit ihr nach Hause fahren.«

»Du wirst nirgendwohin fahren, Kleiner. Sie gehört schon lange nicht mehr deinen Eltern, sie gehört nicht einmal sich selber. Sie gehört nur mir und der Organisation. Es ist vorbei, Kleiner.«

Patrick umfaßte den Pistolenknauf, drehte sich um. Er sah den anderen nur schemenhaft, zog schnell die Waffe aus der Tasche, doch bevor er abdrücken konnte, blitzte zweimal das Mündungsfeuer des anderen auf; zwei fast lautlos abgefeuerte Kugeln trafen ihn in Brust und Kopf. Patrick fiel nach hinten, den Blick starr nach oben gerichtet. Blut sickerte aus seinem Mund und der Stirn. Rick ging auf ihn zu, blickte kalt und zynisch auf den Toten und wandte dann

seinen Kopf in Carlas Richtung. Carla stieg, ohne ein Wort zu sagen, aus und begab sich zurück zum Haus. Sie weinte nicht einmal.
Rick holte sein Handy aus der Jackentasche, wählte eine Nummer. Knapp fünf Minuten später erschienen zwei Männer, die den toten Patrick in einen alten Teppich wickelten, in den Kofferraum ihres Mercedes luden und davonfuhren. Sie fuhren etwa eine Stunde über Land und brachten ihn zurück nach Friedberg, wo sie ihn unter einer Brücke am Stadtrand wie ein Stück Müll ablegten.
Carla lebte noch ein halbes Jahr, sie spritzte Heroin, trank flaschenweise Wodka, und an einem kühlen Mittwoch im Mai setzte sie sich eine Spritze, trank eine halbe Flasche Wodka und fiel in einen tiefen Schlaf, aus dem sie nicht mehr aufwachte. Ein paar Männer fuhren ihre Leiche in der folgenden Nacht in ein tagsüber stark frequentiertes Waldgebiet bei Frankfurt. Carla war gerade fünfzehn geworden.

FÜNF JAHRE SPÄTER

MONTAG, 6.30 UHR

Julia Durant, Hauptkommissarin bei der Kripo Frankfurt, wachte um halb sieben auf. Die Sonne fiel in hellen Strahlen durch das geöffnete Fenster. Durant fühlte sich elend, ihr war übel, sie hatte Kopfschmerzen, das grelle Licht blendete sie. Sie hatte wieder einmal die Vorhänge nicht zugezogen, reine, kühle Morgenluft wehte herein. Sie setzte sich auf, die Übelkeit nahm zu, ihr war etwas schwindlig. Sie schloß kurz die Augen, dachte an den vergangenen Abend, die Geburtstagsfeier bei einer Kollegin vom Betrugsdezernat, schalt sich eine Närrin, wieder einmal zuviel durcheinander getrunken zu haben. Sie stand auf, ging mit schweren Schritten zum Bad, entleerte ihre Blase, wusch sich kurz die Hände und übers Gesicht, sah im Spiegel die tiefen Ränder unter den Augen, das typische Zeichen dafür, daß sie in den letzten Wochen viel zuwenig geschlafen hatte. Sie holte ein paarmal tief Luft, um damit gegen die Übelkeit anzukämpfen, und ging, nur bekleidet mit einem Slip und Trägerhemd, in die Küche. Sie öffnete den Kühlschrank, holte die unangebrochene Tüte Milch heraus, stellte sie auf den Tisch, nahm die Cornflakes vom Regal und eine kleine Schüssel aus dem Hängeschrank. Sie setzte sich, gab Cornflakes und Milch in die Schüssel und streute ein paar Löffel Zucker darüber. Sie aß langsam, allmählich beruhigte sich ihr Magen. Nach dem Essen brühte sie sich eine Tasse Kaffee auf. Sie zündete sich eine Gauloise an, inhalierte tief und trank einen Schluck vom heißen Kaffee.

Um kurz nach sieben ging sie zurück ins Bad, putzte sich die Zähne, legte etwas Make-up auf, das die Ringe unter ihren Augen kaschieren sollte, zog die Lippen nach und bürstete sich das dunkle, halblange Haar. Sie betrachtete sich noch einmal im Spiegel, fand, daß sie sich gegenüber der letzten halben Stunde äußerlich kaum verändert hatte, nahm sich zum wer weiß wievielten Male vor, mehr zu schlafen und vor allem weniger zu rauchen und zu trinken. Im Schlafzimmer zog sie frische Unterwäsche an, Jeans und eine weitgeschnittene, beige Bluse sowie die weißen Tennisschuhe, warf einen letzten Blick in die Küche und das Wohnzimmer, hängte ihre Handtasche über die Schulter und verließ die Wohnung. Sie schloß hinter sich ab und ging die Treppen hinunter. Ihre Zeitung war trotz mehrmaliger Reklamation wieder nicht im Briefkasten. Sie fluchte leise vor sich hin und ging zum Auto. Obwohl die Sonne von einem wolkenlosen Himmel schien, ein frischer Wind vom Taunus herüberwehte und die drückende Großstadtluft mit sich forttrug, wäre Julia Durant heute lieber zu Hause geblieben und hätte sich die Bettdecke über den Kopf gezogen, um einfach nur zu schlafen.
Sie quälte sich durch den morgendlichen Berufsverkehr und dachte über die vergangenen Wochen und Monate nach, die, was ihre Arbeit bei der Mordkommission anging, eher eintönig verlaufen waren. Im letzten halben Jahr hatten sie gerade einmal sechs Tötungsdelikte zu bearbeiten gehabt, wovon vier bereits nach wenigen Tagen aufgeklärt waren, lediglich die andern beiden waren harte Nüsse, da die Opfer nicht identifiziert werden konnten. Weder anhand von Finger- oder Gebißabdrücken, noch hatte einer der Toten einen Ausweis bei sich getragen. Laut Bericht der Gerichtsmedizin waren die Opfer beide zwischen Mitte Zwanzig und Mitte Dreißig und aller Wahrscheinlichkeit nach keine

Deutschen, eher Osteuropäer. Alles deutete darauf hin, daß die Toten in den Kreisen der organisierten Kriminalität verkehrt hatten und dort auch ihre Mörder zu suchen waren, vor allem, weil die Art der Tötung auf professionelles Vorgehen schließen ließ. Beide waren mit einem Genickschuß praktisch hingerichtet worden. Die Aufklärung eines Mordes innerhalb des organisierten Verbrechens war fast aussichtslos, da man in der Regel bei den Befragungen auf eine Mauer des Schweigens stieß und ein Wort zuviel schon den Tod bedeuten konnte. Dennoch hatte sich vor einem Monat ein anonymer Anrufer bei der Kripo gemeldet und gesagt, daß ein gewisser Winzlow, weltweit anerkannter Kunstkenner und Museumsdirektor, zwei Morde in Auftrag gegeben habe und in einem seiner Häuser Waffen und Drogen deponiert seien. Außerdem gab er die Initialen der angeblich Ermordeten mit I. T. und N. B. an. Nach einer gründlichen Durchsuchung diverser Häuser, Wohnungen und Geschäftsräume waren tatsächlich Waffen und Drogen gefunden worden. Daraufhin nahm man Winzlow fest, mußte ihn aber nach vierundzwanzig Stunden wieder laufenlassen, da das Haus, in dem die Waffen und Drogen gefunden worden waren, verpachtet und Winzlow keine direkte Beteiligung nachzuweisen war, ebensowenig wie dem Pächter. Doch es stand in den nächsten Tagen eine Anhörung Winzlows an, in Anwesenheit seines Anwalts, eines Staatsanwalts und eines Richters.

Julia Durant brauchte eine halbe Stunde bis zum Präsidium. Sie stellte den Wagen im Hof ab, lief die Treppe hinauf, über den langen Gang, ihre Schritte hallten von den Wänden wider, und betrat ihr Büro. Hauptkommissar Berger saß bereits hinter seinem Schreibtisch, eine aufgeschlagene Akte vor sich. Er blickte auf, als die Kommissarin eintrat, und murmelte ein »guten Morgen«. Sie erwiderte den

Gruß, hängte ihre Tasche an den Kleiderhaken, nahm die Schachtel Zigaretten heraus, zündete sich eine an und setzte sich.
»Irgendwas Aufregendes gewesen am Wochenende?« fragte sie, während sie den inhalierten Rauch ausblies.
»Was verstehen Sie unter aufregend?«
»Ach, vergessen Sie's. Was liegt heute an?«
»Schreibkram. Wir haben noch einige Akten aufzuarbeiten. Ich weiß, ich weiß, das ist nicht gerade Ihre Lieblingsbeschäftigung, aber irgendwann muß das auch mal gemacht werden. Tut mir leid.« Er machte eine kurze Pause und sagte dann: »Ach so, bevor ich's vergesse, unser anonymer Anrufer im Fall Winzlow hat noch einmal angerufen und gesagt, daß die beiden nicht identifizierten Toten Mitglieder der Russenmafia waren.«
»Namen?«
»Nein, wieder nur die Initialen. Er sagt, er selbst kenne die vollständigen Namen nicht. Na ja, wer's glaubt! Und er hat noch einmal betont, daß Winzlow den Auftrag zu deren Ermordung gegeben hat. Und außerdem habe Winzlow noch zwei Männer liquidieren lassen. Bevor ich unseren Anrufer etwas dazu fragen konnte, hatte er aber schon wieder aufgelegt.«
»Damit kommen wir nicht weiter. Womit wir die Sache wahrscheinlich wieder einmal zu den unerledigten Fällen legen können. An diesen Winzlow wird wohl kaum ranzukommen sein. Richtig?«
»Scheint so.« Berger zuckte mit den Schultern und lehnte sich zurück. Er nahm seine Tasse mit dem inzwischen kalten Kaffee vom Tisch, trank einen Schluck und sah die Kommissarin an. Sie erwiderte seinen Blick und dachte dabei, daß Berger alt und müde geworden war. Das war er aber vermutlich schon damals, vor mehr als zwei Jahren,

als in Frankfurt mehrere Mädchen auf grausame Weise abgeschlachtet worden waren. Eigentlich hatte er, nachdem der Mörder gefaßt war, vorgehabt, sein Haus zu verkaufen, den Dienst zu quittieren und mit seiner Tochter nach Florida zu ziehen. Aber er hatte irgendwie den Absprung nicht geschafft, es offensichtlich nicht fertiggebracht, Frankfurt den Rücken zu kehren, der Stadt, in der seine Frau und sein Sohn begraben lagen. Noch immer besuchte Berger mindestens zweimal in der Woche den Friedhof, stellte frische Blumen in die Vase und fuhr dann nach Hause. Die Abende verbrachte er meist allein in dem für ihn viel zu großen Haus. Seine Tochter hatte das Abitur mit Bravour bestanden, jetzt besuchte sie die Polizeischule, um vielleicht eines Tages in die Fußstapfen ihres Vaters zu treten. Berger war dick geworden, sein Gesicht wirkte aufgedunsen, und Julia Durant fragte sich nicht zum ersten Mal, ob er nicht vielleicht ein Alkoholproblem hatte. Aber es war nicht ihre Aufgabe, im Privatleben ihres Vorgesetzten herumzuschnüffeln, damit mußte er allein klarkommen.

»Okay«, sagte Durant und erhob sich, »dann werde ich mich mal an die aufregende Arbeit machen.« Dabei verzog sie den Mund, nahm einen Stapel Akten und blätterte die erste davon durch. Sie haßte diese Büroarbeit, diesen Schriftkram, und hätte ihn lieber anderen überlassen. Doch solange es in Frankfurt so friedlich blieb, mußte sie diese langweiligen Sachen erledigen.

Kommissar Hellmer kam zur Tür herein, kurz darauf Kommissar Kullmer, der ein mürrisches Gesicht machte.

»Schlechtes Wochenende gehabt?« fragte Durant spitz.

»Was geht Sie das an? Hauptsache, Sie hatten ein gutes Wochenende.« Er ließ sich auf einen Stuhl fallen und schlug die Beine übereinander.

»Hier«, sage Julia Durant und deutete auf die Akten. »Das muß erledigt werden.«
»Na toll!« sagte Kullmer und rollte mit den Augen. »Scheißarbeit!«
»Finde ich auch«, erwiderte die Kommissarin, »aber ich mach's trotzdem. Und wenn wir alle vier uns beeilen, dann haben wir diesen ... Scheiß ... auch bald hinter uns. Wie heißt es doch so schön – packen wir's an.«
»Ich hab Kopfschmerzen«, sagte Hellmer und kniff die Augen zusammen. »Hat mal einer 'ne Aspirin?«
»Warte, ich glaub, ich hab noch eine in meiner Tasche«, sagte Julia Durant und stand auf. Hellmer war der einzige in der Abteilung, mit dem sie sich duzte und der ihr sympathisch war, auch wenn sie nicht viel über ihn wußte, außer, daß vor knapp zwei Jahren seine Ehe wegen einer Geliebten in die Brüche gegangen war. Er hatte damals aber nicht nur seine Frau und die drei Kinder verloren, sondern auch seine Geliebte. Jetzt lebte er allein in einer kleinen Zweizimmerwohnung, und von dem Geld, das er verdiente, blieb nach Abzug der Unterhaltskosten gerade noch so viel übrig, daß er die Miete und seinen sehr bescheidenen Lebensstil bezahlen konnte. Manchmal machte er einen richtig deprimierten Eindruck, seine Augen waren dann stumpf und leer, und irgendwie tat er ihr leid. Das Leben machte für ihn allem Anschein nach keinen Sinn mehr. Dabei war er noch relativ jung, gerade einmal fünfunddreißig, doch manchmal glaubte sie, in die Augen eines alten Mannes zu blicken.
»Hier, meine letzte«, sagte sie und reichte das Aspirin an Hellmer weiter.
»Danke.« Er schenkte sich ein Glas voll Wasser ein und spülte die Tablette herunter. Er wollte sich gerade setzen, als das Telefon klingelte. Berger nahm ab, hörte einen Moment

zu und sagte dann: »Okay, ich schicke jemanden vorbei.« Er notierte eine Adresse und legte auf.

»Tja, ich schätze, Sie sind fürs erste von dieser ›Scheißarbeit‹ befreit. Eine Tote, erdrosselt, wie es scheint. Fahren Sie hin, ist in Bornheim.« Er reichte der Kommissarin den Zettel mit der Adresse. »Ich werde auch gleich die Spurensicherung informieren.«

MONTAG, 9.30 UHR

Vor dem alten, fünfstöckigen Gebäude parkten zwei Streifenwagen. Einer der Beamten führte Julia Durant, Hellmer und Kullmer in den dritten Stock. Im Hausflur roch es unangenehm nach abgestandenem Bratfett, die Stufen knarrten bei jedem Schritt, die kahlen Fenster waren verschmiert. Drei weitere Streifenpolizisten befanden sich am Tatort. Die Wohnung war schmutzig und unaufgeräumt, Zeitungen lagen verstreut auf dem Fußboden, dazu einige leere Bier- und Schnapsflaschen. Das Sofa und der Sessel waren zerschlissen, der Fernsehapparat lief, aus dem Nebenzimmer schrie ein Baby. Die Tote lag auf dem Rükken, den Kopf zur Seite gedreht, die Augen weit offen. Sie war nackt, ihre Beine waren gespreizt. Ihr langes, blondes Haar war fettig und zerwühlt. Schon auf den ersten Blick erkannten die Beamten, daß hier der Tod durch Erdrosseln eingetreten war. Dicke Striemen und Blutergüsse waren am Hals zu sehen.

»Wer hat sie gefunden?« fragte Durant einen der Polizisten.

»Eine Frau aus der Wohnung darüber hat uns angerufen und gemeint, daß sie heute nacht ungewöhnlichen Lärm gehört habe, aber sie habe sich nichts weiter dabei gedacht,

weil es hier häufiger laut zugeht. Na ja, und dann hat sie aber doch ein paar ihr merkwürdig vorkommende Schreie gehört und hat heute morgen hier geklingelt, worauf ihr jedoch keiner aufgemacht hat. Sie hat nur das Baby schreien hören und gedacht, daß da etwas nicht stimmen könnte. Und dann hat sie uns verständigt. Wir haben die Tür aufgebrochen und sie gefunden.« Dabei deutete er auf die Tote.
»War die Tür abgeschlossen?«
»Nein, nur zugezogen.«
»Haben Sie irgend etwas hier angefaßt?«
»Nein.«
»Gut.« Sie kniff die Lippen aufeinander, kniete sich vor die Tote, die nicht älter als drei- oder vierundzwanzig zu sein schien. »Die Leute von der Spurensicherung werden sich freuen. So wie das hier aussieht. Mein Gott, wie kann jemand in so einem Müllhaufen leben?« Sie erhob sich wieder, ging in das Zimmer, wo das Baby in einem Bett lag. Es hatte die Augen weit aufgerissen. Bis auf eine Windel war es nackt, es war kühl in dem Raum. Es machte einen verkümmerten, unterernährten Eindruck.
»Ein Krankenwagen soll kommen und das Baby ins Krankenhaus bringen. Es sieht sehr vernachlässigt aus.« Sie kam zurück aus dem Kinderzimmer und sagte achselzuckend: »Dann werden wir uns mal um die Personalien und die Nachbarn kümmern. Wie heißt die Tote?«
»Verona Tietgen, geboren am 23. 4. 74.«
»Wohnt sie schon lange hier?«
»Keine Ahnung.«
»Gut, befragen wir die Nachbarn.«
Durant, Hellmer und Kullmer stellten die routinemäßigen Fragen, ob irgendwer aus dem Haus die Tote näher gekannt hatte, mit wem sie verkehrte, ob sie einen festen Freund hatte, ob sie arbeitete. Bereits nach einer halben Stunde

wußten sie, daß Verona Tietgen seit etwas über einem Jahr hier wohnte, das Baby etwa fünf Monate alt war und sie ständig wechselnde Männerbekanntschaften hatte. Allerdings gab es einen Mann, der regelmäßig bei ihr verkehrte und der auch letzte Nacht im Haus gesehen worden war. Julia Durant glaubte nicht, daß es schwer sein würde, diesen Mann, der eventuell auch der Täter war, ausfindig zu machen. Dem ersten Eindruck nach zu urteilen, war die Getötete Alkoholikerin, wahrscheinlich sogar drogenabhängig. Zumindest schlossen die herumliegenden Spritzen diese Möglichkeit nicht aus. Verona Tietgen war, so glaubte die Kommissarin, mit ziemlicher Sicherheit von einem ihrer vielen Bekannten getötet worden, womöglich im Alkohol- oder Drogenrausch. Die Kollegen von der Spurensicherung hatten ihre Arbeit aufgenommen, auch der Arzt war eingetroffen und untersuchte die Leiche.

»Der Tod ist vor etwa fünf bis sechs Stunden eingetreten«, sagte er. »Allem Anschein nach stand sie unter Drogen- und Alkoholeinfluß. Auf jeden Fall gibt es eine Menge Einstichstellen an den Armen und Beinen. Und sie hatte kurz vor ihrem Tod Geschlechtsverkehr. Mehr kann ich im Augenblick nicht sagen. Sie erfahren die Details nach Abschluß der Autopsie.«

»In Ordnung«, sagte Durant. Das Baby war inzwischen von einem Krankenwagen abgeholt worden, die erste Befragung der Nachbarn beendet. Gegen elf Uhr verließen die Kommissarin und ihre Kollegen den Tatort, die Spurensicherung würde noch eine Weile in Anspruch nehmen, danach würde die Wohnung versiegelt werden. Sie fuhren zurück ins Präsidium, wo sie einen ersten, kurzen Bericht ablieferten. Noch im Laufe des Tages würden sie sich um die Bekannten von Verona Tietgen kümmern und vielleicht schon am Abend den Täter ermitteln können. Ein Routinefall, mehr nicht.

Berger hörte dem Bericht zu, nickte nur und zündete sich eine Zigarette an. Er sagte nichts, er reichte nur wortlos Durant einen Brief. Sie zog die Stirn in Falten.
»Was ist das?«
»Keine Ahnung, lesen Sie, ist an Sie adressiert.«
Sie öffnete den Umschlag, holte ein Blatt heraus. Sie las.

Dann sah ich: Das Lamm öffnete das erste der sieben Siegel; und ich hörte das erste der vier Lebewesen wie mit Donnerstimme rufen: Komm! Da sah ich ein weißes Pferd; und der, der auf ihm saß, hatte einen Bogen. Ein Kranz wurde ihm gegeben, und als Sieger zog er aus, um zu siegen.

Keine Unterschrift, nichts, außer diesen ominösen Zeilen.
»Was soll das?« fragte sie und gab den Brief Berger. Er las, runzelte die Stirn, danach lasen auch Hellmer und Kullmer.
»Ein Verrückter«, meinte Kullmer nur. »Oder was meinen Sie?«
»Vielleicht. Vielleicht auch nicht. Auf jeden Fall ist es ein merkwürdiger Brief.«
Hellmer nickte nur. »Merkwürdig und trotzdem bescheuert. Ich würde sagen, das Ding gehört in den Papierkorb.«
Die Kommissarin nahm den Brief wieder an sich, las ihn ein weiteres Mal. Sie schüttelte den Kopf. Ihre Intuition, die sie nur selten im Stich gelassen hatte, sagte ihr, daß dieser Brief eine Bedeutung hatte. Nur welche, das vermochte sie noch nicht zu sagen. Und warum war er an sie adressiert?
»Nein, ich behalte ihn. Fragt mich nicht, warum, aber irgendwas steckt dahinter.«
»Wer's glaubt, wird selig«, meinte Kullmer lakonisch und steckte sich eine Zigarette an.
»Das Lamm öffnete das erste der sieben Siegel! Pah, was für

ein Blödsinn! Hört sich an, wie irgend so ein Schwachsinn von Shakespeare oder Goethe oder ...«
»Ein Zitat aus der Bibel«, erwiderte Durant lakonisch.
»Aus der Bibel?« fragte Hellmer. »Wie kommst du darauf?«
»Mein Vater war Priester. Ein wenig kenne ich mich in der Bibel aus. Soweit ich mich erinnern kann, stammt das Zitat aus der Johannesoffenbarung. Ich werde später zu Hause nachsehen, ob ich es in meiner Bibel finde.«
»Sie haben eine Bibel?« fragte Kullmer anzüglich grinsend.
»Tja, es soll Leute geben, die sich ab und zu auch mit etwas Anständigem beschäftigen«, gab sie spitz zurück.
»Schwachsinn. Wenn das wirklich aus der Bibel stammt, dann haben wir es hier vielleicht mit einem religiösen Fanatiker zu tun. Vielleicht mit einem, der sich auserkoren fühlt, die ach so böse Welt zu retten.«
»Wenn Sie meinen. Aber im Augenblick haben wir Wichtigeres zu tun. Wir haben nämlich noch einen Mord zu bearbeiten. Also, machen wir uns an die Arbeit.« Sie blickte zur Uhr, kurz vor zwölf. Sie hatte Hunger. »Ich werde mir jetzt eine Currywurst holen, danach sollten wir mal sehen, ob die Spurensicherung schon etwas Brauchbares zu bieten hat.«
Hellmer erhob sich von seinem Stuhl. »Ich komme mit. Ich könnte nämlich auch was zu essen vertragen.«
Gemeinsam verließen Julia Durant und Hellmer das Büro, überquerten die Mainzer Landstraße und gingen in einen kleinen Imbiß in der Nähe des Präsidiums. Sie aßen jeder eine Currywurst und tranken ein kleines Glas Bier, bezahlten und kehrten um halb eins zurück. Berger war allein im Büro, Kullmer war noch einmal an den Tatort gefahren.
»Und, hat die Spurensicherung schon angerufen?« fragte die Kommissarin.
»Nein, aber Sie können ja mal kurz nachfragen.«

Sie zündete sich eine Zigarette an, nahm den Hörer vom Telefon, wählte die Nummer. Sie hatte den Notizblock vor sich liegen. Sie sagte »Ja« und »Das hilft uns weiter« und »Danke« und legte wieder auf. Sie hatte sich ein paar Namen aufgeschrieben.

»Ich denke, wir werden den Kerl bald haben. Sie haben zahlreiche Fingerabdrücke gefunden, von denen drei zu Typen gehören, die einschlägig vorbestraft sind. Helmut Maier wegen Drogenbesitzes und -handels, Georg Zickler wegen Notzucht und Mißhandlung Minderjähriger und Karl-Heinz Schenk wegen versuchten Totschlags und Drogenhandels. Ich nehme mal an, daß einer von den dreien die junge Frau umgebracht hat.« Sie drückte ihre halbgerauchte Zigarette im Aschenbecher aus, nahm ihre Handtasche und sagte: »Dann holen wir uns mal die Fotos der drei und legen sie den Hausbewohnern vor.«

Berger nickte. Er wußte, der Fall würde schnell geklärt sein. Als Durant und Hellmer die Tür hinter sich geschlossen hatten, zog er die unterste Schublade seines Schreibtischs heraus, hob einige Akten an und holte eine halbvolle Flasche Weinbrand hervor. Er schraubte den Verschluß ab, nahm einen kräftigen Schluck, verschloß die Flasche wieder und legte sie zurück in ihr Versteck.

MONTAG, 16.30 UHR

Julia Durant und ihre Kollegen hatten die Fotos der Verdächtigen den Hausbewohnern gezeigt. Immer wieder wurde auf das Bild, das Karl-Heinz Schenk zeigte, gedeutet. »Der war auch gestern abend hier«, sagte eine Nachbarin. »Ich bin ihm im Treppenhaus begegnet, das war so gegen elf, nach den ›Tagesthemen‹. Er kam gerade hoch, als ich mit meinem Hund noch mal auf die Straße bin. Als ich zurückkam, etwa eine halbe Stunde später, war es ziemlich laut in der Wohnung.«

»Laut? Inwiefern?«

»Musik, das Baby hat geschrien, was die beiden aber offensichtlich nicht weiter gestört hat, denn sie haben sehr laut geredet und vor allem gelacht.«

»Gelacht?«

»Na ja, gelacht eben. Was weiß ich, was die getrieben haben. Aber irgendwann hat der Krach aufgehört ...«

»Und dann später in der Nacht wieder angefangen«, sagte die andere Nachbarin, die auch die Polizei alarmiert hatte. »Mitten in der Nacht ist es richtig laut geworden.«

»Und warum haben Sie nichts unternommen? Warum haben Sie sich nicht beschwert oder gleich die Polizei gerufen?«

Die alte Frau schüttelte nur müde lächelnd den Kopf. »Nein, nein, so einfach geht das hier nicht. Schauen Sie, ich lebe allein, und das sind junge Leute. Ich habe keine Lust und auch keine Kraft mehr, mir Ärger wegen so was einzuhandeln. Es war ja nicht jede Nacht so.«

»Aber es kommt oder, sagen wir, kam öfter vor, oder?«

»Na ja, ab und zu. Aber letzte Nacht war es schon besonders laut. Und dann später noch die Schreie, aber ...« Sie zuckte mit den Schultern und sah zu Boden. »Es tut mir leid, ich habe ja nicht ahnen können, was da unter mir passiert ist.«

»Nein, das konnten Sie nicht«, sagte Julia Durant. »Trotzdem vielen Dank für Ihre Hilfe.«

»Ich hoffe, Sie finden den Kerl bald. Solche Schweine gehören für den Rest ihres Lebens ins Zuchthaus. Bringen eine junge Mutter um!«

»Ich denke, wir werden ihn finden«, sagte die Kommissarin. Sie ging zum Auto zurück.
Auch diesmal war es das gleiche wie so oft, man hörte oder sah etwas Verdächtiges, aber man hatte Angst. Erst kürzlich war in einer vollbesetzten U-Bahn um kurz nach zwanzig Uhr eine junge Frau von vier Halbwüchsigen zusammengeschlagen und vergewaltigt worden, ohne daß auch nur einer der Fahrgäste eingeschritten wäre. Nicht das Verbrechen an sich machte sie wütend, sondern die Angst und zum großen Teil auch Teilnahmslosigkeit der anderen Menschen. Vom Auto aus veranlaßte sie, daß die Fotos der drei Verdächtigen an sämtliche Polizeistationen im Rhein-Main-Gebiet weitergeleitet wurden. Als nächstes fuhr sie mit Hellmer zu der Adresse, unter der Karl-Heinz Schenk gemeldet war. Er wohnte im dritten Stock eines von außen wie von innen unscheinbaren, aber sauberen Mehrfamilienhauses.
Julia Durant klingelte, er öffnete die Tür. Er trug Designer-Jeans, teure, italienische Schuhe und ein Seidenhemd. Um den Hals hatte er eine goldene Panzerkette, am linken Handgelenk eine Rolex. Sie hielt ihren Dienstausweis vor das Gesicht mit dem dunklen Dreitagebart.
»Herr Schenk?«
»Ja?« fragte er mit zu Schlitzen verengten Augen.
»Dürfen wir reinkommen?«
»Was gibt's denn?«
»Nur ein paar Fragen, mehr nicht.«
Er gab die Tür frei, ließ Durant und Hellmer eintreten. Schenk setzte sich auf die Couch, nahm ein Glas Bier und trank einen Schluck. Keine Spur von Nervosität.
»Sie kennen eine Verona Tietgen?«
»Kann sein«, sagte er und tat gelangweilt.
»Kennen Sie sie, oder kennen Sie sie nicht?«
»Was wollen Sie von mir?«

»Frau Tietgen ist letzte Nacht einem Gewaltverbrechen zum Opfer gefallen.«
»Und was habe ich damit zu tun?«
»Nun, ganz einfach. Wir haben ihre Fingerabdrücke überall in der Wohnung gefunden, und außerdem sind Sie gestern am späten Abend gesehen worden, wie Sie das Haus, in dem Frau Tietgen wohnte, betreten haben.«
Schenk grinste und schenkte sich Bier nach. »Und weiter? Ist das alles?«
»Nein. Niemand hat gesehen, wie Sie das Haus verlassen haben. Zumindest nicht, bevor Frau Tietgen getötet wurde.«
»Na und, was will das besagen?«
»Hatten Sie gestern nacht mit Frau Tietgen Geschlechtsverkehr?«
»Scheiße, was soll das? Wollen Sie mich über mein Sexualleben befragen?«
»Hatten Sie, oder hatten Sie nicht?«
»Ja, verdammt noch mal, wir haben miteinander geschlafen.«
»Und wann haben Sie das Haus verlassen?«
»Keine Ahnung, hab nicht auf die Uhr gesehen.«
»Sie haben sich aber auch gestritten.«
»Wer sagt das?«
»Das ist doch egal. Es war jedenfalls nicht zu überhören gewesen. Um was ging es bei dem Streit?«
»Keine Ahnung. Unwichtig.«
»Lieber Herr Schenk, unwichtig ist in diesem Fall gar nichts. Also, um was ging's? Drogen?«
Schenk sah kurz zu Durant, dann zu Hellmer, der sich Notizen machte. »Ich will meinen Anwalt sprechen.«
»Oh, Sie wollen jetzt schon einen Anwalt haben? Dann steckt also doch mehr dahinter.«

»Sie können mich mal. Ohne meinen Anwalt sage ich kein einziges Wort mehr.«
»Okay, Sie können mit Ihrem Anwalt sprechen, aber auf dem Präsidium. Sie sind nämlich vorläufig festgenommen. Und zwar wegen des dringenden Tatverdachts, Verona Tietgen heute in den frühen Morgenstunden getötet zu haben.«
»O verdammt, ich habe sie nicht erwürgt!«
Die Kommissarin grinste ihn an, ließ einen Moment verstreichen, sah, wie Schenk mit einem Mal kalkweiß wurde.
»Ich kann mich nicht erinnern, Ihnen gesagt zu haben, wie Frau Tietgen getötet wurde. Tja, ich schätze, wir gehen dann mal. Wenn ich bitten dürfte.« Hellmer holte die Handschellen aus der Jackentasche. »Stehen Sie bitte auf, und drehen Sie sich um. Die Hände bitte hinter den Rücken.«
Schenk stand langsam auf, Hellmer legte ihm die Handschellen an. Sie fuhren ins Präsidium, Schenks Anwalt wurde verständigt und traf eine halbe Stunde später ein. Er beriet sich kurz mit seinem Mandanten im Vernehmungszimmer, bevor dieser abwechselnd von Durant und Hellmer befragt wurde. Gegen neunzehn Uhr erklärte er, daß er kein Wort mehr zu dem Fall sagen wolle.
»Hat Frau Tietgen Sie in irgendeiner Weise unter Druck gesetzt?«
»Vielleicht, vielleicht auch nicht.«
»Hat sie Drogen von Ihnen bekommen oder gefordert?«
»Vielleicht, vielleicht auch nicht.«
»Wie Sie wollen, es ist Ihre Zeit. Nur noch eine Frage – haben Sie Verona Tietgen heute in den frühen Morgenstunden getötet?«
»Vielleicht, vielleicht auch nicht.«
»Gut, dann werden wir Sie jetzt in Ihre Zelle zurückbringen lassen. Aber über eines sollten Sie sich im klaren sein – Sie

stehen nicht nur mit einem, sondern mindestens mit anderthalb Beinen im Zuchthaus. Die Indizien sprechen eindeutig gegen Sie. Wir sehen uns dann morgen. Gute Nacht.«

Ein uniformierter Beamter legte ihm Handschellen an und führte ihn aus dem Zimmer. An der Tür drehte Schenk sich noch einmal um. »Und wenn ich es war, was passiert dann mit mir?«

»Weiß nicht, das hat letztendlich der Richter zu entscheiden. Sie kennen das ja, von Notwehr über Totschlag bis hin zu vorsätzlichem Mord ist alles möglich.«

»Ja, klar, ich denke, es war Notwehr. Sie hat mich ausgesaugt.«

»Was meinen Sie damit?«

»Gute Nacht.«

Die Kommissarin vermutete, daß Verona Tietgen sterben mußte, weil sie vielleicht immer mehr Geld für Drogen von Schenk forderte, vielleicht hatte sie ihn unter Druck gesetzt. Womit, darüber konnte man im Augenblick nur spekulieren. Es interessierte Durant jetzt auch nicht weiter. Sie wußte, daß Schenk der Täter war, und es würde nur eine Frage der Zeit sein, bis er ein umfassendes Geständnis ablegte.

Gegen zwanzig Uhr fuhr Julia Durant nach Hause, sah die wenige Post durch, ließ sich Badewasser einlaufen, machte sich eine Scheibe Brot mit Salami und trank eine Flasche Bier. Sie stellte den Fernsehapparat an, setzte sich nach dem Baden in Unterwäsche auf ihren Sessel, nahm den anonymen Brief aus ihrer Handtasche und las ihn zum dritten Mal. Sie holte die Bibel aus dem Bücherregal, schlug die Johannesoffenbarung auf, blätterte schnell ein paar Seiten, bis sie auf die in dem Brief geschriebenen Zeilen stieß. Sie wußte nicht, warum dieser Brief abgeschickt worden war,

vor allem aber wußte sie nicht, warum er ausgerechnet an sie adressiert war. Vielleicht war es ein Zufall, aber sie hatte aufgehört, an Zufälle zu glauben. Vielleicht war dieser Brief nur der Anfang eines Spiels, doch was für ein Spiel das sein sollte, konnte sie nicht einmal erahnen.
Um zehn schaltete sie den Fernsehapparat wieder aus und ging zu Bett. Sie hatte diesmal die Vorhänge zugezogen, das Fenster gekippt. Sie schlief schnell ein.

MONTAG, 22.00 UHR

Er ging langsam von der Garage zum Haus, das hell erleuchtet war. Er schloß die Tür auf, betrat den langen, geräumigen Flur, stellte seinen Koffer auf den Boden, zog die Jacke aus und hängte sie an die Garderobe. Er lockerte seine Krawatte, öffnete den obersten Knopf seines Hemdes, nahm den Koffer und ging ins Wohnzimmer. Anna, das Hausmädchen, kam ihm aus der Küche entgegen, eine treue Seele, auf die er sich jederzeit verlassen konnte. Seit seine Frau aus der Psychiatrie entlassen worden war und die Tage meist damit zubrachte, im Sessel zu sitzen und ins Leere zu starren, mußte Anna noch eine zusätzliche Aufgabe übernehmen, nämlich darauf zu achten, daß seine Frau nichts Unbedachtes tat, nicht noch einmal versuchte, ihrem Leben ein Ende zu setzen. Fast fünf Jahre war es jetzt her, seit sie fünfzig Tabletten Rohypnol zusammen mit einer halben Flasche Cognac eingenommen hatte, und es war Anna zu verdanken, daß sie noch rechtzeitig ins Krankenhaus gebracht werden konnte, wo man ihr den Magen auspumpte und sie danach noch zwei Wochen in einem komaähnlichen Zustand verbrachte, aus dem sie erst allmählich erwachte.

Aber sie war nicht mehr die Frau der vergangenen Jahre, lebenslustig und voller Elan, ihre Augen strahlten nicht mehr im alten Glanz, in ihrem Gesicht zeigte sich kaum noch eine Regung. Auch wenn ihr Körper noch lebte, bisweilen in einer Art katatonischer Starre, so hatte sie doch innerlich aufgehört zu leben. Ihre Seele hatte mit dieser Welt abgeschlossen, mit dieser für sie so grausamen, ungerechten und unmenschlichen Welt. Dabei war sie gerade einmal sechsundvierzig Jahre alt, mittelgroß und schlank, sie hatte dunkelblondes Haar, das in sanften Schwüngen bis knapp über ihre Schultern fiel, ein makelloses, markantes Gesicht mit großen, azurblauen Augen, vollen, sinnlichen Lippen, leicht hervorstehenden Wangenknochen und einer geraden, schmalen Nase. Ein Gesicht, das bis vor zwanzig Jahren von den Titelblättern zahlreicher Magazine strahlte. Bis sie zum zweiten Mal schwanger wurde und ihre Karriere zugunsten der Familie aufgab. Aber sie sagte, sie habe es nie bereut, denn erst durch die Kinder habe sie den wahren Sinn des Lebens erkannt. Und sie war eine gute Mutter und versuchte den Kindern das zu geben, was sie brauchten, sie schimpfte nur selten, nicht ein einziges Mal hatte sie ihre Hand heben müssen.

Sie waren eine intakte Familie – bis vor acht Jahren. Irgend etwas war geschehen, irgend etwas Unheimliches hatte sich in diese Harmonie gedrängt, langsam, schleichend, unbemerkt. Und als sie es bemerkten, war es zu spät. Erst war es Carla, die sich zunehmend veränderte und eines Tages einfach verschwunden war. Wohin, das wußte keiner. Sie suchten sie, schalteten die Polizei ein, aber es gab keinen Hinweis darauf, wo Carla sich aufhielt. Und je mehr Zeit verstrich, desto mehr waren sie überzeugt, daß Carla tot war. Nur einer wollte nicht an Carlas Tod glauben, Patrick, ihr Bruder. Es war eine fast abgöttische Liebe, die er für seine Schwester empfand, und er setzte all seine Energie ein, sie zu finden oder zumindest eine Gewißheit zu haben – entweder ob sie lebte und einigermaßen wohlbehalten war, oder ob sie tot war. Wenn die Polizei und seine Eltern auch längst die Hoffnung und Suche aufgegeben hatten, er war überzeugt, sie eines Tages zu finden.

Und er hatte sie tatsächlich gefunden, doch irgend jemand wollte nicht, daß er sie mit nach Hause nahm. Man hatte seine Leiche am Stadtrand von Friedberg entdeckt, zwei Kugeln aus einer 357er Magnum hatten seine Brust und seinen Kopf durchdrungen.

Patricks Mutter war bei der Nachricht zusammengebrochen, sie hatte zunächst für mehrere Tage jegliche Nahrungsaufnahme verweigert und war von einem Weinkrampf in den nächsten gefallen – es war so sinnlos, so irrational, daß ausgerechnet ihr Sohn sterben mußte. Daß er auf so schäbige Weise von dieser Welt genommen worden war. Und für sie war es absurd zu hören, daß Patrick in Drogengeschäfte verwickelt gewesen sei. Sie wußte nicht, daß er seine Schwester Carla gefunden hatte und dies der Grund für seinen Tod war. Auch Patricks Vater wußte nichts über die wahren Hintergründe, ebensowenig wie die Polizei. Aber für die Polizei war klar, warum Patrick ermordet worden war – bei seiner Leiche fand man zwanzig Gramm gestrecktes Heroin, mehrere Tütchen Kokain sowie viertausend Mark. Doch sein Vater mochte nicht an diese unglaubliche Theorie glauben, geschweige denn seine Mutter. Patrick, ein Dealer – niemals! Es mußte einen anderen Grund geben, weshalb er mit noch nicht einmal zwanzig Jahren ermordet worden war.

Als Patricks Mutter auch am zehnten Tag nach seinem Tod nichts gegessen und fast nichts getrunken hatte, wurde sie auf ärztliche Anordnung in eine Klinik eingewiesen, wo sie

künstlich ernährt wurde. Nach drei Wochen schien sich ihr Zustand gebessert zu haben, doch als sie wieder zu Hause war, fiel sie in immer tiefere Depressionen, sie begann zu trinken und den Tag damit zuzubringen, im Sessel vor dem Kamin zu sitzen und vor sich hinzustarren oder stundenlang Bilder ihrer Kinder anzuschauen und dabei zu weinen. Erst hatte sie Carla verloren, weshalb, an was, an wen? – sie hatte keine Antwort darauf. Und jetzt auch noch Patrick. Doch in ihrem tiefsten Innern glomm noch ein winziger Funken Hoffnung, daß wenigstens Carla eines Tages zurückkehren würde. Bis zu jenem Morgen, an dem Spaziergänger sie in einem Waldstück in der Nähe von Frankfurt fanden. Ihre nackte Leiche war noch relativ unverwest, der Tod erst knapp einen Tag vor ihrem Auffinden eingetreten, wie die Autopsie eindeutig ergab. Ihr Körper war von unzähligen Einstichstellen übersät. Die Obduktion hatte ebenso ergeben, daß Carla nicht nur an einer Überdosis Heroin gestorben war, sondern auch noch eine akute Alkoholvergiftung hatte, der Promillegehalt ihres Blutes zum Zeitpunkt des Todes wurde laut gerichtsmedizinischem Gutachten mit knapp 5,3 Promille angegeben, ein absolut sicherer Todescocktail. Außerdem wurden mehrere verschiedene Spermaspuren sowohl im Vaginal- als auch im Analbereich nachgewiesen, dazu eine chronische Leberentzündung, zwei Magengeschwüre, von denen eines bereits einmal durchgebrochen war, vor allem aber war das Mädchen mit dem HI-Virus infiziert. Wo sie sich den Virus eingefangen hatte, vermochte keiner zu sagen, ob durch eine verseuchte Spritze oder ungeschützten Geschlechtsverkehr …
Es blieben so viele Fragen offen. Warum war sie von einem Tag auf den anderen verschwunden? Wo hatte sie gelebt? Was hatte sie getan, um das Geld für ihren Stoff zu beschaffen? Wann war sie süchtig geworden? Und warum war sie

gestorben? Auf die letzte Frage hatte einer der Kriminalbeamten vom Drogendezernat lakonisch geantwortet, es sehe fast so aus, als habe sie sich das Leben genommen. Wer trinkt schon so viel Wodka auf einmal und gibt sich dann noch eine Überdosis fast reinen Heroins?
Carlas Mutter hatte nicht geweint, als sie vom Tod ihrer Tochter erfuhr. Sie war damals allein zu Hause gewesen, nur Anna, das Hausmädchen, war bei ihr. Nachdem ihr die Todesnachricht überbracht worden war, war sie nach oben ins Bad gegangen, hatte sich eingeschlossen, die fünfzig Tabletten Rohypnol mit einer halben Flasche Cognac runtergespült und darauf gewartet, daß auch für sie das Leben endlich ein Ende hatte. Doch Anna hatte sie gerade noch rechtzeitig gefunden, den Notarzt alarmiert, der sie sofort ins Krankenhaus bringen und den Magen auspumpen ließ. Nach einigen Tagen wurde sie in die geschlossene Abteilung des St.-Valentius-Krankenhauses, einer psychiatrischen Klinik im Rheingau, überwiesen, wo sie, mit Unterbrechungen, mehr als zwei Jahre zubrachte, wo man versuchte, ihr das Leben mit Tabletten und therapeutischen Maßnahmen wieder einigermaßen erträglich zu machen.
Doch trotz Tabletten und Therapie, die Bilder ihrer Kinder waren gegenwärtig, sie würde sie nie vergessen können, nie das Leid überwinden, das der Tod der beiden über sie gebracht hatte. Und die Polizei hatte nichts unternommen.
Ihr Mann hatte es in dem alten Haus nicht mehr ausgehalten, sie waren umgezogen, von dem kleinstädtischen Friedberg in das vierzig Kilometer entfernte Frankfurt, hatten sich eine Villa am Lerchesberg gekauft, von wo aus man vor allem abends einen herrlichen Blick auf das nächtliche Frankfurt hatte.
Seit drei Jahren lebte sie wieder zu Hause. Nur das Licht der Standleuchte neben dem Kamin brannte. Er bewegte sich

fast lautlos über den tiefen, weichen Teppichboden auf seine Frau zu, stellte den Koffer neben dem Sessel ab, kniete sich vor sie, sah sie von unten herauf an. Für den Bruchteil einer Sekunde huschte so etwas wie ein Lächeln über ihr Gesicht, schien der Hauch eines Glanzes das sonst leere Gesicht zu überziehen, doch mit einem Mal war da wieder diese Leere, der stumpfe Blick, die Teilnahmslosigkeit. Er faßte ihre kalten Hände, legte seinen Kopf auf ihre Schenkel. Dann blickte er wieder auf, fragte: »Hattest du einen angenehmen Tag?«

»Es geht«, murmelte sie, ohne ihn anzusehen.

»Es tut mir leid, Schatz, daß ich so spät komme, aber ich hatte heute furchtbar viel zu tun. Es wird aber nicht mehr oft vorkommen, das verspreche ich dir. Ehrenwort.«

Sie reagierte nicht darauf. Sie reagierte auf fast nichts mehr, was um sie herum geschah. Er erhob sich, drückte ihr einen Kuß auf die blassen Lippen, ging an den Schrank, holte die Flasche »Remy Martin« aus dem Barfach, schenkte sich ein halbes Glas voll ein, setzte sich seiner Frau gegenüber. Er trank in kleinen Schlucken. Als er ausgetrunken hatte, stellte er das Glas auf den Beistelltisch, vergrub den Kopf zwischen den Händen und weinte stumme Tränen. Er hatte die Menschen verloren, die ihm bis vor noch gar nicht allzu langer Zeit alles bedeutet hatten. Er war allein. Und wie es schien, würde er für den Rest seines Lebens allein bleiben. Er konnte aber auch nicht seiner Frau folgen in die Welt, in der sie sich befand. Er hatte noch einen Auftrag zu erfüllen, und dieser Auftrag erforderte seine ganze Kraft und Aufmerksamkeit. Er hatte in dem neuen Haus ein Zimmer für Patrick und eines für Carla eingerichtet, ihre Möbel dort aufgestellt, ihre Bilder und Poster an die Wand gehängt, so, als wären sie nur vorübergehend abwesend. Er hatte einen Entschluß gefaßt, vor gut fünf Jahren, als er Patricks Zimmer, in dem seit seinem Tod nichts angerührt oder verändert worden war, zum ersten Mal wieder betreten hatte. Er hatte sich einfach nur umschauen wollen, Dinge berühren, die Patrick berührt hatte, Hefte durchblättern, die seine Handschrift trugen, die Luft atmen, in der noch ein Hauch von Patrick enthalten war. Und mit einem Mal, während er zum ersten Mal seit Patricks Tod die Hefte seines Sohnes durchblätterte, von denen er meinte, es seien allesamt Schulhefte, stieß er auf etwas, das ihn zusammenzucken ließ. Es waren nur ein paar Namen, nur ein paar Telefonnummern, nur einige Ortsnamen, die ihm zunächst überhaupt nichts sagten. Aber allmählich, nach einigen Tagen, verdichtete sich das Bild vor seinen Augen; er wußte, daß er auf etwas gestoßen war, das Patrick auf der Suche nach seiner Schwester nach und nach herausgefunden hatte. Und es war der Anfang seiner Rache, die jetzt, da die wesentlichen Vorarbeiten abgeschlossen waren, beginnen konnte. Und diese Rache sollte nach seinem Willen für alle Beteiligten furchtbar werden. Er hatte keine Angst, denn er hatte nichts mehr zu verlieren.

DIENSTAG, 8.00 UHR

Sie hatte, verglichen mit den letzten zehn oder zwanzig Nächten, erstaunlich gut geschlafen. Sie wachte auf, bevor der Wecker klingelte, stellte den Alarm aus, blieb aber noch eine Weile im Bett liegen, die Arme hinter dem Kopf verschränkt, und starrte an die Decke. Der Vorhang bewegte sich sachte, ein sanfter Wind drang durch das gekippte Fenster, die Sonne bahnte sich allmählich einen Weg durch die Wolken. Sie dachte an den vergangenen Tag, den Mord und die schnelle Aufklärung, auch wenn Schenk noch nicht gestanden hatte, für einen Moment sah sie das vernachlässigte Baby vor sich, hoffte, es würde bald ein neues und gutes Zuhause finden. Sie dachte an den vor ihr liegenden Tag, daß noch einige Stunden an Befragungen vor ihr lagen, bis Schenk dem Haftrichter vorgeführt wurde. Danach vielleicht noch ein wenig Büroarbeit, dann wieder nach Hause und einen dieser geruhsamen, unendlich langweiligen Abende vor dem Fernseher verbringen oder vielleicht ein Buch lesen oder Musik hören oder mit Vater telefonieren oder – einfach schlafen. Um Punkt sieben warf sie die Bettdecke auf die Seite und stand auf. Sie stellte das Radio an, öffnete den Vorhang, sah aus dem Fenster. Die Nachrichten waren eher belanglos, der Wetterbericht versprach Temperaturen um fünfundzwanzig Grad und Sonnenschein. Der Himmel war jetzt nur noch von vereinzelten Wolken bedeckt, dominierend waren jedoch ein kühles, helles Blau und die jetzt in einem etwa Dreißig-Grad-Winkel über dem südöstlichen Horizont sich immer weiter nach oben und gen Süden schiebende Sonne. Sie stand einen Moment lang fast regungslos da, schaute auf die um diese Zeit noch relativ wenig befahrene Straße, sah ihren neuen Opel Corsa und fühlte sich irgendwie gut. Eigentlich war sie ein Morgenmuffel, sie wachte oft mit Übelkeit auf, weil sie häufig zuwenig gegessen, dafür aber zuviel geraucht hatte, nur heute war es anders, sie hatte weder das Gefühl, sich gleich übergeben zu müssen, noch hatte sie diese leichten, stechenden Kopfschmerzen in der linken Schläfe, noch gab es irgendeinen anderen Anlaß, diesen Tag als einen schlechten zu bezeichnen. Sie wandte sich vom Fenster ab, ging barfuß durchs Schlafzimmer in den kombinierten Wohn-Eß-Bereich und von dort ins Bad. Sie wusch sich Hände und Gesicht, warf einen langen Blick in den Spiegel, ihre Haare waren kaum zerwühlt, ein Indiz dafür, daß sie eine ziemlich ruhige Nacht verbracht hatte. Sie konnte sich auch nicht erinnern, geträumt zu haben, auch wenn sie wußte, daß jeder Mensch jede Nacht träumte, man sich aber an die meisten Träume am nächsten Morgen nicht erinnern konnte. Sie wußte jedoch aus eigener Erfahrung, daß Träume bisweilen Botschaften enthielten, und sie hatte solche Träume in der Regel in den frühen Morgenstunden, kurz bevor sie aufwachte, und meist beschäftigten sie sie den ganzen Tag lang, manchmal auch darüber hinaus. Sie hatte oft mit ihrem Vater über Träume gesprochen, der der festen Überzeugung war, daß Träume und ihre Botschaften nicht unterschätzt werden sollten. Er, der alte Priester, glaubte einfach nur, daß Träume ein Weg waren, durch die Gott sich mitteilte. Auch wenn Julia Durant nicht unbedingt diese Auffassung vertrat, so war sie sich doch der Macht und Aussagekraft von Träumen bewußt. Sie konnte sich an mindestens sechs Träume erinnern, die ihr ganz klar zukünftige Ereignisse vor Augen führten. So unter anderem den Tod ihrer Mutter, den infamen Ehebruch ihres Exmannes, ihren Umzug nach Frankfurt. Sie trocknete sich Gesicht und Hände ab, sprühte etwas Deo unter die Achseln, legte ein wenig Lippenstift auf und zog die Augenbrauen nach. Sie drückte ihre linke Hand gegen den Bauch, zog ihn ein und wünschte sich einmal mehr, einen richtig schönen, flachen Bauch zu haben. Einmal hätte es beinahe geklappt, ein kleiner Eingriff bei einem Arzt für plastische Chirurgie, doch leider stellte sich heraus, daß just jener Arzt ein langgesuchter Serienkiller war, der nicht nur in Frankfurt, sondern auch in den USA sein Unwesen getrieben hatte. Er wurde verhaftet und verurteilt, bevor er den Eingriff bei Julia Durant vornehmen konnte. Sie dachte immer wieder an jene bizarre Zeit, in der sie und ihre Kollegen scheinbar

hilflos einem unheimlichen Phantom hinterherjagten und es nur einem Zufall zu verdanken war, daß der Mörder überführt werden konnte.
Sie hatte damals Freundschaft mit der Ehefrau des Killers geschlossen, die bis zum heutigen Tage anhielt. Zwar wohnte diese Frau die meiste Zeit des Jahres in ihrem Haus in Südfrankreich, doch sie schrieben sich, telefonierten, und ab und zu sahen sie sich auch. Schon zweimal war Julia Durant der Einladung von Susanne Tomlin gefolgt und nach Frankreich gefahren, und es war jedesmal eine schöne, erholsame Zeit gewesen. Auch für diesen Sommer waren vier Wochen Frankreich eingeplant, und Julia Durant hoffte nur, daß nichts Unerwartetes dazwischenkommen würde.
Sie ging zurück ins Schlafzimmer, öffnete den Kleiderschrank und stand einen Augenblick unschlüssig davor. Sie dachte an den Wetterbericht, entschied sich für Jeans, eine weiße Bluse und weiße Tennisschuhe. Sie zog sich an, ging in die Küche, aß wie fast jeden Morgen eine kleine Schüssel voll Cornflakes, trank danach eine Tasse Kaffee und zündete sich eine Gauloise an. Sie nahm die Tasse mit in den Wohnbereich, setzte sich an den Tisch, auf dem die Bibel und das gestern im Präsidium eingegangene anonyme Schreiben lagen. Sie überflog ein weiteres Mal die Zeilen, schüttelte den Kopf und sagte sich, daß es sich hier nur um einen Spinner handeln konnte. Und obwohl ihr Verstand auch erklärte, daß das Schreiben bedeutungslos war, so konnte sie sich einer gewissen inneren Unruhe nicht erwehren. Eine Unruhe, die sie kannte, immer dann, wenn Unterbewußtsein und Intuition ihr genau das Gegenteil vermittelten. Sie nahm einen tiefen Zug an der Zigarette, blies den Rauch langsam durch die Nase aus. Du spinnst, sagte sie zu sich selbst, stand auf und warf einen Blick zur Uhr, halb acht. In zehn Minuten mußte sie das Haus verlassen, wollte

sie pünktlich um acht im Präsidium sein. Sie drückte die Zigarette aus, nahm das Handy von der Ladestation und steckte es zusammen mit dem Zettel in ihre Handtasche. Sie stellte die Tasse in die Spüle und wischte den Tisch ab. Ein letzter Blick durch die Wohnung, es wurde Zeit, daß hier mal wieder aufgeräumt und richtig saubergemacht wurde. Vielleicht heute abend, dachte sie und zog ihre Lederjacke an. Sie verließ die Wohnung, schloß hinter sich ab, ging die Treppe hinunter, zog die Zeitung aus ihrem Briefkasten, überquerte die Straße, öffnete die Wagentür und setzte sich ins Auto. Um eine Minute vor acht fuhr sie auf den Präsidiumshof.

Berger, Hellmer und Kullmer waren bereits im Büro. Zwei Fenster standen weit offen, der Lärm von der Mainzer Landstraße und vom Platz der Republik drang mit Macht in die Zimmer. Julia Durant hängte ihre Handtasche an den Garderobenhaken, nicht ohne vorher ihre Zigaretten herausgenommen zu haben. Sie setzte sich an ihren Schreibtisch, sah kurz auf den Aktenberg zu ihrer Linken, murmelte ein kaum hörbares »Scheiße« und nahm die oberste Akte. Berger kam zu ihr und fragte: »Was ist mit diesem Schenk, wann wollen wir ihn noch einmal verhören?«
Julia Durant blickte auf und sah Berger an, der rotunterlaufene Augen hatte und dessen Atem stark nach Alkohol roch. Sie lehnte sich zurück und zuckte mit den Schultern. »Keine Ahnung, von mir aus gleich, dann haben wir's hinter uns. Was ist mit seiner Wohnung? Ist sie durchsucht worden?«
»Ja, und der Kerl hat mehr Dreck am Stecken, als wir ahnen konnten. Wir haben dreiundzwanzig Waffen bei ihm gefunden, darunter sechs Scorpion 7.65 mm, fünf Kalaschnikows und zehn 357er Magnum. Und zwei Kilo reines He-

roin und unzählige andere unter das Drogengesetz fallende Medikamente. Und dazu noch ein Notizbuch mit allerhand Namen und Telefonnummern, von denen wir einige schon kurz überprüft haben. Allesamt Typen aus der Halbwelt, aber solange wir denen nichts nachweisen können ... Na ja, Sie kennen das inzwischen.«

»Okay«, sagte Durant, »bringen wir's hinter uns. Ist der Haftrichter schon informiert?«

»Natürlich, gestern schon. Was glauben Sie, wie lange Sie für die Befragung benötigen?«

»Weiß nicht«, erwiderte sie achselzuckend, »zwei, drei Stunden, länger nicht. Er hat ja praktisch schon gestanden. Das einzige Problem könnte sein, daß er behauptet, diese Tietgen nicht umgebracht zu haben. Denn daß er sie umgebracht hat, können wir ihm nicht nachweisen. Dann bleiben uns nur noch die in seiner Wohnung gefundenen Drogen und Waffen. Und dafür wandert er nicht lebenslänglich in den Bau.«

»Das tut er auch nicht, wenn er ein Geständnis ablegt. Diese Verona Tietgen war nämlich kein unbeschriebenes Blatt. Sie wohnte erst seit zwei Jahren in Frankfurt, davor in Hamburg. Dort ist sie, seit sie fünfzehn war, auf den Strich gegangen, hat hier und da als Drogenkurier fungiert und hat auch schon einige Male wegen Einbruchs und einmal sogar wegen schwerer Körperverletzung vor Gericht gestanden. Für letzteres hat sie zwei Jahre auf Bewährung bekommen. Nachdem die Bewährung abgelaufen war, ist sie nach Frankfurt gezogen. Aber ihre Kontakte schienen erstklassig gewesen zu sein. Und Schenk ist mit Sicherheit nicht blöd, der wird genau über die Vergangenheit dieser Tietgen Bescheid wissen. Mehr als zehn Jahre kriegt der auf gar keinen Fall, wenn überhaupt. Ein cleverer Anwalt wie Dreekmann zum Beispiel, und der Kerl ist nach spätestens fünf Jahren wieder draußen.«

»Was soll's«, sagte die Kommissarin. »Nehmen wir ihn uns vor und dann ...« Sie machte eine wegwerfende Handbewegung und verdrehte die Augen. »Manchmal ist das ein Scheißjob. Ich kann nicht einmal beschreiben ...«

»Brauchen Sie auch nicht, Kollegin. Als ich in Ihrem Alter war, kannte ich das auch. Mittlerweile ist alles nur noch blanke Routine. Ich rege mich nicht mehr auf, ich nehme die Dinge, wie sie kommen, und vor allem sage ich mir, das Leben geht weiter, so oder so. Irgendwann werden auch Sie an diesen Punkt gelangen.« Er drehte sich um und ging zurück zu seinem Schreibtisch und ließ seinen massigen Körper auf den Stuhl sinken. Er griff zum Telefon, wählte eine kurze Nummer und sagte: »Lassen Sie bitte den Gefangenen Schenk in das Büro von Hauptkommissarin Durant bringen. Danke.«

DIENSTAG, 13.00 UHR

Die Befragung von Schenk war beendet, er hatte gestanden. Allerdings sagte er, es sei nicht Mord, sondern lediglich Notwehr gewesen, er habe nicht mehr gewußt, was er machen sollte, sie habe ihn mit einem Messer bedroht, wollte Geld und Drogen von ihm haben. Es sei zu einem Kampf gekommen, in dessen Verlauf er sie versehentlich getötet habe. Er habe ihr das Messer aus der Hand geschlagen und, als sie nicht aufhörte zu schreien, seine Hände um ihren Hals gelegt. An mehr könne er sich nicht erinnern. Es tue ihm furchtbar leid, er wisse, daß er Unrecht getan habe, aber es sei wirklich nichts als Notwehr gewesen.

»Gehen wir eine Kleinigkeit essen?« fragte Julia Durant. Kommissar Hellmer sah sie an, nickte. »Einverstanden, ich hab noch nicht einmal gefrühstückt.«

»Warum das denn nicht?«
»Keinen Appetit. Egal. Komm, gehen wir.«
Sie wollten gerade den Raum verlassen, als die Tür aufging und ein Bote hereinkam. Er hielt einen weißen Umschlag in der Hand. »Für Hauptkommissarin Durant«, sagte er und reichte ihr den Brief. Sie zog die Stirn in Falten und nahm den Brief entgegen. Sie öffnete den Umschlag, zog den Brief heraus. Sie las.

> *»Und als das Lamm das vierte Siegel öffnete, hörte ich die Stimme des vierten Lebewesens rufen: Komm! Da sah ich ein fahles Pferd; und der, der auf ihm saß, heißt ›der Tod‹; und die Unterwelt zog hinter ihm her. Und ihnen wurde Macht gegeben über ein Viertel der Erde, Macht, zu töten durch Schwert, Hunger und Tod und durch die Tiere der Erde ... Und die Könige der Erde, die Großen und die Heerführer, die Reichen und die Mächtigen ... verbargen sich in den Höhlen und Felsen der Berge. Sie sagten zu den Bergen und Felsen: Fallt auf uns und verbergt uns vor dem Blick dessen, der auf dem Thron sitzt, und vor dem Zorn des Lammes; denn der große Tag ihres Zorns ist gekommen. Wer kann da bestehen?« ...*
> Danach folgte eine große Lücke, anschließend ein fett gedruckter Satz: ***»Dann geht es dem Gläubiger wie dem Schuldner, dem, der ausleiht, wie dem, der leiht.«***

Julia Durant starrte die Zeilen an. Hellmer, der mitgelesen hatte, rieb sich mit der Hand übers Kinn und schüttelte den Kopf.
»Was soll das?« fragte er. »Was soll dieser Scheiß?«
»Was soll was?« fragte Kullmer, der plötzlich in der Tür

stand, kaugummikauend und lässig, fast provozierend, die Arme über der Brust verschränkt an den Türrahmen gelehnt.

»Wieder so 'n Brief wie gestern«, sagte Hellmer.

»Aus der Bibel?«

»Keine Ahnung.«

»Aus der Bibel«, sagte Julia Durant leise, den Blick zu Boden gerichtet. »Johannesoffenbarung, besser bekannt als Apokalypse.« Sie machte eine kurze Pause, holte tief Luft, kniff die Lippen zusammen. »Warum sind diese Briefe an mich adressiert? Warum ausgerechnet an mich?«

»Sie nehmen diesen Schwachsinn doch wohl nicht ernst, oder?« fragte Kullmer mit einem Grinsen, für das Durant ihn manchmal fast haßte.

»Und wenn?« fragte sie und blickte ihn kalt an. »Es ist meine Sache, oder?«

»Klar, aber ich meine ja nur ...«

»Behalten Sie um Himmels willen Ihre Meinung für sich. Wenn ich sie hören will, frage ich Sie danach.«

Kullmer machte auf dem Absatz kehrt und ging in sein Zimmer zurück.

»Nimmst du's denn ernst?« fragte Hellmer.

»Gestern war ich mir nicht sicher, ob ich's ernst nehmen sollte. Aber das hier, vor allem der letzte Satz, gibt mir zu denken. *Dann geht es dem Gläubiger wie dem Schuldner, dem, der ausleiht, wie dem, der leiht.*«

»Gut, aber was bedeutet es?«

»Hellsehen kann ich nicht, tut mir leid. Aber irgend etwas will der Schreiber oder die Schreiberin wohl damit ausdrücken. Nur was?«

»Ich sehe deinem Gesicht an ...«

»Was siehst du meinem Gesicht an?« unterbrach sie ihn schnell.

»Ach, nichts. Komm, laß uns was essen. Es liegt noch ein langer Nachmittag vor uns.«
Sie faltete den Brief wieder zusammen und steckte ihn in den Umschlag. Sie nickte. »Gehen wir essen.«
Sie fuhren zu einem Italiener in Sachsenhausen. Julia Durant aß eine Portion Spaghetti Bolognese und trank dazu ein Glas Rotwein, während Hellmer sich eine Pizza und ein Glas Bier bestellte. Sie unterhielten sich im Gegensatz zu sonst fast nicht, tauschten nur ein paar Belanglosigkeiten aus. Julia Durants Gedanken kreisten die meiste Zeit um den ominösen Brief. Wer war der Verfasser, warum hatte er diese markanten Textstellen ausgewählt, warum waren die Briefe ausgerechnet an sie gerichtet?
Auf der Fahrt zum Präsidium fragte Hellmer: »Du machst dir Sorgen, stimmt's?«
Julia Durant verzog gequält den Mund. »Ich weiß es nicht. Ich kann nicht einmal sagen, was ich genau denke oder fühle –«
»Meinst du, es hat jemand auf dich abgesehen?«
»Nein. Nein, ganz sicher nicht. Für was? Es gibt nichts Spektakuläres, wofür mich jemand ins Visier genommen haben könnte. Nee, da steckt was ganz anderes dahinter.«
»Und was?«
»Verdammt noch mal, ich hab doch keine Ahnung! Wenn ich's wüßte, bräuchte ich mir keine Gedanken zu machen.«
»Entschuldigung, war nicht so gemeint.«
»Schon gut, ich hab nur ein Scheißgefühl, daß da etwas auf uns zukommt.« Sie zündete sich eine Zigarette an, kurbelte das Seitenfenster herunter. Sie kamen im Präsidium um kurz nach zwei an. Sie liefen über den langen Gang, ihre Schritte hallten von den Wänden wider. Sie betraten das Büro. Die Kommissarin stutzte, sah auf ihren Schreibtisch.

Berger sah Durant an, fragte: »Ich habe gehört, Sie haben wieder einen Brief bekommen?«
»Sie haben richtig gehört«, antwortete sie kurz angebunden.
»Von wem sind die?« fragte sie und deutete auf die Blumen.
»Keine Ahnung. Ein Kurier hat sie vor einer halben Stunde hier abgegeben.«
»Weiße Lilien«, flüsterte sie und ging näher heran. »Weiße Lilien werden auf Gräber gelegt.«
»Ich weiß«, sagte Berger, »ich habe einige Male weiße Lilien auf ein Grab gestellt.«
»Da ist auch ein Umschlag drin.« Sie riß die Folie auseinander, nahm den Umschlag in die Hand, öffnete ihn, las: *Ich hoffe, die Blumen gefallen Ihnen. Wenn nicht, dann tut es mir leid. Doch was geschehen wird, muß geschehen, die Sünde darf nicht ungesühnt bleiben.* »Hier, ich schenk Ihnen die Blumen. Ich kann damit nichts anfangen. Und ich will sie auch nicht in meinem Büro haben.«
»Sie wollen mir zwölf Lilien schenken?«
»Woher wissen Sie, daß es zwölf sind?«
»Ich habe einfach nachgezählt. Es tut mir leid, ich wollte damit nicht Ihre Privatsphäre verletzen, es hat mich lediglich interessiert.«
»Zwölf Lilien«, murmelte Julia Durant. »Ob es mit der Zahl etwas auf sich hat?«
»Woher soll ich das wissen? Bin ich vielleicht Nostradamus?«
Hellmer legte einen Arm um die Schulter der Kommissarin. Sie sah ihn kurz von der Seite an, löste sich aus der Umarmung und setzte sich. Sie zündete sich eine weitere Zigarette an, überlegte.
»Es ist irgendwie unheimlich. Erst die Briefe, dann diese Grabblumen. Eine riesengroße, verdammte Scheiße! Ich schätze, wir sollten uns schon darauf einstellen, daß etwas

passieren wird. Nur was und wo und wie und vor allem – wann? Hier fängt jemand an, ein Spiel mit uns zu spielen. Doch was für ein Spiel? Und wer wird der Verlierer sein?«

DIENSTAG, 19.30 UHR

Julia Durant war seit kurz vor sechs zu Hause, hatte sich einen Jogginganzug angezogen und lag mit einer Tüte Kartoffelchips auf dem Bauch auf der Couch, neben der eine inzwischen leere Flasche Bier stand. Der Fernsehapparat lief, sie sah zwar hin, nahm aber nicht wahr, was gerade lief. Ihre Gedanken kreisten unentwegt um die seltsamen Briefe und den Strauß Lilien. Sie hatte noch einmal in der Bibel nachgesehen und den ersten Teil des zweiten Briefes in der Johannesoffenbarung gefunden, den anderen, fettgedruckten Satz jedoch nicht. Um Viertel vor sieben griff sie zum Telefonhörer und wählte die Nummer ihres Vaters. Er nahm nach dem dritten Läuten ab.
»Hallo, Vater, hier ist Julia.«
»Hallo, mein Kind, wie geht es dir?«
»Es geht. Aber es gibt ausnahmsweise mal einen triftigen Grund, weshalb ich anrufe. Ich habe nämlich eine Bitte. Ich bekomme seit gestern anonyme Briefe ins Präsidium, mit denen ich absolut nichts anfangen kann. Die Passagen stammen fast alle aus der Bibel, genauer gesagt aus der Johannesoffenbarung. Es gibt nur einen Teil, den ich nicht gefunden habe. Warte, ich lese es dir vor ... *Dann geht es dem Gläubiger wie dem Schuldner, dem, der ausleiht, wie dem, der leiht* ... Kannst du mir weiterhelfen, ob das aus der Bibel ist oder ... na ja, irgendwas anderes?«
»Tja, ich weiß nicht so recht, aber es hört sich schon stark

nach der Bibel an. Allerdings nicht nach der Offenbarung. Und auch nicht nach der Übersetzung nach Luther, sondern eher nach der Einheitsübersetzung der katholischen Kirche. Ich tippe einfach mal auf Jesaja, er hat ja auch etliche sogenannte apokalyptische Kapitel verfaßt. Gib mir ein paar Minuten, ich werde den Abschnitt raussuchen und dich dann zurückrufen. Einverstanden?«

»Wenn ich dich nicht hätte ...«

»Dann wäre jemand anderes dein Vater. Aber was mich interessiert – die Briefe, deuten Sie auf ein Verbrechen hin, oder ist schon eines geschehen?«

»Ich weiß es ehrlich gesagt nicht. Was mich aber besonders stutzig macht, ist ein Strauß weißer Lilien, den ich heute zusammen mit einem weiteren Schreiben erhalten habe. Der oder die schreibt: *Ich hoffe, die Blumen gefallen Ihnen. Wenn nicht, dann tut es mir leid. Doch was geschehen wird, muß geschehen, die Sünde darf nicht ungesühnt bleiben.*«

Schweres Atmen am andern Ende der Leitung. Julia Durant fuhr fort: »Ich weiß nicht, was ich damit anfangen soll. Ist es ein religiöser Spinner oder jemand, der einfach nur total durchgeknallt ist, oder ...«

»Ich ruf dich gleich zurück. Dann können wir noch ein wenig plaudern. Laß mich erst einmal die Schriftstelle suchen. Bis gleich.«

Sie hielt den Hörer noch einen Moment in der Hand, legte ihn schließlich zurück auf die Einheit. Ihr Vater rief nach zehn Minuten an.

»Ich hab's. Jesaja 24, wie ich schon vermutete. Vers 2. In der Lutherübersetzung ist der Wortlaut ein wenig anders, doch im Prinzip wird genau das gleiche ausgedrückt, nur sollte ich vielleicht dazu sagen, daß der Schreiber diesen Vers auseinandergerissen hat. Er ist eigentlich länger. Eine Schlußfolgerung überlasse ich dir.«

»Danke für deine Hilfe. Und was sagst du zu den weißen Lilien?«
»Blumen des Todes, der Trauer, des Abschieds. Ich habe fast keine Beerdigung geleitet, zu der es keine weißen Lilien gab. Das gibt mir schon ein wenig zu denken.«
»Das heißt also, es könnte sein, daß hier in Frankfurt irgend jemand rumläuft – mein Gott, ich mag den Gedanken gar nicht zu Ende denken. Zwölf Lilien – steht jede für sich für Tod, Trauer oder Abschied?«
»Du hast mir bis jetzt nicht gesagt, wie viele dir geschickt wurden. Zwölf, eine ungewöhnliche Zahl. Auf der andern Seite auch eine mystische Zahl, sie drückt der Überlieferung nach die Ordnung im Universum aus. Man versteht sie als etwas Rundes, Geschlossenes, Ganzes. Wirklich ungewöhnlich, daß du zwölf weiße Lilien bekommen hast. Sehr ungewöhnlich.«
»Finde ich auch ... Warte einen Moment, mein Handy klingelt gerade. Bleib noch einen kurzen Augenblick dran.« Sie legte den Hörer auf die Couch, nahm das Handy von der Ladestation, meldete sich.
»Hier Berger, ich bin noch im Büro. Ich habe schon versucht, Sie über das normale Telefon zu erreichen ...«
»Ich telefoniere mit meinem Vater ...«
»Schon gut, ich habe Hellmer bereits informiert, er ist schon auf dem Weg in die Junghofstraße. Ich möchte Sie bitten, ebenfalls so schnell wie möglich hinzufahren, und zwar zur Frankfurter Bank. Ein Toter, vor zehn Minuten entdeckt. Es handelt sich bei dem Toten um Bankdirektor Doktor Matthäus.«
»Was ist mit dem KDD? Die sind doch um diese Zeit ...«
»Hätte ich Sie angerufen, wenn ich nicht wollte, daß Sie den Fall bearbeiten?!« fragte er etwas unwirsch. »Neben dem Toten wurde nämlich ein Zettel gefunden, der Sie interes-

sieren wird. Ich werde noch bis gegen neun hierbleiben, vielleicht können Sie mich mal kurz informieren.«
»Natürlich, ich mache mich gleich auf den Weg.« Sie rannte zurück zum andern Telefon.
»Vater, ich muß Schluß machen, das war eben mein Chef. Ein Mord.«
»Paß gut auf dich auf, mein Kind. Ich werde für dich beten.«
»Tu das, und gute Nacht.«
Sie zog sich schnell um, Jeans, Bluse, Tennisschuhe, Lederjacke, nahm ihre Handtasche und verließ die Wohnung. Der Verkehr um diese Zeit war abgeflaut, sie brauchte gerade einmal zehn Minuten bis zum Tatort. Kurz nach halb acht. Zwei Streifenwagen parkten vor der wuchtigen Zentrale der Frankfurter Bank, dem größten Geldinstitut im Rhein-Main-Gebiet. Ein Beamter stand vor dem Eingang. Julia Durant hielt ihm kurz ihren Ausweis vors Gesicht, er nickte und sagte: »Im zwölften Stock.«
Sie passierte den Pförtner, fuhr mit dem Aufzug nach oben, trat auf den Gang, fragte einen weiteren Beamten, wo der Tote lag, er deutete auf das Zimmer am Ende des Ganges. Hellmer war bereits eingetroffen, sah Julia Durant an. Sie blieb einen Augenblick in der Tür stehen, ließ ihren Blick durch den Raum streifen, der in etwa die Größe ihrer Zweieinhalbzimmerwohnung hatte. Sie ging zum Schreibtisch, vor dem der Tote lag. Nackt, die Kehle durchschnitten, die leeren Augen weit aufgerissen, als starrte er an die Decke, Penis und Hoden abgetrennt und neben das im Tod fratzenhaft verzerrte Gesicht gelegt. Eine riesige Blutlache hatte sich um ihn herum gebildet, das Blut an seinem Hals und der klaffenden Wunde zwischen seinen Beinen begann zu verkrusten. Sie blieb schweigend stehen.
Hellmer stellte sich neben Durant, deutete auf die Stirn des Toten, fragte leise: »Was zum Teufel ist das? Oder besser

gesagt, was soll das bedeuten? Was bedeutet diese Zahl auf seiner Stirn?«

Die Kommissarin holte tief Luft, schloß kurz die Augen, spürte das Blut in ihren Schläfen pulsieren. »Tja, was zum Teufel ist das wohl?!« fragte sie leise und zynisch zurück und warf noch einmal einen langen Blick auf die Stirn des Ermordeten. Dann blickte sie ihren Kollegen ernst an und sagte: »Mit dem Teufel hast du gar nicht so unrecht. 666 ist nämlich die Zahl oder das Zeichen des Teufels. Mein Gott, dieser Mann hier ist hingerichtet worden.«

»Zahl des Teufels?« fragte Hellmer ungläubig. »Ich verstehe nicht ... Was bedeutet es?«

»Ich verstehe es auch nicht. Und was es bedeutet – ich weiß nur soviel, daß laut Bibel diejenigen, die sich Satan anschließen oder ihm nachfolgen, diese Zahl auf die Stirn geschrieben bekommen. Viel mehr kann ich im Augenblick nicht sagen, ich müßte dazu meinen Vater fragen.«

»Es kommt aber noch besser. Hier.« Hellmer hielt ihr einen Zettel und eine weiße Lilie hin. Sie nahm den Zettel in die Hand und las: *Dann geht es dem Gläubiger wie dem Schuldner, dem, der ausleiht, wie dem, der leiht.* Sie starrte die Zeilen sekundenlang an; es war, als würde eine kalte Hand sich auf ihre Brust legen und kräftig dagegen drücken. Sie sah den vollen Aschenbecher auf dem Schreibtisch, holte eine Zigarette aus ihrer Handtasche, zündete sich die Gauloise an. Sie nickte kaum merklich. Fast flüsternd stieß sie hervor: »Oh, verflucht! Das Spiel hat also angefangen. Schneller, als ich dachte. Ist die Spurensicherung, der Fotograf und der Arzt ...?«

»Hat alles schon unser werter Chef in die Wege geleitet. Müßten eigentlich gleich eintreffen.«

»Wer hat ihn gefunden?«

»Eine junge Frau von der Putzkolonne. Sie hat fast einen Nervenzusammenbruch erlitten.«
»Und wann?«
»Etwa Viertel nach sieben.«
»War er außer den Leuten von der Putzkolonne der einzige auf dieser Etage?«
»Wie es aussieht, ja. In der Computerabteilung arbeiten noch ein paar Angestellte, aber die befindet sich im Keller. Ansonsten hält sich, so wurde mir gesagt, in der Regel ab achtzehn Uhr kein Angestellter mehr im Gebäude auf. Aber ich habe noch nicht viel fragen können, ich bin auch erst seit einer Viertelstunde hier.«
»Schon gut. Dann werd ich mir mal seinen Schreibtisch anschauen, auch wenn ich nicht glaube, daß ich etwas Brauchbares finden werde. Vielleicht kannst du in der Zwischenzeit schon mal die Leute draußen befragen.«
Hellmer begab sich auf den Flur, wo sechs Bedienstete des Reinigungsunternehmens standen oder auf dem Boden saßen. Die junge Frau, die Dr. Matthäus gefunden hatte, saß hemmungslos weinend zwischen zwei anderen Frauen, die vergeblich versuchten, sie zu trösten. Die Männer von der Spurensicherung und der Polizeifotograf trafen zeitgleich mit dem Arzt und den beiden Männern vom Bestattungsinstitut ein. Hellmer nickte ihnen zu und wandte sich dann an die junge Frau.
»Kann ich kurz mit Ihnen sprechen?« fragte Hellmer. Die junge Frau blickte mit vom Weinen roten Augen zu ihm auf, sie nickte schweigend.
»Wann genau haben Sie Doktor Matthäus gefunden?«
»So gegen sieben oder kurz danach«, sagte sie schluchzend.
»Haben Sie irgend etwas in dem Raum angefaßt? Oder einer Ihrer Kollegen oder Kolleginnen?«
Sie schüttelte den Kopf.

»Haben Sie irgend jemand Fremdes bemerkt, als Sie auf diesem Stockwerk mit Ihrer Arbeit begonnen haben?«

»Nein.«

»Wann genau haben Sie mit der Reinigung des Gebäudes angefangen?«

Ein Mann mittleren Alters, etwa fünfundvierzig Jahre alt, klein, blond, unauffällig, kam auf Hellmer zu. »Ich bin der Vorarbeiter. Kann ich Ihnen helfen?«

»Vielleicht. Sagen Sie, wann fängt Ihre Arbeit hier an?«

»Wir beginnen jeden Tag um sechs. Wir sind insgesamt achtzehn Personen und arbeiten uns Stockwerk für Stockwerk nach oben. In der Regel braucht jede Kolonne für ein Stockwerk zwanzig bis fünfundzwanzig Minuten, das heißt, wir haben auf dieser Etage gegen sieben unsere Arbeit aufgenommen. Jeder von uns kennt seine Zimmer bzw. Aufgaben, und es braucht nicht vieler Anweisungen. Das Büro von Dr. Matthäus gehört zu den letzten Zimmern, die wir reinigen.«

»Ist Ihnen heute eine fremde Person aufgefallen?«

»Nein. Die meisten Mitarbeiter der Bank verlassen das Gebäude zwischen halb fünf und halb sechs. Die Ausnahme ist natürlich Donnerstag, wenn die Schalterräume bis Viertel vor sechs geöffnet sind.«

»Ist Doktor Matthäus vielleicht des öfteren länger in seinem Büro geblieben?«

»Ich habe ihn in den zwölf Jahren, die ich jetzt hier Dienst tue, nur ein einziges Mal zu Gesicht bekommen; ansonsten kann ich mich nicht erinnern, ihn je gesehen zu haben. Und von den andern unserer Kolonne sind vier auch schon länger als fünf Jahre dabei. Nur Maria, die junge Frau, die ihn gefunden hat, arbeitet erst seit knapp einem halben Jahr bei uns.«

»Das heißt dann also, daß, sagen wir in der Zeit zwischen

halb sechs und sieben, sich außer Doktor Matthäus keiner auf dieser Etage aufgehalten hat?«
»Wahrscheinlich. Na ja, sein Mörder wohl.«
»Danke. Das war's fürs erste. Ich möchte Sie aber bitten, noch einen Moment hierzubleiben, es könnte sein, daß meine Kollegin, Hauptkommissarin Durant, noch Fragen hat.«
»Geht in Ordnung.«
Julia Durant saß hinter dem Schreibtisch und blätterte in einem Terminkalender. Sie sagte, als Hellmer das Büro betrat: »Die Seite von heute fehlt. Ebenso die vom achten Mai und noch zwei andere. Wer immer ihn umgebracht hat, er oder sie hat ganze Arbeit geleistet. Wie lange ist er tot?« fragte sie den Arzt, der damit beschäftigt war, die Leiche zu untersuchen. »Mindestens drei bis dreieinhalb Stunden. Auf jeden Fall noch nicht allzulange, denn die Körpertemperatur liegt bei einer Raumtemperatur von zwanzig Grad noch immer bei dreiunddreißigeinhalb Grad Celsius ...«
»Moment«, unterbrach ihn Julia Durant mit zu Schlitzen verengten Augen, »drei bis dreieinhalb Stunden, sagen Sie? Sind Sie da ganz sicher?«
»Sagen wir, ich bin zu neunundneunzig Prozent sicher. Aber Genaues wird erst die Autopsie ergeben. Ich schlage vor, Sie lassen ihn gleich in die Gerichtsmedizin bringen, denn ich nehme an, Sie wollen so rasch wie möglich ein Untersuchungsergebnis auf dem Tisch haben.«
»Wenn's geht, ja. Es handelt sich hier schließlich nicht um irgendwen, sondern um den Direktor der größten Bank in der Region. Das allein wird schon für reichlich Aufsehen sorgen. Zumindest hat die Boulevardpresse mal wieder so richtig schöne Schlagzeilen«, sagte sie und blickte Hellmer an. »Drei bis dreieinhalb Stunden bedeutet, daß er«, sie blickte zur Uhr, zehn vor acht, »zwischen Viertel nach vier

und Viertel vor fünf getötet wurde. Aber um diese Zeit müssen noch etliche Angestellte auf dieser Etage gearbeitet haben. Das heißt dann auch, daß der Mörder zum einen mit einer unglaublichen Kaltblütigkeit vorgegangen ist oder daß er sich genau die Anwesenheit der anderen zunutze gemacht hat. Zeig mir doch mal, wer von denen da draußen ihn gefunden hat.«

Hellmer deutete auf die junge Frau, die noch immer auf dem Boden kauerte. Julia Durant ging zu ihr hin und fragte sie: »Sie haben Doktor Matthäus gefunden?«

»Ja.«

»Ich habe ein Frage – war die Tür offen oder zu?«

»Sie war zu – ja, sie war zu.« Ihr verheultes Gesicht wurde noch verstörter. »Stimmt, sie war zu; sonst steht sie immer offen. Und außerdem hing ein Schild an der Klinke ›Bitte nicht stören‹. So ein Schild, wie man es in Hotels an die Tür hängen kann. Es ist immer noch da. Sehen Sie selbst. Ich habe geklopft, gewartet, noch mal geklopft, und als keine Antwort kam, habe ich die Tür aufgemacht. Und da fand ich ihn.«

Durant drehte sich um, sah das Schild, sagte danke und kehrte zum Büro von Dr. Matthäus zurück.

»Hast du das schon gesehen?« fragte sie Hellmer und deutete auf die Türklinke.

»Nee, hab ich nicht. Das würde aber erklären, warum keiner etwas von dem Mord mitbekommen hat. Wenn der große Boß nicht gestört werden möchte, dann wird er auch nicht gestört. Und wer immer ihn besucht hat, hat nach seiner Tat das Büro verlassen, und keiner, das wette ich, hat irgendwas Außergewöhnliches beobachtet. Ganz schön clever, muß ich sagen. Auf der anderen Seite glaube ich jetzt, daß Matthäus seinen Mörder gekannt hat, anders kann ich es mir nicht erklären. Wahrscheinlich hat Matthäus selber das Schild an die Klinke gehängt.«

»Das mag durchaus stimmen. Wer immer ihn gekillt hat, wußte genau, wann der günstigste Zeitpunkt dafür war. Und trotzdem zeugt es von einer unglaublichen Dreistigkeit und Kaltblütigkeit. Jetzt ist mir auch klar, warum der Täter bestimmte Seiten aus dem Terminkalender entfernt hat. Tu mir einen Gefallen, sag bitte dem Reinigungspersonal, daß keine Details an die Presse weitergegeben werden dürfen. Wenn möglich, sollten sie mit überhaupt niemandem darüber reden. Und übrigens, hast du hier irgendwo einen Aktenkoffer gesehen?«
»Nee. Warum?«
»Er hat weder ein Portemonnaie noch eine Brieftasche bei sich.«
»Und woher wissen wir dann, daß es sich bei dem Toten um Doktor Matthäus handelt?«
Julia Durant verzog für einen Moment den Mund zu einem Lächeln. »Wer sollte es sonst sein? Außerdem deutet alles darauf hin, hier, die rausgerissenen Seiten aus dem Terminkalender, und schau dir seinen Anzug an, maßgeschneidert!«
»War auch nicht so ernst gemeint. Ich geh mal raus und instruiere das Personal«, sagte Hellmer.
Julia Durant kam hinter dem Schreibtisch hervor, steckte den Zettel in die Tasche und ging in das Büro von Elisabeth Klinger, der Sekretärin von Dr. Matthäus. Sie schien eine überaus korrekte und zuverlässige Person zu sein, ihre Ablagekörbe waren fast leer, die Aktenschränke abgeschlossen, genau wie der Schreibtisch, auf dem neben einer Halogenlampe noch ein Bild stand, das offensichtlich ihren Mann und die beiden Söhne zeigte, die sie auf fünfzehn bis zwanzig Jahre schätzte, womit Frau Klinger aller Wahrscheinlichkeit nach mindestens Anfang bis Mitte Vierzig sein mußte. Der Computermonitor und die Tasta-

tur waren abgedeckt, auf dem Fensterbrett standen gepflegte Grünpflanzen, eine bis fast zur Decke reichende Yuccapalme ragte in einem Hydrokulturtopf zwischen Aktenschrank und Tür auf. Sie würde die Frau morgen befragen, heute stand noch die unangenehme Aufgabe bevor, den Angehörigen von Dr. Matthäus die Todesnachricht zu überbringen. Sie haßte diesen Gang, den sie lieber anderen überlassen hätte. Berger zum Beispiel, der mit seinem fetten Hintern im Büro hockte und den anderen die Drecksarbeit überließ. Sie wählte seine Nummer, erstattete einen knappen Bericht. Bergers Stimme war schwer, wahrscheinlich hatte er wieder einmal zuviel getrunken. Sie fragte sich, wie lange er das noch durchstehen würde und was der Grund für seinen übermäßigen Alkoholkonsum war. Sie vermutete, daß es die Spätfolgen des tragischen Todes seiner Frau und seines Sohnes waren und vielleicht auch die Tatsache, daß Andrea, seine einzige Tochter, inzwischen erwachsen war und sich demzufolge auch nicht mehr allzuoft zu Hause aufhielt. Sie beendete das Gespräch nach einer Minute; sie hatte keine Lust, länger mit Berger zu reden.

»Okay«, sagte sie und steckte das Handy in ihre Handtasche. »Dann machen wir uns mal auf den Weg zu Frau Matthäus und bringen ihr die freudige Botschaft.«

»Scheiße«, erwiderte Hellmer und verzog die Mundwinkel. »Bei der Kripo zu sein ist doch echt was Schönes.«

»Du hast es erfaßt. Er wohnt übrigens in Niederrad, Nansenring.«

Bevor sie sich von den Männern der Spurensicherung und dem Arzt verabschiedeten – die Bestattungsleute waren gerade damit beschäftigt, den Toten in einen Leichensack zu stecken –, sagte die Kommissarin zu einem der Streifenbeamten, daß das Büro nach Abschluß aller Arbeiten versiegelt werden sollte. Der Polizeifotograf hatte einige Bilder sowohl vom Toten als auch vom Zimmer mit einer Spiegelreflex- und einer Polaroidkamera gemacht und danach alles noch videografiert, jetzt packte er seine Ausrüstung zusammen und würde ebenfalls gleich in sein Labor fahren und die Filme entwickeln lassen. Er stieg zusammen mit Hellmer und Durant in den Aufzug, der sich fast geräuschlos nach unten bewegte. Der Pförtner saß noch immer hinter seiner dicken Glasscheibe. Julia Durant ging zu ihm hin, hielt ihren Ausweis hoch.

»Ist Ihnen heute nachmittag zwischen vier und fünf irgend jemand aufgefallen, jemand, den Sie zum Beispiel noch nie hier gesehen haben?« fragte sie.

»Hier kommen jeden Tag so viele Leute.«

»Aber muß man sich bei Ihnen nicht anmelden, wenn man etwa zu Doktor Matthäus will?«

»Eigentlich schon ...«

»Aber?«

»Nun, nicht jeder, der zu Doktor Matthäus will oder wollte, mußte diesen Eingang nehmen. Da die Schalterhalle bis vier geöffnet ist, besteht auch die Möglichkeit, von dort in jedes beliebige Stockwerk zu gelangen.«

»Wie?«

»Nun, Sie brauchen nur durch die Halle zu gehen und in den Aufzug zu steigen. Er bringt Sie in jedes gewünschte Stockwerk.«

»Das heißt also, während der Schalteröffnungszeiten kann im Prinzip jeder quasi unbemerkt ... Scheiße! Entschuldigung. Und vielen Dank für Ihre Hilfe.« Julia Durant wandte sich Hellmer zu. »Hast du das gehört? Und diese Schalterhalle ist alles andere als klein. Da kannst du wirklich unbemerkt durchgehen, und keiner merkt was!«

»P. g. – Pech gehabt.«

»Komm, ziehen wir's durch.«
Sie gingen schweigend zu ihren Autos. Der schwerste Teil des Abends lag noch vor ihnen.

Sie trafen um genau einundzwanzig Uhr im Nansenring ein und hielten vor dem Haus von Dr. Matthäus. Dunkelheit hatte sich über die Stadt gelegt, ein leichter, kühler Wind vom Taunus hatte die Luft gereinigt, der nächtliche Himmel war übersät von unzähligen glitzernden Punkten. Die Kommissarin hatte sich eine Gauloise angezündet, die fünfte oder sechste innerhalb der letzten Stunde, und lehnte sich an ihren Wagen. Hellmer stieg aus seinem Ford aus, stellte sich neben Julia Durant. Auch er zündete sich eine Zigarette an. Eine Weile standen sie schweigend nebeneinander, dann fragte Hellmer: »Nervös?«
Sie lachte kurz auf. »Nervös? Wie kommst du denn darauf? Ich mache das seit meiner Kindheit jeden Tag ein paarmal, es ist für mich zur blanken Routine geworden, Angehörigen mitzuteilen, daß einer von ihnen umgebracht wurde! Oder sollte ich besser sagen – abgeschlachtet?«
»Soll ich das für dich erledigen?«
»Mir egal. Ich denke, ich werd's schon schaffen. Zuletzt habe ich so etwas vor mehr als zwei Jahren machen müssen.« Sie seufzte, schnippte die Asche auf die Straße, nahm einen weiteren tiefen Zug. »Du kannst dich bestimmt noch erinnern, die Sache mit unserem Mädchenmörder. Das war tatsächlich das letzte Mal, daß ich Todesnachrichten überbracht habe. Man weiß einfach nie, was man genau sagen soll. Ich habe immer das Gefühl, im ungeeignetsten Moment das Falsche zu sagen. Vor allem, wenn es sich um ›solche‹ Leute handelt.«
»Was ist an denen anders?«

»Alles. Es ist einfach eine andere Welt, mit anderen Gewohnheiten, einem anderen Lebensstil, und wahnsinnig viel Geld. Ich habe nicht gern mit ihnen zu tun. Meine Welt gefällt mir besser. Das ist alles.«
»Um ehrlich zu sein, besonders wohl fühle ich mich hier auch nicht. Aber ganz gleich, was wir denken oder fühlen, wir müssen es hinter uns bringen. Also, gehen wir rein.«
»Ja, ja, du hast schon recht.« Sie ließ die Zigarettenkippe fallen und drückte sie mit dem Schuh aus. Das gleiche tat Hellmer, der sich noch einmal mit der rechten Hand durchs Haar fuhr. Sie standen jetzt vor dem hohen, schmiedeeisernen Tor, neben dem in etwa drei Meter Höhe eine Überwachungskamera angebracht war, und mit Sicherheit gab es noch etliche andere technische Raffinessen wie Bewegungsmelder, die Grundstück und Haus vor ungebetenen Gästen schützen sollten. Julia Durant drückte den Klingelknopf, über dem in bronzenen Lettern nur die Initialen G. M. angebracht waren. Es dauerte einige Sekunden, bis die Außenbeleuchtung angeschaltet wurde und eine rauhe, weibliche Stimme aus dem Lautsprecher fragte: »Ja, wer ist da?«
»Hauptkommissarin Durant und Kommissar Hellmer von der Kriminalpolizei. Dürften wir bitte reinkommen?«
»Kriminalpolizei? Einen Augenblick, ich werde Frau Matthäus Bescheid sagen. Darf ich fragen, um was es geht?«
»Wir möchten das bitte nicht über die Sprechanlage sagen.«
»Einen Augenblick, bitte.« Es dauerte einige Sekunden, bis die Stimme sich wieder meldete. »Ich komme raus. Wenn Sie bitte so freundlich wären, mir dann Ihre Ausweise zu zeigen.«
»Natürlich.«
Die Frau war mindestens fünfzig Jahre alt, klein, zierlich und hatte einen etwas verhärmten Gesichtsausdruck. Die

Kommissarin und Hellmer hielten ihr die Ausweise hin, sie warf einen Blick darauf, öffnete daraufhin das Tor und ließ die beiden das Grundstück betreten.
»Wenn Sie mir bitte folgen wollen.« Sie gingen etwa dreißig Meter über einen Kiesweg bis zum Haus, ein von außen prachtvolles Gebäude, das bei Sonnenschein wahrscheinlich noch prächtiger aussah, innen wirkte es beinahe wie ein Palast, die Wände, die hohen Decken, der Fußboden, alles schien aus erlesenstem Material zu sein.
»Wenn Sie bitte hier warten wollen, ich hole Frau Matthäus.«
Sie standen in der Eingangshalle, hatten kaum Gelegenheit, das kostbare Interieur zu begutachten, als die Hausherrin mit energischen Schritten auf sie zukam. Eine große, schlanke, aparte Frau mit dunkelblonden Haaren und neugierigen, tiefblauen Augen. Julia Durant schätzte sie auf Ende Dreißig bis Anfang Vierzig, sie lächelte kühl, und, wie die Kommissarin zu spüren meinte, arrogant, vielleicht sogar berechnend. Sie trug ein blaues, tief ausgeschnittenes Kleid und blaue Pumps, um den Hals eine Goldkette mit Anhänger, in dessen Mitte ein Diamant funkelte, am linken Armgelenk eine Cartier-Uhr. Sie reichte erst der Kommissarin, dann Hellmer die Hand.
»Sie sind also von der Kriminalpolizei. Was kann ich für Sie tun?« Sie hatte eine angenehm weiche, dunkle Stimme.
»Frau Matthäus, wäre es vielleicht möglich, wenn wir uns irgendwo hinsetzen könnten?«
Julia Durant sah ihr direkt ins Gesicht, ihre anfängliche Nervosität war mit einem Mal verflogen.
»Sicher. Folgen Sie mir bitte in den Wohnbereich.«
Kommissarin Durant schätzte die Größe des Wohnzimmers auf etwa achtzig bis hundert Quadratmeter, der Boden war bedeckt von dicken Perserteppichen, die Wände behängt mit

kostbaren Gemälden, die Möbel strahlten eine fast beängstigende Eleganz aus.
»Bitte«, sagte Frau Matthäus und deutete auf eine zweisitzige, dezent gelbe Couch. Julia Durant und Hellmer setzten sich. Frau Matthäus blieb stehen und fragte: »Darf ich Ihnen etwas zu trinken anbieten?«
»Nein, danke. Doch es wäre vielleicht ganz gut, wenn auch Sie sich setzen würden.«
»Warum? Ist das, was Sie mir zu sagen haben, so schlimm, daß ich mich setzen muß?« fragte sie mit spöttischem Lächeln.
»Tun Sie's bitte«, sagte die Kommissarin mit ernster Miene. »In Ihrem eigenen Interesse.«
Der Spott verschwand sofort aus dem Gesicht von Frau Matthäus. Sie nahm den beiden Polizisten gegenüber auf einem Chippendale-Sessel Platz. Sie hielt die Beine eng geschlossen, hatte die Hände gefaltet und auf den Knien liegen. Sie sah Julia Durant aus stahlblauen Augen an.
»Frau Matthäus, wir kommen soeben aus der Bank, deren Direktor Ihr Mann ist. Wir müssen Ihnen leider mitteilen, daß Doktor Matthäus einem Verbrechen zum Opfer gefallen ist.«
Die ihr gegenübersitzende Frau zeigte keine Reaktion. Kein Zucken der Mundwinkel, keine zusammengekniffenen Augen, keine sich ineinander verkrampfenden Hände, nichts. Sie saß nur regungslos wie eine Statue da und blickte unentwegt auf die Kommissarin.
»Frau Matthäus, haben Sie gehört, was ich gesagt habe?«
»Ja, ich habe es gehört. Wann ist es passiert und wie?«
»Irgendwann zwischen Viertel nach vier und Viertel vor fünf. Wie – das möchte ich Ihnen lieber ersparen.«
»Ich will es aber wissen. Bitte.«
»Man hat ihm die Kehle durchschnitten.« Die abgetrenn-

ten Genitalien und die Zahl auf seiner Stirn ließ sie unerwähnt.
»Warum? Er hat doch keinem Menschen etwas getan«, sagte sie leise. »Oder doch?«
»Wir wissen es nicht. Noch nicht. Aber wir werden es herausfinden.«
»Haben Sie schon einen Anhaltspunkt, wer ihn umgebracht haben könnte?«
»Nein. Es gibt bis jetzt keine Spur zum Täter. Sagen Sie, können Sie uns ein paar Informationen zu Ihrem Mann geben? Wir konnten weder einen Aktenkoffer noch ein Portemonnaie oder eine Brieftasche bei ihm finden. Wie alt war er, was tat er in seiner Freizeit, nun, einfach ein paar Informationen.«
»Mein Mann ist – war – dreiundfünfzig Jahre alt, er war seit neun Jahren Vorstandsvorsitzender der Frankfurter Bank und ... ich weiß nicht, was ich Ihnen noch sagen könnte.«
»Hatte Ihr Mann Feinde?«
»Wer hat keine Feinde, wenn er in einer derart exponierten Position tätig ist?! Mein Mann hatte sicherlich Feinde, Neider, mißgünstige Menschen, die ihm den Erfolg nicht gönnten. Aber wenn Sie mich nach Namen fragen, dann tut es mir leid, ich kann Ihnen keine nennen. Die Menschen, mit denen ich Kontakt habe, sind nicht unbedingt die, mit denen er sich abgab oder abgeben mußte. Meine Kontakte sind in der Regel weiblich und bestehen aus den Damen hier in der Nachbarschaft.«
»Gab es in der letzten Zeit irgendwelche Auffälligkeiten, wie zum Beispiel merkwürdige Anrufe, Briefe, Drohungen, die speziell gegen Ihren Mann gerichtet waren?«
»Ich kann mich nicht erinnern, zumindest hat er es mir nicht gesagt, aber ich wußte ohnehin kaum etwas aus seinem Leben. Auf jeden Fall liegt es eine Ewigkeit zurück, seit

er das letzte Mal mit mir über persönliche Dinge gesprochen hat.«
Für einen Moment herrschte Schweigen, dann fragte Julia Durant: »Darf ich Ihnen noch eine persönliche Frage stellen?«
»Bitte, das werde ich wohl auch noch verkraften können«, erwiderte Frau Matthäus mit einem seltsamen Lächeln.
»Wie war Ihre Ehe? Haben Sie Kinder?«
Frau Matthäus lachte kurz und trocken auf, sie lehnte sich zurück, schlug dezent die Beine übereinander. »Meine Ehe?« Sie kniff die Lippen zusammen, bevor sie fortfuhr: »Meine Ehe war schon lange keine Ehe mehr. Ich habe ihn geheiratet, da war ich zwanzig. Ich habe genau die Hälfte meines Lebens mit ihm verbracht, oder besser gesagt, ich war sein Vorzeigeobjekt, das, wenn er es nicht brauchte, in einem goldenen Käfig gehalten wurde. Ich habe ihn nicht oft zu Gesicht bekommen, seit mehr als zehn Jahren sind wir getrennte Wege gegangen.« Sie schloß für einen Moment die Augen, fuhr sich mit der linken Hand über die Stirn. »Ich weiß nicht, ob er eine Geliebte hatte, aber ich nehme es an. Wir haben zwei Kinder, einen Sohn und eine Tochter. Bernhard ist neunzehn und macht dieses Jahr sein Abitur, Denise ist sechzehn und besucht dasselbe Internat wie Bernhard.«
»Und dieses Internat, wo liegt es?«
»Am Bodensee, Salem. Vielleicht sagt Ihnen der Name etwas.«
»Ich habe davon gehört. Eine andere Frage – wissen Sie irgend etwas über weitere Aktivitäten Ihres Mannes? Oder anders ausgedrückt, war Ihr Mann noch in anderen Unternehmen tätig?«
Frau Matthäus zuckte mit den Schultern. »Diese Frage kann ich nicht mit Bestimmtheit beantworten. Ich habe keine

Ahnung, ob seine Arbeit für die Frankfurter Bank ihm noch Zeit für Nebentätigkeiten ließ. Mit mir hat er jedenfalls nicht darüber gesprochen.« Sie holte tief Luft, lächelte auf einmal, und diesmal hatte es nichts Arrogantes. »Wissen Sie, die letzten zehn Jahre haben wir keine Ehe im eigentlichen Sinn mehr geführt. Wir haben uns kaum noch gesehen, geschweige denn in einem Bett geschlafen.« Sie machte erneut eine kurze Pause, als ordnete sie ihre Gedanken, und fuhr schließlich fort: »Sie werden sich vermutlich wundern, daß ich nicht in Tränen ausgebrochen bin oder gar einen Nervenzusammenbruch erlitten habe, als Sie mir die Nachricht vom Tod meines Mannes überbrachten, aber es fällt mir schwer zu weinen nach allem, was in den vergangenen Jahren gewesen ist. Mein Mann ist einfach ein Fremder für mich geworden. Sie haben es mir gesagt, und ich nehme es zur Kenntnis. Vor einigen Jahren wäre ich vielleicht tatsächlich noch zusammengebrochen, aber jetzt ...? Nein, die Zeiten sind vorbei.« Sie seufzte kurz auf, erhob sich, ging an das Barfach, holte ein Glas und eine Flasche Gin heraus, drehte sich zu den Beamten um und fragte: »Möchten Sie nicht doch etwas trinken? Ich nehme an, Sie sind jetzt nicht mehr im Dienst, oder?«

»Einen kleinen Whisky vielleicht«, sagte Hellmer mit einem kurzen Blick auf Julia Durant.

»Und Sie?«

»Ich nehme das gleiche wie Sie«, sagte die Kommissarin.

»Mit Eis?«

Durant und Hellmer nickten. Frau Matthäus gab Eis in die Gläser und schenkte ein. Sie reichte sie den Beamten, nahm ihr eigenes und setzte sich wieder. Sie nippte an dem Gin, sagte: »Es ist schlimm, wenn man keine Tränen mehr hat; ich glaube, ich habe sie alle schon vor langer Zeit vergossen, und jetzt ist der Ozean leer. Es tut mir leid, wenn ich auf Sie den Eindruck einer mitleidlosen, harten Frau mache. Vielleicht bin ich es auch, wer weiß.« Erneut machte sie eine Pause, drehte das Glas zwischen ihren schlanken, feingliedrigen Fingern, den Blick zu Boden gerichtet. Sie nahm einen Schluck Gin, sagte schließlich: »Aber ich will Sie nicht mit meinen persönlichen Sorgen belasten, Sie haben sicher andere Probleme, als sich mit einer frustrierten Ehefrau auseinanderzusetzen.«

Mit einem Mal wurde Julia Durant die ihr gegenübersitzende Frau sympathisch, der erste Eindruck, den sie von ihr gewonnen hatte, war falsch gewesen. Das Energische, Arrogante, Berechnende, der Spott waren bloße Fassade, mit der sie ihr zerbrechliches Inneres zu schützen versuchte. Ein Mechanismus, der ihr zu überleben half.

»Es ist schon okay. Manchmal tut es ganz gut, wenn man sich ein paar Dinge von der Seele reden kann. Was werden Sie jetzt tun?«

»Keine Ahnung. Meine Kinder und Verwandte und Bekannte benachrichtigen, die Beerdigung vorbereiten ... Die nächsten Tage werden wohl mit einer Menge Arbeit verbunden sein. Und wenn alles vorüber ist, werde ich vielleicht verreisen, wir haben noch drei Häuser im Ausland.«

Durant und Hellmer tranken aus, stellten die Gläser auf den Marmortisch. Sie erhoben sich. »Wir werden sicher noch die eine oder andere Frage haben. Wir melden uns dann bei Ihnen.«

»Ich stehe Ihnen jederzeit zur Verfügung. Was glauben Sie, wann die Beerdigung stattfinden kann?«

»Das kann ich Ihnen noch nicht sagen. Wir müssen abwarten, bis die Autopsie abgeschlossen ist, doch ich nehme an, Sie können die Bestattung für Montag oder Dienstag nächster Woche einplanen.«

»Danke. Warten Sie, ich begleite Sie nach draußen.«

Frau Matthäus begleitete Julia Durant und Hellmer bis zum Tor, öffnete es, reichte beiden die Hand. »Auf Wiedersehen, und lassen Sie mich wissen, wenn ich Ihnen in irgendeiner Weise behilflich sein kann.«
»Natürlich«, sagte Julia Durant und lächelte. Sie und Hellmer gingen zu ihren Autos. Bevor Hellmer aufschloß, fragte er: »Und, war es schlimm?«
»Zum Glück nicht. Sie war wirklich sehr gefaßt.«
»Kein Wunder, wenn es stimmt, was sie über ihre Ehe erzählt hat. Schwimmt im Geld und hat doch nichts vom Leben.«
»Das wird sich, wenn ich die Frau richtig einschätze, ab sofort ändern, oder was meinst du?«
»Wahrscheinlich hast du recht. Sag mal, was machst du jetzt? Ich meine, hast du irgendwas Bestimmtes vor?«
»Ich verstehe nicht ...«
»Ich dachte, wir könnten vielleicht noch irgendwo hingehen und was trinken.«
Sie schüttelte den Kopf. »Nicht heute. Ich bin müde und irgendwie erschöpft. Der Tag war sehr anstrengend für mich.«
»War nur 'ne Frage. Gute Nacht und bis morgen.«
»Tschüs.«
Die Kommissarin stieg in ihren Wagen, legte den Sicherheitsgurt an. Sie holte die Zigaretten aus ihrer Handtasche, ließ das Feuerzeug aufflammen. Sie kurbelte das Fenster halb herunter, startete den Motor und fuhr los. Sie wollte nur eines – ein Bad nehmen und schlafen. Der morgige Tag würde aller Wahrscheinlichkeit nach hart werden. Auf der Fahrt nach Hause versuchte sie, nicht mehr allzuviel über den Fall Matthäus nachzudenken. Es gelang ihr nicht.

DIENSTAG, 23.00 UHR

Kommissar Hellmer war noch kurz in einer Bar in der Nähe seiner Wohnung gewesen, hatte drei Bier und drei Korn getrunken und dabei versucht, zu ergründen, was den Täter bewogen haben mochte, Dr. Matthäus auf solch grausame Weise zu ermorden. Er versuchte, sich in die Psyche des Mörders hineinzuversetzen, herauszufinden, was es mit den Schreiben und der Zahl 666 auf sich hatte. Und warum dem Opfer Penis und Hoden abgeschnitten worden waren. Er fand keine Antwort. Gegen dreiundzwanzig Uhr schloß er die Tür zu seiner kleinen Zweizimmerwohnung auf, schlug die Tür mit dem rechten Fuß zu. Der Alkohol war ihm zu Kopf gestiegen, er war müde. Er ging in die Küche, holte zwei Dosen Bier aus dem Kühlschrank und setzte sich auf die Couch. Er riß den Verschluß einer Dose auf, nahm einen kräftigen Schluck. Er zündete sich eine Marlboro an, inhalierte tief. Er ließ seinen Blick durch das Zimmer streifen, dessen Möbel fast sämtlich vom Flohmarkt oder aus Secondhand-Geschäften stammten. Nach dem Auffliegen seiner Affäre mit einer anderen Frau hatte seine Frau ihn kurzerhand aus der gemeinsamen Wohnung hinausgeworfen. Er hatte einige Nächte bei einem Bekannten verbracht, bis er dieses Loch fand. Neunhundert Mark Miete, dazu die zusätzlich anfallenden Kosten wie Strom und Heizung sowie das Auto und Telefon, der Unterhalt für seine Frau und die drei Kinder – es blieben ihm gerade noch vierhundert Mark im Monat zum Leben. Er fragte sich bisweilen, wofür er noch lebte, wofür er arbeitete. Seine Zukunft war vorprogrammiert, er würde, wenn nicht ein Wunder geschah, vermutlich die nächsten zehn Jahre nicht aus diesem Loch herauskommen, zumindest so lange nicht, bis die Kinder alt genug waren und ihre Mutter arbeiten gehen konnte. Oder wenn sie wieder heiratete, was er aber für eher unwahrscheinlich hielt. Er hatte sie derart gekränkt, der Stachel der Demütigung saß so tief, daß ihre Rache vermutlich nie aufhören würde, sie ihn bluten lassen würde, bis kein Blut mehr in seinen Venen war. Seit der Scheidung vor einem Jahr hatte sie kaum noch ein Wort mit ihm gewechselt, hatte sie alles daran gesetzt, daß er die Kinder so wenig wie möglich zu Gesicht bekam. Entweder waren sie krank, oder sie wollten ihn angeblich nicht sehen, oder sie tat einfach so, als hätte sie den vereinbarten Termin vergessen. Er wußte nicht, was sie den Kindern, von denen das älteste, Patrizia, gerade einmal acht Jahre alt war, alles über ihn erzählt hatte, doch die Art, wie sie sich ihm gegenüber verhielten, wenn er sie denn einmal sah, sagte ihm, daß es nichts Gutes sein konnte. Aber er hatte vor zwei Jahren nicht nur seine Frau und die Kinder verloren, auch die Sache mit seiner Geliebten war in die Brüche gegangen, von einem Tag auf den anderen, sie wollte plötzlich nicht mehr, hatte ihm nur einen kurzen Brief geschrieben und ihm mitgeteilt, daß sie ihn vorläufig nicht sehen wollte; außerdem hatte sie darum gebeten, nicht mehr angerufen zu werden und auch keine Briefe mehr zu erhalten. Ihre Nerven lägen einfach blank, und sie habe endgültig die Nase voll, würde die ständigen Anrufe seiner Exfrau nicht mehr ertragen und sich jetzt neu orientieren. Einige Zeit zu ihren Eltern fahren, versuchen, Abstand zu gewinnen. Obwohl die Telefonnummer ihrer Eltern in seinem Notizbuch stand, hatte er sich beherrscht und ließ einige Wochen verstreichen, bis er es nicht mehr aushielt. Er hatte sich schrecklich einsam und allein gefühlt, vielleicht ein wenig zuviel getrunken; er hatte ihre Nummer gewählt, doch ihr Telefon war abgemeldet, nur ein blechernes »Kein Anschluß unter dieser Nummer« war zu hören; er war noch in derselben Nacht zu ihrer Wohnung gefahren, doch nicht einmal mehr ihr Namensschild hing an der Klingel. Dann hatte er bei ihren Eltern angerufen, doch die gaben vor, keine Ahnung zu haben, wo ihre Tochter sich aufhielt. Obwohl er wußte, daß dies gelogen war, hatte er nicht weiter nachgefragt. Auf jeden Fall hatte er seitdem nichts mehr von ihr gehört.

Es gab Abende, an denen er die Einsamkeit nicht mehr ertrug und sich sinnlos betrank oder an denen er vor dem Fernseher saß, bis er endlich einschlief. Die wenigen seiner früheren Freunde hatten sich von ihm abgewandt, sein Vater, ein vermögender Großhändler für Elektrogeräte und zugleich ein fleißiger Kirchgänger, hatte ihn als verfluchten Hurenbock hingestellt und ihm unmißverständlich zu verstehen gegeben, daß er ab sofort keinen Kontakt mehr mit ihm wünsche, ähnlich verhielt sich seine Mutter, die, solange er zurückdenken konnte, immer hinter seinem Vater gestanden hatte. Sogar aus dem Testament hatte er ihn gestrichen, obgleich Frank Hellmer das einzige Kind seiner Eltern war und er jetzt lediglich noch Anspruch auf einen Pflichtteil des Erbes hatte. Doch wann er dieses Geld sehen würde, ob er es denn überhaupt jemals sah, das stand in den Sternen. Er traute seinem Vater in dessen Perfidität zu, Mittel und Wege zu finden, ihm selbst das Pflichtteil vorzuenthalten. Einige Male schon hatte er an Selbstmord gedacht, die schnellste und für ihn billigste Weise, sich davonzumachen, doch er hatte Angst vor dem Tod. Stattdessen verging kaum ein Abend, an dem er nicht grübelte und mit seinem Schicksal haderte und bisweilen auch sein Gesicht im Kissen vergrub und hemmungslos weinte, vor allem, wenn er zuviel getrunken hatte. Er wußte, er war ein labiler Mensch, wie ein Schiff ohne Segel oder Ruder, der seinen Weg nicht gefunden hatte, doch er war hilflos, was seine eigene Person anging; er wußte, daß er sein Leben nie in den Griff bekommen hatte und die Zeit immer schneller davoneilte und es immer schwieriger werden würde, etwas an den Umständen zu ändern. Deshalb arbeitete er gern und viel, um möglichst wenig zu Hause sein zu müssen, um der Einsamkeit zu entfliehen.

Auch jetzt spürte er die Wirkung des Alkohols und wie seine Augen schwer wurden. Er trank die Dose aus, stellte sie auf den kleinen Glastisch, ließ die Zigarette im Aschenbecher verglimmen, nahm die andere Dose, stand auf, begab sich ins Bad, entleerte seine Blase, wusch sich die Hände und das Gesicht und ging in den winzigen Raum, in dem er schlief. Es gab keinen Schrank, nur eine schmale Kommode und eine Matratze auf dem Fußboden, ein Laken darüber und eine Bettdecke und ein Kopfkissen, deren Bezüge er seit mehr als zwei Monaten nicht gewechselt hatte. Er streifte seine Schuhe ab, zog Hose und Hemd aus, öffnete die zweite Dose Bier, nahm einen Schluck und legte sich hin. Er drehte sich auf die rechte Seite, die Dose in Griffnähe. Er schloß die Augen, spürte ein leichtes Pochen in seiner Stirn und seinen Schläfen. Er schlief ein.

MITTWOCH, 8.00 UHR

Hellmer wachte bereits um zehn nach sechs auf, nicht weil er ausgeschlafen hatte, sondern weil sein Magen rebellierte. Er griff nach der noch fast vollen Dose Bier, trank sie in einem Zug leer. Er stand auf, erledigte seine Morgentoilette, putzte sich die Zähne und kämmte sich durch das volle, dunkle Haar, betrachtete sich im Spiegel, sah die tiefen Ränder unter seinen Augen. Er hatte einen Dreitagebart und keine Lust, sich jetzt zu rasieren, er würde heute abend duschen und sich dabei die Haare waschen und auch rasieren. Er zog die Jeans an und dasselbe Hemd wie am Vortag, schlüpfte in die Slipper. Er machte sich zwei Scheiben Brot mit Butter und Erdbeermarmelade, danach zündete er sich eine Zigarette an. Er hatte erst vor zwei Jahren angefangen zu rauchen und zu trinken, nachdem ihn seine Frau aus dem Haus geworfen hatte. Und jetzt konnte er nicht mehr davon lassen. Doch es war ihm egal, solange er das Trinken kontrollierte und nicht umgekehrt und seine Arbeitsleistung nicht darunter litt. Er hoffte nur, die anderen in der Abteilung würden nicht bemerken, daß er trank, doch Berger war selbst Alkoholiker, was fast jeder wußte, was aber stillschweigend hingenommen wurde. Bevor er um Viertel nach sieben das Haus verließ, nahm er noch einen Schluck aus der Wodkaflasche. Es würde kein guter Tag werden, das spürte er. Er hatte bisher selten morgens getrunken, und wenn doch, dann verlangte sein Körper im Laufe des Tages in der Regel nach immer mehr. Er war sich im klaren, daß es eine Gratwanderung war, bei der er äußerste Vorsicht walten lassen mußte, sonst war sein Absturz vorprogrammiert. Auf der anderen Seite, sagte er sich, gab es wohl kaum jemanden, den es kümmerte, wenn er denn wirklich abstürzte. Er war ohnehin allein. Er lachte sarkastisch auf, schloß die Augen, ließ den Alkohol wirken, zog die Jeansjacke über und ging zum Auto. Um kurz nach halb acht traf er im Präsidium ein.

Berger war wie immer der erste im Büro, meist saß er schon um sieben hinter seinem Schreibtisch, die anderen Beamten in seiner Abteilung kamen in der Regel zwischen halb acht

und acht. Er hatte die teils grausigen Fotos von dem toten Dr. Matthäus vor sich liegen, dazu ein erster, noch unvollständiger Bericht der Gerichtsmedizin, den kompletten Bericht hatte man ihm für den Mittag zugesagt. Er hatte auch bereits die ersten Anfragen von den Medien wegen Interviews auf dem Tisch, allerdings würde er zu diesem Zeitpunkt noch keine Statements abgeben, es mußte auch genau abgewogen werden, welche Fakten der Öffentlichkeit ohne Bedenken zugänglich gemacht werden konnten. Auf keinen Fall, soviel stand für ihn fest, würden die Schreiben und die abgetrennten Hoden erwähnt werden, genausowenig wie die auf die Stirn des Opfers mit Blut geschriebene Zahl 666. Im Augenblick war es ein ganz normaler Mordfall, mit dem die Kripo sich auseinanderzusetzen hatte. Nicht mehr und nicht weniger, auch wenn das Opfer zu den prominentesten und einflußreichsten Bürgern Frankfurts zählte.
Um kurz vor halb acht erschien Kommissar Kullmer, wenige Minuten später gefolgt von Kommissar Hellmer, der ein mürrisches »guten Morgen« brabbelte. Beide setzten sich in ihren Büros an ihren Tisch, sämtliche Verbindungstüren waren geöffnet, so daß man sich ohne Mühe unterhalten konnte. Kullmer kam zu Hellmer, setzte sich in den Stuhl vor dem Schreibtisch. Wie meist kaute er auch jetzt Kaugummi, und eine Duftwolke von zuviel aufgetragenem Eau de Toilette umwehte ihn.
»Sag mal, stimmt das, was ich gehört habe – der Matthäus von der Frankfurter Bank ist gestern umgelegt worden?«
»Sicher, ich war selber dort, zusammen mit Julia.«
»Erzähl, was genau ist passiert?«
»Was genau passiert ist, weiß ich nicht, nur soviel, daß man ihm die Kehle durchgeschnitten und ihn kastriert hat, auf seiner Stirn die Zahl 666 mit Blut geschrieben stand und neben ihm ein Zettel mit exakt dem gleichen Spruch lag,

den auch Julia gestern morgen bekommen hat. Na ja, und wie es aussieht, wurde er umgebracht, während die meisten Büros noch besetzt waren. Deshalb werden wir auch gleich nachher hinfahren und die Angestellten vernehmen.«

Bevor Kullmer noch etwas fragen konnte, ging die Tür auf, und Julia Durant kam herein. Sie wirkte übermüdet und blaß, schien ebenfalls nicht sonderlich gut aufgelegt zu sein.

»Morgen«, sagte sie und hängte ihre Handtasche an den Haken, nahm die Zigaretten heraus und zündete sich eine an.

»Guten Morgen, Kollegin«, erwiderte Berger, der kurz zu ihr aufsah. »Ausgeschlafen?«

»Nein, ich habe die halbe Nacht kein Auge zugemacht.« Sie setzte sich Berger gegenüber.

»Wir haben Vollmond, da geht es vielen ähnlich.«

»Es lag nicht am Vollmond, ich habe bisher bei Vollmond immer gut schlafen können. Es ist dieser verdammte Fall. Ich weiß nicht, aber ich fürchte, daß das noch längst nicht alles war.«

»Was meinen Sie damit?« fragte Berger und lehnte sich zurück.

»Keine Ahnung, einfach nur ein Gespür. Ich habe schlichtweg das Gefühl, daß der Täter wieder zuschlagen wird.« Sie breitete hilflos die Arme aus und sah Berger an. »Tut mir leid, aber das ganze Brimborium vorher deutet einfach darauf hin, daß da noch mehr kommt.«

Kullmer und Hellmer standen in der Tür.

»Und was kommt deiner Meinung nach noch?« fragte Hellmer.

»Mein Gott noch mal, woher soll ich das denn wissen?! Es ist nur ein Gefühl und nichts anderes. Ich hätte es gar nicht erst sagen sollen, ihr glaubt es ja doch nicht.«

»Komm, jetzt sei nicht eingeschnappt, es mag ja sein, daß

du recht hast, aber im Augenblick haben wir nur einen Toten. Und keinerlei Hinweise darauf, daß es noch einen oder mehr geben wird. Wir müssen uns jetzt auf diesen Fall konzentrieren.«

»Ja, das weiß ich selber. Aber hier, ich lese euch noch einmal vor, was er mir bis jetzt geschrieben hat. Hört gut zu, das erste Schreiben: *Dann sah ich: Das Lamm öffnete das erste der sieben Siegel; und ich hörte das erste der vier Lebewesen wie mit Donnerstimme rufen: Komm! Da sah ich ein weißes Pferd; und der, der auf ihm saß, hatte einen Bogen. Ein Kranz wurde ihm gegeben, und als Sieger zog er aus, um zu siegen.*« Sie blickte auf, Kullmer grinste provozierend, produzierte eine Blase mit seinem Kaugummi. Er sagte nichts, sein Gesichtsausdruck verriet jedoch seine Gedanken. Julia Durant registrierte es, ließ sich aber keine Regung anmerken. Hellmer hingegen schien nachdenklich zu sein, strich sich mit der rechten Hand über das Kinn mit dem Dreitagebart. Sie fuhr fort: »Es geht aber noch weiter. Hier: *Und als das Lamm das vierte Siegel öffnete, hörte ich die Stimme des vierten Lebewesens rufen: Komm! Da sah ich ein fahles Pferd; und der, der auf ihm saß, heißt ›der Tod‹; und die Unterwelt zog hinter ihm her. Und ihnen wurde Macht gegeben über ein Viertel der Erde, Macht, zu töten durch Schwert, Hunger und Tod und durch die Tiere der Erde ... Und die Könige der Erde, die Großen und die Heerführer, die Reichen und die Mächtigen ... verbargen sich in den Höhlen und Felsen der Berge. Sie sagten zu den Bergen und Felsen: Fallt auf uns und verbergt uns vor dem Blick dessen, der auf dem Thron sitzt, und vor dem Zorn des Lammes; denn der große Tag ihres Zorns ist gekommen. Wer kann da bestehen? ... Dann geht es dem Gläubiger wie dem Schuldner, dem, der ausleiht, wie dem, der leiht.* Er spricht hier zum einen vom Tod und von der Unterwelt, von der

Macht zu töten, von den Königen der Erde, den Großen und Heerführern, den Reichen und Mächtigen; und er spricht von dem großen Tag des Zorns.«

»Ja, und«, wurde sie von Kullmer unterbrochen, »was hat das alles mit dem Mord an diesem Matthäus zu tun?«

»Meine Güte noch mal, kapieren Sie überhaupt nichts?! Dieser Matthäus gehörte zu den Reichen und Mächtigen. Er war einer von ihnen. Wir haben ja bis jetzt noch nicht einmal den Hauch eines Schimmers, wie reich und wie mächtig Matthäus war, bis wohin sein Einfluß reichte und vor allem, wie er seine Macht und seinen Reichtum einsetzte oder vielleicht sogar ausnutzte. Wir wissen bis jetzt noch gar nichts. Aber das, was ich Ihnen jetzt eben noch einmal vorgelesen habe, ist für mich ganz einfach zu bombastisch, als daß ich glauben könnte, daß nur eine einzige Person damit gemeint ist. Wer immer das geschrieben hat, ist entweder ein religiöser Spinner oder Fanatiker, der sich vielleicht durch eine höhere Macht berufen fühlt, die Erde von Unrat und Schmutz zu befreien, oder er befindet sich auf einem privaten Rachefeldzug. Und da ich fast die halbe Nacht wach lag, hatte ich genügend Gelegenheit, mir ein paar Gedanken zu machen. Da ist nämlich auch noch die Sache mit den weißen Lilien. Zwölf Lilien hat er mir geschickt, eine sehr ungewöhnliche Zahl. Und weiße Lilien sind Blumen, die man auf ein Grab legt. Ich habe meinen Vater gestern abend danach gefragt, der ja, wie Sie wissen, Priester im Ruhestand ist, und er hat mir gesagt, daß die Zahl zwölf eine mystische Zahl ist, die der Überlieferung nach die Ordnung im Universum ausdrückt. Sie wird als etwas Rundes, Geschlossenes, Ganzes verstanden. Und für den Schreiber, der ja wohl auch ganz offensichtlich der Täter ist, ist die Ordnung im Universum anscheinend außer Kontrolle geraten.«

»Also doch ein Verrückter«, bemerkte Kullmer lässig.
»Warum muß es ein Verrückter sein? Es kann zig Gründe geben, weshalb ein Mensch mit einem Mal so ausrastet. Doch eines scheint klar zu sein – das Opfer und der Täter kannten sich. Und allein das gibt mir zu denken.« Sie nahm einen letzten Zug an ihrer Zigarette, drückte sie im Aschenbecher aus. Sie beugte sich nach vorn und fragte: »Also, welche Fakten haben wir?«
»Hier, lesen Sie. Das ist der vorläufige Bericht der Gerichtsmedizin. Viel mehr wird der endgültige Bericht auch nicht ergeben. Tatwaffe entweder ein Stilett oder ein Skalpell«, sagte Berger.
Julia Durant nahm die Akte, Kullmer und Hellmer standen hinter ihr und lasen mit. Als sie fertig waren, legte die Kommissarin die Akte auf den Tisch.
»Halb fünf. Um diese Zeit haben die meisten in der Bank noch gearbeitet. Mal sehen, ob uns einer weiterhelfen kann. Was ich jedoch ehrlich gesagt bezweifle.«
»Und die abgeschnittenen E…, ich meine Hoden«, sagte Kullmer grinsend, »was haben die zu bedeuten? Und die Zahl auf seiner Stirn?«
»Na ja, daß ihm jemand die Eier abgeschnitten hat«, erwiderte Julia Durant ebenfalls grinsend, »könnte unter Umständen auf ein Ritual schließen lassen. Andererseits könnte es auch jemand getan haben, den Matthaus vielleicht betrogen hat. Ich meine damit sexuell. Ein gehörnter Ehemann, der sich auf diese Weise an ihm gerächt hat, oder eine verschmähte Geliebte … Wie gesagt, es gibt viele Deutungsmöglichkeiten. Wobei ich persönlich an die Theorie vom gehörnten Ehemann oder von der verschmähten Geliebten nicht glaube. Das wäre mir einfach zu simpel. Ein gehörnter Ehemann oder eine verschmähte Geliebte betreibt nicht einen derartigen Aufwand. Solche Leute warten

höchstens vor seinem Haus oder in der Tiefgarage oder wo immer auf ihn und legen ihn um. Das sind meistens Leute, die wenig Kontrolle über sich haben, die aus einem Affekt heraus handeln. Unser Täter hat sich unter Kontrolle. Er weiß genau, was er tut und vor allem, wann er es am besten tun kann. Mir scheint fast, als habe er seine Tat und die womöglich noch folgenden Taten bis ins kleinste Detail geplant. Und die Zahl? Es ist die Zahl des Teufels. Und für den Täter ist sein Opfer der Teufel in Person.«

»Für mich ist erst mal der Killer der Teufel«, sagte Kullmer in seiner aufreizenden Art.

»Tja, von Ihrem Standpunkt aus vielleicht. Aber da die Zahl auf die Stirn des Opfers geschrieben wurde, gehe ich davon aus, daß das Opfer damit gemeint sein soll«, sagte die Kommissarin spöttisch. »Doch es ist einfach noch zu früh, irgendwelche Prognosen abzugeben. Wir müssen erst Fakten sammeln, und das wird schwer genug werden. Deshalb sollten wir jetzt auch nicht unsere Zeit verplempern, sondern gleich in die Bank fahren und mit unseren Befragungen beginnen.« Julia Durant warf einen Blick auf die Uhr, fünf Minuten vor acht. »Machen wir uns also auf den Weg, damit wir möglichst mit den Angestellten zusammen in der Bank eintreffen.«

Berger nickte. »Sie fahren alle drei?«

»Um so schneller haben wir es hinter uns.«

Die Kommissarin verließ mit ihren Kollegen Hellmer und Kullmer das Präsidium. Bis zur Bank waren es mit dem Auto nur fünf Minuten.

MITTWOCH, 8.15 UHR

Sie parkten den Dienstwagen, einen Opel Omega, direkt vor dem Haupteingang der Frankfurter Bank. Bevor sie ausstiegen, besprachen sie kurz die Fragen, die den Mitarbeitern vor allem in der zwölften Etage gestellt werden sollten. Sie gingen am Pförtner vorbei, betraten einen der drei Aufzüge und fuhren nach oben. Sieben Angestellte, vier Frauen und drei Männer, standen sich aufgeregt unterhaltend auf dem Flur.

Als die Beamten den Aufzug verließen, verstummten die Gespräche sofort. Alle Blicke waren auf die zwei Männer und die Frau gerichtet.

»Guten Morgen«, sagte Julia Durant. »Das sind Oberkommissar Hellmer und Kommissar Kullmer, und ich selbst bin Hauptkommissarin Durant von der Kripo Frankfurt. Wir würden jetzt gern jedem von Ihnen ein paar Fragen stellen. Sicherlich wissen Sie, um was es geht, und je kooperativer Sie sich zeigen, desto schneller haben wir die Sache hinter uns. Eine Frage vorab – wie viele Mitarbeiter gibt es auf dieser Etage?«

Eine junge, großgewachsene, ausgesprochen hübsche Frau trat einen Schritt nach vorn, sagte: »Einen Moment ...«

»Wenn ich bitte Ihren Namen wissen dürfte?«

»Rohmer, Marianne Rohmer. Ich arbeite in der Personalabteilung am anderen Ende des Flurs. Lassen Sie mich einen Augenblick überlegen ... Zweiundzwanzig. Mit Doktor Matthäus waren es dreiundzwanzig.«

»Gut, dann werde ich mich mit Ihnen als erstes unterhalten.« Sie wandte sich Kullmer und Hellmer zu und sagte: »Ich werde mich jetzt mit Frau Rohmer unterhalten.« Dann sah sie die junge Frau an. »Lassen Sie uns doch bitte in Ihr Büro gehen, damit wir uns ungestört unterhalten können.«

»Natürlich«, sagte die dunkelhaarige Schönheit und ging vor Julia Durant den Flur entlang zu ihrem Büro.

»Bitte, nehmen Sie Platz.« Sie deutete auf einen Stuhl neben einem Glastisch und nahm auf der anderen Seite des Tisches Platz. »Frau Rohmer, wie lange sind Sie schon in dieser Bank beschäftigt?«

»Seit genau sieben Jahren.«

»Und in welcher Position?«

»Ich bin Leiterin der Personalabteilung.«

»Gut. Wie lange dauert in der Regel Ihr Dienst?«

»Normalerweise bin ich so gegen Viertel vor acht im Büro und verlasse es meist zwischen halb fünf und fünf.«

»Auch gestern?«

»Gestern bin ich erst um Viertel nach fünf aus dem Haus gegangen, weil ich noch ein wichtiges Einstellungsgespräch hatte, das mehr Zeit in Anspruch nahm als ursprünglich eingeplant.«

»Wie lange hat Ihr Gespräch gedauert?«

»Von kurz vor vier bis, wie gesagt, Viertel nach fünf.«

»Und Sie haben in dieser Zeit Ihr Büro nicht verlassen, und die Tür stand auch nicht offen?«

»Weder – noch«, sagte sie lächelnd. »Einstellungsgespräche werden hinter verschlossenen Türen geführt. Das ist so üblich.«

»Haben Sie beim Verlassen Ihres Büros das Schild ›Bitte nicht stören‹ an der Tür von Doktor Matthäus bemerkt?«

»Nein, tut mir leid, ich habe auch nicht in diese Richtung gesehen. Außerdem hatte er seine Tür ohnehin meist geschlossen, zumindest während der Arbeitszeit. Und das Schild hatte er ab und zu an der Klinke hängen.«

»Wie war Ihr Kontakt zu Doktor Matthäus?«

»Wie soll ich diese Frage verstehen?«
»Haben Sie viel mit ihm zusammengearbeitet? Sahen Sie ihn des öfteren?«
»Natürlich habe ich mit ihm zusammengearbeitet. Wenn es um die Besetzung exponierter Positionen ging, dann brauchte ich natürlich sein Okay. Manchmal hat er sogar selbst mit den Bewerbern gesprochen. Doch außer dem beruflichen gab es keinerlei Kontakt. Ich …«
»Ja? Was wollten Sie noch sagen?«
»Nichts weiter, vergessen Sie's. Es ist nicht wichtig.«
Julia Durant zündete sich eine Zigarette an, beobachtete die junge Frau, die einen nervösen Eindruck machte. »Als Sie vorhin mit Ihren Kollegen und Kolleginnen auf dem Flur standen, hat da irgendeiner erwähnt, daß er oder sie gestern zwischen vier und fünf etwas Auffälliges oder Ungewöhnliches bemerkt hat?«
»Nein.«
»Wissen Sie, wann Doktor Matthäus getötet wurde?«
»Nein, woher? Es wird nur gemunkelt, daß es irgendwann am späten Nachmittag oder frühen Abend gewesen sein soll.«
»Er wurde ziemlich genau um halb fünf ermordet …«
»Mitten während der Arbeitszeit? Mein Gott, wie geht das denn? Das verstehe ich nicht, um diese Zeit sind die Büros doch alle noch besetzt.«
»Sie sehen, es geht …«
»Das heißt, es könnte sein, daß mehrere Personen auf dieser Etage den Mörder gesehen haben und …?«
»Ich gehe davon aus. Nur wird man ihm keine Beachtung geschenkt haben. Wahrscheinlich trug er einen Anzug, Krawatte, so wie die meisten Männer hier. Einer unter vielen. Und wer kennt schon alle Mitarbeiter des Hauses? Was ist mit Frau Klinger? Ist sie schon im Büro?

Sie ist doch die rechte Hand von Doktor Matthäus, oder?«

»Ja, sie ist oder, besser gesagt, war seine Sekretärin. Sie ist diese Woche aber krankgeschrieben und wird voraussichtlich auch nächste noch nicht kommen können. Sie liegt im Krankenhaus; soweit ich weiß, ist ihr die Gallenblase entfernt worden.«

»Ach so, damit fällt natürlich eine ganz wichtige Person aus, die uns unter Umständen weiterhelfen könnte. Gibt es einen Ersatz für sie?«

»Ja, Frau Schenker hat ihr Büro zwei Türen weiter, und auch sie hat ihre Tür meist geschlossen. Tut mir leid.«

»War Doktor Matthäus neben seiner Funktion als Direktor dieser Bank auch noch in anderen Unternehmen tätig? Ich meine, es kommt ja nicht selten vor, daß Direktoren oder Vorstandsvorsitzende ihre Tätigkeit nicht nur auf ein Unternehmen beschränken, sondern – salopp ausgedrückt – mitnehmen, was sie mitnehmen können.«

»Ich kann Ihnen keine Auskunft darüber geben, da ich ausschließlich Informationen über seine Tätigkeit für die Frankfurter Bank habe. Und ich kann mir kaum vorstellen, daß seine Aufgabe hier ihm noch Zeit für andere Aktivitäten ließ. Er war sehr ausgelastet.«

»Eine andere Frage – wie war er? Als Mensch, als Vorgesetzter, überhaupt.«

»Man konnte mit ihm auskommen. Ja, ich denke, bis auf wenige Ausnahmen war er ganz in Ordnung.«

»Was für Ausnahmen?«

»Jeder von uns hat mal einen schlechten Tag. Auch die hohen Tiere sind nicht davor gefeit.« Frau Rohmer blickte während der letzten beiden Sätze zu Boden, verkrampfte die Hände ineinander. Julia Durant registrierte es, steckte es in eine der vielen kleinen Schubladen in ihrem Kopf.

»Gab es nichts an ihm auszusetzen?«

»Fragen Sie die anderen, ich weiß es nicht.« Mit einem Mal verschloß sich Frau Rohmer wie eine Auster.

»Aber Sie hatten doch am meisten mit ihm zu tun, außer Frau Klinger natürlich. Was gab es, was Ihnen an ihm mißfiel?«

Frau Rohmer stockte, zögerte mit der Antwort. Sie kniff die Lippen zusammen, kleine Schweißperlen hatten sich auf ihrer Stirn gebildet. Sie holte tief Luft, bevor sie sich zu einer Antwort durchrang.

»Er war bekannt dafür, daß er ...« Sie stockte wieder.

»Bekannt für was?«

»Er war hinter Röcken her. Jung und knackig mußten sie sein. Er hat es nicht auf eine plumpe, dreiste Art gemacht, eher auf eine subtile Weise. Man merkte im ersten Augenblick gar nicht, was er eigentlich wollte. Und ehe man sich's versah, war es zu spät.«

»Sprechen Sie da aus eigener Erfahrung?«

Frau Rohmer errötete, erwiderte aber nichts.

»Mir ist aufgefallen, daß Sie noch ziemlich jung sind und doch schon eine derart wichtige Position innehaben. War es bei Ihnen so? Hatten Sie ein Verhältnis mit Dr. Matthäus?«

»Ja, aber das ist schon lange her. Ich habe seit mehr als drei Jahren nichts mehr mit ihm gehabt. Er wollte andere, jüngere haben.«

»Und hat er die bekommen?«

»Keine Ahnung, ich habe mich nicht mehr darum gekümmert. Ich habe nur noch meine Arbeit gemacht, mehr nicht. Es gab keinerlei persönliche Kontakte zwischen uns. Das kann ich Ihnen garantieren. Ich bin seit anderthalb Jahren fest liiert ...«

»Was heißt das, fest liiert? Verheiratet?«

»Nein, aber ich habe einen Lebensgefährten, mit dem ich zusammenlebe.«
Kommissarin Durant nickte, erhob sich, reichte Frau Rohmer die Hand. »Vielen Dank für Ihre Hilfe, ich muß jetzt noch einige andere Angestellte befragen. Auf Wiedersehen.«
»Auf Wiedersehen. Und hoffentlich finden Sie den Deckskerl bald.«
»Wir werden unser Bestes tun.« An der Tür wandte sie sich noch einmal um. »Wären Sie bitte so freundlich, mir zu sagen, wie alt Sie sind?«
»Achtundzwanzig.«
»Danke.«
Julia Durant und ihre Kollegen setzten zwei Stunden lang die Befragungen fort, ohne Ergebnis. Als sie um halb elf das Gebäude verließen, begann es zu regnen. Ein warmer, böiger Wind fegte durch die Straßen. Im Auto besprachen sie sich kurz, bevor sie die Rückfahrt zum Präsidium antraten. Julia Durant und Hellmer rauchten, während Kullmer gelangweilt auf dem Rücksitz saß und aus dem Fenster sah. Jeder hing seinen eigenen Gedanken nach.

MITTWOCH 10.45 UHR

Als sie ins Präsidium zurückkehrten, war der Regen noch heftiger geworden. Julia Durant betrat als erste das Büro, warf nur einen kurzen Blick auf ihren Schreibtisch und zuckte zusammen. Eine weiße Lilie und ein Brief. Sie ging langsam näher, nahm den Brief, öffnete ihn vorsichtig, als könnte er eine Bombe enthalten.
»Wann kam das?« fragte sie mit kehliger Stimme.

»Kurz nachdem Sie weg waren. Viertel nach acht etwa«, antwortete Berger.
»Und wer hat es gebracht?«
»Ein Bote hat es unten abgegeben.«
»Scheiße, dann wissen wir nicht einmal etwas über diesen Boten! Verdammt!«
Sie begann zu lesen.

Das erste Werk ist vollbracht. Doch es werden noch weitere folgen, denn die Erde muß gereinigt werden von ihrem Abschaum, der ihr die Luft zum Atmen nimmt.
Denn die Erde ist entweiht durch ihre Bewohner, denn sie haben die Weisungen übertreten, die Gesetze verletzt ...
PS: Haben Ihnen die Blumen zugesagt? Ich finde, weiße Lilien haben etwas Anmutiges, aber auch etwas Trauriges. Es ist schade, daß es so viel Trauriges auf der Welt gibt.

»Ich wußte es, verdammt noch mal, ich wußte es«, preßte sie hervor. »Hier, lest selber. Dann glaubt Ihr mir vielleicht endlich.«
Sie zündete sich eine Gauloise an, während Hellmer und Kullmer lasen. Als sie fertig waren, legten sie den Brief auf den Tisch. »Und nun?« fragte Hellmer.
»Und nun?« äffte die Kommissarin ihn nach und machte eine wegwerfende Handbewegung. »Nichts, absolut nichts! Das ist doch der Mist! Wir wissen bis jetzt nicht das geringste von diesem Kerl. Wir wissen auch nicht, wann und wo er wieder zuschlägt und wer sein nächstes Opfer sein wird. Alles, was wir wissen, ist, daß es ein nächstes Opfer geben wird. Und er wird bestimmt wieder mit der gleichen Kalt-

blütigkeit vorgehen wie bei Matthäus, da verwette ich meinen ...«

»Arsch drauf! Ich auch«, sagte Kullmer, mit einem Mal ernst.

»Was ist mit der Spurensicherung? Haben die irgendwas Brauchbares für uns?« fragte sie Berger. Er schüttelte mit dem Kopf.

»Nein, weder in der Kartei bekannte Fingerabdrücke noch irgendwelche anderen verwertbaren Spuren. Und Ihre Befragung, was hat die ergeben?«

»Keinem ist irgendeine fremde Person aufgefallen, obgleich um halb fünf noch zwanzig Mitarbeiter auf der Etage waren. Das einzige, was wir über Matthäus herausfinden konnten, ist, daß er offensichtlich hinter jungem Fleisch her war. Die Leiterin der Personalabteilung ist gerade mal achtundzwanzig Jahre alt, sehr jung für eine derart verantwortungsvolle Aufgabe. Sie gab mir gegenüber zu, bis vor drei Jahren etwas mit Matthäus gehabt zu haben. Ich glaube aber nicht, daß wir damit auch ein Motiv haben. Derjenige, der Matthäus umgebracht hat, tat dies aus einem anderen Grund. Doch welchem? Einen Weiberhelden richtet man nicht so zu, vor allem schreibt man ihm nicht diese Zahl auf die Stirn. Selbst der größte religiöse Fanatiker tut das nicht, außer er ist wirklich völlig von der Rolle. Nein, seine Weibergeschichten sind nicht der Grund.«

»Und was macht Sie da so sicher?« fragte Berger.

»Auch wenn vielleicht Sie nichts drauf geben – mein Gefühl. Mein Gefühl macht mich so sicher. Wir können jetzt nichts weiter tun als abwarten.« Sie drückte ihre Zigarette aus, stand auf.

»Ich geh mal kurz für kleine Mädchen.« Sie ging nach draußen, schloß die Tür hinter sich.

»Und, was glauben Sie?« fragte Hellmer und sah Berger an.

»Wissen Sie, ich habe damals Kollegin Durant von der Sitte zu uns geholt, weil ich von ihrem untrüglichen Gespür gehört hatte. Und genau diesem Gespür vertraue ich. Und soweit ich weiß, hat es sie noch nie im Stich gelassen.«
»Also gut, wie soll's jetzt weitergehen?« fragte Hellmer.
»Warten wir, bis Frau Durant wieder da ist. Ich habe mich entschlossen, ihr die Leitung des Falles zu übergeben.«
Kullmer verdrehte die Augen, murmelte ein kaum hörbares »Scheiße«, während Hellmer nur mit den Schultern zuckte.
»Und sollte tatsächlich noch ein zweiter Mord folgen, werden wir unverzüglich eine Sonderkommission bilden. Aber auch so muß alles daran gesetzt werden, diesen mysteriösen Fall zu lösen. Und zwar so schnell wie möglich. Ich habe vorhin von Oberstaatsanwältin Schweiger einen Anruf bekommen, in dem sie mir unmißverständlich zu verstehen gab, daß dem Mord an Matthäus absolute Priorität einzuräumen ist. Sie legt großen Wert darauf, daß wir uns hauptsächlich auf diesen Fall konzentrieren.«
Die Tür ging auf, und Julia Durant kam herein. Sie hielt einen Becher Kaffee in der Hand. Sie hatte die letzten Worte mitbekommen und fragte: »Wer will, daß wir uns hauptsächlich auf diesen Fall konzentrieren?« Sie setzte sich und zündete sich eine weitere Zigarette an.
»Unsere über alles geliebte Oberstaatsanwältin Schweiger«, sagte Berger mit unüberhörbarem Spott. »Sie hat außerdem sehr nachdrücklich betont, daß die Medien unter gar keinen Umständen Details des Mordes erfahren dürfen. Aber das hatte ich ohnehin nicht vor. Ich habe Ihren Kollegen übrigens soeben mitgeteilt, daß Sie die Leitung des Falles übernehmen werden.«
»Wenn Sie es unbedingt wünschen«, erwiderte die Kommissarin und schlürfte an dem heißen Kaffee. »Doch es wird eine verdammt schwere Arbeit werden. Vor allem, weil wir

ja überhaupt keinen Anhaltspunkt haben. Wir müssen, ob wir es wollen oder nicht, heute nachmittag noch einmal Frau Matthäus befragen und dann unter Umständen einige Nachbarn. Wir müssen etwas über seinen Lebenslauf, sprich Werdegang, herausfinden und vor allem, was er machte, wenn er nicht in der Bank war. Denn seine Frau sagte mir gestern abend, daß ihr Mann sich nur noch sehr selten zu Hause aufhielt. Ich würde sagen, Hellmer und ich fangen damit nach dem Mittagessen an. Sie«, sagte sie und sah Kullmer an, »fahren bitte noch einmal zur Bank. Fragen Sie, ob im Schalterraum jemand bemerkt wurde, der so gegen vier zum Aufzug gegangen ist. Jemand, der nicht zur Bank gehört. Und dann fragen Sie bitte noch einmal die Stellvertreterin von Frau Klinger, ob ihr nicht vielleicht doch einfällt, mit wem Matthäus gestern verabredet war. Ich möchte jedes auf den ersten Blick auch noch so unwichtig erscheinende Detail wissen.«
Sie stand auf, wollte gerade mit Hellmer das Büro verlassen, als Bergers Stimme sie zurückhielt. »Einen Moment noch, Kollegin. Vergessen Sie bitte nicht den Termin morgen früh im Gericht. Sie wissen schon, die Sache mit diesem Winzlow.«
»Danke, daß Sie mich daran erinnern. Ich hätt's tatsächlich vergessen«, sagte sie mit unüberhörbarem Sarkasmus. Ihr graute vor dieser verfluchten Anhörung. Obgleich jeder im Präsidium wußte, daß Winzlow eine schmutzige Weste hatte, so war ihm doch nichts Konkretes nachzuweisen. Und er hatte einen verdammt guten Anwalt. Vielleicht sogar den besten.

MITTWOCH, 13.00 UHR

Nach dem Mittagessen, das sie in einem kleinen spanischen Lokal in der Nähe der Alten Oper eingenommen hatten, machten sich Julia Durant und Kommissar Hellmer erneut auf den Weg zu Frau Matthäus. Vom Auto aus telefonierte sie mit ihr, um ihr Kommen anzukündigen. Nach einer kurzen Unterbrechung, in der die Sonne sich einen Weg durch die Wolken gebahnt hatte, hatte es wieder angefangen zu regnen, dennoch war es schwül. Julia Durant spürte ein leichtes Stechen in der linken Schläfe, sie wußte, wenn sie nicht bald ein Aspirin einnahm, würden die Kopfschmerzen bis zum Abend unerträglich werden. Wegen einer Baustelle im Bereich der Taunusanlage kamen sie nur sehr stockend voran und benötigten deshalb für die Fahrt nach Niederrad beinahe eine halbe Stunde. Um fünf vor eins parkte Hellmer den Wagen vor dem Haus von Dr. Matthäus. Sie stiegen aus, die Kommissarin nahm noch einen letzten Zug von ihrer Zigarette und ließ sie dann auf die nasse Straße fallen. Sie klingelten, das Tor öffnete sich wie von Geisterhand, und genauso geräuschlos schloß es sich wieder hinter ihnen. Sie liefen den Kiesweg entlang zum Haus, wo sie von Frau Matthäus bereits erwartet wurden. Sie trug ein lindgrünes Kleid, einen roten Seidenschal, Seidenstrümpfe und rote Pumps. Sie lächelte kaum merklich.

»Bitte treten Sie ein«, sagte sie und ließ die Beamten an sich vorbei ins Haus gehen. »Gehen wir doch am besten wieder in das Wohnzimmer. Ich habe Maria bereits gebeten, Kaffee zu kochen – Sie trinken doch Kaffee?«

»Machen Sie sich bitte keine Umstände ...«

»Das sind keine Umstände. Wenn Sie bitte Platz nehmen wollen.«

Durant und Hellmer setzten sich wie am Vorabend auf den Zweisitzer, während Frau Matthäus ihnen gegenüber auf dem Sessel Platz nahm, die Beine eng geschlossen, die Hände gefaltet.
»Nun, was kann ich für Sie tun?«
»Wir haben nur ein paar Fragen an Sie«, erwiderte Kommissarin Durant. »Doch zuvor hätte ich eine Bitte. Wäre es vielleicht möglich, ein Aspirin zu bekommen. Ich habe ziemlich starke Kopfschmerzen.«
»Selbstverständlich. Ich vertrage dieses Wetter auch nicht sonderlich gut. Wenn Sie bitte einen Moment warten wollen.« Sie erhob sich, ging zur Tür und rief nach Maria, der Haushälterin. Zwei Minuten später kam sie mit einem Glas Wasser und einem Aspirin zurück und reichte beides der Kommissarin.
»Danke«, sagte sie, »jetzt kann ich nur noch hoffen, daß es auch wirkt. Aber nun zum eigentlichen Grund unseres Besuches. Wann haben Sie Ihren Mann zuletzt gesehen? Sie erwähnten gestern, daß er nicht häufig zu Hause war, zumindest habe ich das so verstanden.«
»Gestern morgen beim Frühstück, das wir ausnahmsweise einmal zusammen einnahmen.«
»Frau Matthäus, wirkte Ihr Mann gestern morgen anders als sonst? War er vielleicht aufgeregt oder nervös? Oder ist Ihnen sonst irgend etwas an seinem Verhalten aufgefallen?«
Sie überlegte einen Moment, zuckte mit den Schultern, schüttelte den Kopf. »Nein, nichts. Außerdem hat er während des Frühstücks sein Gesicht hinter der Zeitung versteckt. Zumindest die meiste Zeit. Und wenn Ihre nächste Frage sein sollte, was wir gesprochen haben, dann muß ich Ihnen leider sagen, daß außer einem guten Morgen und einem dahingeplapperten Abschiedsgruß nichts von Belang

gesprochen wurde. Wir sprachen über Belanglosigkeiten wie seit Jahren schon. Ich sagte Ihnen ja bereits, daß unsere Ehe nur noch eine brüchige Fassade war. Was glauben Sie, wie viele von den anderen hier denken oder dachten, wie glücklich wir wären?! Wir waren's aber nicht. Ich auf jeden Fall nicht. Wie es bei ihm aussah, kann ich nicht beurteilen. Doch ich nehme an, seine und meine Auffassung von Glück waren sehr unterschiedlich.«
Maria, das Hausmädchen, kam herein mit einem Silbertablett, auf dem eine silberne Kanne und drei Tassen und Untertassen sowie eine kleine Schale mit Keksen standen. Sie stellte das Tablett ab und die Tassen auf den Marmortisch, schenkte ein.
»Danke«, sagte Frau Matthäus, worauf Maria das Zimmer wortlos verließ.
»Hatte Ihr Mann ein Verhältnis?« fragte Hellmer.
Frau Matthäus lächelte dezent, sah Hellmer direkt an. »Eines? Ich denke, er hatte im Lauf unserer Ehe zehn oder zwanzig oder hundert Verhältnisse. Je jünger, desto besser. Ich weiß das aber nicht, weil ich einen Detektiv beauftragt hätte, ihn zu beschatten, sondern weil vor ziemlich genau einem Jahr eines dieser Verhältnisse plötzlich hier aufgetaucht ist und eine fürchterliche Szene gemacht hat. Mitten in ein Gartenfest ist sie hineingeplatzt und hat rumgeschrien, daß sie schwanger sei und daß mein Mann sich gefälligst um die Zukunft des Kindes kümmern solle und sie sich nicht einfach wie einen Haufen Dreck wegwerfen lassen würde. Glücklicherweise wußte ich zu diesem Zeitpunkt schon, daß er es mit der ehelichen Treue nicht so genau nahm, weshalb mich der Auftritt dieser jungen Dame eher amüsierte, als daß ich wie vielleicht andere Frauen in meiner Situation die Beherrschung verloren hätte. Mein Mann war es, der die Beherrschung verlor, Sie hätten seinen Kopf

sehen müssen, wie er vor Wut und Demütigung fast platzte ... Ich habe es ihm gegönnt, es war so etwas wie ein innerer Reichsparteitag für mich, ihn vor so vielen Leuten so dumm dastehen zu sehen. Ich sagte mir nur, es sei sein Problem und er allein sollte damit fertig werden. Alles andere interessierte mich nicht.«

»Könnten Sie sich vorstellen, daß eines dieser Verhältnisse ihn auf dem Gewissen hat?«

»Keine Ahnung, vielleicht. Aber das müssen Sie herausfinden.«

»Wäre es möglich, uns kurz einmal den Werdegang oder Lebenslauf Ihres Mannes zu beschreiben?«

»Da gibt es nicht viel zu sagen. Er stammt aus sehr gutem Haus, sein Vater war ebenfalls Bankier, er genoß eine hervorragende Schulbildung, machte ein Einser-Abitur, studierte in Oxford und stieg mit vierundzwanzig in das Bankgeschäft ein. Erst bei seinem Vater, wo er sich bis in den Vorstand hocharbeitete, die Bank aber verließ, als sein Vater in den Ruhestand ging. Er selbst wechselte zur Frankfurter Bank, deren Direktor er seit neun Jahren war. Wenn Sie also auf eine Geschichte gewartet haben wie zum Beispiel vom armen Arbeitersohn zum Bankdirektor, dann muß ich Sie leider enttäuschen. Er kam aus einem reichen Haus und war nie einen anderen Lebensstil gewöhnt.«

»Und Sie?«

»Nun, ich komme nicht gerade aus einfachen Verhältnissen, doch wir lebten nicht in dem Luxus wie die Familie Matthäus. Aber das ist unwichtig.«

»Hatte Ihr Mann Kontakte zu Personen, die – ich will es vorsichtig ausdrücken – nicht ganz koscher waren?«

»Tut mir leid, darauf kann ich Ihnen beim besten Willen keine Antwort geben. Ich weiß wirklich nichts über seine Kontakte, zumindest nichts über die, die über unsere gemeinsamen hinausgingen. Und das waren nicht viele.« Sie machte eine Pause, nippte an ihrem Kaffee, stellte die Tasse zurück auf den Tisch, lehnte sich zurück. Sie fuhr sich mit der Zunge über die Lippen und fragte: »Sagen Sie, stimmt es, was ich gehört habe, daß ihm auch die Genitalien abgeschnitten wurden?«

»Woher haben Sie diese Information?« fragte Hellmer mit hochgezogenen Augenbrauen.

»Ich erhielt heute morgen einen Anruf. Ich habe die Stimme noch nie zuvor gehört, und der Anrufer hat auch seinen Namen nicht genannt. Er hat nur gesagt, mein Mann sei kastriert worden, und das habe seinen Grund. Und irgendwann würde ich erfahren, was dieser Grund sei.«

»Das überrascht mich«, sagte Julia Durant. »Wir haben nämlich diese Information bewußt vor der Presse geheimgehalten. Aber da Sie jetzt schon das mit der Kastration wissen, dann kann ich Ihnen auch noch sagen, daß der Täter auf die Stirn Ihres Mannes mit Blut die Zahl 666 geschrieben hat. Haben Sie dafür eine Erklärung?«

»Dreimal die Sechs? Die Zahl des Teufels?«

»Sie kennen die Zahl?« fragte die Kommissarin erstaunt.

»Oh, natürlich«, erwiderte Frau Matthäus lächelnd. »Ich habe eine Klosterschule besucht und gehe auch jetzt noch regelmäßig in die Kirche und lese sogar dann und wann in der Heiligen Schrift. Dennoch verstehe ich nicht, warum der Mörder ihm diese Zahl auf die Stirn geschrieben hat. Es ergibt keinen Sinn.«

»Für den Mörder schon«, erwiderte Julia Durant. »Denn laut Bibel bekommen all jene diese Zahl auf die Stirn geschrieben, die dem Teufel nachfolgen. Und hier liegt für uns die große Frage – was hat Ihr Mann getan, daß jemand einen derartigen Haß auf ihn hatte, der ihn dazu trieb, ihm das Zeichen des Teufels zu geben?«

»Mein Gott«, stieß Frau Matthäus hervor, »das ist fast unheimlich. Ich kann es nicht fassen.«
»Könnte es sein, daß Ihr Mann in irgendwelche unsauberen Geschäfte verwickelt war?«
»Ich sagte Ihnen doch bereits, ich habe keine Ahnung von seinen Geschäften. Ich weiß nicht, was ich davon halten soll. Es ist sehr verwirrend.«
»Ja, für uns auch. Ich möchte Sie aber bitten, Details, was die Ermordung Ihres Mannes angeht, vorläufig für sich zu behalten.«
»Natürlich.« Frau Matthäus schaute zur Uhr. »Es tut mir leid, aber ich habe um halb drei einen Termin bei meinem Arzt. Ich will nicht unhöflich erscheinen ...«
»Kein Problem, wir wollten ohnehin gehen. Vielen Dank für den Kaffee und auf Wiedersehen.«
»Auf Wiedersehen. Ich öffne Ihnen das Tor vom Haus aus.«
In der Eingangstür blieb Julia Durant noch einmal stehen und drehte sich um. »Frau Matthäus, eine Frage noch – der Arzt, zu dem Sie gehen, ist das derselbe Arzt, den auch Ihr Mann bei gesundheitlichen Problemen konsultiert hat?«
»Ja, warum? Aber, mein Mann hatte keine gesundheitlichen Probleme. Zumindest nicht, das ich wüßte.«
»Könnten wir bitte trotzdem seinen Namen haben?«
»Professor Meininger. Er wohnt gleich um die Ecke, Nobelring.«
Sie liefen durch den Regen zum Auto zurück, setzten sich hinein. Am westlichen Horizont brach die Wolkendecke auf, im Taunus schien bereits die Sonne.
»Und jetzt?« fragte Julia Durant.
»Am liebsten würde ich in die Stadt fahren und ein schönes Stück Erdbeertorte mit Sahne essen.«
»Warum nicht? Vielleicht kommen uns dabei ein paar

glorreiche Einfälle. Wir nehmen uns heute einfach diese Stunde.«

Um halb drei parkten sie in der Goethestraße, gingen durch den Steinweg zum Café Hauptwache. Sie setzten sich an einen freien Tisch, bestellten jeder ein Stück Erdbeertorte mit Sahne und eine Tasse Kaffee. Während sie warteten, ließ Hellmer seinen Blick durch das Café streifen, mit einem Mal kniff er die Augen zusammen, stand auf, sagte nur: »Warte einen Moment, ich hab da hinten jemanden entdeckt, den ich lange nicht gesehen habe. Bin gleich wieder zurück.«

Sein Mund wurde trocken, seine Knie weich. Er hatte sie wirklich lange nicht gesehen, fast zwei Jahre nicht, und jetzt auf einmal ... Er trat an ihren Tisch, sie blickte auf.

»Hallo, Nadine.« Sie saß vor einer Tasse Tee.

Sie lächelte zurückhaltend. »Hallo, Frank.«

»Darf ich mich einen Augenblick zu dir setzen?«

»Bitte.« Er nahm ihr gegenüber Platz, um sie so besser betrachten zu können.

Sie war noch immer so schön, wie er sie in Erinnerung behalten hatte. Ihr Gesichtsausdruck war noch immer so geheimnisvoll und unergründlich, ihre Finger so schmal und zart, ihr Gesicht so ebenmäßig und fast porenlos, nur ihr Haar trug sie kürzer als damals, wodurch sie etwas eleganter und damenhafter wirkte, was aber ihrer Anziehungskraft keinen Abbruch tat. Sie war noch immer die gleiche Nadine, auch wenn er zu sehen glaubte, daß ihre Mundwinkel einen melancholischen Zug aufwiesen. Sie trug ein gelbes Kostüm, ihre Ohrringe, die Halskette, die Ringe an ihren Fingern und das Armband schienen aus reinem Gold und mit Diamanten besetzt zu sein.

»Ich weiß nicht, was ich sagen soll, aber du siehst phantastisch aus. Fast so gut wie damals.«

»Fast so gut?« fragte sie mit neckischem Augenaufschlag.
»Warum bist du einfach weggegangen? Du hast dich aus dem Staub gemacht und nie wieder etwas von dir hören lassen. Warum hast du das getan?«
Sie fuhr mit einem Finger über den Rand der Tasse und sagte, ohne aufzublicken: »Es ging nicht anders. Du hättest nie etwas anderes akzeptiert. Es war der einzige Weg, der einzig akzeptable Weg für mich. Ich wäre sonst zugrunde gegangen. Es vergeht aber fast kein Tag, an dem ich nicht an dich denken muß. Es ist schon komisch, wie gegenwärtig die Vergangenheit sein kann.«
»Und was machst du jetzt? Du bist, wie ich sehe, verheiratet?«
»Ja, seit etwas über einem Jahr«, erwiderte sie, ohne ihn dabei anzusehen.
Er schluckte schwer, holte eine Zigarette aus seiner Jackentasche und zündete sie an. »Bist du wenigstens glücklich?«
Statt zu antworten, stellte sie eine Gegenfrage. »Bist du es?«
Er schüttelte den Kopf, meinte mit einem bitteren Unterton: »Nein. Ganz sicher nicht.« Er machte eine Pause, nahm einen langen Zug an der Zigarette, bevor er fortfuhr: »Wie heißt du jetzt? Oder darf ich das nicht wissen?«
»Neuhaus.«
»Und was macht dein Mann?«
»Er ist Immobilienmakler.«
»Oh, der Neuhaus! Ich hätt mir denken können, daß du nicht kleckerst, sondern klotzt. Und natürlich ist er reich, ihr könnt euch alles leisten, und es geht dir blendend. Stimmt's?« fragte er, unfähig, seinen Sarkasmus zu unterdrücken.
»Ja, er ist reich, wir können uns alles leisten, doch das letzte«, sie seufzte auf und starrte auf ihren Tee, »stimmt ganz und gar nicht.« Auf einmal sah sie Hellmer direkt an

aus ihren großen, braunen Augen, so wie er sie kannte, unergründlich, tief wie ein Meer, in das er am liebsten hineingetaucht wäre. Nach einem Moment, der wie eine Ewigkeit schien, sagte sie mit einem leichten Lächeln: »Wie ich sehe, bist du noch immer der gleiche Zyniker. Aber es ist wohl die einzige Weise, wie man sich manchmal über Wasser halten kann. Ich merke es an mir, ich bin bisweilen auch recht zynisch. Zynischer als früher. Ich war nicht immer so, aber das Leben verläuft nicht immer in den Bahnen, die wir uns wünschen. Manchmal schlägt es die seltsamsten Kapriolen, und das Traurige ist, daß wir sie meistens nicht verstehen.«

»Bist du unglücklich? Oder nur melancholisch?«

»Weder – noch«, sagte sie, doch Hellmer wußte, daß sie in diesem Moment nicht die Wahrheit sagte. »Ich habe heute nur nicht meinen besten Tag, wenn du verstehst, was ich meine.«

»Ich habe auch nicht meinen besten Tag, ich weiß schon gar nicht mehr, wann ich das letzte Mal einen guten Tag hatte. Ich lebe nur noch vor mich hin.« Er blickte auf, schüttelte den Kopf, meinte: »Oh, Scheiße, ich wollte dir nicht den Kopf vollquatschen mit meinen kleinen Problemen. Aber manchmal kann ich mich einfach nicht beherrschen.«

»Schon gut, ich kann dich verstehen«, entgegnete sie und berührte kurz seine Hand.

»Meinst du?!« erwiderte er und lachte bitter auf. »Gar nichts kannst du. Das kann keiner, zumindest keiner, der sich nicht in einer ähnlichen Situation wie ich befindet … Aber ich freue mich für dich, daß du es geschafft hast.«

»Du hast ja keine Ahnung«, sagte sie. »Wenn du meinst, ich hätte es geschafft nur durch die Heirat mit einem reichen Immobilien … hai, dann täuschst du dich. Ich habe inzwischen gemerkt, daß es weit wichtigere Sachen im Leben gibt als Geld, Kleider, Häuser. Weit wichtigere Sachen. Aber jetzt ist es zu spät.«

»Wofür?«

Sie holte tief Luft, lächelte verkniffen, sagte: »Laß uns von etwas anderem reden, okay? Zum Beispiel, was macht deine Arbeit?«

»Was macht meine Arbeit?« Er zuckte mit den Schultern und deutete mit dem Kopf hinter sich. »Da hinten, die junge Frau mit der Erdbeertorte, das ist meine Chefin. Wir bearbeiten gerade einen äußerst bizarren Fall, von dem du vielleicht gehört hast ...«

»Doktor Matthäus?« fragte Nadine Neuhaus wie selbstverständlich und nahm einen Schluck von ihrem Tee.

»Genau der.«

»Und habt ihr schon eine heiße Spur?«

»Nein, absolut nichts. Keiner hat irgend jemanden gesehen, der Täter hat wie ein Phantom gearbeitet. Wir tappen im Augenblick noch völlig im dunkeln. Na ja, und die Presse rückt uns schon auf den Pelz, und, und, und ... Es macht keinen Spaß.« Er machte eine kurze Pause, bevor er fortfuhr: »Sag mal, wo wohnst du eigentlich?«

»Lerchesberg, Nansenring.«

»Oh, in der Nähe von Doktor Matthäus also.«

»Um genau zu sein, wir sind direkte Nachbarn.«

»Wenn ihr direkte Nachbarn seid, dann sag mir doch mal etwas über seine Frau. Wie schätzt du sie ein?«

»Wie ich sie einschätze – unverbindlich, freundlich, eigentlich ganz nett, nur ist es wahnsinnig schwer, an sie heranzukommen. Ich habe es einige Male probiert, aber außer zu zwei oder drei gesellschaftlichen Anlässen hatte ich bisher keinen Kontakt zu ihr. Im Prinzip ist sie aber eine freundliche Frau.«

»Danke, das beantwortet mir schon einige Fragen. Ich empfinde übrigens genauso, nur läßt man sich leicht täuschen. Es ist gut, eine zweite Meinung einzuholen. Und wenn ihr Haus an Haus wohnt … Würdest du sie für fähig halten, ihren Mann –«

»Da kann ich wirklich nur lachen! Doch nicht die Matthäus! Da mußt du dir schon was anderes einfallen lassen. Vergiß sie einfach.«

Plötzlich schwand alle Farbe aus dem Gesicht von Nadine Neuhaus, sie blickte in Richtung Tür, Hellmer drehte sich um. Ein Mann, Hellmer schätzte sein Alter auf etwa vierzig Jahre, braungebrannt, in T-Shirt und hellem Designer-Anzug, kam herein und auf ihren Tisch zu. Er machte ein ernstes Gesicht, stand auf einmal neben ihnen, sagte mit schnarrender, unfreundlicher Stimme und kaltem Blick: »Fertig?«

»Ja, ja, ich bin fertig.«

»Dann los, gehen wir. Wer ist das?« fragte er, auf Hellmer deutend.

»Das ist ein ehemaliger Bekannter. Er bearbeitet den Mordfall Matthäus.«

»Polizei also«, sagte der Mann mit herabgezogenen Mundwinkeln. »Dann sehen Sie mal zu, daß Sie diesen Schweinehund schnell finden. Sie wissen ja, es könnte ziemlich viel Ärger geben, wenn der Kerl noch lange frei rumläuft. Sie verstehen sicher, was ich meine.« Das kam mit einer Arroganz, für die Hellmer ihm am liebsten in die Fresse geschlagen hätte. Vielleicht aber auch dafür, daß er jetzt hatte, was Hellmer vor langer Zeit verlorengegangen war – Nadine.

Hellmers Kiefer mahlten aufeinander, er erhob sich langsam und stand jetzt dicht vor Neuhaus, der etwa einen halben Kopf größer war. Er haßte diesen arroganten Typen, der offensichtlich glaubte, allein durch sein Geld und seinen Einfluß alles kaufen und besitzen und bestimmen zu können.

»Nein, ich verstehe nicht, was Sie meinen«, erwiderte Hellmer scharf und blickte Neuhaus direkt in die Augen. »Aber wir werden unser Bestes tun. Wichtig ist dabei, daß uns bestimmte Leute nicht im Weg stehen und versuchen, uns zu sagen, was wir zu tun haben. Wenn *Sie* verstehen, was *ich* meine?!« Nach dem letzten Satz grinste er Neuhaus an, dessen Gesicht unter der braunen Haut mit einem Mal weiß geworden zu sein schien, sah Nadine an und sagte: »Also, mach's gut, Nadine, vielleicht treffen wir uns ja mal zufällig irgendwann und irgendwo wieder. Und paß gut auf dich auf. Ciao.«
»Tschüs«, erwiderte sie leise, bevor Neuhaus sie mit, wie Hellmer fand, recht grobem Griff wortlos nach draußen zerrte. Hellmer sah ihr nach, bis sie im Gewühl der Menschen verschwunden war. Er schluckte schwer, ahnte jetzt, daß sie wahrscheinlich doch nicht das große Los gezogen hatte. Er ging zurück zu Julia Durant, die aufgegessen und ihren Kaffee ausgetrunken hatte und jetzt eine Zigarette rauchte. Sie sah ihn an, während er sich setzte und ein Stück von seiner Torte aß.
Sie hatte sich zurückgelehnt, fuhr sich mit dem Zeigefinger der linken Hand über die Lippen.
»Darf ich fragen, wer diese bildhübsche Dame war?«
»Nadine Neuhaus.«
»Etwa deine in die Brüche gegangene Affäre?«
»Tja, leider. Und jetzt ist sie mit diesem stinkreichen Lackaffen verheiratet, der sie allem Anschein nach wie den letzten Dreck behandelt. Oh, wie ich diese Welt bisweilen verfluche! Sie ist nicht glücklich, das spüre ich!« stieß er hervor. »Weiß der Geier, was sie bewogen hat, sich in die Arme dieses Arschlochs zu werfen. Aber bestimmt war es keine Liebe. Vielleicht hat er sie gezwungen, vielleicht ...«
»... hat sie sich aber auch freiwillig in seine Arme geworfen.

Du weißt doch überhaupt nicht, was passiert ist. Doch wenn du meinst, daß sie unglücklich ist und du etwas für sie tun kannst, dann tu's. Aber sei vorsichtig. Wenn ich den Namen eben richtig verstanden habe, dann mußt du vorsichtig sein. Mit einem wie Neuhaus ist nicht zu spaßen. Der Kerl hat mehr Einfluß, als du dir vorstellen kannst. Und warum? Weil er mehr Geld hat. Und jeden Tag kommt ein ganzer Batzen dazu. Soweit ich weiß, gehört er zu den fünfzig reichsten Männern Deutschlands. Er hat seine Pfoten in jedem einigermaßen lukrativen Immobiliengeschäft.«

»Ich weiß. Ich weiß aber auch, daß Neuhaus und Matthäus direkte Nachbarn sind.«

»Oh, interessant. Und? Hast du etwas rausbekommen können?«

»Nur soviel, daß Frau Matthäus unverbindlich, nett, freundlich et cetera, et cetera ist. Nadine meinte, sie hätte nur zwei-, dreimal Kontakt zu ihr gehabt.«

»Und du, wirst du wieder Kontakt zu dieser Nadine aufnehmen?«

»Vielleicht. Ich werde es wahrscheinlich versuchen. Vielleicht werde ich sie noch heute anrufen, vielleicht aber auch erst morgen. Vielleicht auch gar nicht. Ich weiß es nicht. Ich bin einigermaßen durcheinander.«

»Komm, trink aus und laß uns gehen, im Büro wartet wahrscheinlich noch eine Menge Arbeit auf uns. Das geht übrigens auf meine Rechnung.«

»Danke.« Hellmer trank seinen Kaffee, Julia Durant bezahlte. Sie gingen hinaus, die Wolkendecke war aufgerissen, und sobald die Sonne sich einen Weg durch das Grau gebahnt hatte, wurde es warm und drückend schwül. Um halb vier kehrten sie ins Präsidium zurück.

MITTWOCH, 15.30 UHR

Berger und Kullmer waren allein im Büro, saßen vor Aktenbergen, die sie zu bewältigen versuchten. Berger schaute auf, als Durant und Hellmer hereinkamen, legte den Stift beiseite. Er lehnte sich zurück, streckte sich und gähnte.

»Scheißarbeit«, sagte er und fuhr gleich fort: »Und, haben Sie neue Erkenntnisse gewonnen?«

»Leider nein«, entgegnete Julia Durant und setzte sich. »Nur hat heute vormittag irgendwer bei Frau Matthäus angerufen, um ihr von den abgetrennten Genitalien zu berichten. Derjenige hat jedoch seinen Namen nicht genannt. Das ist alles.« Sie zündete sich eine Gauloise an, inhalierte und blies den Rauch Richtung Decke. »Was wir tun werden, ist, einen Professor Meininger zu befragen, der anscheinend der Hausarzt der Familie Matthäus ist.«

»Professor Meininger?« fragte Berger und kam nach vorn. »Sie meinen Professor Doktor Meininger?«

Julia Durant zuckte mit den Schultern. »Keine Ahnung, Frau Matthäus hat nur von einem Professor Meininger gesprochen. Er wohnt jedenfalls gleich um die Ecke von ihr, im Nobelring.«

»Das ist der Meininger, den ich meine. Er ist eine absolute Koryphäe auf seinem Gebiet, er hat bahnbrechende Entwicklungen auf dem Gebiet der Humangenetik eingeleitet. Soweit ich weiß, hat er sogar einen Lehrstuhl an der Uniklinik Frankfurt inne. Wer ihn als Arzt hat, muß wirklich über außerordentlich gute Verbindungen verfügen.«

»Oder Geld«, bemerkte Hellmer trocken, der neben Julia Durant saß und ebenfalls rauchte.

»Sicher, Geld spielt auch eine Rolle. Andererseits ist Geld in diesen Kreisen nur ein angenehmes Beiwerk, mit dem es sich gut leben läßt. Aber befragen Sie ihn, mich würde interessieren, was er über Matthäus zu sagen hat. Und erzählen Sie mir dann, welchen Eindruck Sie von ihm gewonnen haben.«

»Wieso?«

»Ich habe gehört, er soll ein ziemlich glatter Typ sein. Nicht einfach ranzukommen.«

»Was heißt das?«

»Nun, außer bei seinen Vorlesungen schottet er sich ab, soweit es nur geht. Und wenn ihm das nicht gelingt, dann ist er eben glatt, aalglatt.«

»Das paßt irgendwie nicht zusammen«, sagte Julia Durant, nahm einen letzten Zug von ihrer Zigarette und drückte sie aus. »Zum einen soll er sich abschotten, zum anderen aalglatt sein? Eine seltsame Kombination.«

»Seltsam oder nicht, sprechen Sie mit ihm. Hier, rufen Sie ihn an, machen Sie einen Termin aus. Und zwar spätestens für morgen nachmittag.«

Julia Durant nahm das Telefonbuch zur Hand, suchte nach der Nummer, fand sie aber nicht. Es gab keinen Eintrag. Deshalb rief sie bei Frau Matthäus an und ließ sich die Nummer von Meininger geben. Sie wählte, nach dem dritten Läuten wurde abgenommen. Eine sonore Stimme meldete sich.

»Professor Meininger?« fragte Julia Durant.

»Ja, bitte?«

»Hier ist Hauptkommissarin Durant von der Kripo in Frankfurt. Ich hätte Sie gern spätestens morgen kurz gesprochen. Es geht um Doktor Matthäus.«

»Warum, was habe ich damit zu tun?«

»Sie waren sein Hausarzt, wie Frau Matthäus uns mitteilte.«

»Na und? Sie wissen doch, daß es so etwas wie eine ärztliche Schweigepflicht gibt, oder? Und die gilt auch jetzt noch.«
»Dann möchte ich Sie bitten, mit Frau Matthäus zu sprechen und sich ihr Okay einzuholen. Wann würde es Ihnen also passen?«
»Wenn Sie wollen, können Sie noch heute vorbeikommen. Dann haben wir's hinter uns. Seien Sie um fünf bei mir. Ich werde Ihnen aber nicht viel helfen können.«
»Das werden wir sehen«, sagte Julia Durant und legte auf.
»Aalglatt?« sagte sie und sah Berger grinsend an. »Der ist nicht aalglatt, der ist äußerst reserviert. Um fünf ist der Termin.« Sie lehnte sich zurück, steckte sich eine weitere Zigarette an, fragte: »Was ist übrigens mit dem Autopsiebericht und dem Bericht der Spurensicherung?«
»Beides vorhin gekommen. Hier«, sagte Berger und reichte beide Akten über den Tisch. Julia Durant nahm sie in die Hand, Hellmer las mit. Die Todeszeit wurde mit exakt sechzehn Uhr dreißig angegeben, die Tatwerkzeuge waren aller Wahrscheinlichkeit nach ein Stilett und ein Skalpell gewesen. Mit einem Mal stutzte die Kommissarin, sah Berger an, der aufmerksam ihre Reaktion verfolgte. »Wow, das ist ein Hammer«, entfuhr es ihr. »Todesursache – Zyankali. Das man ihm, kurz bevor ihm die Kehle durchgeschnitten wurde, zusammen mit Cognac verabreicht hat.« Sie klappte die Akte zu, überlegte. Schließlich sagte sie: »Daraus schließe ich, daß unser Täter auf Nummer Sicher gegangen ist. Denn wenn er Matthäus erst Zyankali verabreicht hat, dann konnte er sichergehen, daß er wirklich stirbt, und zwar ohne vorher großartig mit ihm kämpfen zu müssen. Raffiniert. Und vielleicht, als Matthäus nur noch zuckte, hat er ihm die Kehle durchgeschnitten und ihn dann kastriert. Deshalb hat auch kein Angestellter etwas mitbekommen. Der Tod durch Zyankali ist ein ziemlich schneller

und lautloser Tod ... Aber hat man da nicht Schaum vor dem Mund? Ich habe jedenfalls keinen gesehen.«
»Der Täter hat ihn gewaschen, steht ebenfalls im Bericht. Warum auch immer er das gemacht hat, er hat ihm zumindest das Gesicht gewaschen, bevor er ihm die Zahl auf die Stirn geschrieben hat.«
»Begreife das, wer will, ich schaffe es nicht. Doch es ist unglaublich clever, wie derjenige vorgegangen ist.« Kommissarin Durant legte einen Finger auf die Lippen, überlegte. Dann sagte sie: »Aber woher hat er den Waschlappen und das Handtuch? Er muß es mitgebracht haben, was wiederum heißt, daß er aller Wahrscheinlichkeit nach mit einem Aktenkoffer kam. In dem sich aber keine Akten, sondern ein Waschlappen und ein Handtuch und einige andere Utensilien befanden. Und er muß – zumindest nach außen hin – einen derart integren Eindruck machen, daß ihm keiner Beachtung schenkte, als er aus dem Aufzug stieg und das Büro von Doktor Matthäus betrat. Wer ist dieser Jemand? Wie können wir herausfinden, wer der letzte Besucher von Doktor Matthäus war? Was bewegt diesen mysteriösen Fremden, eine solche Tat zu begehen? Was hat Doktor Matthäus ihm getan, oder besser ausgedrückt, was hat er ihm angetan? Was gibt es so Geheimnisvolles oder gar Grausiges im Leben von Doktor Matthäus, daß jemand dahergeht und ihm mit dessen eigenem Blut die Zahl des Teufels auf die Stirn schreibt? Es muß nach meinem Dafürhalten etwas sehr Geheimnisvolles sein! Aber was? Ich fürchte, das herauszufinden wird uns noch eine Menge Arbeit bescheren.« Sie legte den Ordner auf den Schreibtisch, den Bericht der Spurensicherung hatte sie nicht einmal gelesen. »Seine Frau hat keine Ahnung von seinen Aktivitäten, weder was das berufliche noch das Private angeht. Die beiden sind völlig getrennte Wege gegangen.

Aber wer kann etwas wissen? Sein Chauffeur? Chauffeure stehen in dem Ruf, die heimlichen Verbündeten ihrer Herren zu sein ...«
»Matthäus hatte keinen Chauffeur«, warf Hellmer ein. »Ich habe mich erkundigt, er fuhr immer selbst.«
»Egal. Auch wenn ich gehofft hatte ... Na ja, was soll's, fahren wir zu Meininger und danach gleich nach Hause. Es sei denn, es gibt noch etwas außergewöhnlich Wichtiges hier im Büro zu erledigen.« Sie sah Berger fragend an.
»Nein«, sagte Berger kopfschüttelnd. »Hier im Büro gibt es zur Zeit für Sie nichts weiter zu tun. Kollege Kullmer und ich werden versuchen, uns langsam durch die Aktenberge durchzuwühlen.«
»Alles klar«, sagte Julia Durant und nahm ihre Tasche. »Dann sind wir jetzt weg. Schönen Abend noch und bis morgen früh, oder nein, bis morgen mittag. Ich bin morgen früh ja im Gericht. Obwohl mir das jetzt gar nicht in den Kram paßt.«
»Ich weiß, aber wir sind nun mal von der Schweiger aufgefordert worden, dieser Anhörung beizuwohnen ...« Er rollte mit den Augen. »Und ich weiß, Sie sehen genausowenig eine Chance, diesem Winzlow etwas anzuhängen, wie ich auch. Gehen Sie einfach hin, und lassen Sie die Sache über sich ergehen.«
»Das schlimme ist doch, daß wir so gut wie nichts gegen ihn in der Hand haben. Und sein Anwalt wird es in Null Komma nichts schaffen, sowohl den Staatsanwalt als auch den Richter davon zu überzeugen, daß keine Anklage erhoben wird. Und weil ich weiß, wie das morgen ablaufen wird, habe ich keine Lust hinzugehen. Winzlow ist einfach zu bekannt, er hat Gönner in der ganzen Welt. Aber ich werd's hinter mich bringen.«
Julia Durant und Hellmer verließen den Raum, schlossen

die Tür hinter sich. Ihre Schritte hallten von den Wänden wider, sie gingen schweigend zum Auto. Die Wolkendecke hatte sich wieder geschlossen, erste Tropfen klatschten auf die Erde. Sie brauchten etwas mehr als zwanzig Minuten, bis sie vor dem Haus von Professor Meininger anlangten. Es war fünf Minuten nach fünf.

MITTWOCH, 17.05 UHR

Professor Meininger selbst öffnete ihnen die Tür, ein kleiner, etwa fünfzigjähriger, untersetzter Mann mit Halbglatze und kleinen, stechenden, graublauen Augen. Er trug einen dunkelblauen Anzug mit einem weißen Hemd und hellblau gemusterter Krawatte. Er reichte erst Julia Durant, dann Hellmer die Hand. »Bitte, treten Sie ein.« Er schloß die Tür hinter ihnen, ging dann über den langen, breiten Flur zum Arbeitszimmer, das offensichtlich auch seine Privatpraxis war. Er deutete wortlos auf die beiden vor dem Schreibtisch stehenden Stühle, setzte sich selbst in seinen wuchtigen Ledersessel. Dann faltete er die Hände und legte sie auf die übereinandergeschlagenen Oberschenkel.

»Nun, was führt Sie zu mir?«

»Es geht um Doktor Matthäus. Wie seine Frau uns sagte, war er bei Ihnen auch in Behandlung.«

»Behandlung, wie sich das anhört! Das klingt, als ob er schwer krank gewesen ist, Krebs oder irgend etwas in der Form. Ich war sein Hausarzt, richtig, aber er kam zu mir nur wegen der routinemäßigen Checks. Er war bis auf ein paar Verschleißerscheinungen, die in diesem Alter völlig normal sind, kerngesund. Sein Herz funktionierte einwandfrei, sein Blutdruck war im Normbereich, sein Blutzucker stimmte,

ebenso sein Cholesterinspiegel. Der Mann hätte hundert werden können, wenn, ja wenn ihm nicht einer so grundlos das Leben genommen hätte ...«
Julia Durant unterbrach ihn. »Nun, Professor Meininger, ob ihm jemand grundlos das Leben genommen hat, wissen wir nicht, zuviel spricht dafür, daß wer immer es getan hat, derjenige einen triftigen Grund hatte. Wie war Ihr Verhältnis zu Doktor Matthäus, ich meine abgesehen davon, daß er zu Ihren Patienten zählte?«
»Ich bevorzuge den Begriff Klient. Er war kein Patient.« Er hielt kurz inne, sagte dann: »Schauen Sie, gute Frau, hier in diesem Viertel kennt fast jeder jeden. Man begegnet sich zwangsläufig dann und wann, und wenn nicht morgens auf dem Weg zur Arbeit, dann doch spätestens auf irgendeinem Fest oder Empfang.«
»Damit haben Sie meine Frage nicht beantwortet – ich fragte, wie Ihr Verhältnis zu Doktor Matthäus war. Gab es einen persönlichen Kontakt zwischen Ihnen?«
Meininger legte die Hände mit den kurzen, wurstigen Fingern aneinander und führte sie an die Nasenspitze, er schloß für einen Moment die Augen. Kommissarin Durant und Hellmer beobachteten ihn sekundenlang, suchten nach einer Regung in seinem maskenhaften Gesicht.
»Wir hatten keinen persönlichen Kontakt«, sagte er nach einer Weile mit noch geschlossenen Augen. »Ich sagte doch schon, ich war sein Arzt und er mein Klient. Nicht mehr und nicht weniger.«
»Aber sind Sie nicht Humangenetiker, und ist es da nicht ungewöhnlich, als quasi praktischer Arzt zu fungieren?«
»Ich bin von Haus aus Internist, der Humangenetiker wurde ich erst später, wenn das Ihre Frage beantwortet. Wenn Sie an meiner Qualifikation zweifeln, bitte, es steht Ihnen frei, diese zu überprüfen.«

»Nein, nein, so war das nicht gemeint, ich hatte nur Schwierigkeiten, das eine mit dem anderen in Verbindung zu bringen. Eine Frage aber noch – wie ist Ihr Verhältnis zu Frau Matthäus?«

Prof. Meininger beugte sich nach vorn, die Arme auf den Tisch gelegt, die Hände gefaltet. Er lächelte überheblich und sah die Kommissarin direkt an. »Das, schätze ich, geht Sie überhaupt nichts an. Nicht Frau Matthäus, sondern er ist umgebracht worden. Darauf sollten Sie sich konzentrieren und auf sonst nichts. Sie sollten wissen, die Leute in dieser Gegend hassen nichts mehr als sinnloses Rumgeschnüffele in ihrem Privatleben. Das geht Frau Matthäus nicht anders als mir. Haben Sie das verstanden?«

»Ich denke, Professor Meininger, wenn es um Mord geht, gibt es kein sinnloses Rumgeschnüffele. Ich werde mir auch weiterhin vorbehalten, die Fragen zu stellen, von denen ich glaube, daß deren Beantwortung mir einen Schritt weiterhilft. Und wenn Sie mir auf meine Fragen nicht antworten, bin ich gezwungen, mir meinen Reim auf nichtgegebene Antworten zu machen. Deshalb wäre es für uns alle besser, wenn wir kooperieren würden.«

Mit abfällig heruntergezogenen Mundwinkeln lehnte Meininger sich wieder zurück.

»Ich kooperiere, soweit es nicht ins Private geht. Sie haben mir vorhin eine private Frage gestellt.«

»So, ich glaube kaum, daß die Frage privater Natur war ...«

»Ganz gleich, wie sie war, ich werde sie nicht beantworten.«

Er schaute zur Uhr und erhob sich. »Wenn Sie mich jetzt bitte entschuldigen wollen, ich habe noch einen wichtigen Termin in der Stadt.«

»Natürlich«, sagte Julia Durant. Meininger ging vor ihnen zum Tor, öffnete es, murmelte nur ein leises »auf Wiedersehen« und schloß das Tor gleich wieder. Julia Durant und

Hellmer begaben sich zum Auto, setzten sich hinein. Sie holte eine Gauloise aus ihrer Handtasche, Hellmer eine Marlboro aus seiner Jackentasche. Beide rauchten für einen Moment schweigend, bis Hellmer sagte: »Denkst du das gleiche wie ich?«
»Ich weiß nicht, kann sein.«
»Der Kerl ist nicht sauber. Ich kann nicht sagen, warum ich so fühle, aber seine ganze Art, seine ausweichenden Antworten, alles das habe ich schon mal gehört, und immer haben die Typen irgend etwas zu verbergen gehabt. Was meinst du?«
Sie steckte den Schlüssel ins Zündschloß, ließ den Motor an. Für einen kurzen Augenblick sah sie Hellmer von der Seite an. »Ich gebe dir voll und ganz recht. Und doch sind uns momentan noch die Hände gebunden. Lassen wir einfach den morgigen Tag auf uns zukommen. Ich werde heute abend noch einmal alles überdenken.«
Sie fuhren zurück zum Präsidium, stiegen aus und gingen zu ihren Wagen. Es war kurz nach sechs. Julia Durant wollte gerade einsteigen, als Kullmer aufgeregt angerannt kam. »Stop, einen Moment noch. Ich habe extra gewartet, um euch noch zu erwischen. Hier, das ist vorhin für Sie abgegeben worden.« Er reichte Julia Durant einen Umschlag, der noch versiegelt war. Sie riß ihn auf, holte das Blatt Papier heraus, las: *Die Erde ist entweiht durch ihre Bewohner, denn sie haben die Weisungen übertreten, die Gesetze verletzt ... In meines Vaters Haus gibt es viele Wohnungen ...*
Sie schluckte, sah Kullmer an. »Wann kam das?«
»Weiß nicht genau, vor einer halben Stunde etwa.«
»Wieder per Boten?«
Kullmer zuckte mit den Schultern. »Schätze, ja. Ist auf jeden Fall wieder beim Pförtner abgegeben worden. Darf ich auch mal lesen?«

Kommissarin Durant reichte ihm wortlos den Zettel. Kullmer las und gab ihr das Papier zurück.
»Was soll das bedeuten?«
»Woher soll ich das wissen?« erwiderte sie resigniert. »Ich weiß nur soviel – es wird bald einen weiteren Mord geben. Der das geschrieben hat, spaßt nicht. Im Gegenteil, für ihn ist es wahrhaft blutiger Ernst. Und wir haben keinen, aber auch nicht den geringsten Anhaltspunkt.«
Hellmer hatte sich zu ihnen gestellt, las ebenfalls. Julia Durant sagte, bevor sie in ihren Corsa stieg: »Bleibt heute abend in Bereitschaft. Seid jederzeit erreichbar. Ich fürchte nämlich, daß unser Racheengel bald wieder zuschlägt. Bis dann.« Sie schlug die Tür zu, startete den Motor und verließ das Polizeigelände. Es begann, in Strömen zu regnen, der Verkehr kam nur stockend voran. Sie stellte das Radio an, dann, als die in den verschiedenen Sendern gespielte Musik ihr nicht zusagte, legte sie eine Kassette mit Bon Jovi ein. Ihre Gedanken drehten sich im Kreis, immer schneller und immer schneller, sie versuchte, sich abzulenken, es gelang ihr nicht. Sie fühlte, der Mörder war wieder unterwegs, zu seinem nächsten Opfer, das mit Sicherheit nicht ahnte, daß es nur noch kurze Zeit zu leben hatte. Und nur der Täter wußte, wer sein Opfer sein würde.

MITTWOCH, 19.15 UHR

Seine Frau saß wie so oft im Sessel vor dem Kamin und starrte irgendwohin. Wohin, das wußte wohl nur sie. Er war vor etwas über einer Stunde aus dem Büro gekommen, hatte ein kurzes Telefonat geführt, geduscht, sich frische Sachen angezogen, einen Cognac getrunken. Er war noch

einmal in Patricks und in Carlas Zimmer gewesen, hatte sich umgeschaut, ein paar Dinge vorsichtig und zärtlich berührt. Er ging zu seiner Frau, kniete sich vor sie, legte seinen Kopf in ihren Schoß, doch sie zeigte keine Reaktion. Es war, als würde er Trost bei einer Toten suchen. Ihre Hände waren kalt, ihr Gesicht eine undurchdringliche Maske. Die Ärzte hatten damals gesagt, diese Form katatonischer Starre rühre von dem Schock her, den der Verlust der Kinder bei ihr ausgelöst hatte. Erst waren es schwere Depressionen, dann folgten zwei Selbstmordversuche, schließlich eine Art von Katatonie. Und keiner konnte sagen, ob und wann dieser Zustand aufhörte.
»Schatz«, sagte er leise, »ich muß noch einmal weg, etwas erledigen. Es wird aber nicht lange dauern, ich denke, ich werde so gegen halb neun, neun, zurück sein.« Er wußte, sie hörte ihn, doch ihre Seele hatte eine Blockade aufgebaut, die verhinderte, daß das Gehörte auch in eine Reaktion umgesetzt wurde. Statt dessen hörte sie nur. Nach einigen Minuten erhob er sich, rief nach Anna, dem Hausmädchen, die kurz darauf die Treppe herunterkam.
»Anna«, sagte er, »ich werde etwa eine oder anderthalb Stunden weg sein. Wenn Sie sich bitte in der Zeit um meine Frau kümmern würden.«
»Natürlich. Sie können sich auf mich verlassen.«
»Das weiß ich«, sagte er mit dankbarem Lächeln, nahm seinen Aktenkoffer, zog das Sakko über und verließ das Haus. Er stieg in seinen Jaguar, fuhr durch das hohe, schmiedeeiserne Tor Richtung Innenstadt. Er hatte eine Verabredung. Unter vier Augen. Eine wichtige Verabredung. Er hatte vorhin noch einmal alles überprüft, das Stilett, das Skalpell, die Pistole, die Handschuhe, den Waschlappen und das Handtuch. Es war alles in seinem Koffer, versteckt unter ein paar Akten. Nur das Zyankali-

pulver hatte er in seiner rechten Sakkotasche. Er brauchte eine Viertelstunde bis zu seinem Ziel. Er parkte den Wagen eine Straße weiter, zwischen einem bulligen Mercedes und einem Porsche. Hier fiel der Wagen nicht auf. Er stieg aus, schloß ab und ging etwa zweihundert Meter, bis er an dem dreistöckigen Haus anlangte. Er öffnete einfach die Tür, stieg die Marmorstufen hinauf in den ersten Stock, durchschritt die breite Glastür, wandte sich nach links, durchquerte den gesamten Flur, vorbei an einigen Büros, bis er am Ende an eine offene Tür kam. Er klopfte kurz, der Mann hinter dem Schreibtisch sah auf, lächelte, bat ihn herein. Sie schüttelten sich die Hände, tauschten ein paar Belanglosigkeiten aus.

»Wie geht es dir?« fragte der Mann hinter dem Schreibtisch.

»Danke, ich kann nicht klagen.«

»Und deine Familie?«

»Du meinst meine Frau?« Er zuckte die Achseln. »Es geht ihr den Umständen entsprechend gut. Aber es tut mir leid«, sagte er mit einem Blick zur Uhr, »wir müssen so schnell wie möglich zum Geschäft kommen, ich habe nämlich noch einen langen Abend vor mir.«

»Sicher, du hast recht, kommen wir zum Geschäft. Ich will meine Frau auch nicht zu lange warten lassen, sie hat in der letzten Zeit wenig genug von mir«, sagte er grinsend. »Was zu trinken?«

»Einen Cognac. Bleib ruhig sitzen, ich kenne mich hier inzwischen aus, ich kann mir selber einen einschenken. Willst du auch einen?«

»Lieber einen Whisky-Soda. Ich muß aber erst mal schnell raus. Ich weiß auch nicht, was heute los ist, aber ich könnte den ganzen Tag pinkeln gehen.«

»Laß dir Zeit.«

Als er allein war, holte er in aller Ruhe das Zyankalipulver aus seiner Jackentasche und gab es in das Whiskeyglas. Er stellte es auf den Schreibtisch, während er sein Glas in der Hand behielt. Er setzte sich und wartete, daß der andere zurückkam. Er kam nach zwei Minuten, nahm Platz, ohne das Glas zunächst anzurühren.
Er fragte: »Das mit Matthäus hast du mitbekommen? Hast du eine Ahnung, wer das gewesen sein könnte?«
»Ich und eine Ahnung? Woher soll ich wissen, wer hinter diesem perfiden Verbrechen steckt?«
»Na ja, du bist schließlich nicht irgendwer. Könnte es eine andere Organisation sein, eine, die wir noch nicht kennen?«
»Ich sagte dir, ich habe keinen blassen Schimmer. Vielleicht hat er einen Alleingang gestartet und mußte dafür büßen.«
»Ach komm, keiner von uns startet einen Alleingang, dazu sind wir eine viel zu starke Einheit. Außerdem ist mir zu Ohren gekommen, daß man Matthäus die Eier abgeschnitten und auf seine Stirn die Zahl 666 geschrieben hat. Weißt du, was es damit auf sich hat?«
»666? Weiß nicht, nie gehört.«
»Ich habe rumgefragt, es heißt, es sei die Zahl des Teufels. Ich gehe mal davon aus, daß hier ein religiöser Spinner seinen Wahn auslebt.«
»Woher hast du deine Informationen?«
»Unsere Dame aus der Justiz, du weißt schon. Ich sag dir nur eines, wir müssen in der nächsten Zeit sehr wachsam sein. Ich habe mich heute auch noch mit einigen anderen aus der Organisation kurzgeschaltet, aber wie es scheint, hat der Mord an Matthäus nichts mit uns zu tun. Würde mich auch wundern, so verdeckt, wie wir arbeiten. Aber ich habe heute mitbekommen, wie sich meine Frau mit einem Bullen unterhalten hat, der den Fall mit bearbeitet ... Sie sagte, es sei ein alter Bekannter, aber du kennst mich, ich bin vorsich-

tig. Außerdem hat der Kerl eine ziemlich große Klappe gehabt. Nicht viel, und ich hätte ihm eine reingehauen. Macht sich erst an meine Frau ran und wird dann auch noch frech.«

»Es würde deinem Image schaden, du weißt, was ich meine ...«

»Ja, ja, deswegen habe ich mich ja auch beherrscht.«

»Und, was hat deine Frau gesagt? Ich meine, was wollte der Typ von ihr?«

»Zuerst hat sie gar nichts gesagt, sie war stumm wie ein Fisch, aber du weißt ja«, sagte er zynisch grinsend, »zwei, drei kräftige Ohrfeigen, und die Weiber reden wie ein Wasserfall. Die Bullen haben keine Spur, wobei mich schon interessieren würde, wer unseren lieben Freund Matthäus so massakriert hat.«

»Ist doch egal. Ich gehe auch mal davon aus, daß religiöse Hintergründe eine Rolle spielen. Oder eine verschmähte Geliebte oder der Mann einer seiner vielen Weibergeschichten, was mich ehrlich gesagt nicht wundern würde. Er ist tot, und wir leben. Hauptsache ist doch, daß der Draht innerhalb der Organisation noch funktioniert. Aber kommen wir zum Geschäft ...«

»Gleich, ich werde erst mal einen Schluck nehmen. Meine Kehle ist schon ganz ausgetrocknet.« Er nahm das Glas, hielt es einen Moment zwischen seinen Händen, sah sein Gegenüber an, sagte »cheers!«, setzte das Glas an die Lippen und trank es in einem Zug leer. Mit einem Mal faßte er sich an den Hals, seine Augen quollen hervor, er ließ das Glas fallen. Von wilden Krämpfen geschüttelt, rutschte er von seinem Sessel und fiel zu Boden.

»Warum?« röchelte er, dann fiel sein Kopf zur Seite, Schaum trat aus seinem Mund, der Raum war jetzt erfüllt vom Geruch von Bittermandeln.

»Warum?« fragte der andere kalt, während er breitbeinig über ihm stand und ihn von oben herab ansah. »Du weißt, warum, du gottverdammter Bastard!« Er wartete zwei Minuten, bis auch das letzte Zucken vorüber war, packte den jetzt schlaffen Körper bei den Füßen und zog ihn hinter dem Schreibtisch hervor, entkleidete ihn, legte die Sachen fein säuberlich über den Schreibtischstuhl, öffnete seinen Aktenkoffer, nahm die Plastikhandschuhe und streifte sie über, holte das Skalpell heraus und trennte mit einem behenden Schnitt Penis und Hoden ab, die er dem Toten neben das Gesicht legte. Danach stach er mit dem Stilett zweimal in die Augen, die jetzt nur noch zwei leere, finstere Höhlen waren, zum Schluß machte er einen langen Schnitt von einer Halsseite zur anderen. Das Blut quoll in dicken Schwällen aus beiden Seiten des Halses, er faßte mit zwei Fingern hinein und schrieb mit Blut die Zahl 666 auf die Stirn seines Opfers. Schließlich nahm er den Waschlappen und das Handtuch, wusch den Schaum vom Mund. Er spülte die Gläser aus und wischte sie mit einem Handtuch trocken. Sonst hatte er keine Fingerabdrücke hinterlassen. Bevor er ging, legte er einen Zettel und eine Lilie neben den Toten. Er warf einen letzten, verächtlichen Blick auf den leblos Daliegenden, auf das von den Krämpfen verzerrte Gesicht mit den toten Augen, ging noch einmal zum Schreibtisch, blätterte in dem Notizbuch, fand aber keine Eintragung mit seinem Namen.
Er zog die Handschuhe aus, packte sie zusammen mit dem Waschlappen und dem Handtuch zurück in den Koffer. Er lief über den menschenleeren Gang, seine Schritte hallten durch das Treppenhaus. Selbst als er zur Tür hinaustrat, begegnete ihm kein Mensch außer einem alten Mann, der seinen Hund spazierenführte. Es war kurz vor halb neun. Er stieg in seinen Jaguar, legte »La Mer« von Debussy in den CD-Spieler, fuhr nach Hause. Er spürte, wie die Spannung

allmählich von ihm abfiel, doch er fühlte sich nicht wohl. Was er tat, bereitete ihm keine Freude, aber es gab keinen anderen Weg, das Ungeziefer zu vernichten. Es hätte alles so schön sein können, so friedlich. Aber es gab Menschen, die ihm und seiner Familie diesen Frieden nicht gegönnt hatten. Und diese Menschen mußten sterben. So wie sie ihn und seine Familie hatten sterben lassen. Er hätte nie gedacht, jemals so hassen zu können, doch irgendwann war dieser Haß übermächtig geworden, vor allem, nachdem er herausgefunden hatte, wer für den Tod seiner Kinder verantwortlich war.
Um Viertel vor neun hielt er vor seinem Haus. Er stieg aus, es hatte aufgehört zu regnen.
Die Luft war kühl und gut zu atmen, und er blieb noch einen Augenblick draußen stehen. Er warf einen Blick über Frankfurt, sah die mächtigen Banktürme hoch in den nachtblauen Himmel ragen. Er seufzte auf, drehte sich um, ging ins Haus. Seine Frau saß noch immer wie eine Mumie vor dem Kamin, Anna strickte.
»Alles in Ordnung?« fragte er.
»Ja, ich denke schon. Brauchen Sie mich noch?«
»Danke, Anna, aber Sie können zu Bett gehen. Ich werde mich jetzt um meine Frau kümmern. Ich möchte einfach noch einen Moment allein mit ihr sein.«
»Sicher. Gute Nacht.«
»Gute Nacht.«
Er kniete sich wie so oft vor seine Frau, nahm ihre kalten Hände zwischen seine, rieb sie. Für den Bruchteil einer Sekunde sah sie ihn an, und es schien, als lächelte sie, doch es war nur ein Wimpernschlag, nicht länger.
»Schatz«, sagte er leise, »es sind jetzt schon zwei weniger, die Böses tun können. Und ich werde nicht ruhen, bis auch der letzte von ihnen seine gerechte Strafe bekommen hat.

Ich tue es für unsere Kinder, für dich und für mich. Ich liebe dich, und es wird nie anders sein.«
»Ich liebe dich«, flüsterte sie kaum hörbar.
Er vergrub seinen Kopf in ihrem Schoß. Er weinte.

MITTWOCH, 21.00 UHR

Julia Durant hatte sich ein Bad einlaufen lassen, eine Dose Bier stand auf dem Wannenrand. Der Fernseher lief bei abgeschaltetem Ton, sie hatte die Nordischen Klänge von Grieg in den CD-Spieler gelegt. Ihre Art, die angespannten Nerven zu beruhigen. Sie warf einen Blick durch die Wohnung, fand, es wurde wieder mal Zeit, gründlich aufzuräumen, auch die Fenster mußten dringend geputzt werden. Sie zog sich aus, nahm das Telefon mit ins Bad. Sie wollte abschalten, doch es gelang ihr nicht. Immer und immer wieder tauchten vor ihrem inneren Auge die Bilder des ermordeten Mat-thäus auf, aber auch die Befragung von Meininger ging ihr nicht aus dem Sinn. Der Mann verbarg etwas, nur was es war, vermochte sie nicht zu sagen. Sie stieg ins Wasser, tauchte unter den dichten Schaum. Sie nahm einen Schluck Bier, hielt die kalte Dose zwischen beiden Händen und starrte an die Wand mit den blauen Kacheln. Das Telefon klingelte, sie stellte die Flasche auf den Wannenrand, nahm den Hörer.
»Ja, bitte«, meldete sie sich.
»Hallo, Julia, hier ist dein Vater.«
»Vater, schön, daß du anrufst.«
»Ich wollte mich nur mal erkundigen, wie es bei dir aussieht. Hast du inzwischen einen Anhaltspunkt, was die Schreiben und die Blumen angeht?«

Sie lachte kurz und trocken auf. »Allerdings habe ich den. Gestern abend ist in Frankfurt einer der mächtigsten Bankiers ermordet worden. Die Einzelheiten will ich dir ersparen, nur soviel – auf seine Stirn hat der Täter die Zahl 666 geschrieben. Und neben dem Toten lag ein Zettel mit genau dem gleichen Wortlaut, wie ich ihn kurz zuvor im Präsidium erhalten habe. Und heute nachmittag kam erneut ein Zettel, diesmal mit einem anderen Wortlaut. Ich habe ihn wieder und wieder gelesen, doch ich kann mir keinen Reim darauf machen. Warte, er lautet: *Die Erde ist entweiht durch ihre Bewohner, denn sie haben die Weisungen übertreten, die Gesetze verletzt ... In meines Vaters Haus gibt es viele Wohnungen.* Ich weiß einfach nicht, was ich damit anfangen soll. Ich weiß nur, daß bald wieder ein Mord geschehen wird.«

»Es sind beides Zitate aus der Bibel. Das zweite stammt definitiv aus dem Johannesevangelium. Wie es aussieht, gehst du schweren Zeiten entgegen. Laß mich wissen, wenn ich dir helfen kann.«

»Vater, das ist lieb von dir, aber ich glaube, in diesem Fall kannst selbst du mir nicht weiterhelfen. Im Augenblick ist der Täter nur ein Phantom. Er hat beim ersten Mal keinerlei Spuren hinterlassen, keiner hat ihn gesehen, keiner hat etwas gehört. Wir müssen einfach abwarten, bis er das nächste Mal zuschlägt und dann vielleicht eine Spur hinterläßt.«

»Und dieser Bankier – ist er integer, ich meine, hat er einen guten Leumund?«

»Zumindest behaupten das alle. Das einzige, was ich herausfinden konnte, war, daß er hinter jungen Röcken her war. Aber das allein liefert für mich noch keinen Grund, jemanden derart bestialisch abzuschlachten.«

»Nein, natürlich nicht. Wie geht es dir?«

»Wie soll es mir gehen?! Du kennst mich, wenn ich einmal ins Grübeln verfalle, dann holt mich da so schnell keiner raus. Und du kennst meinen Ehrgeiz, ich will diesen Fall unbedingt lösen. Nur fehlen mir, wie gesagt, bislang die Anhaltspunkte. Es gibt keinen Verdächtigen. Vater, sei mir nicht böse, aber ich sitze in der Badewanne, und mir ist im Augenblick nicht nach Reden. Ein andermal, okay?«
»Ich verstehe. Ich wollte mich auch nur kurz melden und hören, wie's dir geht. Versuch zu schlafen, und tu wie immer dein Bestes. Nur wer sein Bestes gibt, wird am Ende auch gewinnen. Gute Nacht.«
Sie legte den Hörer neben die Badewanne, trank die Dose Bier leer. Sie wusch sich, trocknete sich ab, stieg aus der Wanne. Nackt stellte sie sich vor den Spiegel, zog den Bauch ein, wünschte, er wäre so flach wie der einiger Models. Ansonsten hatte sie an ihrer Figur nichts auszusetzen. Doch es war ein utopischer Gedanke, zu hoffen, daß dieser körperliche Makel eines Tages beseitigt werden würde. Sie zog einen Slip und ein T-Shirt über, putzte sich die Zähne, ließ das Wasser ablaufen und nahm das Telefon mit ins Wohnzimmer. Für einen Moment wollte sie noch im Sessel sitzen, die Beine hochgelegt, nachdenken, eine Zigarette rauchen und dann ins Bett gehen. Sie hatte ein wenig Angst vor morgen, der Anhörung, ihr graute vor diesem Vormittag, vor allem vor dem Verteidiger, der als der gewiefteste seiner Branche galt und nicht nur einmal vermeintlich hundertprozentig Schuldige rausgehauen hatte. Ein mit allen Wassern gewaschener Rechtsverdreher, gefürchtet von der Polizei und vor allem den Staatsanwälten. Einer, der sich mit durchgeboxten Freisprüchen einen hohen Lebensstandard gesichert hatte.
Um kurz nach zehn ging sie zu Bett, nicht ohne vorher die Stereoanlage und den Fernseher ausgeschaltet zu haben. Sie

ließ die kleine Nachttischlampe neben dem Bett brennen, es gab Nächte, da konnte sie ohne Licht nicht einschlafen. Sie schlief rasch ein, wachte aber nach einer Stunde wieder auf, weil ihre Blase drückte. Danach wälzte sie sich nur noch unruhig im Bett hin und her, und als sie endlich in tiefen Schlaf fiel, wurde sie geplagt von schrecklichen Alpträumen.

MITTWOCH, 22.30 UHR

Hellmer hatte sich auf dem Nachhauseweg eine Flasche Wodka und fünf Dosen Bier gekauft. Eine Dose hatte er ausgetrunken, die Flasche Wodka war zur Hälfte leer. Er war fast betrunken, aber nur fast, er sagte sich, daß er jetzt genug hatte. Einige Male an diesem Abend war er geneigt, zum Telefonhörer zu greifen und die Nummer von Nadine Neuhaus zu wählen, doch jedesmal, wenn er seine Hand auf den Hörer legte, schaffte er es nicht, ihn abzunehmen. Er hatte eine Zigarette nach der anderen geraucht, insgesamt zwei Schachteln. Er hatte sie nie vergessen, und als er sie am Nachmittag in dem Café sah, wußte er, daß er sie noch immer liebte. Und er hatte in ihren Augen gesehen, daß sie alles andere als glücklich war. Er war ein armer Schlucker und unglücklich, und sie war reich und auch unglücklich. Er würde Kontakt zu ihr aufnehmen, irgendwann. Er blickte zur Uhr, kurz nach halb elf, er war müde. Er schenkte sich noch ein Viertelglas voll mit Wodka und gab Orangensaft dazu, trank es mit großen Schlucken leer. Er stand auf, er schwankte ein wenig, murmelte »Scheiße«, ging ins Schlafzimmer und ließ sich angezogen aufs Bett fallen. Er schlief sofort ein.

DONNERSTAG, 8.00 UHR

Hellmer, Durant und Kullmer trafen etwa zeitgleich im Präsidium ein, während Berger schon seit sieben im Büro war. Hellmer war gegen fünf aufgewacht, weil sein Magen rebellierte und er dagegen nur ein Mittel kannte – eine Dose Bier. Er war aufgestanden, hatte geduscht, sich die Haare gewaschen und rasiert und frische Sachen angezogen. Danach hatte er ein kleines Frühstück zu sich genommen, eine Zigarette geraucht und einen Schluck Wodka getrunken. Er fühlte sich miserabel und sagte sich erneut, daß es unmöglich so weitergehen konnte, er mußte schleunigst mit der Sauferei aufhören. Bevor er das Haus verließ, besprühte er sich mit Armani-Eau-de-Toilette, steckte einen Kaugummi in den Mund, in der Hoffnung, keiner würde seine Alkoholfahne bemerken.
Berger blickte nur kurz auf, zog die Stirn in Falten, sagte mit müder Stimme: »Sie brauchen sich gar nicht erst zu setzen, wir haben einen weiteren Mord. Freßgaß, Immobilien Neuhaus, wenn Ihnen das etwas sagt.«
Hellmers Augen verengten sich zu Schlitzen. »Bitte was, *der* Neuhaus etwa?«
»Genau der. Ist vor etwa zehn Minuten in seinem Büro gefunden worden. Wie es aussieht, das gleiche Vorgehen wie bei Matthäus. Sie sollten gleich hinfahren und sich das ansehen. Zwei Streifenwagen sind schon vor Ort.« Bevor einer der Beamten etwas erwidern konnte, fragte Berger an Julia Durant gewandt: »Wann ist Ihr Termin bei Gericht?«
»Halb zehn.«
»Gut, dann verschaffen Sie sich einen kurzen Überblick und fahren danach gleich weiter. Ich nehme an, Sie werden gegen Mittag wieder hier sein. Die Kollegen Hellmer und

Kullmer werden in der Zwischenzeit Befragungen durchführen. Die Spurensicherung und ein Arzt sind übrigens bereits verständigt.«
Die drei Beamten verließen das Büro. Während Kommissarin Durant ihren Corsa nahm, fuhren Hellmer und Kullmer mit dem Dienstwagen zum Tatort. Zwei Angestellte warteten mit versteinerten Mienen auf dem Flur, die vier Streifenbeamten standen vor dem Büro des Toten.
»Ist hier irgendwas angefaßt worden?« fragte Julia Durant einen der Beamten.
»Nein, wir haben nichts angefaßt, und auch die beiden Angestellten sagen, sie hätten den Toten nur gesehen, aber nichts berührt.«
Julia Durant ging zu den Angestellten. »Wie ich hörte, haben Sie nichts angefaßt. Hat jemand von Ihnen schon bei Frau Neuhaus angerufen?«
»Nein«, sagte eine junge Frau. »Das überlassen wir lieber Ihnen.«
»Gut«, sagte sie, »wir werden gleich noch mal auf Sie zurückkommen.« Sie begab sich zu Hellmer und Kullmer, sagte: »Dann wollen wir uns Herrn Neuhaus mal genauer anschauen.«
Sie betraten das Zimmer, Dr. Neuhaus lag nackt vor seinem Schreibtisch, die Genitalien abgetrennt und neben sein Gesicht gelegt, die Augenhöhlen leer und blutverkrustet, auf seiner Stirn die Zahl 666. Und neben ihm ein Zettel mit dem gleichen Wortlaut wie dem, der Julia Durant am Abend zuvor zugegangen war. Sie ging etwas näher an den Toten heran, beugte sich zu ihm hinunter, rümpfte die Nase.
»Riechst du auch was?« fragte sie und sah dabei Hellmer an.
Er zuckte mit den Schultern. »Schon, aber wonach riecht es?«
»Komisch, wenn ich's genau bedenke, hat es bei Matthäus

genauso gerochen, vielleicht nicht ganz so intensiv. Irgendwie nach ... Bittermandeln? Und sein Gesicht ist genauso verzerrt wie das von Matthäus war. Mal sehen, was unser Arzt dazu zu sagen hat. Und vor allem würde ich gern wissen, wie lange er schon tot ist.«

Der Arzt traf ein, noch während die Kommissarin in gebückter Haltung vor Neuhaus stand. Er stellte seine Tasche auf den Boden, zog die Gummihandschuhe über, befühlte den Leichnam.

»Tja«, sagte er, »es scheint, als ob der hier schon seit mehreren Stunden nicht mehr lebt. Außerdem riecht es nach Bittermandeln, was den Schluß zuläßt, daß ihm aller Wahrscheinlichkeit nach Zyankali verabreicht worden ist, bevor ihm die äußeren Verletzungen zugefügt wurden.« Er holte das Thermometer aus seiner Tasche, maß die Temperatur von Neuhaus rektal. Nach zwei Minuten sagte er: »Sechsundzwanzig fünf.« Er drehte den Leichnam auf den Bauch, der Tote rülpste, der Geruch nach Bittermandeln intensivierte sich. Er begutachtete den Rücken, drückte auf ein paar Stellen, nickte und brachte den Toten wieder in Rückenlage. »Die Leichenstarre ist vollständig ausgebildet, ebenso die Leichenflecken, die nicht mehr wegdrückbar sind. Bei der derzeitigen Temperatur hier im Raum würde ich sagen, daß über den Daumen gepeilt der Tod vor etwa zehn bis vierzehn Stunden eingetreten ist. Vorausgesetzt, wir halten uns an die Methode nach Henske, nach der die Körpertemperatur bei den derzeit herrschenden Verhältnissen um zirka ein Grad pro Stunde sinkt. Aber Genaues kann erst nach einer eingehenden Autopsie gesagt werden.«

Julia Durant blickte zur Uhr. An Hellmer und Kullmer gewandt, meinte sie: »Ich muß mich jetzt leider auf den Weg ins Gericht machen. Wir sehen uns nachher im Präsidium. Wer überbringt die Nachricht?«

»Ich«, sagte Hellmer schnell, worauf Julia Durant sich ein leichtes Lächeln nicht verkneifen konnte.
»Einverstanden. Und Sie, Kommissar Kullmer, bleiben hier und befragen die Leute. Bis später. Und drücken Sie mir die Daumen, daß ich mit einigermaßen heiler Haut aus der Anhörung rauskomme.« Sie nahm ihre Tasche und verließ das Haus. Bis zum Gericht brauchte sie zehn Minuten, ihr Auftritt als Zeugin würde in etwa einer halben Stunde sein. Sie haßte Gerichtstermine, vor allem wenn sie an den Anwalt dachte, der sicher wieder einmal äußerst unangenehme Fragen stellen würde. Unterwegs rauchte sie eine Zigarette, dachte an Hellmer und wie er es wohl Nadine Neuhaus, seiner ehemals großen Liebe, beibringen würde.

DONNERSTAG, 9.55 UHR

Kommissar Hellmer hatte zusammen mit Kullmer einige der Angestellten von Immobilien Neuhaus befragt, aber keine besonderen Erkenntnisse über die Lebensgewohnheiten des Ermordeten gewonnen. Er wurde als zuverlässiger und vertrauenswürdiger Chef beschrieben, als loyal und kulant seinen Mitarbeitern gegenüber, im Prinzip war es eine einzige Laudatio auf Neuhaus. Hellmer telefonierte mit Berger und bat darum, ein paar Männer vorbeizuschicken, um einige Akten und Unterlagen aus dem Büro durchzusehen und so vielleicht einen Anhaltspunkt zu finden, der auf die Spur des Mörders führte. Nach dem Telefonat verabschiedete er sich von Kullmer, der die Befragungen allein fortsetzte, und fuhr zu Nadine Neuhaus. Er hatte ein seltsames Gefühl im Magen, wenn er daran dachte, der Frau, die er über alles liebte, die Nachricht vom Tod ihres

Mannes zu überbringen. Er wußte nicht, ob er sich freuen sollte, ob dadurch vielleicht wieder Hoffnung für ihn bestand oder ob sie doch weiterhin getrennte Wege gehen würden. Einmal mehr fragte er sich, was es mit diesen Schreiben und der Zahl auf der Stirn auf sich hatte, was den Mörder bewog, ein derart grausames Ritual zu vollziehen.
Um Viertel nach zehn hielt er vor der Villa von Neuhaus. Die seit dem frühen Morgen über der Stadt hängende Wolkendecke begann an einigen Stellen aufzureißen, womit unter Umständen der Wetterbericht doch recht hatte, wenn er Temperaturen von über zwanzig Grad im Rhein-Main-Gebiet prophezeite.
Er wartete noch einen Moment, bevor er ausstieg, und rauchte eine Zigarette. Er wollte sich die Worte zurechtlegen, die er Nadine sagen konnte. Ihm fielen keine ein.
Er stieg aus, überquerte die Straße, hielt vor dem Tor mit den Initialen M. N., drückte auf den Klingelknopf. Auch hier eine Überwachungskamera und wahrscheinlich versteckt zwischen den Büschen Bewegungsmelder. Es dauerte eine Weile, bis eine Stimme aus dem Lautsprecher kam.
»Ja, bitte?«
»Hier ist Kommissar Hellmer von der Kriminalpolizei. Ich möchte bitte mit Frau Neuhaus sprechen.«
»Einen Moment.«
Es verstrich wieder ein Augenblick, bis der Türsummer erklang und das Tor sich automatisch öffnete. Hellmer ging etwa zwanzig Meter bis zum Haus, dessen Vorderfront mehr aus Glas denn aus Stein bestand und das sich in seiner fast futuristischen Gestaltung recht deutlich von den anderen Villen und Häusern in dieser Gegend unterschied. In der Tür stand eine etwa vierzigjährige, eher unscheinbare Frau, die Hellmer kritisch aus graublauen Augen musterte. Sie war mittelgroß, hatte das dunkelblonde Haar streng

nach hinten gekämmt, trug ein dunkelblaues Kleid. Kommissar Hellmer hielt ihr den Dienstausweis vors Gesicht, sie nickte.
»Wenn Sie mir bitte folgen wollen«, sagte die Frau und ging vor Hellmer ins Haus. Sie betraten den geräumigen, hellen Flur, an dessen Wänden entweder echte oder gut kopierte Bilder von Monet und van Gogh hingen. An der vorletzten Tür hielten sie, die Frau klopfte, ein leises »Herein«.
»Wenn Sie mich jetzt bitte mit Frau Neuhaus allein lassen würden«, sagte Hellmer und öffnete die Tür. Nadine Neuhaus saß auf einer weißen, viersitzigen Couch, die Beine hochgelegt, eine Zeitung in der Hand, ein Glas Orangensaft vor sich auf dem Tisch. Sie trug ein sonnengelbes Kleid mit halblangen Ärmeln und um den Hals einen dezent blauen Seidenschal. Der Raum, in dem sie sich befanden, hatte in etwa die Ausmaße des Wohnzimmers von Dr. Matthäus, er war hell und modern eingerichtet und nicht überladen, am hinteren Ende führten zwei Stufen in einen zweiten Teil des Raumes, an dessen Ende sich ein Kamin befand. Die Sonne fiel jetzt in breiten Bahnen durch die hohen Fenster, feine Staubpartikel bewegten sich sanft in der Luft. Nadine Neuhaus sah auf, ohne aufzustehen. Kommissar Hellmer konnte ihren Blick nicht sehen, da ihre Augen hinter einer großen, dunklen Sonnenbrille verborgen waren.
»Hallo«, sagte er und trat näher.
»Hallo«, erwiderte sie mit kühler Stimme. »Was willst du hier? Ich glaube kaum, daß es gut für dich, vor allem aber für mich ist, wenn du hierher kommst. Wir hätten uns gestern nicht treffen sollen, dann wäre alles einfacher.«
»Darf ich mich setzen?« fragte Hellmer.
»Bitte, aber nur kurz. Manchmal kommt mein Mann einfach mal so zwischendurch nach Hause. Ich will nicht, daß er dich hier antrifft.«

Hellmer setzte sich in den weißen Ledersessel, Nadine direkt gegenüber. Er saß leicht vornübergebeugt, die Ellbogen auf den Oberschenkeln, die Hände aneinandergelegt, die Fingerspitzen berührten den Mund. Für Sekundenbruchteile blickte er Nadine an, schließlich fragte er: »Warum trägst du eine Sonnenbrille?«

»Einfach so. Ich bin lichtempfindlich.«

»Kein Mensch trägt in der Wohnung eine Sonnenbrille. Also, was ist passiert? Ist es wegen gestern?«

Sie antwortete nicht, kniff nur die Lippen zusammen und sah zu Boden.

»Hat er dich geschlagen?«

»Und wenn?«

»Ich will es nur wissen. Du weißt, ich kann Männer, die Frauen schlagen, auf den Tod nicht ausstehen. Es gibt für mich keinen Grund, Frauen oder Kinder zu schlagen. Du kennst meine Einstellung dazu. Nimm bitte deine Sonnenbrille ab.«

»Warum?« fragte sie seufzend. »Warum willst du mich so sehen?«

»Tu mir den Gefallen, bitte.«

Sie zögerte kurz, dann nahm sie die Brille ab. »Zufrieden?« fragte sie zynisch. Ihr rechtes Auge war blutunterlaufen und dick geschwollen, um das linke Auge herum begann sich ein sogenanntes Brillenhämatom zu bilden.

»Ist unter dem Schal noch mehr zu sehen?« fragte Hellmer, ohne auf ihre Bemerkung einzugehen.

»Es ist noch mehr zu sehen, aber ich werde es dir nicht zeigen. Ich muß allein damit fertig werden. Und jetzt möchte ich dich bitten, zu gehen und nicht mehr wiederzukommen.«

Kommissar Hellmer runzelte die Stirn, sah Nadine direkt an. »Tut mir leid, ich kann noch nicht gehen, denn ich bin nicht privat hier, obgleich mir das lieber wäre. Ich bin dienstlich gekommen.«

»Dienstlich? Wieso das? Etwa noch mal wegen Matthäus? Ich ...«

»Wann hast du deinen Mann das letzte Mal gesehen?« fragte Hellmer ernst.

Sie lachte bitter auf. »Gestern, am späten Nachmittag, nachdem er mir das hier verpaßt hat. Danach ist er gegangen, aber frag mich um Himmels willen nicht, wohin. Er hat mir seit unserer Heirat nie gesagt, wohin er ging. Manchmal bleibt er über Nacht weg, manchmal auch ein paar Tage. Vorher war das anders. Weshalb willst du das wissen?«

»Ihr hattet euch doch gar nicht lange gekannt, bevor ihr ...«

»Ein halbes Jahr.«

»Du hast dich sehr schnell zu einer Heirat mit Neuhaus entschlossen, sehr schnell sogar.«

»Du kennst nicht die Geschichte dahinter«, sagte sie mit wieder bitterer Stimme. Sie veränderte ihre Haltung, nahm ihr Glas, trank einen Schluck. »Möchtest du auch was trinken?«

»Das gleiche wie du. Von was für einer Geschichte sprichst du?« fragte er, während sie an das Barfach ging, ein Glas herausholte und Orangensaft einschenkte. Sie kam zurück, reichte Hellmer das Glas.

»Willst du sie wirklich wissen? Ich glaube, auch das wäre nicht gut. Und jetzt sag mir bitte, weshalb du hier bist.«

Hellmer nippte an seinem Getränk, drehte das Glas zwischen den Händen. »Kannst du mir ungefähr die Uhrzeit nennen, wann er das Haus verlassen hat?«

»Gegen sechs, kurz davor oder kurz danach, ich weiß es nicht genau. Er ging, als ich meine Wunden versorgte. Und ich habe ihn seitdem nicht mehr zu Gesicht bekommen, obgleich er mir fast drohte, spätestens um zehn zurück zu sein.«

»Hat er irgend etwas erwähnt davon, daß er ins Büro fahren wollte?«
»Ich sagte doch schon, er hat nie gesagt, wohin er ging. Ob ins Büro oder zu einer seiner Geliebten oder weiß der Teufel, wohin. Ich war jedenfalls immer heidenfroh, wenn er *nicht* da war.«
»Okay«, sagte Hellmer und nahm einen weiteren Schluck. »Nadine, ich bin gekommen, um dir mitzuteilen, daß dein Mann einem Kapitalverbrechen zum Opfer gefallen ist. Vermutlich schon gestern abend.«
»Einem Kapitalverbrechen?« fragte sie, und für einen Augenblick meinte Hellmer, so etwas wie ein Lächeln über ihre Lippen huschen zu sehen. »Wie und wo?«
»In seinem Büro. Das Wie willst du auch wissen?«
»Jedes Detail.«
»Also gut. Der Mörder hat ihm vermutlich Zyankali in einen Drink gemischt, dann hat er ihm die Kehle durchgeschnitten, die Geschlechtsteile entfernt und neben sein Gesicht gelegt und schließlich mit Blut die Zahl 666 auf die Stirn geschrieben.«
Nadine Neuhaus zeigte kaum eine Reaktion. Sie fragte nur: »Dreimal die Sechs? Was ist das?«
»Die Zahl des Teufels. Dein Mann ist auf genau die gleiche Weise umgebracht worden wie Doktor Matthäus.«
»Was heißt das, die Zahl des Teufels?«
»Ich habe mich auch erst schlau machen müssen, aber zum Glück kommt meine Kollegin Durant aus einer Priesterfamilie, und sie sagt, daß dies die Zahl ist, die diejenigen auf die Stirn geschrieben bekommen, die dem Teufel nachfolgen. Mehr kann ich auch nicht sagen.«
»Soll das heißen, daß Manfred dem Teufel nachgefolgt ist?« fragte Nadine Neuhaus zweifelnd.
»Ich weiß nicht, warum der Mörder das macht und was dein

Mann verbrochen hat, ich weiß nur, dein Mann ist tot, und wir haben jetzt innerhalb von zwei Tagen zwei Leichen aus der High-Society von Frankfurt – einen Bankier und den größten und einflußreichsten Immobilienmakler der Region.« Kommissar Hellmer hielt inne, fuhr sich mit einer Hand über die Stirn, fragte dann: »Was weißt du über die Geschäfte deines Mannes?«

Sie lachte kurz auf. »Was ich von seinen Geschäften weiß? Ich weiß oder besser gesagt wußte weder von seinen Geschäften etwas noch von dem, was er war oder vorgab zu sein. Ich habe einen Mann geheiratet, den ich nie kennengelernt habe.«

»Warum hast du ihn dann geheiratet? Erklär es mir bitte, damit ich endlich einmal weiß, warum du mit mir nichts mehr zu tun haben wolltest.«

Sie antwortete nicht gleich darauf, nahm den letzten Schluck von ihrem Saft, lehnte sich zurück, blickte an die Decke, atmete tief ein und stieß die Luft hörbar aus. Ihre Hände verkrampften sich ineinander, bis die Knöchel weiß hervortraten.

»Ich habe ihn zufällig kennengelernt, bei einem ganz trivialen Opernbesuch. Er war aufmerksam, galant, charmant, unaufdringlich, na ja, er besaß zumindest anfangs all jene Eigenschaften, die eine Frau an einem Mann schätzt. Nach einem Vierteljahr fragte er mich, ob ich ihn heiraten wolle, und ich sagte nein. Nach diesem Nein folgte die erste Ohrfeige, und mit ihr lernte ich den wahren Manfred Neuhaus kennen. Er drohte mir ganz unverhohlen, mich umzubringen, wenn ich ihn nicht heiratete. Er sagte, es gebe keinen Fleck auf dieser Welt, wo er mich nicht finden würde, sollte ich versuchen abzuhauen. Und er hat gedroht, auch meinen Eltern etwas anzutun, sollte ich mich weigern, seine Frau zu werden ...«

»Warum, um alles in der Welt, hast du nicht die Polizei eingeschaltet? Warum hast du mich nicht angerufen? Ich hätte kurzen Prozeß mit diesem Typen gemacht. Warum?«
»Die Polizei?« sagte sie seufzend. »Die Polizei ist käuflich, oder nenn es korrupt. Ich weiß es, ich habe es nämlich miterlebt. Manfred hat reihenweise Leute gekauft und sie für seine Zwecke eingesetzt. Und dich anrufen – was hättest du allein gegen ihn schon ausrichten können? Er hätte dich zertreten, und das hätte ich nie mit meinem Gewissen vereinbaren können. Ich hatte keine Chance gegen ihn. Das eine Jahr Ehe mit ihm hat mich mindestens zehn Jahre meines Lebens gekostet. Irgend etwas ist in mir abgestorben, vielleicht sogar die Fähigkeit zu lieben.«
Frank Hellmer erhob sich, setzte sich neben Nadine. Er legte einen Arm um ihre Schulter. »Das darfst du nicht sagen. Du hast die Fähigkeit zu lieben, und diese Fähigkeit verliert man auch nicht. Schon gar nicht du.«
»Und jetzt?« fragte sie. »Wie geht es jetzt weiter?«
»Es wird eine Autopsie durchgeführt, danach die Leiche zur Beerdigung freigegeben. Alles andere, Erbschaft, Geschäft et cetera – das mußt du mit deinem Anwalt regeln. Ich gehe davon aus, daß du für den Rest deines Lebens ausgesorgt haben wirst. Und deine Wunden werden verheilen.« Hellmer stand auf, ging an das riesige Mittelfenster, schaute hinaus auf den großzügig angelegten Garten mit dem ovalen Swimmingpool, in dem sich der jetzt blaue Himmel spiegelte. Ohne sich umzudrehen, fragte er: »Hatten Doktor Matthäus und dein Mann irgendeine Beziehung zueinander? Geschäftlich, privat?«
»Nicht, daß ich wüßte.«
»Ich meine, ihr wohnt quasi Tür an Tür ...«
»Ich sagte dir gestern bereits – wir hatten kaum Kontakt

miteinander. Ich kann dir über Matthäus überhaupt nichts sagen.«

»Und du hast auch nie ein Telefonat zwischen den beiden mitbekommen, rein zufällig natürlich?«

»Nein, auch das nicht.«

Hellmer drehte sich um, stützte sich mit beiden Händen auf die Rückenlehne der Couch.

»Aber es muß eine Verbindung zwischen deinem Mann und Matthäus gegeben haben! Beide Männer sind auf die gleiche bestialische Weise umgebracht worden, und beide trugen das Zeichen auf der Stirn. Es mag Zufälle geben, aber in diesem Fall glaube ich nicht daran. Nur – wo liegt die Verbindung zwischen Matthäus und deinem Mann? Wo?«

»Wenn ich dir helfen könnte, glaub mir, ich täte nichts lieber als das. Aber ich weiß wirklich nichts.«

»Schon gut, ich glaube dir ja. Frau Matthäus weiß auch von nichts. Und auch ihr glaube ich es. Doch solange wir nicht den geringsten Anhaltspunkt haben, so lange wird es auch keine Spur zum Täter geben.« Er hielt inne, schaute zur Uhr, zehn nach elf. »So, Nadine, ich muß jetzt zurück ins Präsidium, es wartet eine Menge Arbeit auf mich. Ich ruf dich an. Wir werden mit Sicherheit noch ein paar Fragen haben. Tschüs.«

»Tschüs«, sagte sie, und es klang traurig. »Warum ist alles bloß so schwierig?« fragte sie, als er bereits an der Tür war. Er blieb stehen, wandte sich langsam um.

»Weil wir es uns selbst schwermachen. Verdammt schwer, manchmal.«

»Gibt es eine Chance?«

»Wofür?«

»Daß es besser wird.«

»Vielleicht, Nadine. Ich weiß nur eines – ich habe nie aufgehört, an dich zu denken ... und dich zu lieben. Und

manchmal tun allein Gedanken weh. Unheimlich weh. Mach's gut. Und an deiner Stelle würde ich zum Arzt gehen und die Wunden behandeln lassen.«
»Ach, der macht doch sowieso nichts«, sagte sie und winkte ab.
»Wer, dein Arzt? Wer ist es – Professor Meininger vielleicht?«
»Ja, woher weißt du …?«
»Frau Matthäus ist auch seine Patientin. Wir haben ihm gestern ein paar Fragen gestellt. Ich mag ihn nicht. Er ist undurchsichtig. Aber was soll's, ich muß jetzt wirklich gehen. Ach ja, bevor ich's vergesse, hier ist meine Telefonnummer. Du kannst mich jederzeit anrufen, entweder abends zu Hause oder übers Handy. Ich würde mich über einen Anruf freuen.«
Sie lächelte, nahm die Karte, warf einen Blick darauf, legte sie auf den Tisch.
Er öffnete die Tür, blieb aber noch einmal stehen. »Darf ich dir noch eine letzte Frage stellen?«
»Bitte.«
»Dein Mann hat dich gestern zusammengeschlagen. Hat er das öfter getan?«
Nadine Neuhaus zögerte, bevor sie sich zu einer Antwort durchrang. »Immer, wenn er meinte, daß ich nicht so spurte, wie er sich das vorstellte, hat er zugeschlagen. Und das war ziemlich häufig. Genügt dir diese Antwort?«
»Hat er dich auch vergewaltigt?«
Sie lachte zynisch auf. »Vergewaltigt?« Sie legte den Kopf zurück, blickte zur Decke. »Wenn du damit meinst, daß er sich sein eheliches Recht nahm, wann es ihm beliebte und ohne mich zu fragen, wenn du damit meinst, daß er mich erst verprügelt und dann aufs Bett oder wo immer hingeschmissen und mir die Beine auseinandergerissen hat, wenn

du damit meinst, daß Gewalt zu seinen herausragenden Charaktereigenschaften zählte, dann kann ich nur mit einem entschiedenen Ja antworten. Und ja, er hat mich auch gestern vergewaltigt. Er hat nur einen hochgekriegt, wenn er dabei Gewalt anwenden konnte. Ich habe das vorher nicht gewußt. Er war pervers. Es machte ihm Spaß, mich zu schlagen und zu demütigen. Nur so kam er auf Touren. Wahrscheinlich war Gewalt das einzige, was ihm wirklich Spaß bereitete.«

»Gab es andere Frauen in seinem Leben?«

»Mit Sicherheit, doch wenn du Namen wissen willst, muß ich dich leider enttäuschen. Ich kenne keine seiner Affären, ich wollte sie auch nie kennen. Ich war froh, wenn er andere gevögelt hat, dann ließ er mich wenigstens in Ruhe. Ich habe ihn gehaßt seit der ersten Ohrfeige.«

»Tut mir leid, daß alles so gelaufen ist. Du brauchst zumindest vor ihm keine Angst mehr zu haben. Ciao, bis bald.«

Er ging zum Auto, setzte sich hinein, zündete sich eine Zigarette an. Er kurbelte das Seitenfenster herunter, blickte zum Tor hin, wo sie stand und die Sonnenbrille die meisten Spuren der Schläge verdeckte, die ihr schlanker, schöner Körper hatte einstecken müssen. Sie stand starr wie eine Statue, erst als er den Motor startete und losfuhr, winkte sie ihm nach.

DONNERSTAG, 9.30 UHR

Sie fand einen Parkplatz in der Gerichtsstraße. Sie stieg aus, schloß die Wagentür ab und überquerte die Straße, betrat das Gerichtsgebäude, wies sich aus, ging in den ersten Stock. Sie nahm auf dem Gang Platz, wartete eine Viertelstunde, bis sie um kurz nach halb zehn in den Gerichtssaal gerufen wurde. Sie wurde vereidigt, setzte sich in den Zeugenstand neben dem Richtertisch. Rechtsanwalt Dreekmann kam auf sie zu, er hatte diesen arroganten, herablassenden Gesichtsausdruck, den sie schon einige Male bei ihm gesehen hatte.

»Kommissarin Durant, wie Sie wissen, ist dies hier lediglich eine Anhörung und keine offizielle Gerichtsverhandlung, und ich habe auch nicht vor, sie jemals zu einer werden zu lassen. Aber kommen wir zur Sache.« Er machte eine Pause, zog die Stirn in Falten, sah Julia Durant direkt an. »Sie haben die Wohnungen und Geschäftsräume von Doktor Gerhard Winzlow durchsucht und ihn auch festgenommen. Aufgrund welcher Hinweise ist dies geschehen?«

»Nun, wir haben einen Anruf bekommen.«

»So, einen Anruf also. Welcher Natur war dieser Anruf?«

»Der Anrufer hat uns mitgeteilt, daß Doktor Winzlow seit geraumer Zeit in diverse Waffen- und Drogengeschäfte verwickelt ist und außerdem die Ermordung von insgesamt vier Personen angeordnet hat.«

»Können Sie uns den Namen des Anrufers nennen?«

Julia Durant wurde rot, hielt dem Blick von Dreekmann nicht stand. »Nein«, sagte sie leise.

»Einen Moment, ich habe Ihre Antwort nicht richtig verstanden; könnten Sie sie noch einmal etwas lauter wiederholen?«

»Nein.«

»Ein anonymer Anrufer also. Und was genau hat der Anrufer gesagt?«

»Er hat gesagt, daß ...«

»Mein Mandant in Waffen- und Drogengeschäfte verwickelt sei und zudem noch Auftragskiller angeheuert haben soll. Stimmt doch, oder?«

»Ja.«
»Nun, dann darf ich Ihnen kurz sagen, daß mein Mandant, Doktor Winzlow, nicht nur einer der größten Kunstkenner dieses Landes, vielleicht sogar weltweit ist, sondern zudem auch noch der Direktor des größten Museums von Frankfurt. Und nicht nur das, sein Kunstverstand und sein Einsatz im kulturellen Bereich haben ihm abgesehen von einem nicht unbeträchtlichen Vermögen auch ein Höchstmaß an Ansehen in der Kunstszene auf der ganzen Welt eingebracht.« Er hielt einen Moment inne, spitzte die Lippen, blickte zu Boden, dann wieder zu Julia Durant. Sein Blick war kühl und überlegen, versehen mit einer Prise Spott. Er fuhr lauter werdend fort: »Und Sie, die Polizei, wollen hingehen und meinen Mandanten, nur weil in einem seiner Häuser Drogen und Waffen gefunden wurden, mit diesen dubiosen Geschäften in Verbindung bringen?! Was aber noch viel schlimmer ist und der Reputation von Doktor Winzlow noch weitaus größeren Schaden zugefügt hat, ist die Anschuldigung, er habe einen Auftragskiller auf vier Menschen angesetzt. Doch kommen wir zurück zu Ihnen; was haben Sie auf diesen Anruf hin genau unternommen?«
»Wir haben uns die Namen der Toten geben lassen und einen richterlichen Durchsuchungsbefehl sowohl der Geschäfts- als auch der Privaträume von Doktor Winzlow angefordert. Was wir auch bekommen haben, denn Doktor Winzlow stand schon seit längerem auf unserer Liste.« Nach dem letzten Satz schoß ihr die Röte ins Gesicht, sie hätte sich am liebsten in Luft aufgelöst. Es war der dümmste Satz, den sie seit langem von sich gegeben hatte. Dreekmann reagierte sofort. Er grinste maliziös.
»Oh, schau an, er stand schon seit längerem auf Ihrer Liste! Was für eine Liste ist das denn? Eine schwarze Liste? Eine, in der ehrbare Bürger aufgeführt sind ...«

»Einen Augenblick bitte!« warf Staatsanwalt Anders genervt ein. »Diese Art der Befragung stellt die Polizeiarbeit in Frage. Ich bitte den Herrn Anwalt, keine die Polizei diskriminierenden Fragen zu stellen beziehungsweise Äußerungen zu machen.«

»Bitte formulieren Sie Ihre Frage anders«, sagte der Richter.

»Gut, lassen wir das. Nennen Sie mir doch bitte die Namen der Toten.«

»Das kann ich nicht, er hat nur die Anfangsbuchstaben genannt.«

»Die Anfangsbuchstaben, interessant. Und wie lauten die?«

»I. T. und N. B.«

»I. T. und N. B. Wie viele Menschen auf dieser Welt haben wohl diese Initialen? Eine Million, zehn Millionen oder gar mehr?«

»Wir haben zwei Tote, bislang unidentifiziert, nach Gutachtermeinung osteuropäischer Abstammung. Die Art ihres Todes läßt auf eine Hinrichtung schließen.«

»Und was hat mein Mandant damit zu tun?«

»Das wissen wir nicht. Noch nicht.«

»Ist es nicht so, daß die beiden Getöteten durch einen Genickschuß hingerichtet wurden? Und daß diese Art der Tötung eher im Bereich des organisierten Verbrechens zu finden ist? Womit Sie aber wiederum Doktor Winzlow unterstellen, Mitglied eines Mafiaclans zu sein. Halten Sie das nicht selbst für ein bißchen sehr weit hergeholt?«

»Es gibt viele sogenannte honorige Bürger, die mit der organisierten Kriminalität zu tun haben«, versuchte sich Julia Durant zu verteidigen.

»Nicht Doktor Winzlow!« sagte Dreekmann laut. »Aber mein Mandant soll ja noch zwei weitere Männer in den Tod geschickt haben. Wo sind die Leichen?«

Einen Moment lang stockte Julia Durant, schließlich sagte sie: »Wir haben die Leichen nicht gefunden.«
»Interessant. Da gibt es also zwei Leichen und doch keine Leichen. Dumm, sehr dumm. Aber mal sehen, vielleicht tauchen sie ja eines Tages auf, irgendwie und irgendwo. Vielleicht sind sie auch gar nicht tot. Vielleicht war Ihr anonymer Anrufer auch nur jemand, der meinem Mandanten eins auswischen wollte. Könnte es nicht so gewesen sein?«
»Wir haben in einem seiner Häuser mehrere Kilo Heroin sowie drei Kisten mit Kalaschnikows sichergestellt …«
»Ich welchem Haus? Doktor Winzlow besitzt insgesamt drei Häuser in Frankfurt, von denen zwei vermietet sind, er ist lediglich der Eigentümer.«
»Holzhausenstraße …«
»Holzhausenstraße! Mein Gott, das Haus in der Holzhausenstraße! Und Sie meinen, nur weil in diesem Haus, das übrigens sehr sauber und gut geführt ist, Waffen und Drogen gefunden wurden, sei mein Mandant ein berüchtigter Krimineller?! Oder denken Sie etwa, nur weil in besagtem Haus von einigen Mieterinnen dem ältesten Gewerbe der Welt nachgegangen wird, müsse Doktor Winzlow automatisch Dreck am Stecken haben?! Welch absurde Idee! Was glauben Sie wohl, in wie vielen Häusern in dieser großen Stadt Sie kiloweise Drogen und Waffen fänden, wenn Sie sie alle durchsuchen würden? Und wäre dann jedesmal der Eigentümer des jeweiligen Hauses automatisch kriminell? Was hat mein Mandant bei der Vernehmung gesagt?«
»Nichts.«
»Er hat zu den Vorwürfen keine Stellung bezogen? Er hat nicht gesagt, daß er von der ganzen Sache nichts weiß?«
»Doch.«
»Und Sie haben ihn trotzdem vierundzwanzig Stunden

unter menschenunwürdigen Bedingungen in einer Ihrer winzigen Zellen gefangengehalten!« Dreekmann hielt kurz inne, bevor er fortfuhr: »Ihnen ist sicherlich nicht bekannt, daß mein Mandant unter extremer Klaustrophobie leidet und außerdem einen schweren Herzfehler hat. Oder wissen Sie es doch?«

»Wir haben es später erfahren.«

»So, später. Was, wenn mein Mandant in Ihrer Zelle gestorben wäre? Unschuldig gestorben wäre. Wie hätten Sie das mit Ihrem Gewissen vereinbaren können?«

»Hören Sie doch auf! Er ist nicht gestorben, also ist alles andere, was Kollege Dreekmann hier vorbringt, reine Hypothese«, warf Staatsanwalt Anders ein. »Außerdem ist Doktor Winzlow nach vierundzwanzig Stunden wieder auf freien Fuß gesetzt worden.«

»Nun, ich denke, ich brauche keine weiteren Fragen zu stellen, die Sache liegt klar auf der Hand – die Polizei hat sich auf einen anonymen Anrufer verlassen, kann zwei unidentifizierte und zwei nicht vorhandene Leichen vorweisen und schon gar nicht beweisen, daß mein Mandant auch nur im geringsten mit Waffen und Drogen gehandelt hat beziehungsweise handelt. Ich bitte deshalb darum, diesen Fall so schnell wie möglich zu beenden und meinem Mandanten wieder den guten Leumund zurückzugeben, den er bislang gehabt hat und der durch diese unqualifizierte Polizeiarbeit in den Schmutz gezogen wurde. Es gibt nicht den geringsten Beweis dafür, daß mein Mandant in irgendeiner Weise in kriminelle Machenschaften verwickelt ist oder war. Keine weiteren Fragen.«

Dreekmann kehrte zu seinem Platz zurück, warf der entnervten Julia Durant einen belustigten Blick zu. Staatsanwalt Anders hatte keine Fragen an sie. Sie erhob sich, verließ den Saal. Draußen atmete sie tief durch, ging zu ihrem Wagen, stieg ein, zündete sich eine Zigarette an. Sie hatte geahnt, daß es so enden würde. Dreekmann war zu ausgebufft. Ihm war nur beizukommen, wenn man hieb- und stichfeste Beweise und Argumente vorbringen konnte. Sie machte sich auf den Weg zurück zum Präsidium. Sie hoffte, so bald nichts wieder mit diesem Dreekmann zu tun haben zu müssen. Manchmal fragte sie sich, ob nicht er selbst seine Finger in schmutzigen Geschäften hatte, vielleicht war er ja auch ein Bestandteil des organisierten Verbrechens. Viele Kripobeamte meinten, daß es wohl nicht von ungefähr komme, daß Dreekmann fast ausschließlich Schwerkriminelle aus dem organisierten Verbrechen verteidigte und es ihm seltsamerweise fast immer gelang, für seine Mandanten entweder einen Freispruch oder zumindest eine Bewährungsstrafe zu erwirken. Aber nachweisen konnte ihm bislang keiner etwas. Außerdem wurde gemunkelt, daß er Kontakte zu hochrangigen Persönlichkeiten aus allen Bereichen des gesellschaftlichen Lebens pflegte, darunter auch Richter und Staatsanwälte. Eines war auf jeden Fall sicher – er war der ungekrönte König unter den Strafverteidigern in Deutschland.

DONNERSTAG, 11.45 UHR

Dr. Dreekmann und Dr. Winzlow verließen das Gerichtsgebäude, blieben vor Winzlows Mercedes 500 stehen.

»Danke«, sagte Winzlow nur und reichte Dreekmann die Hand.

»Wofür, ich habe nur meinen Job getan. Aber du solltest in Zukunft etwas vorsichtiger sein. Nimm auf keinen Fall

mehr eines deiner Häuser als Versteck. Such dir irgend etwas anderes, Unauffälligeres. Und vor allem, versuch herauszufinden, wer aus deiner näheren Umgebung der Polizei den Tip gegeben hat. Du darfst nur Leute um dich haben, denen du blind vertrauen kannst. Ein guter Rat von mir – sortier aus.« Dreekmann blickte zur Uhr. »Tut mir leid, aber ich muß jetzt in die Kanzlei. Wir hören voneinander.«
»Okay, und nochmals vielen Dank.«
»Mach dich schon mal auf die Rechnung gefaßt«, sagte Dreekmann lachend. »Du weißt, umsonst ist nur der Tod. Und selbst der nicht immer. Wir sehen uns dann.«

DONNERSTAG, 11.45 UHR

Als Julia Durant ins Präsidium zurückkehrte, waren Berger und Kullmer in ein Gespräch vertieft. Das Fenster stand offen, der Lärm von der Mainzer Landstraße drang nach oben. Berger rauchte, während Kullmer seinen Kaugummi zwischen den Zähnen knetete. Julia Durant hängte ihre Tasche an den Kleiderhaken, nahm eine Zigarette heraus und zündete sie an. Sie wartete, bis das Gespräch beendet war und Berger sich ihr zuwandte.
»Und, wie war's bei Gericht?« fragte Berger, es klang, als wüßte er die Antwort bereits.
»Beschissen. Winzlow ist nichts nachzuweisen, und Dreekmann sollte eigentlich Dreckmann heißen. Aber lassen wir das jetzt. Was ist mit Neuhaus?«
»Ich habe einen Durchsuchungsbefehl für die Geschäfts- und Privaträume von Matthäus und Neuhaus erwirkt. Ach ja, das hier ist vorhin für Sie gekommen«, sagte Berger und

reichte der Kommissarin einen Umschlag und eine weiße Lilie. Sie nahm den Umschlag an sich, riß ihn auf. Ein Zettel.

> *Wenn ihr nicht umkehrt und wie die Kinder werdet, könnt ihr nicht in das Himmelreich kommen. Wer so klein sein kann wie dieses Kind, der ist im Himmelreich der Größte. Wer einen von diesen Kleinen … zum Bösen verführt, für den wäre es besser, wenn er mit einem Mühlstein um den Hals im tiefen Meer versenkt würde.*

»Verfluchte Scheiße!« quetschte Julia Durant hervor und knallte den Zettel auf den Tisch.
»Große, verfluchte Scheiße! Was soll dieser Schwachsinn? Was heißt dieser Spruch im Klartext?«
Bevor Kullmer oder Berger etwas antworten konnten, kam Hellmer herein. Schweiß stand auf seiner Stirn, er machte einen etwas mürrischen Eindruck. Er zog seine Lederjacke aus und hängte sie über die Stuhllehne.
»Was ist los?« fragte er.
»Das ist los«, erwiderte Julia Durant und hielt ihm den Zettel hin. »Er wird wieder zuschlagen, doch wir wissen nicht, wann und wo. Wir werden nur irgendwann einen Anruf bekommen und irgendwo eine Leiche vorfinden. Und wir werden den gleichen Scheiß machen wie bei den beiden anderen auch – Fragen stellen und keine Antworten bekommen. Wir werden Spuren suchen und keine finden. Und dann werden wir wieder einen Zettel bekommen, und so wird das Spiel weitergehen und weitergehen, und wir werden für die Öffentlichkeit die Arschlöcher sein.«
»Wir werden eine Sonderkommission bilden«, sagte Berger. »Ich habe zehn Leute angefordert, und sie sind uns auch

genehmigt worden.« Er nahm einen Zug an seiner Zigarette, blies den Rauch durch die Nase aus.
»Waren Sie bei Frau Neuhaus?« fragte Berger Hellmer.
»Ja, ich habe ihr die Nachricht überbracht.«
»Wie hat sie reagiert?« fragte Julia Durant.
»Eher teilnahmslos. Neuhaus hat sie gestern nachmittag ziemlich übel zugerichtet ...«
»Verprügelt?« fragte die Kommissarin. »Wegen der Sache im Café?«
»Scheint so.«
»Moment«, unterbrach ihn Berger. »Was für eine Sache in was für einem Café?«
Bevor Hellmer antworten konnte, sagte Julia Durant: »Nachdem Kommissar Hellmer und ich noch einmal bei Frau Matthäus waren, sind wir kurz ins Café Hauptwache gefahren, um dort einen Kaffee zu trinken und ein Stück Kuchen zu essen. Dabei hat Kommissar Hellmer eine ehemalige Bekannte getroffen, die jetzt mit Neuhaus verheiratet ist oder besser gesagt war. Er setzte sich zu ihr an den Tisch, sie unterhielten sich, bis Neuhaus reinkam und seine Frau ziemlich rüde aus dem Café schleifte. Na ja, und zu Hause scheint er es ihr dann richtig gegeben zu haben.«
»Könnte das ein Motiv sein?« fragte Berger.
»Niemals«, sagte Hellmer mit energischem Kopfschütteln. »Außerdem würde Frau Neuhaus dann auch für den Mord an Matthäus in Frage kommen. Sie sagte mir, nachdem ihr Mann sie zusammengeschlagen hatte, habe er das Haus verlassen. Sie weiß nicht, wohin er gefahren ist, sie sagte nur, daß es nicht selten vorkam, daß er über Nacht oder gar mehrere Tage hintereinander wegblieb. Sie wäre allein vom Typ her niemals zu einem Mord fähig. Ich habe sie gefragt, ob es eine Verbindung zwischen ihrem Mann und Matthäus gab, aber sie sagte, sie wüßte überhaupt nichts über die

Geschäfte ihres Mannes. Das ist alles.« Er fuhr sich mit einer Hand übers Kinn, fügte hinzu: »Höchstens vielleicht noch das – Professor Meininger ist auch der Hausarzt von Neuhaus. Ich riet ihr, wegen ihrer Wunden den Arzt zu konsultieren, doch sie wollte nicht, ihre Reaktion war, wenn ich's recht bedenke, etwas merkwürdig.«
»Inwiefern?« fragte Berger.
»Nun, es scheint, als ob sie diesen Meininger nicht besonders leiden kann. Aus welchen Gründen auch immer.«
»In Ordnung«, sagte Berger, nahm einen letzten Zug an seiner Zigarette und drückte sie im Aschenbecher aus. Er stand auf, stellte sich ans Fenster, sah hinunter auf die Mainzer Landstraße. »Wir werden jetzt Nägel mit Köpfen machen. Die beiden sind nicht einfach so umgebracht worden, dahinter steckt für meine Begriffe eine riesengroße Sauerei. Wir wissen nicht, was die beiden zu verbergen hatten oder in welch dubiose Geschäfte sie involviert waren, aber ich gehe davon aus, daß es Ungereimtheiten in ihrem Leben gibt. Und diese Ungereimtheiten müssen wir herausfinden. Wenn wir die kennen, haben wir unter Umständen das Mordmotiv. Ich fürchte, es liegt eine Menge Arbeit vor uns. Ich denke, daß wir schon heute nachmittag mit der Durchsuchung der Büros und Wohnungen beginnen können.« Er blickte zur Uhr. »Wir werden jetzt alle eine kurze Mittagspause machen und uns um Punkt eins hier im Büro treffen, und zwar mit allen uns zusätzlich zugeteilten Kollegen der Sonderkommission. Wir besprechen dann die Einzelheiten und machen uns an die Arbeit. Das war's für jetzt, wir sehen uns in genau einer Stunde. Mahlzeit.«
Julia Durant und Kommissar Hellmer standen auf und verließen das Zimmer. Während sie über die Gang liefen, fragte die Kommissarin: »Ehrlich jetzt, wie war's?«
»Was willst du wissen?«

»Wie sie wirklich reagiert hat.«
»Keine Ahnung. Ich weiß nicht einmal, ob sie erleichtert war. Ich an ihrer Stelle wäre es auf jeden Fall gewesen. Er hat sie wirklich schlimm verprügelt; und nicht nur das, er hat sie auch vergewaltigt. Und das regelmäßig. Ich glaube, wenn Neuhaus noch leben würde und ich Nadine so sähe, ich würde diesem Dreckskerl die Eier mit bloßen Händen rausreißen.« Einen Augenblick liefen sie schweigend nebeneinander her. Schließlich fragte Hellmer: »Meinst du, daß wir bei den Durchsuchungen etwas finden werden?«
Julia Durant zuckte mit den Schultern. »Keine Ahnung, aber ...«
»Du glaubst es auch nicht, oder?«
»Nicht so recht. Es ist unheimlich, was gerade passiert. Und der Mörder will, daß es unheimlich für uns ist. Er allein und natürlich seine Opfer wissen, was los ist. Vielleicht haben wir es hier auch mit einer Organisation zu tun; es gibt so verdammt viele Möglichkeiten.«
»Moment«, sagte Hellmer auf einmal und blieb mitten auf der Treppe stehen und faßte sich mit einer Hand an den Mund. »Mir fällt da gerade etwas ein.« Er sah Julia Durant mit zu Schlitzen verengten Augen an. Sie stand zwei Stufen unter ihm, er lehnte sich an das Geländer. »Die Matthäus und auch Nadine Neuhaus – es gibt eine Übereinstimmung in ihren Aussagen. Erinnerst du dich, wie Frau Matthäus gesagt hat, ihr Mann sei öfter über Nacht oder sogar mehrere Tage weggeblieben? Und sie nicht wußte, wo er war?«
»Sicher. Und?«
»Genau das gleiche erzählte mir vorhin auch Nadine. Auch Neuhaus blieb des öfteren über Nacht oder eben auch für einige Tage weg. Wo waren sie? Gibt es eine Möglichkeit herauszufinden, ob sie vielleicht immer zur gleichen Zeit weg waren? Und wenn, was haben sie dann gemacht?«

Julia Durant schüttelte den Kopf. »Meinst du nicht, daß das ein wenig sehr weit hergeholt ist? Für meine Begriffe hatten sie beide ihre diversen Affären ...«
»Und trotzdem sollten wir nach Übereinstimmungen suchen. Zumindest sollten wir Frau Matthäus und auch Nadine fragen, wann ihre Männer zuletzt über Nacht oder auch mehrere Tage nicht zu Hause waren. Wir müssen einfach jeder noch so vagen Spur nachgehen.«
»Einverstanden. Das können wir dann gleich nachher mit erledigen. So, und jetzt auf zum Italiener, ich hab nämlich Hunger.«

DONNERSTAG, 13.00 UHR

Die Besprechung in Bergers Büro dauerte eine Viertelstunde. Jeweils drei Beamte machten sich auf den Weg zu den Geschäftsräumen und Wohnungen von Dr. Matthäus und Dr. Neuhaus. Julia Durant, Frank Hellmer und Kommissar Kullmer fuhren nach kurzer telefonischer Anmeldung als erstes zu Frau Matthäus.
»Tut mir leid, wenn wir Sie noch einmal belästigen müssen«, sagte Julia Durant und hielt ihr den Durchsuchungsbefehl vors Gesicht, »aber wir haben den Auftrag, Ihr Haus zu durchsuchen.«
»Bitte, ich habe nichts zu verbergen. Wollen Sie alle Räume inspizieren?«
»Nun, im wesentlichen interessieren uns die Räume, die hauptsächlich von Ihrem Mann beziehungsweise von Ihnen beiden genutzt wurden. Wenn Sie uns die bitte zeigen würden.«
Frau Matthäus ging vor ihnen ins Haus, wartete, bis die Beamten eingetreten waren und schloß die Tür. »Sein Ar-

beitszimmer liegt im ersten Stock, die Bibliothek befindet sich am Ende des Flurs. Dann natürlich noch sein Schlafzimmer, in dem Sie jedoch außer Wäsche und Anzügen nichts finden werden. Ich weiß nicht, ob das Wohnzimmer von Bedeutung ist, aber außer einem Safe befindet sich dort nichts Außergewöhnliches. Dann haben wir noch mein Schlafzimmer, die Zimmer unserer Kinder und drei Gästezimmer. Und natürlich zwei Bäder, eine Dusche und zwei Gäste-WCs. Und im Untergeschoß eine Bar, einen Hobbyraum und den Getränkekeller.«
»Danke. Wenn Sie meinen Kollegen, Kommissar Kullmer, und mich bitte zum Arbeitszimmer Ihres Mannes führen würden …«
»Sie brauchen nur die Treppe hochzugehen, es ist die erste Tür rechts.«
»Kommissar Hellmer wird Ihnen in der Zwischenzeit noch ein paar Fragen stellen.«
»Wie lange, glauben Sie, wird es dauern? Die Durchsuchung, meine ich.«
»Das kommt ganz darauf an. Ich möchte mich nicht festlegen. Aber es kann durchaus einige Stunden dauern.«
Frau Matthäus nickte nur und bat Kommissar Hellmer, ihr ins Wohnzimmer zu folgen. Sie setzte sich auf die Couch und bat Hellmer, im Sessel Platz zu nehmen.
»Frau Matthäus, Sie sagten uns am ersten Abend, daß Ihr Mann des öfteren über Nacht weggeblieben sei. Manchmal sogar für ein paar Tage, ohne daß Sie wußten, wo er sich aufhielt. Stimmt das so?«
»Ja, genau so war es.«
»Können Sie sich erinnern, wann Ihr Mann zuletzt über Nacht beziehungsweise mehrere Tage weggeblieben ist?«
»Sie meinen, ob ich das genaue Datum weiß?«
»Ja.«

»Nun, um genau zu sein, er blieb eigentlich nie die ganze Nacht weg, sondern nur bis in die frühen Morgenstunden. In der Regel kam er so gegen drei, halb vier nach Hause, wenn ich bereits schlief. Ich bin aber trotzdem meist wach geworden, weil ich bei offenem Fenster zu schlafen pflege und die Auffahrt zur Garage direkt darunter vorbeiführt. Zuletzt war es in der Nacht vom achtzehnten auf den neunzehnten Mai, also jene Nacht, bevor er ...« Sie stockte kurz, fuhr aber gleich fort: »Davor die Nacht vom elften auf den zwölften Mai und davor ...«
»Lassen Sie mich raten – die Nacht vom vierten auf den fünften Mai?«
»Ja«, sagte sie nachdenklich. »Es waren immer die Nächte von Montag auf Dienstag. Das ist mir so noch gar nicht aufgefallen. Seltsam, wie gleichgültig man doch wird.«
»Und wenn er mehrere Tage fortblieb?«
»Da war er in der Regel geschäftlich unterwegs.«
»Wissen Sie noch, wann seine letzte Geschäftsreise war und wohin sie führte?«
Sie lächelte, schüttelte den Kopf. »Tut mir leid, mit dieser Information kann ich nicht dienen. Er sagte immer nur, er müsse geschäftlich verreisen, doch wohin, verriet er nie. Aber seine Sekretärin wird Ihnen diese Frage sicherlich beantworten können.«
»Frau Matthäus, Sie haben bestimmt von dem Mord an Doktor Neuhaus, Ihrem Nachbarn gehört?«
Sie nickte nur.
»Auch von den Umständen, unter denen er zu Tode gekommen ist?«
»Nein, ich hörte nur, er sei ermordet worden.«
Hellmer zögerte einen Augenblick, kniff die Lippen zusammen, sah Frau Matthäus an, deren Gesicht eine undurchdringliche Maske war.

»Doktor Neuhaus ist auf dieselbe Weise getötet worden wie Ihr Mann.«
»Bitte, ich verstehe nicht ...«
»Auch er hatte die Zahl auf seiner Stirn. Und die anderen Details stimmen ebenfalls überein. Wir fragen uns jetzt, ob es eine Verbindung zwischen Ihrem Mann und Doktor Neuhaus gab und welcher Natur diese Verbindung war. Können Sie mir vielleicht weiterhelfen?«
Sie schüttelte wieder nur den Kopf. »Es tut mir leid, aber ich weiß nichts von einer Verbindung zwischen meinem Mann und Doktor Neuhaus. Doch wie ich Ihnen bereits sagte, ich wußte fast nichts aus dem Leben meines Mannes. Fragen Sie Frau Neuhaus, womöglich weiß sie mehr als ich.«
»Wie gut kennen Sie Frau Neuhaus?«
»Wir sind Nachbarn, nicht mehr und nicht weniger. Wir treffen uns ab und zu auf der Straße oder bei einer Gesellschaft. Sie lebt ja auch noch nicht so lange hier.«
»Man kann also sagen, Sie hatten so gut wie keinen Kontakt zu ihr?«
»Das kann man so sagen. Doch Sie müssen wissen, wer hier lebt, lebt ziemlich isoliert. Das ist bei mir so, und das ist bei Frau Neuhaus nicht anders. Und fragen Sie, wen Sie wollen, Sie werden von fast allen die gleiche Antwort bekommen. Soziale Kontakte werden kaum gepflegt. Außer im Sommer vielleicht, wenn hier und da mal ein Gartenfest veranstaltet wird und eben die liebe Nachbarschaft eingeladen ist. Ich habe diese Feste immer gehaßt, weil nirgends mehr gelogen, getratscht und geheuchelt wird als dort. Man tut so, als wäre dieses Viertel eine verschworene Gemeinschaft, in Wirklichkeit aber ... ach, lassen wir das, es ist unwichtig. Auch wenn sich das für Sie hart anhören mag, ich bin froh, bald weg von hier zu sein. Ich werde dieses Haus verkaufen und damit vielleicht auch allmählich die Erinnerungen an die

letzten zwanzig Jahre und irgendwo neu beginnen. Aber Sie werden meine Haltung wahrscheinlich nicht verstehen können, bestimmt sind Sie glücklich verheiratet, haben Kinder, die sich freuen, wenn ihr Vater nach Hause kommt ...« seufzte sie.
»Ich bin geschieden«, erwiderte Hellmer trocken. »Ich kann Ihre Haltung verstehen. Nur mit dem Unterschied, daß ich es mir nicht leisten kann, meine Zelte einfach abzubrechen.«
»Es tut mir leid«, sagte Frau Matthäus entschuldigend. »Ich rede manchmal dummes Zeug.« Sie erhob sich, ging an das Barfach, holte eine Flasche Gin hervor. »Möchten Sie auch einen?« fragte sie. »Oder dürfen Sie nicht, wenn Sie im Dienst sind?«
»Leider nicht«, antwortete Hellmer, obgleich er zu gern ein Glas mitgetrunken hätte.
Frau Matthäus schenkte sich ein und ging zum Fenster. Sie schaute hinaus auf den sonnenüberfluteten Garten, setzte das Glas an und trank es in einem Zug leer. Sie wirkte traurig, leer.
»Haben Sie noch Fragen?«
»Eine noch. Es geht um Professor Meininger. Sie erwähnten, daß er Ihr Hausarzt sei. Seit wann ist er das, und wie sind Sie an ihn gekommen? Er ist doch eigentlich Humangenetiker.«
»Mein Mann und Professor Meininger kennen oder besser gesagt kannten sich schon seit langem. Und daß er eigentlich Humangenetiker ist, ist für mich unwesentlich. Ich konsultiere ihn auch nur in bestimmten Fällen, ansonsten habe ich eine sehr gute Frauenärztin.«
»Danke, das war's. Ich werde mich dann mal wieder zu meinen Kollegen begeben und ihnen helfen.«
Hellmer erhob sich und ging die Treppe hinauf zu Julia

Durant und Kommissar Kullmer. Er wollte gerade das Arbeitszimmer betreten, als sie ihm entgegenkamen.
»Schon fertig?« fragte er.
»In dem Zimmer gibt es einen Schrank, in dem ausschließlich Fachbücher stehen, einen Schreibtisch und ein offenes Regal. Dieses Zimmer scheint so gut wie nie benutzt worden zu sein. Sehen wir uns mal die Bibliothek an.«
»Das macht Ihr. Ich schau mal eben bei Nadine Neuhaus vorbei und stelle ihr noch ein paar Fragen. Mal sehen, vielleicht gibt es doch eine Verbindung zwischen Neuhaus und Matthäus.«
»Und wie könnte die aussehen?« fragte Julia Durant.
»Nachher, liebe Kollegin. Erst will ich meine Vermutung bestätigt wissen. Bis gleich dann.«
Er machte kehrt und ließ die Kommissarin und Kullmer einfach stehen. Zwei Minuten später stand er vor der Villa von Nadine Neuhaus. Auf sein Klingeln hin wurde ihm sofort geöffnet. Die anderen Kollegen von der Sonderkommission waren bereits mit der Durchsuchung beschäftigt, Nadine hielt sich im Wohnzimmer auf. Er klopfte, trat ohne Aufforderung ein. Der Fernsehapparat lief, sie saß im Sessel, das halbe Gesicht von der großen, dunklen Sonnenbrille verdeckt.
»Nadine«, sagte Hellmer, »ich muß noch mal mit dir reden. Dauert auch nicht lange.«
Sie drehte sich um. »Warum macht ihr diese Durchsuchung?«
»Routine. Wir suchen nach einer Verbindung zwischen deinem Mann und Matthäus. Und natürlich nach einer Gemeinsamkeit in deren Leben. Ich werde dich jetzt in etwa das gleiche fragen, das ich bereits Frau Matthäus gefragt habe. Und überleg gut, bevor du antwortest, jedes Detail ist wichtig.«

»Ja, ich werd's versuchen«, sagte sie leicht irritiert und setzte sich aufrecht hin. »Entschuldige bitte, aber ich hab dir noch gar keinen Platz angeboten.«
Hellmer setzte sich Nadine Neuhaus gegenüber. »Gut. Du sagtest heute vormittag, daß dein Mann bisweilen über Nacht oder gar mehrere Tage von zu Hause weggeblieben ist. Wenn er über Nacht wegblieb, wann kam er da in der Regel nach Hause?«
Nadine Neuhaus sah Hellmer an, neigte den Kopf ein wenig zur Seite, spitzte die Lippen, dachte nach. »Hmh, wann kam er nach Hause?« Sie fuhr sich mit einer Hand durch das kastanienbraune Haar. »Gute Frage. Er war morgens zum Frühstück auf jeden Fall immer da. Wenn ich's recht bedenke, hörte ich ihn beim letzten Mal etwa um drei kommen. Ich weiß das noch, weil ich sehr leicht geschlafen habe und er mit dem Porsche gekommen ist. Der Motor ist ziemlich laut.«
»An welchem Tag war das?«
»Das war in der Nacht von Montag auf Dienstag ...«
»Vergangenen Montag?«
»Ja.«
»Und jetzt versuch dich genau zu erinnern – wann davor kam er wieder nachts um etwa diese Zeit nach Hause?«
»Ich müßte in meinem Tagebuch nachschauen. Warte, ich hole es schnell.« Hellmer sah ihr nach, wie sie mit ihrem unvergleichlichen, fast schwebenden Gang das Zimmer verließ und kurz darauf zurückkehrte. Sie setzte sich neben Hellmer auf dic Couch, legte die Beine hoch, blätterte in dem Tagebuch.
»Hier, ich hab's, es war in der Nacht vom ...«
»Laß mich raten«, unterbrach Hellmer Nadine, »in der Nacht vom elften auf den zwölften Mai. Und dann wieder genau eine Woche davor. Und so weiter und so weiter. Hab ich recht?«

»Ja, woher weißt du das?«
»Weil Matthäus immer an genau den gleichen Tagen etwa zur gleichen Uhrzeit nach Hause kam. Zufall?«
»Willst du damit sagen, daß es doch eine Verbindung zwischen ihnen gab?«
»Zumindest deutet alles darauf hin. Aber ich möchte dich herzlichst bitten, alles hier Besprochene absolut vertraulich zu behandeln. Sprich bitte auch nicht mit Frau Matthäus darüber. Es könnte nur hinderlich für unsere weiteren Nachforschungen sein.«
»Wahnsinn«, sagte Nadine und klappte das Buch zu. »Aber ich schwöre dir, ich habe nichts davon gewußt.«
»Das bestreitet auch keiner. Was wir jetzt herausfinden müssen, ist, was die beiden Männer verbunden hat.« Er sah Nadine an und berührte ihre Hand. »Du hast uns sehr geholfen. Wir sind zumindest einen kleinen Schritt weitergekommen.« Er lächelte und fuhr fort: »Weißt du eigentlich, daß ich dich noch immer für die schönste Frau der Welt halte?«
Sie lachte kurz und trocken auf. »Auch so, wie ich jetzt aussehe, zerschlagen und zerschunden? Außerdem gibt es viel Schönere, du Phantast.«
»Ich seh dich aber mit meinen Augen. Tu mir einen Gefallen, ruf mich mal an.«
»Okay«, sagte sie lächelnd. »Aber versprich dir nicht zuviel davon.«
»Nadine, ich bin geschieden. Ich lebe allein.«
»Es ist viel Zeit vergangen, und ich brauche vor allem jetzt Zeit und Abstand von allem. Aber ich werde anrufen, versprochen. Doch du solltest jetzt besser gehen.«
»Schon gut, ich muß sowieso wieder rüber zu Frau Matthäus. Ihr Haus wird nämlich auch gerade auf den Kopf gestellt. Wir sehen uns.«

Er stand auf und ging, ohne sich noch einmal umzudrehen. Draußen blieb er auf der Straße stehen und zündete sich eine Zigarette an. Er zitterte ein wenig, wünschte sich jetzt ein Bier oder ein Glas Wodka. Doch es gab nirgends in dieser Gegend einen Kiosk, wo er sich etwas hätte kaufen können. Nachdem er ausgeraucht hatte, begab er sich zurück zu Julia Durant und Kullmer. Sie waren noch immer mit der Durchsuchung der Bibliothek beschäftigt, in der, wie Hellmer vermutete, etwa fünf- bis sechstausend Bücher standen.
»Und?« fragte die Kommissarin, ohne Hellmer anzusehen. »Was rausgekriegt?«
»Ich sag nur eines – Bingo!«
Sie drehte sich um, ein Buch in der Hand, sah Hellmer fragend an. »Was heißt das – Bingo?«
»Es gibt wahrscheinlich eine Verbindung. Beide, Neuhaus und Matthäus, waren in der letzten Zeit immer in der Nacht von Montag auf Dienstag weg und kamen immer in etwa zur gleichen Uhrzeit, nämlich zwischen drei und halb vier nach Hause. Zufall? Wohl kaum. Das ist zumindest der erste Ansatzpunkt, den wir haben. Aber sie haben das, was sie miteinander verbunden hat, derart geheimgehalten, daß nicht einmal ihre Frauen etwas davon wußten. Doch die Frauen haben ihre Männer nach Hause kommen hören. Was vielleicht nicht der Fall gewesen wäre, hätte es in deren Ehe gestimmt. Nadine Neuhaus hat sogar Tagebuch geführt. Jetzt müssen wir nur noch herausfinden, wo die beiden montags immer gewesen sind.«
»Nur?!« sagte Kullmer mit unverhohlenem Sarkasmus. »Ich bin mal gespannt, wie lange wir dafür brauchen werden.«
»Es wird gehen. Es wird vielleicht eine Weile dauern, aber es wird gehen«, sagte Hellmer bestimmt.
»Gute Arbeit«, sagte Julia Durant anerkennend. »So, und

jetzt laß uns das hier so schnell wie möglich zu Ende bringen, obgleich ich meine Zweifel habe, irgend etwas Brauchbares zu finden. Sollten Matthäus und Neuhaus in kriminelle Machenschaften verwickelt gewesen sein, so waren sie bestimmt nicht so blöd, Beweise im eigenen Haus rumliegen zu lassen. Und trotzdem müssen wir weitersuchen.«

DONNERSTAG, 19.15 UHR

Die Beamten trafen sich kurz im Präsidium zu einer Lagebesprechung. Berger war extra länger geblieben, obgleich für heute sein obligatorischer Friedhofsbesuch angestanden hätte. Weder die Befragungen der Angestellten von Neuhaus noch die Durchsuchungen der Büro- und Privaträume von Matthäus und Neuhaus hatten neue Erkenntnisse gebracht. Was noch blieb, war die Durchforstung der Computer, doch das würde Zeit in Anspruch nehmen, und mit einem endgültigen Ergebnis würde nicht vor Anfang nächster Woche gerechnet werden können. Die Besprechung dauerte bis kurz nach halb acht. Als letztes sagte Berger, daß jeder der Beamten jederzeit erreichbar sein müsse.

Julia Durant fuhr zu einem Supermarkt, der bis acht offen hatte, kaufte ein kleines Roggenmischbrot, einen Liter Milch, Salami und ein Stück Butter. Als sie an der Kasse stand, fiel ihr ein, daß sie kein Bier mehr hatte; sie rannte zum Regal, holte schnell sechs Dosen, legte ihre Sachen auf das Band. Sie bezahlte, verstaute ihren Einkauf in der Plastiktüte und fuhr nach Hause. Es war noch immer zweiundzwanzig Grad warm, die Luft schwül und durch die Abgase schwer zu atmen. Auf der Heimfahrt beschloß sie, den

Abend geruhsam angehen zu lassen. Sie parkte ihren Wagen auf dem von ihr gemieteten Parkplatz, stieg aus. Sie ging zum Briefkasten, zwei Rechnungen, eine Zeitung und ein Brief ohne Absender. Sie stieg die Treppen nach oben, schloß die Tür auf und kickte sie mit dem Absatz zu. Der Teppich unter dem Wohnzimmertisch hatte sich durch die hohe Luftfeuchtigkeit gewellt, sie stellte die Einkaufstasche in der Küche ab, zog die Schuhe aus, warf einen Blick durch die Wohnung.

»Wird wohl nichts mit einem ruhigen Abend«, murmelte sie vor sich hin, als sie die Unordnung betrachtete. Wäsche auf dem Sofa und dem Sessel, die kleine Küche und das Schlafzimmer unaufgeräumt. Sie öffnete sämtliche Fenster, um frische Abendluft hereinzulassen. Sie setzte sich, sah erst die beiden Rechnungen von den Mainkraftwerken und der Telekom durch, legte sie auf den Tisch, danach riß sie den Umschlag des bis jetzt noch anonymen, mit Maschine geschriebenen Briefes auf. Sie las:

Liebe Kommissarin Durant,
Sie werden sich wahrscheinlich wundern, daß ich ausgerechnet Ihnen die Briefe und die Blumen zukommen ließ. Das hat einen ganz einfachen Grund – ich halte Sie für eine der fähigsten Beamtinnen in Ihrer Abteilung, und ich bin genauestens über Ihre Leistungen und Erfolge informiert. Wenn überhaupt jemand diesen Fall zu lösen vermag, dann Sie. Doch leider werden Sie noch einige schwierige Aufgaben zu bewältigen haben, allerdings bin ich sicher, daß Sie nach der letzten Aufgabe den Fall gelöst haben werden.
Ich möchte Ihnen nur sagen, wie sehr ich Sie und Ihre Arbeit schätze und bewundere. Es wäre ein leichtes

für mich, Ihnen Informationen über Matthäus und Neuhaus zukommen zu lassen, doch damit wäre das eigentliche Problem nicht aus der Welt geschafft. Leider hat die Polizei nicht die Mittel und Wege, den Unrat, der diese Stadt und dieses Land seit einiger Zeit überzieht, zu beseitigen. Auch ich kann nur einen geringen Teil davon verschwinden lassen.
Es tut mir leid, wenn ich Ihnen und Ihren Kollegen Kopfzerbrechen bereite, doch was jetzt geschieht, ist ein Exempel, das statuiert werden muß. Sie mögen mich für verrückt halten, und glauben Sie mir, bisweilen habe ich das Gefühl, verrückt zu sein. Aber wer von uns ist nicht auf die eine oder andere Weise verrückt?
Mein Schreiben von heute vormittag haben Sie sicherlich erhalten und werden sich fragen, was es damit auf sich hat. Ich denke, Sie werden es bald herausfinden.
Eines kann ich Ihnen jedoch schon jetzt sagen – Sie werden morgen früh ein weiteres Opfer vorfinden, doch wo, das kann ich Ihnen leider noch nicht verraten. Verraten kann ich Ihnen aber, daß die Person zwischen 21.00 und 21.30 Uhr den letzten Atemzug machen wird. Ich wünsche Ihnen trotzdem eine angenehme Nacht. Ich bin sicher, wir werden uns in nicht allzu ferner Zeit sehen.

Ihr Abfallbeseitiger

PS: Ich weiß, Sie haben die Frauen von Matthäus und Neuhaus befragt, doch Sie können sich die Mühe sparen, sie wissen nichts von dem, was ihre Männer getrieben haben. Keiner, außer ein paar Eingeweihten, weiß davon.

Sie las den Brief ein zweites und ein drittes Mal. Trotz der drückenden Schwüle in der Wohnung war ihr kalt. Sie versuchte Ihre Gedanken zu ordnen. Woher kannte der Schreiber ihre Adresse? Was wußte er alles über sie? Und woher? Sie schloß die Augen, ließ sich zurückfallen, legte die Beine auf den Tisch, den Brief in den Händen. Nach einer Weile, in der ihre Gedanken sich nicht geordnet hatten, erhob sie sich, holte eine Dose Bier, trank in kleinen Schlucken. Sie griff zum Telefon, wählte Hellmers Nummer. Sie ließ es fünfmal läuten, wollte schon auflegen, als der Hörer abgenommen wurde.

»Ja?«

»Hier ist Julia. Paß auf, es ist etwas ganz Merkwürdiges passiert. Ich habe einen Brief bekommen, rate mal, von wem?«

»Keine Ahnung. Sag's mir.«

»Von unserem Killer. Ich lese dir vor, was er geschrieben hat.«

»Woher hat er deine Adresse?«

»Das frage ich mich auch. Er scheint mich ganz gut zu kennen. Aber laß mich erst mal lesen.«

Sie las Hellmer den Brief vor, danach herrschte für einige Sekunden Stille.

»Puh, das ist hart. Er will oder wird also heute abend wieder zuschlagen. Und morgen wird man das Opfer finden. Wie war der Wortlaut des Zettels noch mal, den er dir heute vormittag geschickt hat?«

»Warte, einen Moment, hier, ich hab's. *Wenn ihr nicht umkehrt und wie die Kinder werdet, könnt ihr nicht in das Himmelreich kommen. Wer so klein sein kann wie dieses Kind, der ist im Himmelreich der Größte. Wer einen von diesen Kleinen … zum Bösen verführt, für den wäre es besser, wenn er mit einem Mühlstein um den Hals im tiefen Meer versenkt würde.*«

»Scheiße, das macht wirklich keinen Sinn«, sagte Hellmer.

»Du sagst es. Wir haben jetzt genau Viertel nach acht. Das heißt, das auserwählte Opfer hat noch etwas über eine Stunde zu leben. Dann ist Feierabend.«
»Das wäre dann der dritte Mord innerhalb von drei Tagen. Und vermutlich wieder ein Prominenter. Das klingt gar nicht gut.«
»Nein, das tut es nicht. Und wir von der Polizei sind für die Presse einmal mehr ein gefundenes Fressen.«
»Ich scheiß auf die Presse! Viel wichtiger ist doch, was hier vor sich geht. Was haben diese Leute verbrochen, daß sie nach Ansicht des Täters nicht länger verdient haben zu leben?«
»Eine Antwort darauf werden wir wohl so bald nicht finden. Ich wollte dich auch nur informieren, damit du für morgen früh gerüstet bist. Ich werde gleich noch bei Berger und Kullmer anrufen und sie vorbereiten. Bis morgen.«
»Bis morgen.«
»Und dabei wollte ich heute abend einfach nur entspannen. Ich habe mir wohl doch den falschen Beruf ausgesucht.«
Sie legte auf, informierte kurz darauf Berger und Kullmer. Berger schien kaum zur Kenntnis zu nehmen, was Julia Durant ihm vorlas, während Kullmer bei der Unterschrift laut auflachte. Sie trank die Dose Bier aus, stellte sie auf den Tisch, erhob sich und machte sich in der Küche eine Scheibe Brot mit Salami und zwei sauren Gurken. Sie schaltete den Fernseher ein und blieb bei VIVA hängen, wo die aktuellen Musikvideos gezeigt wurden. Nachdem sie die dritte Dose Bier geleert hatte, ging sie ins Bad, duschte kurz, schminkte sich ab und ging, nur mit einem Slip und einem Trägershirt bekleidet, ins Schlafzimmer. Sie ließ sich auf das Bett fallen, zog die Bettdecke bis zur Brust, drehte sich auf die rechte Seite. Sie lag lange wach, das letzte Mal, daß sie zur Uhr blickte, war kurz nach Mitternacht. Dann endlich holte der Schlaf sie ein.

DONNERSTAG, 21.00 UHR

Er hielt mit seinem Jaguar etwa hundert Meter von dem Bungalow entfernt, der sich hinter mannshohen Hekken und zwei Ahornbäumen und drei Birken versteckte. Er wußte, daß der Mann, den er besuchte, allein zu Hause war. Sie hatten am Nachmittag kurz miteinander telefoniert und diesen Termin für neun Uhr abends ausgemacht. Er hatte seinen Aktenkoffer dabei, in dem sich alle notwendigen Utensilien befanden. Er begab sich zum Tor, das zu seinem Erstaunen offenstand. Er trat hindurch und ging den Steinweg zur Eingangstür, die verschlossen war. Er betätigte den Türklopfer, wartete, doch niemand öffnete. Er ging um das Haus herum, atmete erleichtert auf, als er den Hausherrn auf der Terrasse sitzen sah. »Sag mal, läßt du dein Tor immer offenstehen?« fragte er, worauf sein Gegenüber aufblickte, grinste und antwortete: »Nur, wenn ich Besuch erwarte und mich nicht im Haus aufhalte. Aber setz dich doch erst mal. Du entschuldigst hoffentlich meinen Aufzug, aber abends laufe ich lieber leger herum.«

»Von mir aus kannst du nackt rumlaufen, es sieht dich ja keiner«, erwiderte der andere lakonisch.

»Stimmt. Was zu trinken?«

»Ich habe etwas mitgebracht, einen ganz edlen Tropfen. Und da ich weiß, daß du nur auf das Beste vom Besten stehst – Malt Whisky ...«

»Malt Whisky!« sagte er und schnalzte anerkennend. »Warte, ich hol uns zwei Gläser.« Er stand auf, verschwand durch die Terrassentür und kehrte mit den Gläsern zurück. Er stellte beide auf den Tisch und erkundigte sich, während der Besucher seinen Aktenkoffer aufschnappen ließ und die Flasche herausholte: »Jetzt sag doch mal

genau, weshalb du hier bist? Geht es noch um die Gelder?«
»Nein.« Der Besucher schüttelte den Kopf, schraubte den Verschluß von der Flasche und schenkte beide Gläser halbvoll. »Es ist ein Routinebesuch, die Organisation, wenn du verstehst. Sie machen sich natürlich Gedanken wegen der beiden Exekutionen. Ich wurde beauftragt, mit jedem persönlich zu sprechen und darauf zu dringen, daß alle nur erdenklichen Sicherheitsmaßnahmen, soweit nicht schon erfolgt, eingehalten werden. Außerdem gibt es ein kleines Problem, das ich aber gleich noch mit dir besprechen werde.«
»Problem?« fragte der Hausherr mit hochgezogenen Augenbrauen. »Was für ein Problem?«
»Gleich, laß uns erst trinken. Auf dein Wohl, oder besser gesagt auf unser Wohl und das der Organisation, damit auch weiterhin alles so gut funktioniert wie in der Vergangenheit.«
»Alles klar«, sagte der Hausherr und hielt sein Glas hoch, wobei er nicht bemerkte, wie er von seinem Gegenüber beobachtet wurde. Er setzte das Glas an die Lippen, ließ den Inhalt in seinen Magen fließen. Der Besucher stellte sein unangerührtes Glas wieder auf den Tisch und lehnte sich zurück. Er wartete, sah mit versteinertem Blick, wie die Augen des anderen plötzlich groß wurden, dessen Gesicht sich zu einer Fratze verzog, er mit beiden Armen kräftig gegen den Bauch drückte, zu schreien versuchte, es aber nicht mehr schaffte, sondern zusammen mit dem Gartenstuhl auf die Fliesen der Terrasse stürzte. Er röchelte nur noch, blickte den Besucher angsterfüllt an. Nach etwa einer Minute begann Schaum aus seinem Mund zu treten, sein Körper zuckte in unnatürlichen Bewegungen, fast wie ein Fisch auf dem Trockenen, schließlich fiel nach einer weite-

ren Minute sein Kopf zur Seite, die Augen weit aufgerissen, das Gesicht von den Qualen schmerzverzerrt.
Der Besucher streifte die Plastikhandschuhe über, packte den Leblosen unter den Armen und schleifte ihn ins Haus. Er hatte Mühe, den fettleibigen Körper zu entkleiden, er legte die Bermudashorts und das Lacoste-Hemd auf einen Stuhl, nahm das Skalpell aus dem Aktenkoffer, trennte den gewaltigen Penis und die Hoden ab und legte sie wie bei Matthäus und Neuhaus neben das Gesicht des Toten, machte einen langen Schnitt über den Hals, stieß mit dem Stilett zweimal schnell hintereinander in die Augen. Bevor er das Haus wieder verließ, schrieb er mit Blut die Zahl des Teufels auf die Stirn des Toten, legte einen Zettel und eine Lilie auf den Boden und wusch zuletzt den Schaum vom Mund des Toten.
Er erhob sich, stand kurz vor seinem Werk, schien zufrieden. Draußen nahm er sein Glas, schüttete den tödlichen Inhalt auf den Rasen und wischte es mit einem feuchten Tuch ab. Er beseitigte auch die Fingerabdrücke von der Flasche und ließ sie auf dem Tisch stehen. Mit langsamen, gleichmäßigen Schritten ging er zum Tor, zog es hinter sich zu und begab sich zu seinem Wagen. Eine ältere Frau begegnete ihm, die ihren Hund ausführte, auf der anderen Straßenseite lief engumschlungen ein Liebespaar, das ihm keine Beachtung schenkte. Aus einigen Gärten zog der Geruch von Gegrilltem durch die Luft, dazu Stimmengewirr und Gelächter. Er schaute zur Uhr, 21.12 Uhr. Er lächelte, sein Zeitplan hatte funktioniert. Er stieg in seinen Wagen, ließ den Motor an, legte »La Mer« von Debussy ein, fuhr bis zum Ende der Sackgasse, wendete und trat die Heimfahrt an. Die Sonne hatte sich längst hinter dem Feldberg zur Ruhe gesetzt, ein schmaler Streifen am westlichen Horizont schimmerte rötlich-orange, der Himmel

war jetzt azurblau, nicht mehr lange, bis auch dieses letzte, dunkle Blau sich in ein tiefes Schwarz gewandelt haben würde.
Er durchquerte das kleine, aber mondäne Taunusstädtchen, von wo aus man einen herrlichen Blick auf das abendliche Frankfurt hatte. Er würde etwa eine halbe Stunde brauchen, bis er zu Hause war. Dort würde er vielleicht noch eine Stunde mit seiner Frau verbringen, ihr vielleicht ein paar Geschichten von Carla und Patrick erzählen, vielleicht auch ein paar Bilder mit ihr ansehen. Und dann würden sie ins Bett gehen und schlafen, und wie in den vergangenen sechs Jahren würden sie auch diesmal keinen körperlichen Kontakt haben. Er haßte dieses Leben, das für ihn keines mehr war. Alles, was er noch wollte, war, seine Aufgabe zu Ende zu bringen.

FREITAG, 6.30 UHR

Julia Durant wurde von den stechenden Sonnenstrahlen geweckt, die durch das geöffnete Fenster direkt in ihre Augen schienen. Sie drehte sich auf die Seite, zog die Bettdecke übers Gesicht. Sie verspürte eine leichte Übelkeit, hatte einen schalen Geschmack im Mund. Nach zehn Minuten setzte sie sich auf, die Knie angezogen, die Arme darum geschlungen. Sie war noch müde, hatte Mühe, zu sich zu kommen, hätte am liebsten noch zwei oder drei Stunden im Bett verbracht. Sie überwand sich, stieg aus dem Bett, ging ins Bad, erledigte ihre Morgentoilette, wusch sich Hände und Gesicht, bürstete das dunkle, volle Haar, legte etwas Lippenstift auf und eine Winzigkeit Wangenrouge, zog die Augenbrauen und den Lidschatten nach und fand sich

schließlich einigermaßen ansehnlich, auch wenn die Ränder unter ihren Augen den mangelnden Schlaf der vergangenen Tage verrieten. Noch immer barfuß, betrat sie die Küche, holte eine kleine Schüssel aus dem Schrank, gab Cornflakes, etwas Zucker und Milch hinein und begann zu essen. Die Übelkeit ließ nach. Nach dem Frühstück brühte sie sich einen Kaffee auf, rauchte eine Zigarette. Sie zog sich eine gelbe Bluse, Jeans und Tennisschuhe an, nahm das Handy von der Ladestation, steckte es in die Handtasche und verließ das Haus. Aus dem Briefkasten holte sie die *Frankfurter Rundschau* und ging zum Auto. Um halb acht fuhr sie auf den Präsidiumshof. Die Wagen von Berger und Hellmer standen schon auf dem Parkplatz.
»Morgen«, sagte sie, als sie das Büro betrat.
»Morgen«, erwiderte Hellmer, während Berger nur etwas Unverständliches vor sich hin murmelte.
»Und«, fragte Hellmer, »hast du noch eine Überraschung auf Lager?«
»Witzbold! Mir reicht schon das von gestern abend.« Sie hängte ihre Tasche über den Kleiderhaken, stellte sich ans Fenster und sah auf die Straße. »Und jetzt warten wir, bis wir einen Anruf bekommen, oder?«
Kaum hatte sie es ausgesprochen, klingelte das Telefon.
»Berger.« Er hörte nur zu, nickte ein paarmal mit dem Kopf, machte sich einige Notizen, legte wieder auf.
»Das war unser Anruf«, sagte er trocken und lehnte sich zurück. Er holte aus seiner Hemdtasche eine Marlboro, zündete sie an, inhalierte tief und stieß den Rauch durch die Nase aus. »Jetzt raten Sie mal, wen's diesmal erwischt hat?«
»Mir ist heute nicht nach Raten zumute. Sagen Sie's schon.« Julia Durant hatte sich umgedreht und sah Berger an.
»Sagt Ihnen der Name Winzlow etwas?«

»Winzlow?« Sie lachte auf. »Hat es diesen alten Dreckskerl doch noch erwischt!«
Berger ging auf die letzte Bemerkung nicht ein. »Ihr Informant oder Mörder hat nicht gelogen. Drei Tage, drei Morde.«
»Wer hat ihn gefunden und wo?« fragte Hellmer.
»Seine Schwester. Hier ist die Adresse.« Er reichte Julia Durant den Zettel.
»Königstein, da wo die Reichen und Edlen wohnen. Ist damals eigentlich auch dieses Haus auf Waffen und Drogen durchsucht worden?« fragte sie.
»Soweit ich weiß, ja«, antwortete Berger. »Aber man hat ja nur in dem einen Haus in der Holzhausenstraße etwas gefunden. Das, in dem er wohnte, war clean.«
»Okay, fahren wir hin.«
Auf der Fahrt nach Königstein sprachen Julia Durant und Kommissar Hellmer kaum ein Wort. Es war noch nicht einmal acht Uhr, doch das große Thermometer an der Theodor-Heuss-Allee zeigte bereits jetzt zweiundzwanzig Grad.
Es war fast das gleiche Bild wie in den beiden anderen Fällen. Die gleiche Todesart, der Geruch von Bittermandeln, der Zettel, die Lilie. Der gerufene Arzt war schon vor den Beamten eingetroffen, wartete aber mit der Untersuchung, bis die Kommissare sich einen ersten Eindruck vom Tatort und von der Leiche machen konnten.
»Sind Sie der Hausarzt von Doktor Winzlow?« fragte Julia Durant. Er nickte. »Gut, Sie können anfangen«, sagte die Kommissarin zum Arzt, der seine Tasche öffnete, die Handschuhe überstreifte, den Toten befühlte.
»Wie lange ist er tot?«
»Kann ich noch nicht genau sagen, aber die Leichenstarre ist vollständig ausgebildet. Warten Sie, ich messe kurz die

Temperatur.« Nach zwei Minuten sagte er: »Nun, ich würde sagen, der Tod ist vor etwa zehn, zwölf Stunden eingetreten. Und wie es hier riecht, könnte Zyankali im Spiel gewesen sein.«
»Es ist zu neunundneunzig Prozent Zyankali im Spiel gewesen«, meinte Hellmer trocken.
»Woher wissen Sie das so sicher?« fragte der Arzt erstaunt.
»Haben Sie von den beiden anderen Morden in Frankfurt gehört?« fragte Julia Durant.
»Ja, ich habe davon gehört und gelesen. Aber da wurde nichts von Blausäure erwähnt.«
»Die Öffentlichkeit soll davon auch nichts wissen. Ebensowenig von der Zahl auf der Stirn. Keines dieser Details darf an die Öffentlichkeit gelangen.«
»Ja, natürlich«, sagte der Arzt pikiert.
»Ich wollte Sie nur auf Ihre ärztliche Schweigepflicht aufmerksam machen.«
Eine etwa fünfunddreißigjährige, ausgesprochen hübsche Frau kam ins Zimmer, sie war groß, hatte schulterlanges, fast schwarzes, gewelltes Haar, dunkle, feurige Augen und äußerst markante Gesichtszüge, doch das hervorstechendste Merkmal waren die vollen, sinnlichen Lippen. Sie machte einen eher gefaßten Eindruck, auch wenn Julia Durant das Zittern ihrer Hände nicht entging.
»Sie sind die Schwester von Doktor Winzlow?«
»Ja. Mein Gott, welches Schwein hat ihn bloß so zugerichtet? Und was soll dieser ganze Mist mit der Zahl?« Sie hatte trotz der Erregung eine angenehm weiche, warme Stimme.
»Können wir uns in einem anderen Raum ungestört unterhalten?« fragte die Kommissarin.
»Natürlich, wenn Sie mir bitte folgen wollen.«
Sie gingen über den ausladenden Flur in das Arbeitszimmer von Dr. Winzlow, in dem sich unzählige Bücher befanden,

von denen die meisten sich mit Malerei, Bildhauerei und verwandten Kunstrichtungen befaßten. Der Schreibtisch war überladen mit Papieren, deren Ordnung wohl nur Winzlow selber gekannt hatte. Winzlows Schwester setzte sich auf einen Stuhl neben dem Fenster und bat Julia Durant, hinter dem Schreibtisch Platz zu nehmen.

»Wohnen Sie hier?« fragte sie die Frau.

»Nein, mein Bruder bat mich nur, ab und zu nach dem Rechten zu sehen, wenn er nicht da war.«

»Wohnte Ihr Bruder ganz allein hier?«

»Ja.«

»Er ist oder war nicht verheiratet?«

»Er war verheiratet. Bis vor zwei Jahren. Die Ehe ist in die Brüche gegangen, seine Frau mit dem gemeinsamen Sohn weggezogen. Wir haben noch regelmäßig Kontakt miteinander. Ganz ehrlich, sie hatte meinen Bruder auch nicht verdient. Sie verdient Besseres.«

»Das hört sich nicht sehr schmeichelhaft für Ihren Bruder an.«

»Soll es auch nicht«, erwiderte die Frau leidenschaftslos. »Seine Niederschläge und Verluste hatte er sich immer selbst zuzuschreiben. Vielleicht sogar diesen auch. Wer weiß?«

»Haben Sie einen Verdacht, wer hinter seinem Tod stehen könnte?«

»Nein, ich habe keinen Verdacht. Dazu wußte ich einfach zuwenig aus dem Leben meines Bruders. Die Männer ähneln sich irgendwie alle – Geheimnisse, Geheimnisse, Geheimnisse. Mein Mann ist da auch nicht anders. Was weiß ich, was er treibt, wenn er wochenlang auf Tournee ist?!« Sie lachte bitter auf.

»Und wer hielt das Haus in Ordnung?« fragte die Kommissarin, ohne auf die letzte Bemerkung von Winzlows Schwester einzugehen.

»Er hat eine Haushälterin, die viermal in der Woche für jeweils drei Stunden saubermacht, und einen Gärtner für die Außenanlagen. Doch der Gärtner ist hier für mehrere Anwesen zuständig.«
»Heißt das, Ihr Bruder sollte heute eigentlich gar nicht hier sein?«
»Wir haben gestern am späten Nachmittag telefoniert, und er sagte, daß er bereits um sechs Uhr heute morgen das Haus verlassen wollte, um ins Museum zu fahren, um dann um zwei die Maschine nach London zu nehmen, wo er einen Termin bei Sotheby's hatte. Er hatte vor, bis morgen abend dort zu bleiben und mit der Spätmaschine zurückzukommen. Mehr weiß ich nicht.«
»Darf ich fragen, wo Sie wohnen, und vor allem, wie Sie heißen?«
»Natürlich. Ich heiße Yvonne Mondrian und wohne mit meinem Mann und unseren beiden Kindern zwei Straßen von hier. Es ist ein Katzensprung.« Sie hatte jetzt die Hände gefaltet, den Blick zu Boden gerichtet. Sie kniff die Lippen zusammen, bevor sie fortfuhr: »Sagen Sie, wer tut so etwas?«
»Ich bin keine Psychologin, ich weiß es nicht.« Julia Durant stockte für einen Moment, fragte dann: »Aber Mondrian, der Name ...«
»Ja, mein Mann ist Jürgen Mondrian.«
»*Der* Mondrian also«, sagte die Kommissarin leise.
Yvonne Mondrian ignorierte die Feststellung von Julia Durant, fragte statt dessen: »Hat der Mord an meinem Bruder etwas mit den anderen beiden Morden in Frankfurt zu tun?«
»Wie kommen Sie darauf?«
»Nun, es ist doch sehr ungewöhnlich, wenn man bedenkt, daß innerhalb weniger Tage drei nicht unbedeutende Perso-

nen umgebracht werden. Wobei mein Bruder das ja wohl bislang prominenteste Opfer ist.«

»Es kann sein oder – es ist sogar wahrscheinlich. Ich möchte Sie jedoch darauf hinweisen, daß alles, was Sie hier gesehen und wir besprochen haben, vertraulich zu behandeln ist.«

»Und warum?«

»Es gibt einfach Details, die nicht für die breite Öffentlichkeit bestimmt sind. Sie wissen, wie reißerisch vor allem die Boulevardpresse und das Privatfernsehen von solchen Fällen berichten. Es würde einfach unsere Ermittlungen behindern.«

»Ich verspreche, mit keinem Menschen darüber zu reden, nicht einmal mit meinem Mann, wenn Sie das beruhigt.«

Julia Durant nickte.

»Mein Bruder!« stieß Yvonne Mondrian hervor. »Er mußte immer im Mittelpunkt stehen, selbst bei seinem Abgang!«

»Wie meinen Sie das?«

»Ganz einfach, auch wenn er zwölf Jahre älter ist als ich, so heischte er doch stets nach Lob und Anerkennung, wie ein kleines Kind. Gut, er war ein Meister seines Fachs, aber ...«

»Aber so besonders gut sind Sie mit ihm nicht ausgekommen, oder?«

»Sagen wir's so – ich habe mich dann und wann ein wenig um ihn gekümmert, aber von der Lebenseinstellung her haben uns Welten getrennt.«

»Inwiefern?«

»Darüber möchte ich jetzt nicht reden, vielleicht ein andermal. Es ist eine Sache unter Geschwistern, wenn Sie verstehen, was ich meine.«

»Tue ich zwar nicht ganz, doch ich respektiere Ihre Haltung. Es könnte aber trotzdem sein, daß wir noch einmal miteinander reden müssen ... Eine Frage noch – hatte Ihr Bruder Feinde, spezielle Feinde?«

»Feinde?« Sie zuckte mit den Schultern. »Von Feinden weiß

ich nichts. Neider ganz sicher. Aber konkret könnte ich keine Namen nennen. Doch bevor ich's vergesse – was hat die Zahl auf seiner Stirn zu bedeuten?«
»Es ist das Zeichen des Teufels.«
»Wie bitte? Habe ich das richtig verstanden, das Zeichen des Teufels? Was hat mein Bruder mit dem Teufel zu tun?«
»Diese Frage, Frau Mondrian, hätten wir auch allzugern beantwortet.«
»Hatten die beiden anderen in Frankfurt ...?«
»Ja.«
»Dieses perverse Schwein! Dieses verdammte, perverse Schwein!«
»Wer?«
Yvonne Mondrian sah die Kommissarin einen Moment verwirrt an, sagte dann: »Es tut mir leid, ich wollte mich nicht gehenlassen. Vergessen Sie's.«
Julia Durant kniff die Lippen zusammen, registrierte genau jede Bewegung und Reaktion, jede Mimik von Yvonne Mondrian, die für Sekunden sichtlich nervös schien. Schließlich sagte die Kommissarin: »Wenn Sie mir jetzt bitte noch Ihre Adresse und Telefonnummer dalassen würden, damit ich mich notfalls noch einmal mit Ihnen in Verbindung setzen kann.«
»Ich habe meine Handtasche draußen im Flur. Ich gebe Ihnen meine Karte, da steht alles drauf.«
»Und sollte Ihnen noch irgend etwas Besonderes einfallen, dann rufen Sie mich bitte an«, sagte Julia Durant, während sie mit Frau Mondrian die Visitenkarten austauschte. »Ich denke, das war's fürs erste.«
»Soll ich noch bleiben, oder kann ich gehen?«
»Nein, Sie können gehen, ich hätte aber ganz gern einen Schlüssel für das Haus. Wir werden uns in den nächsten Tagen hier noch eingehend umsehen müssen.«

»Nehmen Sie den von meinem Bruder, er braucht ihn nicht mehr. Auf Wiedersehen.«

»Auf Wiedersehen und vielen Dank für Ihre Mitarbeit.«

Die Kommissarin sah Yvonne Mondrian nach, doch bevor diese das Haus verließ, rief sie: »Einen Augenblick bitte, Frau Mondrian. Dürfte ich bitte den Namen und die Adresse der Exfrau Ihres Bruders haben?«

»Natürlich. Sie wohnt in Bad Homburg. Ich schreibe Ihnen die Adresse auf.« Kurz darauf reichte sie Julia Durant einen Zettel. »Es ist in der Nähe des Kurparks. Sie sollten aber vorher anrufen und einen Termin ausmachen, sie ist des öfteren verreist. In den nächsten Tagen ist sie aber zu erreichen. Ich habe noch gestern mit ihr telefoniert. Gehen Sie behutsam mit ihr um, sie ... ist etwas krank.«

»Natürlich.«

Julia Durant sah Yvonne Mondrian nach, bis sie das Haus verlassen hatte, dann begab sie sich zu Hellmer und dem Arzt. Die Beamten der Spurensicherung waren inzwischen eingetroffen, ebenso die Männer vom Bestattungsinstitut und der Fotograf.

»Und?« fragte Julia Durant. »Hast du irgendeine tiefgreifende Erkenntnis gewonnen, während ich mich mit Frau Mondrian unterhalten habe?«

»Mondrian? *Der* Mondrian?«

»Genau der. Aber du hast meine Frage nicht beantwortet.«

»Nichts Besonderes. Außer, daß draußen auf der Terrasse zwei Gläser stehen, von denen eines entweder gespült oder gar nicht erst angerührt wurde, während aus dem anderen getrunken wurde. Und eine angebrochene Flasche Whisky steht auch noch draußen. Das Labor soll den Inhalt analysieren. Ansonsten sollten wir die Spurensicherung ihre Arbeit machen lassen ...« Er stockte, dann sah er seine

Kollegin grinsend an und fragte: »Sag mal, hast du dir das Teil mal richtig angesehen?«
»Wovon sprichst du?« fragte sie zurück.
»Na, von seinem Schwanz. Ich mag mir gar nicht vorstellen, wie der ausgesehen hat, wenn er ... na, du weißt schon.«
Julia Durant grinste ebenfalls. »Neidisch? Ich hab da mal was von Penisneid gehört.«
»Quatsch!« erwiderte Hellmer mit rotem Kopf und sagte: »Komm, wir fahren wieder zurück.«
»Erst will ich mich noch ein wenig im Haus umsehen. Das gibt es einfach nicht, daß drei Männer auf die gleiche Weise umgebracht werden, es aber keinerlei Hinweise auf Unebenheiten in ihrem Leben geben soll. Irgendwas stinkt hier zum Himmel, ich kann es förmlich riechen. Vielleicht ist es der Gestank der Hölle – oder der des Teufels.«

FREITAG, 12.00 UHR

Als Julia Durant und Kommissar Hellmer ins Präsidium zurückkehrten, war nur Berger anwesend, während Kullmer und die anderen Beamten der Soko sich durch einen Berg von Akten wühlten, die sie bei den Durchsuchungen der Büros von Matthäus und Neuhaus beschlagnahmt hatten. Berger deutete wortlos auf den Schreibtisch, auf dem ein Umschlag und eine weiße Lilie lagen. Julia Durant sagte keinen Ton, nahm den Umschlag und öffnete ihn. Sie las:

Das war Nummer drei. Lesen Sie noch einmal den Zettel, den ich Ihnen gestern morgen zukommen ließ. Vielleicht finden Sie einen Anhaltspunkt. Wenn nicht, dann habe ich mich wohl in Ihnen getäuscht.

PS: Entspannen Sie sich dieses Wochenende, es wird nichts passieren. Der nächste kommt erst am Montag an die Reihe.

Nachdem auch Hellmer und Berger gelesen hatten, sagte sie: »Er wird also weitermachen. Die Frage ist nur, wie viele noch dran glauben müssen, bis wir ihn haben.«

»Ich schlage vor«, sagte Hellmer und zündete sich eine Zigarette an, »daß wir uns so schnell wie möglich mit unserem Psychologen zusammensetzen. Was wir brauchen, ist ein Täterprofil, doch ich bin kein Profiler, ich kann mich nicht in die Seele und die Gedanken anderer hineinversetzen. Das kann wohl keiner von uns.«

»Sie haben recht«, sagte Berger nachdenklich. »Vielleicht kann uns Schneider wirklich weiterhelfen. Ich werde mal sehen, ob ich ihn erreichen kann und ob er uns eventuell noch heute zur Verfügung steht. Ich bin ratlos, und die verdammten Pressefritzen fangen schon jetzt an, uns die Tür einzurennen.« Er beugte sich nach vorn, die Hände gefaltet, wobei er sich mit dem linken Zeigefinger über die Lippen fuhr. »Was ist das für ein Typ? Was, in drei Teufels Namen, treibt ihn zu solchen Taten?« Er griff zum Telefon, wählte die Nummer von Schneider. Er war gerade in einer Besprechung, doch Berger machte es dringend und bat, ihn ans Telefon zu holen. Es dauerte etwa zwei Minuten, bis die schnarrende Stimme Schneiders zu hören war.

»Hier Berger, Mordkommission. Wir bräuchten, wenn möglich, noch heute Ihre Hilfe. Wir haben jetzt innerhalb von drei Tagen drei Morde, die alle auf die gleiche Weise ausgeführt wurden. Vielleicht können Sie uns helfen, ein Täterprofil zu erstellen.«

»Mein Gott, wissen Sie eigentlich, daß heute Freitag ist?! Ich hatte vor, um drei meine geheiligten Räume zu verlassen und mich mental aufs Wochenende vorzubereiten ...«

»Das hatten wir auch vor, und trotzdem wäre es sehr freundlich, wenn Sie uns behilflich sein könnten.«

»Also gut, ich werde so gegen zwei bei Ihnen sein. Ich hoffe, ich muß keine Nachtschicht einlegen.«

»Versprochen«, sagte Berger grinsend und legte auf.

Julia Durant rauchte, während Hellmer nach draußen gegangen war, um sich einen Kaffee zu holen.

»Also«, sagte die Kommissarin, »wir haben drei Leichen, Matthäus, Neuhaus und Winzlow. Mit Winzlow war ich noch gestern im Gericht. Aber schon wenige Stunden später ist er tot. Wir haben eine, wenn auch nur vage Verbindung zwischen Matthäus und Neuhaus, nämlich die, daß sie zumindest in letzter Zeit immer in der Nacht von Montag auf Dienstag wahrscheinlich zusammen weg waren, denn sie kamen immer zur gleichen Uhrzeit nach Hause. Das wissen wir von den beiden Frauen. Winzlow«, fuhr sie fort, »was ist mit Winzlow? Wie paßt er in das Bild? War vielleicht auch er in diesen Nächten unterwegs? Vielleicht sogar mit Matthäus und Neuhaus?«

Hellmer kam mit seinem Kaffee zurück, setzte sich neben Julia Durant.

»Wer war gestern alles bei der Anhörung von Winzlow anwesend?« fragte Berger.

»Winzlow, sein Anwalt Dreekmann, Staatsanwalt Anders, Richter Degen, Kollege Schnell vom OK sowie zwei Gerichtsbeamte.«

»Schnell vom OK«, sagte Berger und drehte einen Stift zwischen seinen Fingern. »Ob Winzlow vielleicht doch seine Finger im organisierten Verbrechen hatte? Von wem stammte damals der Tip, daß in einem seiner Häuser Waffen und Drogen gebunkert würden? Und daß er in diese

Geschäfte verwickelt war oder zumindest davon Kenntnis hatte?«
»Es war ein anonymer Anrufer.«
»War es vielleicht derselbe, der uns mitteilte, daß Winzlow vier Morde in Auftrag gegeben habe?«
Julia Durant zuckte mit den Schultern. »Möglich ist alles. Ich bin aber von der Schuld Winzlows überzeugt. Und mit dieser Überzeugung scheine ich nicht allein dazustehen. Ich würde sagen, wir sollten auch Hauptkommissar Schnell nachher, wenn Schneider kommt, hinzuziehen. Wenn hier organisierte Kriminalität im Spiel ist, brauchen wir Verstärkung von den Kollegen der OK.«
»Einverstanden, ich werde ihn bitten, um zwei hier zu sein. Wenn Sie möchten, können Sie jetzt eine Mittagspause einlegen. Wir sehen uns nachher.«

FREITAG, 14.00 UHR

Es war heiß im Büro, als Schneider, ein kleiner, dünner Mann, mit Nickelbrille und diesem typisch verkniffenen Zug um den schmalen Mund, hereinkam. Er hatte lichtes, graues Haar, seine Haut war von einem unnatürlichen Weiß, tiefe Ringe lagen unter den großen, starr blickenden Augen. Er nuschelte einen kaum verständlichen Gruß, stellte seine Aktentasche neben den freien Stuhl und setzte sich. Mit einer Hand fuhr er sich über den Schädel, seine Bewegungen wirkten nervös, beinahe fahrig.
»Danke, Doktor Schneider, daß Sie sich die Zeit genommen haben, uns zu helfen. Hauptkommissarin Durant kennen Sie bereits. Kommissar Hellmer gehört zu meiner Abteilung, Hauptkommissar Schnell ist für die Bereiche organi-

sierte Kriminalität und Menschenhandel zuständig. Wir haben ihn dazugebeten, weil immerhin die Möglichkeit besteht, daß wir es hier unter Umständen mit dem organisierten Verbrechen zu tun haben.«

Schneider nickte, lehnte sich zurück, schlug die dünnen Beine übereinander, verschränkte die Arme vor der Brust.

»Wenn Sie mir jetzt bitte die einzelnen Fakten darlegen würden.«

Julia Durant legte sämtliche Zettel und Briefe, die sie bislang erhalten hatte, vor Schneider auf den Tisch. Sie sagte: »Dazu kommt, daß mir der Täter zusammen mit dem dritten Schreiben einen Strauß mit zwölf weißen Lilien geschickt hat.«

Schneider nahm die Briefe, las sie eingehend. Nach einer Weile blickte er auf, hielt die Schreiben aber weiter in der Hand. Sein ohnehin fast ausdrucksloses, ernstes Gesicht wurde noch eine Spur ernster.

»Was ist Ihre Theorie?« fragte er die Kommissare.

»Wir haben keine«, erwiderte Berger. »Am ehesten gehen wir von einem religiösen Fanatiker aus, der die Welt säubern will. Manche hier halten ihn auch nur für einen durchgeknallten Psychopathen.«

»Wie hat er die Morde ausgeführt? Ich las bisher nur in den Zeitungen von den beiden Morden. Von dem dritten hörte ich erst vorhin von Ihnen.«

»Frau Kollegin, Sie waren an den jeweiligen Tatorten«, sagte Berger und sah Julia Durant an.

»Nun, er vergiftet seine Opfer mit Zyankali, dann trennt er ihnen die Genitalien ab, aber warum soll ich es Ihnen erklären, hier, sehen Sie sich die Fotos an, dann wissen Sie alles.« Sie nahm die Akten von Matthäus und Neuhaus, Schneider schlug sie auf und studierte die Bilder. Er legte die Akten auf seine Oberschenkel, dachte nach.

»Sie vermuten also, daß es sich bei dem Täter um einen religiösen Fanatiker oder einen durchgedrehten Psychopathen handeln könnte. Was spricht dagegen? Ich denke, eine ganze Menge. Erstens stammen die bisherigen Opfer alle aus der gehobenen Gesellschaft, zweitens scheint er sehr gezielt vorzugehen, was heißt, daß er seine Opfer aller Wahrscheinlichkeit nach persönlich kannte und vielleicht sogar ihr Vertrauen genoß, und drittens spricht dagegen, daß sowohl religiöse Fanatiker als auch sogenannte Psychopathen in der Regel ihre Opfer wahllos aussuchen. Wenn er in dem an Kommissarin Durant gerichteten Brief von Unrat spricht, meint er damit nicht irgendwelche Junkies oder die Säufer an den Trinkhallen oder die Huren auf dem Straßenstrich, er meint mit Unrat etwas ganz anderes. Nur was? Und woher kennt er Sie, Kommissarin Durant? Woher weiß er von Ihren polizeilichen Verdiensten? Er schreibt, er hält Sie für eine der fähigsten Beamtinnen der Abteilung. Also liegt doch der Schluß nahe, daß es sich um eine Person handeln muß, die recht tiefe Einblicke in die Polizeiarbeit hat.«

»Möchten Sie damit vielleicht ausdrücken, es könnte sich bei dem Täter eventuell sogar um einen Kollegen handeln? Einen von uns?« fragte Hellmer mit gekräuselter Stirn.

»Ich will im Augenblick noch überhaupt nichts ausdrücken. Ich kann nur sagen, daß es sich bei dem Täter um einen intelligenten Menschen handelt, vermutlich einen Mann, doch kann nie ausgeschlossen werden, daß auch eine Frau dahintersteckt, vor allem wenn man bedenkt, daß Gift, und Zyankali ist ja ein hochwirksames Gift, sehr gern von Mörderinnen benutzt wird. Ich persönlich sehe aber in dem Täter weder einen durchgedrehten Psychopathen noch einen religiösen Spinner.« Er machte eine Pause, legte die

Akten und Briefe auf den Schreibtisch, fuhr sich erneut mit einer Hand durchs schüttere Haar.

»Okay, der Mann ist also normal …«

»Das habe ich nicht gesagt …«

»Setzen wir das ›normal‹ in Anführungsstriche. Was bewegt ihn dann dazu, diese Taten zu begehen?«

»Schwer zu sagen. Vielleicht ein Verlust, ein persönliches Schicksal, wer weiß? Warum schickt er zwölf weiße Lilien und nach jedem Mord noch einmal jeweils eine? Warum verabreicht er Gift, schneidet die Genitalien ab und sticht die Augen aus? Warum? Die Kastration eines Mannes geschieht in den meisten Fällen durch eine Frau. Und zwar meist dann, wenn der Mann sich als permanent untreu erwiesen hat und die Frau nicht länger will, daß er, wenn er schon keinen oder kaum noch Intimverkehr mehr mit ihr hat, diesen dann noch mit anderen Frauen haben kann. Doch es gibt auch genügend Fälle, in denen Kastrationen von Männern an Männern durchgeführt wurden. Die ausgestochenen Augen – in der Symbolik sieht das Auge, es nimmt Sinneseindrücke auf, doch es gibt auch die Überlieferung vom sogenannten bösen Blick. Das heißt, das Auge nimmt nicht nur auf, es sendet auch aus. Manche Blicke sind gütig, warm, freundlich, klar, andere wieder sind kalt, berechnend, verschlagen, düster … Die Liste ließe sich beliebig lang fortsetzen.«

»Ich habe Neuhaus kurz kennengelernt«, sagte Hellmer. »Und zwar am Nachmittag vor seinem Tod. Er hatte einen kalten, stechenden Blick.«

»Winzlow hatte auch einen eher düsteren Blick«, sagte Julia Durant.

»Gut, gehen wir weiter. Gibt es eine Verbindung zwischen den drei Männern?«

»Es könnte sein, aber es ist bislang nur eine vage Vermutung, die sich auch nur auf Matthäus und Neuhaus erstreckt. Konkretes wissen wir nicht.«

Schneider veränderte seine Haltung, indem er jetzt das rechte über das linke Bein schlug. »Nun zu der Zahl 666. Die Zahl des Teufels, Satans, verallgemeinert gesagt, das Symbol für das Böse schlechthin. Für den Täter müssen die Opfer einen derart hohen Schlechtigkeitsgrad erreicht haben, daß er ihnen diese Zahl auf die Stirn geschrieben hat. Mit deren eigenem Blut. Nur, worin bestand diese Schlechtigkeit? Was haben diese Männer verbrochen? Und die Schreiben, in denen er seine Taten ankündigte? Was bedeuten sie?«

»Es sind Zitate aus der Bibel«, sagte Julia Durant. »Ich habe meinen Vater gefragt, der Priester ist …«

»Ich weiß, daß die Zitate aus der Bibel stammen. Nur hilft uns das allein nicht weiter. Die Frage ist, was will der Täter uns mitteilen? Vor allem das letzte Schreiben, in dem es um die Kinder geht, macht auf den ersten Blick keinen Sinn. Es sei denn, dieser Winzlow hat sich an Kindern vergangen oder sie mißbraucht oder mißhandelt. War Winzlow verheiratet?« fragte Schneider.

»Ja, bis vor zwei Jahren. Ich weiß aber noch nicht, weshalb die Ehe in die Brüche gegangen ist«, sagte Julia Durant. »Ich werde mich jedoch noch heute mit seiner Exfrau in Verbindung setzen.«

»Gut, im Augenblick kommen wir nicht viel weiter. Sie wollten ein Täterprofil von mir haben, das ich Ihnen aber aufgrund der bisher vorliegenden Fakten, wenn man sie überhaupt so nennen darf, nicht erstellen kann. Lassen Sie mich als Fazit trotzdem folgendes sagen: Der Täter ist unzweifelhaft überdurchschnittlich intelligent, bibelfest, mit allergrößter Wahrscheinlichkeit vertraut mit der Lebensweise seiner Opfer, was heißt, daß er zumindest das eine oder ande-

re dunkle Geheimnis kennt, und er kennt Kommissarin Durant, womit ich einmal davon ausgehe, daß Sie ihm schon das eine oder andere Mal begegnet sind.« Er machte eine Pause, bevor er fortfuhr: »Und er scheint jemand zu sein, dem möglicherweise großes Leid zugefügt wurde. Und nicht zu vergessen – es scheint mir fast sicher, daß der Täter ebenfalls aus der gehobenen Gesellschaft stammt. Und zuletzt die zwölf Lilien. Steht jede von ihnen für einen Mord? Oder sind sie nur als Todessymbol gedacht? Fragen über Fragen, auf die ich keine Antwort parat habe. Es ist sehr, sehr schwer, aufgrund der bisher vorliegenden Fakten ein wirklich prägnantes Täterprofil zu entwickeln. Es tut mir leid, wenn ich Ihnen nicht weiterhelfen kann. Doch ich möchte Sie bitten, sobald Sie mehr Informationen vorliegen haben, mich zu verständigen, damit wir uns unter Umständen noch einmal zusammensetzen können. Haben Sie noch Fragen?«
»Eine«, sagte Hauptkommissar Schnell und beugte sich nach vorn, die Arme auf die Schenkel gestützt. »Halten Sie es für möglich, daß die Opfer im Bereich der organisierten Kriminalität angesiedelt waren?«
»Dazu bin ich leider zuwenig Polizist. Das herauszufinden ist Ihre Aufgabe.«
»Danke, Doktor Schneider, für Ihre Mühe. Wir werden Sie selbstverständlich informieren, sobald wir neue Erkenntnisse haben«, sagte Berger zum Abschluß.
Schneider erhob sich, nahm seine Aktentasche, murmelte ein »Wiederschaun« und verließ den Raum. Die Beamten sahen sich an, Schnell zuckte mit den Schultern.
»Wir führen heute nacht übrigens Razzien in verschiedenen Häusern in Frankfurt durch. Eine nur mir bekannte Informantin hat ein paar recht interessante Details bekanntgegeben. Vielleicht möchte jemand von Ihnen dabeisein«, sagte Schnell.

»Um was geht's?« fragte Berger.
»Verschiedene Sachen – Drogen, Waffen, illegale Prostitution. Häuser, von denen wir bis jetzt nicht wußten, daß es Bordelle sind. Es könnte sein, daß wir, wenn wir Glück haben, heute einen ganzen Ring auffliegen lassen.«
»Wann geht's los?« fragte Julia Durant.
»Wir werden um Punkt dreiundzwanzig Uhr an genau sechs Stellen gleichzeitig zuschlagen. Interesse?«
»Ich bin dabei«, sagte die Kommissarin. »Ich habe früher bei der Sitte gearbeitet.«
»Gut, wir treffen uns hier um zweiundzwanzig Uhr, sprechen noch einmal alles durch und so weiter.«
»Ich komme auch mit«, sagte Hellmer und zündete sich eine Zigarette an. »Ich weiß eh nicht, was ich zu Hause soll.«
»Also, um zehn hier im Präsidium«, sagte Schnell und stand auf. »Bis nachher dann.«
Julia Durant holte aus ihrer Handtasche den Zettel mit der Adresse und Telefonnummer von Winzlows Exfrau, nahm den Hörer in die Hand und wählte die Nummer. Nach dem zweiten Läuten wurde am anderen Ende abgenommen, eine weibliche Stimme meldete sich.
»Kommissarin Durant von der Kripo Frankfurt. Könnte ich bitte Elvira Winzlow sprechen?« fragte sie.
»Am Apparat.«
»Gut, ich rufe an, weil …«
»Ich weiß. Mein Exmann ist ermordet worden. Meine Schwägerin hat es mir vorhin mitgeteilt.«
»Das ist nicht der eigentliche Grund meines Anrufs, ich würde Sie ganz gern persönlich sprechen. Würde es Ihnen morgen gegen Mittag passen?«
»Was wollen Sie von mir?«
»Nur ein paar Fragen, schließlich waren Sie einige Jahre mit Doktor Winzlow verheiratet.«

»Das ist Schnee von gestern. Ich habe mit diesem Mann nichts mehr zu tun.«
»Frau Winzlow, darum geht es nicht. Es gibt einige Unklarheiten, die vielleicht nur Sie beantworten können. Paßt Ihnen elf Uhr?«
»Wenn's unbedingt sein muß. Aber erhoffen Sie sich nicht allzuviel von Ihrem Besuch.«
»Gut, dann bis morgen.« Sie legte auf, sah Hellmer nachdenklich an.
»Was ist los?« fragte er und nahm einen weiteren Zug an seiner Zigarette.
»Die Frau ist ziemlich zugeknöpft und alles andere als erfreut, mit mir sprechen zu müssen. Vielleicht weiß sie, was mit ihrem Mann war. Ihr wißt ja, Frauen haben oft den sechsten Sinn, wenn es um die Geheimnisse ihrer Männer geht.« Sie zündete sich eine Gauloise an, inhalierte in tiefen Zügen. Nach einer Weile sagte sie: »Nachdem es hier nichts weiter für uns zu tun gibt, sollten wir jetzt zu Winzlows Museum fahren und uns dort ein wenig umschauen. Ich war schon ewig nicht mehr in einem Museum. Kommst du?« fragte sie Hellmer.
»Einverstanden. Fahren wir.«

FREITAG, 15.45 UHR

Es herrschte der allgemeine, dichte Freitagnachmittagsverkehr. Die Straßen waren verstopft, die Abgase wurden durch die schwülwarme Luft nach unten gedrückt, die Sonne schien durch einen milchig-weißen Himmel, der Wetterbericht hatte jedoch für die nächsten Tage Gewitter und eine drastische Abkühlung vorhergesagt. Sie hatten den Dienstwagen, einen Opel Omega mit Klimaanlage, genommen, die Temperatur im Wageninnern betrug dreiundzwanzig Grad. Sie parkten in der Braubachstraße nahe beim Römer. Nach etwa fünf Fußminuten erreichten sie das Museum. Sie wiesen sich am Eingang aus, baten, zum Büro von Dr. Winzlow vorgelassen zu werden.

»Einen Augenblick, aber Doktor Winzlow ist heute nicht hier«, sagte die junge Dame hinter dem Schalter.

»Das wissen wir. Doktor Winzlow wird auch in Zukunft nicht mehr hier sein, er ist nämlich seit einigen Stunden tot.«

Die Dame wurde kreidebleich, sie hatte die Augen weit aufgerissen, starrte die Beamten fassungslos an. »Tot? Doktor Winzlow?«

»Ermordet, wenn Sie's genau wissen wollen«, sagte Julia Durant ungewohnt abweisend. »Wenn Sie uns bitte zeigen würden, wo das Büro liegt.«

»Gehen Sie den Gang entlang, durch die Glastür, dann bis zum Ende des Flurs, die letzte Tür rechts. Ich weiß aber nicht, ob aufgeschlossen ist.«

»Dann schließen Sie auf, oder holen Sie jemanden, der einen Schlüssel hat.«

»Einen Augenblick bitte, ich rufe den Hausmeister, er hat einen Schlüssel.« Sie griff zum Telefon, wählte eine dreistellige Nummer und sagte: »Kommen Sie bitte schnell zum Eingang. Hier sind zwei Beamte von der Polizei. Sie möchten in Doktor Winzlows Büro.« Sie legte wieder auf. »Er kommt gleich. Wenn Sie bitte einen Moment warten wollen.«

»Was für eine Ausstellung findet hier gerade statt?« fragte Julia Durant.

»Oh, eine ganz besondere Ausstellung, die in Deutschland nur in diesem Museum zu sehen ist. Alle Werke, die hier ausgestellt sind, wurden von Kindern im Alter zwischen vier und zwölf Jahren gemalt. Es sind einige echte Kunstwerke darunter.«

»Kinderbilder?« fragte die Kommissarin und drehte sich zu der jungen Dame um.

»Ja, Kinderbilder, warum?«

»Nur so. Sagen Sie dem Hausmeister, er soll den Schlüssel bei Ihnen deponieren, wir holen ihn nachher ab. Wir werden uns erst einmal die Bilder ansehen.«

»Kinderbilder!« sagte sie, nachdem sie außer Hörweite waren, zu Hellmer und sah ihn an.

»Erinnerst du dich an den Spruch, der mir vor Winzlows Tod geschickt wurde? Kinder, es geht um Kinder. Verdammt, Kinder, Kinder, Kinder! *Wer einen von diesen Kleinen ... zum Bösen verführt, für den wäre es besser, wenn er mit einem Mühlstein um den Hals im tiefen Meer versenkt würde!*«

»Du denkst ...«

»Genau das. Ich erinnere mich an einen weltbekannten Kinderpsychologen, der unzählige Bücher verfaßt hat, der als der große Helfer und Beschützer von Kindern in die Geschichte eingegangen ist, bei dem sich aber nach seinem Tod der Verdacht immer mehr erhärtete, daß er sich jahrzehntelang an Kindern, männlichen Kindern, vergangen hat. Außerdem ist bekannt, daß einer der führenden Köpfe der UNESCO ein Päderast ist – und das seit vielen Jahren.«

»Und warum unternimmt keiner etwas dagegen?« fragte Hellmer.

»Warum, warum? Der Kerl ist so mächtig und einflußreich, daß keiner wagen würde, ihm an den Karren zu fahren. Außerdem konnte man ihm bislang nichts nachweisen. Ob Winzlow ein Päderast war? Wußte vielleicht sogar seine Frau davon und hat sich deswegen von ihm scheiden lassen?

Ich werde ihr morgen auf jeden Fall auf den Zahn fühlen. Wenn ich recht haben sollte, dann war Winzlow wirklich ein Schwein. Nach außen erweckte er womöglich, wie viele andere Päderasten oder Kinderschänder, den Anschein, als würde er Kinder über alles lieben, in Wirklichkeit aber benutzte er sie nur, um seine animalischen Triebe zu befriedigen. Und ich sag dir noch eines – je reicher und je mächtiger die Typen sind, desto perverser sind sie. Nicht der einfache Arbeiter oder Angestellte ist pervers, sondern die sind es, die alles haben und die immer auf der Suche nach dem letzten Kick sind. Perversion spielt sich hauptsächlich in höheren Kreisen ab. Der sogenannte normale Mann geht in den Puff, um zu bumsen. Nicht mehr und nicht weniger. Er erwartet für sein sauer verdientes Geld eine anständige Gegenleistung, die er in den meisten Fällen auch bekommt. Doch die Reichen gehen nicht einfach in den Puff, sie brauchen das Besondere. Und das Besondere ist nicht einfach nur, eine Frau zu besteigen und mit ihr zu bumsen … Mein Gott, wenn ich mir vorstelle, in was für einen Sumpf wir hier geraten sein könnten, wird mir ganz anders.«
»Beweis es«, sagte Hellmer. »Außerdem, selbst wenn Winzlow sich an Jungs vergangen haben sollte, was ja noch nicht bewiesen ist, was nützt es uns noch? Wir können eh nicht mehr gegen ihn vorgehen.«
»Mein Gott, begreifst du nicht? Wir hätten zum ersten Mal ein Motiv! Wir wüßten jetzt zumindest, warum Winzlow so grausam hingerichtet wurde. Und für den Täter war Winzlow Unrat, wenn ich recht habe. Was wiederum bedeuten würde, daß der Täter hohe moralische Ansprüche stellt.«
»Hohe moralische Ansprüche, die mit Mord enden! Eine seltsame, sehr zynische Moral«, bemerkte Hellmer.
Sie sahen sich die Bilder an, die in ihrer Einfachheit und

Farbenpracht die Kindlichkeit und zum Teil Naivität und seelische und geistige Reinheit der kleinen Künstler zum Ausdruck brachten.

»Es sind schöne Bilder, findest du nicht auch?« fragte sie Hellmer. »Besonders dieses hier mit den Schmetterlingen – man meint, den Frühling und die Fröhlichkeit förmlich zu spüren.«

»Du solltest dir vielleicht auch Kinder anschaffen.«

Sie lachte leise auf. »Vielleicht hätte ich schon längst welche, wenn, ja wenn mein lieber Herr Gemahl sich nicht lieber ständig mit anderen Weibern vergnügt hätte anstatt mit mir. Und jetzt bin ich Mitte Dreißig, alleinstehend, und der Zug ist wohl abgefahren.«

»Und wenn der Richtige käme?«

»Ich glaube, ich gehöre nicht zu den Frauen, zu denen der Richtige kommt. Ich bin wohl zum Alleinleben geboren.« Sie zuckte mit den Schultern. »Aber ich komm ganz gut damit zurecht.«

»Ich nicht, leider. Ich bin nicht gern allein.«

»Du vermißt deine Kinder sehr, nicht?«

»Ach, ich weiß nicht, was ich wirklich vermisse, ob es die Kinder sind, meine Frau ...«

»Nadine Neuhaus?«

»Vielleicht.«

»Sie ist jetzt frei.«

»Aber es ist so viel Zeit vergangen. Ich glaube nicht an die zweite Chance. Auch wenn ich gern dran glauben würde. Komm, sehen wir uns in Winzlows Büro um. Ich will vor heute abend noch einmal nach Hause und mich ein bißchen ausruhen und frisch machen.«

Winzlow hatte ein vergleichsweise kleines Büro, das aussah, als wäre es seit Wochen oder Monaten nicht betreten worden. Kein Staubkorn, keine Spur von Unordnung. Nach knapp einer halben Stunde verließen sie es wieder, gaben den Schlüssel bei der jungen Dame am Eingang ab und verabschiedeten sich. Sie fuhren zum Präsidium, wo Hellmer gleich in seinen Ford umstieg, alle Fenster runterkurbelte und das Radio auf volle Lautstärke stellte. Julia Durant ging noch einmal ins Büro, das jetzt leer war. Sie machte die Tür gleich wieder zu und ging zu ihrem Corsa. Sie war müde und erschöpft, beschloß, sich zu Hause für eine Stunde hinzulegen, danach zu duschen, um für die nächtliche Polizeiaktion gerüstet zu sein. Auf der Heimfahrt dachte sie unentwegt an Winzlow und die Möglichkeit, daß er Kinder mißbraucht haben könnte.

FREITAG, 22.30 UHR

Nachdem Hauptkommissar Schnell die letzten Instruktionen ausgegeben hatte, begaben sich alle Beamten zu ihren Fahrzeugen. Um Punkt dreiundzwanzig Uhr war alles bereit, mit der Durchsuchung der sechs Häuser zu beginnen. Julia Durant fuhr mit acht Beamten zu einem Haus in Bockenheim, von dem vermutet wurde, daß dort nicht nur illegale Huren arbeiteten, sondern auch Drogen und Waffen gehandelt wurden. Die drei Wagen, darunter einer für den Transport von vorläufig Festgenommenen, hielten vor dem Eingang der wie eine Festung gesicherten Villa, die sich inmitten eines ausgedehnten Parkgeländes befand. Sechs bewaffnete Beamte stürmten hinaus und auf das Tor zu, das verschlossen war. Einer der Männer klingelte, eine männliche Stimme meldete sich kurz darauf.

»Ja?«

»Polizei, bitte öffnen Sie sofort das Tor! Wir haben einen Durchsuchungsbefehl.«
Die Tor ging auf, die Männer rannten zum Eingang, wo ein bulliger, kahlköpfiger Kerl mit kleinen Schweinsaugen und Achselshirt, die Arme vollständig tätowiert, in der Tür stand, mit beiden Händen hielt er zwei knurrende, an der Leine zerrende Rottweiler. Um den Hals trug er eine goldene Panzerkette, am rechten Handgelenk ein goldenes Armband, am linken eine Rolex.
»Was ist los?« fragte er mit unschuldigem Blick, doch Julia Durant entging nicht das Verschlagene dahinter.
»Machen Sie den Weg frei, und kommen Sie mit«, fuhr ihn der Beamte an. »Doch zuerst schließen Sie die beiden Köter weg. Aber vorher will ich noch wissen, wie viele Personen sich im Moment hier aufhalten.«
»Sehen Sie doch selbst nach.«
Das Haus bestand aus drei Stockwerken und einem Keller. Insgesamt wurden innerhalb weniger Minuten fünfzehn Prostituierte und vierzehn Freier auf die Flure geholt. Es war heiß in dem Haus, der typische, etwas süßliche Bordellgeruch zog durch die Luft. Nach ihren Papieren gefragt, taten einige der Prostituierten, als verstünden sie kein Deutsch. Die meisten Freier waren sichtlich schokkiert, drei von ihnen jaulten wie geprügelte Hunde, sagten, sie hätten das zum ersten Mal gemacht und ihre Frauen dürften unter gar keinen Umständen davon erfahren. Lediglich zwei Prostituierte, Deutsche, konnten sich vollständig ausweisen. Die anderen dreizehn konnten weder einen Ausweis noch eine Aufenthalts- oder Arbeitserlaubnis vorweisen. Ihrem Akzent nach handelte es sich um Osteuropäerinnen, wie Julia Durant vermutete, Russinnen und Polinnen. Es waren allesamt ausgesprochen hübsche Frauen, die meisten blond und schlank, von ge-

pflegtem Äußeren, doch in ihren Augen war nichts zu sehen als Angst. Sie wurden zusammen mit dem Tätowierten aufgefordert, sich anzuziehen und in den Transporter zu steigen, der sie zum Präsidium bringen sollte. Die Durchsuchung der Zimmer und des Untergeschosses, in dem sich ein Whirlpool, eine Sauna und eine Bar befanden, dauerte etwas über eine Stunde, doch es wurden weder Drogen noch Waffen gefunden. Um kurz vor halb eins verließen die Beamten das Haus, stiegen in ihre Wagen und machten sich auf den Weg zum Präsidium. Eine lange Nacht der Verhöre stand bevor.

Um ein Uhr war auch der letzte Transport eingetroffen. In einem Haus wurden drei Gramm Kokain und ein Colt der Marke Smith & Wesson sichergestellt. Vierundvierzig Prostituierte waren vorläufig festgenommen worden. Doch der große Coup war fehlgeschlagen. Entweder waren die Hintermänner gewarnt worden, oder die Information, daß in den Häusern Drogen und Waffen gehandelt wurden, war schlichtweg eine Ente. Hellmer und die meisten anderen Beamten waren bereits nach Hause gefahren.

»Wir werden die meisten Damen ausweisen müssen, da sie keine gültige Arbeits- und Aufenthaltsgenehmigung haben«, sagte Schnell um vier Uhr morgens. Er wirkte müde und erschöpft, seine Hände zitterten, als er ein Formular ausfüllte. Neben ihm stand eine Tasse Kaffee, der inzwischen kalt geworden war.

Plötzlich ging die Tür auf, ein verschlafen wirkender Mann mit einer Aktentasche kam herein, murmelte ein »guten Morgen«. Er fragte: »Was soll das hier? Und vor allen Dingen um diese unchristliche Zeit?«

»Was das hier soll? Ich würde sagen, Sie weisen sich erst einmal aus, bevor wir hier ein Frage-und-Antwort-Spiel veranstalten.«

»Mayer, Rechtsanwalt Mayer. Also, ich warte«, sagte er mit arrogant verzogenen Mundwinkeln.
»Und was wollen Sie? Wer hat Sie geschickt?«
»Ich bin im Auftrag der Pächter hier. Wie ich hörte, sind sechs Häuser von Ihren Männern durchsucht worden. Haben Sie etwas – gefunden?«
»Das haben wir, zu viele Ausländerinnen ohne Arbeits- und Aufenthaltsgenehmigung. Wir werden sie auf dem schnellsten Weg ausweisen, das sollte Ihnen klar sein. Und außerdem sind die Häuser nicht als Bordelle registriert. Sie wissen, daß es eine Sperrgebietsverordnung gibt, die nur in Ausnahmefällen umgangen werden darf.«
Rechtsanwalt Mayer grinste überheblich, öffnete seine Aktentasche, holte einen dicken Ordner heraus. »Hier«, sagte er, »hier haben Sie alles, was Sie brauchen. Ihre sogenannten Ausnahmefälle sowie die Ausweise und Arbeits- und Aufenthaltsgenehmigungen für sämtliche von Ihnen festgenommenen Damen; und natürlich die jeweiligen Gesundheitszeugnisse. Reicht Ihnen das?«
Schnell nahm den Ordner, schlug ihn auf. Er verglich nur ein paar der Namen und Daten mit denen, die er und seine Kollegen erfragt hatten, schlug den Ordner wieder zu. Er lehnte sich zurück, sah Mayer hart und direkt an. »Setzen Sie sich, bitte! Es gibt da einige Fragen, die zu klären wären.«
Mayer setzte sich, ohne auch nur eine Spur seiner Überheblichkeit einzubüßen. Er schlug die Beine übereinander, verschränkte die Hände über den Oberschenkeln.
»Und diese Fragen wären?«
»Wieso sind Sie im Besitz dieser Unterlagen?«
»Nun, da es sich um ordnungsgemäß geführte Betriebe handelt und etliche der Damen der deutschen Rechtsprechung und vor allem Sprache nur unzureichend mächtig

sind, wurde beschlossen, sämtliche Unterlagen bei einem Rechtsanwalt zu deponieren. Sie werden sicherlich verstehen, daß dies der beste und sicherste Weg ist. Übrigens sind sämtliche Aufenthaltsgenehmigungen noch gültig.«

»Wer hat das beschlossen, ich meine, das mit dem Rechtsanwalt?«

»Die beiden Pächter der von Ihnen heimgesuchten Häuser. Jetzt beantworten Sie aber bitte eine Frage – warum wurden die Häuser durchsucht?«

»Wir haben einen Hinweis bekommen, daß dort illegale Geschäfte getätigt werden. Das ist alles.«

»Und was für Geschäfte, wenn ich fragen darf?«

»Nun, ich denke, das geht Sie nichts an. Meine Auskunft muß Ihnen genügen.«

»Bitte, wenn Sie nicht wollen, ich werde es auch so herausfinden.«

»Wo befinden sich die Pächter im Augenblick?«

»Sie halten sich zur Zeit im Ausland auf, Geschäfte, wenn Sie verstehen.«

»Neue Huren holen?«

»Werden Sie nicht ausfallend. Meine Klienten sind angesehene Geschäftsleute, über die ich Ihnen keine näheren Auskünfte geben muß.«

»Gut, soweit zu den Pächtern; aber was ist mit den Eigentümern? Wem gehören die Häuser?«

Mayer griff erneut zu seiner Aktentasche, holte einen weiteren Leitz-Ordner heraus. »Hier, alle Informationen, die Sie benötigen.«

Schnell studierte die Akten, mit einem Mal sah er auf, die Stirn in Falten gezogen, warf einen langen Blick auf Julia Durant. »Hier, schauen Sie sich das an.«

Sie trat an den Tisch, las und fragte dann: »Wer sind diese Giuseppe Riviera und Alfredo Manzini?«

»Italiener. Ihnen gehört, was Sie heute nacht durchsucht haben. Wie Sie unschwer sehen können, sind sie als rechtmäßige Eigentümer im Grundbuch eingetragen.«
»Okay«, sagte Schnell, schrieb die Namen und Adressen auf und reichte den Ordner an Mayer zurück. »Sie können gehen.«
»Das werde ich auch tun, denn ich würde doch noch ganz gern eine Runde schlafen. Gute Nacht. Und ich hoffe, ein derartiger Fehler unterläuft Ihnen nicht noch einmal. Und hören Sie nicht auf unzuverlässige Informanten. Sie können noch so viel herumschnüffeln, Sie werden in keinem einzigen Haus Waffen oder Drogen finden.«
»Einen Augenblick«, sagte Julia Durant und grinste dabei. »Wer hat etwas von Waffen oder Drogen gesagt? Es war eine ganz normale Durchsuchung.«
»In der Regel geht es doch bei solchen Aktionen darum, entweder Waffen oder Drogen zu finden. Ich habe es mir einfach nur gedacht.« An der Tür drehte er sich noch einmal um und meinte: »Die Damen werden doch wohl hoffentlich bald wieder in ihren Wohnungen sein, oder?!« Mayer verließ den Raum ohne ein weiteres Wort. Schnell und Julia Durant sahen ihm nach, bis die Tür geschlossen war.
»Scheiße!« quetschte Schnell zwischen den Zähnen hervor. »Große, gottverdammte Scheiße! Da dachten wir, die Brüder am Haken zu haben, und jetzt ... Aber ich werde mich mit unseren italienischen Kollegen in Verbindung setzen wegen dieser Manzini und Riviera. Mal sehen, ob gegen die irgendwas vorliegt. Auch wenn ich wenig Hoffnung habe.« Er zuckte hilflos die Achseln.
Julia Durant stellte sich ans Fenster, die Hände auf die Fensterbank gestützt, und sah hinunter auf die im diffusen Dämmerlicht liegende Straße. »Was ich mich die ganze Zeit frage: Wieso sind diese Häuser als Bordelle registriert, ohne

daß wir etwas davon wissen, und wer hat die Aufenthalts- und Arbeitsgenehmigungen ausgestellt? Das stinkt irgendwo – fragt sich nur, wo. Ich kann mir nicht helfen, aber meiner Meinung nach hört sich das hier gewaltig nach Korruption an. Können wir irgendwie ermitteln, wer diese Papiere ausgestellt und unterzeichnet hat?«

»Kaum«, sagte Schnell kopfschüttelnd. »Wenn hier wirklich geschmiert wurde, dann bis in die höchsten Stellen hinein. Diese Papiere stellt von sich aus kein kleiner Sachbearbeiter aus. Deswegen halte ich mich da auch raus. Die Papiere sind in Ordnung und damit basta.«

Die Kommissarin drehte sich um, sagte mit abfällig heruntergezogenen Mundwinkeln: »So etwas Ähnliches habe ich schon mal gehört. Nur keinem auf die Füße treten, nur schön brav vor den hohen Tieren kuschen und bloß jeglichem Ärger aus dem Weg gehen!« Sie machte eine Pause, holte tief Luft, fuhr zynisch und lauter fort: »Aber wenn wir nicht dagegen angehen, wer tut es dann für uns?! Oder ist diese ganze verdammte Stadt, dieses ganze Land von korrupten Schweinen übersät?«

»Ach, hören Sie doch auf! Sie wissen ganz genau, daß wir im Ernstfall keine Chance haben ...«

»Klar, weil wir von vornherein den Schwanz einziehen!«

»Kommissarin Durant, ich bin Ihnen zutiefst dankbar für Ihre Hilfe, doch diese Diskussion führt zu nichts. Sie werden mich nicht dazu bringen, irgendwelche Ermittlungen einzuleiten. Gegen wen denn? Am Ende würden wir vielleicht einen Angestellten des Ausländeramts drankriegen, weil er einen Stempel auf ein Papier gedrückt hat, aber damit würden wir den Falschen anklagen. Korruption ist ein Machtfaktor, und die Mächtigen scheißen uns auf den Kopf. Hier wird bestochen, da wird Geld genommen, so einfach ist das heute. Geld stinkt schon lange nicht mehr.«

»Das hört sich an, als würden Sie das alles als quasi selbstverständlich hinnehmen ...«

»Die Zeiten, liebe Kollegin, haben sich geändert, leider. Die Realität von vor zwanzig oder dreißig Jahren existiert nicht mehr. Heute haben wir eine andere Realität ... Und was morgen sein wird – wer weiß das schon? Ich weiß nur eines. Ich bin fünfundfünfzig, ich werde in nicht einmal mehr vier Jahren in den Ruhestand gehen, und ich will und werde mir diese letzten Jahre bei der Polizei nicht durch unnötigen Ärger erschweren ... Sie sind noch jung und dynamisch, vielleicht können Sie etwas bewegen, ich bin einfach zu alt dafür.«

Er blickte auf, als plötzlich an die Milchglasscheibe der Tür geklopft wurde. Julia Durant ging hin und schaute hinaus. Zwei junge Frauen standen da, baten, in das Zimmer von Schnell gelassen zu werden, wurden jedoch von zwei uniformierten Beamten zurückgehalten.

»Was wollen die Frauen?« fragte Julia Durant.

»Wir möchten mit Ihnen reden!« sagte die eine leise, fast flüsternd. »Bitte, nur reden.«

»Sie können auf einmal ganz gut Deutsch«, sagte die Kommissarin. »Ist es etwas Wichtiges?« fragte sie kühl.

»Es ist sehr wichtig. Es geht um unser Leben. Aber wir müssen mit Ihnen allein reden. Bitte!« flehte die eine der beiden, eine mittelgroße, schlanke, etwa fünfundzwanzig Jahre alte Frau mit langen blonden Haaren und einem ausgesprochen markanten Gesicht, in dem das Auffälligste die großen, ozeanblauen Augen waren. Sie hatte volle, sanft geschwungene Lippen, feingliedrige Hände mit langen, schmalen Fingern und einen vollen, straffen Busen. Die andere war einen halben Kopf größer, ebenfalls blond und schlank, mit langen, wohlgeformten Beinen.

»Kommen Sie herein«, sagte Julia Durant. Die beiden Frau-

en traten ein, warfen Schnell einen undefinierbaren, fast ängstlichen Blick zu.
»Können wir mit Ihnen allein sprechen? Ich meine, mit Ihnen ganz allein? Wir würden lieber mit einer Frau sprechen.«
»Geht das in Ordnung?« fragte die Kommissarin, an Schnell gewandt. Er nickte. »Gehen Sie in den Nebenraum, dort sind Sie ungestört. Sie können auch ruhig die Tür zumachen.«
Julia Durant zündete sich eine Gauloise an, sah die Blicke der beiden Frauen, hielt ihnen die Schachtel hin. Sie nahmen jede eine, rauchten in hastigen Zügen.
»Also, warum wollen Sie mit mir sprechen?«
»Sie müssen uns versprechen, mit keinem Menschen darüber zu reden«, bat die eine. »Wenn Sie es doch tun, werden wir nicht mehr lange am Leben sein.«
»Soweit es sich nicht um die Vertuschung einer Straftat handelt, verspreche ich es. Aber sagen Sie mir doch bitte erst einmal Ihre Namen.«
»Ich bin Natascha«, sagte die hübsche Blondine und schlug die langen, schlanken Beine übereinander.
»Und ich heiße Tatjana.«
»Wo kommen Sie her?«
»Aus Lettland.«
»Und seit wann sind Sie in Deutschland?«
»Seit einem guten Jahr.«
»Und wie sind Sie hergekommen?«
»Über Polen.«
»Wie alt sind Sie?«
»Ich bin dreißig, Tatjana achtundzwanzig.«
»Hätte ich nicht gedacht, Sie sehen viel jünger aus. Was sind Sie von Beruf, ich meine, was haben Sie gelernt? Sie sprechen beide nahezu perfekt Deutsch.«

»Danke«, sagte Natascha etwas verlegen, »aber ich habe Deutsch und Englisch studiert. Außerdem waren meine Großeltern Deutsche, und sie und meine Eltern haben zu Hause auf dem Hof meist deutsch gesprochen.« Sie nahm einen letzten Zug an der Zigarette, die sie im Aschenbecher ausdrückte. »Ich habe sogar schon ein Jahr an einem Gymnasium unterrichtet.«

»Und Sie, Tatjana?«

»Ich bin Ärztin, genaugenommen Gynäkologin«, sagte sie und blickte verschämt zu Boden.

»Und dann machen Sie diese Arbeit?«

»Wissen Sie, wieviel man in Lettland als Lehrerin oder als Ärztin verdient? Man kann nicht einmal eine kleine Familie davon ernähren ...«

»Und Sie haben gedacht, in Deutschland würde das Geld an den Bäumen hängen!« sagte Julia Durant ironisch und setzte sich hinter den Schreibtisch.

»Wir haben zumindest gedacht, daß wir hier leichter etwas mehr Geld verdienen könnten. Aber wir haben schnell gemerkt, daß es nicht so ist. Wir haben ja nicht einmal mehr Papiere«, sagte sie resignierend. »Sie haben sie uns weggenommen, nachdem wir über die Grenze waren. Sie haben gesagt, sie würden sie für uns aufbewahren. Wir haben nichts, kein Geld, keine Papiere, nichts.«

»Wer hat Sie über die Grenze geschleust, und wer hat Ihnen die Papiere weggenommen?«

»Ein Kerl mit Namen Igor hat uns in Lettland gefragt, ob wir nicht Lust hätten, mehr Geld zu verdienen. Er hat gesagt, daß es in Deutschland Arbeit genug gibt und wir von dort aus gut unsere Familien zu Hause unterstützen können ...«

»Moment, aber dazu brauchten Sie doch ein Visum und auch eine Arbeitserlaubnis. Und das Visum gilt nur für drei Monate.«

»Igor hat gesagt, daß er uns ein Visum und auch eine Arbeitserlaubnis besorgt.«
»Und, hat er das?«
»Ja, er hat uns beides vor der Abfahrt in Lettland gegeben. Aber sobald wir die polnisch-deutsche Grenze überquert hatten, sagte er, er bräuchte jetzt unsere Pässe, die Visa und die Arbeitserlaubnis, er müsse damit am nächsten Tag auf ein Amt und einen Stempel machen lassen ...«
»Und Sie haben ihm das so ohne weiteres geglaubt?«
»Natürlich, warum nicht? Er hatte ja bis dahin alles so gemacht wie versprochen.«
»Und weiter, was geschah dann?«
»Keine Ahnung, aber als wir ihn das nächste Mal sahen, fragten wir, wo unsere Papiere seien. Er hat uns nur angegrinst und gemeint, sie wären sicher in einem Safe deponiert. Und dann hat er noch gesagt, daß das alles aber nicht ganz billig war und wir natürlich dafür arbeiten müßten.«
»Was hatte er Ihnen versprochen, bevor Sie nach Deutschland kamen?«
»Er sagte, wir würden hier Arbeit bekommen als Zimmermädchen in einem Hotel oder in einer Putzkolonne, aber wir würden auf jeden Fall mindestens zehnmal soviel verdienen wie bei uns zu Hause. Und jede von uns würde eine eigene Wohnung haben.«
»Aber er hat das Versprechen nicht gehalten. Wo hat er Sie hingebracht?«
»Wohin, das weiß keine von uns. Es war ein abgelegenes Grundstück irgendwo im Wald, es sieht aus wie ein Bauernhof. Es gibt dort zwei große Häuser und ringsherum Wiesen, Felder und Wald. Mehr weiß ich nicht.«
»Und was sollten Sie dort tun?«
Natascha sah Julia Durant für einen Moment an, dann senkte sie den Blick, faltete die Hände und verkrampfte sie,

bis die Knöchel weiß hervortraten. Sie lachte wieder auf, bitter und resignierend.

»In dem Haus, in das er uns brachte, waren noch einige andere Frauen. Sie trugen kaum Kleidung, die meisten nur Unterwäsche, Sie wissen schon, was ich meine. Von überall kam laute Musik, und es war heiß, und da war ein merkwürdiger Geruch.«

»Was für ein Geruch?«

»Ich weiß nicht, eine Mischung aus Schweiß, Parfüm und anderen Dingen. Ich habe mich geekelt, weil es so gestunken hat. Und es war draußen schon so warm gewesen, aber im Haus war es noch viel heißer.«

»Sie haben aber meine andere Frage noch nicht beantwortet. Was sollten Sie dort tun?«

»Igor hat jeder von uns ein Zimmer gezeigt, mit einem Bett und zwei Stühlen, einem Fernsehapparat und einem Radio. Er sagte, hier würden wir vorläufig wohnen, zumindest so lange, bis die Schulden bei ihm abbezahlt wären.« Sie machte eine kurze Pause, fragte, ob sie noch eine Zigarette haben könnte. Julia Durant hielt ihr die Schachtel hin, Natascha und Tatjana nahmen je eine Gauloise. »Wir sollten als Huren arbeiten. Wir sollten unseren Körper verkaufen – und unsere Seele dem Teufel geben! Wir haben wirklich nicht gewußt, was sie mit uns in Deutschland machen würden. Aber wir dachten nie daran, daß sie uns zur Prostitution zwingen würden.«

»Haben Sie sich gewehrt?«

»O ja, das haben wir, und das hätten wir besser nicht tun sollen. Ein paar Männer haben Tatjana, die anderen fünf Frauen, die mit uns gekommen waren, und mich eine ganze Nacht lang geschlagen und vergewaltigt. Und dann haben sie gesagt, sie würden uns umbringen, und zwar ganz langsam, wenn wir nicht genau das täten, was sie von uns verlangten.« Sie nahm einen langen Zug an ihrer Zigarette, blies den Rauch langsam aus, warf einen Blick auf Tatjana, die bisher kaum ein Wort gesprochen hatte, schließlich fuhr sie fort: »Wir haben keine Chance gegen sie. Denn es steckt eine große und mächtige Organisation dahinter. Aber ich würde nicht mit Ihnen sprechen, wenn ich nicht so große Angst hätte ...«

»Ich weiß, Sie haben Angst davor, getötet zu werden. Und ich nehme an, Sie wollen, daß wir Sie so schnell wie möglich wieder in Ihr Land zurückbringen. Stimmt's?«

»Nein, ich habe keine Angst, umgebracht zu werden«, sagte Natascha kopfschüttelnd. »Ich habe auch keine Angst mehr vor Igor oder diesem Rick, der ein noch größeres Schwein ist, oder Charly, der immer im weißen Anzug rumläuft und freundlich lächelt, in Wirklichkeit aber der Teufel in Person ist. Nein, ich habe keine Angst um mein Leben – ich habe Angst um das Leben meiner Tochter.«

Julia Durant neigte den Kopf ein wenig zur Seite und fragte leise: »Ihre Tochter? Ich wußte bis jetzt nicht, daß Sie eine haben. Wo ist sie? Und vor allem, wie alt ist sie?«

Natascha schluckte schwer, ein paar Tränen liefen aus ihren Augenwinkeln, sie nahm einen hastigen Zug an der Zigarette.

»Meine Tochter heißt Katharina, sie ist zwölf Jahre alt.« Sie zuckte mit den Schultern, schüttelte den Kopf. »Ich weiß nicht, wo sie ist, sie haben sie mir weggenommen, als wir auf diesem Hof ankamen ...«

»Ihre Tochter ist mit nach Deutschland gekommen?! ... Aber ich habe Sie unterbrochen. Bitte, fahren Sie fort.«

»Wir Frauen kamen in das eine Haus, die Kinder in das andere. Ich habe meine Tochter seit dem Tag nicht mehr gesehen. Ich weiß nicht einmal, ob sie noch lebt. Verstehen Sie mich, ich habe Angst um sie! Als wir noch in diesem

Haus waren, hat Rick oft damit gedroht, meine Tochter umzubringen, wenn ich nicht genau das täte, was von mir verlangt wurde. Ich war froh, als ich nach einem halben Jahr nach Frankfurt gebracht wurde. Aber ich war auch traurig, daß meine Tochter nicht mitkommen konnte. Wenn ich nur wüßte, wo sie ist, ob es ihr gutgeht, ob sie überhaupt noch lebt.«

»Sie haben vorhin von einer Organisation gesprochen. Um was für eine Organisation handelt es sich dabei? Und wer ist der Anführer?«

»Ich weiß nur, es ist *die* Organisation. Sie bringen Frauen und Kinder aus Osteuropa nach Deutschland. Aber wer ihr Anführer ist, kann ich nicht sagen.«

»Sie erwähnten die Namen Igor, Rick und Charly. Können Sie die Männer beschreiben? Und haben Sie noch mehr Namen?«

»Nur einen, Maria. Sie ist so etwas wie die Empfangsdame. Vielleicht fünfzig Jahre alt, dunkelhaarig, sehr gepflegt und sehr kalt und brutal. Igor hat sehr kurze, blonde Haare, große, abstehende Ohren, er ist etwa einsneunzig groß und sehr muskulös. Rick hat fast schwarze Haare, trägt immer eine schwarze Lederhose und Lederjacke und ist so etwas wie der Beschützer der Frauen.« Sie lachte auf. »Aber er ist ein Teufel, denn er fickt gern und wer sich ihm verweigert, wird verprügelt. Charly kam nur ab und zu vorbei, ich glaube, er gehört zu den Köpfen der Organisation. Er ist nicht sehr groß, dunkelblond, graublaue Augen, und ich glaube, er ist sehr reich. Ich kann inzwischen unterscheiden, wer reich ist und wer nicht. Charly ist reich.«

»Aber das ist sicher nicht sein richtiger Name, oder?«

»Nein, bestimmt nicht. Auch Rick heißt in Wirklichkeit nicht Rick, genau wie Igor oder Maria.«

»Wie sieht es mit Drogen aus?«

»Wissen Sie, sie bringen die Mädchen und Frauen her und schicken sie nach einem oder zwei Jahren wieder zurück. Manche bleiben ein Jahr, manche auch länger. Manche sterben auch, bevor sie wieder zurückgeschickt werden, sie sterben an Drogen oder Alkohol, weil sie es hier nicht mehr aushalten.«

»Und was geschieht mit den Kindern? Wissen Sie, wie viele Kinder in dem anderen Haus sind?«

Natascha starrte für einen Moment auf irgendeinen imaginären Punkt an der Wand. »Wie viele? Keine Ahnung. Aber ich habe gehört ...« Sie stockte, ihre Mundwinkel begannen zu beben, sie schluchzte. Tatjana beugte sich zu ihr, nahm sie in den Arm. Sie sagte einige beruhigende Worte auf russisch zu ihr, doch Natascha hörte nicht auf zu weinen. Schließlich wurde sie von einem regelrechten Weinkrampf geschüttelt.

Tatjana sagte: »Natascha wollte sagen, daß die Kinder auch zur Prostitution gezwungen werden. Es sind Kinder, nur Kinder, man sagt, das jüngste ist gerade einmal sechs Jahre alt, das älteste vierzehn. Aber es gibt Menschen, denen ist es egal, ob sie ihre verdammten Schwänze in Kinder stecken und ihnen schrecklich weh tun. Sie bezahlen eine Menge Geld dafür, es mit Kindern treiben zu dürfen. Sollen sie doch zu uns kommen, wir sind Frauen ... aber es sind Kinder – unsere Kinder.«

»Haben Sie auch ein Kind hier in Deutschland?« fragte die Kommissarin. Tatjana nickte.

»Ja, einen Sohn, er ist sieben Jahre alt, er heißt Boris.«

Allmählich beruhigte sich Natascha, bat um ein Taschentuch, um ihre Tränen abzuwischen.

»Können Sie mir irgend etwas über die Organisation sagen?«

»Nicht viel«, sagte Tatjana leise, »es wird nur getuschelt.

Sie sagen, daß es eine Organisation ist, die über die ganze Welt verteilt ist. Und daß sehr mächtige Männer und Frauen an der Spitze stehen. Sehr, sehr mächtige Männer und Frauen! Und wer sich der Organisation in den Weg stellt, wird getötet.« Sie machte eine Pause, während der sie sich zurücklehnte, die Beine übereinanderschlug und Julia Durant aus ihren großen, blauen Augen, die jetzt, nach der Anspannung, leer wirkten, ansah. Sie fuhr fort: »Glauben Sie, daß Sie uns helfen können?«
Die Kommissarin ließ sich mit der Antwort Zeit. Sie überlegte, fuhr sich mit dem Zeigefinger über die Lippen. »Wie stellen Sie sich diese Hilfe vor? Wenn wir Ihnen jetzt Schutz bieten, dann sind unter Umständen Ihre Kinder in Gefahr. Wir müssen eine andere Möglichkeit finden. Am besten gehen Sie jetzt wieder nach draußen zu den anderen Frauen. Sprechen Sie so wenig wie möglich mit ihnen. Im Augenblick sehe ich nur eine Lösung – und die ist, daß wir Ihre Kolleginnen wieder in ihre Häuser zurückschicken, Sie aber noch hierbehalten, weil wir noch einige Fragen haben. Dann bringen wir Sie in einem sicheren Versteck unter.
Sie werden von uns eine neue Aufenthalts- und Arbeitserlaubnis erhalten und sich mit einer Dame unterhalten, die vor einiger Zeit in einer ähnlichen Situation war und auch durch uns den Absprung geschafft hat. Sie arbeitet jetzt als Informantin für uns. Ich glaube, es wäre gut, wenn Sie mit ihr zusammenarbeiten würden. Was halten Sie von meinem Vorschlag?«
»Es hört sich auf jeden Fall besser an, als ins Bordell zurückzugehen ... Aber was ist mit unseren Kindern?«
»Erinnern Sie sich, wie lange die Fahrt von diesem, sagen wir Bauernhof, hierher nach Frankfurt gedauert hat?«
Natascha überlegte krampfhaft. »Vielleicht eine, vielleicht auch anderthalb Stunden.«

»Sind Sie am Vormittag oder Nachmittag oder sind Sie nachts gefahren?«
»Es war Tag.«
»Und die Uhrzeit etwa?«
»Zehn Uhr, vielleicht auch halb elf.«
»Hat die Sonne geschienen?«
»Ja.«
»Können Sie ungefähr sagen, aus welcher Himmelsrichtung Sie gekommen sind? Oder haben Sie irgendwelche Ortsschilder gesehen, deren Namen Sie vielleicht behalten haben?«
»Ortsschilder? Nein, ich kann mich nicht erinnern. Aber ich glaube, es muß nördlich von Frankfurt gewesen sein, denn wir fuhren immer in die Sonne hinein.«
»Und welcher Monat war?«
»Oktober, Anfang Oktober.«
»Gut, das war's fürs erste. Wir werden alles tun, um Ihnen zu helfen, vor allem werden wir versuchen, diesen Bauernhof ausfindig zu machen. Wir werden Sie auch bitten müssen, sich einige Fotos aus unserer Verbrecherkartei anzusehen, vielleicht haben wir ja Glück, und Sie finden ein bekanntes Gesicht darunter. Aber jetzt gehen Sie erst einmal wieder zu den anderen Frauen zurück, ich möchte nicht, daß irgendwer mißtrauisch wird.«
»Und Sie versprechen uns, keinem Menschen etwas zu verraten von dem, was wir gesagt haben?« fragte Tatjana ängstlich.
»Ich verspreche es. Machen Sie's gut. Wir sehen uns bald wieder.«
Tatjana und Natascha standen auf, doch bevor sie das Büro zusammen mit Julia Durant verließen, sagte Tatjana leise: »Wenn Sie uns helfen, dann haben wir auch noch einige interessante Informationen für Sie. Sehr interessante Informationen.«

»Wovon sprechen Sie?«
»Es ist spät, und wir sind sehr müde«, sagte Tatjana. »Es würde zu lange dauern, und es eilt auch nicht so sehr.«
»Wenn Sie meinen. Aber wenn es sich um wirklich wichtige Infos handelt, dann sollten Sie nicht zu lange damit warten.«
Sie gingen hinüber in das Büro von Schnell, Natascha und Tatjana warfen ihm erneut diesen undefinierbaren Blick zu, während Julia Durant vor ihm stehenblieb. Schnell sah sie von unten herauf an.
»Und, interessante Neuigkeiten?« fragte er.
»Ich denke schon. Hier geht es offensichtlich um mehr als nur einfache Prostitution. Es sind auch Kinder im Spiel. Die eine hat einen siebenjährigen Sohn, der ihr weggenommen wurde, und die andere eine zwölfjährige Tochter. Sie haben sie beide, seit sie hier in Deutschland sind, nicht wiedergesehen. Und wie es scheint, steckt eine uns bislang unbekannte Organisation dahinter. Ich habe den beiden Schutz zugesagt, denn sie haben Angst um ihre Kinder. Ich hoffe, das war in Ihrem Sinn. Und sie sagen, sie hätten einige sehr interessante Informationen für uns auf Lager.«
»Was für Informationen?«
»Das wollen sie mir am Montag sagen.«
»Sie könnten die Frauen in Gefahr gebracht haben ...«
»Das weiß ich, und das wissen auch die Frauen. Aber sie sind Mütter, und manchmal können Mütter zu reißenden Bestien werden, wenn es um das Wohl ihrer Kinder geht. Aber es geht hier vor allem darum, einen Sumpf trockenzulegen, von dem wir bisher nicht einmal einen Schimmer haben, wie tief er ist.«
»Dann brauchen wir Ihre Hilfe«, sagte Schnell und trank von seinem kalten Kaffee. »Die Frauen vertrauen Ihnen jetzt.«

»Ich kann nicht zwei Sachen auf einmal machen, tut mir leid. Wie Ihnen bekannt ist, leite ich gerade die Ermittlungen in diesen äußerst bizarren Mordfällen. Ich habe den beiden aber zugesagt, daß sie hier in Frankfurt in Sicherheit gebracht werden. Außerdem sollten Sie sich mit Ihrer Informantin in Verbindung setzen und ein Treffen mit den beiden Frauen arrangieren.«

»Das heißt also, wir brauchen für beide eine gültige Aufenthaltsgenehmigung, eine Wohnung und was so alles dazugehört«, sagte Schnell nachdenklich. Er setzte sich aufrecht hin, streckte sich, gähnte. »Ich bin verdammt müde, es wird Zeit, daß ich aus diesem Präsidium rauskomme. Ich denke aber, es wird nicht schwer sein, den beiden Frauen den nötigen Schutz zu gewähren. Ich werde morgen früh oder, besser gesagt, heute morgen mit einem unserer Staatsanwälte sprechen und alles Nötige veranlassen.«

»Danke«, sagte Julia Durant. »Ich denke, meine Arbeit hier ist fürs erste beendet. Wenn Sie nichts dagegen haben, fahre ich nach Hause und schlaf eine Runde. In ein paar Stunden habe ich schon wieder einen wichtigen Termin. Gute Nacht.«

»Gute Nacht und danke für Ihre Hilfe. Auch wenn die Aktion alles andere als erfolgreich war. Ich nehme an, Details aus Ihrer eben geführten Besprechung erhalte ich in den nächsten Tagen.«

»Ja, spätestens am Montag. Veranlassen Sie bitte, daß sämtliche Frauen und Männer das Präsidium räumen, behalten Sie aber Natascha und Tatjana hier, Gründe dafür werden Ihnen schon einfallen. Irgend jemand soll sich um eine Unterkunft für die beiden kümmern. Und sobald Sie eine gefunden haben, hätte ich gern die Adresse, damit ich mich mit ihnen wieder in Verbindung setzen kann. Und es sollten nur ganz wenige Beamte den Aufenthaltsort der beiden kennen.«

»Schon gut, Hauptkommissarin Durant«, sagte Schnell mit zynischem Unterton. »Es wird alles so gemacht, wie Sie es wünschen.«
Julia Durant trat hinaus auf den Gang, wo noch immer zahlreiche Frauen auf den Bänken saßen oder auf dem Flur standen, unter ihnen Natascha und Tatjana. Sie warf ihnen einen kurzen Blick zu, wandte sich nach links und ging zu ihrem Auto.
Um halb sechs betrat sie ihre Wohnung, zog sich einfach aus und ließ sich aufs Bett fallen. Sie stellte den Wecker auf zehn Uhr. Sie schlief tief und traumlos.

SAMSTAG, 11.00 UHR

Nach kaum vier Stunden Schlaf machte sich Julia Durant auf den Weg zu Elvira Winzlow. Sie fühlte sich wie gerädert, hatte kaum etwas gegessen, ihr war übel, sie hatte stechende Kopfschmerzen in der linken Schläfe. Sie hatte vor dem Verlassen der Wohnung ein Aspirin genommen und hoffte, die Wirkung würde bald eintreten und zumindest die Kopfschmerzen mit sich nehmen. Sie benötigte eine halbe Stunde, bis sie vor dem Haus von Elvira Winzlow hielt. Sie stieg aus, ließ ihre angerauchte Zigarette auf die Straße fallen, drückte sie mit der Schuhspitze aus. Es hatte in den frühen Morgenstunden angefangen zu regnen, jetzt brach die Sonne wieder durch und erwärmte die Luft.
Elvira Winzlow lebte in einer zweistöckigen Villa, mit einem ausgedehnten Garten, der beinahe etwas Parkähnliches hatte, viele Bäume und Büsche, eine riesige Rasenfläche, die sich bis weit hinters Haus erstreckte, und alles gesichert mit modernster Technik.

Julia Durant betätigte den Klingelknopf, wartete einen Moment, bis eine etwa dreißigjährige Frau aus dem Haus trat und auf das Tor zukam. Die Kommissarin schätzte ihre Größe auf knapp einsfünfundsechzig, sie hatte dichtes, gewelltes, rotblondes Haar, das bis über die Schultern fiel, scheinbar porenlose, helle Haut, fast wie Alabaster, grüne Augen und volle Lippen, die an den Seiten einen leichten Bogen nach unten beschrieben, was ihrem sonst hübschen Gesicht einen ernsten, leicht verhärmten Ausdruck verlieh. Sie trug ein lindgrünes Kleid, das etwas oberhalb ihrer Knie endete, und weiße, offene Pumps. Sie blieb vor Julia Durant stehen, musterte sie kurz.

»Sie sind die Dame von der Polizei? Ich habe leider Ihren Namen vergessen ...«

»Julia Durant. Guten Tag.«

Elvira Winzlow öffnete das Tor, ließ die Kommissarin an sich vorbeitreten, um dann vor ihr zum Haus zu gehen.

Es ähnelte in etwa den Häusern der anderen Reichen, die Julia Durant in der Vergangenheit kennengelernt hatte, das Interieur war kostbar und edel, doch die Atmosphäre war auch hier, wie bei so vielen anderen, kühl und abweisend. Sie wurde ins Wohnzimmer geführt, wo Elvira Winzlow ihr einen Platz auf einem wuchtigen, weichen Ledersessel anbot. Sie selbst blieb einen Augenblick stehen, als überlegte sie, ging ans Fenster, stützte sich mit beiden Händen auf der Fensterbank ab und schaute hinaus in den Garten, der sich jetzt, Mitte Mai, in herrlicher Blütenpracht präsentierte.

»Also, was wollen Sie von mir?« fragte sie.

»Ich möchte nur ein paar Angaben zu Ihrem Exmann haben.«

»Wir sind seit zwei Jahren geschieden. Ich weiß nicht, was er in dieser Zeit getrieben hat. Es interessiert mich auch

nicht. Ich habe ein neues Leben begonnen, und ich hoffe, die Zeit ...« Sie stockte, senkte den Blick.
»Die Zeit, was? Heilt alle Wunden?«
»Vielleicht. Vielleicht auch nicht.«
»Gestatten Sie mir die Frage, aber warum haben Sie sich getrennt? Sie müssen darauf natürlich nicht antworten, wenn es zu intim ist.«
Elvira Winzlow lachte nervös auf. »Intim? Es war verdammt intim. Ich hätte nie gedacht, was für Abgründe in einem Menschen stecken können. Bis ich es herausfand.«
»Frau Winzlow, wollen Sie sich nicht zu mir setzen und mir von diesen Abgründen erzählen? Ihr Mann, pardon Exmann, ist auf eine Weise zugerichtet worden, die keiner von uns in der Mordkommission jemals gesehen hat. Wir möchten und müssen herausfinden, warum man ihn ermordet hat. Warum man ihn mit dem Teufel in Verbindung gebracht hat ...«
»Mit dem Teufel? Inwiefern?« fragte Elvira Winzlow, drehte sich um und setzte sich Julia Durant gegenüber. »Ich weiß bis jetzt nicht, wie er umgekommen ist.«
»Dann hat Ihre Schwägerin also nicht mit Ihnen darüber gesprochen. Das ehrt sie. Man hat ihn mit Zyankali vergiftet, ihm die Genitalien abgetrennt, die Kehle durchgeschnitten und die Augen ausgestochen. Und zuletzt hat man ihm die Zahl 666 auf die Stirn geschrieben, mit Blut, seinem eigenen Blut.«
»Die Genitalien? Das heißt, jemand hat ihn im wahrsten Sinn des Wortes kastriert?« fragte sie mit einem undefinierbaren, fernen Lächeln. »Das ist beinahe grotesk.«
»Wieso?« fragte die Kommissarin.
»Ich hätte das schon machen sollen, als wir noch verheiratet waren. Wenn mein Exmann mit irgend etwas Unheil angerichtet hat, dann damit. Er war ein Schwein.«

»Könnten Sie das näher erläutern?«
»Ja, das könnte ich wohl, aber ich habe damals etwas unterschrieben, wonach ich niemals jemandem von seinen Neigungen erzählen werde, sonst würde ich alles verlieren, was ich durch die Scheidung gewonnen habe, dieses Haus, den großzügigen Unterhalt, einfach alles. Vielleicht sogar meinen Sohn.«
»Frau Winzlow«, sagte Julia Durant mit behutsamer Stimme, »er ist tot. Er kann Ihnen überhaupt nichts mehr wegnehmen. Sie brauchen keine Angst mehr vor ihm zu haben. Sagen Sie, was los war. Es könnte uns einen erheblichen Schritt weiterbringen. Bitte.«
Elvira Winzlow holte tief Luft, stand auf, ging zum Schrank, öffnete eine Tür und holte eine Flasche Gin heraus. »Wollen Sie auch einen?«
»Da ich nicht offiziell im Dienst bin, glaube ich, kann ich ruhig einen mit Ihnen trinken. Wenn es geht, mit etwas Eis.«
Elvira Winzlow schenkte ein, reichte ein Glas der Kommissarin. Beide nahmen einen Schluck, ihre Blicke trafen sich für Sekundenbruchteile.
»Gut«, sagte Julia Durant, »vielleicht kann ich es Ihnen etwas leichter machen. Hatte Ihr Exmann Probleme im sexuellen Bereich? Abartige Neigungen?«
»Wie kommen Sie darauf?« fragte Elvira Winzlow mit hochgezogenen Augenbrauen.
»Nun, man fand bei Ihrem Mann auch einen Zettel, auf dem stand: *Wer einen von diesen Kleinen ... zum Bösen verführt, für den wäre es besser, wenn er mit einem Mühlstein um den Hals im tiefen Meer versenkt würde.* Mein Kollege und ich waren gestern nachmittag im Museum Ihres Exmannes, um uns in seinem Büro umzusehen. Es fiel uns auf, daß dort zur Zeit eine Ausstellung stattfindet mit Bildern,

die ausschließlich von Kindern gemalt wurden. Und da kam mir zum ersten Mal der Gedanke, ob Ihr Mann vielleicht ein Päderast war.«

»Päderast?«

»Päderasten sind Männer, die sich zu männlichen Kindern und Jugendlichen hingezogen fühlen und sie meist auch mißbrauchen. Gehörte Ihr Mann zu diesen Männern?«

Elvira Winzlow trank ihr Glas leer, schenkte sich nach. Als sie sich wieder umdrehte, hatte sie Tränen in den Augen, sie zitterte.

»Verflucht, ja, er war einer von ihnen. Er hat sich sogar an unserem Sohn vergriffen. An seinem eigenen Fleisch und Blut!« Mit einem Mal war ihr Blick weit weg, sie fuhr mit fast tonloser Stimme fort: »Thomas war damals gerade fünf Jahre alt. Eines Morgens sagte er zu mir, daß sein Po so weh tue. Ich dachte im ersten Moment, er habe sich vielleicht gestoßen oder sei hingefallen. Ich habe ihn danach gefragt, aber er sagte, er sei nicht hingefallen und habe sich auch nicht gestoßen. Ich fragte ihn, wo genau es weh tue ... Er schlug die Bettdecke zur Seite und deutete auf die Stelle ... Es war blutig, sein Po war voll von verkrustetem Blut. Ich habe natürlich nicht im Traum daran gedacht, daß ... Ich dachte, Thomas sei vielleicht krank und deshalb ... Ich rief nach meinem Mann, der sofort angerannt kam und sagte, der Junge müsse dringend untersucht werden. Ohne mich zu fragen, nahm er Thomas, zog ihn an und verließ mit ihm zusammen das Haus. Ich hatte nicht einmal Gelegenheit, mich anzuziehen, so schnell war alles gegangen.« Sie hielt inne, trank, stellte das Glas auf den Tisch, nahm eine Zigarette und zündete sie sich an. Julia Durant wartete, bis Elvira Winzlow sich beruhigt hatte. »Nach zwei Stunden kamen er und Thomas zurück. Der Arzt habe gesagt, es sei eine harmlose Sache, eine geplatzte Hämorrhoide, wir sollten uns auf keinen Fall Sorgen machen. Mein Mann hat Thomas unterwegs noch ein Spielzeug gekauft, das er sich schon lange gewünscht hatte, und auch Thomas schien guter Dinge zu sein. Es vergingen einige Wochen, bis Thomas wieder über diese Schmerzen im Po klagte. Wieder war Blut zu sehen, wenn auch nicht soviel wie beim ersten Mal. Doch diesmal fuhr ich selbst mit dem Jungen zu einem Arzt, einem anderen diesmal. Er untersuchte Thomas ganz genau und fragte mich dann, ob der Junge sich vielleicht irgend etwas in den Po gesteckt hatte. Ich wußte überhaupt nicht, was ich darauf antworten sollte, ich war einfach perplex. Ich fragte nur, was er damit meinte, worauf er sagte, es sähe ganz so aus, als ob die Verletzung durch die Einführung eines großen Gegenstandes herrührte. Er sagte dann noch, ich sollte in Zukunft aufpassen, daß der Junge nicht an sich herumspielt, es sei etwas, das nicht selten vorkomme, und ich sollte einfach auf ihn achten. Er verschrieb mir eine Salbe. Als Thomas und ich draußen waren, wurde mir zum ersten Mal bewußt, was geschehen sein konnte. Der Arzt hatte von der Einführung eines großen Gegenstandes gesprochen. Meine Gedanken in diesem Augenblick waren einfach weg, es war eine völlige Leere in mir, weil ich ahnte, vielmehr wußte, woher Thomas' Verletzung stammte. Mein Mann, der Vater unseres Sohnes, hatte sich an ihm vergangen. Mein Mann war extrem stark gebaut, wenn wir intim waren, hatte ich des öfteren Schmerzen, weil ...«

»Sie brauchen nicht weiterzusprechen, Frau Winzlow. Haben Sie Ihren Mann daraufhin zur Rede gestellt?«

»Nicht direkt, denn beweisen konnte ich ja nichts. Ich habe nur fortan meinen Sohn nicht mehr aus den Augen gelassen. Und dann eines Nachts war es soweit. Mein Mann dachte wohl, ich schliefe, doch ich tat nur so. Er stand so leise, wie es nur ging, auf und verließ das Schlafzimmer. Ich wartete einen Moment, dann stand auch ich auf und ging über den Flur zum Zimmer von Thomas. Die Tür war nur angelehnt, ich steckte vorsichtig meinen Kopf durch. Mein Mann lag bereits in seinem Bett, Thomas schlief tief und fest, was mich wunderte, denn in der Regel hatte er einen leichten Schlaf. Doch Thomas rührte sich nicht, während mein Mann begann, an ihm herumzuspielen. Ich sah mir das zwei, drei Minuten lang an, doch in dem Moment, als er Thomas auf die Seite drehte und in ihn ... Ich stieß die Tür auf, machte das Licht an, schrie, wie ich noch nie geschrien habe, mein Mann schaute mich erschrocken und ich glaube sogar verängstigt an. Er sprang aus dem Bett und auf mich zu, drückte mich gegen die Wand und hielt mir den Mund zu. Er sagte, wenn ich noch einen Ton von mir geben würde, würde er mich umbringen. Und dann Thomas und dann sich selbst.« Elvira Winzlow lachte bitter auf, nahm einen Zug von ihrer Zigarette, trank einen Schluck Gin. »Ich schrie nicht mehr, ich sagte gar nichts. Ich ging ins Schlafzimmer, ich weiß noch genau, es war halb drei Uhr morgens, holte zwei Koffer und packte so viele Sachen für Thomas und mich hinein, daß wir gut zwei oder drei Wochen wegfahren konnten. Mein Mann wollte mich zurückhalten, er sagte, man könne doch darüber reden ... aber nein, darüber kann man nicht reden, darüber gibt es nichts zu reden. Jedes Wort seinerseits wäre ein unnützes Wort gewesen. Er lag vor mir auf den Knien, bettelte mich an, keinem Menschen etwas davon zu erzählen, ich sollte doch an seinen Ruf denken. Ich weiß noch, wie ich sagte, ich würde keinem Menschen davon berichten, doch er würde von mir hören. Ich weiß bis heute nicht, was mein Mann Thomas eingeflößt hatte; als ich ihn ins Auto trug, schlief er immer noch ... Wir blieben fast einen Monat weg, ich hatte einen Anwalt eingeschaltet und die Scheidung eingereicht. Den Rest kennen Sie.«

»Wissen Sie etwas darüber, ob Ihr Mann sich auch an anderen Jungen vergangen hat?«
Elvira Winzlow zuckte mit den Schultern. »Nein, keine Ahnung. Doch ich nehme es an. Ich schätze, wenn diese abartige Neigung in einem Menschen verankert ist, wird er sich immer ein Ventil suchen, um diesem Trieb Befriedigung zu verschaffen. Die Ausstellung in seinem Museum kommt nicht von ungefähr. Er hatte wohl diesen Hang zu Kindern.«
»Eine andere Frage – sagen Ihnen die Namen Doktor Matthäus und Doktor Neuhaus etwas?«
»Matthäus ja, Neuhaus nein. Doktor Matthäus und seine Frau waren dann und wann Gäste bei uns. Mein Mann und Matthäus haben zusammen die Uni besucht, irgendwann haben sich ihre Wege getrennt, aber sie haben sich nie aus den Augen verloren. Warum fragen Sie nach den beiden?«
»Augenblick, Sie wissen nicht, was geschehen ist?«
»Nein, aber ich habe in den letzten Tagen keine Nachrichten gehört oder Zeitung gelesen. Was ist passiert?«
»Die beiden sind auf die gleiche Weise umgebracht worden wie Ihr Exmann. Das gleiche Ritual.«
»Und Sie vermuten ...«
»Ich vermute bis jetzt gar nichts. Ich versuche lediglich, Zusammenhänge herzustellen. Und wie es scheint, gibt es welche. Wo ist Ihr Sohn Thomas jetzt?«
»Er ist mit meiner Mutter in die Stadt gefahren. Sie werden wohl bald zurück sein.«
»Und wie geht es ihm jetzt?«
»Er ist sieben, und ich glaube, er weiß gar nicht, was sein Vater mit ihm gemacht hat. Ab und zu fragt er noch nach ihm, aber ich habe nicht den Eindruck, als ob er ihn sonderlich vermissen würde. Und das ist auch gut so.«
»Sicher. Eine letzte Frage, bevor ich gehe. Ist Ihnen bekannt,

ob Ihr Exmann jemals in irgendeiner Weise mit Drogen oder Waffen zu tun hatte?«
»Nein, darüber ist mir nichts bekannt.«
»Gab es, als Sie noch verheiratet waren, einen bestimmten Tag in der Woche, an dem Ihr Mann nachts nicht zu Hause war?«
»Warum wollen Sie das wissen?«
»Es interessiert mich.«
Elvira Winzlow überlegte. »Ja, einmal in der Woche war er immer weg, es sei denn, er war geschäftlich unterwegs. Er kam dann stets spät in der Nacht nach Hause. Interessant, daß Sie mich das fragen, denn ich hätte damals zu gern gewußt, was er in diesen Nächten getrieben hat. Er hat es mir aber nie verraten.«
Julia Durant erhob sich, sagte: »Danke für Ihre Hilfe. Und das meine ich ernst. Sie haben mir einen Riesenschritt weitergeholfen. Einen schönen Tag noch. Und sollte Ihnen noch irgend etwas einfallen, was unter Umständen hilfreich bei der Aufklärung der Fälle sein könnte, dann rufen Sie mich doch bitte an. Hier ist meine Karte.«
Elvira Winzlow nahm die Karte, warf einen Blick darauf, sagte: »Warten Sie, ich begleite Sie nach draußen.«
Am Tor verabschiedeten sich die beiden Frauen voneinander, Julia Durant stieg in ihren Wagen, fuhr zurück zu ihrer Wohnung. Es war sehr warm und schwül geworden, der Verkehr nach Frankfurt war, wie meist am Samstagmorgen, dicht. Während der Fahrt dachte sie über das Gehörte nach, aber auch über die beiden jungen Frauen der vergangenen Nacht. Hoffentlich konnte ihnen schnell geholfen werden. Doch wenn wirklich eine mächtige Organisation dahinterstand, dann waren die Erfolgsaussichten nicht sehr groß. Sie wollte jetzt nicht darüber nachdenken, schaffte es jedoch nicht, diese Gedanken aus ihrem Kopf zu verscheuchen.

Vom Auto aus wählte sie die Nummer von Hellmer, der nach dem dritten Läuten abnahm. Sie berichtete ihm kurz von ihrem Treffen mit Elvira Winzlow und daß ihr Verdacht Winzlow betreffend sich bestätigt hatte.

SAMSTAG, 14.00 UHR

Frank Hellmer tigerte in seinem Zimmer ruhelos auf und ab, das Telefongespräch mit Julia Durant hatte er schon fast wieder vergessen. Er hatte kaum etwas gefrühstückt, nur eine Scheibe Toast mit Himbeermarmelade und eine Dose Bier, dafür fast eine ganze Schachtel Zigaretten geraucht. Immer wieder ging sein Blick zum Telefon, wollte er den Hörer in die Hand nehmen, ihre Nummer wählen. Er trank eine zweite Dose Bier, danach einen Schluck Wodka. Es war stickig im Zimmer, Hellmer trug nur ein T-Shirt und eine kurze Sporthose, er war barfuß. Schließlich nahm er all seinen Mut zusammen, griff zum Telefon, wählte die Nummer von Nadine Neuhaus. Sie war nicht selbst am Apparat, sondern die Haushälterin.
»Könnte ich bitte mit Frau Neuhaus sprechen?« fragte er.
»Einen Augenblick, ich hole sie.«
Wenig später meldete sich Nadine Neuhaus.
»Ja, bitte?«
»Hallo, hier ist Frank. Ich wollte nur mal hören, wie's dir heute so geht?«
»Es geht. Rufst du nur deswegen an?«
»Ja und nein. Ich wollte einfach mit dir sprechen. Vielleicht können wir uns ja auch mal sehen. Was hältst du davon?«
Einen Moment hörte er nur ihr Atmen, dann sagte sie: »Meinst du nicht, wir sollten das lassen? Es würde nicht gutgehen, das weißt du.«

»Warum nicht? Ich habe nie aufgehört, an dich zu denken. Ich empfinde eine Menge für dich. Und ich habe verdammt viel leiden müssen …«

»Du, du, du! Du redest wie früher immer nur von dir. Weißt du eigentlich, wie ich gelitten habe? Du hättest alles haben können, ich hätte alles für dich getan, aber du hast die Dinge, die mir wesentlich waren, hinausgeschoben und immer weiter hinausgeschoben. Und dann auf einmal war es zu spät.«

»Ich weiß, ich habe viele Fehler gemacht, und ich bereue sie. Aber können wir nicht einen Schlußstrich unter die Vergangenheit ziehen? Wir haben beide viel durchgemacht, und wir haben es verdient, daß es endlich bergauf geht.«

»Bergauf, wir beide zusammen? Es hat damals nicht geklappt, und es würde –«

»Es würde klappen, wenn wir nur beide wollen! Was hältst du davon, wenn wir den morgigen Tag miteinander verbringen? Laß uns gemeinsam zu Mittag essen, danach gehen wir … Mach du einen Vorschlag. In den Palmengarten? Ganz unverbindlich, versprochen.«

»Unverbindlich war bei dir nie etwas, Frank.« Sie machte eine Pause und meinte dann: »Aber gut, gehen wir essen, und danach sehen wir weiter. Aber du mußt mir versprechen, daß ich bezahle …«

»Das kommt überhaupt nicht in Frage!«

»Entweder zu meinen Bedingungen oder gar nicht, überleg's dir.«

»Okay, okay, zu deinen Bedingungen. Wann und wo?«

»Um halb eins bei dem Vietnamesen am Zoo. Du kennst doch noch das kleine Restaurant?«

»Natürlich, wie könnte ich das jemals vergessen. Halb eins, ich werde da sein. Bis morgen dann und tschüs. Ach, bevor ich's vergesse – ich habe nicht gelogen, als ich sagte, ich hätte immerzu an dich denken müssen.«

»Tschüs, bis morgen mittag.« Sie legte auf, während Hellmer den Hörer noch eine Weile in der Hand behielt und an die Wand starrte. Lieber Gott, sagte er zu sich selbst, bitte, bitte gib mir, gib uns eine zweite Chance. Und laß es mich morgen nicht vermasseln. Er legte den Hörer auf die Einheit, sagte laut: »Nein, du wirst es nicht vermasseln, Frank Hellmer, außer du hast einen besoffenen Kopf! Aber du wirst keinen besoffenen Kopf haben, kapiert?!«

SAMSTAG, 14.15 UHR

Julia Durant hatte geduscht und die Wohnung notdürftig aufgeräumt, sich einige Notizen gemacht von Dingen, die sie am Montag bei der Morgenbesprechung unbedingt zur Sprache bringen wollte, jetzt überlegte sie, was sie mit dem restlichen Tag anfangen sollte. Sie rief ihren Vater an, sah, während sie wählte, auf die Uhr.

»Hallo, Paps, ich bin's, Julia. Sag mal, hättest du etwas dagegen, wenn ich mich ins Auto schwingen und für einen Sprung bei dir vorbeischauen würde?«

»Natürlich nicht, aber es ist eine ganz schöne Strecke. Wie lange willst du bleiben?«

»Bis morgen abend. So daß ich spätestens Mitternacht wieder in Frankfurt bin.«

»Und wann fährst du los?«

»Zehn Minuten, Viertelstunde. Ich wäre so gegen halb sieben bei dir. Und es macht dir wirklich nichts aus?«

»Im Gegenteil, wann bekomme ich dich schon mal zu Gesicht. Eigentlich doch nur, wenn du etwas auf dem Herzen hast. Was du um Himmels willen nicht falsch verstehen sollst. Du bist immer willkommen.«

»Danke, ich mache mich gleich auf den Weg. Bis nachher.«

SAMSTAG, 14.30 UHR

Er hatte ab dem Mittag mit seiner Frau im Garten gesessen und die wärmende Sonne genossen. Seine Frau fühlte sich heute etwas besser, das spürte er, sie antwortete einige Male auf seine Fragen oder Bemerkungen, ihre Augen schienen in manchen Momenten für Sekunden den Glanz alter Tage wiederzubekommen. Vielleicht gab es doch noch Hoffnung, daß eines Tages ihr Lebensmut und Lebenswille wieder aufkeimte und sie zu der Frau wurde, die sie einst gewesen war, in die er sich vor Jahren verliebt und die er nie aufgehört hatte zu lieben. Sie hatten zusammen auf der Terrasse gefrühstückt und auch das Mittagessen eingenommen, am Nachmittag schlug er vor, einen Spaziergang im Taunus zu machen. Es war eine lange Zeit vergangen, seit sie das letzte Mal etwas gemeinsam unternommen hatten. Sie fuhren zum Feldberg, hier war die Luft klar und sauber, Frankfurt dagegen lag unter einer Dunstwolke. Hand in Hand liefen sie fast eine Stunde durch den Wald, die meiste Zeit über schweigend, ihre Hand fühlte sich kalt und schlaff an. Als sie wieder ins Tal zurückkehrten, sagte sie leise: »Es war schön dort oben. Wir waren einige Male mit Carla und Patrick auf dem Feldberg. Was sie wohl jetzt machen?«

»Was meinst du?«

»Ob es ihnen gutgeht, dort, wo sie jetzt sind. Ich würde sie so gern wiedersehen.«

»Es geht ihnen gut, wo immer sie auch sein mögen.«

»Ja, es geht ihnen gut. Und irgendwann werden wir wieder zusammensein. Wir werden alle wieder zusammensein.«
Den Rest der Fahrt schwiegen sie. Zu Hause begab er sich in sein Büro, schloß die Tür hinter sich und führte einige Telefonate. Der Sonntag würde noch einmal ein Ruhetag werden, der Tag des Herrn. Er zog die unterste Schublade seines Schreibtischs auf, holte fünf Zettel heraus. Einen davon steckte er in einen Umschlag und schrieb den Namen Julia Durant darauf. Danach packte er alles wieder zurück in die Schublade und ging ins Wohnzimmer, wo seine Frau in ihrem Sessel vor dem Kamin saß. Sie blickte ihn kurz an, ein undefinierbares Lächeln überzog ihre Lippen. Er liebte diese Lippen, ihre Stimme, wenn sie sprach, ihr Lachen, das er so lange nicht gehört hatte. Er liebte sie, und keiner würde je so lieben können wie er. Er holte sich einen Cognac, setzte sich zu ihr. Es war später Nachmittag, und das Sonnenlicht fiel durch das breite und hohe Wohnzimmerfenster auf die hellen Möbel und einen Teil ihres immer noch wunderschönen Gesichts. Ja, er liebte sie, doch er wußte, daß diese Liebe nie wieder so erwidert werden würde wie in den vielen Jahren zuvor. Er trank den Cognac aus, schenkte sich erneut ein, wartete, bis die Wirkung des Alkohols eintrat. Er fühlte sich allein.

SAMSTAG, 18.10 UHR

Julia Durant traf in dem kleinen Ort in der Nähe von München ein, ihre Fahrt hatte nur knapp dreieinhalb Stunden gedauert, die Autobahn schien in manchen Bereichen wie leergefegt. Sie wurde bereits von ihrem Vater erwartet, der sie umarmte und ins Haus geleitete. Er hatte

den Abendbrottisch auf der kleinen, schmucken Terrasse gedeckt, die jetzt im Schatten lag.
»Es ist schön, daß du gekommen bist«, sagte er. »Auch wenn ich mir vorstellen kann, daß du diese Strapazen nicht umsonst auf dich genommen hast.«
»Wie kommst du denn darauf?« fragte sie schmunzelnd.
»Ich kenne dich einfach zu gut«, sagte er und grinste verschmitzt. Sie stellte ihre Reisetasche im Flur ab, umarmte ihren Vater.
»Was ist los?« fragte er und sah sie an.
»Nichts weiter, ich freue mich nur, hier zu sein. Das ist alles. Ich geh mich mal schnell frisch machen. Bin gleich wieder da.«
»Du kannst auch duschen, wenn du möchtest. Du bist bestimmt ganz schön durchgeschwitzt. Kein Wunder bei dieser Hitze.«
»Mal sehen. Gib mir eine Viertelstunde.«
Sie duschte, zog frische Unterwäsche, ein leichtes Oberteil und Jeans an, kämmte sich und begab sich nach unten, wo ihr Vater auf der Terrasse saß und auf den Garten schaute.
»Da bin ich.« Sie sah auf den Tisch und lächelte. »Vater, Vater, du hast wieder für mindestens zehn Leute aufgetischt. Wer soll das bloß alles essen?«
»Setz dich, iß und trink, und was übrigbleibt, kommt in den Kühlschrank. So einfach ist das.« Er schenkte Pfefferminztee ein und fügte hinzu: »Ist übrigens aus unserem Garten. Ich koche mir jetzt wieder den ganzen Sommer über jeden Abend eine kleine Kanne.«
»Ich weiß«, erwiderte sie, während sie eine Scheibe Vollkornbrot nahm, etwas Butter darauf strich und zwei Scheiben Salami darüberlegte. »Wir haben den Tee schon getrunken, als Mama noch lebte. Es hat sich eigentlich nicht viel verändert.«

»Warum sollte ich etwas verändern, wenn ich mich wohl fühle? Ich lebe jetzt seit beinahe vierzig Jahren hier, und ich denke, ich werde in diesem Haus auch bleiben, bis Gott mich eines Tages abberuft und zu deiner Mutter bringt.«
Sie aßen eine Weile schweigend, bis ihr Vater die wortlose Pause beendete. »Also, was führt dich her? Kummer, Sorgen? Ist es wegen eines Mannes?«
»Nein, kein Mann und auch kein persönlicher Kummer...«
»Was ist es dann?«
Sie blickte auf, die Ellbogen auf den Tisch gestützt, die Hände gefaltet. Sie holte tief Luft, sah ihren Vater an. »Es geht um diese Morde in Frankfurt. Wir bewegen uns auf der Stelle und finden auch kaum einen Anhaltspunkt, der uns weiterhelfen könnte.«
»Wie viele Morde sind es bis jetzt?«
»Drei, einer am Dienstag, einer am Mittwoch, einer am Donnerstag. Und alle Männer sind auf die gleiche Weise getötet worden. Erspar mir die Einzelheiten, es ist einfach zu grausam...«
»Wenn ich dir aber helfen soll, dann möchte ich auch die Einzelheiten wissen, um mir ein Bild machen zu können. Ich kann es vertragen, ich habe in meiner Zeit als Priester in so viele tiefe Abgründe schauen müssen, daß mich nichts mehr erschüttern kann.«
»Gut, wie du willst. Wie ich dir bereits sagte, sind mir die Morde vorher angekündigt worden. Ich habe alle Schreiben, die an mich gerichtet waren, mitgebracht. Der Täter hat seine Opfer mit Zyankali vergiftet, ihnen die Genitalien abgetrennt, die Kehle durchgeschnitten, die Augen ausgestochen und ihnen mit Blut die Zahl 666 auf die Stirn geschrieben. Und danach jeweils einen Zettel neben sie gelegt mit exakt dem gleichen Wortlaut, wie er auch mir zugegangen ist.«

»Kann ich die Schreiben einmal sehen?«
»Moment, ich hole sie.« Sie stand auf, ging nach oben in ihr Zimmer, holte die Klarsichthülle, in der sie alle Nachrichten vom Täter aufbewahrte. Ihr Vater hatte sich eine Brille aufgesetzt, las aufmerksam jeden Zettel. Nachdem er fertig war, legte er alles auf den Tisch, lehnte sich zurück, begann sich eine Pfeife zu stopfen, während Julia Durant sich eine Zigarette anzündete. Er nahm ein paar kräftige Züge, der würzige Duft des Tabaks erfüllte die Luft.
»Und was willst du jetzt von mir wissen?«
»Wenn ich das selber wüßte! Vielleicht einfach nur, was du davon hältst?«
»Was ich davon halte? Erzähl mir erst etwas über die Opfer.«
»Der erste, Doktor Matthäus, war Bankier, dreiundfünfzig Jahre alt, sehr reich, genau wie das zweite Opfer, Doktor Neuhaus, der mit Immobilien handelte, und auch das dritte Opfer, Doktor Winzlow, war alles andere als unvermögend, er war Direktor des größten Frankfurter Museums und außerdem als Kunstsachverständiger weltweit mehr als gefragt. Die ersten beiden waren verheiratet, wobei sie ihre Frauen ziemlich vernachlässigt haben, zumindest was Matthäus angeht, Neuhaus hat seine Frau sehr schlecht behandelt, er hat sie wohl des öfteren verprügelt und auch vergewaltigt. Winzlow war geschieden, und er hatte, das weiß ich seit heute morgen, abartige sexuelle Neigungen.«
»Kinder, stimmt's?«
»Was meinst du?«
»Er hat sich an Kindern vergangen, davon gehe ich einmal aus. Der Wortlaut des Zettels weist irgendwie in diese Richtung.«
»Ja, stimmt. Was wir noch wissen, ist, daß sowohl Matthäus als auch Neuhaus, die übrigens Nachbarn waren, aller

Wahrscheinlichkeit nach engeren Kontakt miteinander hatten, obgleich ihre Frauen nichts davon mitbekommen haben. Außerdem gibt es eine Verbindung zwischen Matthäus und Winzlow, die beide gemeinsam studiert und laut der Exfrau von Winzlow bis zuletzt in Kontakt miteinander gestanden haben. Das sind die sehr dürftigen Fakten, die uns bislang vorliegen.«

»Hmh, nicht viel ...«

»Was mir Kopfzerbrechen bereitet, Vater, ist – was soll die Zahl auf ihrer Stirn wirklich bedeuten? Erzähl mir etwas über diese Zahl.«

Julia Durants Vater schlug die Beine übereinander, paffte ein paarmal an seiner Pfeife, stopfte nach, sah versonnen auf den Garten. Er sagte: »Es gibt zwei – nennen wir sie Personen, die wichtig für die Menschen sind. Der eine ist Jesus Christus, der für unsere Sünden gestorben ist und uns somit den Weg geebnet hat, durch Umkehr zum Vater im Himmel zurückzukehren. Wer die Gebote hält, ein rechtschaffenes Leben führt und sich auch sonst nichts Wesentliches zuschulden kommen läßt, hat dadurch die Möglichkeit, eines Tages wieder mit Gott vereint zu sein. Der andere ist Satan oder Luzifer oder der Teufel, der alles daransetzt, die Menschen zum Bösen zu verführen und alles zu tun, was sie hindert, nach dem Tod wieder bei Gott zu sein. Es gab vor Urzeiten, lange bevor diese Welt und die Pflanzen und Tiere und Menschen erschaffen wurden, einen Kampf im Himmel, bei dem der Teufel und Jesus mit ihren Anhängern gegeneinander kämpften. Dabei wurden der Teufel und dessen Gefolgsleute aus dem Himmel ausgestoßen, ohne jemals die Möglichkeit zu haben, einen menschlichen Körper zu besitzen. Aber Satan und seine Anhänger sind allgegenwärtig, sie versuchen, die Menschen vom rechten Weg abzubringen und sie so elend werden zu lassen, wie sie selbst sind. Dabei benutzen sie die raffiniertesten Tricks. Man soll sich den Teufel um Himmels willen nicht als ein Wesen mit zwei Hörnern und einem Pferdefuß vorstellen, damit wäre er leicht zu erkennen, und jeder würde ihm aus dem Weg gehen. Er geht viel subtiler vor, indem er den Menschen schmeichelt, Wunder vollbringt, ihnen sagt, daß das, was sie tun, richtig ist, obgleich es falsch ist und gegen die Gebote Gottes verstößt. Am besten stellst du dir den Teufel als einen Mann in einem eleganten Anzug vor, mit einem höflichen, freundlichen Wesen, charmant und aufmerksam, auf den ersten Blick eine ansehnliche, vertrauenerweckende Gestalt. Doch sobald man sich ihm hingibt, auf seinen Charme und seine Höflichkeit und schönen Reden hereinfällt, hat er Macht über uns. Der Teufel will nie etwas Gutes für uns, er will Elend über uns bringen, er will unsere Seele. Und das schafft er öfter, als uns bewußt ist. Nur wer sein Auge auf die Herrlichkeit Gottes richtet, kann den Fallstricken Satans ausweichen.« Hier machte er eine Pause, klopfte den Rest Tabak aus seiner Pfeife, legte sie auf den Tisch. »Soweit eine kleine Einführung in die Geschichte. Nun, Satan und seine Anhänger wurden also aus dem Himmel ausgestoßen und suchen seitdem auf der Erde nach Menschen, die ihnen nachfolgen. Und was ist vielen Menschen gerade heutzutage wichtig? Geld, Macht, Einfluß. Dabei ist ihnen egal, mit welchen Mitteln sie diese Dinge erwerben, für sie zählt nur das ›schöne‹ Leben. Aber es wurde uns gesagt, daß all jene, die dem Satan nachfolgen, ein Zeichen auf die Stirn oder in die rechte Hand bekommen – nämlich die Zahl 666 ... die Zahl des Teufels. Für mich ist ganz offensichtlich, daß der Täter recht bewandert ist in der Heiligen Schrift, daß er seine Opfer sehr gut kennt und sie ihn, daß eine Art Vertrauensverhältnis zwischen ihnen herrscht und er genau über ihre Machenschaften Bescheid weiß. Und er kennt dich, wahrscheinlich kennt er sogar deinen Lebenslauf, woher du kommst, deine Vorlieben, deine Schwächen. Womöglich seid ihr euch schon des öfteren begegnet, wer weiß ...«

»Und er wird weiter morden«, sagte Julia Durant. »Das ist so sicher wie das Amen in der Kirche.«

»Ja, er wird weiter morden, bis er *sein* Werk vollendet hat. Ich glaube, der Mann hat großes Leid durchgemacht, und jetzt ist seine Rache gekommen. Für ihn ist auf jeden Fall klar, daß er gegen den Teufel und seine Anhänger kämpft. Aber was diese Menschen verbrochen haben, mußt du herausfinden.«

»Zwölf weiße Lilien«, sagte Julia Durant nachdenklich. »Dann hat er womöglich vor, noch neun Menschen zu töten.«

»Wie es aussieht – ja. Und ich nehme an, es wird sich bei den Opfern immer um hochgestellte Persönlichkeiten handeln. Zumindest lassen die ersten drei Morde diesen Schluß zu.«

»Danke, Vater. Wenn ich mich doch nur in die Psyche des Täters hineinversetzen könnte! Wenn ich nur wüßte, was in seinem Kopf vorgeht! Aber ich bin kein Profiler ...«

»Profiler? Was ist das?«

»Das ist jemand, der sich eben in die Psyche eines Täters hineinversetzen und ein einigermaßen konkretes Täterprofil erstellen kann.«

»Und gibt es da nicht jemanden bei euch?«

»Es gibt in ganz Deutschland nur zwei einigermaßen kompetente Profiler, mit denen wir uns sicher in den nächsten Tagen in Verbindung setzen werden. Doch habe ich wenig Hoffnung, daß sie uns weiterhelfen können. Unser Psychologe hält den Täter für intelligent, aber nicht für einen religiösen Fanatiker.«

»Nein, hier ist kein religiöser Fanatismus im Spiel. Hier geht es um etwas anderes. Ich habe viele religiöse Fanatiker kennengelernt; die meisten sind unbeherrscht und auf ihre Weise zügellos, wenn du verstehst, was ich meine. Sie sind nicht mehr in der Lage, die Welt und das Leben objektiv zu sehen. Sie lassen sich bisweilen zu Taten hinreißen, die sicher nicht in Gottes Sinn stehen, doch dein Mann oder deine Frau, welches Geschlecht der Täter auch immer haben mag, geht sehr entschlossen und vor allen Dingen gut vorbereitet zur Sache. Er weiß, was er tut.«
»Okay, das heißt dann, warten auf den nächsten Mord. Scheiße!«
»Komm, Kind, laß uns den Tisch abräumen und es uns dann im Wohnzimmer gemütlich machen. Und laß uns von anderen Dingen reden. Genieß die wenigen Stunden hier, die nächste Woche wird wieder all deine Kräfte fordern.«
Sie verbrachten den restlichen Abend bei Kerzenschein und leiser Musik, unterhielten sich über die Vergangenheit und ihr Leben. Um elf Uhr ging Julia Durant zu Bett. Sie schlief bis zum nächsten Morgen um zehn.

SONNTAG, 12.30 UHR

Frank Hellmer war an diesem Sonntag bereits um acht Uhr aufgestanden, hatte gefrühstückt und sich dabei Badewasser einlaufen lassen. Er fühlte sich etwas zittrig, den letzten Schluck hatte er vor mehr als zehn Stunden getrunken. Er stand auf, ging ins Bad, suchte nach dem Valium, das hoffentlich sein Zittern vergehen lassen würde. Er nahm zweimal fünf Milligramm, wartete auf die Wirkung. Nach dem Bad fühlte er sich etwas ruhiger. Er zünde-

te sich eine Marlboro an, stellte sich in Unterwäsche ans offene Fenster und sah hinaus auf die Straße, auf der kaum ein Auto unterwegs war. Er war etwas nervös, wenn er an den Mittag dachte, an das Essen mit Nadine. Ab zehn Uhr wurde er zunehmend unruhiger, schaute ein ums andere Mal zur Uhr, um elf zog er sich eine helle Sommerhose und ein weißes, kurzärmeliges Hemd an, besprühte sich mit etwas Armani-Eau-de-Toilette und kämmte sich noch einmal durchs Haar. Um halb zwölf verließ er die Wohnung, obwohl die Fahrt zu dem Restaurant höchstens eine Viertelstunde dauerte. Er wollte noch ein wenig durch die Stadt gehen, Schaufenster ansehen und warten, daß es endlich halb eins sein würde. Um fünf Minuten vor halb eins stand er vor dem Restaurant. Sie kam pünktlich. Sie fuhr einen metallicblauen BMW Z3, sie trug ein gelbes Sommerkostüm und gelbe Pumps. Die meisten Spuren der Auseinandersetzung mit ihrem Mann waren entweder schon verschwunden oder gut kaschiert, die Schwellung am linken Auge kaum noch sichtbar. Sie parkte ihren Wagen direkt hinter dem von Hellmer, stieg aus, kam auf ihn zu. Sie lächelte, blieb vor ihm stehen, sagte: »Hallo, da bin ich«, und hauchte ihm einen leichten Kuß auf die Wange. »Du siehst gut aus«, fuhr sie fort, »du hast dich wirklich kaum verändert. Und riechen tust du auch nicht schlecht.«
»Ich kann das Kompliment nur zurückgeben«, erwiderte er. »Gehen wir rein?«
»Deshalb sind wir doch hier, oder?«
Sie betraten das Restaurant, wurden freundlich begrüßt. Außer ihnen war nur noch ein älteres Paar anwesend. Sie suchten sich einen ruhigen Tisch am Fenster, wo sie sich ungestört unterhalten konnten. Eine junge Vietnamesin kam, reichte jedem eine Karte, fragte, was sie zu trinken wünschten. Sie bestellten beide je ein Glas Wasser. Nadine

Neuhaus saß zurückgelehnt, die Beine übereinandergeschlagen, und sah Hellmer mit dem ihr eigenen unergründlichen Blick an. Er erwiderte ihren Blick, zündete sich eine Zigarette an, sagte: »Ich hätte nicht im Traum daran gedacht, jemals wieder mit dir allein essen zu gehen.«
»Es ist nur ein Essen. Mehr nicht.«
»Ich weiß, aber wir können doch nachher noch etwas unternehmen, oder?«
»Ja, ich habe Zeit. Wie wäre es mit dem Palmengarten, dort läuft zur Zeit eine Ausstellung über Insekten. Wie ich gehört habe, soll sie sehr interessant sein. Außerdem war ich lange nicht im Palmengarten. Zuletzt mit dir, und das ist mehr als drei Jahre her.«
»Ich erinnere mich sehr gut daran«, sagte er. »Ich erinnere mich eigentlich an fast alles sehr gut. Es ist schon seltsam, wie schwer einen die Vergangenheit losläßt.«
»Komm, laß uns was aussuchen, ich habe Hunger.« Sie studierten die Karte, Hellmer entschied sich für Hühnerfleisch süß-sauer und als Vorspeise eine Tomatensuppe, während Nadine sich Curry-Rindfleisch und eine Consommé bestellte. Die junge Vietnamesin trat, nachdem sie die Speisekarte geschlossen hatten, an den Tisch, stellte die Gläser mit dem Wasser darauf und nahm die Bestellung auf.
»Weißt du schon, wann dein Mann beerdigt wird?« fragte Hellmer nach dem letzten Zug an der Zigarette.
»Am Mittwoch.«
»Ich werde auch dasein, wahrscheinlich mit meiner Kollegin.«
»Warum?«
»Wir wollen sehen, wer alles auf dieser Beerdigung anwesend ist. Vielleicht treffen wir ein paar bekannte Gesichter dort.«
»Du denkst, der Mörder ...«

»Vielleicht. Vielleicht aber auch andere interessante Personen.«
»Was habt ihr bis jetzt herausgefunden? In was für schmutzigen Geschäften hatte mein Mann die Finger?«
Hellmer zuckte mit den Schultern. »Keine Ahnung, doch wir hoffen, das so schnell wie möglich in Erfahrung zu bringen. Und ich hoffe, daß nicht noch mehr Morde passieren, wir kriegen jetzt schon Druck von oben.«
»Was heißt von oben?«
»Staatsanwaltschaft, Richter, Presse, alle wollen wissen, was wir unternehmen, um diesen Wahnsinnigen endlich hinter Gitter zu bringen.«
»Und, was tut ihr?«
»Wir können nichts tun, solange wir keine Informationen über den Lebenswandel der Ermordeten haben. Und damit meine ich den geheimen Lebenswandel – von dem nicht einmal du etwas weißt oder wußtest. Genausowenig wie Frau Matthäus oder die Exfrau von Winzlow. Wir haben bis jetzt keine Notizen gefunden, weder handschriftlich noch im Computer, wobei die Privat- und Geschäftscomputer der Toten zur Zeit von unseren Experten nach Hinweisen durchforstet werden. Auf jeden Fall haben nach außen hin dein Mann und die anderen beiden einen absolut tadellosen Lebenswandel geführt. Und was wir jetzt versuchen müssen, ist, diese Fassade der Tadellosigkeit, der Integrität zu zerstören. Wenn wir das schaffen, wissen wir, was sich hinter der Fassade abgespielt hat. Und ich bin fast überzeugt, daß wir dann womöglich in ekelhafte Abgründe blicken werden.«
»Du meinst also, mein Mann war ein Verbrecher?«
»Vielleicht war er einer. Doch wenn, dann hat er seine Verbrechen auf eine sehr geheime Weise begangen.«
Das Essen kam, die Unterhaltung war fürs erste beendet.

Nach einer Weile fragte Hellmer: »Wer erbt jetzt eigentlich das ganze Vermögen deines Mannes? Wer übernimmt die Firma?«
Nadine Neuhaus blickte auf, antwortete: »Ich erhielt gestern vormittag Besuch von einem Anwalt meines Mannes. Er sagte, er würde sich in den nächsten Tagen mit den zwei Geschäftsführern und dem Prokuristen zusammensetzen und mit ihnen alle Details, was die Zukunft der Firma angeht, besprechen. Und um auf deine erste Frage zu kommen, ich habe keine Ahnung, wer das alles erbt. Aber da mein Mann keine Familie hat, seine Eltern sind vor sechs Jahren bei einem mysteriösen Autounfall ums Leben gekommen, Geschwister gibt es nicht, gehe ich davon aus, daß zumindest ein Großteil an mich fallen wird. Frag mich aber um Himmels willen nicht, wieviel das ist. Ich habe ohnehin beschlossen, sobald wie möglich von hier wegzugehen, woanders ein neues Leben zu beginnen ...«
»Das würde ich auch gern ... Aber eine andere Frage – wer ist der Anwalt? Wie ist sein Name?«
»Ein gewisser Dreekmann. Ich habe ihn noch nie zuvor gesehen. Er sagte, er wäre unter anderem für die Vermögensverwaltung meines Mannes zuständig ...«
»Dreekmann? Ich kenne nur einen Dreekmann – und der ist Strafverteidiger. Und zwar der gerissenste von allen. Ich wußte gar nicht, daß er sich auch mit solch profanen Dingen wie Vermögensverwaltung abgibt.«
»Mir ist das egal. Er sagte nur, ich würde am kommenden Donnerstag, am Tag nach der Beerdigung, erfahren, wie meine finanzielle Zukunft aussieht. Aber erzähl von dir, wo wohnst du zum Beispiel?« Sie machte eine Pause, sah Hellmer lange und durchdringend an.
Er lachte auf. »Wo ich wohne? Das ist nicht so wichtig, die Frage sollte besser lauten, wie ich wohne. Und die Antwort

ist ganz einfach – beschissen. Beschissener, als ich es mir jemals hätte träumen lassen. Das ist die Realität. Meine Frau läßt mich bluten, meine Kinder bekomme ich kaum einmal zu Gesicht, und ich frage mich manchmal, wozu ich eigentlich lebe und arbeite.« Er hob wie entschuldigend die Hände. »Ja, ja, du denkst jetzt sicher, ich rede wieder nur von mir, ich suhle mich in Selbstmitleid, und, und, und … Denk von mir aus so, doch du kannst gern einmal einen Blick in meine Wohnung werfen, vielleicht verstehst du dann, was ich meine und daß das mit Selbstmitleid ganz und gar nichts zu tun hat. Aber ich bin selbst an meiner Misere schuld, das habe ich eingesehen. Mehr kann ich nicht sagen.«

»Brauchst du Geld?«

Hellmer legte sein Besteck auf den Teller, sah Nadine mit zusammengekniffenen Augen an. »Hör zu, wenn ich Geld brauche, wirst du die letzte sein, zu der ich komme. Klar?! Ich wußte bis vor wenigen Tagen nicht, wo du bist, vor allem wußte ich nicht, mit wem du verheiratet bist.«

»Mein Gott, du brauchst nicht gleich so zu reagieren …«

»Wie reagiere ich denn?« fragte er scharf.

»Wie ein kleines Kind. Werd endlich erwachsen, Frank Hellmer. Du bist auf eine gewisse Weise ein großartiger Mann, andererseits scheinst du aus einem gewissen pubertären Stadium nie herausgekommen zu sein.«

»Du mußt es ja wissen …«

»Ich denke, ich hatte genug Gelegenheit, dich kennenzulernen. Weißt du, ich habe damals gelitten wie ein geprügelter Hund. Mal warst du da, dann wieder nicht. Deine Frau hat mich terrorisiert, und erst als ich nicht mehr da war, hatte ich Ruhe. Wäre ich geblieben, ich wäre zugrunde gegangen. Aber dich hat sie fallengelassen. Ich habe dir immer gesagt, sie wird dich nicht loslassen, solange ich im Spiel bin. Und ich habe dir auch gesagt, daß sie dich nicht liebt, sie wollte dich nur besitzen. Aber du hast sie verletzt, und es gibt nichts Schlimmeres als eine in ihren Gefühlen verletzte Frau. Doch du hast nicht auf mich hören wollen, und dann hast du die Quittung bekommen. Trotzdem tut es mir leid für dich. Ich hoffe, du hast nicht mehr viel mit ihr zu tun. Du hast Besseres als diese Frau verdient. Mein Gott, Frank, mach etwas aus deinem Leben ...«

»Wie soll ich das anstellen? Es gibt keine Möglichkeiten für mich.«

»Ich kann nur eines sagen – wenn du Hilfe brauchst, ich bin jederzeit für dich da.«

»Nadine, diese Art von Dasein brauche ich nicht. Ich brauche auch kein Mitleid. Ich brauche etwas ganz anderes ...«

»Und das wäre?«

Er seufzte auf, schob den halbleeren Teller zur Seite, zündete sich eine weitere Zigarette an. Er inhalierte, wandte den Kopf zur Seite und blies den Rauch aus. »Du weißt, was ich brauche, aber ich werde nicht darüber reden. Ich habe dich eine Zeitlang gesucht, bis ich die Hoffnung, dich je wiederzufinden, aufgab. Aber du warst immer irgendwie da, ob in meinen Gedanken, meinen Träumen ... Und jetzt habe ich dich gefunden, auch wenn es durch einen makabren Zufall war, doch du ...«

Sie beugte sich nach vorn, legte ihre Hand auf seine, sagte: »Nein, sag nichts weiter. Ich weiß, ich bin vielleicht ein wenig hart und auch ungerecht, aber ich brauche Zeit. Ob es eine Zukunft für uns gibt – ich weiß es nicht. Nur soviel – gib die Hoffnung nicht auf. Erst wenn man die Hoffnung aufgibt, gibt man sich selbst auf.«

»Heißt das etwa, ich kann noch hoffen?«

»Ich sagte dir gerade eben, du sollst nicht aufhören zu hoffen. Ich habe dich geliebt, weiß Gott, ich habe dich mehr geliebt als irgendeinen anderen Menschen davor und danach. Doch es wurde alles so sinnlos, so demütigend, daß ich mir selbst sagte, ich müsse aufhören, diesem Hirngespinst der großen Liebe nachzulaufen. Aber ich glaube, in mir ist noch etwas, und vielleicht laufe ich diesem Hirngespinst doch wieder nach. Und vielleicht ist es gar kein Hirngespinst.« Sie lächelte ihn an, wie nur sie lächeln konnte, warm und weich, so warm und weich, wie ihre Hände sich anfühlten, die seine hielten. »Ich weiß, du hast mich geliebt ...«

»Ich habe dich nicht geliebt, Nadine, ich liebe dich immer noch. Und bestimmt nicht, weil du jetzt Geld hast.«

»Das weiß ich. Nur bitte, gib mir Zeit und dräng mich nicht. Bitte.«

»Einverstanden. Aber ich kann dir nicht versprechen, dich nicht wenigstens ab und zu anzurufen oder dich zu bitten, mit mir etwas zu unternehmen oder ...«

»Du kannst mich anrufen, sooft du willst. Ich werde den Hörer nicht auflegen. Und ich werde auch nicht mehr einfach verschwinden, ohne dir vorher Bescheid zu geben.«

»Versprochen?«

»Versprochen.«

Sie bezahlte die Rechnung mit Kreditkarte, danach verließen sie das Restaurant und fuhren zum Palmengarten. Sie verbrachten den Tag miteinander, und abends um zehn standen sie vor ihrem Haus und unterhielten sich. Zum Abschied hauchte Nadine ihm einen Kuß auf die Wange. Hellmer fuhr nach Hause, setzte sich, griff zum Telefon, wählte ihre Nummer. Sie war selbst am Apparat.

»Es war ein schöner Tag«, sagte er. »Danke dafür.«

»Ich habe zu danken. Und wenn du mich kennst, dann weißt du, wie ich in Wirklichkeit fühle. Schlaf gut und träum was Süßes. Ich denke an dich.«

MONTAG, 7.30 UHR

Wie immer war Berger schon lange vor den anderen Beamten der Mordkommission im Präsidium. Vor ihm lag der komplette Autopsiebericht von Winzlows Leiche, der sich ähnlich las wie die Berichte von Matthäus und Neuhaus. Noch als er allein im Büro über den Akten saß, klopfte es an die Tür.

»Herein«, sagte Berger und schaute auf. Ein junger Mann mit langen Haaren trat ein, er hielt einen Umschlag und eine weiße Lilie in der Hand.

»Das soll ich für eine Kommissarin Durant abgeben«, sagte er und legte beides auf den Schreibtisch. Er wandte sich gleich wieder um und wollte gehen, als Bergers Stimme ihn zurückhielt.

»Einen Augenblick. Von wem kommt das?«

Der junge Mann zuckte mit den Schultern. »Keine Ahnung. Das ist gestern hier beim Pförtner abgegeben worden.«

»Gestern«, murmelte Berger nachdenklich. »In Ordnung, Sie können gehen.«

Als der junge Mann das Büro verlassen hatte, warf Berger einen langen Blick auf den Umschlag und die Blume. Noch während er das tat, trafen Julia Durant und Kullmer ein.

»O mein Gott!« stieß sie hervor, als sie auf ihren Schreibtisch sah. »Nicht schon wieder.« Sie stellte ihre Handtasche auf den Tisch, riß den Umschlag auf. Sie las:

»Mitten in ihm sind seine Fürsten wie brüllende Löwen, die auf Beute aus sind. Sie fressen Menschen, nehmen Schätze und Kostbarkeiten an sich und machen viele Frauen im Land zu Witwen. Seine Priester vergewaltigen mein Gesetz. Sie entweihen, was mir

heilig ist. Zwischen heilig und unheilig machen sie keinen Unterschied ... Mitten in ihm sind seine Beamten wie Wölfe, die auf Beute aus sind; sie vergießen Blut und richten Menschenleben zugrunde, um Gewinn zu machen ... Die Bürger des Landes erpressen und rauben. Sie beuten die Schwachen und Armen aus ... Darum schütte ich meinen Groll über sie aus. Ich vernichte sie im Feuer meines Zorns. Ihr Verhalten lasse ich auf sie selbst zurückfallen ... Die Häupter dieser Stadt sprechen Recht und nehmen dafür Geschenke an, ihre Priester lehren gegen Bezahlung ... Das ist der Geist des Antichrists, über den ihr gehört habt, daß er kommt. Jetzt ist er schon in der Welt.«

Julia Durant reichte den Zettel wortlos an Berger weiter. Während er las, trafen Kommissar Hellmer und einige andere Beamte der Sonderkommission ein. Es herrschte eine angespannte Atmosphäre. Berger blickte auf, erhob sich und stellte sich ans Fenster. Es würde wieder ein heißer Tag werden, und entgegen aller Wetterprognosen brannte die Sonne bereits jetzt mit erbarmungsloser Kraft auf die Erde, kaum ein Windzug regte sich. Die Straßenbahn Richtung Höchst bog gerade um die Ecke, vor der Ampel am Platz der Republik stauten sich die Autos.
»Und jetzt?« fragte Hellmer, nachdem auch er gelesen hatte.
»Was, und jetzt?« fragte Julia Durant ungehalten zurück. »Er wird wieder morden, und wir wissen nicht, wo er zuschlägt.«
Berger drehte sich um, sah einen Beamten nach dem anderen an und sagte: »Gut, nehmen Sie Platz. Kommen wir gleich zur Sache; was haben Sie zu berichten, Kollegin Durant?«

Sie zündete sich eine Gauloise an, rauchte ein paar Züge und antwortete: »Ich war am Samstag bei Winzlows Exfrau in Bad Homburg. Sie erzählte mir einige bemerkenswerte Dinge aus dem Leben von Winzlow. So war er zum Beispiel ein Päderast, er hat sich zumindest an seinem eigenen Sohn vergangen. Daß Winzlow unter Umständen diese Neigung besaß, wurde Kollege Hellmer und mir zum ersten Mal bewußt, als wir am Freitag nachmittag in Winzlows Museum gingen. Eigentlich wollten wir nur sein Büro durchsuchen, dabei fiel uns auf, daß zur Zeit dort eine Ausstellung stattfindet mit Bildern, die ausschließlich von Kindern gemalt wurden. Dabei handelt es sich um eine Ausstellung, die weltweit gezeigt wird und in Deutschland nur in Frankfurt. Mir kam, als ich die Bilder sah, einfach nur das Schreiben in den Sinn, wo der Täter zitiert: ›Wer einem von diesen Kleinen‹ und so weiter und so fort ... Ich dachte nur, daß hier unter Umständen ein direkter Zusammenhang besteht. Und wie mir Frau Winzlow am nächsten Tag bestätigte, hatte ich recht. Doch ob dies allein der Grund für Winzlows Tod war, wage ich zu bezweifeln. Für meine Begriffe steckt mehr dahinter. Ach ja, bevor ich's vergesse, Winzlow und Matthäus waren relativ gut befreundet. Und wenn die Aussagen von Frau Matthäus und Frau Neuhaus stimmen, dann waren Matthäus und Neuhaus jeweils montags abends gemeinsam unterwegs, zumindest kamen sie immer um etwa die gleiche Zeit in den frühen Morgenstunden zurück. Also scheint es eine Verbindung zwischen den drei Männern zu geben, doch welche ...?« Sie zuckte die Achseln. »Mehr gibt es von mir nicht zu berichten.«

»Kommissar Hellmer?« fragte Berger.

»Ich hatte gestern Kontakt zu Frau Neuhaus, und sie berichtete mir, daß ein Anwalt ihres Mannes sich mit ihr in Verbindung gesetzt hat. Er will mit den beiden anderen

Geschäftsführern und dem Prokuristen von Neuhaus Immobilien und Frau Neuhaus am Donnerstag nach der Beerdigung mitteilen, was und wieviel sie erbt.«
»Kennen wir den Anwalt?« fragte Julia Durant.
»Wir kennen ihn, und zwar relativ gut. Dreekmann. Wie sie sagte, ist er der Vermögensverwalter ihres Mannes. Etwas seltsam finde ich das schon, bisher habe ich geglaubt, er würde sich ausschließlich auf Strafverteidigung spezialisieren.«
Berger machte sich einige Notizen, bevor er sagte: »Welche Informationen haben wir über die eben genannten Geschäftsführer und den Prokuristen von Neuhaus? Und was ist über die anderen Mitglieder des Vorstands der Frankfurter Bank bekannt?«
»Wir sind noch dran«, sagte Kullmer. »Einer der Geschäftsführer hielt sich die ganze letzte Woche im Ausland auf, der andere liegt im Krankenhaus.«
»Nehmen Sie beide unter die Lupe, auch den Prokuristen. Ich will alles über den Vorstand der Frankfurter Bank wissen.« Er hielt kurz inne, bevor er fragte: »Was haben die Computerauswertungen ergeben?«
Einer der Beamten meldete sich zu Wort. »Das können wir jetzt noch nicht genau sagen. Die Geschäftscomputer sind ausschließlich geschäftlich genutzt worden, zweimal hatten wir das Problem, daß gewisse Dateien mit einem Paßwort geschützt waren, doch wir schafften es, den Code zu knakken. Bei Matthäus handelte es sich um streng vertrauliche Betriebsinformationen, die aber nach unserem Dafürhalten keinerlei kriminellen Inhalt haben. Bei Neuhaus waren es Briefe, die an eine, wie wir annehmen, Geliebte geschrieben worden waren. Die Texte sind ziemlich eindeutig, bisweilen sogar pornographisch. Die Privatcomputer hingegen waren alle mit Paßwörtern gesichert, wir haben uns trotzdem

Zugang zu den verschiedenen Dateien verschaffen können. Das Problem ist, daß einige der Dateien überhaupt keinen Sinn zu machen scheinen, und wir werden sicher noch eine Weile brauchen, um vielleicht dahinterzukommen, was diese Dateien bedeuten.«

»Können Sie ein Beispiel nennen?«

»Nun, wir haben eine Datei bei Neuhaus gefunden, in der praktisch eine Geschichte erzählt wird, vom Winter, vom Leben und vom Tod, eher prosaisch, würde ich sagen. Doch das paßt nicht so recht in das Bild, das wir von ihm gewonnen haben. Außerdem ist es seltsam, daß er eine solche Datei verschlüsselt.«

»Noch mehr?«

»Allerdings. Denn etwas Ähnliches haben wir bei Matthäus und Winzlow auch entdeckt, wenn man es genau nimmt, dann waren alle drei verkappte Dichter, wenn auch ziemlich miserable. Doch wie gesagt, wir müssen es auswerten, und danach können wir eventuell mehr sagen.«

»Chiffrierte Botschaften?« fragte Julia Durant nervös und steckte sich eine weitere Zigarette an.

»Könnte sein. Wir werden uns bemühen, so schnell wie möglich zu dechiffrieren.« Der Beamte fuhr sich mit dem Zeigefinger über die Lippen, fügte dann hinzu: »Die Dateien sind auch nicht alle in deutsch verfaßt, sondern einige in englisch, zwei oder drei in spanisch und, soweit ich mich erinnern kann, ebenso viele in italienisch. Und bei Winzlow war auch eine Russisch-Datei vorhanden.«

»Haben Sie die Texte übersetzen lassen?«

»Wir haben noch gestern nachmittag Dolmetscher mit der Übersetzung beauftragt, wir erwarten die Ergebnisse im Laufe des Vormittags.«

»Sind die Dateien nach Datum numeriert?«

»Ja, das macht der Computer automatisch.«

»Ist in irgendeiner der Geschichten eine Andeutung auf Kinder zu finden?« fragte sie weiter.
»Ja, bei Winzlow. Versteckt und wie gesagt prosaisch, doch Andeutungen sind vorhanden.«
»Um was für Computer handelt es sich?« fragte sie.
»Sie meinen, die privaten?«
»Genau die.«
»Es handelt sich bei allen drei um Notebooks der Marke IBM Thinkpad, mit denen Nachrichten auch drahtlos via Satellit übermittelt werden können. Ob davon Gebrauch gemacht wurde, können wir nicht sagen. Wir haben auch keine Rechnung oder Belege gefunden, die darauf hindeuten.«
»Aber es waren die gleichen Modelle?« fragte Berger.
»Exakt die gleichen Modelle, neuester Standard. Mit diesen Notebooks kann man so ziemlich alles machen, was zur Zeit technisch möglich ist. E-Mails verschicken, faxen, und wie gesagt drahtlos kommunizieren.«
»Das ist kein Zufall«, sagte Julia Durant leise. »Das heißt, man kann Daten und Nachrichten übermitteln, ohne daß irgendwer außer dem Sender und dem Empfänger vom Inhalt der Daten weiß?«
»Richtig.«
»Mich würde jetzt nur interessieren, was hinter den sogenannten Geschichten steckt. Haben Sie die Texte alle ausgedruckt? Wie viele sind es?«
»So um die sechzig. Die Länge variiert zwischen ein paar Zeilen und einer halben Seite.«
»Werden Namen genannt?«
»Keine Namen, die, soweit wir erkennen konnten, in irgendeinem Zusammenhang mit den Opfern stehen. Obgleich natürlich Namen vorkommen, mit denen wir jedoch im Moment noch nichts anfangen können.«

»Ganz normale oder irgendwelche außergewöhnlichen Namen?«
»Außergewöhnlich ist leicht untertrieben. Ein paarmal kommt Moses darin vor, dann Abraham, Adam, Judith ... lassen Sie mich überlegen ... Aaron, Ruth, Methusalem ...«
»Biblische Namen!«
»Nicht nur, ein Name ist Nero, ein anderer Caligula, und Cäsar kommt auch noch vor. Es sind noch ein paar mehr, doch kann ich mich jetzt nicht an die anderen erinnern.«
»Decknamen«, sagte Hellmer trocken. »Und wer benutzt Decknamen? Kriminelle Organisationen. Man spricht sich nicht mit dem eigentlichen Namen an, sondern benutzt irgendwelche anderen, fiktiven.«
»Und an was für eine Organisation denken Sie dabei?« fragte Berger.
»Keine Ahnung. Auf jeden Fall an eine, der es äußerst wichtig ist, absolut verdeckt zu operieren. Nur die engsten Mitglieder der Organisation kennen die wahren Namen hinter den Decknamen.«
»Spinnen wir den Faden weiter«, sagte Kullmer und fuhr sich mit einer Hand über den Dreitagebart. »Was, wenn wir es hier mit einem Ring zu tun haben, der Bestandteil der organisierten Kriminalität ist? Was, wenn Matthäus, Neuhaus und Winzlow Teile davon waren? Wir alle, die wir hier sitzen, wissen, daß die Spitzen der OK immer wohlhabend, wenn nicht gar reich sind, sie ein blütenweißes polizeiliches Führungszeugnis haben und in der Geschäftswelt einen bisweilen außerordentlich guten Ruf genießen. Matthäus – Bankier, Neuhaus – Immobilien, Winzlow – Kunst. Das sind nur drei reiche, einflußreiche Männer. Von Winzlow aber wissen wir bereits, daß er ein Päderast war. Womit er sich noch abgegeben hat ...« Er

hob die Hände, grinste. »Aber bei solchen Typen kann ich mir alles vorstellen.«
»Ich muß noch einmal auf Winzlow zurückkommen«, sagte Berger. »Am Donnerstag, im Gericht, da waren Staatsanwalt Anders, Richter Degen, Dreekmann, Kollege Schnell vom OK, zwei uniformierte Beamte, ein Gerichtsdiener und Sie, Frau Durant, anwesend. Wer war noch da?«
»Keine Ahnung«, sagte Julia Durant schulterzuckend. »Ich bin nach meiner Anhörung gleich wieder weggefahren. Ich weiß nicht, wer vor mir oder nach mir noch da war.«
»Aber Winzlow ist noch am selben Abend, wenige Stunden nach der Anhörung, ermordet worden. Könnte es eine von den Personen gewesen sein, die am Vormittag im Gericht waren?«
»Lassen wir sie überprüfen«, sagte Hellmer trocken. »Natürlich darf keiner etwas davon mitbekommen, und jeder, der sich hier in diesem Raum aufhält, muß garantieren, daß kein Wort davon nach außen dringt.«
»So einfach geht das nicht«, sagte Berger. »Wir müssen zumindest Oberstaatsanwältin Schweiger davon unterrichten. Schließlich sollen auch ein Staatsanwalt und ein Richter überprüft werden. Aber ich habe ohnehin vor, sie nach dieser Besprechung anzurufen, sie will wissen, wie weit wir mit unseren Ermittlungen gekommen sind.« Er machte eine Pause, sah in die Runde. »Fragen?«
Kopfschütteln. Er wollte gerade fortfahren, als das Telefon klingelte. Er nahm ab, meldete sich, reichte den Hörer weiter an Julia Durant.
»Ja, bitte?«
»Hier ist Elvira Winzlow.« Sie atmete schwer. »Hören Sie, ich habe am Samstag vergessen, Ihnen etwas zu sagen. Im Haus meines Exmannes gibt es einen Raum, den Ihre Beamten vermutlich noch nicht entdeckt haben. Ich glaube,

ich bin die einzige, die davon Kenntnis hat. Dieser Raum befindet sich im Keller, die Tür zu dem Raum befindet sich hinter einem Wandregal und ist nicht leicht zu finden. Soweit ich weiß, hat mein Mann diese Tür per Fernsteuerung geöffnet. Ich persönlich habe diesen Raum nie betreten, ich habe meinen Mann auch nur einmal zufällig dabei ertappt, wie er in den Raum gegangen ist. Er schrie mich damals an, es sei sein Refugium und niemand außer ihm habe das Recht, es zu betreten. Ich mußte mich damals auch verpflichten, keinem Menschen etwas davon zu sagen, sonst ...«

»Hat er Sie bedroht?«

»Ja, und zwar sehr direkt. Aber das ist jetzt auch egal ... Ich dachte nur, vielleicht interessiert es Sie ja.«

»Ein geheimer Raum ...«

»Wenn Sie hinfahren, werden Sie ihn auch finden. Ich kann Ihnen nur nicht sagen, wie er zu öffnen ist. Aber Sie werden das schon schaffen.«

»Danke für Ihre Hilfe.«

»Ich will nur wissen, was er getrieben hat, was sich so Geheimnisvolles hinter dieser Tür befindet. Auf Wiedersehen.« Sie legte auf, ohne eine Antwort abzuwarten.

»Auf zu Winzlow«, sagte Julia Durant. »Das war seine Ex. Es gibt einen geheimen Raum im Keller. Sehen wir ihn uns an.«

»In Ordnung, dann werden wir uns jetzt an die Arbeit begeben. Ich würde sagen, unsere Computerprofis versuchen, die chiffrierten Texte zu knacken, drei fahren noch einmal zu Winzlows Haus und sehen nach dem geheimnisvollen Raum. Die anderen fünf überprüfen, nachdem ich mir das Okay von Oberstaatsanwältin Schweiger eingeholt habe, Richter Degen, Staatsanwalt Anders, die Beamten und den Gerichtsdiener und, so leid es mir tut, unseren

Kollegen Schnell. Und finden Sie heraus, wer am Donnerstag noch im Gericht war.«

»Was ist mit Dreekmann?« fragte einer der Beamten.

»Dreekmann ist ein kriminelles Arschloch; vergessen Sie ihn. Als ob ausgerechnet der die Leute beseitigen würde, die ihm das große Geld bringen!« Er holte tief Luft, fuhr fort: »Ach ja, bevor ich's vergesse, wie lief es am Freitag abend? Hatten Sie Erfolg bei Ihren Razzien?«

»Unwesentlich. Es war ein Windei. Wir hofften, Waffen und/oder Drogen zu finden, dann dachten wir, einen Ring illegaler Prostituierter ausgehoben zu haben, bis ein Anwalt auftauchte und für sämtliche Damen die notwendigen Papiere vorlegte. Wer diese Papiere ausstellte, wissen wir nicht. Wir wissen nur eines – zumindest zwei der Prostituierten, Lettinnen, haben je ein Kind mitgebracht, einen siebenjährigen Sohn und eine zwölfjährige Tochter. Sie haben ihre Kinder seit Grenzübertritt nicht wiedergesehen. Ich fürchte, wir sind da einer riesigen Sache mit Kinderprostitution und -mißbrauch auf der Spur.« Sie machte eine Pause, während der sie sich eine weitere Zigarette ansteckte, und sagte dann: »Ich kann mir nicht helfen, aber ich werde das Gefühl nicht los, als ob irgend jemand die Leute vorgewarnt hatte. Ich kann mich aber auch täuschen.«

»Und die beiden Frauen?«

»Sie sind hoffentlich schon in Sicherheit gebracht worden. Zumindest habe ich Kollege Schnell darum gebeten. Ich werde ihn gleich anrufen und nachfragen.« Sie griff nach dem Hörer und wählte Schnells Nummer. Schnell war nach dem zweiten Läuten am Telefon.

»Hier Durant. Ich wollte mich nur melden und fragen, was mit Natascha und Tatjana ist. Haben Sie sie sicher untergebracht?«

»Hab ich. Seit Samstag vormittag sind sie in einer Woh-

nung im Oeder Weg. Die nötigen Papiere werden heute ausgestellt. Ich habe aber beschlossen, daß sie vorläufig nicht arbeiten werden, es wäre im Augenblick zu riskant.«
»Und Ihre Verbindungsfrau?«
»Sie war am Wochenende nicht zu erreichen, nicht einmal über Handy. Ich versuch's heute noch mal.«
»Gut, wenn Sie mir jetzt bitte die genaue Adresse geben könnten ...«
»Warum?«
»Ich sagte Ihnen doch, daß ich wieder mit ihnen Kontakt aufnehmen wollte.«
»Ich hoffe, es wissen nicht allzu viele Leute davon ...«
»Ich bin vorsichtig«, erwiderte Julia Durant ungehalten. »Also, bitte, die Adresse.«
Schnell gab die Adresse durch, die Kommissarin notierte sie auf einem kleinen Zettel, den sie in ihre Handtasche steckte.
»Ach ja, Sie müssen dreimal kurz klingeln. Und die Wohnung befindet sich im vierten Stock rechts.«
»Haben die Damen Polizeischutz?«
»Keinen direkten. Ich habe aber veranlaßt, daß regelmäßig ein Streifenwagen nach dem Rechten sieht.«
»Und Sie meinen, das reicht?«
»Ja, meine ich. Die Damen sind absolut sicher dort, wo sie jetzt sind.«
»In Ordnung, es ist Ihre Entscheidung. Auf Wiederhören.«
Nach einem kurzen Gruß legte sie auf.
»Er war komisch am Telefon. Ist Schnell öfter so? Sie kennen ihn doch bestimmt schon länger«, sagte die Kommissarin zu Berger.
»Hat vielleicht einen schlechten Tag erwischt. Ich rufe jetzt bei der Staatsanwaltschaft an.«
Das Gespräch zwischen Berger und Oberstaatsanwältin Schweiger gestaltete sich schwierig, da sie Berger klar zu

verstehen gab, daß eine Überprüfung von Richter Degen und Staatsanwalt Anders ihrer Meinung nach reine Zeitverschwendung sei.

»Wir müssen doch aber in diesen Mordfällen alle Eventualitäten ausschließen«, sagte Berger, dem Schweißperlen auf der Stirn standen.

»Sie glauben doch nicht im Ernst, daß ein Staatsanwalt oder ein Richter mit diesen Fällen auch nur das geringste zu tun haben! Zumindest für meinen Kollegen Anders lege ich die Hand ins Feuer.«

»Und Degen?« fragte Berger.

»Ich kenne ihn seit bald zwanzig Jahren, und es gibt wohl kaum einen Richter in diesem Land, der loyaler und ergebener den Gesetzen gegenübersteht als er. Es tut mir leid, aber ich kann und werde Ihnen diese Genehmigung nicht erteilen. Sie stellen mit Ihrem Gesuch unser System und die Integrität gewisser Leute in Frage. Finden Sie den Täter, doch suchen Sie nicht in den falschen Kreisen. Wenn Ihre Abteilung unfähig ist, Beweise zu sammeln und zu finden, so liegt der Fehler nicht bei der Staatsanwaltschaft oder irgendeinem Richter ...«

»Schon gut, ich habe verstanden«, sagte Berger mit säuerlicher Miene. »Sie wollen damit lediglich ausdrücken, daß hier Stümper und Dilettanten arbeiten. Aber vielleicht darf ich Sie dennoch daran erinnern, daß diese Stümper und Dilettanten in den vergangenen fünf Jahren die Aufklärungsquote bei Kapitalverbrechen von vierzig auf nahezu neunzig Prozent gesteigert haben. Und das mit manchmal zugegebenermaßen etwas unkonventionellen Methoden ...«

»... die aber in diesem Fall nicht angewendet werden. Zumindest nicht so, wie Sie sich das vorstellen. Ich erwarte im übrigen bis heute nachmittag einen vorläufigen Bericht der

Ermittlungen und bislang vorliegenden Ergebnisse. Schönen Tag noch.« Sie legte einfach auf. Berger stand da, den Hörer in der Hand, Julia Durant spürte, wie sehr es in ihm kochte. »Sie haben es gehört, sie will nicht, daß man Anders oder Degen überprüft.«

»Na und?« sagte Kullmer grinsend. »Wenn wir verdeckt ermitteln, kann uns keiner ans Rad fahren. Unsere werte Staatsanwältin muß ja nicht alles wissen, was wir tun.«

Berger sah Kullmer an, die Hände zu Fäusten geballt, sein Blick drückte Entschlossenheit aus. »Sie haben recht. Sie muß es nicht wissen. Aber sie darf es unter gar keinen Umständen erfahren, es sei denn, wir finden etwas. Ansonsten bleibt jedes hier gesprochene Wort unter uns. Und noch mal – kein Wort der Presse gegenüber. Der einzige, der mit den Journalisten spricht, bin ich. Und jetzt gehen Sie an die Arbeit. Um siebzehn Uhr treffen wir uns wieder hier.«

Kommissarin Durant und ihre Kollegen Hellmer und Kullmer verließen das Büro und machten sich auf den Weg zu Winzlows Haus. Es war neun Uhr, die Straßen in der Innenstadt vom Berufsverkehr verstopft, die Nachrichten berichteten von einem Erdbeben in Afghanistan, einer Massenkarambolage am Frankfurter Kreuz mit fünf Toten, einem erneuten Einspruch eines Anwaltsehepaares gegen die Rechtschreibreform und den Aktiennotierungen an der Tokioter Börse. Der Wetterbericht kündigte bis zum Mittag Sonnenschein und Temperaturen bis dreißig Grad an, ab dem Nachmittag würden Quellwolken von Westen aufziehen, nachfolgend müßte mit zum Teil heftigen Gewittern gerechnet werden. Ab Dienstag sei mit einem deutlichen Temperaturrückgang zu rechnen, und auch die weiteren Aussichten sprachen von Regen mit vereinzelten Aufheiterungen und nur noch Temperaturen bis maximal zwanzig Grad.

»Geschwätz!« sagte Hellmer. »Seit Wochen irren die sich fast jeden Tag.«
Um kurz nach halb zehn erreichten sie Königstein. Sie fuhren bis zu Winzlows Haus. Die Vordertür war verschlossen und versiegelt. Hellmer holte den Schlüssel aus seiner Jackentasche und schloß auf.
»Mein Gott!« rief er aus. »Was ist denn hier passiert?«
»Keine Ahnung«, sagte Julia Durant entsetzt. »Wer war hier drin?«
Sie gingen ins Wohnzimmer, die Terrassentür stand offen. Bücher waren aus den Regalen gerissen und zu Boden geworfen worden, die Teppiche aufgerollt, die Sessel und die Couch aufgeschlitzt. Keinen Raum hatten die Einbrecher ausgelassen.
»Gehen wir in den Keller«, sagte Kullmer. »Mal sehen, wie's dort aussieht.«
»Scheiße, große, gottverdammte Scheiße! Hier waren sie auch. Aber die Geheimtür haben sie nicht gefunden, was für ein Glück.«
Sie rückten ein Regal zur Seite, tasteten die Wand ab, fanden die Tür. »Wir brauchen ein Brecheisen oder etwas Ähnliches«, bemerkte Hellmer. »So kriegen wir sie nicht auf.«
»Sieh nach, ob oben ein Telefonbuch liegt, und ruf einen Schlosser an. Er soll sich beeilen und das nötige Werkzeug mitbringen«, sagte Julia Durant.
Der Schlosser kam nach einer halben Stunde. Er hatte einen großen Werkzeugkasten dabei und machte sich an die Arbeit. »Das Ding ist verdammt schwer aufzukriegen. Aber ich schaff das schon.«
Nach einer weiteren halben Stunde sagte er: »So, das wär's. Sie können eintreten.«
Julia Durant öffnete die Tür, tastete nach dem Lichtschalter,

knipste das Licht an. Vor ihr lag ein großer, quadratischer Raum. Er war leer. Nur die Abdrücke von Regalen waren noch an den Wänden zu sehen.
»Scheiße«, murmelte Kullmer und steckte sich einen Kaugummi in den Mund.
»Das Chaos oben war nur Ablenkung. Wer hier war, wußte, wonach er zu suchen hatte. Und er hat es gefunden. Trotzdem soll die Spurensicherung antraben und alles auf Fingerabdrücke untersuchen. Sie, Kullmer, bleiben hier und warten, ich gehe mit Kollege Hellmer zu Winzlows Schwester. Sie wohnt gleich um die Ecke. Wir werden nicht lange wegbleiben.«
Die Rolläden des Hauses waren alle heruntergelassen. Frau Mondrian war nicht zu Hause.

MONTAG, 14.30 UHR

Während Hellmer, Kullmer und zwei weitere Beamte den Nachmittag damit zubringen sollten, sich um die näheren Mitarbeiter von Matthäus und Neuhaus zu kümmern, fuhr Julia Durant nach einem kurzen Mittagsimbiß allein zu der ihr von Kommissar Schnell gegebenen Adresse im Oeder Weg, um mit den Frauen zu sprechen und sich die Informationen zu holen, die ihr in der Nacht von Freitag auf Samstag so geheimnisvoll angedeutet worden waren.
Das Haus war ein runtergekommener, fünfstöckiger Altbau mit schmutziger, grauer Fassade, ein schmuckloses Gebäude direkt an der Straße. Sie parkte in einer Nebenstraße, stieg aus, warf die ausgerauchte Zigarette auf den Gehweg. Natascha und Tatjana waren in einer kleinen, möblierten Zweizimmerwohnung im vierten Stock untergebracht. Sie

ging die ausgetretenen, knarrenden Holzstufen nach oben, das Treppenhaus roch alt und modrig, die zum Teil blinden Flurfenster schienen seit Ewigkeiten nicht geputzt worden zu sein. Im Hinterhof spielten ein paar Kinder zwischen Mülltonnen und achtlos hingeworfenem Sperrmüll, aus einer Wohnung drangen laute Musik und das Geschrei eines Babys, aus einer anderen die Stimmen eines sich offensichtlich streitenden Paares. An kaum einer Tür war ein Namensschild angebracht, es schien, als ob fast jeder hier anonym bleiben wollte.
Sie drückte dreimal kurz hintereinander den Klingelknopf. Nichts rührte sich. Sie klingelte noch dreimal, absolute Stille aus der Wohnung. Ein seltsames, mulmiges Gefühl beschlich sie, sie hielt es für fast ausgeschlossen, daß die Frauen nicht zu Hause waren. Sie versuchte es ein drittes Mal. Nichts, keine Stimmen, keine näher kommenden Schritte, kein Radio, das spielte, und kein laufender Fernsehapparat. Kein Laut. Nur der ferne Lärm der spielenden Kinder und die anderen Geräusche aus dem Haus. Sie starrte auf die Tür mit den Milchglasscheiben, die von innen mit Vorhängen bedeckt waren. Sie faßte den Türknauf an, die Tür war verschlossen. Sie drehte sich um, klingelte an der Nachbarwohnung. Nach einer Weile hörte sie schlurfende Schritte näher kommen, die Tür, die durch eine Sicherungskette mit dem Türrahmen verbunden war, wurde einen Spaltweit geöffnet. Ein alter Mann schaute heraus.
»Ja?«
Julia Durant hielt ihm ihren Ausweis hin. »Durant, Kriminalpolizei. Gibt es hier im Haus einen Hausmeister?«
»Warum?«
»Gibt es einen oder nicht?«
»Wohnt im Erdgeschoß. Aber Sie müssen schon verdammt

viel Glück haben, wenn Sie ihn antreffen – nüchtern, meine ich. Der kümmert sich um gar nichts.«

»Danke«, sagte die Kommissarin und lief die Treppe hinunter. Im Erdgeschoß gab es nur eine Wohnung, sie klingelte, wartete, klingelte ein weiteres Mal, diesmal länger, schließlich wurde die Tür aufgerissen, ein kleiner, untersetzter Mann mit Halbglatze, bekleidet mit einer ausgeleierten Trainingshose und einem Rippenunterhemd stand vor ihr. Sein Atem roch nach billigem Fusel, seine Augen waren glasig.

»Was wollen Sie?« fragte er mit schwerer Stimme.

»Kriminalpolizei. Hier sind meine Marke und mein Ausweis. Sie haben doch sicherlich einen Zweitschlüssel für jede Wohnung, oder?«

»Natürlich, bin ja schließlich der Hausmeister. Was gibt's denn?« fragte er barsch.

»Ich möchte Sie bitten, eine Wohnung im vierten Stock zu öffnen ...«

»Ist was passiert?«

»Das weiß ich nicht«, erwiderte Julia Durant gereizt, »deswegen sollen Sie ja die Wohnung aufmachen. Und jetzt beeilen Sie sich bitte.«

»Ja, ja, schon gut. Ich zieh mir nur schnell was über.« Er ließ die Tür offenstehen, torkelte mehr, als daß er ging, in die Wohnung zurück, zog sich ein kariertes Flanellhemd an, nahm einen dicken Schlüsselbund vom Haken und ging vor der Kommissarin die Treppe hoch. »Welche Wohnung?« fragte er.

»Rechts.«

»Moment, gleich haben wir's.« Er sah einen Schlüssel nach dem anderen durch, bis er den richtigen gefunden hatte. Er steckte ihn mit vom Saufen zittrigen Fingern ins Schloß, die Tür war nicht abgeschlossen, nur zugezogen.

Er wollte gerade den Flur betreten, als Julia Durant ihn zurückhielt.
»Ich brauche Sie jetzt nicht mehr. Den Rest kann ich allein erledigen. Danke.«
Sie trat in die Wohnung, ließ die Tür ins Schloß fallen. Sie stand einen Moment in dem kurzen, schmalen Flur, in dem es heiß und stickig war, die beiden rechten und linken Türen waren geschlossen. Sie ging ein paar Schritte auf das vor ihr liegende Zimmer zu, dessen Tür nur angelehnt war. Sie drückte sie auf und erstarrte. Es war, als würde ein dicker Kloß in ihrem Hals sitzen und ein Eisenring sich um ihre Brust schnüren. »Mein Gott!« flüsterte sie, als sie auf den Boden sah. Natascha lag in seltsam verrenkter Haltung vor der Heizung, die Augen weit aufgerissen, die Hände unnatürlich gespreizt. Ihr Morgenmantel stand offen, darunter war sie nackt. Julia Durant betrat das zweite Zimmer, wo Tatjana nackt auf dem Rücken im Bett lag. Die Kommissarin ging näher an sie heran. Eine Kugel hatte Tatjanas Kopf kurz oberhalb der Nasenwurzel durchdrungen, während Natascha durch einen Genickschuß getötet worden war.
Wie in Trance holte Julia Durant ihr Handy aus der Tasche, wählte die Nummer des Präsidiums.
»Berger.«
»Hier Durant«, sagte sie mit belegter Stimme. »Lassen Sie bitte sofort die Spurensicherung, einen Fotografen, einen Arzt und einen Leichenwagen in den Oeder Weg kommen. Die beiden Lettinnen sind tot. Wie es aussieht, sind sie hingerichtet worden.«
»Was sagen Sie da?« fragte Berger entsetzt.
»Sie haben mich richtig verstanden, die beiden sind tot! Ich warte hier.«
Sie setzte sich auf die alte, ausgefranste Couch, lehnte sich zurück, ihr Blick ging zur Decke, dann zu Natascha. Ihre

Angst war berechtigt gewesen, dachte Julia Durant, holte eine Zigarette aus ihrer Tasche und zündete sie an. Sie war fest überzeugt gewesen, daß die beiden jungen Frauen hier in Sicherheit waren. Sie seufzte auf, schüttelte den Kopf ungläubig, fragte sich, wer hinter diesen infamen Morden stecken könnte. Eine Antwort darauf, das wußte sie, würde sie vermutlich nie bekommen. Wer außer ihr und Schnell wußte, wo die beiden hingebracht worden waren? Und wer hatte den Mordauftrag gegeben? Sie begab sich ans Fenster und sah auf den Hinterhof mit den spielenden Kindern. Kinder, Natascha und Tatjana wollten nur ihre Kinder wiederhaben. Nicht mehr und nicht weniger. Und dann mit ihnen zurück nach Lettland gehen, wo das Leben mit Sicherheit bescheidener, doch bestimmt auch ruhiger war. Sie rauchte in hastigen Zügen, um ihre angespannten Nerven zu beruhigen. Nach dem letzten Zug drückte sie die Zigarette im überquellenden Aschenbecher aus. Sie beugte sich über Tatjana, betrachtete einige Sekunden das kleine Einschußloch in der Stirn. Es war nur ein Loch, das jetzt von einer winzigen Menge Blut verkrustet war. Sie nahm ein Taschentuch, befühlte die Leiche. Sie ist noch nicht lange tot, sagte die Kommissarin zu sich selbst. Die Leichenflecken waren noch nicht ausgebildet, ebensowenig die Leichenstarre. Wahrscheinlich waren sie um die Mittagszeit umgebracht worden, wahrscheinlich hatte der Täter einen Schalldämpfer benutzt. Doch wie hatte er sich Zutritt zu der Wohnung verschaffen können? Wie extrem vertrauenswürdig muß er gewesen sein, daß sie ihm so ohne weiteres die Tür geöffnet haben, dachte Julia Durant.
Der Arzt und die Spurensicherung waren als erste am Ort. Julia Durant unterhielt sich kurz mit ihnen, dann machten sich die Männer an die Arbeit.
»Können Sie in etwa sagen, wie lange sie tot sind?« fragte

sie, nachdem der Arzt mit seiner Untersuchung begonnen hatte.
Er zuckte mit den Schultern, sagte mit einem Blick auf die Kommissarin: »Höchstens zwei Stunden. Die Körper sind noch relativ warm. Ich würde sagen, der Tod ist so zwischen halb eins und halb zwei eingetreten.«
»Irgendwelche anderen Auffälligkeiten? Sind sie zum Beispiel mißhandelt oder vergewaltigt worden?«
»Sieht nicht so aus. Nach meinem Dafürhalten hat der Täter lediglich einen Auftrag ausgeführt, nicht mehr und nicht weniger. Darauf deuten der Kopf- und der Genickschuß hin, die beide aus kürzester Entfernung abgegeben worden sind. Aber ich werde die Leichen sofort in die Gerichtsmedizin bringen und obduzieren lassen, damit wir mehr Klarheit bekommen. Tut mir leid, wenn ich Ihnen jetzt nicht weiterhelfen kann.«
»Schon gut«, sagte die Kommissarin, wandte sich an die beiden Männer in ihren grauen Uniformen, von denen jeder einen Leichensack in der Hand hielt. »Packen Sie die beiden ein und bringen Sie sie in die Gerichtsmedizin.«
Ihr Handy läutete, sie meldete sich: »Ja?«
»Hellmer. Ich habe gerade erfahren, was passiert ist. Soll ich kommen?«
»Wäre vielleicht nicht so schlecht, wir müssen die Hausbewohner befragen. Es ist eine ganz schöne Scheiße, was?«
»Im Augenblick ist alles Scheiße«, sagte Hellmer. »Ich bin gleich da.«
Hellmer kam zehn Minuten nach dem Anruf. Natascha und Tatjana waren in den Säcken verstaut, die Reißverschlüsse hochgezogen.
»Was läuft hier bloß im Moment?« fragte Hellmer mit ernster Miene. »Was zum Teufel geht hier ab? Wer wußte alles, daß die beiden hier sind?«

»Schnell, zumindest ein Staatsanwalt oder ein Richter, der eine oder andere Mitarbeiter von Schnell – und wir. Wir alle von der Soko waren bei dem Telefonat dabei, das ich mit Schnell geführt habe. Ich glaube, es wußten zu viele davon. Doch wer hat die Information weitergegeben? Wo sitzt das korrupte Schwein, dem nichts heilig ist?«

»Es gibt immer undichte Stellen, das weißt du. Wie sind sie getötet worden?«

»Kopf- und Genickschuß.«

»Das erinnert mich an die beiden unidentifizierten Leichen von vor einiger Zeit. Die sind auch per Genickschuß umgelegt worden. Das alles sieht immer mehr nach organisiertem Verbrechen aus.«

»Hab ich auch schon drüber nachgedacht, doch welcher Clan steckt dahinter? Russen, die Yakuza, Italiener oder Deutsche? Gibt es vielleicht zur Zeit einen Krieg zwischen den verschiedenen Organisationen, von dem wir nichts wissen?« fragte Julia Durant.

»Ich hab nichts gehört bis jetzt. Aber was haben Natascha und Tatjana mit dem OK zu tun? Nichts, außer daß sie vielleicht durch eine Organisation hier nach Deutschland gebracht worden sind.«

»Sie sind von einer Organisation hergebracht worden, das weiß ich. Ich glaube, Natascha war es, die Freitag nacht von *der* Organisation sprach. Doch welche Leute gehören zu der Organisation? Es müssen auf jeden Fall auch Deutsche darunter sein, denn weder unsere Staatsanwälte noch Richter, noch irgendein Beamter im Präsidium sind Ausländer. Doch wer ist das verdammte Schwein, der die beiden ihrem Killer ausgeliefert hat? Ich fürchte, diese Frage zu beantworten wird uns noch eine ganze Weile beschäftigen. Wem kann man jetzt überhaupt noch trauen? ... Mein Gott, wenn ich daran denke, daß Tatjana noch in jener Nacht zu mir sagte, sie hätte sehr interessante Informationen für mich ... Warum habe ich nicht darauf bestanden, daß sie sie mir gleich gibt? Aber wer konnte schon ahnen, daß sie schon wenige Tage später ... Verdammt, es ist ein Scheißspiel. Wem also kann man noch trauen?«

»Mir«, sagte Hellmer grinsend. »Ich bin nicht korrupt, das weißt du, sonst würde ich nicht in dieser schäbigen Bude, die sich mein Zuhause nennt, verrotten.«

»Laß uns mal in Ruhe darüber reden, am besten in der Küche, wo wir ungestört sind.«

Sie schlossen die Tür hinter sich, Julia Durant setzte sich auf den Tisch, während Hellmer an der Tür stehen blieb.

»Kullmer?« fragte sie.

»Ich kenne seinen Lebensstil. Er mag zwar dann und wann ein Arschloch sein, aber korrupt – nein.«

»Berger?«

»Du spinnst wohl, der und korrupt?! Der ist viel zu alt und zu schwerfällig, um sich auf solche Abenteuer einzulassen.«

»Schnell?«

»Kenne ich kaum. Keine Ahnung. Aber du hast heute morgen gesagt, daß du das Gefühl hast, irgendwer hätte vielleicht bestimmten Leuten schon im Vorfeld von der Razzia berichtet. Wofür meiner Meinung nach spricht, daß in keinem der durchsuchten Häuser außer Nutten irgendwas anderes gefunden wurde. Und wenn das der Fall war, dann kann es nur aus Schnells Abteilung gekommen sein oder, was ich aber nicht annehme, von höherer Stelle.«

»Das hier fällt jetzt nicht mehr unter Schnells Kommando. Mord ist unser Ressort, und somit haben wir die Gelegenheit, mal ein bißchen in seiner Abteilung rumzuschnüffeln. Unauffällig, versteht sich. Am meisten würden mich die Bankkonten all jener interessieren, die von der Razzia wußten.«

»Du glaubst doch nicht, daß ein korrupter Bulle sich Schmiergelder auf sein Girokonto überweisen läßt. Wenn, dann hat er ein Konto in der Schweiz oder in Liechtenstein oder Luxemburg. Vielleicht sogar unter anderem Namen. Du weißt doch, wie das läuft.«
»Aber irgendwas wird so ein Typ doch mit seinem überschüssigen Geld anfangen. Vielleicht fährt einer von ihnen ein seinem Gehalt nicht entsprechendes Auto, oder er lebt in einer Wohnung oder einem Haus, das er sich eigentlich so nicht leisten könnte. Es gibt viele Möglichkeiten, und wir sollten anfangen, alle nacheinander in Erwägung zu ziehen.«
Sie machte eine Pause, sprang vom Tisch und stellte sich vor Hellmer. »Aber eines nach dem anderen – erst befragen wir die Hausbewohner, danach fahren wir ins Präsidium, um Bericht zu erstatten, und dann sehen wir weiter.«
Sie verließen die Wohnung, während die Spurensicherung dabei war, Fingerabdrücke und unter Umständen andere Dinge zu sichern, die für die Aufklärung der Morde dienlich sein konnten. Der Fotograf war gerade dabei, seine Ausrüstung einzupacken, die Leichen waren abtransportiert.
Es gab auf jeder Etage drei Wohnungen. Sie klingelten an der ersten, die sich in der Mitte befand. Sie warteten eine Weile, klingelten ein weiteres Mal, es öffnete niemand.
Bei der nächsten Tür sagte Julia Durant: »Hier ist jemand zu Hause. Allerdings handelt es sich um einen alten Mann, von dem ich kaum glaube, daß er irgend etwas mitbekommen hat. Versuchen können wir's trotzdem.«
Wie schon vermutet, hatte er weder etwas gesehen noch gehört. Er wußte nicht einmal, daß die beiden Frauen am Wochenende eingezogen waren. Innerhalb von einer halben Stunde hatten sie an sämtlichen Türen geklingelt, wurde ihnen dreimal geöffnet, doch keiner hatte einen Schuß gehört oder einen Fremden bemerkt.

»Das ist kein Wunder«, sagte Hellmer. »Bei so vielen Nationalitäten in einem Haus kümmert man sich nicht um den anderen. Laß uns zurück ins Präsidium fahren, hier können wir eh nichts mehr tun.«

MONTAG, 17.00 UHR

Julia Durant und Hellmer trafen als letzte der Soko im Büro ein. Auf der Fahrt vom Oeder Weg zum Präsidium hatte es kräftig zu gewittern angefangen, erst waren es nur Blitze und vereinzelte Donner, doch kurz vor dem Platz der Republik ging mit einem Mal ein gewaltiger Wolkenbruch nieder, der innerhalb weniger Augenblicke die Straßen unter Wasser setzte.

»Weiß Schnell schon Bescheid?« fragte die Kommissarin, während sie auf einem Stuhl Platz nahm.

»Über die beiden Frauen? Ja, ich mußte es ihm mitteilen.«

»Und wie hat er es aufgenommen?«

Berger zog die Stirn in Falten. »Was meinen Sie damit, wie er es aufgenommen hat?«

»Hat er eine besondere Reaktion gezeigt?«

»Er hat nur Scheiße gesagt. Er möchte mit Ihnen sprechen.«

»Ich geh nachher rüber zu ihm. Irgendwer hat irgendwem den Aufenthaltsort der Frauen verraten. Und wir müssen so schnell wie möglich herausfinden, wer diese Drecksau ist. Und dieser Jemand kann im Prinzip nur aus Schnells Abteilung kommen, meiner Meinung nach.«

»Seien Sie vorsichtig mit Verdächtigungen«, ermahnte Berger sie. »Es darf keiner merken, daß wir auch nur den geringsten Verdacht hegen.«

»Ich bin immer vorsichtig.«

»Gut, dann fangen wir mit den verschlüsselten Texten an. Haben Sie etwas davon entschlüsseln können?« fragte Berger.
»Bis jetzt Fehlanzeige«, erwiderte der angesprochene Beamte bedauernd. »Die Texte ergeben keinen Sinn. Zumindest für uns bis jetzt nicht. Aber meine Mitarbeiter geben sich alle Mühe, nur ob und wann wir ein Ergebnis liefern können«, er zuckte die Achseln, »das wissen im Augenblick nur die Götter.«
»Und was hat die Überprüfung von Staatsanwalt Anders und Richter Degen ergeben?«
Oberkommissar Leitner, ein bulliger, großgewachsener Mann mit eisgrauen, kalten Augen holte seinen Notizblock hervor, blätterte ein paar Seiten auf, sagte: »Anders führt, was wir bis jetzt rauskriegen konnten, ein gemessen an seinem Stand und Einkommen relativ normales Leben. Er fährt einen zwei Jahre alten Opel Omega, wohnt in einem Reihenhaus in Hattersheim, ist verheiratet, fünf Kinder und scheint auch ansonsten unauffällig zu sein. Allerdings sind wir mit seiner Überprüfung noch nicht fertig. Wir wollen zusehen, daß wir noch Einblick in seine Konten bekommen, was jedoch, wie Sie wissen, nicht ganz einfach sein wird. Richter Degen lebt etwas luxuriöser, was aber angesichts seiner Einkommensklasse nicht ungewöhnlich ist. Er ist seit über zwanzig Jahren verheiratet, seine Frau ist allerdings ziemlich krank, sie war in den vergangenen Jahren einige Male in einer psychiatrischen Klinik, weswegen genau, konnten wir nicht herauskriegen; jetzt ist sie zu Hause, scheint aber psychisch noch immer nicht auf der Höhe zu sein. Angeblich leidet sie unter starken Depressionen und ist ständig auf Betreuung und Medikamente angewiesen.«
»Woher haben Sie diese Informationen?« fragte Berger.

»Beziehungen. Einer meiner Mitarbeiter kennt die Sekretärin von Degen recht gut, um genau zu sein, die beiden leben seit zwei Jahren zusammen. Es war also nicht schwer, an diese Informationen ranzukommen. Es heißt, der Richter kümmere sich in seiner Freizeit rührend um seine Frau, doch eine Besserung ihrer Krankheit scheint nicht absehbar zu sein. Wie es aussieht, sind sowohl Anders als auch Degen sauber. Auf jeden Fall gibt es bis jetzt keinen Hinweis auf irreguläre Geschäfte.«

»Und was ist mit Schnell?«

»Moment, hier hab ich's – Schnell ist seit zweiunddreißig Jahren verheiratet, hat drei inzwischen erwachsene Kinder, lebt mit seiner Frau in einer Eigentumswohnung in Sachsenhausen, ist Mitglied in einem Tennisklub und, jetzt halten Sie sich fest, er besucht regelmäßig eine Kartenlegerin.« Er hielt inne, beobachtete sichtlich amüsiert die Reaktionen der anderen.

»Eine Kartenlegerin?« fragte Julia Durant ungläubig.

»Sehen Sie, genauso erstaunt war ich. Einer meiner Männer hat die Frau vorhin aufgesucht, angeblich wegen eines Termins. Er sagt, sie ist relativ jung, so Anfang bis Mitte Dreißig, dunkelhaarig, südländischer Typ und allem Anschein nach Schnells Geliebte. Vielleicht legt sie ihm die Karten, vielleicht legt er sie aber auch hin und wieder flach.«

»Wie kommen Sie darauf, daß sie seine Geliebte sein könnte?«

»Weil sein Bild auf ihrem Arbeitstisch steht. Wenn er nur ihr Klient wäre ...«

»Schon gut, ich habe verstanden«, sagte Berger und winkte ab. »Kann er sich die Geliebte leisten?«

»Schwer zu beurteilen. Sie bewohnt jedenfalls in einer noblen Gegend in Hofheim ein Penthouse, das recht aufwendig ausgestattet ist. Ob sie das allein mit ihrer Wahrsagerei finanziert oder ob er irgendeinen finanziellen Beitrag zu ihrem Lebensstil leistet, kann ich nicht sagen, dazu hätten wir sie fragen müssen; dann wäre allerdings rausgekommen, daß wir Schnells Leben durchleuchten. Und das sollte ja geheim bleiben.«

»Hat Ihr Mitarbeiter einen Termin bekommen?« fragte Julia Durant.

»Ja, für morgen vormittag, elf Uhr. Warum?«

»Ich überlege nur gerade, was wir tun können, um etwas aus ihr und ihrem Verhältnis zu Schnell herauszukriegen.«

»Und wie soll das funktionieren?« fragte Leitner.

»Deswegen stelle ich ja die Frage«, erwiderte die Kommissarin.

»Vielleicht sollte Ihr Mitarbeiter hingehen und beiläufig erwähnen, daß er bei der Polizei ist und weiß, daß auch ein Kollege von ihm ...«, warf Kullmer ein.

»Das würde auffallen«, sagte Leitner. »Sie würde es Schnell erzählen, und der bräuchte nur zwei und zwei zusammenzuzählen, und er wüßte, was läuft. Nein, wir müssen uns etwas anderes einfallen lassen.«

»Was ist, wenn Ihr Mitarbeiter auf das Bild von Schnell deuten und einfach fragen würde, ob der Typ auf dem Foto ihr Mann ist? Unter Umständen kommen die beiden dann ins Gespräch. Und wenn es nur darauf hinausläuft, daß sie sagt, es wäre ein Bekannter von ihr oder so.«

»Das könnte klappen«, sagte Leitner nachdenklich. »Es muß nur sehr geschickt vorgegangen werden. Sie darf unter keinen Umständen Verdacht schöpfen.«

»Sonst was Besonderes? Mitarbeiter von Schnell?« fragte Berger.

»So weit sind wir noch nicht. Wir arbeiten uns von oben nach unten durch. Aber ich denke, im Lauf der Woche haben wir alles Wesentliche beisammen.«

»In Ordnung. Bleiben Sie am Ball.« Er drehte sich mit seinem Schreibtischsessel zu Julia Durant und meinte: »Und jetzt noch mal zu Ihnen. Sie werden weiterhin zusammen mit Kollege Hellmer die Mordfälle Matthäus, Neuhaus und Winzlow bearbeiten, Kommissar Kullmer widmet sich den zwei ermordeten Lettinnen. Das ist doch sicher auch in Ihrem Sinn?«

»Natürlich, ich kann nicht beides auf einmal machen. Trotzdem würde ich gern ständig auf dem laufenden gehalten werden.«

»Keine Sorge, das werden Sie zwangsläufig. Ich würde sagen, wir machen für heute Schluß. Sie, Kollegin Durant, sollten sich jetzt besser mit Schnell in Verbindung setzen und mir dann morgen früh sagen, was dabei herausgekommen ist. Eines ist klar – irgendwo stinkt es, und wir sollten zusehen, daß wir diesen Gestank aus dem Haus rauskriegen. Ich bedanke mich, das war's. Sie können gehen. Ach ja, bevor ich's vergesse, morgen nachmittag um drei ist die Beerdigung von Matthäus. Es wäre gut, wenn Sie beide anwesend wären. Vielleicht stolpern Sie ja über ein paar bekannte Gesichter.«

»Sicher, morgen um drei.«

MONTAG, 17.45 UHR

Julia Durant war in die Gutleutstraße gefahren, wo Schnell sein Büro hatte. Sie fuhr mit dem Aufzug in den zweiten Stock, ging links den Gang hinunter bis zum vierten Zimmer, betrat Schnells Büro, dessen Tür offenstand. Schnell war gerade damit beschäftigt, sich einige Notizen zu machen, als er aufblickte und auf die Kommissarin starrte.

Er ließ den Stift sinken, lehnte sich zurück, deutete auf den Stuhl vor seinem Schreibtisch.
»Bitte, nehmen Sie Platz«, sagte er und verschränkte die Hände. »Ich hörte, Sie haben mir einiges zu berichten.«
»Richtig gehört«, erwiderte sie kühl und setzte sich. »Waren Sie schon einmal bei der Mordkommission?« fragte sie und zündete sich eine Zigarette an.
»Nein, warum?«
Sie nahm einen tiefen Zug an ihrer Zigarette, sah Schnell direkt an. »Es ist ein Scheißgefühl, an einer Wohnungstür zu klingeln, und keiner macht auf, obgleich man weiß, daß die Person oder die Personen zu Hause sein müssen. Man wartet und wartet und bekommt keine Antwort. Man klingelt noch einmal und noch einmal, nichts rührt sich. Schließlich geht man zu einem besoffenen Hausmeister, der kaum in der Lage ist, die Tür zu öffnen, man betritt die Wohnung und findet die Bewohner vor – beide aus nächster Nähe erschossen. Die eine in die Stirn, die andere ins Genick.«
»Ich kann Sie verstehen«, sagte Schnell.
Julia Durant warf ihm einen kalten Blick zu. »Verstehen? Wenn Sie das nie miterlebt haben, können Sie das nicht verstehen. Die beiden Frauen, Natascha und Tatjana, wollten mir Informationen geben; sie machten es sehr geheimnisvoll an jenem Abend oder besser gesagt Morgen ... Und was fand ich vor, als ich sie besuchte? Zwei Leichen. Junge, hübsche Frauen, die, wie so viele, die aus Rußland oder Lettland oder Rumänien, Polen, der Ukraine, Weißrußland, Tschechien oder wo immer herkommen, meinen, hier in Deutschland könnten sie sorgenfrei leben, weil irgendeine gottverdammte Drecksau ihnen versprochen hat, in Deutschland hinge das Geld an Bäumen. Die Gutgläubigkeit war es, die die Frauen letztendlich umgebracht hat. Und die

Verschlagenheit anderer ... Sagen Sie mir, wer außer Ihnen wußte von dem Aufenthaltsort der beiden?«
Schnell zuckte mit den Schultern, wich aber dem Blick seines Gegenübers aus. »Du meine Güte, wenn ich das wüßte. Im Grunde eine Menge Personen. Allein schon die Streifenbeamten, die regelmäßig nach dem Rechten sehen sollten ...«
»Und alle Mitarbeiter aus Ihrer Abteilung?«
»Natürlich. Aber was soll das? Wollen Sie etwa irgendeinen von uns verdächtigen?«
»Im Augenblick will ich nur eines – den Mörder von Natascha und Tatjana finden.« Sie legte ihren Kopf zurück, schloß kurz die Augen, nahm einen Zug an ihrer Zigarette. »Die Frauen hatten beide je ein Kind, und diese Kinder sind hier in Deutschland, das weiß ich – und das wissen auch Sie. Aber wer weiß noch davon?«
Schnell rieb sich mit einer Hand übers Kinn, wich dem Blick von Julia Durant erneut aus. »Wer noch davon weiß?« Er schien sichtlich nervös, mit dem rechten Daumen pulte er die Haut vom Zeigefinger ab. »Wir hatten noch am Samstag morgen eine Besprechung, bei der meine Mitarbeiter sowie einige der Beamten, die bei den Razzien eingesetzt wurden, anwesend waren. Wer im einzelnen das war, kann ich Ihnen im Augenblick beim besten Willen nicht sagen.« Schweißperlen auf seiner Stirn.
»Dann finden Sie heraus, wer die undichte Stelle ist ...«
»Und wenn es jemand aus Ihrer Abteilung ist?« fragte er nervös.
»Keiner aus meiner Abteilung. Das garantiere ich Ihnen. Ich will die Namen all jener, die bei der Besprechung anwesend waren, sowie die Namen aller Polizisten, die seit Samstag morgen regelmäßig Kontrollfahrten durchgeführt haben.«
»Das ist fast unmöglich. Das dauert mindestens einen, viel-

leicht sogar zwei Tage. Was ist denn, wenn die beiden auf dem Gang mit irgend jemandem gesprochen haben? Als wir die anderen nach Hause geschickt haben, waren da mindestens vierzig Frauen und ein paar Männer. Woher wollen Sie wissen, daß nicht irgendeiner von denen etwas damit zu tun hat?«

»Ja, Sie mögen recht haben«, erwiderte sie knapp, doch ihr Gefühl sagte ihr, daß mit Schnell etwas nicht stimmte. Vielleicht war es der Schweiß auf seiner Stirn, obwohl es in dem Zimmer relativ kühl war, vielleicht der hektische Tonfall seiner Stimme, vielleicht seine verkrampfte Haltung, vielleicht, wie er mit dem rechten Daumen die Haut vom Zeigefinger abpulte, vielleicht der nervöse Blick, der immer wieder dem ihren auswich.

»Es tut mir leid für die Frauen, das müssen Sie mir glauben, aber ich kann nichts ändern. Ich bin genauso erschüttert wie Sie. Und jetzt ist die Mordkommission gefragt.«

»Und was tun Sie?«

»Mein Gott, Sie wissen doch, was unser Verantwortungsbereich ist – organisiertes Verbrechen, Menschenhandel, Waffenschmuggel ...«

»Gut, dann tun Sie Ihre Arbeit; aber richtig. Denn was passiert ist, fällt unter anderem in Ihren Bereich. Nicht allein die Mordkommission ist zuständig, auch Ihre Abteilung. Entweder wir arbeiten Hand in Hand, oder wir beharren weiterhin auf unseren alteingefahrenen Strukturen, indem jeder nur seinen Zuständigkeitsbereich bearbeitet.«

»Zusammenarbeit war noch nie die Stärke ...«, sagte Schnell mit säuerlicher Miene.

»Ach, hören Sie doch auf damit! Wenn wir so anfangen, wird es nie eine wirkliche Zusammenarbeit geben ... Es wäre gut, wenn wir bis morgen die Namen derjenigen wüßten, die bei der Besprechung anwesend waren.«

»Ich werde mein Bestes tun, Hauptkommissarin Durant«, sagte Schnell pikiert. »Und wenn es sonst nichts weiter gibt ... Ich möchte nämlich gern Feierabend machen.«
Julia Durant erhob sich, nickte und sagte mit friedlicher Stimme: »Ich auch. Auf Wiedersehen.«
Sie ging zu ihrem Wagen, der Regen hatte aufgehört, der Asphalt dampfte. Sie stieg ein, zündete sich eine Zigarette an, startete den Motor. Der Kerl hat Dreck am Stecken, dachte sie, während sie den Corsa aus der Parklücke lenkte.

MONTAG, 19.30 UHR

Das Telefon klingelte, als Hellmer gerade aus der Dusche kam. Er war nackt, nahm den Hörer ab, meldete sich.
»Hallo, hier ist Nadine. Ich hoffe, ich störe nicht.«
»Nadine«, sagte er. »Ich hätte alles erwartet, nur nicht, daß du anrufst. Was gibt's?«
»Ich wollte mich einfach nur mal melden. Ich habe mich gestern im Lokal nicht sonderlich gut benommen, und ich wollte mich entschuldigen dafür.«
»Wofür denn? Es gibt nichts, wofür du dich entschuldigen müßtest. Es tut mir leid, wie ich dich behandelt habe.«
»Wann, gestern?«
»Nein, vorher. Aber ... nein, wenn ich das jetzt sage, meinst du nur wieder, ich sei egoistisch ...«
»Komm, sag's, bitte.«
»Gut, wenn du unbedingt willst. Nadine, seit ich dich kenne, warst du immer in meinem Kopf und in meinem Herzen. Wann immer ich eine andere Frau gesehen habe, dachte ich an dich und daran, daß keine andere mit dir mitkommt. Ich habe verdammt viel gelitten, ich habe angefan-

gen zu trinken, um zu vergessen, aber ich konnte nicht. Ich hätte viele Male die Gelegenheit gehabt, mit einer anderen Frau … Du weißt schon, was ich meine, aber ich konnte nicht. Du warst und bist allgegenwärtig. Ich würde eher ins Kloster gehen als eine andere Frau anfassen …«

»Und das nach fast zwei Jahren?«

»Ja, nach fast zwei Jahren. Manchmal habe ich das Gefühl, ich sterbe. Oder besser gesagt, ich möchte sterben. Denn das Leben ergibt für mich keinen Sinn mehr. Irgendwie bin ich hilflos. Aber ich möchte nicht hilflos sein. Ich bin bald vierzig, und ich sage mir immer wieder, werde erwachsen. Aber es scheint, als würde ich das nie.« Er begann zu schluchzen.

»Frank, komm, laß dich jetzt nicht gehen. Du bist erwachsen, doch du hast vielleicht noch nicht gelernt, damit umzugehen. Manche Menschen werden oder wollen einfach nicht erwachsen werden.«

»Schon gut«, sagte er, nachdem er sich beruhigt hatte. »Vielleicht hast du ja recht. Aber manchmal weiß ich eben nicht mehr, was ich noch tun soll. Ich habe dir alles erzählt, du kennst mein Leben womöglich besser, als ich selbst es kenne. Im Augenblick jedenfalls erscheint mir alles wie ein großes, schwarzes Loch. Ich bin allein, ich habe kein Geld, ich habe nichts. Und diesen Zustand kannst du dir nicht einmal vorstellen.«

»Nein, kann ich nicht. So wenig, wie du dir den meinen vorstellen kannst. Aber ich sage dir jetzt eines, auch wenn es mir schwerfällt – ich habe dich nie vergessen. Nie, hörst du. Es ist, als ob eine unsichtbare Macht uns zusammenhält.«

»Genauso habe ich gefühlt. Ich …«

»Nein, sag nichts. Ich wollte dir eigentlich nur sagen, daß es mir leid tut. Ich weiß, ich habe dich verletzt. Wahrscheinlich sogar zu sehr. Frank …«

»Ja?«
»Ich habe niemals einen anderen Mann so sehr geliebt wie dich. Das ist die Wahrheit. Meinst du, es gibt einen Weg für uns beide? Einen Weg, den wir zusammen gehen können? Ich würde so gern mit dir zusammensein.« Sie stockte, rang mit sich, ob sie das, was sie sagen wollte, auch sagen sollte, schließlich entschied ihr Herz. »Ich bin jetzt dreißig Jahre alt, ich wollte immer Kinder, aber du warst der einzige, mit dem ich welche haben wollte. Ich habe dich geliebt, so sehr, daß mein Verstand und mein Herz aussetzten. Und irgendwann dachte ich, ich könnte dich vergessen ... Aber ich habe es nicht geschafft. Ich weiß nicht, ob es Zufälle gibt, aber irgend jemand hat einmal gesagt, Zufälle sind das Synonym, das Gott benutzt, wenn er nicht mit seinem eigenen Namen unterschreiben will. Und einer dieser Zufälle war, daß ich dich in dem Café traf. Oder du mich, wie auch immer. Gehören wir zusammen? Sag es mir.«
»Ja, verdammt noch mal! Wir gehören zusammen. Manchmal scheint es mir, als wären wir Zwillinge. Und selbst wenn Tausende von Kilometern uns trennen – wir sind eins. Hörst du, wir gehören zusammen! Meine Vergangenheit ist abgehakt. Ich will dich, aber nicht wegen deines Geldes, niemals.«
»Aber ich habe Geld ...«
»Ich weiß ...«
»Viel Geld und Besitz. Ich habe die letzten Tage viel nachgedacht, und ich möchte niemals, daß du mich wegen des Geldes – heiratest.«
»Heiraten?« fragte Hellmer fassungslos.
»Ich wollte dich seit dem ersten Augenblick, als ich dich sah. Du warst der Mann, den ich mir immer vorgestellt habe. Und jetzt gleich, nach dem letzten Satz, werde ich auflegen – okay?«

»Welcher Satz?«
»Ich liebe dich.«
Sie hielt ihr Versprechen, wie sie ihre Versprechen immer gehalten hatte. Hellmer hielt einen kurzen Moment den Hörer in der Hand, lächelte versonnen, schließlich legte er ihn auf. Innerlich jubelte er, fühlte er sich von Fesseln befreit, aber immer noch waren in ihm Zweifel. Er ging zum Kühlschrank, riß den Verschluß einer Dose Bier auf, trank sie aus.
Er legte sich ins Bett, starrte lange an die Decke, bis seine Augen zufielen.

MONTAG, 22.30 UHR

Kann ich Ihnen noch etwas bringen?« fragte Mathilde, die in der Tür stand und den weißhaarigen Mann hinter dem Schreibtisch ansah. Er hatte die Bibel aufgeschlagen vor sich liegen, machte sich einige Notizen und blickte auf, als die Frage an ihn ging. Er schüttelte den Kopf.
»Nein, danke. Ich brauche Sie für heute nicht mehr. Ich werde auch nicht mehr lange machen, außerdem erwarte ich noch Besuch. Er wird aber nicht lange bleiben.«
»Sie sollten besser auf sich aufpassen«, sagte Mathilde, die Haushälterin. »Sie muten sich in der letzten Zeit zuviel zu ...«
»Ach«, erwiderte er lächelnd, »es ist meine Aufgabe und Berufung, daß ich mir viel zumute. Wenn ich es nicht täte, würde ich meiner Berufung und meinem Amt nicht gerecht werden.«
»Aber Ihre Gesundheit?«
»Meine Gesundheit liegt in Gottes Hand. Ich habe mein

Leben Gott geweiht, und er wird schon dafür sorgen, daß es in Würde und Frieden beendet wird. Machen Sie sich keine Sorgen um mich. Gute Nacht.«

Er wandte sich wieder der Bibel zu, schrieb etwas auf den Block, die Tür schloß sich fast lautlos. Er sah zur Uhr, kurz vor halb elf. Er lehnte sich zurück, starrte an die Wand mit dem Kamin, nahm die Pfeife in die Hand, stopfte sie und zündete sie an. Im Nu erfüllte der würzige Duft des Tabaks das Zimmer. Der Besucher war für genau halb elf angemeldet. Er war pünktlich. Er trug einen Aktenkoffer bei sich.

»Es ist schön, daß Sie die Zeit gefunden haben, sich mit mir zu so später Stunde zu treffen. Ich hoffe, ich bereite Ihnen nicht allzu viele Umstände«, sagte der Weißhaarige, während er die Tür hinter sich zumachte.

»Es ist meine Aufgabe, mich auch zu ungewöhnlichen Zeiten mit ungewöhnlichen Menschen zu treffen«, sagte der Besucher, ein großgewachsener Mann mit dunkelbraunem, an den Schläfen bereits lichtem Haar. »Außerdem haben Sie mir ja bereits vorgestern diesen Termin vorgeschlagen.«

»Setzen wir uns doch«, sagte der Weißhaarige und deutete auf einen Sessel vor dem Kamin. »Möchten Sie auch etwas trinken?« fragte er. »Einen Sherry vielleicht?«

»Wenn Sie einen Cognac hätten, wäre mir das noch lieber, aber ...«

»Natürlich bekommen Sie einen Cognac von mir. Einen Augenblick.« Der Weißhaarige ging an den Glastürenschrank, holte zwei Gläser heraus und schenkte erst den Cognac, danach den Sherry ein. Er reichte das Glas mit dem Cognac dem Besucher und setzte sich ihm gegenüber in den zweiten Sessel.

»Nun«, fragte der Besucher, »was kann ich für Sie tun?«

Der Weißhaarige lächelte, nahm einen Schluck, sah sein

Gegenüber kurz, aber intensiv aus graublauen Augen an. »Es ist eine etwas heikle Situation. Wir kennen uns nun schon so lange, und Sie sind stets ein guter Berater gewesen. Ich gehe natürlich davon aus, daß kein Wort von dem, was wir hier besprechen, nach außen dringt ...«

»Sie können sich auf meine Diskretion verlassen – wie immer.«

»Gut, ich habe auch nichts anderes erwartet. Es geht um diese drei schrecklichen Morde, Sie wissen schon, Matthäus, Neuhaus und Winzlow. Ich möchte verhindern, daß der Täter auch zu mir kommt. Ich habe ehrlich gesagt Angst. Was kann ich tun, um sicher zu sein?«

»Warum sollte der Mörder ausgerechnet zu Ihnen kommen?« fragte der Besucher und nippte an seinem Cognac.

»Sie wissen genau, welche schwachen Stellen es in meinem Leben gibt. Und Sie wissen, daß ich unter Umständen auch auf der schwarzen Liste stehen könnte. Genau wie einige andere Namen auch.«

»Ja, das weiß ich«, erwiderte der Besucher und trank seinen Cognac aus. Er stand auf, stellte sich an den Kamin, mit dem Gesicht zur Wand. Einen Arm hatte er aufgestützt, die andere Hand war in seiner Jackentasche. »Aber ich werde Ihnen nicht helfen können. Sie müßten die Organisation um Hilfe bitten.«

»Die Organisation!« erwiderte der Weißhaarige bitter. »Als ob die mir Schutz bieten würden! In dem Augenblick, wo ich meine Unsicherheit und Angst zu erkennen gebe, bringen die mich selber um. Nein, die Organisation muß in diesem Fall aus dem Spiel bleiben. Außerdem tut es mir schon seit Jahren leid, ihr überhaupt beigetreten zu sein. Ich schäme mich dafür, genau wie für die anderen Sachen, die ich gemacht habe. Sollten diese Dinge jemals an die Öffentlichkeit geraten«, er lachte wieder auf, diesmal bitter, »ich wäre ein gelieferter Mann. Ich würde diese Schmach nicht überleben. Was also kann ich tun?«

»Gehen Sie zur Polizei, und bitten Sie sie um Schutz.«

»Und mit welcher Begründung? Vielleicht der, daß ich mich bedroht fühle?! Die würden mich doch nur auslachen.«

»Wahrscheinlich würden sie das tun. Und sie würden anfangen, in Ihrem Leben herumzuschnüffeln. Und über kurz oder lang würde Ihr Intimleben zwangsläufig publik werden. Und Ihr Intimleben ist – gelinde gesagt – eine Sauerei.«

»Bitte? Moment mal«, sagte der Weißhaarige entrüstet, »wie kommen Sie dazu, so mit mir zu reden? Ich habe Sie um Ihre Hilfe gebeten und nicht um moralische Belehrungen.«

»Entschuldigen Sie, ich vergaß, *Sie* geben ja diese moralischen Belehrungen. Sie haben sie tausendfach Ihren Schäfchen gegeben. Sie haben ihnen gesagt, sie würden zur Hölle fahren, wenn sie Unzucht trieben, sich der Hurerei oder dem Götzendienst hingäben. Sie haben all das angeprangert, was Sie selbst seit Jahrzehnten praktiziert haben – Unzucht, Hurerei, Götzendienst. Sie sind ein falscher Prophet oder, wie es so schön heißt, ein Antichrist. Ich möchte nicht in Ihrer Haut stecken.« Er machte eine Pause, holte tief Luft, bevor er fortfuhr: »Wissen Sie, wie das ist, wenn man eine Familie hat, in der man sich geborgen fühlt? Nein, natürlich wissen Sie das nicht. Sie dürfen ja keine Familie haben, die einzige Entschuldigung übrigens, die ich in Ihrem Fall gelten lassen würde. Aber ich hatte eine Familie, eine liebe Frau, phantastische Kinder, uns ging es gut. Wir glaubten nicht, daß eines Tages das Böse über uns kommen könnte. Aber es kam, langsam und schleichend, so langsam und so schleichend, daß wir es erst bemerkten, als es zu spät war. Erst war es meine Tochter Carla, die von dem Bösen heimgesucht wurde, dann mein Sohn Patrick. Carla war gerade fünfzehn, als sie starb, vollgepumpt mit Drogen und Alkohol, ihr Körper war ein einziges Wrack. Und Patrick war kaum zwanzig, als er ermordet wurde. Ermordet von den Leuten, denen Sie dienen ...«

»Sie etwa nicht?« fragte der Weißhaarige mit kehliger Stimme.

»Nur so lange, bis meine Aufgabe erfüllt ist. Aber im Prinzip diene ich diesen Leuten nicht mehr, ich habe längst damit aufgehört. Früher habe ich auch nur meine Pflicht getan, doch dann brach das Unheil über meine Familie herein, und ich fragte mich, wieso meine Kinder so grausam sterben mußten. Es war ein Zufall, daß ich es herausfand. Aber manchmal brauchen wir Zufälle, um auf den richtigen Weg geführt zu werden. Ich werde Ihnen jetzt aber nichts über Zufälle erzählen, sondern von meiner Frau. Schon nach Patricks Tod, der seine Schwester aus den Klauen des Bösen befreien wollte und dabei umgebracht wurde, fiel meine Frau in sich zusammen. Sie ertränkte ihren Kummer in Alkohol und Tabletten, und als Carla starb, brach sie völlig zusammen. Sie versuchte, sich das Leben zu nehmen, doch glücklicherweise wurde sie rechtzeitig von unserem Hausmädchen gefunden und in die Klinik gebracht. Das ist jetzt fünf Jahre her. Seitdem lebt sie in einer anderen, mir fremden Welt, zu der ich keinen Zugang mehr habe. Sie ist noch immer schön, aber ihre Seele scheint ihren Körper verlassen zu haben. Ihre Augen strahlen nicht mehr, sie sind stumpf und leer geworden. Sie lacht nicht mehr, dabei habe ich ihr Lachen so gern gehört. Der Übermut, den sie sich bis zuletzt bewahrt hatte, ist dahin, nichts ist mehr wie früher. Und manchmal denke ich, es wäre besser für sie gewesen, man hätte sie nicht rechtzeitig gefunden, als sie sich selbst töten wollte. Aber ich liebe meine Frau, und ich werde auch nicht aufhören, sie zu lieben. Denn sie hat es verdient, geliebt zu werden ... So wie meine Kinder es verdient hatten. Doch es gab Menschen, die das nicht zugelassen haben. Können Sie sich vorstellen, wie verzweifelt ich war? Nein, auch das können Sie nicht. Sie können sich überhaupt nicht in die Gedanken- und Gefühlswelt anderer hineinversetzen. Sie lesen in Ihrer Bibel, sprechen salbungsvolle Worte, doch Ihre Worte sind leer und voller Heuchelei. Als ich herausfand, wie abartig Ihre Neigungen sind, wollte ich es nicht glauben. Ich wollte und konnte nicht glauben, daß ein Mann Ihres Standes zu solchen Dingen fähig ist. Sicher, ich habe schon viel über homosexuelle Priester gehört, hier und da sogar von einem, der sich an kleinen Jungs vergangen hat, aber Ihre Sache ist eine besondere. Denn Sie sind mehr als nur ein Priester. Und Sie haben Schlimmeres getan, als nur Ihrer Homosexualität nachzugehen. Sie haben der Organisation Kinder in die Hände gespielt, Kinder aus Ihrem Gemeindebereich, die von einem Tag auf den anderen verschwanden. Und die man nie fand und vermutlich auch nie finden wird. Und die Organisation hat es Ihnen gedankt. Eine Hand wäscht die andere, so ist es doch, oder? Sie wurden zu einem führenden Mitglied, anerkannt, wohlhabend und durchtrieben wie die anderen. Nun sagen Sie, welcher Seite gehören Sie an – der Seite Gottes oder der Seite Satans? Was, habe ich mich tausendmal gefragt, treibt einen nach außen hin so ehrwürdigen Mann wie Sie dazu, seine abgründigen Perversionen derart hemmungslos auszuleben? Seien Sie ehrlich, Sie dienen nicht Gott, Sie haben ihm wahrscheinlich nie gedient. Denn Gott zu dienen bedeutet, den Menschen zu dienen, ihnen zu helfen, wenn sie in Not sind, sie vor dem Bösen zu bewahren, vor allem aber, die Kleinen und Unschuldigen zu beschützen. Haben Sie das je getan?«

»Warum erzählen Sie mir diese Geschichte? Was wollen Sie von mir?«

»Warum ich Ihnen diese Geschichte erzähle?« Der Besucher lachte leise auf. »Vielleicht, um Ihnen einen Spiegel vorzuhalten, in dem Sie Ihre eigene, gotterbärmliche, dämonische Fratze sehen. Können Sie überhaupt noch in den Spiegel schauen, nach all den Jahren und alldem, was Sie anderen, vor allem Kindern, angetan haben? Ich an Ihrer Stelle hätte mich schon längst selbst umgebracht. Wissen Sie, wie viele Kinder und Jugendliche Sie umgebracht haben?«

»Ich habe niemals einen Menschen getötet ...«

»O nein, natürlich nicht körperlich! Aber seelisch, Sie haben ihre Seele getötet, Sie haben dazu beigetragen, daß es viele, viele von den Kleinen, wie sie in der Heiligen Schrift genannt werden, gibt, die keine Seele mehr haben, deren Seele jetzt das Heroin oder der Alkohol ist, Dinge, die der Teufel für uns will. Und Sie haben sich dem Teufel hingegeben, den fleischlichen Gelüsten und Begierden, ohne Rücksicht auf das Wohl anderer. Sie haben es nicht nur zugelassen, daß die Ihnen anvertrauten Schäfchen Drogen und Alkohol nahmen, Sie haben es sogar noch unterstützt, denn dadurch waren die Kleinen williger. Sie haben ihnen Drogen und Alkohol eingeflößt, damit sie sich an nichts erinnern konnten. Was für eine erbärmliche Kreatur Sie doch sind!«

»Ich bereue es«, sagte der Weißhaarige, dessen Körper kaum merklich zitterte, der beinahe regungslos im Sessel kauerte.

»Sie bereuen es? Vor wem?«

»Vor Gott.«

»Und Sie meinen, das genügt? Sie meinen wirklich, es genügt, nur vor Gott diese abscheulichen Sünden zu bereuen? Glauben Sie im Ernst, Gott würde auch nur im entferntesten zuhören, was Sie vorzubringen haben? Ich glaube nicht einmal, daß Sie es je versucht haben. Denn zu bereuen bedeutet, es nicht mehr zu tun. Aber Sie tun es immer und immer wieder. Wann haben Sie es zuletzt getan – gestern, vorgestern oder gar heute? Sie werden sich nicht ändern, und wenn auch Ihr Körper es eines Tages nicht mehr bringt, dann wird doch Ihr Geist immer noch derselbe sein. Wissen Sie, ich trauere seit Jahren Tag für Tag, ich stürze mich in Arbeit, um zu vergessen, doch sobald ich mein Haus betrete, ist die Trauer wieder da. Sie kennen meine Frau nicht, vielleicht, aber kannten Sie meine Kinder, wer weiß. Aber das ist jetzt auch egal. Doch wenn Sie meine Frau sehen könnten, vielleicht, aber auch nur vielleicht würde der Anblick Ihr Herz brechen. Aber ich weiß auch, daß Stein nur sehr schwer zu brechen ist. Dazu bedarf es einer Menge Kraft und Anstrengung. Und diese Kraft und Anstrengung bringen Sie nicht mehr auf. Wenn Sie jetzt aufstehen würden und öffentlich zugäben, welche Verfehlungen Sie begangen haben, vielleicht hätten Sie dann noch eine Chance. Ihr Leben würde sich zwar grundlegend ändern, Sie würden Ihr Ansehen verlieren, die Achtung der Menschen, Ihre Freunde, aber Sie könnten unter Umständen wieder in den Spiegel schauen. Doch ich glaube, ein Mann wie Sie ist zu feige, sich öffentlich zu bekennen. Zuzugeben, was für ein Schwein er doch ist. Sie würden lieber sterben, als je Ihre abscheuliche Verfehlung vor Millionen von Menschen einzugestehen. Aber es gibt ja zum Glück nicht viele, die davon wissen.«

»Was wollen Sie?« fragte der Weißhaarige mit zittriger Stimme.

»Was ich will? Denken Sie nach, vielleicht kommen Sie drauf.«

»Sie wollen mich umbringen, stimmt's? Ich hätte mit allem gerechnet, nur nicht damit, daß Sie es sein würden. Es tut mir leid, Sie um Hilfe gebeten zu haben«, sagte der Weißhaarige leise. »Ich möchte Sie bitten, jetzt zu gehen, ich werde meine Probleme allein in den Griff bekommen. Und ich verspreche Ihnen, nie mehr jemandem weh zu tun. Genügt Ihnen dieses Versprechen?«

»Sie werden Ihre Probleme nie in den Griff bekommen, weil Ihr Fleisch und Ihre Gier viel zu mächtig sind.« Der Besucher hatte seine Haltung bisher nicht verändert, jetzt drehte er sich langsam um, stand direkt neben dem Weißhaarigen, der seinen Kopf hob, die Augen zusammenkniff, aber nichts sagte.

»Unser aller Fleisch und Gier ist zu mächtig«, fuhr der Besucher nach einer Weile des Schweigens fort und machte einen Schritt hinter den Sessel des Weißhaarigen. »Viel zu mächtig, und deshalb wird es Zeit, daß diese Erde gereinigt wird.« Er stand jetzt hinter dem Sessel, er zog die rechte Hand aus der Jackentasche. Der Weißhaarige wollte noch etwas sagen, doch er kam nicht mehr dazu. Blitzschnell fuhr die Klinge des Rasiermessers von der linken zur rechten Seite des Halses, der Besucher machte einen Schritt zurück. Im ersten Moment war etwas Blut aus den Schlagadern gespritzt, jetzt wurde es von dem immer schwächer werdenden Herzen herausgepumpt. Der Weißhaarige rutschte in seinem Sessel zusammen, die Augen ungläubig aufgerissen, sein Mund gab letzte, unverständliche Laute von sich.

Der Besucher ging um den Sessel herum und stand jetzt vor dem immer kraftloser werdenden Weißhaarigen, blickte direkt in dessen Augen. »Du wirst deinen gottverdammten Schwanz nie mehr in irgend jemanden hineinstecken!« flüsterte er. Er öffnete seinen Aktenkoffer, zog die Gummihandschuhe über und begann sein Ritual zu vollziehen.

Der Besucher hatte in diesem Raum nichts angefaßt außer dem Glas, das er abwischte, bevor er ging. Er öffnete leise die Tür und ließ sie offenstehen, ebenso ließ er das Licht brennen. Er mußte etwa hundert Meter gehen, bis er vor seinem Wagen stand. Er stieg ein, legte Debussy in den CD-Spieler, startete den Motor. Es war kurz vor elf, und der Mann, mit dem er für halb zwölf verabredet war, haßte nichts mehr als Unpünktlichkeit. Doch es würde das letzte Mal sein, daß er sich mit ihm traf.

MONTAG, 23.30 UHR

Julia Durant hatte Schwierigkeiten mit dem Einschlafen. Die vergangenen Tage zerrten an ihren Nerven, die vielen Toten, von denen ihr besonders die beiden Frauen am meisten leid taten. Dazu der unerträgliche Gedanke, daß es im Präsidium Stellen gab, die selbst geheimste Informationen an Unbefugte weitergaben. Und sie ahnte, daß der Täter sehr bald wieder zuschlagen würde, vielleicht sogar schon zugeschlagen hatte.

Es war heiß im Zimmer, sie wälzte sich unruhig im Bett hin und her, schloß die Augen in der Hoffnung, doch einzuschlafen, öffnete sie wieder, als sie merkte, daß der Schlaf nicht herbeigezwungen werden konnte. Sie warf die Bettdecke zur Seite, stand auf, ging an den Kühlschrank, holte eine weitere Dose Bier heraus, riß den Verschluß auf. Sie trank in kleinen, gleichmäßigen Schlucken. Mit der Dose in der Hand stellte sie sich ans Fenster, sah hinunter auf die menschenleere Straße. Irgendwer in dieser großen Stadt, dachte sie, spielt Gott. Irgendwer glaubt anscheinend diese Stadt vom menschlichen Unrat befreien zu können. Sie rauchte und überlegte; sie war zwar zu müde, um einen klaren Gedanken zu fassen, aber auch zu wach, um einschlafen zu können. Der Himmel hatte sich bezogen, Wind war aufgekommen, der vielleicht die drückende Luft im Zimmer vertrieb. Der Wetterbericht hatte für die Nacht vereinzelte Gewitter angesagt, und als Julia Durant zum Horizont blickte, meinte sie, leichtes Wetterleuchten wahrzunehmen. Sie nahm einen weiteren Schluck Bier, behielt die Dose in der Hand. Unter ihr lief ein verliebtes Pärchen sich leise unterhaltend vorbei, aus der anderen Richtung kam ein Wagen. Im Stockwerk unter ihr war noch Licht, durch das offene Fenster drang klassische Musik. Irgendwo schrie ein Mädchen oder eine Frau, doch es kam oft vor, daß man Schreie in der Stille der Nacht hörte, und man wußte nie, ob diese Schreie einen ernsten Hintergrund hatten oder einfach nur zu einem Spiel gehörten. Sie rauchte die Zigarette zu Ende, drehte sich um, drückte sie im Aschenbecher aus, trank die Dose leer. Sie setzte sich auf die Bettkante, ließ sich zurückfallen, die Arme nach oben gestreckt. Sie wollte sich gerade die Bettdecke überziehen, als das Telefon anschlug. Sie ließ es dreimal läuten, bevor sie den Hörer in die Hand nahm.

»Ja?« sagte sie nur.

»Kommissarin Durant?« fragte eine männliche Stimme, die etwas Synthetisches hatte. Wahrscheinlich war sie verstellt.

»Ja, und wer sind Sie?«

»Das spielt im Augenblick keine Rolle. Es tut mir leid, Sie zu so später Stunde noch zu stören, aber ich finde keine Ruhe mehr. Ich halte es nicht mehr aus.«

Der Anrufer machte eine Pause, und als er keine Anstalten machte fortzufahren, fragte die Kommissarin: »Was halten Sie nicht mehr aus?«

»Die Morde, die ganze Situation. Ich bin am Ende mit meiner Kraft. Ich möchte mit Ihnen reden.« Er wirkte hektisch und nervös.

»Jetzt?«
»Nein, um Himmels willen nein, nicht jetzt. Morgen, am besten morgen abend. Es ist grausam, was passiert, aber die Opfer sind selber schuld ...«
»Sind Sie der Täter?«
»Nein, ich bin nicht der Täter, und ich kenne ihn auch nicht. Aber ich möchte Ihnen Informationen geben, die weit über das hinausgehen, was Sie sich vorstellen können. Mit diesen Informationen können Sie eine Menge anfangen. Sie sind aber so umfangreich, daß wir uns treffen müßten. Doch ich werde mich nicht zu erkennen geben, und Sie werden allein kommen. Wir treffen uns an der Nidda, und zwar in Nied, wo der Kerbplatz ist. Kennen Sie sich in Nied aus?«
»Nein, aber ich werde den Platz schon finden.«
»Gut, ich schlage vor, wir treffen uns um dreiundzwanzig Uhr, doch wie gesagt, ich werde mich nicht zu erkennen geben. Ich möchte Ihnen nur Informationen liefern, mehr nicht.«
»Sind Sie in etwas Illegales verwickelt?«
Nervöses Atmen, Husten am anderen Ende der Leitung. »Ich weiß nicht, ich weiß es wirklich nicht. Ich weiß nicht mehr, was legal und was illegal ist. Der Grenzen verschwimmen immer mehr, und ich bin einfach ratlos. Obgleich ich das in meiner Position gar nicht sein dürfte. Aber kommen Sie allein, ich werde es kontrollieren. Sollte irgend jemand außer Ihnen dasein, werde ich einfach wieder gehen, und Sie werden nichts von dem erfahren, das Ihnen bei der Klärung der Fälle helfen könnte.«
»Ich komme allein, versprochen. Bis morgen um elf dann.« Sie wollte den Hörer schon wieder auflegen, als die Stimme des Anrufers sie zurückhielt.
»Warten Sie noch. Ich habe Angst, und diese Angst ist berechtigt, glauben Sie mir. Sollte mir irgend etwas ...

zustoßen … und Sie meine Leiche finden – mein Gott, ich mag überhaupt nicht daran denken –, dann gehen Sie in mein Büro. Ich habe in meinem Schreibtisch einen Laptop, in dem ich verschiedene ausführliche Informationen gespeichert habe. Das Paßwort ist ›Schlumpf‹. Aber Gott stehe mir bei, daß es nicht so weit kommt.«

»Wenn Sie solche Angst haben, warum gehen Sie dann nicht zur Polizei? Selbst wenn Sie in illegale Aktivitäten verwickelt sein sollten, so gibt es doch in Ausnahmefällen die sogenannte Kronzeugenregelung. Ich weiß nicht, ob Ihnen das bekannt ist?«

»Natürlich«, sagte der Anrufer lachend, »ich kenne mich bestens damit aus. Aber ich kann nicht zur Polizei gehen – ich wäre sofort ein toter Mann.«

»Bitte?«

»Glauben Sie mir, es ist so. Morgen abend um elf an der Nidda. Ich erwarte Sie.«

Er legte auf, während Julia Durant den Hörer noch eine Weile in der Hand behielt. Schließlich legte auch sie auf, sie fröstelte mit einem Mal. Sie blickte zur Uhr, kurz nach halb zwölf. Sie stand auf, knipste das Licht an, schaltete den Fernsehapparat ein, MTV. Sie hatte nicht gedacht, daß ihr noch einmal irgend etwas unheimlich werden könnte. Doch dieser Fall war unheimlich. Um Mitternacht, nach einer weiteren Dose Bier, machte sie einen erneuten Versuch einzuschlafen. Das Wetterleuchten war näher gekommen, vereinzelt hörte man dumpfes Donnergrollen. Sie schlief ein.

DIENSTAG, 0.45 UHR

Er fuhr mit dem Jaguar durch das Tor, das sich automatisch hinter ihm wieder schloß, er hielt vor dem noch immer hell erleuchteten Haus. Er nahm seinen Aktenkoffer vom Beifahrersitz, stieg aus und ging die drei Stufen zur Tür hinauf. Er schloß auf, trat ein, lief über den weichen Flurteppich zum Wohnzimmer, wo seine Frau saß und auf einen imaginären Punkt an der Wand starrte. Anna war bei ihr, war aber auf der Couch eingeschlafen. Der Fernsehapparat war eingeschaltet, ohne daß jemand hinsah. Er drückte ihr einen Kuß auf die Wange, sie wandte kurz ihren Kopf, sah ihren Mann an, lächelte für einen kurzen Moment.

»Hallo, Schatz«, sagte er und stellte seinen Koffer ab. »Es tut mir leid, daß ich erst so spät komme, aber ich hatte einige wichtige Termine. Hattest du wenigstens einen angenehmen Tag?«

»Ja, er war ganz schön«, sagte sie mit leiser, tonloser Stimme. »Und du?«

»Ich habe ein paar Dinge erledigt, die nicht aufzuschieben waren. Nicht mehr lange, und wir werden unsere Ruhe haben. Ich verspreche es.«

Sie hörte nicht mehr zu, starrte wieder auf den Fernsehapparat. Er ging zur Couch, faßte Anna kurz bei der Schulter. Sie setzte sich erschrocken auf.

»Schon gut, Anna«, sagte er lächelnd. »Es ist leider später geworden, als ich dachte. Sie können jetzt ins Bett gehen, meine Frau und ich werden das auch gleich tun. Und nochmals danke.«

»Nicht der Rede wert. Ihrer Frau ging es heute, wie mir schien, etwas besser als in den vergangenen Tagen und Wochen. Vielleicht ...«

»Vielleicht, ja«, sagte er seufzend. »Aber ich habe inzwischen gelernt, meine Hoffnungen nicht zu hoch zu schrauben. Natürlich würde ich mich freuen, wenn sie allmählich wieder etwas Lebensmut schöpfen würde, doch wie gesagt, ich nehme an, es ist auch diesmal nur ein Strohfeuer. Gute Nacht, und schlafen Sie gut.«

»Gute Nacht«, erwiderte Anna und verließ das Zimmer.

Er ging an das Barfach, holte eine Flasche Cognac heraus, schenkte sich ein. Er setzte sich neben seine Frau, die die Hände über dem Schoß gefaltet hatte, und trank einen Schluck.

Er betrachtete sie lange von der Seite, ihre immer noch makellose Haut, das faltenlose Gesicht, das umrahmt wurde von dem bis über die Schultern fallenden, dichten, dunkelblonden Haar. Wie gerne roch er dieses Haar, ihre Haut, deren Duft er am meisten liebte, wenn sie kein den eigenen Duft überdeckendes Parfüm trug. So lange er zurückdenken konnte, gab es seit dem Augenblick, da er sie kennengelernt hatte, keinen Moment, in dem er das Zusammensein mit ihr auch nur im geringsten bereut hätte. Die Gespräche – mit ihr konnte er sich über alles unterhalten –, die Winterabende vor dem Kamin, wenn das Knistern des Holzes im Feuer das einzige Geräusch war, aber auch die Urlaube mit den Kindern, die gemeinsamen Mahlzeiten, von denen vor allem das Abendessen beinahe wie ein Ritual, ein schönes Ritual, zelebriert wurde. Wie viele Jahre lang waren sie Arm in Arm eingeschlafen, sie in seinem, er in ihrem, wie viele Jahre lang hatten sie sich verstanden, ohne daß sie etwas sagen mußten, wie viele Jahre lang schien nichts das Glück, das sie sich aufgebaut hatten, zerstören zu können. Er legte eine Hand auf ihre, sie fühlte sich kalt an. Er trank sein Glas leer, stand auf, stellte es auf den Tisch. Er sagte: »Schatz, komm, wir gehen zu Bett, es ist spät.«

Sie erhob sich wie eine Marionette, kam in langsamen, abgehackten Bewegungen auf ihn zu. Er nahm die Fernbedienung in die Hand, drückte den Ausknopf. Er faßte seine Frau bei der Hand, und zusammen gingen sie die Treppe hinauf zum Schlafzimmer. Er fühlte sich miserabel.

DIENSTAG, 7.00 UHR

Julia Durant wurde vom Telefon geweckt. Sie drehte sich auf die andere Seite, nahm mit noch geschlossenen Augen den Hörer ab.
»Ja?« murmelte sie schlaftrunken.
»Hier Berger«, kam es von der anderen Seite. »Es tut mir leid, Sie wecken zu müssen, aber es hat wieder einen Toten gegeben. Ich möchte Sie bitten, so schnell wie möglich mit Kollege Hellmer hinzufahren.«
Sie war sofort hellwach, setzte sich auf. »Wer?«
»Man mag es kaum glauben«, sagte er und machte eine kurze Pause, »aber es ist Stadtdekan Domberger.«
»Stadtdekan Domberger?« fragte die Kommissarin ungläubig. »Auf die gleiche Weise?«
»Auf die gleiche Weise.«
»Wer hat ihn gefunden?«
»Seine Haushälterin vor etwa zehn Minuten. Vier Streifenbeamte sind bereits vor Ort. Beeilen Sie sich bitte, ich werde gleich auch noch bei Kommissar Hellmer anrufen. Sie wissen, wo Domberger wohnt?«
»Ja. Ich bin in spätestens einer halben Stunde dort.« Sie legte auf, fuhr sich mit beiden Händen durch das dunkle Haar. Sie erhob sich, ging ins Bad. Sie wusch sich das Gesicht, kämmte sich, legte in Windeseile etwas Make-up

auf, zog die Lippen nach. Sie zog eine Jeans und eine hellblaue Bluse an, steckte das Handy in die Handtasche, holte sich aus der Küche eine Banane, die sie auf dem Weg zum Auto aß. Sie brauchte eine Viertelstunde bis zum Tatort. Auf dem Weg dorthin drehte sie das Radio auf volle Lautstärke, rauchte eine Zigarette. Sie fühlte sich wie gerädert, sie haßte es, auf derart unsanfte Weise aus dem Schlaf gerissen zu werden.

Die beiden Streifenwagen standen vor dem Haus, ein Beamter vor dem Eingang. Julia Durant stieg aus, warf die Zigarette auf die Straße. Sie hielt dem Beamten ihren Ausweis hin, betrat das Haus, in dem es nach alten Möbeln und altem Gemäuer roch. Sie hörte Stimmen, ging ihnen nach, bis sie zu dem Raum kam. Drei Beamte hielten sich darin auf. Sie sah kurz zu ihnen hin, dann wandte sie ihren Blick nach links, wo der Tote nackt auf dem Boden lag. Da noch kein Arzt anwesend war, nahm sie die Plastikhandschuhe aus ihrer Handtasche, zog sie über. Sie beugte sich zu dem Toten hinunter, betrachtete ihn für einen Moment, dann faßte sie seine Finger an, die steif und angewinkelt waren. Sie befühlte seinen Kopf, vor allem das Kiefergelenk, das wie eingerostet schien. Sie versuchte, den massigen Körper auf die Seite zu drehen, schaffte es aber nicht allein und winkte einen der Beamten heran.

»Wenn Sie mir bitte helfen würden, ihn auf die Seite zu drehen. Ich muß sehen, ob die Leichenflecken wegdrückbar sind. Wo ist überhaupt die Haushälterin?« fragte sie, während sie gemeinsam den Toten so drehten, daß Julia Durant mit leichtem Fingerdruck die blaugrauen Leichenflecken überprüfen konnte.

»Sie ist im Nebenzimmer. Sie ist die ganze Zeit nur am Heulen.«

»Das wäre ich auch, wenn ich so mir nichts, dir nichts am

frühen Morgen die Leiche meines Arbeitgebers finden würde. Sie können ihn wieder loslassen. Er ist schon eine ganze Weile tot.«
»Was für ein furchtbarer Anblick!« sagte der Beamte. »Wer macht so was?«
»Das, lieber Kollege, wüßte ich auch nur allzugern. Warten wir auf die Spurensicherung und den Arzt und den Fotografen. Ich werde mich jetzt mal mit der Haushälterin unterhalten.«
Sie begab sich ins Nebenzimmer, wo die verheulte Frau wie ein Häufchen Elend saß. Sie blickte auf, als die Kommissarin eintrat und die Tür hinter sich schloß.
»Sie haben Stadtdekan Domberger gefunden?«
»Ja«, schluchzte sie. »Er war doch so ein guter Mensch. Wer hat ihm das bloß angetan?«
»Das wollen wir herausfinden«, sagte Julia Durant und setzte sich zu der Frau auf die Couch. »Dürfte ich erst einmal Ihren Namen haben?«
»Mathilde Scherz.«
»Frau Scherz, erzählen Sie mir doch bitte etwas über den gestrigen Abend. War irgend etwas ungewöhnlich daran? Oder hat sich Stadtdekan Domberger anders als sonst benommen? War er nervös, oder verhielt er sich irgendwie auffällig?«
Mathilde Scherz blickte Julia Durant aus rotumränderten Augen an. Sie schien einen Moment zu überlegen, dann schüttelte sie den Kopf. »Nein, er war eigentlich wie sonst auch.«
»Was heißt eigentlich?« hakte die Kommissarin nach.
»Ich weiß nicht.«
»Wann haben Sie Stadtdekan Domberger das letzte Mal gesehen?«
»Das war so um kurz nach zehn. Ich fragte, ob ich noch

etwas für ihn tun könnte, aber er sagte nein. Er würde auch nicht mehr lange machen, er erwartete noch Besuch, der aber nicht lange bleiben würde ...«

»Moment«, unterbrach Julia Durant Frau Scherz. »Er erwartete noch Besuch? Um welche Zeit?«

»Ich weiß es nicht genau, aber vielleicht so gegen halb elf.«

»Aber Sie wissen nicht, um welchen Besucher es sich handelte?«

»Nein. Der Stadtdekan empfing nicht selten um diese späte Uhrzeit Besuch. Deshalb habe ich mich auch nicht darüber gewundert. Ich habe ihm nur gesagt, er solle sich nicht mehr soviel zumuten, aber er wies das zurück, indem er sagte, daß es seine Aufgabe und Berufung sei und seine Gesundheit in Gottes Händen liege. Daß Gott ihn aber so früh und so grausam zurückrufen würde, daran hätte er wohl selbst im Traum nicht gedacht.«

»Hatte der Stadtdekan Feinde?«

»Nicht daß ich wüßte. Aber wie es aussieht, hatte er doch welche. Doch warum? Er war ein herzensguter Mensch, hatte immer ein offenes Ohr für die Bedürfnisse anderer ...«

»Das hört sich nach einem selbstlosen Menschen an ...«

»Das war er wohl auch. Er hat immer erst an andere gedacht und dann an sich. Um so unverständlicher ist mir, daß jemand ihn auf solch üble Weise zugerichtet hat. Was geht nur in dem Kopf eines solchen Monsters vor? Und die Zahl auf der Stirn ... Als ob der Stadtdekan jemals etwas mit dem Teufel zu tun gehabt hätte. Welcher Unsinn!«

»Hat der Stadtdekan einen Terminkalender gehabt?«

»Natürlich. Wie hätte er sich sonst all seine Termine merken können?!«

»Würden Sie ihn mir freundlicherweise zeigen? Vielleicht hat er einen Eintrag für gestern abend gemacht.«

»Er hat ihn immer offen auf seinem Schreibtisch liegen. Aber ich möchte jetzt nicht in sein Büro gehen, ich möchte nicht noch einmal diesen Anblick ertragen müssen. Ich hoffe, Sie können ...«
Julia Durant legte eine Hand auf die von Frau Scherz, nickte verständnisvoll. »Natürlich kann ich das verstehen. Bleiben Sie einfach hier, oder gehen Sie auf Ihr Zimmer, bis wir fertig sind.«
»Ich bleibe hier, es könnte ja sein, daß Sie mich noch einmal brauchen.«
»Ja, wahrscheinlich sogar.«
Die Kommissarin erhob sich und verließ das Zimmer. Hellmer war bereits eingetroffen, ebenso die Spurensicherung und ein Arzt. Hellmer sah Julia Durant mit ernstem Blick an, sagte: »Das ist jetzt schon Nummer vier. Ist dir etwas aufgefallen?«
»Nein, was meinst du?«
»Es riecht in dem Zimmer nicht nach Bittermandeln. Wie es scheint, hat der Täter diesmal die brutale Methode vorgezogen ...«
»Oder er hat keine Gelegenheit gehabt, seinem Opfer das Zyankali unterzumischen.«
»Okay«, sagte Hellmer und hob die Hände, »kann auch sein. Der Rest stimmt jedenfalls. Die Zahl, die durchgeschnittene Kehle, die Kastration, die ausgestochenen Augen ... Moment mal, haben ein Zettel und eine Lilie neben ihm gelegen?«
»Ich hab nichts gesehen«, sagte die Kommissarin. »Schauen wir einfach noch mal nach.«
Der Arzt war gerade mit der Untersuchung der Leiche beschäftigt, während die Spurensicherung ihrer Arbeit nachging. Julia Durant und Frank Hellmer sahen sich im Zimmer um, fanden aber weder einen Zettel noch eine Lilie.

»Augenblick«, sagte die Kommissarin, »ich habe da einen Verdacht.« Sie begab sich erneut ins Nebenzimmer zu Mathilde Scherz, die allmählich ihre Fassung wiedergewann.
»Frau Scherz, haben Sie irgend etwas in dem Zimmer angerührt?«
»Was meinen Sie?« fragte sie, ohne Julia Durant anzusehen.
»Lagen neben Stadtdekan Domberger vielleicht ein Zettel und eine Blume, die Sie aufgehoben haben?«
»Sie meinen diesen Schwachsinn ...«
»Ich meine einen Zettel mit Zitaten aus der Bibel. Haben Sie ihn weggenommen? Wenn ja, dann geben Sie ihn mir bitte. Er ist ein wichtiges Beweisstück. Ebenso wie die Blume.«
»Ich habe beides in den Papierkorb neben dem Schreibtisch geworfen.«
»Danke«, sagte Julia Durant und wollte gerade das Zimmer verlassen, als Mathilde Scherz sie zurückhielt.
»Was soll das Geschreibsel auf dem Zettel?«
»Das kann ich Ihnen jetzt noch nicht beantworten, aber Sie werden es eines Tages erfahren. Sobald wir mit unseren Ermittlungen zu Ende sind. Und noch etwas – erzählen Sie bitte keinem Menschen, vor allem nicht Reportern, Details von dem, was Sie gesehen oder gefunden haben. Ich verlasse mich auf Ihre Verschwiegenheit. Nur dadurch ist es möglich, daß wir unserer Arbeit in Ruhe nachgehen können.«
»Ich werde mit niemandem darüber reden. Ich verspreche es.«
Julia Durant ging in das Tatzimmer und setzte sich hinter den Schreibtisch, holte den Zettel und die Lilie aus dem Papierkorb. Der Terminkalender von Domberger lag aufgeschlagen auf der rechten Seite vor dem Ablagekorb. Er hatte am Montag drei Termine gehabt, zwei am Nachmittag und einen um halb elf abends. Bei den beiden ersten stand

jeweils ein ganz normaler Name dahinter, bei dem abendlichen hatte er jedoch nur Cic. hingeschrieben.
»Schau dir das an«, sagte sie zu Hellmer. »Das hier könnte einer dieser Codenamen sein. Cic., was immer das auch zu bedeuten hat. Cic. mit einem Punkt, das heißt, der Name ist länger.«
»Ich kenne nur Cicciolina«, sagte Hellmer grinsend.
»Und wer ist das?«
»Och, die hat früher in so Filmen mitgespielt.«
»Was für Filme? Pornos?«
»Erraten. Aber das wird wohl kaum der Codename sein«, sagte Hellmer immer noch grinsend.
»Was hältst du von Cicero? Römischer Staatsmann. Würde sogar in die Reihe der biblischen und römischen Codenamen passen. Soweit ich weiß, hatten wir auch Cäsar, Caligula und Nero. Würde zumindest etwas Sinn machen.«
Julia Durant stand auf, klappte den Terminkalender zu und steckte ihn in die Tasche. Sie ging zu dem Arzt, der noch immer mit der Untersuchung der Leiche beschäftigt war.
»Und, wie lange glauben Sie, ist er schon tot?«
»Nun, die Leichenstarre ist vollständig ausgebildet, seine Körpertemperatur liegt bei sechsundzwanzig Grad. Ich schätze, er ist so zwischen acht und zehn Stunden tot.«
»Das würde hinkommen mit dem Eintreffen seines letzten Besuchers«, murmelte die Kommissarin. »Danke. Ach übrigens, die anderen drei Opfer waren alle mit Zyankali vergiftet worden. Wie sieht es hier aus?«
Der Arzt schüttelte den Kopf, sagte: »Es gibt keine Anzeichen dafür, aber warten Sie einen Moment, das werden wir gleich haben.« Er hielt seine Nase direkt über den Mund des Toten und drückte auf den Bauch. Er schüttelte wieder den Kopf: »Nein, hier ist mit ziemlicher Sicherheit kein Zyan-

kali im Spiel gewesen. Man würde es riechen. Domberger ist einfach verblutet durch den Schnitt über den Hals.«
Julia Durant nickte nur, sagte zu Hellmer: »Du hast recht, kein Zyankali. Trotzdem handelt es sich eindeutig um denselben Täter, das beweist schon der Zettel. Ich werde seine Haushälterin noch einmal befragen, zum Beispiel, wo Domberger sich montags abends aufgehalten hat.«
»Das wollte ich gerade vorschlagen. Mich würde nämlich auch interessieren, ob er eventuell montags außer Haus war. Obwohl, gestern war Montag.«
»Ich werde es gleich herausfinden«, sagte sie und ging erneut in das Nebenzimmer.
»Frau Scherz, eine Frage – hatte Stadtdekan Domberger einen bestimmten Tag in der Woche, an dem er in der Regel abends nicht zu Hause war?«
Mathilde Scherz runzelte die Stirn, sah die Kommissarin fragend an. »Ich weiß nicht, was Sie meinen?«
»Ich will einfach nur wissen«, fragte sie etwas ungehalten, »ob Ihr Arbeitgeber einen bestimmten Tag in der Woche hatte, an dem er nicht zu Hause war?«
Mathilde Scherz schluckte, sagte: »Na ja, montags war er abends häufig nicht zu Hause. Natürlich gab es Ausnahmen, wo er montags doch zu Hause war, aber normalerweise ...«
»Danke, das reicht schon. Von wann bis wann war er nicht zu Hause?«
»Das weiß ich nicht, ich habe ihm doch nicht hinterherspioniert!«
»Das behauptet auch keiner«, sagte die Kommissarin hart. »Wann hat er gewöhnlich das Haus verlassen?«
»Meistens so gegen halb acht.«
»Und Sie haben absolut keine Ahnung, wann er in der Regel zurückkam?«

»Nun«, erwiderte Mathilde Scherz schulterzuckend, »zwei-, dreimal habe ich mitbekommen, daß es sehr spät wurde.«
»Wie spät? Mitternacht oder später?«
»Halb drei, drei, halb vier. Ich denke, das war so seine Zeit zurückzukommen.«
»Aber wo er sich in der Zeit aufhielt, wissen Sie nicht?«
»Nein«, sagte sie kopfschüttelnd, »obwohl – er hat mir fast immer gesagt, wo er hinging, nur wo er montags war, das hat er nie erwähnt. Ich habe ihn auch nicht gefragt.«
»Gestern war Montag, Frau Scherz. Wieso war er gestern abend zu Hause?«
»Er mußte sich für ein wichtiges Seminar vorbereiten und hatte deshalb keine Zeit. Ich sagte ja schon, daß er nicht jeden Montag weg war.«
»Aber meistens, oder?«
»Ja.«
»Wie lange arbeiten Sie schon hier?«
»Seit siebenundzwanzig Jahren.«
»Gut, wissen Sie noch, wann es begann, daß er montags abends außer Haus war?«
»Vor drei oder vier Jahren ... Ja, ich glaube, es sind wohl eher vier Jahre.«
»Empfing der Stadtdekan bisweilen Gäste, die, wie soll ich es sagen, nicht aus kirchlichen Gründen kamen? Ich meine natürlich ausgenommen Obdachlose oder Asylsuchende.«
»Das weiß ich nicht. Woher soll ich wissen, wer aus kirchlichen oder anderen Gründen kam? Ich bin nur die Haushälterin. Ich hatte keinen Einblick in seine beruflichen Dinge.«
»Sagen Ihnen die Namen Doktor Matthäus, Doktor Neuhaus und Professor Winzlow etwas?«
»Nein.«
»Wenn der Stadtdekan Gäste empfing, waren Sie da in der Regel anwesend?«

»Selten. Aber ich habe natürlich den einen oder anderen kommen und gehen sehen.«
»Wenn wir Ihnen ein paar Fotos der genannten Herren vorlegen würden, wären Sie dann in der Lage, diese eventuell zu identifizieren?«
»Wenn ich sie kenne, natürlich.«
»Dann möchte ich Sie bitten, mit zwei Streifenbeamten ins Präsidium zu meinem Vorgesetzten, Hauptkommissar Berger, zu fahren und sich die Fotos anzusehen.«
»Jetzt gleich?«
»Wenn es geht. Im Augenblick läuft uns die Zeit etwas davon. Stadtdekan Domberger ist immerhin schon das vierte Opfer. Sie brauchen ja nur die Zeitungen aufzuschlagen oder sich bestimmte Sendungen im Fernsehen anzuschauen, und schon wissen Sie, unter welchem Druck wir momentan stehen. Es würde uns helfen, wenn Sie sich die Fotos ansehen könnten.«
Julia Durant sprach kurz mit den beiden Streifenbeamten, telefonierte danach mit Berger und bereitete ihn darauf vor, daß Mathilde Scherz gleich ins Präsidium kommen würde. Sie schaute zur Uhr, halb zehn. Der Arzt war mit der Untersuchung fertig, die Männer vom Bestattungsinstitut, die Gnadenlosen, wie sie von der Polizei genannt wurden, packten den Toten in einen Leichensack, um ihn dann in das Institut für Rechtsmedizin abzutransportieren, wo der Leichnam noch am selben Tag obduziert werden würde. Die Spurensicherung war mit ihrer Arbeit noch nicht am Ende, der Fotograf hatte den Toten aus allen Blickwinkeln fotografiert und eine Videoaufnahme des gesamten Zimmers gemacht. Er würde die Filme gleich zur Entwicklung ins Labor bringen.
»Tja«, sagte die Kommissarin zu Hellmer, »ich schätze, das war's fürs erste hier. Aus seiner Haushälterin habe ich nicht

viel rausbekommen können, außer, daß Domberger auch des öfteren am Montagabend außer Haus war, wie zumindest Matthäus und Neuhaus. Aber ich gehe einmal davon aus, daß auch Winzlow sein Montagabend-Geheimnis hatte. Nur«, fuhr sie kopfschüttelnd fort, »was haben diese Kerle getrieben? Was, zum Teufel, haben sie am Montagabend immer vorgehabt? Die Antwort darauf ist zumindest ein Schlüssel zu den Morden. Aber wie und wo finden wir diesen Schlüssel?«

»Es ist auf jeden Fall so geheim gewesen, daß nicht einmal die engsten Angehörigen etwas davon wußten«, sagte Hellmer. »So geheim, daß mir im Augenblick nichts anderes einfällt, als daß es illegal war.«

»Und ein hochrangiger Würdenträger der katholischen Kirche war darin verwickelt. Mein Gott, in was für einen Abgrund sind wir da geraten?!«

»Das ist kein Abgrund mehr, das ist wahrscheinlich jenseits unserer Vorstellungskraft. Es ist einfach nur Scheiße, große, gottverdammte Scheiße! Und unsere Computerspezialisten werden wohl noch eine Weile brauchen, bis sie eventuell etwas Brauchbares finden.« Er hielt inne, fuhr sich mit einer Hand übers Kinn, sagte dann: »Ist hier ein Computer gefunden worden?«

»Keine Ahnung, fragen wir die Spurensicherung.« Julia Durant wandte sich einem der Männer zu. »Haben Sie hier zufällig einen Computer, besser gesagt ein Notebook der Marke IBM Thinkpad, gefunden?«

»Nein«, erwiderte der Angesprochene kopfschüttelnd.

Sie zündete sich eine Gauloise an, inhalierte, blies den Rauch durch die Nase aus. »Wir müssen das Haus durchsuchen. Ich verwette ein Monatsgehalt, daß wir ein Notebook finden werden.«

Sie gingen Raum für Raum durch, es schien, als gäbe es

tatsächlich kein Notebook, doch schließlich wurden sie in der Bibliothek fündig. Es war hinter einer Enzyklopädie versteckt.
Hellmer nahm es an sich, grinste und sagte: »Du kannst dein Monatsgehalt behalten. Mal sehen, was unsere Leute darauf an Informationen finden. So, und jetzt gehe ich frühstücken, ich habe nämlich noch keinen Bissen gegessen. Berger hat mich aus dem Bett geholt.«
»Ich habe auch nur eine Banane auf dem Weg zum Auto runtergeschlungen. Komm, wir setzen uns jetzt erst mal in ein Café und frühstücken. Das Präsidium kann warten.«

DIENSTAG, 11.00 UHR

Julia Durant und Frank Hellmer erstatteten Berger Bericht. Kullmer, der auch anwesend war, hörte aufmerksam zu. Als sie geendet hatten, sagte Berger: »Frau Scherz hat Matthäus und Winzlow erkannt. Sie sagt, die beiden wären des öfteren bei Domberger gewesen. Was sie dort gemacht haben, konnte sie allerdings nicht sagen. Aber jetzt zu etwas anderem; ich habe heute vormittag mehrere Anrufe bekommen, unter anderem von Oberstaatsanwältin Schweiger. Sie war sehr ungehalten am Telefon und sagte, daß wir offensichtlich nicht in der Lage seien, diesen Fall allein zu lösen. Sie schlug vor, Beamte des LKA in die Ermittlungen einzubeziehen.«
»Und was haben Sie geantwortet?«
»Ich habe nur gesagt, daß alle Fälle in den Bereich unserer Abteilung fallen und wir unser Bestes tun, um eine schnelle Lösung zu erzielen. Ich habe mit Engelszungen auf sie eingeredet, damit sie uns nicht die Typen vom LKA auf den

Hals hetzt, denn mit denen habe ich bisher keine sonderlich guten Erfahrungen gemacht. Aber lange kann ich sie nicht mehr hinhalten, wir müssen schnellstmöglich Ergebnisse vorweisen. Wobei mir allerdings ein Rätsel ist, wie wir das bewerkstelligen wollen.« Er hielt inne, zündete sich eine Zigarette an, bevor er fortfuhr: »Tja, und dann hat noch vor einer Viertelstunde eine Frau Mondrian angerufen. Sie wollte mit Ihnen sprechen. Sie vermißt ihren Mann seit gestern abend.«

»Frau Mondrian?« fragte Julia Durant mit hochgezogenen Augenbrauen. »Was genau hat sie gesagt?«

»Sie sagte, ihr Mann sei gestern ins Studio gefahren und wollte sich nach den Aufnahmen noch mit seinem Produzenten und ein paar anderen Leuten zusammensetzen und die neue CD besprechen, und danach wollte er nach Hause kommen. Als er heute früh nicht im Bett lag, rief sie in seinem Penthouse in Sachsenhausen an, weil er dort manchmal übernachtet, wenn es im Studio zu spät wird. Aber dort hat niemand abgenommen. Dann hat sie es unter seiner Handynummer probiert, aber da meldete sich nur die Mailbox. Ich habe einen Streifenwagen zum Penthouse geschickt, doch die Tür ist verschlossen, und sie haben auch keine Geräusche gehört. Er scheint wie vom Erdboden verschluckt. Ich fragte sie, ob das schon mal vorgekommen sei, worauf sie antwortete, daß ihr Mann in der Regel Bescheid sagt, wenn er länger fortbleibt. Sie meint jedenfalls, es sei sehr ungewöhnlich.«

»Mondrian, der Schwager von Winzlow«, murmelte Julia Durant nachdenklich. »Das ist allerdings ungewöhnlich. Das Penthouse ist aber nicht geöffnet worden?«

»Nein, diese Aufgabe wollte ich Ihnen überlassen.«

»Wie nett! Aber einen Moment dürfen wir uns noch ausruhen?«

»Natürlich. Ach ja, ich habe hier noch den Befund der beiden Lettinnen, Kommissar Kullmer kennt ihn bereits. Sie sind mit einer Neun-Millimeter-Czeska aus nächster Nähe getötet worden ...«
»Czeska«, sagte Hellmer nachdenklich, »wird hauptsächlich von Osteuropäern benutzt ...«
»Richtig. Und da es keine Einbruchspuren gibt, läßt alles darauf schließen, daß sie ihrem Mörder vertraut haben ...«
»Was für mich wiederum den Schluß zuläßt, daß es sich bei dem Täter unter Umständen sogar um einen ... Beamten handeln könnte.«
»Malen Sie nicht den Teufel an die Wand«, sagte Berger und nahm einen Zug an seiner Zigarette. »Wenn dem so sein sollte, ich mag nicht daran denken.«
»Aber wir müssen, ob wir wollen oder nicht, diese Möglichkeit in Betracht ziehen. Im Moment halte ich alles für möglich. Hat sich irgendwas Neues in den Nachforschungen über Anders, Schnell und so weiter ergeben?«
»Bis jetzt nicht. Aber der Tag ist noch jung.«
»Also gut, dann werden Kommissar Hellmer und ich uns mal auf den Weg zu Mondrians Penthouse machen. Haben Sie die Adresse?«
Berger schob wortlos einen Zettel über den Schreibtisch. Julia Durant nahm ihn, warf einen Blick darauf, nickte Hellmer zu. Gemeinsam verließen sie das Büro, gingen einen Augenblick schweigend über den langen Flur. Als sie am Auto anlangten, begann es leicht zu regnen. Sie stiegen ein, schlossen die Türen. Hellmer lenkte den Wagen vom Präsidiumshof.
Als sie an einer Ampel hielten, sagte Julia Durant: »Ich habe letzte Nacht einen seltsamen Anruf bekommen. Jemand will sich mit mir heute abend um elf an der Nidda in Nied treffen. Er sagte, er habe brisante Informationen für mich,

die uns ein ganzes Stück weiterbringen würden. Ich soll aber auf jeden Fall allein kommen.«

»Das machst du doch aber hoffentlich nicht, oder? Ich meine, es könnte eine Falle sein.«

»Der Anrufer hörte sich sehr nervös und verängstigt an.«

»Hast du die Stimme erkannt?« fragte Hellmer.

»Nein, er hatte sie verstellt. Trotzdem kam sie mir irgendwie bekannt vor; ich kann nur beim besten Willen nicht sagen, woher. Ich muß hingehen, es ist die einzige Chance für uns.«

»Ich würde trotzdem gern mitkommen. Ich meine, ich kann mich in der Nähe eures Treffpunkts schon eine Stunde vorher aufhalten. Ich will nicht, daß du dort ganz allein bist.«

»Er darf dich aber unter keinen Umständen sehen, sonst bekommen wir die Informationen nicht. Der Mann hat wahnsinnige Angst, sag ich dir. Wie mir scheint, ist er da in eine Sache hineingezogen worden, über deren Ausmaße er sich selbst nicht im klaren war. Auf jeden Fall plagt ihn jetzt das schlechte Gewissen.«

»Meinst du, es könnte einer von uns sein?«

»Die Frage habe ich mir auch schon gestellt. Keine Ahnung. Aber ich sage das mit dem Treffen nur dir und sonst keinem, damit das klar ist. Nur wir beide wissen davon.«

»Ganz wie du meinst.«

Nach zwanzig Minuten langten sie vor dem fünfstöckigen Neubau an, in dem Jürgen Mondrian sein Penthouse hatte. Sie klingelten bei dem Namensschild mit den Initialen J. M., keine Antwort. Danach klingelten sie bei einer anderen Wohnung, eine weibliche Stimme meldete sich.

»Kriminalpolizei, Hauptkommissarin Durant und mein Kollege Hellmer. Gibt es in diesem Haus einen Hausmeister?«

»Ja, er wohnt allerdings im angrenzenden Haus, sein Name ist Müller. Er müßte jetzt auch zu Hause sein.«
»Danke.«
Müller war ein kleiner, schmächtiger Mann von etwa fünfzig Jahren. Die beiden Beamten baten ihn, die Wohnung von Jürgen Mondrian zu öffnen. Er fragte, warum, Hellmer antwortete nur, daß Mondrian seit dem gestrigen Abend von seiner Frau vermißt werde. Der Mann holte einen Schlüsselbund aus der Wohnung und bat die Beamten, ihm zu folgen. Er öffnete die Tür im fünften Stock, wollte die Wohnung betreten, doch Hellmer hielt ihn zurück.
»Danke für Ihre Hilfe, aber wir müssen uns hier allein umsehen. Sollten wir Sie noch brauchen, wenden wir uns an Sie.«
Sie traten ein, schlossen die Tür hinter sich, blieben einen Moment stehen.
»Du meine Güte, der Mann hat wahrhaft Stil«, sagte Hellmer. »Da könnte man glatt neidisch werden. Der Kerl macht nur ein bißchen Musik und kann sich so was mal so nebenbei leisten. Wahnsinn!«
Die Wohnung war luxuriös eingerichtet, hell und sauber. Eine gewaltige Designer-Stereoanlage stand am hinteren Teil des etwa sechzig Quadratmeter großen Wohnraumes, eine Bar befand sich links davon. Die Einrichtung bestand aus einer grünen Ledergarnitur und einem kunstvoll gestalteten Tisch, dessen Glasplatte auf einem wuchtigen Marmorständer lag, die Schritte wurden gedämpft von etlichen, zum Teil übereinander liegenden Teppichen. Die Fenster waren geschlossen, und obgleich die Wohnung direkt unter dem Dach lag, war es angenehm kühl. Vom Wohnzimmer führten vier Stufen zu zwei weiteren Zimmern. Eines davon war das Schlafzimmer, das andere offensichtlich für Gäste

bestimmt. Außerdem gab es noch ein Bad und eine Dusche und eine kleine, aber exzellent ausgestattete Küche.

»Hier ist er nicht«, sagte Julia Durant, nachdem sie jedes Zimmer inspiziert hatten. »Aber wo kann er dann sein?«

»Ruf Berger an und frag, ob Frau Mondrian sich noch einmal gemeldet hat. Vielleicht ist ihr Mann ja inzwischen aufgetaucht.«

»Glaub ich nicht, dann hätte Berger schon selbst angerufen.« Kaum hatte sie den letzten Satz beendet, als ihr Handy klingelte.

»Ja?«

»Hier Berger. Gerade ist ein Zettel für Sie abgegeben worden, ich lese ihn vor. Hier steht:

Wenn Sie Jürgen Mondrian suchen, dann fahren Sie in den Schlesienring 12, erster Stock. Viel Spaß.«

»Schlesienring, wo ist das?« fragte Julia Durant.

»Eckenheim. Sie haben doch einen Stadtplan im Auto.«

»Gut, wir machen uns auf den Weg. Ist schon ein Streifenwagen unterwegs?«

»Schon veranlaßt.«

Sie blickte Hellmer an. »Das war unser Chef. Mondrian finden wir im Schlesienring. Wie er aussieht, kann ich mir lebhaft vorstellen.«

»Ich auch«, sagte Hellmer und verzog die Mundwinkel. »Das heißt dann, daß unser Killer an einem Tag gleich zweimal zugeschlagen hat. Er läßt keine unnötige Zeit verstreichen.«

Er atmete tief ein und stieß die Luft kräftig wieder aus.

»Fahren wir«, sagte die Kommissarin. »In den Schlesienring zwölf.«

Die Wohnung befand sich in einem unscheinbaren und von außen eher unansehnlichen Reihenhaus, das den Baustil der fünfziger Jahre widerspiegelte. Die ehemals angelegten Grünanlagen vor den Häusern waren verkommen und verwildert, die Müllcontainer quollen über und verbreiteten einen intensiven Gestank. Die ganze Straße bestand aus der gleichen Art von Häusern, und es schien wahrscheinlich, daß, wer hier wohnte, recht anonym blieb. Der von Berger geschickte Streifenwagen parkte vor dem Haus, die Haustür stand offen. Die beiden Streifenbeamten warteten vor der Tür im ersten Stock.
»Sie haben die Tür noch nicht öffnen lassen?« fragte Julia Durant.
»Nein, wir hatten Anweisung, auf Sie zu warten.«
»Ist der Hausmeister schon verständigt?«
»Er ist gerade los, um den Zweitschlüssel zu holen.«
Sie warteten schweigend zwei Minuten, bis ein älterer Mann in einem grauen Kittel die Treppe hochkam. Er brabbelte nur etwas Unverständliches vor sich hin, steckte den Schlüssel in das Schloß. Die Tür war nicht abgeschlossen, nur zugezogen.
»Wenn Sie bitte hier warten würden«, sagte die Kommissarin zu den beiden Beamten, während sie und Hellmer die Wohnung betraten. Hellmer rümpfte die Nase, sie gingen über den schmalen, kurzen Flur auf eine angelehnte Tür zu. Sie stießen sie vorsichtig auf. Der nackte Mondrian lag mit weitaufgerissenen Augen, die eigentlich keine Augen mehr waren, auf dem Bett. Neben ihm befanden sich eine Lilie und ein Zettel mit exakt dem gleichen Wortlaut, wie er auch bei Domberger gefunden worden war. Der durchdringende Geruch von Bittermandeln erfüllte das Zimmer, dessen Fenster geschlossen war. Es war spärlich eingerichtet, ein altes Bett, ein schmutziger Stuhl, ein Tisch, ein kleiner, alter

Schrank, ein Nachttisch. Auf dem Tisch stand eine angebrochene Flasche Whisky, daneben zwei Gläser, von denen eines nicht angerührt worden war. Julia Durant holte wortlos ihr Handy aus der Tasche und rief Berger an.
»Wir sind da. Mondrian ist tot. Schicken Sie die anderen her. Wir werden nicht lange hierbleiben, sondern gleich weiter zu seiner Frau fahren und ihr die ›freudige‹ Nachricht überbringen.« Sie drückte die Aus-Taste, bevor Berger etwas antworten konnte.
»Sehen wir uns ein bißchen um und warten auf die Spurensicherung und den Arzt. Dann hauen wir gleich wieder ab. Ich hab die Schnauze im Augenblick voll bis oben hin. Kannst du das verstehen?« fragte sie resignierend.
»Klar. Wir rennen wie die Deppen von einem Tatort zum nächsten, und der Killer hat wahrscheinlich schon sein nächstes Opfer im Visier. Warte einfach den heutigen Abend ab. Vielleicht kommt ja was Brauchbares bei deinem Treffen mit dem Unbekannten raus.«
»Wer's glaubt! Ach, Scheiße, dieser Beruf kotzt mich an. Wenn wir wenigstens einen kleinen Anhaltspunkt hätten, warum die Typen umgebracht wurden! Aber nein, nicht das geringste. Wir wissen nur, daß sie in Kontakt miteinander standen. Wir wissen nicht, bis auf Winzlow unter Umständen, wieviel Dreck sie am Stecken hatten, und schon gar nicht, um was für einen Dreck es sich handelt.«
»Jetzt laß den Kopf nicht hängen, in ein paar Stunden bist du vielleicht schon ein ganzes Stück klüger. Schau an, was haben wir denn da – ein Notebook, IBM Thinkpad. Es wird doch immer klarer, daß es sich hier um eine Organisation oder einen Geheimbund handelt.«
Julia Durant hielt ihre Nase über das unangetastete Glas Whisky, blickte auf. »Zyankali. Der Täter schenkt für beide ein und wartet, bis sein Opfer das Glas geleert hat. Ganz

schön clever. Aber Fingerabdrücke werden wir wohl keine finden.«

Die Männer von der Spurensicherung trafen ein, kurz darauf gefolgt vom Arzt und vom Fotografen. Hellmer gab ein paar Instruktionen, dann verabschiedeten er und Julia Durant sich.

Sie machten sich auf den Weg nach Königstein, klingelten bei Frau Mondrian, die selbst ans Tor kam. Sie wirkte übernächtigt, hielt eine Zigarette zwischen den Fingern, sie zitterte trotz der Wärme.

»Und, haben Sie etwas von meinem Mann gehört?« fragte sie.

»Dürfen wir eintreten?« fragte Hellmer.

»Natürlich.« Sie öffnete das Tor und ging vor den beiden Kommissaren ins Haus. Als sie im Wohnzimmer waren, bat sie Hellmer und Durant, Platz zu nehmen. Eine halbleere Flasche Wodka stand auf dem Tisch, ein Glas daneben. Yvonne Mondrian nahm die Flasche und schenkte sich ein. Sie setzte das Glas an die Lippen und trank die scharfe Flüssigkeit, als wäre es Wasser.

»Frau Mondrian, es tut uns leid, aber Ihr Mann ist Opfer eines Kapitalverbrechens geworden.«

Yvonne Mondrian lachte kurz und bitter auf, rollte mit den Augen, sagte: »Ich habe immer gespürt, daß mit meinem Mann etwas nicht stimmt. Aber fragen Sie mich um Himmels willen nicht, was dieses Gespür in mir ausgelöst haben könnte. Ich kann nur sagen, er hat sich vor allem in letzter Zeit des öfteren recht merkwürdig benommen, Kleinigkeiten nur, aber ich habe leider so etwas wie einen sechsten Sinn, der mir verrät, wenn etwas nicht in Ordnung ist. Ich wußte zum Beispiel immer, wenn er eine neue Geliebte hatte, auch wenn er sich das nie anmerken ließ.« Sie machte eine Pause, blickte auf. Schließlich fragte sie: »Wie ist er umgekommen?«

Julia Durant schluckte schwer, wagte kaum, die vor ihr stehende Frau anzusehen. »Nun, er ist genauso umgekommen wie Ihr Bruder.«
Yvonne Mondrian kniff die Augen zusammen, blickte ungläubig auf die Beamten. »Was sagen Sie da, wie mein Bruder? Genauso? Ich meine, hat man ihm auch die … abgeschnitten … und die Zahl auf der Stirn? Genauso?«
»Ja, leider.«
»Wo haben Sie ihn gefunden? In seinem Penthouse?«
»Nein, in einer recht einfachen Wohnung in Eckenheim. Es scheint, als wollte er in gewissen Zeiten völlig anonym bleiben. Wissen Sie etwas von dieser Wohnung?«
»Nein, wir haben dieses Haus, dann das Penthouse und noch ein Haus in Spanien. Von einer Wohnung in Eckenheim ist mir nichts bekannt.«
»Dürfen wir Ihnen noch ein paar Fragen stellen, oder sollen wir lieber später noch einmal wiederkommen?«
»Stellen Sie sie. Ist doch jetzt auch egal.«
»Wie war das Verhältnis zwischen Ihrem Mann und Ihrem Bruder?«
»Ganz gut, soweit ich weiß. Sie haben sich des öfteren getroffen, ich meine, wir wohnen ja nur ein paar Meter auseinander.«
»Was sagen Ihnen die Namen Matthäus, Neuhaus, Domberger?«
»Stadtdekan Domberger? Den kenne ich. Er hat uns vor zehn Jahren getraut, und zumindest mein Mann hatte noch immer Kontakt zu ihm. Er war sogar auch zwei- oder dreimal hier. Warum fragen Sie?«
»Weil der Stadtdekan heute nacht ebenfalls getötet wurde.«
»Mein Gott, in was für einer Welt leben wir eigentlich?! Stadtdekan Domberger, ich habe selten einen liebenswürdigeren Mann kennengelernt als ihn. Nein, das ist nicht

gerecht, und selbst wenn mein Mann ab und zu eine Affäre hatte, so hat es mir zwar etwas ausgemacht, aber ich habe mich daran gewöhnt. Künstler sind eben anders, sie brauchen vielleicht diesen Freiraum, den sie sich dann auch nehmen. Aber er war deswegen kein schlechter Mensch. Nein, ein schlechter Mensch war er nicht. Ungewöhnlich in seinem Lebensstil mit Sicherheit, ungeheuer freiheitsliebend und deshalb auch oft unterwegs, aber er war nicht schlecht.«

»Der Täter scheint da aber ganz anderer Meinung zu sein. Genau wie bei Domberger ...«

»Vergessen Sie's! Bitte, vergessen Sie's einfach! Sie haben beide nicht verdient, so zu sterben. Keiner hat verdient, auf solch grausame Weise ... Na ja, Kinderschänder vielleicht oder solche, die aus Habgier morden ... Und selbst da habe ich meine Zweifel.«

»Frau Mondrian, waren Ihnen die päderastischen Neigungen Ihres Bruders bekannt?«

»Was ist das?«

»Die Neigung, sich zu Jungs hingezogen zu fühlen. Und diese Neigung auch auszuleben.«

»Was?« fragte sie entsetzt. »Mein Bruder und so was?«

»Leider ja. Er hat sich sogar an seinem eigenen Sohn vergangen, wie Ihnen vielleicht bekannt sein dürfte. Was er noch alles gemacht hat, entzieht sich bislang unserer Kenntnis. Es ist, als ob wir bei unseren Ermittlungen immer wieder gegen eine Mauer rennen.«

»Das darf nicht wahr sein! Ich wußte tatsächlich nicht, daß mein Bruder ... Nicht einmal meine Schwägerin hat es mir erzählt, obgleich wir über fast alles gesprochen haben. Aber nun gut, sie wird ihre Gründe gehabt haben, es für sich zu behalten.« Yvonne Mondrian schenkte sich erneut ein, kippte den Inhalt in einem Zug herunter, sagte mit zynisch heruntergezogenen Mundwinkeln: »Mein Bruder war also ein Kinderschänder. Und mein Mann, was hat er getan? Etwa das gleiche?«

»Das wissen wir nicht. Aber es muß etwas im Leben Ihres Mannes geben, das ... Sie sollten einfach darauf gefaßt sein, irgendwann einige unerfreuliche Details zu erfahren.«

»Okay, okay, ich werde darauf gefaßt sein. Und was immer es ist, ich werde mich irgendwann auch damit abfinden. Die Seele ist eben doch ein tiefes, dunkles Loch, in das keiner hineinsehen kann, außer man selbst. Aber wer will schon in dieses Loch blicken und erkennen, welche Abgründe sich da auftun? Dabei wäre es ganz gut, wenn jeder das ab und zu täte, vielleicht könnte dann eine Menge Leid vermieden werden.« Sie griff zur Flasche, hielt sie in der Hand, sagte: »Ich wäre Ihnen dankbar, wenn Sie jetzt gehen würden. Ich werde mich heute betrinken, und ich will nicht, daß Sie mich in diesem Zustand sehen. Ich werde unserem Dienstmädchen Bescheid geben, daß es sich um die Kinder kümmern soll. Auf Wiedersehen. Den Weg hinaus finden Sie ja allein.«

»Auf Wiedersehen. Wir melden uns wieder bei Ihnen.«

Sie gingen durch das Tor zum Wagen. Sie blieben davor stehen, zündeten sich jeder eine Zigarette an.

»Die arme Frau«, sagte Hellmer nach einer Weile. »Sie tut mir wirklich leid.«

»Ja, sie kann einem leid tun. Vielleicht ist es ganz gut, wenn sie sich heute betrinkt, manchmal ist es das einzige Mittel, um den ersten großen Schmerz zu bekämpfen. Komm, fahren wir zurück, es wird noch ein langer Tag werden. Als nächstes steht die Beerdigung von Matthäus auf dem Programm.«

DIENSTAG, 14.00 UHR

Julia Durant und Frank Hellmer waren zurück im Präsidium, nachdem sie eine Kleinigkeit an einer Imbißbude zu sich genommen hatten. Kullmer war unterwegs, doch zwei andere Beamte der Sonderkommission waren anwesend. Darunter ein junger Mann, der erst vor kurzem seine Polizeischule beendet hatte und an diesem Morgen den Termin bei der Kartenlegerin wahrgenommen hatte. Die Kommissarin und Hellmer nahmen Platz, zündeten sich jeder eine Zigarette an. Sie sagten nichts, während Berger sie fragend ansah.

»Also, was gibt's über Mondrian zu sagen?«

»Was soll's schon zu sagen geben?« erwiderte Julia Durant schulterzuckend. »Das gleiche wie bei den vieren davor. Seine Frau, die ja auch die Schwester von Winzlow ist, wußte nichts von den päderastischen Neigungen ihres Bruders und fragt sich jetzt natürlich, ob nicht auch ihr Mann ähnlich gelagert war. Wir haben bei Mondrian das gleiche Notebook gefunden, blablabla, es ist alles die gleiche Scheiße.«

»Ich habe vorhin in München angerufen und darum gebeten, daß sie uns ihren Profiler zur Verfügung stellen. Wir brauchen unbedingt ein Täterprofil, unter Umständen schränkt sich der Kreis der in Frage kommenden Personen dadurch erheblich ein. Und dieser Mann besitzt ausgezeichnete Referenzen und kann sich, wie es heißt, in die Seele und die Verfassung eines Mehrfachtäters hineinversetzen. Er kommt noch heute nachmittag um kurz nach vier hier an. Mal sehen, was er zu sagen hat.« Berger lehnte sich zurück, sah den jungen Beamten an. »Und jetzt zu Ihnen; was hat Ihr Besuch bei der Kartenlegerin ergeben?«

»Nun«, er räusperte sich und lächelte verhalten, »eigentlich nicht viel. Sie hat mir die Karten gelegt und darauf bestanden, daß ich ihr keine Informationen über mich gebe. Sie hat mir alles mögliche aus meiner Vergangenheit erzählt, doch kaum etwas davon stimmte. Ich habe aber schön brav genickt, habe mir ihre Zukunftsprognosen angehört ... Wie beiläufig deutete ich am Ende der Sitzung auf das Bild von Schnell und fragte, ob das ihr Mann sei, worauf sie antwortete, noch nicht, aber bald. Aha, sagte ich, Sie sind verlobt und werden in Kürze heiraten. Worauf sie antwortete, ja, wahrscheinlich schon in ein paar Monaten. Ich habe mich während der Sitzung auch ein wenig näher im Zimmer umgesehen, natürlich so, daß sie es nicht merkte, aber nicht nur die Wohnung gehört zur gehobenen Mietsklasse, auch die Einrichtung ist vom Feinsten, und die Klamotten, die sie trug, hat sie mit Sicherheit nicht bei C&A gekauft. Ich kann mir nicht vorstellen, daß sie sich diesen Luxus allein vom Kartenlegen leisten kann. Da steckt noch ein Geldgeber dahinter, und für mich kommt jetzt natürlich in allererster Linie Schnell in Frage. Womit sich natürlich die Frage stellt, woher hat ein Hauptkommissar so viel Geld, daß er eine Familie und eine Geliebte so großzügig versorgen kann? Und die Frau ist nicht älter als Mitte Dreißig, sieht phantastisch aus, und ich frage mich ernsthaft, was sie an diesem Mann interessiert. Sie könnte an jedem Finger zehn Männer haben, aber sie hat sich offensichtlich für Schnell entschieden, aus welchen Gründen auch immer.«
»Vielleicht, weil er Geld hat. Wobei wir noch nicht wissen, woher«, meinte Hellmer nach einem tiefen Zug an der Zigarette.
»Und was ist, wenn wir uns täuschen und Schnell gar kein Geldgeber ist?« fragte Julia Durant.
»Das würde dann heißen, daß es zwischen den beiden eine

reine Liebesbeziehung ist, was ich gelinde gesagt für ziemlich ausgeschlossen halte«, sagte der junge Beamte. »Eine solche Klassefrau geht nicht einfach so mir nichts, dir nichts eine Liebesbeziehung mit einem Mann ein, der fast ihr Vater sein könnte. Schnells Leben sollte genauestens durchleuchtet werden. Ich fürchte, der Mann steckt ganz schön tief in der Scheiße.«
»Wir werden auf jeden Fall am Ball bleiben, was Schnell betrifft«, sagte Berger. »Gute Arbeit«, fügte er anerkennend hinzu, worauf der junge Beamte einen roten Kopf bekam und verlegen lächelte.
Julia Durant blickte zur Uhr, Viertel nach zwei. Sie sagte: »Wir müssen uns jetzt auf den Weg machen zu Matthäus' Beerdigung. Ich nehme an, wir sind so gegen halb fünf wieder hier. Wird der Profiler noch heute nachmittag ins Präsidium kommen?«
»Ja, er kommt direkt vom Flughafen hierher. Richten Sie sich auf einen langen Abend ein. Ach ja, bevor ich's vergesse, ich habe zwei Fotografen zur Beerdigung geschickt, die getarnt als Friedhofsgärtner Fotos und ein Video von den Trauergästen machen werden.«
Julia Durant lächelte, während sie und Hellmer sich erhoben. Hellmer verspürte ein leichtes Zittern in den Händen und den Armen, er hatte seit gestern abend keinen Tropfen Alkohol getrunken. Dazu kam eine leichte, aber bohrende Übelkeit, doch er versuchte, sich seinen Zustand den anderen gegenüber nicht anmerken zu lassen. Er hatte nach dem Telefonat mit Nadine Neuhaus beschlossen, seinem Leben eine Wende zu geben, und das hieß für ihn unter anderem, nicht mehr zu trinken. Die Zukunft war kein schwarzes Loch mehr, die Zukunft hatte wieder ein freundlicheres Gesicht bekommen.
Sie fuhren zum Hauptfriedhof, wo bereits eine ganze Auto-

kolonne parkte. Immer mehr kamen angefahren, um Matthäus das letzte Geleit zu geben.
»Ein ganz schöner Menschenauflauf«, sagte Hellmer. »Bin mal gespannt, ob wir jemand Bekanntes finden.«
»Mit Sicherheit, nur ist die Frage, ob auch der Mörder dasein wird.«
»Ich könnte es mir vorstellen. Vielleicht verschafft ihm die Beerdigung den letzten Kick. Ich finde die Idee von Berger übrigens gut, die ganze Zeremonie fotografieren zu lassen.«
Sie mischten sich unter die Trauergäste und begaben sich zur Trauerhalle, wo bereits alle Plätze besetzt waren und etwa hundert Trauernde draußen stehen bleiben mußten. Um Punkt drei begann der Trauergottesdienst, um zwanzig nach drei wurde der Sarg aus der Kapelle geschoben. Langsam bewegte sich der Zug schweigend zu dem ausgehobenen Grab.
»Ist dir das Gesteck aufgefallen?« fragte Julia Durant flüsternd.
»Welches Gesteck?«
»Zwölf weiße Lilien, wenn ich richtig gezählt habe.«
»Nein, ist mir nicht aufgefallen.«
»Eine Schleife, aber kein Name. Zufall?«
»Ich glaube nicht an Zufälle«, erwiderte Hellmer. »Wo ist es?«
»Es lag oder besser gesagt stand vor dem Sarg. Mich würde interessieren, wer es wo in Auftrag gegeben hat. Läßt sich so was rausfinden?«
»Wenn es vom Täter stammt, dann wird er so schlau gewesen sein, es nicht unter seinem eigenen Namen bestellt zu haben. Es ist ein Teil seines Spiels, und er wird nicht so dumm sein, uns das Spiel durch einen solchen Fehler gewinnen zu lassen.«
»Aber er ist hier, das spüre ich. Er setzt seine Füße hier auf diesen Weg, um Abschied von seinem Opfer zu neh-

men. Wenn ich doch nur einen Blick in seine Seele werfen könnte.«

»Vielleicht kann der Profiler das ja.«

»Warten wir's ab.«

Sie langten am Grab an, wo Frau Matthäus und ihre beiden Kinder ganz vorne standen. Es gab kaum jemanden, der weinte; nicht einmal Matthäus' Frau. Die Gesichter der meisten Anwesenden waren starr und ausdruckslos, es schien, als wären sie nur aus Höflichkeit erschienen und nicht, um wirklich um Matthäus zu trauern. Der Himmel hatte sich wieder bewölkt, es begann leicht zu regnen. Um Viertel vor vier wurde der Sarg in die Erde gelassen, Sand auf den Sarg geworfen, wobei die meisten kurz vor dem noch offenen Grab still stehenblieben, Beileidsbekundungen wurden ausgesprochen, bis um kurz nach vier die Trauergemeinde sich aufzulösen begann.

»Ich glaube, ich habe selten so viele Heuchler auf einem Haufen gesehen wie hier«, flüsterte Hellmer bissig. »Es gibt wohl niemanden hier, der wirklich um Matthäus trauert. Ich möchte nur zu gern wissen, warum das so ist. Was wir bis jetzt von seinen Angestellten und seinem Umfeld erfahren haben, war er ein beliebter Mann, sozial engagiert, loyal seinen Mitarbeitern gegenüber, einfach perfekt. Und dann dieses im wahrsten Sinn des Wortes Trauerspiel.«

»Wen hast du erkannt?« fragte Julia Durant.

»Meininger ist der einzige, der mir außer Frau Matthäus bekannt vorkam.«

»Ich habe auch niemanden sonst entdeckt. Mal sehen, was die Bilder und das Video bringen. Fahren wir zurück, ich will nicht zu spät sein, wenn unser Superhirn aus München kommt.«

»Höre ich da etwa Neid aus der Stimme?« fragte Hellmer grinsend.

»Quatsch!«
»Aha, also doch. Aber du hast dafür andere Qualitäten. Nicht umsonst wirst du von Berger so hochgehalten.«
»Alter Schleimer«, sagte Julia Durant grinsend, während sie in den Wagen stiegen.

DIENSTAG, 16.45 UHR

Sie hatten sich in Bergers Büro versammelt, Julia Durant, Hellmer, Kullmer, zwei weitere Beamte der Sonderkommission sowie der aus München eingeflogene Profiler Hans Hübner, ein hagerer Mittdreißiger in Jeans und Lederjacke, der direkt vor Bergers Schreibtisch saß und einen Kaffee trank. Er blickte mit eisgrauen Augen in die Runde, sein Gesicht spiegelte keine seiner Regungen wider. Julia Durant fühlte sich etwas unbehaglich in seiner Gegenwart, warum, vermochte sie nicht zu ergründen.
»Wie war die Beerdigung?« fragte Berger, nachdem die Kommissarin und Frank Hellmer Platz genommen hatten.
»Ich schätze, es waren etwa zweihundert Leute da, aber außer Meininger haben wir kein bekanntes Gesicht gesehen. Vielleicht ist auf den Fotos und dem Videofilm mehr zu sehen. Allerdings hat ein Unbekannter ein Gesteck mit zwölf weißen Lilien geschickt, und Kollege Hellmer und ich sind sicher, daß dieser Unbekannte auch auf der Beerdigung war.«
»Dann warten wir das Entwickeln der Bilder ab, den Videofilm können wir uns ja nachher noch anschauen. Gibt es sonst noch etwas Erwähnenswertes? Kollege Kullmer?«
»Na ja, die beiden Lettinnen haben am Montag gegen Mittag von einer Sozialarbeiterin Kleidung und Geld be-

kommen. Ich habe mit ihr gesprochen, aber sie sagt, die beiden hätten einen ganz normalen Eindruck gemacht. Sie müssen aber kurz, nachdem die Dame die Wohnung verlassen hat, ihrem Mörder die Tür geöffnet haben. Die Frage ist, woher wußte er, daß er dreimal klingeln mußte? Wie viele Personen wußten von diesem vereinbarten Zeichen? Außer Schnell, meine ich, und der Sozialarbeiterin.«
»Finden Sie's heraus. Wenn nicht anders ...«
»Moment«, unterbrach ihn Julia Durant. »Ich habe Schnell gestern unmißverständlich aufgefordert, uns sämtliche Namen derjenigen zu nennen, die sowohl bei der Besprechung am Samstag morgen als auch gestern vor dem Tod der beiden Frauen anwesend waren. Hat er diese Liste inzwischen geschickt? Außerdem wollte ich wissen, welche Streifenbeamten von Samstag bis Montag für die Überwachung des Hauses eingesetzt waren.«
Berger schüttelte den Kopf. »Mir liegt bis jetzt nichts vor.«
»Dann sollten Sie Ihrem Kollegen vom OK mal mächtig Pfeffer in den Hintern blasen. Diese Lahmarschigkeit geht mir auf die Nerven. Und was ist mit Schnell? Neue Erkenntnisse über seinen Lebenswandel?«
Der junge Beamte, der am Vormittag bei der Kartenlegerin gewesen war, schüttelte den Kopf. »Nein, nichts. Es ist auch verdammt schwierig, an Schnell ranzukommen. Er darf ja nicht wissen, daß wir ihn überwachen. Also müssen wir so vorsichtig wie nur möglich zu Werke gehen. Wir müßten wissen, ob er seine Geliebte finanziell unterstützt oder aushält und wenn, woher er das Geld dafür hat. Das einzige, was mir merkwürdig vorkommt, ist, daß es in den letzten zwei Jahren mehrere Razzien gegeben hat, bei denen Schnell das Kommando hatte, aber keine der Razzien zu einem greifbaren Erfolg geführt hat.«

»Woher haben Sie diese Informationen?« fragte Berger neugierig.
»Ein bißchen rumhören, ein paar Akten durchstöbern, das ist alles. Seine Erfolgsquote davor lag jedenfalls wesentlich höher. Aber ich will mich noch nicht festlegen, das kann alles Zufall sein.«
»Sollte Schnell tatsächlich Gelder genommen haben, dann könnte es sogar sein, daß er selbst hinter dem Tod der beiden Lettinnen steckt. Und wenn auch als indirekt als Informant«, bemerkte Hellmer mit ernstem Gesichtsausdruck. »Doch allein die Vorstellung jagt mir eine Gänsehaut über den Rücken. So was kenne ich bisher nur aus Filmen.«
»Wenn Sie recht haben, dann wäre das so ziemlich die größte Sauerei, die mir in meiner ganzen Dienstzeit untergekommen ist«, sagte Berger. »Aber für ausgeschlossen halte ich jetzt nichts mehr.« Er machte eine kurze Pause, richtete seinen Blick auf Hübner.
»Gut, dann wollen wir mal in medias res gehen und Hauptkommissar Hübner aus München mit den Informationen füttern, die er braucht, um ein Täterprofil zu erstellen. Kollegin Durant, wenn Sie bitte beginnen wollen.«
Nachdem alle Informationen gegeben waren, packte Hübner die Zettel, die Tatfotos und seine Notizen zusammen und sagte: »Ich werde mir das alles mit ins Hotel nehmen und heute abend versuchen, ein einigermaßen vernünftiges Profil zu erstellen.«
»Was halten Sie von den Bibelsprüchen?« fragte Julia Durant.
»Schwer zu sagen. Doch wie es scheint, hat er die Sprüche auf den Beruf oder das Umfeld des jeweiligen Opfers zugeschnitten.«
»Unser Polizeipsychologe Doktor Schneider sagt, daß ein

religiöser Hintergrund ausscheidet. Wie ist Ihre Meinung dazu?«

»Wenn Sie religiösen Fanatismus meinen, dann stimme ich Doktor Schneider zu. Dieser Mann geht, im Gegensatz zu religiösen Fanatikern, subtiler und sehr überlegt vor. Mir drängt sich eher der Eindruck auf, daß er sich auf einem Rachefeldzug befindet. Dafür spricht die Art und Weise, wie er seine Opfer umbringt. Er hält sich exakt an ein bestimmtes Schema, das er auch nicht abändern wird. Aber bevor wir uns hier in Spekulationen ergehen, würde ich doch lieber erst einmal alles auswerten und morgen früh mit Ihnen darüber sprechen. Ich denke, daß ich Ihnen zumindest ein wenig weiterhelfen kann. Wenn es sonst nichts gibt, dann würde ich mich jetzt gern an die Arbeit machen.«

»Nein, wir halten uns natürlich an Ihre Regeln«, sagte Berger und reichte Hübner die Hand. »Bis morgen früh halb acht. Und danke, daß Sie uns helfen wollen.«

»Das gehört zu meinen Aufgaben. Ich hoffe nur, Sie können den Fall so bald wie möglich aufklären. Die Diskussion in der Öffentlichkeit nimmt bereits recht bizarre Formen an.«

»Obwohl die Öffentlichkeit nicht einen Bruchteil davon weiß, wie die Taten verübt wurden.«

»Nun, je hochrangiger die Opfer, desto mehr Gesprächsstoff gibt es. Ich rate Ihnen nur, halten Sie sich die Medien vom Leib. Guten Abend.«

DIENSTAG, 18.30 UHR

Julia Durant und Frank Hellmer begaben sich zu ihren Autos. Auf dem Weg dorthin besprachen sie den folgenden Abend.

»Also, ich werde mich so ab zehn in der Nähe eures Treffpunkts aufhalten. Du kannst ganz sicher sein, daß ich dich immer im Auge behalten werde.«

»Danke, ein bißchen mulmig ist mir schon. Ich fahre jetzt nach Hause, esse etwas, mache mich frisch und werde um elf auf dem Kerbplatz an der Nidda sein. Gott steh mir bei, daß alles gutgeht.«

»Es wird schon gutgehen. Du sagst doch selber, der Anrufer habe sich sehr ängstlich angehört. Es wird schon keine Falle sein.«

»Hoffentlich hast du recht. Wenn hier zum Beispiel wirklich Korruption in großem Stil im Spiel ist, wenn zum Beispiel bis in die obersten Etagen geschmiert wird, dann könnte es natürlich sein, daß unsere Abteilung irgendwem ein Dorn im Auge ist. Und da ich die Ermittlungen leite ... Auf der anderen Seite müssen aber diese Leute auch Angst davor haben, eventuell unserem Killer in die Hände zu fallen. Es ist irgendwie verwirrend.«

»Sicher. Entspann dich ein bißchen. Wir sehen uns später, wenn dein Treffen vorbei ist. Bis nachher.«

Zu Hause angelangt, holte Julia Durant die Post aus dem Briefkasten. Es war nur ein Brief ohne Absender. Sie riß ihn noch im Treppenhaus auf, blieb auf den Stufen stehen und las:

Wie hat Ihnen die Beerdigung gefallen? Hatten Sie nicht auch den Eindruck, daß es fade und nichtssagend war? Aber jedem Menschen der Tod und die Beerdigung, die er verdient. Wie heißt es doch so schön – nicht die Gesunden brauchen den Arzt, sondern die Kranken. Ich bin gekommen, um die Sünder zu richten, nicht die Gerechten.

PS.: Ich möchte im Augenblick nicht in Ihrer Haut stecken, doch keine Sorge, nicht mehr lange, und Sie werden von diesem Alptraum befreit sein, genau wie ich.

Sie schloß für einen Moment die Augen, ihr Herz raste, sie spürte das Pochen des Blutes in ihren Schläfen. Sie stieg die Treppen hinauf, trat in ihre Wohnung. Sie ließ sich auf die Couch fallen, legte den Zettel auf den Tisch. Sie erhob sich gleich wieder, ging zum Telefon, um Berger anzurufen. Er war nicht mehr im Büro, sie wählte seine Privatnummer. Er hob nach dem zweiten Läuten ab.
»Durant hier. Ich habe wieder ein Schreiben bekommen. In welchem Hotel ist dieser Hübner abgestiegen, ich würde ihm gern die Zeilen vorlesen. Auch wenn der nächste Mord wahrscheinlich nicht mehr zu verhindern ist.«
»Er hat ein Zimmer im Novotel. Die Zimmernummer müßten Sie erfragen.«
»In Ordnung, ich werde ihn gleich anrufen. Auf Wiederhören.«
Sie ließ sich mit Hübner verbinden, las ihm das Schreiben langsam vor, so daß er mitschreiben konnte. Nach dem Gespräch ging sie in die Küche, öffnete den Kühlschrank, holte die angebrochene Packung Salami und eine Tomate heraus, schnitt sich zwei Scheiben Brot ab. Bevor sie zu essen begann, trank sie eine halbe Dose Bier. Sie schaltete den Fernsehapparat ein, die *Heute*-Nachrichten im ZDF. Unter anderem wurde kurz und sachlich über die Morde an Stadtdekan Domberger und Jürgen Mondrian berichtet. Der Wetterbericht kündigte für die folgenden Tage wechselhaftes Wetter mit vielen Schauern und Abkühlung an. Sie hörte nicht hin. Statt dessen ging sie ins Bad, entkleidete sich, ließ Wasser in die Wanne laufen. Sie warf einen Blick

in den Spiegel, schüttelte angesichts der dunklen Ringe unter ihren Augen den Kopf. Sie fühlte mit einer Hand die Temperatur des Wassers, es war zu heiß, sie ließ kaltes dazulaufen. Sie gab etwas Badeschaum dazu, setzte sich hinein. Sie dachte an den zwei Jahre zurückliegenden Fall des Serienmörders Tomlin, wo sie auch eine Zeitlang im Kreis gelaufen waren, bis ein nahezu unglaublicher Zufall den Täter entlarvte, doch gab es damals eine Reihe von Spuren, die sie verfolgen konnten. Diesmal gab es nicht einmal den Ansatz einer Spur. Dieser Täter arbeitete wie ein Phantom, er tauchte aus dem Nichts auf und verschwand auch wieder darin. Er hinterließ keine Fingerabdrücke, keine verwertbaren Faserspuren, nichts, woraus man einen genetischen Fingerabdruck hätte machen können. Sie wusch sich, trocknete sich ab, sprühte etwas Deo unter die Achseln, zog frische Unterwäsche an. Sie holte eine weitere Dose Bier aus dem Kühlschrank, setzte sich auf die Couch, die Beine auf den Tisch gelegt. Sie trank in kleinen Schlukken, rauchte dabei eine Gauloise. Ihre Nerven waren zum Zerreißen gespannt, das mulmige Gefühl, das sie beschlich, wenn sie an den vor ihr liegenden Abend dachte, wurde stärker. Ein Blick zur Uhr, kurz nach acht. Am liebsten wäre sie jetzt zu Bett gegangen, um auszuschlafen. Am liebsten wäre sie aber auch ins Auto gestiegen, um zu ihrem Vater zu fahren und dort zu bleiben, bis der Spuk in Frankfurt beendet war. Am liebsten wäre sie keine Polizistin gewesen. Um einundzwanzig Uhr, nach der dritten Dose Bier und der fünften Zigarette, zog sie sich an. Um zehn Uhr verließ sie die Wohnung, um zu dem vereinbarten Treffpunkt zu fahren, den sie um kurz vor halb elf erreichte. Sie blieb im Wagen sitzen, der Platz lag im Dunkeln, kaum ein Mensch, der sich noch auf den Straßen aufhielt. Sie hatte das Radio angemacht, hörte Hitradio FFH, Traummusik. Um elf, nach den Nachrichten, stieg sie aus. Vorher hatte sie ihre Pistole überprüft und entsichert und in ihre Jackentasche gesteckt, die rechte Hand fest um den Griff gelegt. Sie wollte für alle Eventualitäten gerüstet sein. Sie setzte sich auf eine Bank und wartete.

DIENSTAG, 23.10 UHR

Der anonyme Anrufer war nicht gekommen. Statt dessen summte ihr Handy, während sie enttäuscht zum Auto zurückging. Sie holte es aus ihrer Jackentasche, meldete sich.

»Ja?«

»Es tut mir leid, Sie versetzt zu haben, aber ich konnte nicht kommen«, sagte der Anrufer mit wieder verstellter Stimme.

»Sie sind ein Witzbold, nicht?! Erst behaupten Sie, Infos für mich zu haben, dann auf einmal kneifen Sie. Wahrscheinlich wollen Sie mich nur auf den Arm nehmen.«

»Nein, keineswegs. Ich sagte Ihnen, es tut mir leid. Aber ich fürchte um mein Leben …«

»Was glauben Sie wohl, um was ich fürchte?! Sie bestellen mich mitten in der Nacht zu einem gottverlassenen Ort, und Sie, was machen Sie?! Sie lassen mich einfach sitzen!«

»Sie werden Ihre Informationen bekommen, das verspreche ich. Ich muß nur noch einige Dinge klären. Glauben Sie mir, meine Angst ist nicht unbegründet.«

»Ob begründet oder nicht, wir drehen uns im Augenblick im Kreis. Können Sie mir nicht wenigstens am Telefon ein paar Hinweise geben?«

»Ich rufe Sie morgen an, versprochen.«

»Ach, lecken Sie mich doch am Arsch! Wissen Sie, wir wollen nur eines – den Mörder finden. Und ich Idiot dachte, Sie würden uns dabei helfen!«
Der Anrufer räusperte sich. »Es ist eine sehr komplexe Angelegenheit, glauben Sie mir. Ich kann jetzt im Augenblick nur so viel sagen – das organisierte Verbrechen spielt eine wesentliche Rolle dabei.«
»Was hat das organisierte Verbrechen mit dem Mörder zu tun?«
»Das weiß ich nicht. Ich weiß nur soviel – alle bisherigen Opfer waren Mitglieder im Bereich der organisierten Kriminalität ...«
»Stadtdekan Domberger auch?« fragte Julia Durant fassungslos.
»Ja, auch der. Es ist ein Konglomerat aus den verschiedensten Bereichen der OK. Sie müssen wissen, daß die OK mittlerweile weltweit kooperiert. Es ist nicht mehr so wie vielleicht noch vor zehn Jahren, als die Mafia der Inbegriff des organisierten Verbrechens war. Vor zehn Jahren gab es die Mafia, die Yakuza, das Drogenkartell in Medellin und vielleicht noch die chinesischen Triaden. Seit dem Fall des Kommunismus gibt es außerdem noch die Russenmafia, die Jugos, die Albaner und natürlich die Deutschen. Früher bekriegten sie sich untereinander, heute ist das anders – sie kooperieren. Denn sie haben begriffen, daß Kooperation mehr Geld bringt als Krieg. Ganz gleich, um was es sich handelt, Menschenhandel, Waffen, Drogen, Geldwäsche, Korruption oder Mord, sie verdienen mehr denn je daran. Es ist eine globale Gemeinschaft, wenn Sie verstehen.«
»Und in diese sogenannte globale Gemeinschaft sind auch hochrangige Würdenträger involviert?«
»Ja, leider. Sogar noch höher gestellte Würdenträger als Domberger. Wissen Sie, die Menschen sind von Grund auf

korrupt. Genau wie ich. Sie kaufen und lassen sich kaufen. Würden Sie jemanden zurückweisen, der Ihnen für eine Gefälligkeit eine Million bietet? Ich glaube, keiner von uns würde das tun. Nicht einmal der ehrenwerte Domberger. Er hat sich für seine perversen Neigungen bezahlen lassen. Und er hat eine Gegenleistung dafür erbracht. Ob er glücklich war damit, vermag ich nicht zu sagen, doch eines war ihm gewiß – er konnte seinen Trieben freien Lauf lassen.«

»Und die anderen – Matthäus, Neuhaus, Winzlow, Mondrian?«

»Zählen Sie doch bitte eins und eins zusammen! Matthäus, Direktor einer großen Bank. Wer wäre geeigneter für Geldwäsche als er? Neuhaus, Immobilien. Er hat nicht nur Immobilien verkauft, er besaß auch welche, und nicht wenige. Finden Sie heraus, wofür er diese benutzt hat. Und Winzlow, seine Geschichte kennen Sie wahrscheinlich inzwischen. Mondrian war einfach nur ein Mann der Öffentlichkeit, ein schwacher, korrupter Mann, der allerdings über exzellente Beziehungen verfügte.« Der Anrufer lachte kurz auf, fuhr dann fort: »Schwach, korrupt und auf der anderen Seite plädiert er in seinen Liedern für Umweltbewußtsein und Nächstenliebe.«

»Aber noch einmal – was hat das mit den Morden in Frankfurt zu tun? Und wie viele Opfer wird es noch geben?«

»Keine Ahnung. Zwei, drei. Ich habe nur das Gefühl, der Mörder arbeitet sich von unten nach oben durch.«

»Was heißt das genau?«

»Finden Sie es heraus, ich kann jetzt nicht mehr sprechen. Leben Sie wohl.«

»Moment, eine Frage noch – hat Hauptkommissar Schnell etwas damit zu tun? Wird er bezahlt für Informationen wie zum Beispiel über Razzien, wann und wo sie stattfinden?«

Der Anrufer zögerte einen Moment, bevor er antwortete.

»Vielleicht. Doch wenn, dann ist Schnell nur ein kleiner Fisch in einem riesigen Becken voller Raubfische. In dem Augenblick, in dem er nicht mehr kuscht, wird er beseitigt ...«

»Das hört sich nach mehr als nur einem Vielleicht an ...«

»Deuten Sie es, wie Sie wollen. Aber gut, er hat sich, genau wie ich, fangen lassen. Und jetzt wird er die Geister, die er gerufen hat, nicht mehr los. Aber es ist sein Problem, wenn er sich eine teure Geliebte hält, die an jedem Finger zehn andere, jüngere Liebhaber haben könnte. Wie es scheint, ist Bumsen wichtiger als Ehre. Doch so ist der Mensch, er gibt eher seinen Trieben nach als ... Ich werde mich wieder melden.«

Er legte auf, ohne eine Erwiderung der Kommissarin abzuwarten. Sie steckte ihr Handy in die Jackentasche und ging zu ihrem Wagen. Frank Hellmer trat aus einem dunklen Hauseingang, kam ihr entgegen.

»Scheiße, was?« sagte er.

Julia Durant blickte ihn enttäuscht an. »Ich hab eben einen Anruf von unserem Informanten bekommen. Er hat die Hosen voll. Aber er hat mir einige recht interessante Informationen geliefert. Wie zum Beispiel die, daß alle bisher Ermordeten Mitglieder im Bereich der organisierten Kriminalität waren ...«

»Domberger auch?« fragte Hellmer ungläubig.

»Ich wollte es auch nicht glauben, aber mein Informant war sehr bestimmt in seiner Aussage. Und er sprach davon, daß die OK ein globales Netzwerk ist.« Sie machte eine Pause, zündete sich eine Zigarette an. »Moment mal, der Anrufer hat auch den Begriff OK benutzt, der doch eigentlich nur von uns verwendet wird. Einer aus unseren Reihen? Na ja, und auf Schnell angesprochen, sagte er mehr durch die Blume, daß Schnell korrupt ist. Aber er sei nur ein kleiner

Fisch, und wenn er sich gegen die Organisation stellt, wird er kaltgemacht.«

»Gut, wenn Schnell also korrupt ist, dann ist er es nicht allein im Präsidium. Dann hängen noch einige andere drin. Doch wer? Und vor allem sollten wir uns die Frage stellen, ob nicht auch einige prominente Personen aus dem Bereich der Justiz ...«

»Die gleiche Frage habe ich mir auch schon gestellt. Doch wer? Anders, Degen, unsere werte Oberstaatsanwältin Schweiger? Oder irgendein anderer Staatsanwalt oder Richter? Die Vorstellung allein jagt mir kalte Schauer über den Rücken. Kannst du dir das vorstellen?«

»Allerdings. Ich bin vielleicht auch manchmal verrückt, schaue zu oft zu tief ins Glas, aber eines kann ich dir garantieren – ich lasse mich nicht kaufen, und ich würde mich nie kaufen lassen. Aber ich weiß, es gibt viele Polizisten, die sich ohne weiteres kaufen lassen. Du brauchst doch nur durchs Bahnhofsviertel zu gehen und zu beobachten, welche Autos wegen überzogener Parkzeit einen Strafzettel bekommen und welche manchmal stunden- oder sogar tagelang an einem Platz stehen, ohne aufgeschrieben zu werden. Meinst du, das kommt von ungefähr? Und warum werden sie nicht aufgeschrieben? Weil sie bezahlen. Für einen kleinen Streifenbullen, der von seinem mickrigen Gehalt eine Familie ernähren muß, können fünfhundert oder tausend Mark zusätzlich im Monat eine Menge Geld sein, während es für den Zahler nicht mehr als ein Trinkgeld ist. Zumindest bei den unteren Diensträngen liegt die Misere doch häufig allein an der miesen finanziellen Situation.«

»Und wie können wir das in den Griff bekommen?« fragte Julia Durant nach einem weiteren Zug an ihrer Zigarette.

»Gar nicht«, erwiderte Hellmer lakonisch. »Zumindest was

die unteren Positionen angeht. Lassen wir einen hochgehen, tritt ein anderer an seine Stelle. Und wenn er vielleicht auch so eine Art Ehrenkodex befolgen will, so wird er so lange unter Druck gesetzt, bis er nachgibt und sich letztendlich sagt, es ist besser, einen Tausender extra im Monat auf dem Konto zu haben, als vielleicht zusammengeschlagen zu werden oder daß ihm sogar Schlimmeres passiert. Nein, unten können wir gar nichts tun, sollten wir auch nicht. Was wir können, ist, die oberen Reihen zu durchforsten und zu sehen, was da alles faul ist und vor allem, wie faul es ist.«
»Und, hast du einen Idee, wie das aussehen könnte?«
Hellmer zuckte hilflos mit den Schultern, verzog den Mund. »Wenn ich eine Idee hätte, würde ich sie dir mitteilen und alles dafür tun, sie in die Tat umzusetzen.« Er machte eine Pause, fuhr dann fort: »Hat der Typ noch irgendwas gesagt?«
»Nur, daß er sich wieder melden würde.«
»Aber nicht, wann, oder?«
»Nein, leider. Ich werde mich jetzt jedenfalls ins Auto setzen und nach Hause fahren. Der Tag hat mir gereicht.«
»In Ordnung. Wir sehen uns morgen.«
Julia Durant stieg gerade in ihren Wagen, als das Handy erneut summte.
»Ja?«
»Ich bin's noch mal«, sagte der Anrufer. »Tut mir leid, wenn ich vorhin einfach so aufgelegt habe. Aber vielleicht habe ich eine interessante Information für Sie. Morgen nachmittag um zwanzig nach drei landet auf dem Rhein-Main-Flughafen eine Frachtmaschine aus Paris. Sie hat offiziell Computer und Fernsehapparate geladen ...« Er machte eine Pause, räusperte sich.
»Und inoffiziell?« fragte Julia Durant mit belegter Stimme.

»Heroin im Wert von etwa hundert Millionen Mark. Das Zeug ist nach einer neuartigen und sicheren Methode verpackt und so gut versteckt, daß selbst Spürhunde keine Chance hätten, es zu finden. Außerdem gibt es einige Beamte beim Zoll, die in der Sache mit drinhängen.«

»Woher haben Sie diese Information?«

»Ich habe sie, das genügt. Ich werde nicht meinen Arsch riskieren und irgendwelche Namen preisgeben. Ich muß nicht nur an mich denken, sondern auch an meine Familie. Es liegt jetzt an Ihnen, was Sie mit dieser Information anfangen.« Er legte auf. Julia Durant hielt das Handy in der Hand, sah vom Sitz aus Hellmer an.

»Das war er wieder. Morgen nachmittag kommt auf dem Flughafen eine Ladung Heroin im Wert von hundert Millionen Mark an«, sagte sie lakonisch.

»Was?« fragte Hellmer und stützte sich mit einem Arm auf das Autodach. »Hundert Millionen?! Wie kann das unbemerkt durch den Zoll kommen?«

»Er sagt, das Zeug sei nach einer neuartigen Methode so gut verpackt, daß nicht einmal Spürhunde es finden können. Und einige Beamte hängen auch mit drin.«

»Und jetzt?« fragte Hellmer.

»Es wäre ein Riesencoup, wenn wir die Sache auffliegen lassen könnten. Nur bräuchten wir dazu ein paar Leute, die auf unserer Seite stehen.«

»LKA?«

»Die werden sagen, dafür ist der Zoll zuständig«, sagte Julia Durant. »Solange das Zeug auf dem Flughafen ist und das Gelände nicht verlassen hat, gehört es nicht in Bereich der deutschen Justiz. Es muß erst auf ein Fahrzeug verladen werden, und wenn dieses Fahrzeug das Flughafengelände verlassen hat, können die Jungs vom Rauschgift zuschlagen. Außerdem sollten wir Berger einweihen. Aber niemand sonst, ich traue keinem mehr. Und jetzt fahre ich endgültig nach Hause. Tschüs.«

»Tschüs, und schlaf gut, wenn's geht«, sagte Hellmer. Julia Durant startete den Motor und fuhr los. Hellmer begab sich zu seinem in einer Nebenstraße geparkten Wagen, stieg ein, zündete sich eine Marlboro an, steckte den Zündschlüssel ins Schloß. Auf der Heimfahrt dachte er über die letzten Minuten nach, doch mehr und mehr wurden diese Gedanken von denen an Nadine Neuhaus verdrängt. Er schaute zur Uhr, Viertel vor zwölf. Ob sie noch wach war? Er nahm das Handy vom Beifahrersitz, wählte ihre Nummer. Er ließ es viermal läuten, wollte schon wieder die Aus-Taste drükken, als sie sich meldete.

»Hallo, Nadine«, sagte er, die Ampel vor ihm sprang gerade auf Rot. »Ich hoffe, du bist mir nicht böse, daß ich so spät noch anrufe?«

»Nein, ich kann sowieso nicht schlafen. Gibt es irgendwas Besonderes?«

»Nein, es war einfach nur ein Scheißtag, und ich wollte nicht, daß es auch wie ein Scheißtag zu Ende geht. Ein bißchen reden, deine Stimme hören. Du weißt, wie gern ich deine Stimme höre.«

Sie lachte auf, sagte: »Ich weiß. Wo bist du jetzt?«

»Zwischen Nied und Höchst. Auf dem Weg nach Hause. Obgleich ich mir Schöneres vorstellen könnte ...«

»Und das wäre?« fragte sie, und er glaubte ein Lächeln in ihren Worten zu hören.

»Kannst du dir das nicht denken? Es ist eine Ewigkeit vergangen, seit ...«

»Laß uns die Beerdigung morgen abwarten. Einverstanden? Du hast gesagt, du bist auch da?«

»Nicht nur ich, auch ein paar meiner Kollegen. Wir wollen sehen, wer sich so alles unter den Trauergästen befindet.«

»Meint Ihr, der Mörder könnte auch darunter sein?«
»Es ist alles möglich.« Er machte eine Pause, warf die Zigarette aus dem Fenster. »Nadine, ganz gleich, was du auch sagst, ich liebe dich und werde um dich kämpfen. Du fehlst mir.«
»Komm morgen abend zu mir, ich werde allein sein. Sagen wir, so gegen acht.«
»Okay, so gegen acht. Aber sollte etwas Außergewöhnliches dazwischenkommen ...«
»Ja, ja, dann ruf einfach an und sag mir, daß es entweder später wird oder du gar nicht kommst. Auf einen Tag mehr oder weniger kommt es jetzt auch nicht mehr an.«
»Ich hoffe, es kommt nichts dazwischen. Gute Nacht und schlaf gut. Ich denke, ich werde das jetzt auch können.«
»Gute Nacht.« Sie legte auf. Hellmer war vor seinem Haus angelangt, fand eine Parklücke etwa hundert Meter entfernt. Es hatte angefangen zu tröpfeln, der Wind war angenehm kühl. Er betrat die Wohnung, ignorierte die Unordnung, zog sich aus, aß eine Banane und legte sich in Unterwäsche ins Bett. Er schlief ein, kaum daß er lag.

MITTWOCH, 7.30 UHR

Berger und der von ihm angeforderte Profiler Hübner waren bereits im Büro, als nacheinander die anderen Beamten eintrafen. Um kurz vor acht waren alle anwesend und warteten gespannt auf das, was Hübner ihnen zu berichten hatte. Doch bevor er anfangen konnte, bat Julia Durant Berger, kurz mit ihm unter vier Augen sprechen zu dürfen. Sie begaben sich ins Nebenzimmer, schlossen die Tür hinter sich. Die Kommissarin erzählte von ihrem nicht

stattgefundenen Treffen, dann von den Telefonaten. Berger hörte eine Weile schweigend zu, bis er sagte: »Warum, zum Teufel, haben Sie mir nicht vorher etwas davon gesagt? Sie gehen ein verdammt hohes Risiko ein, wenn Sie solche Alleingänge unternehmen, ist Ihnen das klar?«
»Ja, natürlich, aber ...«
»Nichts, aber! Wir wissen nicht, mit wem wir es zu tun haben, wir wissen nur, daß der Kerl ungemein gefährlich ist.«
»Mein Informant ist aber nicht der Täter.«
»Und woher wollen Sie das wissen? Woher wollen Sie wissen, daß er nicht ein perfides Spiel mit Ihnen treibt?« Er holte die Schachtel Zigaretten aus der Brusttasche seines Hemdes und zündete sich eine an. Er schüttelte den Kopf, sagte: »Mein Gott, da dachte ich, Sie hätten genug Grips ...«
»Ich wußte, was ich tat. Außerdem war Hellmer in meiner Nähe. Und ich hatte meine Pistole entsichert und griffbereit. Es konnte nichts schiefgehen. Und ich garantiere Ihnen, der Anrufer hatte selber Angst. Aber die Information mit dem Heroin sollten wir ernst nehmen. Die Frage ist nur, wem können wir noch trauen? Wie es aussieht, ist unser werter Kollege Schnell käuflich. Doch wer noch? Wir müssen auf jeden Fall schnellstens die Kollegen vom Zoll informieren. Wenn sie blöde Fragen stellen, sagen wir einfach die Wahrheit – wir haben einen anonymen Hinweis bekommen. Wir sind nicht verpflichtet, ihnen die ganzen Hintergründe zu erzählen.«
»Und was ist mit unserem Rauschgiftdezernat? Sollten die nicht wenigstens informiert werden?«
»Natürlich sollten die informiert werden, auch wenn es in diesem Haus gewaltig stinkt. Ich jedenfalls traue keinem mehr über den Weg«, sagte Julia Durant energisch.

»Keinem?« fragte Berger mit hochgezogenen Augenbrauen.
»Entschuldigung, so war das nicht gemeint. Ich traue natürlich Ihnen und Hellmer und auch Kullmer und sicher den meisten anderen Kollegen ...«
»Gut, dann lassen Sie uns sehen, ob der Zoll seine Aufgaben auch pflichtgemäß erfüllt. Aber keine Alleingänge mehr von Ihnen, damit das klar ist! Ich will wenigstens informiert sein, wenn Sie sich wieder einmal in waghalsige Abenteuer stürzen.« Er machte eine Pause, nahm einen Zug an der Zigarette, blies den Rauch durch die Nase aus. Mit einem Mal lächelte er und meinte: »Zum Glück konnte ich mich in der Vergangenheit immer auf Ihre sogenannte weibliche Intuition verlassen. Ich hoffe nur, Sie besitzen diese Intuition noch.«
»Ich denke schon«, erwiderte Julia Durant ebenfalls lächelnd.
»Dann werde ich schnell mit dem Kollegen Zacher vom Zoll telefonieren. Sie können schon mal raus zu den anderen gehen, ich komme gleich nach.«
Die Kommissarin verließ das Zimmer, zog die Tür hinter sich zu. Hellmer warf ihr einen eindeutigen Blick zu, sie nickte nur, worauf Hellmers Gesichtszüge sich sichtlich entspannten. Sie setzte sich auf einen freien Stuhl, zündete sich eine Gauloise an und wartete, bis Berger zurückkam und Hübner mit seinen Ausführungen beginnen konnte.
»Tut mir leid«, sagte Berger nach fünf Minuten, »aber ich mußte noch ein dringendes Telefonat führen.« Er nahm hinter seinem Schreibtisch Platz, warf einen langen Blick in die Runde. »Fangen wir an. Ich bin gespannt, ob wir etwas über den Täter erfahren werden.«
Hübner, in dessen Gesicht sich keine Regung zeigte, klappte den Block auf, auf dem er sich eine Menge Notizen gemacht hatte.

»Ich habe den ganzen gestrigen Abend und auch einen Teil der Nacht damit zugebracht, mir ein Bild vom Täter zu machen, und ich denke, es ist mir zumindest ansatzweise gelungen. Ich weiß nicht, inwiefern Sie sich schon diese Frage gestellt haben, aber das Vergiften mit Zyankali und die Kastration lassen zumindest theoretisch auch eine Frau in Betracht kommen. Auf der anderen Seite steht die äußerst blutige Vorgehensweise, die eher Männern zu eigen ist. Aber der Reihe nach – wir haben Ankündigungen, die jedem Mord vorausgehen und an Kommissarin Durant geschickt werden, die der Täter offensichtlich sehr schätzt. Vor jedem Mord erhielten Sie, Frau Durant, ein Schreiben mit einem Bibelzitat, auch gestern ...«

»Moment, was für ein Bibelzitat habe ich gestern erhalten?«

»Ich lese es Ihnen vor: *Nicht die Gesunden brauchen den Arzt, sondern die Kranken. Ich bin gekommen, um die Sünder zu richten, nicht die Gerechten.* Ich habe eine Weile gebraucht, bis ich das Zitat fand, es steht im Neuen Testament, Markusevangelium zwei, Vers siebzehn. Nur ist der Wortlaut dort ein klein wenig anders, dort heißt es nämlich nicht, *um die Sünder zu richten,* sondern, *um die Sünder zu rufen.* Der Täter ruft nicht, er richtet. Und wie es aussieht, wird es diesmal einen Arzt treffen. So, wie der Täter in seinen Ankündigungen zuvor schon jeweils indirekt auf den Beruf des Opfers aufmerksam gemacht hat, so hat er dies in diesem Fall sicher auch getan. Die einzige Ausnahme ist Winzlow, der nicht auf seinen Beruf, sondern auf seine päderastischen Neigungen angesprochen wurde. Nur, wie viele Ärzte gibt es in Frankfurt und Umgebung? Und wer weiß, vielleicht ist das potentielle Opfer bereits tot ... Aber fahren wir fort; zwölf weiße Lilien, Grabblumen, Blumen der Trauer, des Todes, des Verlusts. Wenn wir jetzt einmal

davon ausgehen, daß die Blumen in erster Linie für Trauer und Verlust stehen, dann stellt sich die Frage, was für ein Verlust gemeint ist. Hat er vor, zwölf Leute umzubringen, um sein Werk zu vollenden, oder ist damit eventuell auch ein persönlicher Verlust und persönliche Trauer gemeint? Was ist dem Täter widerfahren, daß er zu solchen Handlungen fähig ist? Ausgeschlossen werden kann auf jeden Fall, wie ich bereits gestern ausführte, religiöser Fanatismus, auch wenn der Täter sich in der Heiligen Schrift ziemlich gut auskennt. Über die Persönlichkeit ist soviel zu sagen – er ist intelligent, allem Anschein nach sehr angesehen, eine Vertrauensperson, wohlhabend, nicht psychopathisch, auch kein religiöser Fanatiker. Die Bibelzitate dienen ihm nur als Mittel zum Zweck. Er kennt seine Opfer persönlich, wobei diese niemals auf die in ihren Augen absurde Idee kommen würden, daß ausgerechnet er sie im nächsten Moment umbringen würde. Wie Sie, Kommissarin Durant, gestern sagten, könnte es sich bei den Opfern um Mitglieder aus dem Bereich der organisierten Kriminalität handeln. Wobei offen ist, in welchen Bereichen sie tätig waren. Nach meinem Dafürhalten ist auch der Täter in diesen Kreisen zu finden, doch nicht aus Überzeugung, sondern um einen Plan zu erfüllen. Er will das Übel ausrotten und hat sich dafür unbemerkt in die Höhle des Löwen begeben, wo ihn jeder für einen der Seinigen hält.«
»Als Sie von den Lilien sprachen, was meinten Sie da konkret, als Sie sagten, der Täter habe unter Umständen einen persönlichen Verlust erlitten?«
»Ganz einfach – vielleicht ist die Organisation schuld daran, daß unser Täter leidet. Schwer leidet. So schwer, daß es ihm vorkommt, als trüge er alle Last dieser Welt auf seinen Schultern. So schwer, daß er meint, diese Last nur dann leichter werden zu lassen, wenn er die Schuldigen bestraft.

Doch wem ist derartiges Unrecht widerfahren, wem ist eine solche Last aufgebürdet worden, daß das Leben für ihn keinen Sinn mehr macht? Seine Opfer haben alle direkt oder indirekt mit seinem Leid zu tun. Und er hat auch keine Angst vor dem Tod, wahrscheinlich ist der Tod für ihn sogar eine Erleichterung, vielleicht wartet er nur auf ihn. Doch bevor er stirbt, will er die bestrafen, die letztendlich auch an seinem Tod schuld sind. Das Leben macht für ihn schon längst keinen Sinn mehr, sein ganzes Denken ist nur noch auf das eine Ziel ausgerichtet – seine Rache für etwas, von dem wir nicht wissen, was es ist. Wir wissen nur, daß er seinen Opfern die Zahl des Teufels auf die Stirn schreibt, und zwar mit deren eigenem Blut, ein Zeichen, daß er diese Menschen für abgrundtief schlecht und verwerflich hält. Seine Welt war heil und in Ordnung bis zu einem bestimmten Zeitpunkt, als diese heile Welt völlig aus den Fugen geriet. Vielleicht vergleichbar mit einer wunderschönen, blühenden Insel mitten im Ozean, die innerhalb weniger Minuten durch einen verheerenden Vulkanausbruch unbewohnbar wird. Ein solcher Vulkanausbruch hat, symbolisch gesehen, das Leben unseres Täters zu einer öden Wüste gemacht. Er hat keine Hoffnung mehr, keine Freude mehr am Leben, für ihn ist alles unwichtig geworden. Sollte er reich sein, was naheliegt, so bedeutet ihm dieser Reichtum nichts mehr, er würde vielleicht sogar alles verschenken, wenn er nur seine ehemals so schöne Welt wiederbekäme.«

»Und die zwölf Lilien – stehen sie nun für zwölf Morde oder nicht?« fragte Berger ungeduldig, da er ähnliche Ausführungen bereits von dem Polizeipsychologen Schneider gehört hatte.

»Schwer zu beantworten, doch ich glaube nicht. Ich bin eher der Überzeugung, daß nur ein Teil davon für die Morde steht. Doch erst die Zukunft wird zeigen, ob ich mit meiner

Vermutung richtig liege. Doch nun zu einem anderen Punkt. Sie haben bei dem ermordeten Stadtdekan Domberger ein Notizbuch gefunden, in dem für die Mordnacht das Kürzel Cic. eingetragen war. Sie haben mir gesagt, daß bei den anderen Ermordeten jeweils die gleichen Notebooks der Marke IBM gefunden wurden, auf denen verschlüsselte Botschaften gespeichert waren, unter anderem Decknamen wie Moses, Nero etc. Soweit ich weiß, ist nicht bekannt, wer hinter diesen Namen wirklich steckt, doch Cic. könnte unter Umständen darauf schließen lassen, daß es die Abkürzung für Cicero ist, der meines Wissens sowohl ein römischer Staatsmann als auch ein Gelehrter und Dichter war ... Und ein Anwalt, der gegen die Ungerechtigkeit im römischen Staat kämpfte. Wenn nun dieses Kürzel tatsächlich Cicero bedeutet, welche Funktion hat unser Cicero dann inne? Ist er ein Staatsmann oder Staatsdiener, ein Gelehrter, sagen wir Doktor oder Professor an der Universität, in einem Krankenhaus oder gar ein Dichter, Schriftsteller, oder ist er ein Anwalt, Rechtsanwalt, Staatsanwalt? Wobei Rechtsanwalt eher unwahrscheinlich erscheint, da Cicero zu seiner Zeit hauptsächlich als Ankläger aufgetreten ist, bevor er in die Politik ging, wo er die meiste Zeit seines Lebens zubrachte. Allerdings gibt es noch einen anderen Cicero, der im Zweiten Weltkrieg unter diesem Decknamen einer der berühmtesten Spione war.«

»Woher wissen Sie das alles?« fragte Berger neugierig.

»Ich habe die Encyclopaedia Britannica auf CD-ROM. Es gibt auf der ganzen Welt kein umfangreicheres Nachschlagewerk«, erwiderte Hübner und schlug seinen Block zu. »Wenn unser Täter bis jetzt überhaupt einen Fehler begangen hat, dann den, das Blatt aus dem Terminkalender von Domberger nicht entfernt zu haben. Vielleicht kommen Sie damit ein wenig weiter. Denn mir fällt beim besten Willen

kein anderer Name ein, dessen erste drei Buchstaben Cic. sind.«
»Was, wenn er das Blatt absichtlich nicht rausgerissen hat?« fragte Julia Durant. »Wahrscheinlich weiß er längst, daß wir bei allen Opfern die Notebooks und die darauf gespeicherten Decknamen gefunden haben. Vielleicht will er uns nur zeigen, daß er ein Teil der Organisation ist, und gleichzeitig demonstrieren ...«
»Daß er doch nicht dazugehört«, murmelte Hellmer nachdenklich. »Das würde für sein überlegtes Vorgehen sprechen.«
»Das ist durchaus möglich«, sagte Hübner. »Aber das herauszufinden wird Ihre Aufgabe sein. Haben Sie noch Fragen?«
»Ja, eine«, sagte Julia Durant. »Wenn Cic. gleich Cicero ist, dann haben wir es definitiv mit einem Mann zu tun, oder?«
»Das ist anzunehmen.«
»Danke«, sagte Berger und erhob sich, stellte sich ans Fenster und schaute hinunter auf die Mainzer Landstraße. Es hatte die ganze Nacht über geregnet, jetzt tröpfelte es nur noch, doch der Himmel war von dichten, grauen Wolken überzogen, die der Stadt ein düsteres, tristes Bild verliehen. »Dann werden wir uns jetzt an die Arbeit machen. Haben Sie schon einen Rückflug gebucht?« fragte er, an Hübner gewandt.
Hübner schaute zur Uhr, zehn vor neun. »Ich werde die Maschine um halb zwölf nehmen. Wenn Sie mich nicht mehr brauchen, würde ich jetzt gern gehen. Sie wissen, wo Sie mich erreichen können, ich stehe Ihnen jederzeit zur Verfügung.« Er erhob sich, packte seine Tasche, nickte den Beamten zu und verließ mit einem kurzen Gruß das Büro. Nachdem die Tür sich hinter ihm geschlossen hatte, sagte Berger: »Ich habe mir mehr von der Sache versprochen,

wenn ich ehrlich bin. Wir hätten genausogut noch einmal Schneider hinzuziehen können. Aber was soll's, Hübner ist wieder weg, und wir stehen so blöd da wie zuvor. Cicero! Wie sollen wir herausfinden, wer den Decknamen Cicero trägt?! Es kommen Hunderte, wenn nicht gar Tausende von Leuten in Frage …«

»Nicht ganz«, warf Julia Durant ein. »Der Mann kennt mich, und zwar ziemlich gut. Also ist die Auswahl doch einigermaßen eingeschränkt.«

»Aber es sind immer noch zu viele. Sie sind doch inzwischen hier im Präsidium und zum Teil darüber hinaus bekannt wie ein bunter Hund.« Er setzte sich wieder, nahm einen Ordner und schlug ihn auf. »Hier«, sagte er, »die Fotos von der Trauerfeier. Vielleicht war Cicero ja auf der Beerdigung von Matthäus«, sagte er sarkastisch.

Julia Durant nahm die Bilder und sah sie sich zusammen mit Hellmer und Kullmer an. Nach einer Weile schüttelte sie den Kopf, lehnte sich zurück, gähnte, sagte dann: »Es sind zu viele Gesichter, vor allem sind viele der Fotos unscharf. Warten wir einfach die Beerdigung von Neuhaus heute nachmittag ab. Obgleich ich wenig Hoffnung habe.«

»Wenn ich etwas sagen dürfte«, meldete sich einer der Beamten zu Wort. »Wo gerade von Neuhaus gesprochen wird, wir haben herausgefunden, daß er allein in Frankfurt sechzehn Häuser besitzt, und raten Sie mal, wofür acht davon benutzt werden?«

»Na, als was?« fragte Kullmer gelangweilt.

»Als Bordelle. Er hat die Häuser verpachtet, und die Pächter gehören nicht gerade zu den Personen, zu denen unsereins unbedingt Kontakt haben möchte. Es sind sämtlich Typen aus der Halbwelt, die ein ziemlich strenges Regiment führen.«

»Was für Mädchen arbeiten dort?« fragte Julia Durant. »Deutsche?«
»Zum geringsten Teil. Die meisten Prostituierten kommen aus dem Ostblock, Russinnen, Polinnen usw. Sie zahlen zweihundertfünfzig Mark pro Tag und Zimmer, und man kann sich unschwer vorstellen, wieviel ihnen am Ende des Monats übrigbleibt von dem, was sie sich erbumst haben. Die meisten von denen haben nichts außer ihrer Unterwäsche und vielleicht ein paar Jeans und eine Bluse. Und ich möchte wetten, kaum eine von ihnen ist auf legalem Weg nach Deutschland gekommen. Sie sind, wie die meisten, mit fadenscheinigen Versprechungen hergelockt worden und kommen jetzt nicht mehr weg von hier.«
»Zuhälter?«
»Offiziell nicht, aber wir wissen alle, daß die Mädels zusätzlich zu ihrer Miete noch Abgaben zahlen. Nur an wen?«
»Dann sollten wir vielleicht einmal diese Quelle anzapfen«, sagte Hellmer. »Am besten während des Tages, wenn noch nicht soviel Betrieb ist.«
»Einverstanden«, sagte Julia Durant und erhob sich. »Aber erst werde ich etwas frühstücken gehen, ich habe nämlich noch keinen Bissen gegessen. Kommt jemand mit?«
»Ich«, sagte Hellmer und stand ebenfalls auf.
»Wir sind so gegen Mittag zurück«, sagte die Kommissarin, während sie ihre Handtasche nahm und zusammen mit Hellmer das Büro verließ. Es hatte aufgehört zu regnen, der Himmel begann an einigen Stellen Lücken zu zeigen. Prompt machte sich Schwüle breit. Sie fuhren zu einem Café in der Kaiserstraße.

MITTWOCH, 9.30 UHR

Was mich wundert«, sagte Hellmer, während er in ein Croissant biß, »daß unser Killer noch nicht zugeschlagen hat. Angekündigt hat er den Mord ja schon, zumindest behauptet das unser schlaues Hirn aus München.«

»Vielleicht hat er ja, und wir wissen nur noch nichts davon. Viel mehr würde mich interessieren, wer unser Informant ist. Auch wenn er seine Stimme verstellt, ich werde einfach das Gefühl nicht los, ihn zu kennen. Ich habe mir fast die halbe Nacht das Hirn zermartert, woher ich die Stimme kenne, aber ich bin ums Verrecken nicht draufgekommen. Der Mist ist, daß er mich immer nur unter meiner Handynummer anruft, so daß wir keine Aufzeichnungen machen können.«

»Meinst du, er gehört der Organisation an, ich meine, hat er einen Decknamen?«

»Glaube ich eher nicht. Er scheint außerhalb der Organisation zu stehen, ist aber dennoch informiert über gewisse Aktivitäten ...«

»Moment mal«, warf Hellmer ein, »angenommen, er gehört nicht direkt zur Organisation, weiß aber über deren Aktivitäten Bescheid, dann könnte es doch immerhin sein, daß er in einer Entscheiderposition sitzt, das heißt, er ist unter Umständen im juristischen Bereich tätig, aber nicht als Rechtsanwalt, sondern als Staatsanwalt, zum Beispiel. Ein gewiefter Staatsanwalt kann eine Menge Sachen decken oder verschleiern. Und dafür wird er geschmiert. Was hältst du von dieser Theorie?«

Julia Durant nippte an ihrem Kaffee, sah Hellmer von unten herauf an. »Sie macht mir angst. Wenn schon ein Staatsanwalt sich schmieren läßt, wo ist dann nach oben die Grenze?«

»Staatsanwalt Anders und Richter Degen werden doch bereits überprüft …«

»Genau das ist es. Wir überprüfen Leute, von denen man annehmen müßte, daß sie absolut gesetzestreu und integer sind. Ich hoffe nur, die Überprüfungen verlaufen negativ, damit ich nicht ganz den Glauben an das Gute im Menschen verliere.«

»Ich glaube, ich habe ihn schon verloren«, erwiderte Hellmer leise. »Leider.«

»Warum so pessimistisch?« fragte die Kommissarin.

»Schau dir doch diese ganze Scheiße an. Vor allem, wenn ich an die Kinder und Jugendlichen denke, die schon mit Waffen in die Schule gehen. Die Hunderttausenden von Jugendlichen, die keine Perspektive haben und sich irgendwelchen obskuren Gangs und Organisationen anschließen, in denen nichts anderes als Gewalt, Gewalt und nochmals Gewalt gepredigt wird. Und wer ist schuld? Die Gesellschaft, wir alle im Prinzip, die wir ihnen keine Chance geben. Ich habe gerade vor kurzem einen Artikel gelesen, daß die großen Unternehmen immer mehr Profit mit immer weniger Arbeitskräften machen. Wir haben über vier Millionen Arbeitslose, und ein Großteil von denen sind potentielle Auszubildende. Und mir soll keiner erzählen, wenn einer nur wirklich wollte, würde er auch eine Arbeits- oder Lehrstelle finden. So leicht ist das heutzutage nicht mehr. Und natürlich liegt auch viel Schuld bei den Eltern, die kaum noch Zeit für ihre Kinder haben, sie sich selbst überlassen und wo Freunde oder der Fernsehapparat oder der Computer die Erziehung übernehmen. Wir sind nicht dabei, eine degenerierte Gesellschaft zu werden, wir sind schon eine. Nur scheinen das die wenigsten bis jetzt begriffen zu haben. Schau doch bloß mal, wie viele Kinder und Jugendliche jedes Jahr spurlos verschwinden, ohne daß sie jemals wiedergefunden werden. Keiner weiß, wo sie landen, im Drogenmilieu, auf dem Strich, wo sie ihr häufig kurzes Leben zubringen, bis sie krepieren. Nein«, sagte er kopfschüttelnd, »ich habe keine Hoffnung mehr, daß sich irgendwann irgend etwas ändern wird. Im Gegenteil, ich fürchte, es wird noch viel schlimmer werden.«

Julia Durant antwortete nicht darauf, sie trank schweigend ihren Kaffee aus, stellte die leere Tasse zurück auf den Unterteller. Sie zündete sich eine Zigarette an, sah aus dem Fenster auf die Kaiserstraße.

»Was ist los? Habe ich dich erschreckt mit meinen pessimistischen Ausführungen?«

Sie schüttelte den Kopf. »Nein, mir ist nur klargeworden, daß du recht hast, wir aber viel zu häufig die Augen vor der Realität verschließen. Ich wünschte auch, die Welt wäre ein klein wenig lebenswerter ... Komm, laß uns zahlen und ein paar der Bordelle von Neuhaus aufsuchen. Hast du die Fotos von Matthäus, Neuhaus, Winzlow, Mondrian und Domberger dabei?«

»Hab ich«, sagte Hellmer, zog sein Portemonnaie aus der Hosentasche und beglich die Rechnung für zwei Croissants mit Butter und Marmelade und eine Tasse Kaffee. Nachdem auch Julia Durant bezahlt hatte, standen sie auf und verließen das Café und traten hinaus auf die Kaiserstraße. Die Sonne bahnte sich mit Macht einen Weg durch die Wolken, der Wind war warm, drückende Schwüle machte sich einmal mehr breit.

»Hast du die Adressen der Häuser?« fragte Julia Durant.

»Ja, vier in der Elbestraße, drei in der Taunusstraße und eins in der Moselstraße.«

»Fangen wir in der Elbestraße an«, sagte die Kommissarin. »Mal sehen, wie viele unserer Mädels schon wach sind.«
Sie betraten das erste Haus in der Elbestraße, ein sechsstöckiger Bau aus der Jahrhundertwende, stiegen drei Treppen hinauf und gelangten in den engen, dunklen Flur. Zwei Männer kamen ihnen entgegen, zwängten sich an ihnen vorbei. Es war heiß, der typische Bordellgeruch hatte sich in jeder Ritze des alten Gemäuers festgesetzt. Vom Erdgeschoß gelangte man in einen Hinterhof, in dem vier riesige, jetzt überquellende Müllcontainer standen. Sie warfen einen kurzen Blick auf den Hof, wandten sich wieder um und gingen die Treppe hoch in den ersten Stock, wo sich die Zimmer der Huren befanden. Von den zehn Türen waren acht geöffnet, aus einigen drang laute Musik, während sich ein paar Huren aufgeregt unterhielten. Als sie die Kommissarin und Hellmer erblickten, verstummten die Gespräche sofort. Eine der Huren kam wild gestikulierend auf sie zu und sagte in gebrochenem Deutsch: »Keine Frauen, nix Frauen hier!«
Julia Durant holte ihren Dienstausweis aus der Tasche und hielt ihn der Frau, einer fülligen, viel zu grell geschminkten, blonden Mittdreißigerin, deren gewaltiger Busen von einem Hauch von Stoff zusammengehalten wurde, schweigend unter die Nase. Die Frau hielt sofort inne, ihr Blick wurde ängstlich.
»Wir haben nur ein paar Fragen«, sagte die Kommissarin ruhig. »Sie brauchen keine Angst zu haben. Aber wir würden Ihnen die Fragen gern einzeln stellen. Fangen wir gleich bei Ihnen an – können wir in Ihr Zimmer gehen?«
»Ja«, sagte die Angesprochene mit einem Mal ruhig. »Hier, bitte.« Sie betraten das Zimmer, schlossen die Tür hinter sich. Die Frau stand gegen die Tür gelehnt, ihr Blick drückte Mißtrauen aus. Im Zimmer befanden sich ein Bett, ein

Stuhl, ein Schminktisch und ein großer Spiegel sowie ein etwa ein Meter breiter Schrank, der verschlossen war. Auf einem kleinen Tisch neben dem Bett stand ein Foto, das offensichtlich die Familie der Hure zeigte. Andenken, vielleicht das einzige, was ihr von der Heimat geblieben war.
»Wie heißen Sie?« fragte Julia Durant mit sanfter Stimme.
»Iwanka.«
»Sie sind Russin?«
»Ja, aus Weißrußland.«
»Okay, mehr will ich von Ihnen gar nicht wissen. Ich möchte nur eines – sehen Sie sich bitte die Bilder an, die mein Kollege Ihnen gleich zeigen wird, und sagen Sie uns, ob Sie einen oder mehrere der Männer erkennen.«
Hellmer stellte sich neben Iwanka und zeigte ihr ein Foto nach dem anderen. Die Kommissarin beobachtete jede Reaktion im Gesicht der Frau, die leicht zitterte, obgleich es in dem Zimmer sehr warm war. Nach wenigen Sekunden sagte sie: »Nein, kenne ich keine von die Männer.« Während sie das sagte, hielt sie den Blick gesenkt, um Julia Durant nicht ansehen zu müssen.
»Sie haben also noch nie einen von ihnen hier gesehen?«
»Nein, niemals«, erwiderte sie, den Blick noch immer gesenkt haltend.
»In Ordnung, dann werden wir Ihre Kolleginnen befragen.«
Sie betraten wieder den Flur, ein bulliger Mann mit kaltem Blick kam ihnen entgegen.
»Was wollen Sie von meinen Mädchen? Wissen Sie nicht, daß Frauen hier keinen Zutritt haben?« blaffte er Julia Durant und Hellmer an.
»Wer sind Sie? Der Pächter?« fragte Hellmer kalt und scharf.
»Und wen geht das was an?«
»Uns, die Polizei. Und wir werden jetzt eine Dame nach der

anderen befragen, wenn's gestattet ist. Und wenn nicht, dann tun wir's trotzdem. Ist das in Ihren kahlrasierten Schädel gedrungen?«
»Lassen Sie bloß meine Mädels zufrieden ...«
»Hören Sie zu, guter Mann«, sagte Hellmer mit ungewohnt scharfem Ton, »wenn Sie nicht unverzüglich den Abgang machen, schmeiße ich Sie eigenhändig die Treppe runter. Was halten Sie davon? Also, wird's bald?!« Der Mann sah Hellmer wütend an, ballte die Fäuste, als wollte er gleich zuschlagen, besann sich dann aber doch, machte kehrt, doch Hellmers Stimme hielt ihn zurück. »Ach ja, bevor ich's vergesse, ich hätte gern Ihre Personalien und den Pächternachweis. Es reicht aber, wenn Sie uns diese Angaben geben, nachdem wir *Ihre* Mädels befragt haben. So, und jetzt können Sie gehen.«
Nachdem der Mann verschwunden war, sah Julia Durant ihren Kollegen grinsend von der Seite an. »Hey, hey, so kenne ich dich gar nicht. Seit wann bist du so aggressiv?«
»Solche gottverdammten Schweinstypen kotzen mich einfach an. Spricht von seinen Mädels, als wären sie sein Eigentum ... Was sie wahrscheinlich auch sind. Schau sie dir doch an, die haben Angst, jede einzelne von ihnen. Glaubst du im Ernst, wir kriegen auch nur eine Silbe aus denen raus? Diese Iwanka hat mindestens einen, wenn nicht alle auf den Fotos erkannt, das hab ich an ihrer Reaktion gemerkt. Aber Angst schnüren Kehle zu, auch wenn dieser Scheißfilm ganz anders heißt.«
»Versuchen wir's trotzdem. Fangen wir bei der hübschen Brünetten dort an. Die ist doch genau deine Kragenweite, oder?« fragte die Kommissarin anzüglich grinsend.
»Kann schon sein, aber leider ist mein Herz schon vergeben«, sagte er ebenfalls grinsend.
»Oh, an wen denn? Etwa Nadine Neuhaus?«

»Tja, werte Kollegin, gegen die Liebe ist kein Kraut gewachsen. So, jetzt aber Spaß beiseite.«
Sie näherten sich der braunhaarigen Schönheit mit dem makellosen Körper, die nichts trug als einen ihren Busen kaum verhüllenden weißen BH und einen Hauch von Slip. Sie hatte große, braune Augen, die die Beamten kritisch musterten. Durch die Stöckelschuhe war sie eine Idee größer als Julia Durant.
»Können wir bitte in Ihr Zimmer gehen?« fragte die Kommissarin.
»Bitte«, sagte die junge Frau, die Julia Durant auf höchstens fünfundzwanzig schätzte.
»Dürfen wir bitte Ihren Namen erfahren?«
»Nadja.«
Ihr Zimmer war genauso eingerichtet wie das von Iwanka, auch hier auf dem Tisch ein Bild, das sie zusammen mit ihrer Familie zeigte. Sie ging an den Tisch, holte sich eine Zigarette und zündete sie an. Sie setzte sich auf das Bett, die langen, perfekt geformten Beine übereinandergeschlagen.
»Sie sind auch Russin?« fragte Julia Durant.
»Ich komme aus Minsk, Weißrußland«, antwortete Nadja in fast akzentfreiem Deutsch.
»Seit wann sind Sie in Deutschland?«
»Seit einem Jahr.«
»Wie sind Sie hergekommen?«
»Ich bin eingereist. Wollen Sie meine Aufenthaltsgenehmigung sehen?«
»Nein, nicht nötig«, sagte Hellmer, der inzwischen wußte, daß solche Aufenthaltsgenehmigungen keinen besonderen Wert hatten. »Wir möchten Ihnen nur ein paar Fotos zeigen und Sie bitten, uns zu sagen, ob Sie einen der Männer erkennen.«
Hellmer setzte sich zu Nadja aufs Bett und hielt ihr die

Bilder hin. Sie sah sie sich in Ruhe alle an, dann blickte sie auf, sagte aber nichts. Sie reichte die Bilder Hellmer zurück, nahm einen Zug an der Zigarette.
»Und, was ist?« fragte Julia Durant.
»Es ist nicht einfach für mich hier. Ich wollte nie in einem Bordell arbeiten, glauben Sie mir.«
»Sie haben meine Frage nicht beantwortet«, sagte die Kommissarin. »Sie brauchen keine Angst zu haben ...«
»Ich habe aber Angst! Wenn ich etwas sage und herauskommt, daß ich es war – wissen Sie eigentlich, was die mit mir machen?! Sie kennen die Typen nicht, die hier das Sagen haben.«
»Wer hat das Sagen?«
»Einen haben Sie gerade kennengelernt. Aber es gibt noch mehr. Sie kontrollieren alle Häuser und alle Mädchen. Wenn eine nicht so spurt, wie sie es befehlen, dann wird sie zusammengeschlagen oder vergewaltigt. Ich habe das schon einige Male erlebt. Ich möchte aber nicht, daß mir das passiert. Bitte verstehen Sie mich.«
»Hören Sie, Sie brauchen keine Angst zu haben. Sie brauchen jetzt nur zu nicken, wenn mein Kollege Ihnen die Bilder noch einmal der Reihe nach zeigt. Es geht darum, ein paar Morde aufzuklären.«
»Welche Morde?«
»Nicken Sie nur, wenn Sie einen erkennen. Sie können uns vertrauen.«
Nadja lachte nur leise auf. »Vertrauen? Etwa so, wie einigen Ihrer Kollegen?! Ich vertraue keinem Menschen mehr. Ich will nur eines – zurück in meine Heimat. Aber das ist nicht möglich, weil ich kein Geld habe. Mein Paß und mein Visum sind in irgendeinem Tresor, und es gibt für mich keine Chance wegzukommen.«
»Wir könnten Ihnen helfen, und das meine ich ernst«, sagte

Hellmer. »Wir helfen Ihnen so, daß nur wir drei davon wissen. Das ist ein Versprechen. Kennen Sie die Männer?«
Sie zögerte erneut einen Moment, schließlich sagte sie, nach einem Zug an ihrer Zigarette: »Ja, ich kenne sie alle.«
»Waren diese Männer Kunden von Ihnen?«
Nadja lachte wieder kehlig auf. »Nein, keine Kunden. Obwohl sie ab und zu zum Ficken kamen, kostenlos, versteht sich. Das heißt, sie kamen nicht, sie haben mich zu irgendwelchen Partys bestellt ...«
»Sie allein?«
»Nein, noch ein paar Mädchen.«
»Und die arbeiten alle hier?«
»Nein, nur zwei von ihnen. Aber ich werde Ihnen nicht sagen, wer sie sind. Das müssen Sie schon selbst herausfinden.«
»Wo fanden diese Partys statt?«
»Keine Ahnung, wirklich. Ich weiß nur, es waren sehr teure und sehr luxuriöse Häuser ...«
»Hier in Frankfurt?«
»Nein, wir sind immer ein ganzes Stück gefahren, bis wir da waren.«
»Noch eine Frage – waren außer Ihnen und Ihren Freundinnen auch andere da, ich meine damit Kinder und Jugendliche?«
Nadja sah Hellmer mit unergründlichem Blick an. Sie drückte ihre Zigarette aus und zündete sich gleich eine neue an. Sie pulte mit dem Zeigefinger die Haut am rechten Daumen ab, bis es blutete, ließ sich mit der Antwort Zeit.
»Ja, manchmal.«
»Manchmal – oder öfter?«
»Meistens. Es gibt diese geilen Schweine, die es nur mit Kindern können. Ich habe mich jedesmal geekelt, wenn ich es sah. Wenn sie die Kinder willig gemacht haben mit

Drogen und Alkohol und irgendwelchen Tabletten. Manchmal haben sie sogar Fotos und Videos davon gemacht.« Sie blickte Hellmer auf einmal aus ihren großen, braunen Augen fragend an. »Aber Sie haben mir noch nicht gesagt, was mit diesen Männern auf den Fotos ist.«

»Sie sind tot, ermordet. Können Sie uns mehr über die Männer sagen?«

»Nein, tut mir leid, ich weiß nicht, wer sie sind oder waren. Ich weiß nichts über ihre Geschäfte oder sonst irgend etwas. Das ist die Wahrheit. Ich weiß nur, daß sie alle Schweine waren.«

»Waren auch Frauen darunter?«

»Auch, ja. Aber ich kenne sie nicht. Ich kenne keinen von ihnen bei Namen, sie haben sich immer so merkwürdig angesprochen, Nero und Cäsar und Caligula und so.«

Hellmer und Durant zuckten beide gleichzeitig zusammen. Er fragte: »Welcher von den Männern war zum Beispiel Caligula?«

»Der hier«, sagte sie und deutete auf Neuhaus. »Wissen Sie, bevor ich nach Deutschland kam, habe ich Geschichte studiert und kann mit diesen Namen etwas anfangen. Caligula hat es mit Männern und Frauen getrieben. Und er war sehr brutal, genau wie der hier.«

»Was meinen Sie damit? Hat er Sie geschlagen?«

»Geschlagen, und er wollte alle möglichen Perversitäten von uns. Er war ein Sadist. Er hat sogar Kinder gequält.«

»Können Sie uns die Decknamen der anderen sagen?«

»Der hier«, sie zeigte auf das Bild von Matthäus, »wurde Abraham genannt. Der«, sie deutete auf Winzlow, »wurde mit Moses angesprochen. Und der«, das Bild zeigte Domberger, »wurde Methusalem genannt. Bei dem anderen ist mir der Name entfallen. Aber ich glaube, er hieß Nero.«

»Wer von denen hat Kinder bevorzugt?«

»Moses und Methusalem. Sie wollten immer nur Jungs haben. Und diese Jungs waren nie älter als elf oder zwölf Jahre. Es ist widerlich, wenn Kinder zu solchen Schweinereien mißbraucht werden. Manchmal hätte ich mir gewünscht, eine Pistole oder ein Gewehr zu haben, um diese Schweine zu töten.«

»Sagt Ihnen der Name Cicero etwas?« fragte Hellmer, der angespannt war wie selten zuvor.

Nadja schüttelte den Kopf. »Nein, ich habe diesen Namen nie gehört.«

»Sie haben uns sehr geholfen«, sagte Hellmer, der Mühe hatte, seine Enttäuschung zu verbergen, weil er gehofft hatte, sie würde einen Cicero kennen. »Ich glaube, wir sind jetzt einen ganzen Schritt weitergekommen. Eine letzte Frage noch – waren, außer bei den Kindern, auch sonst Drogen im Spiel?«

Nadja lachte erneut auf. »Was glauben Sie denn?! Kokain war immer dabei, es macht die Männer und Frauen total geil. Und dann noch Alkohol, es waren immer Orgien, die da gefeiert wurden.« Sie machte eine Pause, holte tief Luft, fragte dann: »Werden Sie mir helfen?«

»Versprochen«, sagte Hellmer. »Geben Sie uns ein paar Tage Zeit. Wir werden Sie an einem sicheren Ort unterbringen und Sie dann so schnell wie möglich in Ihre Heimat zurückschicken. Sie brauchen keine Angst mehr zu haben.«

»Danke«, sagte Nadja nur und lächelte verlegen. »Ich will wirklich nur zurück zu meinen Eltern und meinen Geschwistern.«

»Gut, wir werden jetzt der Form halber noch die anderen Damen befragen, damit sie nicht mißtrauisch werden. Sie kommen jetzt wieder mit nach draußen und tun so, als ob nichts Besonderes gewesen wäre. Um alles Weitere kümmern wir uns dann. Sie werden in den nächsten Tagen von uns hören.« An der Tür drehte Hellmer sich noch einmal um, legte kurz den Zeigefinger auf die Lippen, bevor er fragte: »Sagen Sie, wieso arbeitet eine junge, hübsche Frau wie Sie als Prostituierte?«

Ein kaum merkliches Lächeln huschte über Nadjas Lippen, bevor sie antwortete: »Wissen Sie, ich habe studiert, Geschichte und Deutsch. Als ich mit fünfundzwanzig fertig mit dem Studium war, gab es keine Schule, die mich haben wollte. Weißrußland ist arm, sehr arm. Sie müßten einmal hinfahren, um zu sehen, wie arm es wirklich ist. Schlechte Straßen, wenn es überhaupt welche gibt, Häuser, die so armselig sind, daß man sie kaum beschreiben kann, Geschäfte, in denen es für den Normalbürger fast nichts zu kaufen gibt, es sei denn, er ist etwas wohlhabender als die anderen, Schulen, an denen es kaum Lehrer gibt, weil das Geld fehlt, sie zu bezahlen. Und dann die langen, endlosen Winter, und es gibt viele in meinem Land, die im Winter frieren und schwer krank werden, weil sie nicht genügend Holz für Feuer haben. Als ich hörte, um wieviel besser es in Deutschland ist und wie leicht es ist, nach Deutschland zu kommen, da dachte ich mir, ich werde es einfach versuchen. Keiner hat mir vorher gesagt, daß ich meinen Körper verkaufen sollte. Ich erfuhr es erst, als es zu spät war. Und jetzt geht es mir fast schlechter als zu Hause. Ich hatte einen Traum, und da kam jemand und versprach mir, diesen Traum Wirklichkeit werden zu lassen. Und ich dachte, warum sollte nicht auch ich einmal etwas Glück haben. Und was ist mein Glück? Dieses elende Zimmer, für das ich jeden Tag zweihundertfünfzig Mark bezahlen muß, Männer, mit denen ich ins Bett gehen muß, egal ob sie sauber oder schmutzig sind, aber das Schlimmste sind die anderen Huren und die Pächter, man muß aufpassen bei jedem Wort, das man sagt. Es ist wie ein Gefängnis, ich habe keine Chance herauszukommen – es sei denn, Sie helfen mir.«

»Wir helfen Ihnen. Es wird sehr schnell gehen. Auf Wiedersehen.«

Die Befragung der übrigen Damen dauerte eine weitere Stunde, wobei keine von ihnen zugab, einen der Männer auf den Fotos wiederzuerkennen. Auf dem Weg nach unten begegneten sie erneut dem Pächter. Er grinste sie an und fragte spöttisch: »Und, sind Sie fündig geworden?«

»Wonach, glauben Sie denn, haben wir gesucht?« fragte Hellmer kalt zurück.

»Keine Ahnung, vielleicht verraten Sie's mir ja.«

»Typen wie Ihnen verraten wir gar nichts. Und jetzt hätten wir gern Ihre Personalien und den Pächternachweis gesehen.«

»Hab ich in meinem Büro.«

»Also, gehen wir in Ihr Büro.«

Sie stiegen die Treppen hinab, überquerten den schmutzigen Hof mit den überquellenden Mülltonnen, aus denen es erbärmlich stank, und betraten das Büro. Der Mann zog eine Schublade seines unaufgeräumten Schreibtischs auf, holte die Papiere heraus. »Hier, alles in Ordnung«, sagte er und reichte die Papiere Hellmer.

»Das wird sich gleich rausstellen«, sagte Hellmer und warf einen Blick auf die Papiere. Plötzlich stutzte er.

»Moment, Sie sind nicht nur der Pächter dieses Etablissements, sondern auch noch von drei anderen?«

»Richtig geraten.« Der Mann grinste. »Ich habe hier alles unter Kontrolle.«

»Soweit wir informiert sind, ist als Eigentümer Immobilien Neuhaus registriert.«

»Richtig. Aber ich bin der Pächter. Sie können doch lesen, oder?«

»Daß Neuhaus tot ist, wissen Sie aber, oder?«

»Na und, ist nicht mein Problem. Das ändert erst mal nichts an meinem Vertrag, denn der läuft, wie Sie sehen können, über zehn Jahre.«

Hellmer reichte die Papiere zurück. »In Ordnung. Ich hoffe nur, Sie führen Ihren Laden so, wie es die Vorschriften vorsehen. Sollten wir die geringsten Klagen hören, zum Beispiel, was Hygiene angeht, oder daß Sie nichtregistrierte Huren hier arbeiten lassen, wird das Konsequenzen nach sich ziehen, darüber sollten Sie sich im klaren sein.«

»Bei mir können Sie vom Fußboden essen ...«

»Nein, danke. Ich würde hier nicht mal essen, wenn Sie nebenbei ein Restaurant betreiben würden. Auf Wiedersehen.«

»Hoffentlich nicht.«

Hellmer und Durant gingen nach draußen, wo sie sich beide eine Zigarette ansteckten. Langsam liefen sie durch den Ausgang zurück zu ihrem Wagen, den sie in der Kaiserstraße geparkt hatten.

»Verdammtes Schleimpaket!« fluchte Hellmer unterwegs. »Dieser Kerl ist also der Pächter von vier Puffs von Neuhaus. Aber schon im ersten sind wir fündig geworden. Ich hoffe nur, diese Nadja kriegt keinen Ärger. Es wäre schade um sie.«

»So habe ich dich noch nie erlebt, weißt du das?« fragte Julia Durant anerkennend.

»So pervers das klingen mag, aber allmählich finde ich Gefallen an dieser Sache. Es reizt mich einfach, dieses Puzzle zusammenzusetzen. Kannst du das nicht verstehen? Mein Gott, wir haben eben erfahren, daß Neuhaus und Konsorten in verdammte Schweinereien verwickelt waren. Und unter Umständen haben wir damit sogar schon ein Motiv für die Morde ...«

»Unter Umständen. Es kann aber auch noch etwas ganz anderes dahinterstecken. Solche Decknamen legt man sich nicht einfach so zu. Partys hin, Partys her, nach meinem Gefühl haben die Kerle mehr Dreck am Stecken, als wir bisher ahnen. Viel mehr Dreck. Ich erinnere nur an unseren Informanten und das Rauschgift. Und ich denke einmal, diese Organisation ist viel größer, als wir bis jetzt annehmen. Aber jetzt sollten wir zusehen, daß wir zum Friedhof fahren. Ich möchte gern als eine der ersten dasein, um zu sehen, wer so alles unserem lieben Neuhaus das letzte Geleit gibt.«

MITTWOCH, 11.45 UHR

Sie fuhren zum Hauptfriedhof, wo die Bestattung von Neuhaus um halb eins stattfinden sollte. Sie waren fast die ersten, begaben sich zum Eingang und warteten auf das Eintreffen der Trauergäste. Sie verhielten sich so unauffällig wie möglich, rauchten jeder eine Zigarette. Nach und nach kamen immer mehr Autos vorgefahren, meist teure Limousinen. Die Sonne brannte gnadenlos von einem jetzt wolkenlosen Himmel, ein böiger Ostwind verschaffte kaum Linderung.
»Scheißwetter«, sagte Hellmer leise. »Erst Regen und dann diese verfluchte Hitze!«
»Kennst du den da?« fragte Julia Durant, ohne auf die Bemerkung Hellmers einzugehen, und deutete auf einen etwa fünfzigjährigen Mann, der aus einem Mercedes stieg.
»Nein, nie gesehen. Wahrscheinlich ein Bekannter der Familie.«
Um Viertel nach zwölf waren etwa hundert Trauergäste

anwesend, von denen Hellmer und die Kommissarin nur ein paar wenige vom Sehen her kannten.
»Schau mal da«, sagte Hellmer, »unser lieber Rechtsverdreher Dreekmann ist auch gekommen. Dieser elende Drecksack!«
»Kein Wunder, schließlich ist er der Vermögensverwalter von Neuhaus gewesen. Da ist es doch nur Pflicht zu erscheinen.«
Als eine der letzten fuhr Nadine Neuhaus vor, sie trug ein dunkelblaues, knielanges Kleid und einen ebenso dunkelblauen Hut, den sie, während sie sich auf die Trauerhalle zubewegte, wegen des Windes festhielt. Sie warf nur kurz einen Blick zur Seite, sah Hellmer, doch in ihrem Gesicht war keine Regung zu erkennen.
»Eine wirklich aparte Frau«, bemerkte Julia Durant. »Ich wünsche dir viel Glück bei ihr.«
»Mal sehen, was draus wird. Wo stecken eigentlich unsere Fotografen?«
»Irgendwo in den Büschen, nehme ich an«, sagte die Kommissarin.
Die Zeremonie dauerte zwanzig Minuten, dann wurde der Sarg zu der ausgehobenen Grabstelle gefahren. Der Trauerzug bewegte sich schweigend und langsam vorwärts. Es dauerte eine weitere Viertelstunde, bis der Sarg in das Loch abgesenkt wurde. Kaum eine Dreiviertelstunde später erinnerte kaum noch etwas an die eben stattgefundene Beerdigung.
»Fahren wir zurück ins Präsidium«, sagte Julia Durant. »Ich fürchte, wir werden heute sowenig Glück haben wie gestern. Vielleicht war der Täter da, vielleicht auch nicht. Warten wir einfach die Beerdigung von Winzlow und den anderen ab und vergleichen dann die Bilder. Vielleicht gibt es eine Person, die auf allen Bestattungen war, was ich aber

ehrlich gesagt bezweifle. Und trotzdem sagt mir ein Gefühl, daß es nicht mehr lange dauern wird, bis wir den Fall gelöst haben.«

»Und was macht dich da so sicher?«

»Weiß nicht, einfach so.«

MITTWOCH, 13.30 UHR

Berger war allein im Büro, als die Kommissarin und Hellmer hereinkamen. Er saß vor einem aufgeschlagenen Ordner, blickte auf. Er lehnte sich zurück, die Hände gefaltet.

»Und wie ist Ihr Morgen gelaufen?«

»Ganz gut«, sagte Julia Durant. »Schon im ersten Puff haben wir mit einer Russin gesprochen, die alle fünf Ermordeten kennt. Sie hat uns auch die Decknamen der einzelnen nennen können, so wurde Neuhaus mit Caligula angesprochen, Matthäus mit Abraham, Winzlow war Moses, Domberger hieß Methusalem, und Mondrian kannte sie unter dem Namen Nero.«

»Woher weiß sie das?«

»Partys. Sie wurde regelmäßig dorthin beordert, um den Herren zu Diensten zu sein. Aber der Hammer kommt noch – auf diesen Partys wurden auch Kinder mißbraucht. Vor allem von Winzlow und Domberger, aber auch von einigen anderen. Natürlich waren auch Drogen und Alkohol im Spiel.«

»Und Cicero?«

»Sie kennt keinen mit diesem Namen. Wir haben der jungen Frau aber versprochen, sie in den nächsten Tagen zu ihrer Familie zurückzuschicken. Ich hoffe, das ist in Ihrem Sinn.«

»Ja, natürlich. Ist sie legal hier?«
»Wahrscheinlich nicht, aber irgendwer hat ihr wohl legale Papiere verschafft. Die allerdings liegen sicher in einem Safe, wie sie selber sagt. Allein hat sie keine Chance, dort wegzukommen.«
»Und die Beerdigung von Neuhaus? Bekannte Gesichter?«
»Ein paar, aber mit denen werden wir wenig anfangen können. Wir müssen die Beerdigungen der anderen drei abwarten und dann die Fotos auswerten.«
Berger atmete tief ein und stieß die Luft hörbar aus. »Unsere Oberstaatsanwältin hat vorhin mal wieder angerufen und mich nach dem Stand der Ermittlungen gefragt. Sie ist ziemlich ungehalten, daß wir noch immer auf der Stelle treten. Ich konnte ihr nur sagen, daß wir alles in unserer Macht Stehende tun, um den Fall so schnell wie möglich aufzuklären. Sie hörte sich sogar ein wenig ängstlich an ...«
»Warum?« fragte Julia Durant, hellhörig geworden.
»Na ja, die Presse macht einen gewaltigen Rummel. Und die Polizei kommt nicht gerade gut dabei weg. Und letztendlich trifft es auch sie. Aber um ehrlich zu sein, die Schweiger kann mich mal kreuzweise. Wir müssen mit der Sache fertig werden und nicht sie. Wie sieht Ihr weiterer Plan für heute aus?«
Julia Durant zuckte mit den Schultern, meinte nur: »Ich werde mich an den Computer setzen und ein paar Fakten zusammenstellen. Vielleicht ergibt sich ja bei dieser Zusammenstellung zur Abwechslung mal ein Hinweis.« Und nach einer Pause sagte sie: »Und unser Killer hat sich nicht wieder gemeldet?«
»Bis jetzt nicht. Aber er wird es schon noch tun, da bin ich ganz sicher. Ach ja, bevor ich's vergesse, Richter Degen und Staatsanwalt Anders sind weiter überprüft worden. Interessant ist vielleicht zu wissen, daß Degen vor einigen Jahren

seine Tochter auf recht mysteriöse Weise verloren hat. Angeblich hat sie Selbstmord begangen, obgleich es keinerlei Hinweise im Vorfeld dafür gab. Es heißt, sie galt als lebenslustig, stand kurz vor ihrem Abitur, war eine ausgezeichnete Schülerin und hatte vor, nach dem Abi, genau wie ihr Vater, Jura zu studieren. Sie hat keinen Abschiedsbrief hinterlassen, es gab keine Verhaltensauffälligkeiten vor ihrem Tod und ...«

»Wie ist sie gestorben?«

»Sie hat sich erschossen.«

»Eine Todesart, die von Frauen nur sehr selten angewandt wird. Wo hat sie sich erschossen?«

»In einem kleinen Waldstück in Hattersheim. Spaziergänger haben sie gefunden. Na ja, und die Mutter – der Schock war für die gute Frau so groß, daß sie einen Nervenzusammenbruch erlitt und danach einige Zeit in einer Klinik zubringen mußte.«

»Könnte bei dem Tod des Mädchens jemand nachgeholfen haben?«

»Das läßt sich jetzt nicht mehr sagen, die Sache liegt immerhin schon drei Jahre zurück. Aber der Richter hat damals steif und fest behauptet, seine Tochter wäre niemals freiwillig aus dem Leben geschieden.«

»Hat er das irgendwie begründet?«

»Wie ich schon sagte, sie steckte voller Leben und Energie ...«

»Ich würde mich gern einmal mit ihm unterhalten«, sagte die Kommissarin, während sie sich eine Zigarette ansteckte. »Vielleicht ist er unter Druck gesetzt worden, und als er diesem Druck nicht nachgab, mußte seine Tochter dran glauben.«

»Und an was für einen Druck denken Sie da?«

»Was weiß ich, aber Degen ist seit Jahren bekannt dafür, daß er eine harte, aber gerechte Linie fährt. Wenn wir den Faden jetzt ein wenig weiterspinnen, dann könnte man vermuten, daß die ominöse Organisation dahintersteckt, daß der Richter vielleicht zu dem Zeitpunkt gerade einen Fall hatte, bei dem es darum ging, eine bestimmte, wahrscheinlich hochrangige Person hinter Gitter zu bringen, und man ihm deutlich zu verstehen gab, sollte er dies tun, würde dies nicht ungestraft geschehen. Wahrscheinlich hat man ihm vorher Geld geboten, das er aber ablehnte, dann wurden eben andere Druckmittel eingesetzt. Aber wie gesagt, das ist nur eine Vermutung. Wir müßten einfach wissen, welche Fälle er vor dem Tod seiner Tochter bearbeitet hat.«

»Das wird schwierig sein. Außerdem gibt es da eine Ungereimtheit: Wäre die Organisation für den Tod von Degens Tochter verantwortlich, dann glaube ich kaum, daß er jetzt Mitglied wäre. Schon gar nicht in einer Position, in der man ihm einen Decknamen gibt.«

»Trotzdem sollten die Kollegen weiterforschen und herauszufinden versuchen, welche Fälle er vor drei Jahren bearbeitet hat«, sagte Hellmer. »Denn eines würde zusammenpassen: Degen ist Richter, Jurist, und das gleiche war dieser Cicero vor zweitausend Jahren auch.«

Berger seufzte auf. »Sie haben wohl recht, obwohl ich kaum glaube, daß wir etwas Brauchbares finden werden. Das wäre dann schon eine große Portion Zufall.«

MITTWOCH, 15.20 UHR

Rhein-Main-Flughafen Frankfurt. Die Frachtmaschine aus Paris landete mit zwei Minuten Verspätung. Vier Zöllner und zwei Beamte des Drogendezernats warteten, bis die Maschine entladen und die in Holzkisten verpackte Ware in den Frachtraum gebracht worden war. Sie überprüften die Papiere, die ordnungsgemäß ausgefüllt waren. Mit Stemmeisen öffneten sie die erste Kiste, Computer, die in Schaum verpackt waren. Sie entfernten den Schaum, holten einen Computer heraus, zerlegten den Monitor und den Tower, doch alles, was sie fanden, waren elektronische Bauteile. Die Hunde wurden geholt, doch keiner von ihnen machte Anzeichen, als wittere er etwas. Nach und nach wurden alle siebzig Kisten geöffnet. Kein Heroin.

»Verdammte Scheiße!« sagte einer der Zöllner. »Computer und Fernseher! Da hat uns wohl jemand ganz schön gelinkt. Von wem kam die Information, daß hier Heroin transportiert werden sollte?«

»Ein anonymer Anrufer«, sagte ein Beamter vom Drogendezernat. »Tut mir leid, mehr kann ich auch nicht sagen.«

»Wahrscheinlich ein Witzbold. Aber ich mag solche Witze nicht. Macht diese verdammten Kisten wieder zu und dann weg damit. Ich hab die Schnauze voll.«

Die beiden Fahrer der Spedition warteten bereits ungeduldig darauf, daß die Kisten auf ihre beiden Trucks geladen werden konnten. Bestimmungsort war ein Lagerhaus für Elektrogeräte in Eschborn.

MITTWOCH, 15.30 UHR

Das Telefon klingelte, als Professor Meininger sich gerade zum Gehen bereit machte. Mißmutig drehte er sich um, ließ es dreimal läuten, als überlegte er, ob er noch drangehen sollte, entschloß sich dann aber doch, den Hörer abzunehmen.

»Meininger«, meldete er sich etwas unwirsch.

»Ja, hallo, ich bin's, Cicero.«
»Oh. Du hast mich gerade noch erwischt: Ich war schon auf dem Weg nach Hause. Was kann ich für dich tun?«
»Es geht um meine Frau. Sie ist in den letzten Tagen wieder besonders schlecht drauf. Wäre es möglich, wenn du sie dir mal ansehen würdest?«
»Du solltest besser in die Klinik mit ihr fahren, wenn es so bedenklich ist ...«
»Nein, das will ich eben nicht. Jedesmal, wenn sie in der Klinik war, schien sie mir noch depressiver zu sein. Wir würden deine Zeit auch nicht lange in Anspruch nehmen, versprochen.«
»Darum geht es doch gar nicht. Aber gut«, Meininger schaute zur Uhr, sagte dann: »Ich muß noch in die Stadt fahren, zum Zahnarzt und dann ein paar Sachen erledigen. Ich bin so gegen sechs, halb sieben zu Hause. Würde euch sieben passen?«
»Eher etwas später, da ich vor halb acht kaum zu Hause sein werde. Dann muß ich noch eine Kleinigkeit essen ... Halb neun?«
»Halb neun, neun, mir ist das egal, ich bin sowieso allein zu Hause. Meine Frau ist verreist, und unsere Haushälterin hat heute ihren freien Tag.«
»Danke, wir werden dann so zwischen halb neun und neun bei dir sein. Vielleicht kannst du ihr etwas verschreiben ...«
»Kommt erst mal vorbei, dann sehen wir weiter. Ich muß sie mir anschauen. Jetzt muß ich aber los, sonst verpasse ich noch meinen Zahnarzttermin. Bis nachher.«
»Bis nachher, und laß dir nicht zu tief in den Mund schauen.«
Er legte auf, wandte sich um und ging zum Fenster. Sein Blick ging von seinem Büro im dreißigsten Stock des Messeturms über die Stadt. Die Sonne tauchte die Stadt in

ein grelles Licht. Er kniff die Lippen zusammen, drehte sich um, ging zu dem Schrank mit dem Barfach, holte die Flasche Cognac und ein Glas heraus und schenkte sich ein. Er setzte das Glas an und schüttete den Inhalt in einem Zug herunter. Er schüttelte sich, stellte das Glas auf den Schreibtisch, auf dem sich die Akten stapelten. Er hatte noch einen Klienten, der in zehn Minuten kommen und nicht länger als eine Viertelstunde bleiben würde. Die restlichen Termine des Tages hatte er gestrichen. Nachdem der Klient gegangen war, packte er seine Tasche, sagte seiner Sekretärin Bescheid, daß er jetzt gehen würde.

Um siebzehn Uhr stieg er in seinen Jaguar, lenkte den Wagen aus der Tiefgarage, legte eine CD von Tschaikowsky ein und fuhr nach Hause.

Seine Frau saß in ihrem Sessel und starrte auf den Fernsehapparat, wandte kurz ihren Kopf in seine Richtung, ein leichtes Lächeln huschte über ihr Gesicht. Er stellte seine Tasche ab, ging zu ihr, drückte ihr einen Kuß auf die Wange, kniete sich auf den Boden. Er nahm ihre Hände in seine, sah sie an.

»Schatz«, sagte er, »wir müssen nachher noch einmal zu Professor Meininger fahren. Er will sehen, wie es dir geht. Du bist doch damit einverstanden?«

»Ja. Wann fahren wir?« fragte sie leise.

»So, daß wir um neun bei ihm sind. Wir haben also noch alle Zeit der Welt, in Ruhe zu Abend zu essen und uns frisch zu machen. Ich liebe dich, ich habe nie eine andere Frau angesehen, seit ich dich kenne. Und daran wird sich auch nie etwas ändern.«

Erneut lächelte sie, sah ihn für einen Moment aus ihren traurigen Augen an, die schon so lange so traurig blickten. Er erhob sich wieder, ging an das Barfach, schenkte sich

einen Cognac ein. Während er trank, sah er sie unentwegt an, diese so schöne Frau, deren Schönheit ihr nicht einmal genommen werden konnte durch den Verlust, den sie erlitten hatte. Nachdem er ausgetrunken hatte, stellte er das Glas auf den Tisch, lockerte den Krawattenknoten und ging nach oben. Auf der Treppe begegnete er Anna.
»Wie geht es ihr heute?« fragte er, so wie er jeden Tag dieselbe Frage stellte.
»Es geht ihr heute relativ gut. Wir haben uns sogar ein bißchen unterhalten können. Vielleicht helfen ja die neuen Tabletten. Ich würde es ihr und Ihnen so wünschen.«
Er lächelte, weil er wußte, daß Anna diese Worte ernst meinte. Er nickte, sagte: »Das freut mich« und setzte seinen Weg fort. Im Schlafzimmer entkleidete er sich bis auf die Unterwäsche, begab sich ins Bad, duschte, wusch sich die Haare, rasierte sich. Er zog frische Unterwäsche an, darüber Jeans und ein Sweatshirt. Anna war gerade dabei, das Abendessen vorzubereiten, er hörte sie in der Küche hantieren. Er setzte sich zu seiner Frau, hielt wieder ihre Hand und wünschte sich, sie würde einmal seine Hand halten. Aber er wußte, dieser Wunsch würde wahrscheinlich nie in Erfüllung gehen.

MITTWOCH, 17.15 UHR

Das Telefon klingelte, Berger nahm ab.
»Berger«, meldete er sich. Es war einer der Kollegen vom Zoll. Er berichtete von dem Mißerfolg. Nach wenigen Worten legte Berger wieder auf. Er sah Julia Durant an, die vor dem Computer saß und einige Daten eintippte.
»Das war der Zoll«, sagte er. »Was immer Ihr Informant

auch gesagt haben mag, Heroin war nicht in dem Flugzeug. Nur Computer und Fernsehapparate. Sie haben jedes Gerät auseinandergenommen, doch es war nicht ein Gramm Heroin zu finden.«
Julia Durant blickte auf. »Verdammte Scheiße«, sagte sie nur. »Ich bin wohl doch verarscht worden.«
»Sieht so aus«, sagte Berger schulterzuckend, stand auf und stellte sich ans Fenster, die Hände in den Hosentaschen vergraben. Er sah hinunter auf die Mainzer Landstraße, auf die Staus, die sich jetzt um diese Zeit vor den Ampeln am Platz der Republik gebildet hatten. Es regnete seit einigen Minuten wieder. Mit dem Rücken zu der Kommissarin stehend, fuhr er fort: »Wir haben höchstens die Pferde scheu gemacht. Ich bin gespannt, ob Ihr Anrufer sich noch einmal bei Ihnen melden wird.«
»Und wenn er es tut, werde ich ihm meine Meinung sehr deutlich sagen. Darauf können Sie sich verlassen. Ich bin gleich fertig mit meiner Aufstellung und werde danach nach Hause fahren. Mir fehlt einiges an Schlaf. Ich kann nur hoffen und beten, daß nicht ausgerechnet heute nacht etwas passiert.«
Um halb sechs schaltete sie den Computer aus, nahm ihre Tasche und verabschiedete sich von Berger und Hellmer.
»Wir sehen uns morgen«, sagte sie im Hinausgehen. Auf der Heimfahrt hielt sie an einem Penny-Markt, kaufte ein Päckchen Brot, ein paar Tomaten, ein Glas saure Gurken, ein Stück Butter, Salami und Teewurst und sechs Dosen Bier. Zu Hause angelangt, holte sie die Post aus dem Briefkasten, einen Brief von Susanne Tomlin, die vierteljährliche Zeitungsrechnung und einen Brief ohne Absender. Sie ging nach oben, betrat ihre Wohnung, stellte die Einkaufstasche ab und öffnete den Brief von Susanne Tomlin. Es ging ihr gut, sie hatte sich in ihrem Domizil in Südfrankreich nach

jetzt über zwei Jahren gut eingelebt, die Kinder hatten schneller Französisch gelernt als sie selbst. Und sie wiederholte noch einmal die Einladung, die Sommerferien bei ihr zu verbringen. Dies wäre dann schon das dritte Mal, daß sie die Ferien zusammen verbrachten. Sie würde es sich überlegen, aber ihr Herz sagte bereits jetzt ja. Danach riß sie den Brief ohne Absender auf, holte das Schreiben heraus.

Liebe Kommissarin Durant,
es tut mir leid, Ihnen diese Zeilen schreiben zu müssen, aber ich möchte Sie nur darauf vorbereiten, daß es noch heute nacht ein weiteres Opfer geben wird. Sie werden aber vermutlich erst morgen früh erfahren, um wen es sich handelt, doch es ist ein Mann, der wie die anderen den Tod verdient hat. Er ist Unrat, wertlos, verkommen und zu nichts mehr nütze, als von den Würmern aufgefressen zu werden. Wie heißt es doch in der Schrift: »Ihr seid das Salz der Erde. Wenn das Salz seinen Geschmack verliert, womit kann man es wieder salzig machen? Es taugt zu nichts mehr; es wird weggeworfen und von den Leuten zertreten.« Dieser Mann war einst das Salz der Erde, bis er seinen Ruhm und seine Macht mißbrauchte und Dinge tat, die so abscheulich sind, daß der Tod für ihn wie eine Erlösung sein muß.
Ich werde mich wieder bei Ihnen melden, aber nur noch zweimal. Dann werden Sie auch wissen, wer ich bin. Ich habe keine Angst, denn ich habe nichts zu bereuen. Und schon gar nichts zu verlieren.
Ich weiß, Ihre Aufgabe ist im Augenblick nicht leicht, doch auch Sie werden wieder ruhigere und friedlichere Tage erleben. Noch einmal, ich schätze und bewundere Sie wegen Ihrer Arbeit. Es müßte mehr Menschen wie Sie geben, dann wäre diese Welt vielleicht nicht

ganz so verkommen. Ach ja, wie mir inzwischen zu Ohren gekommen ist, wissen Sie bereits einiges über gewisse Decknamen. Und ich denke, nachdem Sie bei Domberger waren, kennen Sie auch meinen, ich habe den Zettel in seinem Terminkalender absichtlich nicht rausgerissen.

Ihr Cicero

PS: Ich wäre Ihnen dankbar, würden Sie meinen Decknamen vorläufig für sich behalten. Es gibt nämlich in Ihrem Präsidium und auch an höherer Stelle Leute, die sofort wüßten, wer hinter diesem Namen steckt. Auch Sie, nehme ich an, haben ein starkes Interesse daran, daß der Fall vollständig aufgeklärt wird. Und das kann er nur, wenn ich mich auf Ihr Stillschweigen verlassen kann.

Sie hielt den Brief eine Weile in Händen, setzte sich auf die Couch, streifte die Schuhe ab und ließ sie zu Boden fallen. Sie konnte sich auf einmal einer gewissen Sympathie für den Mörder nicht erwehren. Sie hätte nicht sagen können, woher dieses Gefühl stammte, aber irgendwie spürte sie eine sonderbare Wärme in seinen Zeilen. Sie empfand sogar so etwas wie Mitleid mit ihm, es schien, als handelte er unter Zwang, ob krankhaft oder nicht, würde sich noch herausstellen. Und dennoch war er ein Mörder, der seine Morde bis ins letzte Detail plante. Und er würde heute abend oder heute nacht einen begehen. Und dann noch zwei. Sie legte das Schreiben auf den Tisch, nahm den überquellenden Aschenbecher, leerte ihn aus, stellte ihn zurück an seinen alten Platz. Danach packte sie die Einkaufstasche aus, plazierte alles auf dem Küchentisch, legte fünf Dosen Bier in den Kühlschrank, während sie die sechste gleich aufriß und mit kräftigen Schlucken trank. Sie rülpste laut und genüßlich, wischte sich über den Mund. Sie schnitt sich zwei Scheiben Brot ab, überlegte einen Moment, ging zum Küchenschrank, sah nach, ob vielleicht noch eine Dose Tomatensuppe da war, denn es war genau das, worauf sie jetzt Appetit hatte, zwei Scheiben Salamibrot und dazu einen Teller Tomatensuppe mit Nudeln und Fleischklößchen und eine oder zwei saure Gurken. Sie wollte heute abend einfach nur entspannen, etwas essen, zwei oder drei Dosen Bier trinken, die Beine hochlegen und fernsehen. Sie riß den Verschluß von der Suppendose auf, schüttete den Inhalt in einen Topf und gab noch einmal die gleiche Menge Wasser dazu. Sie stellte den Topf auf den Elektroherd, wo die Suppe sich langsam erwärmen sollte. Sie schmierte etwas Butter auf die Brote, legte jeweils drei Scheiben Salami darüber und garnierte den Teller noch mit zwei sauren Gurken. Während sie wartete, daß die Suppe heiß wurde, zündete sie sich eine Gauloise an, drückte den Knopf der Fernbedienung für den Fernseher. Nachrichten auf SAT 1. Außer den üblichen politischen Meldungen wurde noch von einem Vorschlag des hessischen Innenministers Bernhardt berichtet, in dem er für härtere Bestrafungen von Triebtätern, vor allem solchen, die sich an Kindern vergingen, eintrat. Er machte während des Interviews ein ernstes Gesicht, sagte, wie verabscheuungswürdig diese Verbrechen seien und daß bislang seitens der obersten Justiz kaum etwas Konkretes unternommen wurde, diese Kinder zu schützen, statt dessen aber die Täter in der Regel eine Sonderbehandlung erhielten, die er für nicht gerechtfertigt hielt. Unsere Kinder, sagte er abschließend, seien die Zukunft dieses Landes und müßten unter allen Umständen vor jeglicher Art von Mißbrauch besser geschützt werden. Julia Durant lachte nur auf, dachte, reden können die viel, aber in der Praxis, das hatte sie die Erfahrung gelehrt, passierte kaum etwas. Triebtäter wurden immer noch, wie Innenminister Bernhardt sagte, einer Sonderbehandlung unterzogen, Unmengen an psychologischen Gutachten erstellt, sie wurden therapiert und irgendwann wieder in die Freiheit entlassen. Du hast gut reden, dachte sie, aber du hast keine Ahnung, was wir in den letzten Tagen alles erfahren haben. Sie wartete den Wetterbericht ab, der für die nächsten Tage wechselhaftes Wetter bei Temperaturen um fünfundzwanzig Grad prognostizierte. Sie stand auf, nahm den Topf von der Herdplatte, schüttete die Hälfte des Inhalts in die Suppentassen. Nach dem Essen stellte sie das Geschirr in die Spüle, ging ins Bad, zog sich aus und ließ Badewasser einlaufen. Nackt lief sie durch die Wohnung, räumte etwas auf, rauchte eine weitere Zigarette. Dabei wählte sie die Nummer von Hellmer, der aber offensichtlich nicht zu Hause war. Sie versuchte es unter der Nummer seines Handys.

»Hellmer.«

»Hier Julia. Ich wollte dir nur kurz sagen, daß ich wieder einen Brief bekommen habe. Mach dich schon mal drauf gefaßt, morgen früh eine weitere Leiche zu finden. Der Mord geschieht heute im Laufe des Abends.«

»Scheiße. Ich hoffe nur, ich werde nicht noch heute nacht zu einem Tatort gerufen, ich hab nämlich Besseres vor, wenn du verstehst, was ich meine.«

»Nein, nicht ganz.«

»Ich bin verabredet, und ich will mir den Abend nicht von diesem Wahnsinnigen versauen lassen. Jetzt verstanden?«

»Nadine Neuhaus. Klar, kann ich verstehen. Dann wünsche ich dir einfach einen schönen Abend zu zweit. Wir sehen uns morgen früh. Bis dann.«

Sie legte auf, stellte den Wasserhahn ab, holte sich eine

Dose Bier aus dem Kühlschrank und setzte sich in das angenehm warme Wasser. Insgeheim beneidete sie Hellmer um den Abend, es war eine lange Zeit vergangen, seit sie das letzte Mal einen Mann gehabt hatte. Manchmal sehnte sie sich nach Zärtlichkeit, nach Streicheln und innigem Körperkontakt. Bisweilen befriedigte sie sich selbst, wenn sie es überhaupt nicht mehr aushielt, aber es war nicht das gleiche, wie von einem Mann befriedigt zu werden. Sie blieb eine halbe Stunde fast regungslos im Wasser liegen, trank ihr Bier, wusch sich. Sie trocknete sich ab, rieb ihren Körper mit Bodylotion ein, zog ein bis knapp über den Po reichendes Nachthemd an. Sie setzte sich wieder vor den Fernsehapparat, zappte sich durch die Kanäle, bis sie beim Glücksrad hängenblieb. Danach sah sie sich einen Film mit Richard Gere an, trank zwei weitere Dosen Bier. Sie wollte gerade zu Bett gehen, als das Telefon klingelte. Sie stand auf, nahm den Hörer ab, meldete sich.

»Ja, bitte?«

»Entschuldigen Sie, daß ich so spät noch anrufe, aber es ging nicht früher ...«

»Hören Sie«, sagte Julia Durant ungehalten, »ich habe keine Lust mehr, mich mit Ihnen zu unterhalten. Sie haben mir gestern eine angeblich hundertprozentig sichere Information gegeben, wir haben alles Menschenmögliche getan, um das Heroin sicherzustellen, doch in dem Flugzeug und den Kisten waren nichts als Computer und Fernsehgeräte ...«

»Deswegen rufe ich ja auch an«, sagte der Anrufer. »Sie haben kurzfristig ihren Plan geändert und den Stoff erst um achtzehn Uhr dreißig geliefert. Die Maschine kam auch nicht aus Paris, sondern aus Lyon ...«

»Und die Ladung?«

»Computer und Fernsehgeräte.«

»Wie, das gleiche wie in der Maschine um halb vier?«
»Was glauben Sie, wie viele Maschinen jeden Tag mit solcher Ladung auf Rhein-Main landen?!«
»Und wo ist die Ladung jetzt?«
»Sie ist etwa eine Stunde nach dem Entladen abgeholt worden.«
»Von wem, ich meine, war es eine Spedition?«
»Darüber habe ich keine Informationen, doch ich kann es mir nicht vorstellen. Aber ich sagte Ihnen bereits gestern, daß auch Zöllner in der Sache mit drinstecken.«
»Das würde bedeuten, als wir uns heute morgen mit dem Zoll in Verbindung gesetzt haben, hat irgendeiner dort diese Information weitergeleitet, woraufhin sofort umdisponiert wurde«, murmelte sie ins Telefon.
»Davon gehe ich aus«, sagte der Anrufer. »Wie schon gesagt, die Organisation ist bis in die unterste Einheit perfekt durchorganisiert. Schwachstellen werden sofort beseitigt, das kann ich Ihnen garantieren.«
»Was wissen Sie über Decknamen?«
»Nur die hochrangigen Persönlichkeiten haben welche.«
»Können Sie mir Namen nennen?«
»Nein, tut mir leid, damit kann ich nicht dienen.«
Julia Durant hatte das Gefühl, den Schweiß auf der Stirn und in den Handflächen des Anrufers zu spüren. »Warum haben Sie Angst?« fragte die Kommissarin darum unvermittelt.
Der Anrufer atmete hastig, ließ sich mit der Antwort Zeit. Schließlich sagte er: »Wenn man sich einmal mit diesen Leuten eingelassen hat, ist Angst aus dem Leben nicht mehr wegzudenken. Ich muß nicht nur an mich, sondern auch an meine Familie denken. Und ich habe panische Angst, daß sie einem von ihnen etwas antun könnten.«
»Sie haben Kinder?«

»Ja, und ich hoffe nur, sie erfahren nie, was ihr Vater getan hat. Ich schäme mich, solche Schande über die gebracht zu haben, die mir so viel bedeuten. Vielleicht melde ich einmal wieder. Leben Sie wohl.« Er beendete das Gespräch, ohne eine Antwort von Julia Durant abzuwarten. Sie legte auf, zündete sich eine Gauloise an, stellte sich ans Fenster und schaute hinunter auf die regennasse Straße. Sie überlegte, ob sie Berger informieren sollte, doch sie unterließ es, da auch er jetzt nichts mehr machen konnte. Sie war müde, drückte den Aus-Knopf der Fernbedienung, ging ins Bad, löschte dann die Lichter und legte sich ins Bett. Sie zog die Bettdecke bis über die Schultern und rollte sich auf die linke Seite. Einen kurzen Moment noch dachte sie an den bevorstehenden Tag, dann fielen ihr die Augen zu. Sie schlief tief und traumlos.

MITTWOCH, 20.00 UHR

Hellmer parkte seinen Wagen pünktlich vor dem Anwesen von Nadine Neuhaus. Er war aufgeregt, es war der erste Abend seit beinahe zwei Jahren, den er mit Nadine allein verbrachte. Er klingelte am Tor, Nadine meldete sich durch die Sprechanlage.
»Ich bin's, Frank.«
»Komm rein, du brauchst das Tor nur aufzudrücken.« Es summte kaum hörbar. Sie stand in der Tür, trug eine gelbe Bluse und einen grünen Rock, sie lächelte.
»Schön, daß du gekommen bist«, sagte sie. »Ich habe dem Hausmädchen für heute abend freigegeben, ich dachte mir, dann sind wir ungestörter. Sie kommt erst morgen vormittag wieder.« Sie schloß die Tür hinter sich, ging vor ihm

zum Wohnzimmer, das in ein warmes, nicht zu helles Licht getaucht war. Sie duftete nach Shalimar, dem Duft, den er am liebsten an ihr roch. Doch noch lieber roch er den Duft ihrer samtweichen Haut, ihres Haares. Er hatte diesen Duft noch heute in der Nase, meinte, es wären keine zwei Jahre vergangen, seit er das letzte Mal mit ihr geschlafen hatte.
»Möchtest du etwas trinken?«, fragte sie, bevor sie sich setzte.
»Ja, aber etwas Alkoholfreies.«
»Du trinkst nicht mehr?« fragte sie und sah ihn an.
»Woher weißt du ...?«
»Ich habe es gerochen. Ich habe eine sehr feine Nase. Wann hast du damit angefangen?«
»Wann hab ich damit angefangen? Kannst du dir das nicht denken?«
Sie blickte zu Boden, sagte: »Vielleicht. Du bist auch nicht der Typ, der allein leben kann. Aber du mußt mich verstehen ...«
»Laß uns von etwas anderem reden. Die Vergangenheit ist vorbei, was zählt, ist die Gegenwart und die Zukunft.«
»Orangensaft?«
»Ja.«
»Ich habe uns auch eine Kleinigkeit zu essen bereitet, du wirst sicherlich Hunger haben. Auch wenn ich nicht wußte, ob du wirklich kommen würdest. Aber erzähl, wie war dein Tag?«
»Bis auf etwas Bestimmtes, über das ich mit dir noch reden möchte, ist heute nichts Aufregendes passiert. Ich war bis halb sechs im Büro, bin kurz nach Hause gefahren, um nach dem Rechten zu sehen, und hab mich dann auf den Weg zu dir gemacht. Und hier bin ich.«
Nadine schenkte zwei Gläser voll Orangensaft, stellte sie auf den Tisch. Sie setzte sich Hellmer gegenüber auf die

Couch, legte die Beine hoch, sah ihn aus ihren großen, braunen Augen an, und er hätte zu gern gewußt, was sie jetzt dachte. Er nahm sein Glas in die Hand, trank einen Schluck.

»Und über was willst du mit mir reden?«

Hellmer drehte das Glas in seinen Händen, sah Nadine an.

»Eigentlich wollte ich damit warten.«

»Warum warten? Laß es hinter uns bringen und dann den Abend genießen. Also, um was geht es?«

»Natürlich über deinen Mann. Es ist aber sehr vertraulich.« Er nahm einen weiteren Schluck, blickte zu Boden. »Wie es aussieht, hat dein Mann einer uns bislang unbekannten Organisation angehört, deren Mitglieder, zumindest die ranghöchsten, allesamt Decknamen hatten. So war dein Mann unter dem Namen Caligula bekannt ...«

»Caligula? Das war doch dieser grausame römische Kaiser. Woher hast du diese Informationen?« fragte Nadine Neuhaus neugierig.

»Wir haben heute ein paar Befragungen durchgeführt, und dabei ist rausgekommen, daß dein Mann, aber auch Matthäus und Winzlow und die anderen Toten dazugehörten. Warst du jemals auf einer Party, auf der sich bestimmte Personen mit Decknamen ansprachen?«

Nadine lachte auf und schüttelte den Kopf. »Ich war nur ein einziges Mal auf einer Gartenparty, und das war hier in dem Viertel. Und da haben wir uns alle bei unseren ganz normalen Namen genannt. Warum fragst du?«

»Nun, dein Mann und auch die anderen waren regelmäßig auf solchen Partys, aber ich möchte dir Einzelheiten darüber, wie es dort zuging, lieber ersparen.«

»Warum? Ich bin alt genug und denke, ich habe irgendwie das Recht, zu erfahren ...«

»Okay, wie du willst«, sagte er mit einer eindeutigen Handbewegung. »Wir wissen nicht, wo die Partys abgehalten wurden, ebensowenig, wer außer den Ermordeten sonst noch anwesend war. Wir wissen nur, daß Alkohol in Strömen floß und auch Rauschgift die Runde machte. Und es waren Kinder im Spiel.«

»Was heißt das?« fragte Nadine entsetzt. »Was meinst du damit, Kinder waren im Spiel? Los, sag es mir, ich will jetzt alles wissen.«

»Kinder eben, Jungs, aber auch Mädchen, neun, zehn, elf Jahre alt, vielleicht die oder der eine oder andere auch zwölf oder dreizehn. Sie sind mit Drogen gefügig gemacht worden, um dann von der werten Gesellschaft für ihre widerlichen Zwecke mißbraucht zu werden. So, reicht das jetzt?«

Nadine hatte ihre Haltung kaum verändert, sie sah Hellmer nur unentwegt an, Fassungslosigkeit im Blick, ein leichtes Zucken um die Mundwinkel.

»Ist das wirklich wahr?« fragte sie kaum hörbar. »Kann das alles wahr sein? Wozu sind Menschen eigentlich noch fähig?«

»Zu allem. Ich habe gelernt, daß wir uns manchmal in unseren verwerflichsten Träumen nicht vorstellen können, wozu manch einer fähig ist. Verstehst du jetzt, weshalb ich dir das erst später erzählen wollte?«

Nadine nickte, nippte an ihrem Orangensaft, stellte das Glas auf den Tisch.

»Ich werde es verarbeiten, Frank. Es wird eine Weile dauern, aber ich werde es verarbeiten. Und ich werde mir davon den Abend mit dir nicht verderben lassen. Ich verspreche es dir.«

Hellmer lächelte dankbar, er hatte eine andere Reaktion befürchtet. Er holte tief Luft, trank sein Glas leer und stellte es ebenfalls auf den Tisch. Er ließ einen Moment verstreichen, lehnte sich zurück, legte den Kopf in den Nacken und blickte an die Decke.

»Wie war die Beerdigung?« fragte er nach einer Weile.
»Ich habe Beerdigungen schon immer gehaßt. Das übliche Blablabla, Beileidsbekundungen, von denen mindestens die Hälfte glatt gelogen waren, und ansonsten – er ist unter der Erde, und ich fühle keine Trauer. Eher Erleichterung, auch wenn das hart klingen mag. Aber ich hätte ein Leben an seiner Seite nicht mehr lange durchgestanden. Wie sehr Menschen sich doch verstellen können. Doch ich habe meine Lehre daraus gezogen. Ich werde niemandem mehr blind vertrauen.«
»Auch mir nicht?«
Sie zögerte mit der Antwort, schließlich antwortete sie: »Ich weiß nicht, obwohl ...«
»Ich bin frei, geschieden ...«
»Das allein ist es nicht, Frank. Wenn wir wirklich noch eine Chance haben wollen, dann müssen wir über vieles reden. Ich weiß nur eines – ich habe dich nie vergessen, und das ist ein gutes Zeichen. Das Schicksal geht manchmal seltsame Wege, und einer dieser seltsamen Wege war die Art und Weise, wie wir wieder zusammengetroffen sind. Und ich glaube nicht an Zufälle.«
»Ich auch nicht. Ich habe in den vergangenen zwei Jahren gehofft und gebetet, dich eines Tages wiederzutreffen. Nadine, es gibt keine andere Frau in meinem Leben. Du bist die Frau, die ich immer wollte und immer begehrt habe. Manchmal bin ich fast wahnsinnig geworden bei dem Gedanken, daß du mit einem anderen Mann zusammensein könntest.« Er seufzte auf. »So war es dann ja auch.«
»Aber er hat mir nichts bedeutet. Ich dachte, ich würde ihn lieben können – bis ich sein wahres Gesicht sah.« Sie trank einen Schluck, fuhr dann fort: »Nun, ich bin um eine Erfahrung reicher, und ich werde bestimmt den gleichen Fehler nicht noch einmal begehen. Möchtest du jetzt etwas essen?«

»Wenn ich ganz ehrlich bin, ich habe seit dem Mittag nichts mehr gegessen.«
»Dann laß uns ins Eßzimmer gehen.«
Sie aßen Spaghetti Bolognese, die keiner so zubereiten konnte wie Nadine. »Du hast mein Leibgericht gekocht«, sagte er.
»Ich weiß doch, daß du nichts lieber gegessen hast als meine Spaghetti. Auch wenn es ein eher profanes Gericht ist, laß es dir schmecken.«
Sie verbrachten den Abend damit, über die Vergangenheit zu sprechen, und als die Zeiger auf dreiundzwanzig Uhr standen, sagte Nadine unvermittelt: »Wo möchtest du die Nacht verbringen – hier oder lieber bei dir zu Hause?«
Hellmer sah sie erstaunt an, und wie in Trance erwiderte er: »Hier.«
»Gut. Dann laß uns nach oben gehen: Aber nicht ins Schlafzimmer. Wir werden im Gästezimmer schlafen. Wir fangen noch einmal so an, wie es damals begonnen hat. Ich möchte einfach in deinem Arm einschlafen.«
»Okay, machen wir's wie früher.« Gemeinsam erhoben sie sich, Nadine ging vor ihm die Treppe hinauf. Sie hatte noch immer diesen lasziven Gang, der ihn fast um den Verstand bringen konnte.
Sie liebten sich eine Stunde lang, bis sie erschöpft auf die Kissen sanken. Eine Weile lang sprach keiner ein Wort. Schließlich drehte sich Nadine zu ihm hin, ihr Atem streichelte sein Gesicht. »Es war wunderschön«, sagte sie. »Ich glaube, ich liebe dich.«
»Du glaubst es nur?«
»Dummkopf, natürlich weiß ich es«, sagte sie und küßte ihn, wie nur sie ihn küssen konnte.
Danach kuschelte sie sich in seinen Arm, wie früher, und irgendwann, weit nach Mitternacht, hüllte sanfter Schlaf sie ein.

MITTWOCH, 21.00 UHR

Dunkelheit hatte sich über die Stadt gelegt. Er lenkte den Jaguar durch die offene Toreinfahrt. Er stieg aus, ging um den Wagen herum, öffnete die Tür und half seiner Frau beim Aussteigen. Er nahm den Aktenkoffer vom Rücksitz, und mit langsamen Schritten bewegten sie sich auf das Haus von Prof. Meininger zu. Er klingelte, wartete einen Moment, bis Meininger an die Tür kam und die beiden Besucher eintreten ließ.

»Ich hoffe, wir sind nicht zu spät dran«, sagte er zu Meininger, der nur mit dem Kopf schüttelte.

»Ich bin es gewohnt, bis Mitternacht aufzubleiben. Kommt rein.«

Sie folgten Meininger in dessen Praxis, er bat sie, Platz zu nehmen.

»Um was genau geht es?« fragte er, nachdem er sich hinter seinen Schreibtisch gesetzt hatte.

»Eigentlich das Übliche, nur will ich nicht, und das sagte ich bereits am Telefon, daß sie wieder in die Klinik kommt. Wahrscheinlich braucht sie nur ein paar Tabletten, und zwar gute. Am besten ein stark wirkendes Antidepressivum, das sie aus ihrer Lethargie holt.«

»Was nimmt sie denn zur Zeit?«

»Insidon, aber ich glaube, es ist nicht das richtige. Zumindest merke ich keine Veränderung in ihrem Verhalten. Sie könnte genausogut Placebos nehmen.«

»Habt ihr es schon einmal mit Stangyl probiert?«

»Nein, nicht soweit ich weiß.«

»Es gibt unterschiedliche Stärken, und ich schlage vor, wir fangen am besten gleich mit der höchsten Dosierung an. Stangyl hat den Vorteil, daß man schon nach etwa zwei

Tagen merkt, ob eine Veränderung eintritt. Ich werde es dir aufschreiben, du mußt nur sehen, welche Apotheke heute Nachtdienst hat.« Er holte einen Rezeptblock aus dem Schreibtisch, begann zu schreiben.
»Könnte ich dich einen Moment unter vier Augen sprechen?«
Meininger blickte auf, nickte. »Natürlich. Deine Frau kann so lange ins Wohnzimmer gehen.«
»Komm, Liebling, Professor Meininger und ich möchten noch etwas unter vier Augen besprechen. Ist das in Ordnung?«
Sie nickte, erhob sich und verließ das Zimmer.
»Was gibt es?« fragte Meininger, während er das Rezept über den Tisch reichte.
»Nicht viel eigentlich«, sagte Cicero. »Wie lange kennen wir uns schon?«
»Zwei Jahre, warum?«
»Dann kanntest du meine Frau nicht, bevor sie so wurde, wie sie jetzt ist. Sie war eine lebenslustige, immer gutgelaunte Frau. Und mit einem Mal ist sie zu einem seelischen Wrack geworden. Kannst du dir vorstellen, warum?« fragte er und erhob sich.
»Nein, du hast es mir nie erzählt. Möchtest du etwas trinken? Cognac, Whisky, Gin?«
»Einen Cognac vielleicht. Dann werde ich dir die Geschichte erzählen.«
Meininger holte die Flasche Cognac und zwei Gläser und schenkte ein. Er sagte: »Ich will nur kurz nach deiner Frau sehen, ob sie auch im Wohnzimmer ist. Nicht, daß sie aus Versehen nach draußen gegangen ist.«
Cicero nickte – er hätte nicht geglaubt, es so leicht zu haben –, holte das Zyankali aus seiner Jackentasche und schüttete einen Teil davon in Meiningers Glas. Er kam zurück.

»Sie ist im Wohnzimmer«, sagte er. »Aber sie sieht wirklich nicht gut aus.«
»Nein, das tut sie nicht. Und sie wird auch nie wieder so aussehen wie damals. Denn sie ist tot, innen drin ist sie tot. Und daran wird auch dieses verdammte Stangyl nichts ändern. Und weißt du was, du bist mitschuldig, daß sie so ist, wie sie ist. Du, der große, renommierte Humangenetiker, dessen Forschungen weltweit anerkannt sind!« Er machte ein paar Schritte zur Seite, lehnte sich an den Schrank, der gefüllt war mit medizinischer Fachliteratur. Er betrachtete seine Hände mit den sauber gefeilten Fingernägeln, fuhr mit leiser, fast trauriger Stimme fort: »Seit wann liegt der illegale Organhandel in deinen Händen? Seit wann, Hippokrates, läßt du Menschen sterben, damit andere, die es sich leisten können, eine neue Niere oder eine Leber oder ein Herz bekommen? Wann hast du angefangen, deinen Eid zu brechen und einer Macht zu dienen, die nur Elend über andere bringt? Wann hast du angefangen, hilflose Menschen für deine gottverdammten Zwecke zu mißbrauchen? Wann hast du angefangen, Kindern Drogen zu verabreichen, um dann deinen gottverdammten Schwanz in sie zu stecken? So wie es Neuhaus, Winzlow, Domberger und auch Mondrian, diese elende Drecksau, getan haben. Seit wann, sag es mir?«
Meininger schaute ihn mit zusammengekniffenen Augen an, sagte: »Was willst du von mir? Rechenschaft? Dann schau mal selber in den Spiegel, und frag dich, wann du angefangen hast, deinen Eid, dem Recht zu dienen, zu brechen. Wir sitzen alle im selben Boot, alle, die wir der Organisation angehören. Und daran wirst du nie etwas ändern. Trink deinen Cognac, und dann laß mich zufrieden. Ich habe es nicht nötig, mir deine Vorwürfe anzuhören.«
»Doch, das hast du. Denn es wird das letzte Mal in deinem

elenden Leben sein, daß dir irgendwer irgendwelche Vorwürfe macht.«
Meininger wurde mit einem Mal kreidebleich. Seine Hand griff nach dem Glas, sie zitterte.
»Du, du bist derjenige, der ...«
»Richtig erkannt, ich bin derjenige. Aber ich bin so ziemlich der letzte, auf den ein Verdacht fallen würde. Doch ich bin es so leid, dieses verdammte Spiel weiterzuspielen ...«
»Aber die Organisation ...«
»Die Organisation bringt das Unheil über die Welt. Nicht der kleine Dieb, nicht der Ehebrecher oder der Autoknacker, sondern jeder, der sich der Organisation verschrieben hat. Und du hast das getan. Und warum?! Geld, Geld, Geld! Und natürlich Macht. Macht über die, die sich nicht wehren können. Die eigentlich auf unsere Hilfe angewiesen sind.« Er spie die Worte fast aus, mit einem Mal hielt er inne, ging um den Tisch herum, die rechte Hand in der Jackentasche. »Aber du wirst mit deinem Geld nichts mehr anfangen können, so wenig, wie ich etwas mit meiner Frau anfangen kann.«
»Sie werden dich kriegen«, sagte Meininger mit belegter Stimme, »bei Gott, sie werden dich kriegen. Und dann gnade dir Gott! Sie werden dir die Haut in kleinen Streifen abziehen und dich ganz langsam verrecken lassen. Jawohl, verrecken werden sie dich lassen. Du bist ein Arschloch, wenn du glaubst, dich gegen die Organisation stellen zu können. Sie sind viel zu mächtig und einflußreich, als daß irgendwer sie noch stoppen könnte. Sie haben alles unter Kontrolle. Und wenn ich nicht mehr bin, tritt ein anderer an meine Stelle. Aber sag mir, wie viele willst du noch umbringen – zehn, zwanzig, hundert?«
»Zwei, außer dir.«
Meininger lachte zynisch auf. »Zwei! Und wer sind die beiden, wenn ich fragen darf?«

»Das ist und bleibt mein Geheimnis. Selbst wenn du schon in ein paar Minuten tot auf dem Boden liegst, wirst du nicht wissen, wer dir noch nachfolgt.«

Meininger nahm das Glas, schüttete den Inhalt in einem Zug hinunter. Er hielt das Glas noch in der Hand, als er sein Gegenüber mit ungläubigem Blick ansah. Das Glas glitt ihm aus den Händen, er faßte sich an den Hals, wollte schreien, doch kein Laut kam aus seinem Mund, außer einem Röcheln. Der Geruch von Bittermandeln breitete sich im Zimmer aus, Meininger rutschte, sich in Krämpfen windend, vom Sessel und fiel zu Boden. Sein Todeskampf dauerte zwei Minuten.

Cicero zog die Gummihandschuhe über und tat, was er in den vergangenen Tagen bereits fünfmal zuvor getan hatte. Schließlich vollzog er das übliche Ritual und legte den Zettel neben den Toten. Am Ende nahm er das Rezept vom Tisch, sah nach, ob im Terminkalender sein Name vermerkt war, doch es gab keinen Hinweis auf ihn. Er warf einen letzten Blick auf den Toten, lächelte versonnen und verließ das Zimmer. Er ging zu seiner Frau, sagte: »Komm, Liebling, wir fahren wieder nach Hause. Wir haben hier nichts mehr verloren. Bald haben wir es geschafft.«

Sie stiegen in den Jaguar, fuhren rückwärts aus der Toreinfahrt. Um zehn nach zehn langten sie zu Hause an. Noch zweimal, dachte er, während sie das Haus betraten. Nur noch zweimal.

DONNERSTAG, 7.30 UHR

Hellmer war seit einer halben Stunde wach, Nadine lag noch immer dicht an ihn gedrängt und schlief, ihr Atem ging ruhig und gleichmäßig. Er zog vorsichtig seinen Arm unter ihr hervor und stand auf. Er ging ins Bad,

erledigte seine Morgentoilette, wusch sich notdürftig Hände und Gesicht. Er war unrasiert und hatte einen schalen Geschmack im Mund. Und er hatte Hunger.
»Hallo, großer Meister«, sagte die Stimme von der Tür her. Nadine stand an den Türrahmen gelehnt, die Arme vor der Brust verschränkt, sie trug einen gelben Morgenmantel aus Seide. »So früh schon auf?«
»Tut mir leid, aber ich muß ins Präsidium: Wir werden wahrscheinlich wieder einen Toten haben.«
»Woher weißt du das?«
»Meine Kollegin hat mich gestern, bevor ich zu dir kam, angerufen und mir gesagt, daß sie wieder eine Nachricht erhalten hat, der zufolge gestern abend oder heute nacht jemand umgebracht werden sollte.«
»So wie mein Mann?«
»Allem Anschein nach. Gibt es vielleicht eine Möglichkeit, daß ich mich rasiere?«
»Im Spiegelschrank findest du einen Rasierapparat. Ich hoffe, es macht dir nichts aus, wenn ...«
»Mir egal. Ist ja auch nur für das eine Mal.«
»Soll ich uns ein Frühstück bereiten? Du solltest nicht mit leerem Magen zur Arbeit gehen.«
»Das wäre lieb, Nadine, ich sterbe fast vor Hunger.«
Sie kam auf ihn zu, legte ihre Arme um seinen Hals, küßte ihn.
»Nicht«, sagte er, »ich habe bestimmt einen entsetzlichen Mundgeruch.«
»Na und, es stört mich nicht, und das ist doch die Hauptsache. Außerdem sehe ich sicher gräßlich aus, so früh am Morgen. Aber du kannst dir ja die Zähne putzen, wenn du möchtest, wir, ich meine ich habe noch ein paar unbenutzte Zahnbürsten da, du weißt ja, wenn Gäste kommen und ...«
»Schon gut. Ich werde mich schnell fertigmachen.«

Er rasierte sich und putzte die Zähne, fand sich einigermaßen passabel aussehend. Er ging hinunter in die Küche, wo Nadine gerade das Frühstück vorbereitete. Sie aßen Toast mit Marmelade und gekochte Eier und tranken Cappuccino. Über den Tassenrand hinweg sah Nadine Hellmer an.
»Es war schön gestern abend«, sagte sie.
»Ja, fand ich auch. Sehen wir uns heute wieder?« fragte er, während er die Scheibe Toast zum Mund führte.
»Ich weiß nicht, Frank. Gestern war gestern, und heute ist ein anderer Tag. Ich möchte nichts überstürzen.«
»Und ich dachte ...«
»Denk nicht so viel nach. Gib mir einfach ein bißchen Zeit. Außerdem kommt heute nachmittag dieser Rechtsanwalt Dreekmann, um mit mir über die Erbschaftsformalitäten zu sprechen. Ich weiß nicht, wie lange er bleiben wird. Aber ruf mich doch einfach an. Du kennst mich doch von früher, ich bin morgens immer ein wenig komisch. Das ändert sich meist im Lauf des Tages.«
»Nadine, eine Frage, liebst du mich?«
»Das habe ich dir schon gesagt.«
»Und meinst du, es könnte eine Zukunft für uns geben?«
»Vielleicht, wenn wir beide daran arbeiten.«
»Ich werde mein Bestes tun.« Er stand auf, ging um den Tisch herum, beugte sich zu Nadine hinunter, nahm sie in den Arm und drückte sie fest an sich. »Ich liebe dich mehr als mein Leben. Dich noch einmal zu verlieren würde ich nicht ertragen.«
»Der Mensch erträgt mehr, als er glaubt. Aber du brauchst keine Angst zu haben, versprochen.«
»Weißt du, was ich gerade denke?« fragte er, während er ihr direkt in die Augen blickte.
»Na, was?« fragte sie lächelnd.
»Ich würde jetzt wahnsinnig gern mit dir schlafen.«

»Was hindert dich daran, es zu tun?« fragte sie herausfordernd lächelnd.
»Ja, was zum Teufel, hindert mich daran?« Er streifte sein Hemd ab und zog die Hose aus. Sie liebten sich kurz und leidenschaftlich im Eßzimmer.
Bevor Hellmer das Haus verließ, küßte er Nadine, sagte: »Ich ruf an. Und noch was – ich bin es leid, allein zu leben. Es macht einfach keinen Spaß.«
»Mach's gut«, sagte sie, »und paß auf dich auf.« Auf der Fahrt ins Präsidium dachte er an die zurückliegende Nacht. In seinem Kopf war nur ein Wort – Nadine.

DONNERSTAG, 8.15 UHR

Julia Durant, Berger und Kullmer waren gerade dabei, Pläne für den Tag durchzusprechen, als ein gutgelaunter Hellmer zur Tür hereinkam.
»Guten Morgen«, sagte er und setzte sich.
»Guten Morgen«, erwiderte Julia Durant grinsend, »wie es aussieht, hast du gut geschlafen.«
»Hab ich, sehr gut sogar«, entgegnete er, ebenfalls grinsend.
»Gibt es etwas, was ich wissen müßte?« fragte Berger leicht irritiert.
»Nein, alles in Ordnung«, sagte Hellmer. »Was liegt an?«
»Wir besprechen gerade die Einsatzpläne für heute. Sie und Kommissarin Durant werden sich noch einmal in den Bordellen umsehen und ein paar Damen befragen. Kollege Kullmer wird mit einem anderen Beamten zum Flughafen fahren, um nach einer undichten Stelle beim Zoll zu suchen ...«
»Moment mal, um was geht es denn?« fragte Hellmer mit hochgezogenen Augenbrauen.

»Ach so, Sie wissen das ja noch gar nicht. Der anonyme Anrufer hat sich gestern abend bei Kollegin Durant gemeldet und gesagt, daß das Heroin mit einer Maschine aus Lyon geliefert wurde, und zwar um halb sieben. Was den Schluß zuläßt, daß nach meinem Telefonat gestern morgen mit dem Zoll irgendwer geplaudert hat und die Gauner schnell umdisponiert haben. Wir müssen in Erfahrung bringen, wer die Information weitergeleitet hat und von wem die Ladung abgeholt wurde. Da wir in der Sache mit den beiden Lettinnen ohnehin im Augenblick nicht weiterkommen, sollten wir auf jeden Fall hier nach einer Spur suchen. Denn wie es scheint, hängen die Morde und der Drogenschmuggel irgendwie zusammen. Und wenn auch noch Kinderhandel und -mißbrauch dazukommen ...«
Das Telefon klingelte. Berger nahm ab, meldete sich. Er sagte nur »Ja« und »Ich werde zwei Beamte vorbeischicken«. Er legte auf, sah Julia Durant und Hellmer mit einem Blick an, der keiner Worte mehr bedurfte.
»Das war die Notrufzentrale. Fahren Sie zu Professor Meininger. Die Adresse kennen Sie ja.«
»Nicht die Kranken brauchen den Arzt, sondern die Gesunden«, sagte die Kommissarin leise vor sich hin, den Blick zu Boden gerichtet. »Dann gehörte Meininger also auch der Organisation an. Der große, berühmte Meininger!«
Als Julia Durant und Hellmer im Auto saßen, fragte er: »Kannst du mir eines erklären – warum sind diese stinkreichen, angesehenen Leute so verkommen? Was läuft in ihrem Kopf und in ihrer Seele falsch?«
»Nicht alle von ihnen sind verkommen, nur ein paar. Und was sich in ihrem Kopf oder ihrer Seele abspielt, das wissen wohl nur die Götter und sie selbst.«
»Trotzdem, Meininger ist das sechste Opfer, von denen ein jeder einen ganz besonderen Stand innerhalb der Gesell-

schaft hatte. Ich begreife nicht, was hier vor sich geht. Das wissen wohl nur der Mörder und seine Opfer.« Er zündete sich eine Zigarette an, öffnete das Seitenfenster einen Spalt. »Übrigens, gestern der Brief von unserem Killer, er schreibt, es würde außer Meininger noch zwei weitere Morde geben. Dann sei Schluß, und dann hätten wir den Fall auch gelöst. Das sieht fast so aus, als wollte er sich nach dem letzten Mord selbst stellen.«

»Das glaubst du doch nicht im Ernst? Kein Serienkiller stellt sich freiwillig.«

»Ich bin mir nicht sicher, ob wir es hier mit einem Serienkiller im klassischen Sinn zu tun haben. Tomlin war ein Serienkiller, dessen Opfer immer einem bestimmten äußeren Ideal entsprachen, jung, so zwischen dreizehn und achtzehn und blond. Und Tomlin war ein Psychopath.«

Sie quälten sich durch den Berufsverkehr, mußten am Baseler Platz eine Weile an einer Baustelle warten, bis ein Lkw seine Ladung losgeworden war, sie fuhren über die Friedensbrücke immer geradeaus Richtung Niederrad. Am frühen Morgen hatte noch die Sonne geschienen, jetzt zogen von Westen her dunkle Wolken heran, die vielleicht den angekündigten Regen mit sich führten. Um zwanzig vor neun hielten sie vor Meiningers Haus, vor dem bereits zwei Streifenwagen standen. Sie stiegen aus, nickten kurz einem der Beamten zu, der den Eingang bewachte, passierten ihn und betraten das Haus.

»Wo liegt er?« fragte Julia Durant einen anderen Beamten.

»Zweite Tür links. Es ist kein schöner Anblick«, sagte er.

»Ein Ermordeter ist nie ein schöner Anblick«, erwiderte sie kühl.

Sie traten durch die offene Tür, sahen Meininger in verkrümmter Stellung auf dem Boden liegen. Er war nackt, wie die anderen Opfer auch, auf seiner Stirn die Zahl. Neben ihm ein Zettel, der Zettel, und die obligatorische Lilie. Da noch kein Arzt anwesend war, zog sich die Kommissarin Gummihandschuhe über, befühlte den Toten, bat Hellmer, ihr zu helfen, ihn auf die Seite zu drehen, befühlte die Haut, ob die Leichenflecken noch wegzudrücken waren, tastete, inwieweit die Leichenstarre ausgeprägt war.

»Und?« fragte Hellmer.

»Meiner Meinung nach ist er auf jeden Fall vor Mitternacht gestorben. Und diesmal war auch wieder Zyankali im Spiel.«

Der gerufene Arzt, ein noch relativ junger Mann, kam gerade ins Zimmer, als Julia Durant die Handschuhe wieder auszog. Er stellte sich vor: »Dr. Erhardt, ich habe meine Praxis gleich um die Ecke. Mein Gott, der ist ja ganz schön zugerichtet worden! Ist er ein Opfer des Serienmörders?« fragte er neugierig.

»Ist er. Wenn Sie ihn bitte untersuchen würden und uns ungefähr sagen könnten, wie lange er schon tot ist«, sagte sie kühl.

»Ich werde mein Bestes tun. Obgleich ich mit derartigen Todesfällen keine Erfahrung habe. Was bedeutet diese Zahl auf seiner Stirn?« fragte er.

»Sie wissen, Sie sind an Ihre ärztliche Schweigepflicht gebunden«, ermahnte ihn Hellmer. »Nur damit das klar ist. Und um auf Ihre Frage zurückzukommen, es ist die Zahl des Teufels.«

»Sahen die anderen genauso aus?«

»Ganz genauso. Und jetzt fangen Sie bitte an.«

Hellmer ging nach draußen, fragte einen der Beamten, wer Meininger gefunden hatte.

»Seine Haushälterin. Sie hatte gestern ihren freien Tag, und als sie heute morgen ins Haus kam, fand sie ihn. Sie ist mit den Nerven völlig am Ende.«

»Wo ist sie jetzt?«

»Sie ist nach oben gegangen und heult sich die Seele aus dem Leib.«
Während Julia Durant den Schreibtisch durchsuchte, begab Hellmer sich in den ersten Stock. Die junge Frau, die höchstens dreißig Jahre alt war, saß auf dem Flur, blickte ihn mit rotumränderten Augen an. Sie hatte ein hübsches, ebenmäßiges Gesicht, mit langen, braunen Haaren und einem anmutigen, sanft geschwungenen Mund. Ihre schlanken Hände hielten ein Taschentuch, mit dem sie sich über die Augen fuhr.
»Sie sind, wie ich hörte, die Haushälterin von Professor Meininger gewesen?«
»Wer um alles in der Welt hat ihm das angetan?« stellte sie eine Gegenfrage.
»Das kann ich nicht sagen. Aber zunächst würde ich gern Ihren Namen wissen.«
»Miriam Schneider.«
»Gut, Frau Schneider. Wie lange waren Sie schon bei Professor Meininger beschäftigt?«
»Seit einem halben Jahr«, sagte sie mit schluchzender Stimme.
»Was können Sie mir über ihn sagen? Was für ein Mensch war der Professor?«
»Ich weiß es nicht, ich habe ihn nicht oft zu Gesicht bekommen. Meist hatte ich mit seiner Frau zu tun.«
»Seine Frau? Wo ist sie?«
»Sie ist verreist und kommt auch erst nächste Woche wieder.«
»Wissen Sie, wo sie sich aufhält?«
»Soweit ich weiß, ist sie zu ihrer Schwester nach Kalifornien geflogen. Aber fragen Sie mich nicht, wo die wohnt.«
»Das herauszufinden dürfte kein Problem sein. Wann haben sie den Professor gefunden?«

»So um Viertel nach acht. Normalerweise ist Professor Meininger um diese Zeit schon längst in der Klinik.«
»Noch einmal zu meiner anderen Frage, was für ein Mensch der Professor war. Ich meine, ab und zu werden sich Ihre Wege doch gekreuzt haben, oder?«
»Natürlich, vor allem jetzt, da seine Frau verreist ist. Es war ein bloßes Arbeitsverhältnis. Er sagte, was er wollte, und ich habe versucht, seine Wünsche zu erfüllen. Er war aber kein einfacher Mann, das habe ich vom ersten Augenblick an gespürt. Wissen Sie, ich kann schon nach wenigen Sekunden sagen, ob ich mit einem Menschen auskomme oder nicht. Er gehörte nicht zu denjenigen, mit denen leicht auszukommen ist. Er war oft mürrisch und schlecht gelaunt, und er hat diese Laune nicht selten an seiner Frau ausgelassen.«
»Inwiefern hat er seine Launen an seiner Frau ausgelassen? Hat er sie geschlagen, oder haben sich diese Launen eher verbal ausgedrückt?«
»Ich weiß nicht, ob er sie geschlagen hat, aber ... nun, ich könnte es mir vorstellen. Er konnte schon bei Kleinigkeiten recht jähzornig werden. Ich habe mich ein paarmal gefragt, wie sie es so lange mit ihm ausgehalten hat.«
»Und trotzdem weinen Sie um ihn?«
Zum ersten Mal huschte so etwas wie ein Lächeln über ihr Gesicht. Sie schüttelte den Kopf, sagte: »Nein, ich weine nicht um ihn, es war einfach nur der schreckliche Anblick, wenn Sie verstehen. Ich habe in meinem Leben erst einmal einen Toten gesehen, und das war mein Großvater. Aber der ist friedlich in seinem Bett eingeschlafen und einfach nicht mehr aufgewacht. Das hier ist etwas anderes.«
»Brauchen Sie einen Arzt? Etwas zur Beruhigung?«
»Nein, es geht schon. Es war nur der erste Schock. Ich werde damit klarkommen. Danke.«

»Trotzdem, wenn Sie Hilfe brauchen, wir werden noch eine Weile hiersein.«
Hellmer wandte sich um, betrachtete kurz die Bilder an den Wänden, bevor er wieder nach unten ging. Die Haustür stand noch immer offen, es hatte angefangen zu regnen. Noch zwei Morde, dachte er und überlegte, wer die beiden Opfer sein könnten. Ihm fiel keiner ein.
Die Kommissarin war immer noch damit beschäftigt, sich durch den Schreibtisch zu wühlen, bislang ohne Erfolg. Der Arzt hatte die Temperatur von Meininger gemessen und sagte: »Er dürfte etwa zwischen einundzwanzig und zweiundzwanzig Uhr getötet worden sein. Aber Ihre Pathologen werden das sicher noch genauer bestimmen können. Auf jeden Fall ist der Tod vor Mitternacht eingetreten.«
»Und die Todesursache?« fragte Julia Durant, während sie gelangweilt eine Akte durchblätterte.
»Wenn Sie so wollen, ist er mit Zyankali vergiftet worden, dann hat man ihm die Halsschlagader durchtrennt, ihn kastriert und ihm die Augen ausgestochen. Es sind im Prinzip vier Todesursachen.«
Die Männer von der Pietät, die Gnadenlosen, wie sie von der Polizei genannt wurden, waren eingetroffen, ebenso die Spurensicherung.
»Ich glaube, wir können uns das sparen«, meinte einer der Beamten lakonisch. »Wir werden hier genausowenig etwas finden wie bei den anderen auch. Der Kerl hinterläßt keine Spuren, dazu ist er zu gerissen. Keine Fingerabdrücke, keine verwertbaren Faserspuren, nichts. Er arbeitet wie ein Phantom.«
»Trotzdem müßt ihr eure Arbeit machen«, erwiderte die Kommissarin ruhig. »Ihr wißt doch, jeder Killer hinterläßt irgendwann Spuren.«
»Ach, Scheiße, das macht keinen Spaß!«

»Meint Ihr vielleicht, uns macht es Spaß, hinter einem Typen herzurennen, der uns immer zehn Schritte voraus ist?! Und warum solltet ihr euch besser fühlen als wir?«
Mit einem Mal hatte Hellmer einen Einfall, machte kehrt, begab sich noch einmal in den ersten Stock zu Miriam Schneider. Er holte die Fotos der anderen Opfer aus seiner Jackentasche und hielt sie ihr hin. »Sagen Sie, Frau Schneider, kennen Sie einen oder mehrere dieser Männer?«
»Warum fragen Sie?«
»Sehen Sie sich bitte die Bilder an, und dann sagen Sie, ob Sie einen darauf erkennen.« Sie nahm die Fotos in die Hand, betrachtete sie eine Weile, schließlich nickte sie.
»Ja, drei Männer kenne ich – diesen hier, das ist Dr. Matthäus, dann Dr. Neuhaus und Domberger. Sie waren öfter hier zu Besuch.«
»Tagsüber oder abends?«
»Meist abends, warum?«
»Nur so. Sie wissen aber nicht, was sie hier gemacht haben, oder?«
»Nein«, sagte sie lachend, »sie kamen, gingen ins Büro, doch was sich hinter der Tür abspielte …?« Sie zuckte mit den Schultern.
»Sagen Sie, haben die Meiningers Kinder?«
»Einen erwachsenen Sohn, der, soweit ich weiß, in Köln lebt. Aber eigentlich hatte der Professor schon noch mehr Kinder …«
Hellmer neigte den Kopf ein wenig zur Seite, holte eine Zigarette aus seiner Brusttasche und zündete sie an.
»Könnte ich vielleicht auch eine haben?« fragte Miriam Schneider.
»Natürlich«, antwortete er, hielt ihr die Schachtel hin, sie entnahm eine Zigarette, Hellmer gab ihr Feuer. »Was meinen Sie damit, daß der Professor noch mehr Kinder hatte?«

»Es gab einige Jungs und Mädchen, denen er Nachhilfeunterricht gab. Da ist wohl seine soziale Ader durchgebrochen.«
»Waren es deutsche Kinder oder Ausländer?«
»Warum fragen Sie?«
»Beantworten Sie nur meine Frage.«
»Beides. Aber ich glaube, die meisten waren Ausländer.«
»Wie oft kamen diese Kinder, und wie alt etwa waren sie?«
»Sie kamen unregelmäßig, und ich schätze, sie waren so zwischen acht und zwölf oder dreizehn Jahren alt. Warum fragen Sie?«
»Es interessiert mich einfach. Sagen Sie, gibt es in diesem großen Haus einen Raum, zu dem Sie keinen Zutritt hatten?«
»Ja«, sagte sie und blickte Hellmer erstaunt an. »Es gibt so einen Raum im Untergeschoß. Soweit mir bekannt ist, durfte nicht einmal die Frau vom Professor diesen Raum betreten. Es war so eine Art Heiligtum für ihn. Ich weiß auch nicht, wo er den Schlüssel aufbewahrt hat.«
»Danke, Sie haben mir sehr geholfen. Wenn Sie mir nun noch zeigen würden, um welchen Raum es sich handelt.«
Miriam Schneider stand auf, nahm einen letzten Zug an ihrer Zigarette und drückte sie in der Erde der bis unter die Decke reichenden Yuccapalme aus.
»Wenn Sie mir bitte folgen wollen«, sagte sie und ging vor Hellmer die Treppe hinunter. Sie hatte eine tadellose Figur, und Hellmer fragte sich, was eine derart hübsche junge Frau dazu trieb, sich ihren Lebensunterhalt als Haushälterin zu verdienen.
»Hier«, sagte sie und deutete auf die mittlere von drei Türen. »Dahinter befindet sich das Refugium des Herrn Professor. Wenn Sie wissen wollen, was in dem Raum ist, dann werden Sie wohl oder übel die Tür aufbrechen müssen.«

»Das ist kein Problem«, sagte Hellmer nachdenklich und fuhr sich übers Kinn. Er hatte eine Ahnung, und wenn er auch hoffte, diese Ahnung würde wie eine Seifenblase zerplatzen, so sagte ihm ein Gefühl, daß hinter jener Tür etwas Schreckliches lauerte. Einen ähnlichen Raum hatte es auch in Winzlows Haus gegeben, doch war ihnen, bevor sie ihn durchsuchen konnten, schon jemand zuvorgekommen und hatte alles ausgeräumt.
»Gibt es hier Werkzeug?« fragte er.
»In der Garage. Was brauchen Sie denn?«
»Am besten einen Hammer und einen Meißel.«
»Ich schau mal nach, ob ich so etwas finde.«
»Nein, warten Sie, ich lasse besser einen Schlüsseldienst kommen. Wir wollen hier doch kein Chaos veranstalten. Trotzdem vielen Dank. Wenn Sie möchten, können Sie nach Hause gehen. Das Haus wird, nachdem wir hier fertig sind, versiegelt.«
Sie nickte. »Und wann kann ich wieder herkommen?«
»Das hängt davon ab, wie lange wir brauchen, bis wir alles durchsucht haben.«
»Hat der Professor etwas angestellt?« fragte sie mit unverhohlener Neugier.
»Keine Spekulationen bitte, ja? Und vermeiden Sie es, mit der Presse zu sprechen. Auf keinen Fall darf bekannt werden, in welchem Zustand Sie den Professor aufgefunden haben.«
»Natürlich«, sagte sie und fügte hinzu: »Ich werde dann mal gehen. Ich schätze, die nächsten Tage werde ich Urlaub haben. Wenn nur das Wetter besser wäre.«
»Nochmals danke für Ihre Hilfe, und machen Sie's gut.«
Hellmer begab sich nach oben, wo Julia Durant die Durchsuchung des Schreibtischs beendet hatte. Meiningers Leichnam war in einem Leichensack verstaut und bereit, in die

Gerichtsmedizin gebracht zu werden. Der Fotograf hatte seine Arbeit ebenfalls beendet, nur die Spurensicherung war noch damit beschäftigt, nach eventuellen Fingerabdrücken und anderen, möglicherweise winzigen Details zu suchen, die auf die Spur des Mörders führen konnten.
»Wir brauchen jemanden vom Schlüsseldienst«, sagte Hellmer. »Es existiert im Keller ein Raum, den nur Meininger betreten durfte. Nicht einmal seine Frau hatte laut Aussage der Haushälterin Zugang. Und noch was – Meininger hat angeblich regelmäßig Kindern, Deutschen und Ausländern, Nachhilfeunterricht gegeben. Klingelt da was bei dir?« fragte er die Kommissarin. Ohne etwas darauf zu erwidern, griff sie zum Telefonbuch, suchte die Nummer des nächstgelegenen Schlüsseldienstes heraus und wählte die Nummer.
Es dauerte knapp zehn Minuten, bis ein Mann mit einem Werkzeugkoffer eintraf. Hellmer und Julia Durant gingen mit ihm in den Keller. Der Mann hatte Schwierigkeiten mit dem Öffnen des Schlosses, ein paarmal fluchte er, einmal blickte er auf, sagte: »Weiß der Geier, was für ein Schloß hier eingebaut ist, aber mir wird nichts anderes übrigbleiben, als es aufzubohren.« Er holte die Bohrmaschine aus dem Koffer, setzte sie an das Türschloß. Er bohrte etwa fünf Minuten, ohne daß die Tür sich öffnete. Wieder quetschte er einen gottserbärmlichen Fluch durch die Zähne, zuckte hilflos mit den Schultern. »Ich hatte noch nie mit einem derartigen Schloß zu tun«, sagte er. »Es ist absolut einbruchsicher, und es wird uns nichts anderes übrigbleiben, als es mit blanker Gewalt zu öffnen.«
»Dann tun Sie's«, sagte Julia Durant und zündete sich eine Zigarette an.
Der Mann setzte diesmal den Bohrhammer ein, bohrte zwei große Löcher ober- und unterhalb der Klinke, nahm die Rohrzange und riß die Klinke mitsamt den Blenden heraus.

Er unternahm drei weitere Bohrversuche, schließlich ließ sich die Tür nach einer halben Stunde öffnen.
»Danke«, sagte Hellmer. »Die Rechnung schicken Sie bitte zu Händen von Hauptkommissar Berger. Sie können jetzt gehen.«
Sie traten in den fensterlosen Raum, der in etwa die Größe eines normalen Wohnzimmers hatte und mit einem dichtflorigen Teppichboden bedeckt war. Die von außen dunkle Eichentür war an der Innenseite mit dickem Leder verkleidet, wahrscheinlich, um zu verhindern, daß irgendwelche Geräusche nach außen drangen. Rechts an der Wand befand sich der Lichtschalter, der den Raum in ein grelles, unangenehmes Licht tauchte. An zwei Wänden standen Regale, die bis unter die Decke mit Aktenordnern und Videokassetten gefüllt waren. An der freien Wand befanden sich eine dunkelblaue Ledercouch, etwas schräg davon ein ebenso blauer Ledersessel und eine komplette Videoanlage mit Fernsehapparat sowie mehrere Fotoapparate, Stative und ein Computer. Hellmer und Durant sahen sich eine Weile wortlos um, ohne etwas zu berühren, sie standen nur in der Mitte des Raumes und ließen ihre Blicke von einer Wand zur anderen schweifen. Schließlich sagte Julia Durant: »Das Spielzimmer des Herrn Professor, gesichert wie Fort Knox. Dann wollen wir doch mal sehen, was er so gespielt hat.«
Sie ging zu einem Regal, nahm wahllos einen der Ordner heraus, blätterte darin, hielt ihn eine Weile in den Händen, ohne ein Wort zu sagen. Ihr Blick haftete auf einem Bild, das einen vielleicht zehn- oder elfjährigen Jungen zeigte, dessen Augen geschlossen waren, der auf der Seite lag und scheinbar regungslos über sich ergehen ließ, wie ein Mann ihn penetrierte. Das Gesicht des Jungen war, durch die geschlossenen Augen, kaum zu erkennen, während von dem Mann nur der Bauch, ein Teil des Penis und die

Oberschenkel bis zum Knie zu sehen waren. Sie hielt den Ordner wortlos Hellmer hin, der ihn in die Hand nahm und das Bild einen Moment anstarrte.
»Diese gottverdammte Drecksau!« stieß er fassungslos hervor. »Er hat sich an Kindern vergangen, genau wie Winzlow. Und wenn es stimmt, was diese Nadja sagt, dann haben sowohl Neuhaus als auch Domberger Kinder und Jugendliche mißbraucht. Ist es das, was wir suchen? Ist es das, was den Mörder dazu bringt, diese Kerle umzubringen? Wenn es so ist, dann könnte ich ihn sogar verstehen.«
»Könnte?« fragte Julia Durant mit leicht zur Seite geneigtem Kopf und mit in Falten gezogener Stirn.
»Nein, verdammt noch mal, ich kann diesen Typen verstehen. Kinder! Sie sind und werden es immer bleiben, das schwächste Glied unserer Gesellschaft. Sie haben nicht verdient, geschlagen oder mißhandelt oder sexuell mißbraucht zu werden. Und was diese Kerle mit ihnen gemacht haben, das endet letztendlich im seelischen Tod. Und im sozialen Abseits. Sie werden Junkies, Huren, Stricher oder was weiß ich nicht alles. Auf jeden Fall werden sie niemals ein normales, geregeltes Leben führen. Sie werden immer und ewig diese Last auf ihren Schultern tragen, als Kind mißbraucht und mißhandelt worden zu sein. Ich kann und will auch nicht verstehen, was Menschen dazu bringt, Kinder so schändlich zu mißbrauchen. Und wenn diese Leute einen auch was weiß ich noch so hohen gesellschaftlichen Stand haben, sie sind Schweine, gottverdammte, elende Schweine! Und dabei sollte man meinen, gerade solche Leute besäßen so etwas wie Moral ...«
Die Kommissarin faßte Hellmer leicht bei den Schultern, blickte ihn von der Seite an. Sie sagte: »Weißt du, ich habe, seit ich bei der Polizei bin, erst bei der Sitte, dann bei der Mordkommission, feststellen müssen, daß die Hemm-

schwelle, was Perversionen und Sex im allgemeinen angeht, sinkt, je angesehener und materiell wohlhabender die Leute sind. Viele von ihnen geben sich einfach nicht mehr nur mit einfachem Sex zufrieden, sie suchen nach immer neuen Betätigungsfeldern, wenn ich es einmal so ausdrücken darf, und sie finden auch immer etwas Neues ... Aber das habe ich dir, soweit ich weiß, schon einmal gesagt, als wir das mit Winzlows päderastischen Neigungen herausfanden. Trotzdem, der einfache, normale Sex, wie er in Millionen von Haushalten regelmäßig praktiziert wird, dieser Sex ist für diese Leute einfach nur lächerlich. Sie mögen es brutal, entweder passiv, das heißt masochistisch, oder aktiv, also sadistisch. Sadomaso-Studios sprießen wie Unkraut aus dem Boden, und das wäre nicht so, wenn bestimmte Männer nicht diese Neigung, sich quälen zu lassen, besäßen. Ich erinnere mich an einen Fall, wo ein ziemlich reicher Mittdreißiger, Unternehmer aus bestem Haus, sich in einem SM-Studio regelmäßig an ein Andreaskreuz ketten ließ. Aber nicht nur das, er trug auch immer eine massive Stahlkette um den Hals und verlangte von seiner Domina, daß diese Kette jedesmal ein bißchen fester zugezogen wurde. Zudem verlangte er, während der Zeit, in der er festgekettet war, allein gelassen zu werden ...«

»Warum wollte er die Kette immer fester zugezogen haben?«

»Dadurch wird die Halsschlagader abgedrückt, das heißt, Durchblutung und Sauerstoffzufuhr zum Gehirn werden gedrosselt. Das führt zu einem extremen Hochgefühl, vor allem im sexuellen Bereich. Das Problem bei dem, von dem ich gerade erzähle, war, daß er eines Tages die Kette sehr fest zugezogen haben wollte, was, wie hinterher berichtet wurde, die Domina nur sehr widerwillig tat, denn sie wußte, was unter Umständen passieren konnte. Sie ließ ihn auch wieder eine Viertelstunde allein, hatte aber ein ungutes Gefühl, weshalb sie nach zehn Minuten einen Blick in das Zimmer warf und fast zu Tode erschrak, weil der Mann regungslos in den Ketten hing. Dieses eine Mal hätte seine Suche nach dem ultimativen Kick ihn beinahe das Leben gekostet.« Julia Durant lachte kurz und bitter auf, schüttelte den Kopf, holte eine Gauloise aus der Schachtel und zündete die Zigarette an.

Hellmer hatte ihr aufmerksam zugehört, fragte: »Und weiter, da kommt doch noch was, das sehe ich an deinem Gesicht.«

»Sicher, da kommt noch was. Das Studio wurde oder wird immer noch von zwei Frauen betrieben, die Mühe hatten, den ziemlich schweren Körper aus den Ketten zu befreien. Der Notarzt wurde gerufen, der in letzter Sekunde verhindern konnte, daß ihm der Mann unter den Händen wegstarb. Aber vielleicht wäre es besser für ihn gewesen, tot zu sein, denn durch die lange Unterbrechung der Sauerstoffzufuhr zum Gehirn sind etliche wichtige Teile des Hirns abgestorben, er ist fast blind, kann nur noch sehr schlecht hören, vor allem aber ist sein Gedächtnis verlorengegangen. Er lebt jetzt, wie alt wird er sein, knapp vierzig vielleicht, in einem Pflegeheim, wo er rund um die Uhr versorgt werden und bis zum Rest seines Lebens bleiben muß. Er gehörte zu denen, die nach dieser – überirdischen – sexuellen Befriedigung suchen und sie doch nicht finden. Frag mich nicht, woher diese Triebe und Neigungen kommen, aber wahrscheinlich wird dieses Phänomen niemals ganz geklärt werden.« Sie machte eine Pause, nahm einen tiefen Zug an der Zigarette, blies den Rauch durch die Nase aus. »Doch für mich gibt es Unterschiede. Der, von dem ich eben gesprochen habe, hat keinem etwas zuleide getan außer sich selber. Die, mit denen wir es jetzt zu tun haben, sind Männer und eventuell auch Frauen, die offensichtlich Freude und Spaß daran finden, anderen weh zu tun ...«

»Genau das. Selbstbeherrschung und Disziplin sind bei ihnen vielleicht im beruflichen Bereich vorhanden, im körperlichen hingegen sind das Fremdwörter für sie. Sie nehmen sich einfach, was sie wollen, und ihnen ist egal, ob jemand dabei draufgeht oder nicht. Ich sage nur eines – Beine breit und über den Stacheldrahtzaun gezogen ... Ich will die anderen Ordner sehen«, sagte Hellmer nachdrücklich und mit heruntergezogenen Mundwinkeln. »Ich will sehen, was Meininger sonst noch alles auf dem Kerbholz hat. Wenn er, Winzlow und die anderen diese Schweinereien begangen haben, dann frage ich mich, wer hängt da noch mit drin? Hast du irgend etwas Neues von der Computerauswertung gehört? Die chiffrierten Texte und so?«

Julia Durant schüttelte den Kopf. »Nein, bislang haben sie die Codes nicht knacken können. Aber ich glaube, wir brauchen diese Codes auch bald nicht mehr, was wir bis jetzt wissen und gefunden haben, zeigt schon in eine eindeutige Richtung.«

»Aber nicht in die Richtung des Mörders«, warf Hellmer ein.

»Vielleicht doch. Warten wir's einfach ab.«

Sie sahen sich noch einige Ordner an, stellten sie zurück in das Regal. »Das gesamte Material«, sagte Julia Durant, »lassen wir ins Präsidium bringen und es auswerten. Unter Umständen läßt sich ja die Identität einiger dieser Jungen klären.«

»Es wird Monate dauern, bis alles gesichtet ist«, sagte Hellmer. »Wenn ich allein an die Videos denke, die alle angeschaut werden müssen.«

»Na und, auf einen Monat mehr oder weniger kommt es jetzt auch nicht an. Außerdem hat unser Cicero ...«

»Woher bist du so sicher, daß sein Deckname Cicero ist?« fragte Hellmer.
»Okay, ich hätt's vielleicht nicht sagen dürfen, aber dir vertraue ich. Er hat den gestrigen Brief mit diesem Namen unterschrieben, mich aber gebeten, ihn keinem Menschen im Präsidium zu nennen, weil einige dann sofort wüßten, wie sein richtiger Name ist ...«
»Ja, und?! Dann könnten wir doch wenigstens zwei Morde verhindern!« sagte Hellmer. »Ich kann dir nicht ganz folgen.«
»Hör zu, er sagt, wenn wir den Fall vollständig lösen wollen, dürfen wir keinem verraten, daß ein sogenannter Cicero der Täter ist. Und ich habe mir selber das Versprechen gegeben, diesem Wunsch nachzukommen. Und von dir erwarte ich das gleiche.«
Hellmer holte tief Luft, rollte mit den Augen, schüttelte den Kopf. »Mit dir hat man's wirklich nicht leicht. Aber gut, ich verspreche es, auch wenn es gegen jede Vorschrift verstößt. Wenn Berger das wüßte, er würde uns sofort vom Dienst suspendieren.«
»Er weiß es aber nicht, und wenn du den Mund hältst, wird er es auch nie erfahren.«
Hellmer lachte auf, sah Julia Durant an und sagte: »Weißt du, daß wir unserem Killer auf passive Weise helfen, seine Todesstrafen zu vollstrecken?«
»Du hast doch vorhin selber gesagt, als du die Bilder gesehen hast, man müßte diese Typen breitbeinig über den Stacheldrahtzaun ziehen. Ist das etwa keine Todesstrafe?« fragte sie spöttisch lächelnd.
Hellmer grinste nur und sagte: »Klar, aber ...«
»Kein Aber! Unser Cicero ist schlau wie ein Fuchs. Und was er tut, tut er nicht, weil es ihm Freude bereitet, sondern weil er keinen anderen Weg sieht als diesen. Und was wir bis

jetzt aufgedeckt haben, ist schon schlimm genug. Und er weiß, die Polizei ist machtlos, wenn er sie nicht auf die richtige Fährte führt. Aber er weiß auch, daß es bei der Polizei und darüber hinaus eine Menge undichter Stellen gibt, von Korruption ganz zu schweigen. Siehe Flughafen gestern. Und unser anonymer Informant scheint auch eine ganze Menge zu wissen, doch er hat panische Angst. Wobei ich nicht glaube, daß unser Täter auch ihm etwas tun würde. Es ist einfach nur ein Gefühl, aber auf eine gewisse Weise haben beide die gleichen Intentionen. Der einzige Unterschied ist, daß der eine unter allen Umständen anonym bleiben möchte und wahrscheinlich vom Typ her nicht in der Lage ist, einen Mord zu begehen, während der andere ganz offensiv vorgeht. Und er hat keine Angst, denn er hat wohl, wenn ich die Aussage von Hübner richtig verstanden habe, selbst keine Angst vor dem Tod. Ich bin nur gespannt, wer die nächsten beiden Opfer sind, und vor allem – wer der Täter ist.«

Julia Durant griff zu ihrem Handy und wählte Bergers Nummer. Sie berichtete ihm in knappen Worten von dem Geheimzimmer in Meiningers Haus und von den Akten und Videobändern.

»Ich werde veranlassen, daß sämtliches Material ins Präsidium geschafft wird. Was schätzen Sie«, fragte Berger Julia Durant, »wie viele Ordner und Videobänder sind es?«

Sie blickte sich kurz um, ließ ihren Blick über die Regalwände streifen, sagte dann: »Ich schätze, es sind so um die fünf- bis sechshundert Ordner und in etwa genauso viele Bänder.«

»Ph, da brauchen wir Regale, wir können das ganze Zeug nicht einfach so hier im Präsidium stapeln. Ich werde jemanden zum Ausmessen vorbeischicken und dann holen wir uns bei IKEA die notwendigen Regale. Wie lange brauchen Sie noch bei Meininger?«

»Wir sind im Prinzip fertig. Warum?«

»Oberstaatsanwältin Schweiger wünscht, daß ich um dreizehn Uhr in ihrem Büro erscheine. Ich habe aber darum ersucht, daß auch Sie und Hellmer dabei sind, Sie führen schließlich die Ermittlungen. Sie erklärte sich einverstanden. Ich wollte Sie nur darauf vorbereiten.«

»Schau an, die Oberstaatsanwältin persönlich bittet uns in ihr Heiligtum. Wir werden pünktlich dasein. Sonst noch was?«

»Eine ganze Menge sogar. Aber das besprechen wir lieber heute nachmittag in aller Ruhe hier im Büro. Bis nachher dann.«

Hellmer sah die Kommissarin ungläubig an. »Hab ich das richtig gehört, wir sollen bei der Schweiger antanzen? Diese alte Kuh hat mir noch gefehlt!«

»Wieso?« fragte Julia Durant grinsend. »Sie sieht doch gar nicht so schlecht aus. Und so alt ist sie nun auch wieder nicht. Höchstens Anfang Vierzig.«

»Sie ist eine Ratte. Ich weiß nicht, welche Mittel sie eingesetzt hat, aber in dem Alter und so schnell Oberstaatsanwältin zu werden ... Ich kann mir nicht helfen, aber die Frau ist mir nicht ganz geheuer. Ich bin ihr zwar nur ein paarmal begegnet, doch sie hat etwas an sich, das ich nur schwer beschreiben kann. Auf jeden Fall fühle ich mich in ihrer Nähe unwohl. Für meine Begriffe ist sie kalt bis ins Mark und versessen darauf, baldmöglichst Generalstaatsanwältin zu werden. Und die schafft das, da verwette ich meinen Arsch drauf.«

Julia Durant grinste nicht mehr, sie fragte mit zusammengekniffenen Augen: »Was ist los? Warum diese Abneigung?«

Hellmer zuckte nur mit den Schultern. »Keine Ahnung. Ich mag einfach diese Art Frauen nicht. Wahrscheinlich ist sie eine gottverdammte Lesbe.«

»Oh, ich wußte nicht, daß du was gegen Schwule und Lesben hast ...«
»Hab ich auch nicht. Und ich habe auch keine Lust mehr, über dieses Weib zu reden. Gehen wir.«
Die Spurensicherung war noch immer bei der Arbeit, Julia Durant und Hellmer verabschiedeten sich und sagten einem der Streifenpolizisten Bescheid, daß in Kürze ein Kollege aus dem Kommissariat vorbeikommen würde, um ein Zimmer im Untergeschoß auszumessen. So lange müsse er noch warten, danach würde das Haus versiegelt. Gemeinsam stiegen die Kommissarin und Hellmer in den Dienstwagen, es war kurz vor zwölf.
»Gehen wir noch eine Kleinigkeit essen?« fragte sie, während Hellmer den Schlüssel ins Zündschloß steckte.
»Und wohin?«
»Zu unserem Italiener in Sachsenhausen. Ich will nicht mit leerem Magen bei der Schweiger antreten.«
»Von mir aus.«

DONNERSTAG, 12.50 UHR

Berger wartete bereits auf dem Bürgersteig. Er rauchte eine Zigarette, als Hellmer und Julia Durant um die Ecke bogen. Er blickte zur Uhr, sechs Minuten vor eins.
»Gut, daß Sie da sind. Wie gehen wir vor? Ich meine, wir haben ausgemacht, nicht zu viel zu verraten, was unsere Ermittlungen angeht.«
»Wir werden nichts von den Decknamen erwähnen und auch nichts davon, daß Kindesmißbrauch im Spiel ist. Wir werden ihre Fragen beantworten, sofern sie überhaupt welche hat, und sollte sie zum Beispiel den Begriff Decknamen

fallenlassen, dann fragen wir einfach zurück, woher sie diese Information hat«, erwiderte Julia Durant.
»Ich überlasse Ihnen das Reden gern«, sagte Berger, »sofern es Ihnen recht ist.«
»Ich denke, ich werde mit der Dame schon fertig werden.«
»Unterschätzen Sie die Schweiger nicht«, warnte Berger. »Sie ist eine Wölfin im Schafspelz. Sie ist, was ich bislang von ihr gehört habe, äußerst gerissen und nicht auf den Mund gefallen. Ich weiß das von Staatsanwalt Anders, er kommt mit ihr auch nicht zurecht. Aber was soll's, gehen wir nach oben, und bringen wir's hinter uns. Mehr als uns den Kopf abreißen kann sie auch nicht.«
Sie traten durch den Eingang, begaben sich in den ersten Stock, wo das Büro von Oberstaatsanwältin Schweiger lag. An der obersten Stufe blieb Berger unvermittelt stehen, zog einen Umschlag aus seiner Jacke und reichte ihn wortlos der Kommissarin. Sie nahm ihn an sich, öffnete ihn, zog den Zettel heraus. Sie las:

Weh euch ... ihr Heuchler und Gesetzeslehrer! Ihr seid wie die Gräber, die außen weiß angestrichen sind und schön aussehen; innen aber sind sie voll Knochen, Schmutz und Verwesung. So erscheint auch ihr von außen den Menschen gerecht, innen aber seid ihr voll Heuchelei und Ungehorsam gegen das Gesetz ... Ihr Nattern, ihr Schlangenbrut! Wie wollt ihr dem Strafgericht der Hölle entrinnen? So wird all das unschuldige Blut über euch kommen, das ihr auf Erden vergossen habt.

»Das ist dann die Ankündigung für Nummer sieben«, sagte Julia Durant ungewöhnlich gelassen und steckte den Zettel wieder in den Umschlag. »Wann kam es?«

»Vor etwa einer Stunde.«
»Gesetzeslehrer«, murmelte die Kommissarin. »Was ist mit einem Gesetzeslehrer gemeint? Ein Jurist? Oder jemand, der an der Uni Jura lehrt?«
»Das Branchenverzeichnis von Frankfurt ist voll mit Juristen, Rechtsanwälten und Notaren«, sagte Hellmer beiläufig. »Und an der Uni gibt es sicher mehr als nur einen, der Jura lehrt. Vergiß es einfach.«
»Werd ich wohl müssen«, erwiderte Julia Durant und steckte den Umschlag in ihre Tasche.
»Es könnte ja auch sein, daß mit einem Gesetzeslehrer jemand aus dem kirchlichen Bereich gemeint ist.«
»Das wäre dann schon der zweite. Nein, glaub ich nicht. Ich denke, morgen sind wir schlauer.«
»Was ist eigentlich mit dieser Nadja aus dem Bordell in der Elbestraße?« fragte die Kommissarin, während sie den Gang entlangliefen. »Ist sie noch dort oder schon rausgeholt worden?«
»Zwei Kollegen sind vorhin hingefahren, um sie zu holen. Sie müßte inzwischen auf dem Präsidium sein. Ihre Papiere sollten spätestens morgen fertig sein. Sie wird dann auf dem schnellsten Weg in ihre Heimat zurückgebracht.«
»Danke«, sagte Julia Durant.
»Wofür? Sie hat uns schließlich auch geholfen.«
Sie langten vor der Tür von Oberstaatsanwältin Schweiger an, Berger klopfte.
»Herein.«
Sie öffneten die Tür, betraten das Zimmer. Die Staatsanwältin saß hinter ihrem Schreibtisch, erhob sich aber sofort, als sie die drei Beamten sah. Sie trug einen grauen, knapp über dem Knie endenden, engen Rock und eine weiße Bluse, ihr volles, dunkles Haar fiel bis fast auf die Schultern. Sie hatte makellos schöne Hände mit feingliedrigen, langen Fingern,

deren Nägel in dezentem Rot lackiert waren. Ihre braunen Augen blitzten kurz auf, sie sagte: »Gut, daß Sie gekommen sind. Wenn Sie mir bitte ins Nebenzimmer folgen wollen, dort können wir uns ungestört unterhalten.«
Nachdem sich alle gesetzt hatten, sagte die Staatsanwältin: »Meine Dame, meine Herren, ich möchte nicht lange um den heißen Brei herumreden. Ich habe Sie hergebeten, weil ich von Ihnen über den genauen Stand der Ermittlungen informiert werden möchte. Ich habe nämlich das Gefühl, daß mir einige wesentliche Details bisher nicht mitgeteilt wurden. Wenn ich mich irre, dann korrigieren Sie mich.«
»Und was für Details, glauben Sie, verheimlichen wir?« fragte Berger und lehnte sich zurück, die Arme über der Brust verschränkt.
»Von Verheimlichen habe ich nicht gesprochen, Hauptkommissar Berger. Ich denke lediglich, daß der Informationsfluß zwischen Ihrer Abteilung und der Staatsanwaltschaft nicht so ist, wie er sein sollte. Mehr wollte ich nicht zum Ausdruck bringen.«
»Darf man hier rauchen?« fragte Julia Durant und sah die Staatsanwältin direkt an.
»Bitte, ich rauche selber. Der Aschenbecher steht hinter Ihnen auf dem Sideboard.« Sie hielt inne, während Kommissarin Durant und auch Hellmer sich je eine Zigarette anzündeten.
»Also«, fuhr sie fort, »wie ist der genaue Stand der Ermittlungen? Gibt es ein Täterprofil, eventuelle Spuren, die zum Täter führen könnten?«
»Es gibt ein Täterprofil, aber keine verwertbaren Spuren. Der Täter arbeitet absolut sauber, wenn man das so nennen darf.«
»Zeugen?«
»Bisher keine. Wir haben in jedem einzelnen Fall sowohl die

Verwandtschaft als auch Mitarbeiter und Nachbarn der Opfer befragt, ohne Ergebnis«, sagte Julia Durant und nahm einen Zug an der Zigarette.
»Sie haben aber ein Täterprofil erstellen lassen anhand der Vorgehensweise und auch einiger Schriftstücke, die er Ihnen, Hauptkommissarin Durant, im Vorfeld seiner Taten zukommen ließ. Wie sieht dieses Profil aus? Handelt es sich um einen Psychopathen?«
»Kein Psychopath, wie der Profiler sagt. Der Täter ist als überdurchschnittlich intelligent einzustufen, was aus seiner gezielten und durchdachten Vorgehensweise hervorgeht. Es könnte sich um einen Mann handeln, der sich für irgend etwas rächen will, doch was das sein könnte, ist uns bis jetzt nicht bekannt.«
»Irgendeine Vermutung?«
»Nein. Es gibt Tausende von Möglichkeiten, wofür ein Mensch sich rächen will. Unter diesen Tausenden die eine ganz spezielle zu finden ist schier unmöglich. Der Täter hat uns einfach noch keinen Hinweis geliefert.«
»Und die Bibelzitate? Religiöser Fanatismus?«
»Unwahrscheinlich. Er hat wohl eher die Bibel genommen und wahrscheinlich unter Zuhilfenahme einer Konkordanz bestimmte Schriftstellen herausgepickt, die auf das jeweilige Opfer gemünzt waren.«
»Was glauben Sie, wie oft wird er noch morden?« fragte die Staatsanwältin.
»Einmal, zweimal vielleicht«, erwiderte Julia Durant, die dem harten Blick standhielt.
»Was macht Sie da so sicher? Können Sie hellsehen?«
Berger mischte sich ein. »Frau Oberstaatsanwältin, natürlich kann meine Kollegin nicht hellsehen, aber sie hat in der Vergangenheit bewiesen, daß sie sich auf ihr Gefühl sehr wohl verlassen kann ...«

»Gefühl hin, Gefühl her, ich gebe auf so einen Quatsch nichts! Ich will endlich Fakten auf dem Tisch haben, und zwar konkrete. Und vor allem will ich, daß Sie mir schnellstmöglich den Täter präsentieren. Haben Sie noch einmal ein Schreiben erhalten?«

»Nein«, erwiderte Julia Durant schnell, bevor Berger oder Hellmer antworten konnten. »Bis jetzt noch nicht. Es könnte immerhin sein, daß er sein Werk vollendet hat.«

»So, meinen Sie.« Die Staatsanwältin schürzte die Lippen, ein kaum merkliches Lächeln huschte über ihr Gesicht. »Aber gerade eben sprachen Sie davon, daß er vielleicht noch ein- oder zweimal zuschlägt. Was nun, schlägt er wieder zu oder nicht?«

»Das, Frau Oberstaatsanwältin, wissen die Götter. Und der Täter. Ach ja, und wenn wir schon dabei sind, dann wissen Sie sicher auch, daß gestern eine Drogenlieferung in großem Umfang um halb vier Uhr nachmittags auf Rhein-Main landen sollte. Wir haben den Zoll morgens darüber informiert, doch die Lieferung kam nicht. Statt dessen traf sie mehr als drei Stunden später mit einer anderen Maschine ein und ist sofort abgeholt worden. Von wem, das wissen wir bis jetzt nicht. Nur scheint es so, daß es beim Zoll oder auch im Rauschgiftdezernat undichte Stellen gibt. Ebenso scheint es mir sehr verwunderlich, daß in den letzten zwei Jahren die Erfolgsquote bei Razzien, wo es um Waffen, Drogen oder Menschenhandel ging, rapide nach unten gegangen ist, was den Schluß zuläßt, daß auch bei der Sitte und beim OK etwas nicht stimmt.« Die Kommissarin machte eine Pause, beobachtete jede Reaktion im Gesicht der Staatsanwältin, die ihre Hände gefaltet hatte und ihre Fingernägel zu betrachten schien.

Nach einer Weile fragte sie, ohne aufzublicken: »Woher hatten Sie die Information mit dem Rauschgift?«

»Ein anonymer Anrufer.«
»Woher wollen Sie dann wissen, daß überhaupt Rauschgift auf Rhein-Main umgeschlagen wurde oder besser gesagt umgeschlagen werden sollte?«
»Weil mein Informant mich vorgestern abend anrief und es mir mitteilte. Und dieser Mann hat schreckliche Angst um sein Leben und um das seiner Familie. Er wollte sich mit mir treffen, doch er erschien nicht zum abgemachten Zeitpunkt.«
»Und Ihre Anspielung auf die Dezernate für Organisierte Kriminalität und Sittendelikte – wollen Sie damit sagen, daß Sie gewisse Beamte für korrupt halten?«
»Ich habe das Wort ›korrupt‹ nicht in den Mund genommen, ich habe lediglich eine Feststellung getroffen. Aber bitte, wenn Sie es schon ansprechen, vielleicht ist Korruption im Spiel. Und wenn es so ist, dann haben wir einen verflucht langen Bandwurm in unserem Präsidium. Und nicht nur da.« Julia Durant beugte sich nach vorn, die Stirn in Falten gelegt, die Augen zu Schlitzen verengt. »Und ich habe berechtigte Gründe für meine Annahme, die im übrigen auch von meinen Kollegen Berger und Hellmer und einigen anderen geteilt wird. Als die von mir genannten Abteilungen am vergangenen Freitag mehrere Razzien in verschiedenen Häusern in Frankfurt durchführten, waren unter anderem auch mein Kollege Hellmer und ich dabei. Angeblich wurde nach illegalen Prostituierten sowie Drogen und Waffen gesucht. Aber weder das eine noch das andere wurde gefunden. Alle Prostituierten hatten einen gültigen Paß und ein ebenso gültiges Visum, über Waffen und Drogen brauchen wir gar nicht zu reden. Allerdings haben zwei Prostituierte, Lettinnen, darum gebeten, mit mir allein sprechen zu dürfen. Sie haben mir einige höchst interessante Informationen gegeben, was den Bereich des

Menschenhandels angeht, in den auch Kinder involviert sind. Ich wollte eigentlich an jenem Abend noch mehr Informationen haben, doch die beiden sagten, sie wollten in Sicherheit gebracht werden und mit mir am folgenden Montag Details besprechen. Ich bat Hauptkommissar Schnell, für die Sicherheit der beiden zu sorgen, was er mir auch zusagte. Sie wurden in einer Wohnung im Oeder Weg untergebracht, doch als ich am Montag nachmittag dort eintraf, waren beide tot. Sie sind nicht vergewaltigt oder mißhandelt worden, sie wurden beide durch einen Kopf- bzw. einen Genickschuß praktisch hingerichtet: Die Frage ist, wer außer Schnell wußte alles von dem angeblich geheimen Aufenthaltsort von Natascha und Tatjana? Wer außer Schnell und mir kannte das ausgemachte Klingelzeichen? Die Tür war nämlich nicht aufgebrochen, was bedeutet, daß eine der Frauen dem Mörder die Tür arglos geöffnet hat.«
»Sie sprechen hier immerzu von Hauptkommissar Schnell. Wollen Sie damit etwas Bestimmtes ausdrücken?«
»Nein, ich werfe nur ein paar Fragen auf, mehr nicht. Und ich stelle fest, daß einiges doch sehr seltsam gelaufen ist.«
»Haben Sie mit Schnell gesprochen?«
»Er gab sich sehr bedeckt und wies jeglichen Vorwurf weit von sich. Aber Sie werden zugeben müssen, etwas stimmt hier nicht. Ob Schnell in eine krumme Sache verwickelt ist oder einer seiner Mitarbeiter oder vielleicht auch nur ein Streifenpolizist ...«, Julia Durant hob die Hände und verzog die Mundwinkel, »... wir sind bis jetzt in diesem Fall keinen Schritt weitergekommen.«
»Sie wagen sich ziemlich weit vor«, sagte die Staatsanwältin. »Wenn Sie von Korruption bei unserer Polizei reden, stellen Sie den gesamten Polizeiapparat in Frage. Solche Äußerungen können sehr gefährlich sein. Wie ein Schuß, der nach hinten losgeht.«

»Das Risiko muß ich eingehen. Außerdem ist es nicht meine Aufgabe, nach korrupten Stellen im Präsidium zu suchen, sondern die der Staatsanwaltschaft. Stellen Sie Sonderermittler ein, um mögliche Schwachstellen aufzudecken. Auf jeden Fall stimmt etwas nicht in einigen Abteilungen.«
»Und Ihre Abteilung, wie sieht es mit der aus? Können Sie für Ihre Leute die Hand ins Feuer legen?« fragte die Staatsanwältin mit einem beinahe maliziösen Lächeln, von dem sich Julia Durant nicht beeindrucken ließ.
»Die einzige, für die ich meine Hand ins Feuer lege, bin ich selber. Ich bin beauftragt, die Ermittlungen in den jetzigen Mordfällen zu führen, mehr nicht. Alles andere liegt in Ihrer Entscheidungsgewalt.«
»Gut, ich werde eine Untersuchung veranlassen. Ich hoffe, Sie irren sich. Wenn nicht, dann wäre es sehr schlecht um unsere Polizei und deren Ruf bestellt. Aber um auf die Morde an Matthäus, Neuhaus und so weiter zurückzukommen – sowohl der Justiz- als auch der Innenminister zeigen sich äußerst besorgt wegen der Vorfälle in den vergangenen Tagen ...«
»Dann teilen die Herren auch unsere Sorgen. Das ist doch schon etwas. Nur, wären die Opfer nicht so angesehen wie ein Winzlow oder Matthäus oder Neuhaus, was wäre dann? Es würde doch nicht anders als ein Routinefall behandelt, in dem wir es *nur* mit einem abnorm veranlagten, durchgeknallten Serienkiller zu tun hätten. Aber hier ist das natürlich etwas ganz anderes. Hier handelt es sich schließlich um Persönlichkeiten und nicht um irgendwelche kleinen Normalbürger ...«
»Sparen Sie sich um Himmels willen Ihren Sarkasmus«, sagte die Staatsanwältin kalt, »er wird Sie nicht weiterbringen. Liefern Sie mir Ergebnisse, arbeiten Sie von mir aus rund um die Uhr, aber schnappen Sie diesen Schweinehund,

der für diese bestialischen Morde verantwortlich ist. Mehr will ich nicht. Haben Sie das verstanden?«

»Wir arbeiten seit Tagen fast rund um die Uhr. Jeder von uns ist jederzeit erreichbar.«

»In Ordnung, ich verlasse mich auf Sie ...«

»Und wir uns auf Sie, was die Untersuchung in Sachen Korruption und undichte Stellen angeht.«

»Was meine Aufgaben angeht, werte Kommissarin, die erledige ich auf meine Weise. Was hat im übrigen die Hausdurchsuchung von Meininger ergeben?«

»Meininger war, genau wie Winzlow, ein Päderast. Wir haben in einem verschlossenen Raum unzählige Akten und Videos gefunden, die eindeutige sexuelle Handlungen eines Erwachsenen mit männlichen Kindern zeigen. Wir lassen dieses Material zwecks Sichtung ins Präsidium bringen. Allerdings wird die Auswertung einige Zeit in Anspruch nehmen.«

»Und die andern Opfer, hatten die auch ihre Schwachstellen?«

»Das wissen wir nicht. Bis jetzt ist ihr Lebenswandel nach außen scheinbar integer«, log Julia Durant und zündete sich eine weitere Zigarette an.

»Was heißt scheinbar?«

»Nun, alle Opfer hatten die Zahl 666 auf der Stirn, womit der Täter allem Anschein nach ausdrücken will, daß auch die anderen nur eine saubere Fassade hatten, doch dahinter ... Aber wer von uns baut nicht gern eine Fassade um sich«, sagte die Kommissarin, während sie die Oberstaatsanwältin direkt ansah und dabei undefinierbar lächelte.

Die Staatsanwältin kniff kurz die Augen zusammen, erhob sich unvermittelt, sagte mit einem Blick zur Uhr: »Ich bedanke mich für Ihr Kommen und Ihren Einsatz. Ich muß unser Gespräch jetzt aber leider beenden, da ich in einer

halben Stunde einen weiteren wichtigen Termin habe. Halten Sie mich einfach auf dem laufenden.«
Berger, Julia Durant und Hellmer standen ebenfalls auf und verließen den Raum. Sie gingen eine Weile schweigend über den Flur bis zur Treppe.
»Warum, um alles in der Welt, haben Sie verschwiegen, daß Sie heute wieder eine Mordankündigung erhalten haben? Und welcher Teufel hat Sie bloß geritten, so aggressiv mit der Schweiger zu sprechen?«
»Sie haben vorhin zu mir gesagt, hauptsächlich ich solle mit ihr sprechen. Sie haben nicht gesagt, wie ich das tun sollte. Und warum ich das mit dem Zettel nicht erwähnt habe, bleibt vorläufig allein mein Geheimnis. Ich sage Ihnen aber, daß es nicht zu unserem Nachteil sein wird. Vertrauen Sie mir einfach, bitte.«
»Aus Ihnen soll einer schlau werden«, sagte Berger kopfschüttelnd. »Sie hätten uns leicht in Teufels Küche bringen können, ist Ihnen das klar?«
»Ja, Chef, das ist mir klar. Aber lassen Sie uns im Präsidium über alles reden. Ich habe das Gefühl, dieses Haus hat Ohren.«
Sie begaben sich zu ihren Autos, stiegen ein, die Sonne hatte das Wageninnere aufgeheizt.
»Ich kann diese Schweiger nicht leiden«, sagte Julia Durant, als sie mit Hellmer allein im Wagen saß. »Du hast recht, diese Frau ist tatsächlich kalt bis ins Mark. Und ich möchte wetten, sie wird keinen Finger rühren, um irgendwelche korrupten Stellen aufzudecken. Es könnte ja immerhin ein dunkler Schatten auf die Polizei und damit auch auf sie fallen. Da gibt es nur ein Wort: Scheiße!«

DONNERSTAG, 14.35 UHR

Cicero nahm die Aktentasche, die neben seinem Schreibtisch stand, warf einen letzten Blick durch das Fenster auf das weit unter ihm liegende Frankfurt, drehte sich um und schloß die Tür hinter sich. Er verabschiedete sich von seiner Sekretärin, sagte, er würde heute nicht mehr ins Büro zurückkommen, sie sollte aber unbedingt alle Briefe, die er am Morgen diktiert hatte, schreiben und sie zur Unterschrift auf seinen Schreibtisch legen. Er fuhr mit dem Aufzug in die Tiefgarage, ging mit langsamen Schritten zu seinem Jaguar, öffnete die Zentralverriegelung mit der Fernbedienung, stieg ein. Er legte den Sicherheitsgurt an, startete den Motor, fuhr aus der Garage. Sein Termin war um Viertel vor drei in einem Café in der Nähe der Alten Oper. Er parkte den Wagen in der Neuen Mainzer Straße, schloß ab und ging etwa hundert Meter bis zu dem Café.

Das Café war etwa zur Hälfte besetzt, sie saß an einem Tisch in der rechten hinteren Ecke, wo man sich ungestört unterhalten konnte. Er ging direkt auf sie zu, reichte ihr die Hand.

»Hallo, Judith«, sagte er und stellte den Aktenkoffer auf den Boden neben seinen Stuhl.

»Schön, dich zu sehen.« Er setzte sich der Frau gegenüber, ihre braunen Augen waren auf sein Gesicht gerichtet. Er fand, sie hatte ein markantes Gesicht, mit vollen, sinnlichen Lippen und leicht hervorstehenden Wangenknochen, das einzige, was ihn immer störte, war ihr Blick, der sich von einer Sekunde zur anderen von warm und sanft in kalt und unberechenbar wandeln konnte. Obwohl er sie jetzt schon seit mehr als zehn Jahren kannte, hatte er nie hinter die Fassade ihres beinahe makellosen Gesichtes zu blicken vermocht. Er wußte nicht, was sie dachte, was sie fühlte, es war, als hätte sie vollkommene Kontrolle über alle ihre Gefühle. Sie war eine attraktive, begehrenswerte Frau, und er wußte, daß sie nie verheiratet gewesen war, ihm waren lediglich einige kurze Affären bekannt.

Eine junge Kellnerin trat an ihren Tisch und nahm die Bestellung auf.

»Einen Tee für mich und ein Stück Käsetorte und einen Kaffee und ein Stück Obsttorte für die Dame«, sagte er.

Judith zündete sich eine Zigarette an, beugte sich nach vorn, die Ellbogen auf den Tisch gestützt. Mit gedämpfter Stimme sagte sie: »Okay, dann laß mal hören, was du so rausgefunden hast. Ich habe nämlich keine Lust, eines Tages so zu enden wie Matthäus oder Neuhaus. Wer kann nur so wahnsinnig sein, sich gegen die Organisation zu stellen?«

Cicero lehnte sich zurück, schlug die Beine übereinander, den linken Zeigefinger an die Unterlippe gelegt. Er machte ein ernstes Gesicht.

»Es gibt einige, die sich gegen die Organisation stellen. Ich habe zum Beispiel einige undichte Stellen bei uns ausgemacht.«

Judith lachte leise auf. »So etwas habe ich doch heute schon einmal gehört. Natürlich gibt es überall undichte Stellen, und die meisten davon sind durch uns undicht geworden.«

»Ich spreche hier nicht von der Polizei oder anderen Beamten. Ich spreche von der Organisation. Der Heroindeal zum Beispiel – woher wußte die Polizei am Mittwoch morgen schon von dieser Sache? Es kann nur einer von uns gewesen sein. Und ich habe sogar einige Namen, die in Frage kommen. Sie sind hier in meinem Koffer.«

»Und wer ist es?« fragte sie mit einem geheimnisvollen Lächeln, als wüßte sie bereits, wer der anonyme Informant war.

»Nicht hier und nicht jetzt. Wir sollten in Ruhe darüber

sprechen und danach die Spitze informieren. Die sollen entscheiden, wie das weitere Procedere aussieht. Ich will aber nicht die Pferde scheu machen, bevor ich nicht handfeste Beweise habe. Das verstehst du doch hoffentlich?«

»Natürlich«, erwiderte Judith, immer noch lächelnd. Die Kellnerin kam mit der Bestellung. Nach einer Weile sagte Judith: »Hast du heute abend Zeit?«

Cicero schien einen Moment zu überlegen, schließlich nickte er. »Ich habe zwar noch drei Termine heute nachmittag beziehungsweise abend, aber den für heute abend könnte ich unter Umständen verschieben, er ist nicht so dringend. Wann?«

»Um acht?«

»Und wo?«

»In meiner Wohnung. Du weißt doch, wo ich wohne, oder?«

»Ja, sicher.«

»Ich habe auch einen guten Wein. Ich hoffe, du weißt guten Wein zu schätzen?« sagte sie lächelnd.

»Ich denke schon«, erwiderte er ebenfalls lächelnd.

»Ich bewundere deine Arbeit«, sagte sie, während sie ein Stück von ihrer Obsttorte auf die Gabel nahm. »Wirklich. Du hast der Organisation in den letzten Jahren eine Menge guter Dienste geleistet. Wenn nur jeder deine Einstellung hätte.«

»Ach, komm«, sagte er und tat verlegen, »du solltest mein Engagement nicht überbewerten. Es steckt eine ganze Portion Eigennutz dahinter ...«

»Wie bei jedem von uns«, antwortete sie lakonisch, bevor sie die Gabel zum Mund führte. »Meinst du, wir kriegen diesen Mistkerl?«

»Wenn die Polizei schon unfähig ist, dann werden wir ihn uns schnappen«, sagte er mit einem entschiedenen Tonfall in der Stimme. »Das Material, das ich zusammengetragen habe, ist auf jeden Fall ziemlich brisant. Und wenn von den fünf Namen, die ich hier in meinem Koffer habe, der eine dabei ist, dann gnade ihm Gott. Es geht nicht an, daß unsere besten Leute einer nach dem anderen einfach so beseitigt werden ... Was weiß übrigens die Polizei? Haben die schon eine wenigstens annähernd heiße Spur?«

»Nein, die tappen völlig im dunkeln. Und es sieht auch nicht so aus, als würden die in absehbarer Zeit einen brauchbaren Hinweis auf den Täter bekommen. Und das wäre mir auch recht so, denn ich würde lieber den Kerl selber in die Finger kriegen.«

»In Ordnung«, sagte Cicero und blickte zur Uhr. »Mein nächster Termin ist in einer guten halben Stunde. Wir sehen uns dann heute abend und sprechen in aller Ruhe über gewisse Details der Personen, die ich beziehungsweise ein enger Vertrauter von mir unter die Lupe genommen haben.«

»Was für ein Vertrauter?« fragte Judith mißtrauisch.

»Keine Sorge, ein absolut zuverlässiger Typ. Er hat mir nur geholfen, und ich habe ihm ein paar Mark zugesteckt. Er weiß nicht, worum es geht. Du brauchst dir keine Gedanken zu machen, ich kenne den Mann schon seit meiner Studienzeit.«

»Wir dürfen kein Risiko eingehen ...«

»Wir gehen kein Risiko ein«, beschwichtigte Cicero die ihm gegenübersitzende Frau. »So, jetzt muß ich aber gehen. Ich werde pünktlich um acht bei dir sein.«

»Soll ich uns eine Kleinigkeit zu essen machen?« fragte sie, während er aufstand und seinen Koffer nahm.

Er schürzte die Lippen, überlegte einen Moment, sagte dann: »Auf die Idee wäre ich zwar nicht gekommen, aber wenn es dir nichts ausmacht ... Wir sehen uns dann.« Er verließ das Café, begab sich zu seinem Wagen, setzte sich in die Ledersitze und fuhr los. Er lächelte.

DONNERSTAG, 15.45 UHR

Nadine Neuhaus war kurz eingenickt, als es klingelte. Sie schreckte hoch, sah zur Uhr, sie fühlte sich leicht gerädert. Das Hausmädchen hatte die Tür geöffnet und den großgewachsenen, gutaussehenden Mann eintreten lassen. Er trug einen teuren, dunkelblauen Designeranzug, ein blau-weiß gestreiftes Hemd und eine dezent gemusterte, rote Krawatte. »Dreekmann, wir haben einen Termin«, sagte er mit sonorer Stimme und reichte Nadine Neuhaus die Hand.

»Entschuldigen Sie bitte«, sagte Nadine und lächelte verlegen, »aber ich habe letzte Nacht nur wenig geschlafen und bin eben etwas eingenickt. Nehmen Sie doch bitte Platz.«

Dreekmann setzte sich auf einen Sessel und legte den Aktenkoffer auf den Tisch. Er ließ die Schlösser aufschnappen und holte einige Dokumente heraus.

»Darf ich Ihnen etwas zu trinken anbieten?« fragte Nadine, bevor sie sich setzte.

»Wenn Sie vielleicht ein Glas Wasser hätten? Das Mittagessen war heute wohl etwas zu schwer und ...«

»Natürlich bekommen Sie ein Glas Wasser.« Sie rief nach dem Hausmädchen, bat es, Dr. Dreekmann ein Glas Wasser zu bringen. Kurz darauf kehrte es zurück, stellte das Glas auf den Tisch. Nadine Neuhaus setzte sich seitlich von Dreekmann auf die Couch.

»Ich will es kurz machen, Frau Neuhaus, aber wie ich Ihnen bereits mitteilte, bin oder war ich der Vermögensverwalter Ihres verstorbenen Mannes. Ich habe ein Testament vorliegen, in dem Ihr Mann Sie im Falle seines vorzeitigen Ablebens als Alleinerbin einsetzt. Da Ihr Mann laut eigener Aussage keine Verwandten hat, fällt somit sein gesamtes

Vermögen an Sie.« Dreekmann nahm das Glas in die Hand und trank einen Schluck, stellte es wieder zurück.
»Was heißt das konkret?« fragte Nadine neugierig.
»Sie wollen Zahlen, das kann ich verstehen. Nun, ich weiß nicht, inwieweit Sie über das Vermögen und die Geschäfte Ihres Mannes unterrichtet sind ...«
»Überhaupt nicht, um ehrlich zu sein. Er war in diesen Dingen mir gegenüber sehr verschwiegen.«
»Gut, dann werde ich Ihnen jetzt ein paar Daten geben. Zum Zeitpunkt seines Todes betrug das auf diverse Banken verteilte liquide Guthaben 53,7 Millionen Mark. Dazu kommen Aktien und Wertpapiere in einem Gesamtwert von knapp dreißig Millionen ...«
»Moment, Moment«, unterbrach ihn Nadine Neuhaus und schloß für einen Moment die Augen. »Da kann einem ja direkt schwindlig werden. Ich hatte keine Ahnung, wie reich er war. Es ist beinahe unglaublich.«
»Ja«, sagte Dreekmann milde lächelnd, »das kann ich mir vorstellen. Aber es kommt noch besser – die Firma Ihres Mannes geht auch in Ihre Hände über, genau wie die diversen Häuser, die ihm persönlich gehörten.«
»Wie viele Häuser?«
»Moment, hier hab ich's – er besaß genau sechsundzwanzig Häuser, die meisten davon im Rhein-Main-Gebiet.«
»Er hat nie etwas davon erwähnt. Was sind das für Häuser? Villen, Mietshäuser, Bürogebäude?«
Dreekmann holte tief Luft, trank sein Glas leer und hielt es in der Hand. Er sah Nadine Neuhaus an, seufzte kurz auf, sagte dann. »Nun, es handelt sich um sechs Mietshäuser in Sachsenhausen, vier Bürogebäude in der Innenstadt und«, er hielt kurz inne, »sechzehn verpachtete Gebäude.«
»Das hört sich gut an«, sagte Nadine. »Und diese sechzehn Gebäude?«

»Nun, wie soll ich es erklären. Ich weiß ja nicht, inwieweit Sie in die Geschäfte Ihres Mannes eingeweiht sind ...«
»Überhaupt nicht«, sagte Nadine Neuhaus.
»Also gut. Bei den sechzehn Gebäuden handelt es sich um Bordelle. Acht davon befinden sich in Frankfurt, im Bahnhofsviertel. Ich weiß, das mag ein Schock für Sie sein, aber das ist nun einmal die Tatsache. Der Gesamtwert aller Immobilien beläuft sich auf etwa hundertzwanzig Millionen Mark. Sie sind eine reiche Frau, die sich um ihre finanzielle Zukunft keine Sorgen mehr zu machen braucht.«
Nadine Neuhaus lachte ungläubig auf. »Bordelle! Das heißt also, ich bin somit Besitzerin von sogenannten Puffs?!«
»Nicht Besitzerin, Eigentümerin. Sie können damit machen, was Sie wollen. Kein Mensch zwingt Sie, diese Immobilien zu behalten. Sie können Sie auch abstoßen, und ich garantiere Ihnen, Sie werden in Null komma nichts Abnehmer finden. Der Markt gerade auf diesem Gebiet boomt wie nie zuvor. Ich könnte Ihnen helfen, diese Häuser loszuwerden, natürlich nur, wenn Sie wollen.«
»Da können Sie aber ganz sicher sein. Mit solchen Häusern will ich nichts zu tun haben. Niemals!«
»Gut, dann werde ich mich, Ihr Einverständnis vorausgesetzt, darum kümmern, so schnell wie möglich Käufer aufzutreiben. Ich werde mich mit der Geschäftsleitung von Immobilien Neuhaus in Verbindung setzen und von dort aus alles weitere regeln lassen.«
»Danke schön. Und was die Firma meines Mannes betrifft, ich habe keine Ahnung von Immobiliengeschäften.«
»Die brauchen Sie auch nicht zu haben, denn es wird alles ganz normal weiterlaufen. Doch da Sie die Eigentümerin sind, werden Sie jährlich eine nicht unbeträchtliche Summe verdienen, ohne auch nur einmal das Büro betreten zu

müssen. Sie sehen, es ist für alles gesorgt. Sie sind eine reiche, freie Frau.«
»Tja, ich schätze, ich muß das alles erst einmal verdauen. Möchten Sie noch ein Glas Wasser?«
»Nein, danke«, sagte Dreekmann lächelnd, »ich muß noch zu zwei Klienten, und es wird Zeit für mich zu gehen. Ich lasse Ihnen jetzt eine vorläufige Liste da, aus der Sie noch einmal in aller Ruhe ersehen können, was alles ab sofort Ihnen gehört. Eine genaue Aufstellung werde ich Ihnen in den nächsten Tagen zukommen lassen. Haben Sie noch irgendwelche Fragen?«
»Nein, nein, ich habe keine Fragen, ich glaube, ich werde jetzt einen kleinen Spaziergang machen und ein bißchen nachdenken. Vielen Dank für Ihre Mühe und Ihre Hilfe.«
»Keine Ursache, als Anwalt gehört dies zu meinen Aufgaben, auch wenn ich eigentlich Strafverteidiger bin. Aber Ihr Mann hat mich inständigst gebeten, seine Vermögensverwaltung zu übernehmen, und er ist auch der einzige, bei dem ich diese Ausnahme gemacht habe.« Dreekmann klappte seinen Aktenkoffer zu und erhob sich. Er reichte ihr die Hand, sah sie mit einem unergründlichen Lächeln an und sagte: »Es war nett, Sie kennengelernt zu haben, Frau Neuhaus. Ich wünsche Ihnen viel Glück auf Ihrem weiteren Lebensweg. Sie haben es verdient. Aber denken Sie daran, Geld allein macht nicht glücklich. Eine Binsenweisheit, ich weiß, aber sie stimmt. Ich spreche da aus eigener Erfahrung. Leben Sie wohl.«
»Auf Wiedersehen«, sagte Nadine und begleitete Dreekmann zur Tür. Ohne sich noch einmal umzudrehen, ging er durch das Tor zu seinem Wagen und stieg ein. Nadine ging zurück ins Haus und ließ sich auf die Ledercouch fallen. Sie legte den Kopf in den Nacken, schloß die Augen. Sie dachte an die letzten, sie irritierenden Worte von Dreekmann. Um

kurz nach halb fünf klingelte das Telefon. Sie nahm den Hörer ab, meldete sich.
»Hallo, hier ist Frank. Ich wollte nur mal hören, wie es dir geht.«
»Das ist schön, daß du anrufst. Kannst du kommen?«
»Ist irgend etwas passiert?« fragte er. »Deine Stimme klingt so merkwürdig.«
»Ja und auch wieder nicht. Der Rechtsanwalt meines Mannes war eben da und ... Bitte komm heute abend, und laß uns über alles reden. Ich brauch dich hier.«
»Ich weiß nicht genau, wann ich aus dem Präsidium rauskomme, aber ich denke, ich kann so gegen sechs oder halb sieben bei dir sein. Ist das in Ordnung?«
»Ja, aber bitte komm ... Frank, ich wollte dir nur noch schnell sagen, daß ich dich liebe. Bis nachher.«
»Bis nachher.«

DONNERSTAG, 15:30 UHR

Präsidiumssitzung. Berger und sieben Kollegen der Sonderkommission hatten sich in einem geräumigen Nebenzimmer versammelt, wo sie um einen großen Tisch saßen. Berger saß am Kopf des Tisches, ließ seinen Blick in die Runde gehen. Er hatte einen Notizblock vor sich liegen und einen Kugelschreiber in der Hand.
»Also«, sagte er, »fangen wir an. Am besten der Reihe nach. Sind Sie mit der Auswertung der Computer weitergekommen?«
Ein junger Beamter meldete sich zu Wort und sagte: »Wir haben bis jetzt alle Möglichkeiten durchgespielt und können uns auf die Texte noch keinen genauen Reim machen.

Allerdings tauchen immer wieder bestimmte Schlüsselwörter auf, wie zum Beispiel Winter, Eis, Schnee, Kinder, Schlaf, Tod, Leben, fröhlich, Reisen, Macht, waschen und Welt, sowie Zahlenkombinationen, von denen wir bis jetzt nicht wissen, was sie im einzelnen zu bedeuten haben. Ein Beispiel kann ich Ihnen nennen – *Im Winter liegt Eis, der Schnee taucht die Landschaft in ein weißes Kleid. Es ist eine Macht, und diese Macht wird gewaschen und dann der Welt den Weg weisen. Es wird viel gereist, von Land zu Land, von Kontinent zu Kontinent, immer schneller und immer weiter.*«
Berger hatte sich einige Notizen gemacht, sah den jungen Beamten an und fragte: »Tauchen diese Schlüsselwörter und Zahlenkombinationen in jedem Text auf?«
»Die von mir genannten Schlüsselwörter, zumindest einige von ihnen, ja. Die Zahlenkombinationen nur in ein paar ausgewählten Texten, die in der Regel auch sehr kurz gehalten sind. Es könnte sich um Datumsangaben, aber auch, wie wir schon vermuten, chiffrierte Botschaften handeln. Wir haben in den vergangenen Tagen alle Möglichkeiten durchgespielt, waren aber noch nicht in der Lage, weder das eine noch das andere zu bestätigen bzw. zu entschlüsseln.«
»Was ist«, fragte Kullmer, der lässig in seinem Sessel saß, die Beine unter den Tisch gestreckt, die Arme über dem Bauch verschränkt, »wenn die Zahlenkombinationen stellvertretend für Buchstaben stehen und diesen Zahlen in regelmäßigen Abständen andere Buchstaben zugeordnet werden? Zum Beispiel steht heute die eins für den Buchstaben N und morgen für S.«
»Auch diese Möglichkeit haben wir in Betracht gezogen, doch einen derartigen Code zu knacken erscheint beinahe unmöglich. Dazu müßten wir, um ganz schnell zu Ergebnissen zu gelangen, einen superschnellen Hochleistungs-

rechner speisen, der alle möglichen Kombinationen in kürzester Zeit durchspielt. Aber wir haben keinen solchen Rechner.«

»Okay«, sagte Julia Durant, »lassen wir die Zahlen mal außen vor. Was ist mit den Schlüsselwörtern? Winter, Eis, Schnee – da fällt mir vor allem bei Schnee Rauschgift ein. Und Kinder – Kinderhandel, Menschenhandel, Pädophile, Päderasten. Wir haben bis jetzt eindeutige Beweise, daß zumindest Winzlow und Meininger Päderasten waren. Domberger war, laut Aussage einer Zeugin, die ich hier nicht nennen möchte, die aber inzwischen in Sicherheit ist, ebenso auf Jungs fixiert. Inwieweit das auf Matthäus, Neuhaus und Mondrian zutrifft, vermag ich nicht zu sagen. Dennoch möchte ich behaupten, daß sie, wenn auch nicht unbedingt päderastisch, so doch aller Wahrscheinlichkeit nach pädophil veranlagt waren. Dann haben wir Kinder, Schlaf und Tod.« Sie machte eine Pause, fuhr sich mit einer Hand durchs Haar, zündete sich betont ruhig eine Zigarette an, inhalierte und fuhr fort: »Wie wir inzwischen wissen, wurden in bestimmten Kreisen Partys abgehalten, auf denen Kinder anwesend waren. Sie wurden dort mit Drogen ruhiggestellt, was unter Umständen mit dem Begriff Schlaf gemeint sein könnte. Nur der Tod macht mir Sorgen.« Sie wirkte auf einmal nervös und fahrig, sah Hellmer fragend an.

»Du denkst doch wohl nicht«, sagte er, »daß alle Kinder ... mein Gott, das wäre furchtbar.«

»Ja, das wäre es. Erinnerst du dich, wie ich dir von den beiden Lettinnen erzählte, die mit ihren Kindern nach Deutschland gekommen sind und hier von ihren Kindern getrennt wurden? Was ist wohl mit den Kindern geschehen? Wo hat man sie hingebracht? Leben sie noch, oder sind sie inzwischen tot? Sind sie noch in Deutschland, oder hat

man sie ins Ausland verschleppt, in irgend so ein Kinderbordell?«
»Moment«, warf Kullmer ein. »Kinderbordelle gibt es auch hier. Aber nur eingeweihte, absolut vertrauenswürdige Personen wissen, wo diese Bordelle sich befinden. Soweit ich informiert bin, ist bis jetzt keines entdeckt worden.«
»Und woher wollen Sie dann wissen, daß es solche Kinderbordelle auch bei uns gibt?« fragte Berger.
»Es sind sehr viele Gerüchte im Umlauf, und ein Körnchen Wahrheit steckt in jedem dieser Gerüchte.«
»Wie viele Kinder verschwinden jedes Jahr in Deutschland spurlos?« fragte Hellmer.
»Darüber gibt es sicherlich statistische Erhebungen, doch die hat das BKA. Wobei diese Zahlen letztendlich keinen wirklichen Aussagewert haben, da Kinder und Jugendliche häufig nur für ein paar Tage verschwinden, aber trotzdem in der Liste auftauchen«, sagte Berger und zündete sich eine Marlboro an.
»Aber nehmen wir an, die meisten Kinder kommen aus osteuropäischen Staaten wie Polen, Tschechien, Rumänien, Rußland ... Sie würden in keiner dieser Listen auftauchen, weil keiner sie als vermißt melden würde«, sagte Julia Durant. Sie nahm einen langen Zug an ihrer Gauloise, bevor sie fortfuhr: »Allerdings kann ich mit den Begriffen fröhlich, Reisen, Macht und Welt relativ wenig anfangen.«
»Macht und Welt«, sagte Hellmer, »könnte für das globale Netz des organisierten Verbrechens stehen. Wie unser anonymer Informant sagte, arbeiten die großen Organisationen nicht mehr gegeneinander, sondern sie kooperieren. Kleinere Machtkämpfe gibt es nur noch auf unterer Ebene, die aber für uns nicht wesentlich ist. Die großen Bosse gilt es zu kriegen, und wie es scheint, gibt es jemanden, der zumindest einige dieser großen Bosse erlegt hat. Er hat uns

quasi die Arbeit abgenommen, wenn auch auf recht drastische Weise ...«

»Reisen«, sagte Kullmer, »was bedeutet Reisen? Was verbinden wir mit diesem Wort? In Urlaub fahren? Im Zug sitzen oder im Flugzeug? Autofahren? Was, wenn wir das Wort ein wenig mehr auseinandernehmen – wie etwa Schmuggel. Bestimmte Güter gehen auf Reisen, wie Drogen, Waffen, Menschen. Und dann Macht und waschen – was ist der Grundstock der Macht? Geld! Und was wird mit Geld gemacht, das nicht sauber ist? Es wird gewaschen. Und dann beherrscht es die Welt. Für mich zumindest eine logische Erklärung.«

»Hmh«, murmelte Julia Durant nachdenklich, »das mit der Geldwäsche hat mein anonymer Informant in Zusammenhang mit Matthäus erwähnt. Er sagte, wer wäre geeigneter dafür, als der Direktor einer großen Bank.«

»Liebe Kollegen«, sagte Berger mit in Falten gezogener Stirn, »es ist zwar ganz gut und schön, daß Sie sich Gedanken machen, was die einzelnen Wörter zu bedeuten haben, doch eigentlich bringt uns das jetzt im Moment nicht viel weiter. Ich möchte, daß die Computerspezialisten sich weiter darum kümmern. Fahren wir fort mit den vertraulichen Ermittlungen über Schnell, Anders und Degen. Irgend etwas Neues in dieser Richtung?«

»Nein«, sagte Oberkommissar Leitner. »Lediglich bei Staatsanwalt Anders ist etwas merkwürdig. Er ist heute weder zum Dienst erschienen, noch war er zu Hause. Seine Frau behauptete jedoch, er wäre im Büro zu erreichen. Bei seiner Sekretärin hat er sich aber nicht abgemeldet. Wir müssen abwarten, wie die Sache sich weiterentwickelt. Ich denke, wenn er bis heute abend nicht zu Hause ist, wird seine Frau sich schon melden.«

»Was könnte das zu bedeuten haben?« fragte Kommissarin

Durant. »Ich möchte jetzt nicht den Teufel an die Wand malen, aber ...« Sie blickte Berger und danach Hellmer an. »Sie wissen, was ich meine?«
Berger nickte nur.
»Darf man erfahren, um was es geht?« fragte Leitner.
»Wir haben heute wieder ein Schreiben erhalten, eines der Sorte, in dem ein weiterer Mord angekündigt wird. Es könnte immerhin sein ...«
»Noch haben wir keine Leiche, und solange das nicht der Fall ist, gibt es auch keinen Toten. Außerdem spricht gegen eine Mitgliedschaft in einer kriminellen Organisation, daß Anders im Gegensatz zu einem Matthäus oder Neuhaus einen eher bescheidenen Lebensstil pflegte. Er hat jedenfalls nicht über seine Verhältnisse gelebt. Bei Schnell verhält es sich völlig anders. Seine vermutlichen Ausgaben liegen weit über seinem Einkommen als Hauptkommissar. Ihn sollten wir auf jeden Fall im Auge behalten«, sagte Leitner. »Wir werden an ihm dranbleiben.«
Als keine weiteren Wortmeldungen kamen, sagte Berger: »Belassen wir's für heute dabei. Ich möchte Sie bitten, daß wir uns morgen nachmittag noch einmal kurz hier treffen, es sei denn, es kommt irgend etwas Wichtiges dazwischen. Ich danke Ihnen und möchte Sie abschließend noch einmal an Ihre Verschwiegenheit erinnern.«
Alle Beamten erhoben sich, verließen den Raum und begaben sich zurück in ihre Büros. Berger fragte Julia Durant im Hinausgehen: »Glauben Sie, daß Anders in Schwierigkeiten ist?«
»Vielleicht war er es«, erwiderte sie müde. »Ich weiß nicht mehr, was ich denken oder glauben soll. Es ist alles so verworren.« Sie stellte sich ans Fenster und stützte sich mit beiden Händen auf die Fensterbank. Eine Weile herrschte Stille in dem Zimmer, plötzlich drehte sie sich um.

»Mein Gott«, sagte sie und faßte sich an die Stirn. »Der anonyme Anrufer! Er hat zwar seine Stimme verstellt, und trotzdem war ich fest überzeugt, sie schon einmal gehört zu haben. Ich bin mir jetzt fast sicher … Wenn das stimmt, dann …« Sie schüttelte den Kopf, holte aus ihrer Handtasche eine Zigarette und zündete sie an.
»Wenn was stimmt?« fragte Berger.
»Anders. Es war Anders, der mich angerufen hat. Deshalb auch seine Angst um die Familie. Eine Frau und fünf Kinder. Kein Wunder, daß der Mann Angst hat …«
»Oder hatte«, warf Hellmer ein.
»Verdammt, warum bin ich nicht früher darauf gekommen?! Warum fällt mir erst jetzt sein Name ein? Ich hoffe nur, ihm ist nichts passiert.«
»Sie trifft keine Schuld«, sagte Berger. »Sie haben Ihr Bestes gegeben. Und vielleicht klärt sich das mit Anders auf ganz simple Weise. Warten wir's einfach ab.« Er schaute zur Uhr, halb fünf. »Gehen Sie nach Hause, und versuchen Sie, ein wenig zu schlafen. Versuchen Sie, einfach abzuschalten«, sagte er mit fast väterlicher Stimme, »auch wenn ich weiß, wie schwer das in einem solchen Fall ist.«
Julia Durant versuchte ein Lächeln, das aber mißlang. Sie fühlte sich elend, eine leichte Übelkeit machte sich in ihrem Magen breit. Sie hatte fast zwei Schachteln Gauloises geraucht, außerdem war sie müde und erschöpft. Die Anstrengung der vergangenen Tage zeigte Wirkung.
»Trotzdem sollten Sie jederzeit erreichbar sein, ganz gleich, wo Sie sich aufhalten«, sagte Berger abschließend. »Man kann ja nie wissen.«
»Schon gut«, sagte die Kommissarin, nahm ihre Tasche und ging zur Tür. Sie drehte sich noch einmal um und sagte: »Anders ist tot, das spüre ich. Die Frage ist nur, ob wir jemals seine Leiche finden werden. Guten Abend.«

Hellmer und Berger sahen ihr hinterher, wie sie leise die Tür hinter sich zuzog. Zwei junge Polizeibeamte begegneten ihr auf dem Flur, ohne sie zu beachten. Sie lief die Treppe hinunter, zu ihrem Opel Corsa, setzte sich hinein. Es war eine Leere in ihr, wie sie sie lange nicht verspürt hatte. Sie hoffte, dieser Alptraum würde bald ein Ende haben. Cicero hatte es versprochen.

DONNERSTAG, 17.30 UHR

Frank Hellmer quälte sich durch den Feierabendverkehr am Hauptbahnhof vorbei und über die Friedensbrücke, bis er schließlich nach einer halben Stunde in Niederrad ankam. Nadine Neuhaus erwartete ihn bereits, sie trug beigefarbene Jeans und ein rotes Sweatshirt sowie weiße Tennisschuhe. Sie begaben sich ins Wohnzimmer, wo Nadine, ohne zu fragen, zwei Gläser Orangensaft einschenkte. Sie stellte die Gläser auf den Tisch, setzte sich zu Hellmer aufs Sofa. Sie legte ihren Kopf an seine Schulter, ihre Haare dufteten wie früher, ihre Hände streichelten ihn noch immer so zärtlich wie vor zwei Jahren. Er liebte den Duft ihrer Haut und ihres Haares, liebte ihr Lachen, aber auch Momente wie diese, in denen sie einfach schwieg und ihm das Gefühl gab, sich bei ihm geborgen zu fühlen. Er ließ eine Weile verstreichen, bevor er etwas sagte.

»Nadine, als du mich vorhin anriefst, da klang deine Stimme etwas seltsam. Was ist passiert?«

Ohne ihren Kopf von seiner Schulter zu nehmen, antwortete sie: »Ich hatte vorhin Besuch vom Vermögensverwalter meines Mannes, diesem Dreekmann. Er hat mir Dinge gesagt, die mich einfach umgehauen haben.«

»Und die wären?«

»Also, ich bin die Alleinerbin, und dann sagte er mir, wieviel das ganze Erbe wert ist. Ich kann es bis jetzt noch nicht begreifen, und ich glaube, es wird auch noch eine ganze Weile vergehen, bis das alles in meinen Kopf gegangen ist.«

»Dann hast du ja jetzt alle Zeit der Welt, dir ein passendes Pendant zu suchen«, sagte Hellmer leise.

»Was meinst du damit, ich hätte Zeit, mir ein passendes Pendant zu suchen?«

»Du bist vermögend, und ich habe nichts ...«

Nadine setzte sich abrupt auf, und blitzte Hellmer von der Seite empört an. »Hör zu, mir ist es gelinde gesagt scheißegal, was und wieviel du hast! Für mich ist wichtig, wer und wie du bist. Bis vor zwei Jahren hatte ich auch kaum einen Pfennig Geld, und jetzt bin ich eben reich. Na und?!« Sie hielt kurz inne, nahm ein Kissen, legte es auf ihre Schenkel und zupfte an den Zipfeln. »Insgesamt beläuft sich das Vermögen auf etwas über zweihundert Millionen Mark. Kannst du dir das vorstellen? Mir wird jedenfalls ganz schwindlig bei der Summe. Aber was soll ich mit dem ganzen Geld, wenn ich es nicht mit jemandem teilen kann? Allein möchte ich nicht leben, und du, du kannst nicht allein leben. Also, warum versuchen wir's nicht zusammen?«

»Du hast deine Meinung sehr schnell geändert, Nadine. Noch vor wenigen Tagen wolltest du noch Bedenkzeit haben, sogar heute morgen ...«

»Vergiß einfach, was ich gesagt habe. Tu mir den Gefallen. Weißt du, was Dreekmann zum Abschied gesagt hat? Er sagte, er wünsche mir viel Glück, ich hätte es verdient. Aber ich soll auch daran denken, daß Geld allein nicht glücklich macht. Er spreche da aus eigener Erfahrung.«

»Dreekmann hat so was zu dir gesagt? Das kann unmöglich der Dreekmann sein, den ich kenne. Dreekmann ist so ziemlich der größte Drecksack unter den Strafverteidigern. Er ist kalt bis ins Mark.«
»Ich habe ihn anders kennengelernt. Er war sehr nett und freundlich. Und du weißt, ich kenne mich mit Menschen aus ...«
»Dann solltest du ihn einmal im Gerichtssaal erleben. Der Kerl ist in der Lage, aus einem kaltblütigen Mörder noch einen unschuldigen Helden zu machen und die Opfer ... Was soll's, ich habe ihn jedenfalls schon einige Male live erlebt. Und das war weiß Gott kein Vergnügen.«
»Egal, mir gegenüber war er sehr nett. Er hat mir sogar angeboten, mir beim Verkauf einiger Häuser behilflich zu sein ... Häuser, von denen ich nicht dachte, daß mein Mann solche besaß. Du weißt sicherlich, wovon ich spreche, oder?«
»Du meinst wahrscheinlich die Bordelle. An deiner Stelle würde ich sie auch verkaufen.«
»Du weißt davon? Na ja, du weißt wahrscheinlich inzwischen mehr über meinen Mann als ich selbst. Aber ich werde nicht nur die, sondern auch dieses Haus verkaufen. Ich will weg aus dieser Gegend, an die ich nur schlechte Erinnerungen habe. Was hältst du davon, wenn wir in den Vordertaunus ziehen? Ich meine, nur wenn du einverstanden bist.«
Hellmer lächelte und zuckte mit den Schultern. »Es ist letztendlich deine Entscheidung, wohin du ziehen möchtest. Aber ...«
»Nein, ich will, daß wir *uns* gemeinsam ein Haus suchen. Und weil ich nicht will, daß die Leute hier dumme Gerüchte verbreiten, dachte ich mir, daß wir uns vorläufig in einem Hotel einmieten, bis wir etwas Geeignetes gefunden haben.

Und ich denke, Immobilien Neuhaus wird schnell das Passende für uns haben.«
»Es kommt alles so plötzlich, so unerwartet. Noch vor kurzem habe ich gedacht, ich müßte den Rest meines Lebens in dieser stinkigen Bude zubringen, in der ich wohne.«
»Also bist du einverstanden mit meinem Vorschlag?« fragte Nadine und kuschelte sich wieder an Hellmer.
»Was bleibt mir anderes übrig? Ich liebe dich und bin sogar bereit, mein Leben mit einer Frau zu teilen, die nicht nur umwerfend aussieht, sondern auch noch eine Menge Kohle hat. Das ist ein ganz schönes Opfer für mich«, sagte er grinsend.
»Und du liebst mich wirklich immer noch, trotz all meiner Launen und Schwächen? Auch wenn ich manchmal ganz schön anstrengend sein kann?«
Hellmer drehte sich zu ihr hin, nahm ihren Kopf in seine Hände und küßte sie. »Ich liebe deine Launen und Schwächen, das habe ich dir immer schon gesagt. Es ist einfach alles anders mit dir. Und diesmal machen wir es richtig.«
»Bleibst du heute nacht wieder hier?« fragte sie.
»Nur wenn du wirklich willst«, erwiderte er.
»Blödmann! Natürlich will ich das. Vielleicht fängt jetzt das Leben erst richtig für uns an. Die Voraussetzungen dafür sind jedenfalls ideal. Deine Frau ...«
»Sprich nicht von ihr«, bat Hellmer. »Es ist ein abgeschlossenes Kapitel. Es ist Vergangenheit. Sie hat ihr Glück gefunden, wie es scheint. Nur würde ich gern die Kinder öfter sehen. Aber sie kennt alle Tricks und Kniffe, sie mir vorzuenthalten. Dreimal habe ich sie in diesem Jahr gesehen. Ich glaube fast, sie kennen mich gar nicht mehr. Irgend jemand anderes ist jetzt ihr Vater, aber meine Exfrau heiratet natürlich nicht, sie müßte ja dann auf ihren Unterhalt verzichten.«

»Komm, laß uns von etwas anderem reden. Ich habe mich lange genug über sie geärgert. Ich kann mir nicht vorstellen, daß sie glücklich ist.«
»Manche Menschen sind offensichtlich erst dann glücklich, wenn sie anderen weh tun können. Und sie hat mir weh getan. Sie hat so viel Gift verspritzt ...«
Nadine erhob sich und sagte: »Du hast ihr aber auch weh getan. Wenn Frauen hassen, dann tun sie es richtig. Aber jetzt Schluß damit. Ich will heute abend einfach nur glücklich sein. So, wie nur wir glücklich sein können. Denk nicht mehr an die Vergangenheit, laß sie einfach ruhen. Es wird der Tag kommen, an dem auch deine Augen wieder strahlen. Zumindest werde ich mich bemühen, sie zum Strahlen zu bringen. Und jetzt fahren wir in ein nettes, kleines Restaurant, wo es sehr gemütlich ist. Und danach ... Komm, alter Mann, steh auf. Wir fangen heute an zu leben. Es wird Zeit dafür.«

DONNERSTAG, 19.00 UHR

Er hatte geduscht, einen Cognac getrunken und eine Scheibe Brot mit Käse gegessen. Seine Frau saß, wie meist, in ihrem Sessel und starrte auf den Fernsehapparat, ohne wahrzunehmen, was gerade lief. Anna hatte die Küche aufgeräumt und kam ins Wohnzimmer und setzte sich auf die Couch, wo sie, sollte es bei ihm wieder spät werden, wahrscheinlich einschlafen würde.
»Anna, ich habe noch einen wichtigen Termin um acht. Ich weiß nicht, wie lange er dauern wird, aber es könnte durchaus zehn oder elf werden. Es tut mir leid, Sie in letzter Zeit so sehr in Anspruch nehmen zu müssen, aber ab nächster Woche wird sich das ändern.«

»Schon gut, ich bin gern für Ihre Frau da«, sagte sie milde lächelnd.
»Ich weiß, und ich glaube, sie spürt das auch. Sie sind wohl das, was man landläufig eine Perle nennt. Habe ich Ihnen das schon jemals richtig gedankt? Ich glaube nicht. Dann wird es, denke ich, höchste Zeit. Ich muß jetzt aber fahren, sonst komme ich zu spät zu meinem Termin.«
Er nahm seine Jacke von der Garderobe, zog sie über, ging in sein Büro, holte den Aktenkoffer und verließ das Haus, nicht ohne vorher seiner Frau einen Kuß zu geben und ihr durchs Haar zu streichen. Er stieg in den Jaguar, legte Debussy ein und fuhr durch das Tor Richtung Kelkheim. Er hatte alle Utensilien dabei, die er benötigte, um seine Aufgabe zu erledigen. Es hatte am Nachmittag ein heftiges Gewitter gegeben, es regnete noch immer, die Temperatur betrug dennoch über zwanzig Grad. Der Wind war böig und peitschte den Regen gegen die Windschutzscheibe. Auf den Straßen herrschte wenig Verkehr, er brauchte nicht einmal eine halbe Stunde, bis er seinen Wagen in einer kleinen Seitenstraße abstellte. Er blieb ein paar Minuten im Auto sitzen, sortierte seine Gedanken, wußte aber schon seit langem, was er ihr sagen würde. Um fünf Minuten vor acht stieg er aus. Der Regen war in ein Tröpfeln übergegangen, doch der kräftige Wind trieb die grauen Wolken in raschem Tempo vor sich her.
Sie bewohnte ein Penthouse in einem Neubauviertel, er klingelte. Der Türsummer ertönte, ohne daß nach dem Namen des Besuchers gefragt wurde. Er nahm den Aufzug in den fünften Stock, trat heraus, sie stand in der Tür, lächelte ihn an, während er näher kam.
»Hallo, Cicero«, sagte sie mit verschmitztem Gesichtsausdruck. »Ich hatte fast nicht damit gerechnet, daß du kommen würdest.«

»Warum?« fragte er. »Wenn ich sage, ich bin um acht da, dann bin ich auch um acht da.«
»Du kannst deine Jacke an die Garderobe hängen«, sagte sie, während sie in den Wohnbereich ging. »Ich habe eine Kleinigkeit gekocht, ich hoffe, du hast noch nicht gegessen.«
»Du hättest dir wegen mir keine Umstände machen müssen«, sagte er, nachdem er seine Jacke aufgehängt hatte.
»Das sind keine Umstände«, erwiderte sie. »Nimm Platz, die Kartoffeln brauchen noch ein paar Minuten. Möchtest du einen Aperitif?«
»Einen Cognac, wenn du hast.«
Sie schenkte zwei Gläser halbvoll, reichte ihm eines und prostete ihm zu. Sie trank ihres in einem Zug leer, während er nur einen Schluck nahm, das Glas aber in der Hand behielt.
»Du wohnst schön hier«, sagte er, worauf sie lediglich mit einem Schulterzucken antwortete.
Sie setzte sich ihm gegenüber auf einen weißen Ledersessel, legte die Beine hoch, so daß ihre Fersen den Po berührten. Sie sah ihn mit einem leicht lasziven Lächeln an. Sie trug schwarze Strümpfe, einen engen, grauen Rock und eine weiße, durchsichtige Bluse auf der nackten Haut, ihre Brustwarzen waren leicht erigiert, der große, dunkle Warzenhof war deutlich zu erkennen. Aus nicht sichtbaren Boxen drang leise Musik. Der Eßtisch war gedeckt mit Tellern, Besteck und Weingläsern, eine Flasche Rotwein stand auf dem Teewagen neben dem Tisch. Der Parkettboden war, bis auf ein paar Lücken bedeckt mit dicken pastellfarbenen Teppichen, die jeden Schritt schluckten. An den Wänden Bilder von Toulouse-Lautrec und Monet, in die Decke eingelassene Strahler erzeugten ein warmes Licht. Er nahm die Atmosphäre des Raumes in sich auf, setzte das Glas wieder an die Lippen und trank es leer.

»Hast du schon das von Anders gehört?« fragte sie unvermittelt und blickte ihn dabei an.
»Nein, was ist mit ihm?«
»Er wußte zuviel. Er war es, der der Polizei den Tip mit dem Heroin gegeben hat«, sagte sie. »Ich hatte ihn gewarnt, aber er machte in der letzten Zeit einen immer nervöseren Eindruck, weshalb ich mich vor ein paar Tagen mit ihm zusammensetzte und über alles mit ihm sprach. Leider hat er meine Warnungen in den Wind geschlagen. Er dachte wohl, es würde nicht herauskommen, daß er der Informant war, doch außer ihm wußten nur ein paar wenige Eingeweihte von dem Transport. Dann habe ich mir gestern abend seinen Laptop aus seinem Schreibtisch geholt ... Es hat zwar eine Weile gedauert, bis ich das Paßwort geknackt hatte, aber was ich dann fand, war doch recht aufschlußreich. Er hatte während der vergangenen zwei Jahre sämtliche Informationen gespeichert, unter anderem einige Decknamen, wobei mir immer noch schleierhaft ist, wie er an diese Namen herangekommen ist. Ich habe es natürlich sofort der Organisation mitgeteilt.«
»Und was habt ihr mit ihm gemacht?« fragte Cicero, der sich nicht anmerken ließ, was er dachte und fühlte.
»Das, was wir mit Verrätern zu tun pflegen. Er war ein guter Staatsanwalt, aber er hatte Angst. Und Angsthasen, vor allem solche, die der Polizei Infos in die Hände spielen, haben bei uns keinen Platz. Es tut mir nur leid um seine Familie, seine Frau wird die fünf Kinder jetzt ganz allein großziehen müssen«, sagte sie mit zynischem Unterton.
»Und wo ist er jetzt?«
»Ich weiß es nicht, aber ich nehme an, sie haben ihn so beseitigt, daß man ihn nie finden wird. Er ist einfach verschwunden. Belassen wir's dabei. Ich wollte es dir nur mitteilen.« Sie stand auf, begab sich in die Küche, kehrte

kurz darauf mit zwei Schüsseln zurück, stellte sie auf den Tisch, ging noch einmal in die Küche und holte eine weitere Schüssel mit Gemüse und zwei Schälchen mit Salat.
»Würdest du bitte den Wein aufmachen?« bat sie.
Er erhob sich, nahm die Flasche zwischen die Knie und entkorkte sie. Er schenkte die Gläser dreiviertel voll, setzte sich an den Tisch.
»Es ist nichts Besonderes«, sagte sie. »Nur Gulasch, Kartoffeln, Gemüse und Salat. Irgendwie ist mir Hausmannskost immer noch das liebste. Nimm dir, soviel du möchtest ...«
Sie aßen fast schweigend, ab und zu warf sie ihm einen undefinierbaren Blick zu. Sie waren beinahe mit dem Essen fertig, als sie fragte: »Wie geht es eigentlich deiner Frau? Besser?«
»Es geht. Sie hat ihre Hochs und Tiefs«, log er, »aber mit den Medikamenten, die sie jetzt einnimmt, kommt sie ganz gut zurecht. Gegen eine psychische Krankheit ist man eben fast machtlos.«
»Habt ihr denn noch ... Ich will nicht indiskret erscheinen, aber mich würde schon interessieren, inwieweit sich diese Krankheit auf euer Eheleben auswirkt, wenn du verstehst, was ich meine?«
»Du meinst, ob wir noch sexuellen Kontakt haben?« fragte er. Er schüttelte den Kopf. »Nein, das ist leider nicht mehr drin. Ich könnte mit ihr schlafen, wenn ich wollte, aber das würde fast einer Vergewaltigung gleichkommen. Es würde mir auch keinen Spaß machen. Ich habe mich damit abgefunden, fast wie ein Mönch zu leben.«
»Fast?« fragte sie grinsend.
»Na ja, ab und zu muß die angestaute Energie ... Du weißt schon, was ich meine.« Er grinste ebenfalls und schob eine Gabel Gulasch in den Mund.
»Ich war nie verheiratet«, sagte sie. »Aber ich bin bis jetzt

ganz gut über die Runden gekommen. Und doch gibt es manchmal Tage, an denen ich mir eine feste Beziehung wünsche. Doch mit Anfang Vierzig ist es nicht mehr so leicht, den festgefahrenen Weg zu verlassen.«
Sie aßen zu Ende und tranken noch ein weiteres Glas Wein. »Komm, wir setzen uns auf die Couch«, sagte sie, »dort ist es gemütlicher.« Sie erhob sich, ging um den Tisch herum, warf Cicero einen belustigten Blick zu und bewegte sich mit aufreizenden Bewegungen auf das Ledersofa zu. Er folgte ihr einen Moment später, setzte sich neben sie. Sie duftete nach orientalischem Parfüm, das ihm jetzt, da sie so dicht neben ihm saß, in unsichtbaren Schwällen in die Nase zog. Er versuchte, sich nicht anmerken zu lassen, wie sehr ihn ihr Anblick reizte, er sagte: »Tja, dann wollen wir doch gleich mal zur Sache kommen ...«
»Das ist eine gute Idee«, sagte sie. »Du weißt, warum ich dich hergebeten habe, oder?«
»Natürlich, wir wollten uns über die Namen unterhalten ...«
»Das kann warten. Laß uns über etwas anderes reden. Zum Beispiel über dich. Wie hältst du nur die Situation aus, ich meine, das mit deiner Frau? Du siehst phantastisch aus, du bist ein Mann in den besten Jahren, und ich finde, du hast das Recht, dir wenigstens ab und zu ein wenig Vergnügen zu gönnen. Und ich fühle mich heute danach, mir und vielleicht auch dir eine kleine Freude zu bereiten. Du weißt doch hoffentlich, worauf ich hinauswill?«
Er sah sie von der Seite mit hochgezogenen Augenbrauen an und erwiderte: »Unter Umständen weiß ich das. Aber vielleicht wirst du noch ein wenig deutlicher?«
Sie rückte näher an ihn heran, fuhr mit einer Hand über sein Gesicht und seine Brust. Sie knabberte an seinem rechten Ohr, ließ die Hand noch tiefer gleiten. Mit einem

Mal zog sie die Hand zurück, sah ihn an und sagte: »Na, war das deutlich genug? Sag mir, wenn du keine Lust hast, ich werde dich nicht drängen, aber ich bin ganz offen und ehrlich – ich habe Lust auf dich. Ich hatte schon Lust auf dich, als ich dich das erste Mal sah. Du bist genau das, was ich mir immer zwischen meinen Beinen gewünscht habe.«
»Bist du immer so direkt?« fragte er und sah sie mit einem rätselhaften Lächeln an.
»In der Regel, ja. Aber das bringt mein Beruf mit sich. Meine Direktheit hat es mir ermöglicht, in der Position zu sein, in der ich jetzt bin. Auch was die Organisation angeht.«
»Du läßt also deinen Kollegen Anders über die Klinge springen und willst jetzt mit mir schlafen. Du kannst gut abschalten.«
Sie grinste ihn an. »Es ist eine verdammte, verkommene Welt, in der wir leben«, sagte sie. »Ich bin verkommen und verdorben, und du bist es auch. Du bist vielleicht der Schlimmste von uns allen, aber du verstehst es, eine perfekte Fassade um dich zu bauen. Wenn es eine Hölle gibt, dann werden wir eines Tages darin schmoren, du und ich und noch ein paar andere. Aber bevor es soweit ist, will ich mein Leben genießen. Ich will Geld und Macht – und all das tun, wovon andere nicht einmal zu träumen wagen. Also, was hindert uns daran, rüber ins Schlafzimmer zu gehen und unseren Hormonhaushalt wieder in Ordnung zu bringen? Soll ich schon mal vorgehen?« Sie erhob sich, während er sitzen blieb, sie stand direkt vor ihm, er hätte mit seinen Händen ihren Po fassen und sie zu sich heranziehen können. Er tat es nicht.
»Du willst ficken«, sagte er nur. Er hob seinen Blick, sah ihr in die Augen, die einen herausfordernden Schimmer hatten. »Okay, wenn du ficken willst, dann laß uns ins Schlafzim-

mer gehen. Es ist lange her, seit ich das letzte Mal eine Frau so richtig durchgevögelt habe. Aber mach dich auf was gefaßt.«

»Ich sehe, wir funken auf der gleichen Wellenlänge«, sagte sie. »Es ist auch bei mir eine Weile vergangen seit dem letzten richtigen Fick. Weißt du, ich bin jetzt schon ganz naß. Komm, laß uns keine Zeit verlieren.« Sie faßte ihn am Arm und zog ihn hoch. Blitzschnell griff sie mit festem Druck zwischen seine Beine. Es war nicht schmerzhaft, es war der Griff einer Frau, die zu bekommen gedachte, was sie wollte.

»Stehst du auf besondere Wäsche?« fragte sie. »Ich habe alles, was du dir vorstellen kannst. Strapse, Leder, Dessous in allen Farben. Welche Farbe bevorzugst du? Schwarz?«

»Rot. Rot wie Blut.«

»Rot wie Blut! Wie angemessen«, erwiderte sie. »Ich werde mir schnell etwas anziehen und dich dann holen. Du wirst dich wundern.«

Sie drehte sich um und verschwand im Schlafzimmer. Sie lehnte die Tür nur an, er hörte ein Rascheln, das leichte Knarren einer Schranktür. Er nahm die beiden Cognacschwenker, füllte sie zur Hälfte mit der braunen Flüssigkeit, holte aus der Jackentasche das weiße Tütchen und schüttete den Inhalt in das linke Glas, auf dem bereits der Abdruck ihres Lippenstiftmundes zu sehen war.

»Du kannst kommen«, sagte sie nach einigen Minuten. Sie stand an den Türrahmen gelehnt, mit nichts bekleidet als einem hauchdünnen, roten BH, der ihre vollen, festen Brüste nur zu einem Teil umschloß, einem Tangaslip, unter dem sich die dunklen Schamhaare deutlich abzeichneten, und roten Strümpfen. »Ich bin bereit. Also komm.«

Er knöpfte sein Hemd auf, nahm die beiden Gläser und trat näher. Sie blieb an den Türrahmen gelehnt stehen, ließ ihn an sich vorbeitreten. Sie hatte die Vorhänge zugezogen, das Licht gedimmt.

»Noch ein Schluck vorher?« fragte sie.

»Gleich«, sagte er und stellte die Gläser auf einen runden Marmortisch. Sie kam auf ihn zu, legte ihre Hände um seinen Hals und küßte ihn leidenschaftlich. Er versuchte, den Kuß zu erwidern, hoffte, es gelinge ihm. Sie streifte sein Hemd ab, öffnete seine Hose und massierte seine Hoden.

»Ich glaube, du hast einen schönen, großen Schwanz«, sagte sie. »Ich stehe auf schöne, große Schwänze. Es gibt nichts Geileres für mich. Außer ...«

»Außer was?« fragte er.

»Ach nichts«, sagte sie versonnen lächelnd. »Es bleibt mein kleines Geheimnis. Laß uns den Abend genießen. Deine Frau wird ja wohl nicht auf dich warten, oder?«

»Nein.«

Sie ließ sich aufs Bett fallen, streckte den rechten Arm aus, sagte: »Jetzt komm schon. Ich kann es kaum noch erwarten, dich in mir zu spüren.«

Er zog seine Hose aus, trug jetzt nichts als seine Shorts. Er trat vor das Bett, betrachtete sie von oben bis unten, sagte: »Zieh deinen Slip aus und mach die Beine breit. Ich will deine Fotze sehen.«

Sie folgte seinem Wunsch. »Zufrieden?« fragte sie einen Moment später. »Sie ist warm und wartet auf dich.«

»Erst trinken wir noch einen Schluck Cognac ...«

»Hinterher. Ich brauche jetzt keinen Cognac. Ich bin auch so scharf genug. Und ich will dir ein kleines Geheimnis verraten – ich mag es am liebsten von hinten.«

Sie trieben es anderthalb Stunden lang, er befolgte jeden ihrer Wünsche, doch er fühlte sich elend dabei. Er dachte unentwegt an seine Frau und sagte sich, daß er sie nicht wirklich betrog, er tat es, um seinen Plan vollenden zu

können. Früher einmal, als er noch nicht verheiratet war, hätte es ihm wahrscheinlich Spaß gemacht, mit einer solchen Frau zu schlafen, die im Bett wie ein ungezähmtes, wildes Tier war. Jetzt, nachdem es vorüber war, empfand er nur Ekel.
»Und, schon fertig?« fragte sie und kraulte seine Brust.
»Fürs erste ja. Das Nachspiel kommt noch«, sagte er.
»Oh, ein Nachspiel. Das hört sich ja sehr gefährlich an. Ich liebe die Gefahr, das solltest du wissen.«
»Ja, das weiß ich. Sonst würdest du nicht der Organisation angehören, Judith. Jeder, der ihr angehört, liebt die Gefahr. Es hat etwas Prickelndes, Aufregendes, findest du nicht? Man hat Macht über Leben und Tod, man hat Geld im Überfluß, man braucht sich um nichts mehr Sorgen zu machen – außer um das eigene Leben vielleicht.«
Sie sah ihn fragend an. »Was meinst du damit?«
»Der Killer zum Beispiel. Solange er nicht gefaßt ist, ist keiner von uns sicher. Da wirst du mir zustimmen müssen.«
»Sicher ...«
»Eine Frage – was bedeuten dir Kinder?«
»Ich weiß zwar nicht, was diese Frage soll, aber ich habe keine, und ich mache mir nichts aus ihnen. Mein Leben verläuft ruhiger ohne sie.«
»Und doch hast du das Leben von vielen Kindern zerstört oder zumindest zerstören helfen. Wie kannst du damit leben?« Er setzte sich auf, den Kopf in die Hände gestützt. »Wie kannst du damit leben, unschuldige Geschöpfe ihrer Seele und zum Teil auch ihres Körpers beraubt zu haben? Wie kannst du damit leben, die schlimmsten Verbrechen nicht nur zu decken, sondern sie auch noch zu unterstützen? Wie? Ist es dir scheißegal, ob ein Kind verreckt, weil durch und durch verkommene Kreaturen es so wollen? Hast du dir jemals Gedanken gemacht, was in einem Kind vor-

geht, das auf die schändlichste Weise mißbraucht und mißhandelt wird? Hast du jemals darüber nachgedacht, was aus diesen Kindern wird, wenn sie größer sind? Sie werden Alkoholiker oder gehen auf den Strich oder nehmen Rauschgift. Und genau das ist es schließlich, woran die Organisation verdient – erst beraubt man die Kinder des Wertvollsten, was sie besitzen, ihrer Seele, dann verdient man an ihnen, indem man ihnen Heroin oder Kokain oder was immer verkauft. Man verdient an ihnen, wenn sie in Bordellen oder auf dem Straßenstrich anschaffen gehen, oder man verdient an ihnen, indem man scheußliche Bilder und Filme von ihnen macht, an denen schmierige Kerle und Weiber sich aufgeilen. Auf Videos, in widerlichen Heften oder sogar im Internet. Es ist ein widerwärtiges Geschäft, und jeder, der damit zu tun hat, hat in meinen Augen das Recht verspielt weiterzuleben. Oder siehst du das anders?«
Sie war aufgestanden, sie war bis auf die Strümpfe nackt, ihre Augen waren groß und voller Angst. Sie stand mit dem Rücken am Schrank, ihr Körper zitterte. »Warum sagst du das alles? Du bist ein Teil der Organisation! Mach mir um Himmels willen nicht weis, du wärst unschuldig. Du hängst genauso mit drin wie wir alle. Aber du solltest wissen, diese Organisation ist nicht mehr aufzuhalten. Sie ist wie ein Zug, der immer schneller talabwärts fährt und der nicht gestoppt werden kann.«
»Ich kenne dein Geheimnis, über das du vorhin nicht sprechen wolltest. Aber eines Tages wirst du darüber sprechen ...«
Sie lachte schrill auf und sagte: »Niemals! Ich werde mit niemandem darüber sprechen!«
»O doch, ich glaube, es gibt eine Macht, die größer und gerechter ist als jede weltliche Macht. Und ihr wirst du Rede und Antwort stehen müssen. Und wie sagtest du so schön –

wenn es eine Hölle gibt, werden du und ich darin schmoren. Aber bis es soweit ist, willst du dein Leben genießen. Aber kann man sein Leben genießen, wenn man über Leichen geht? Kannst du das? Ich habe so viele hübsche, junge Frauen kennengelernt, die aus dem Osten nach Deutschland geschleust wurden, denen man Versprechungen machte, in was für ein Schlaraffenland sie hier geraten würden ...«

»Na und? Die Menschen waren immer so. Die einen machen Versprechungen, die anderen fallen darauf herein. Es ist das Gesetz des Lebens. Fressen und gefressen werden.«

»Es ist das Gesetz, das im Tierreich gilt«, sagte er. »Ich dachte lange Jahre, wir würden uns von den Tieren unterscheiden. Aber das ist wohl nur in wenigen Fällen so. Es gibt nicht mehr viele gute Menschen.« Er stand auf, ging an den Marmortisch, nahm sein Glas Cognac und leerte es. Die Flüssigkeit brannte in seinem Magen, er starrte einen Moment auf das Glas, bevor er es zurückstellte. Er drehte sich um, sah sie an. Sie hatte sich nicht von der Stelle bewegt, stand noch immer nackt an den Schrank gelehnt. Einige Sekunden lang herrschte Schweigen.

»Warum hast du mir das alles gesagt?« fragte sie, den Kopf leicht zur Seite geneigt.

»Warum?« fragte er mit versonnenem Blick. »Kannst du dir das nicht denken? Glaubst du im Ernst, ich hätte dich gern gefickt? Glaubst du wirklich, ich habe meine Frau gern betrogen? Du bist so verdorben und so voller Gier, du nimmst dir einfach, was du willst. Und wenn du es nicht mehr brauchst, wirfst du es achtlos weg. Aber du wirst jetzt auch weggeworfen. Du wirst niemandem mehr ein Leid zufügen. Anders war der letzte, den du in den Tod geschickt hast. Du wirst ihm nämlich direkt folgen.«

»Du bist also der Killer«, sagte sie kaum vernehmlich, dann lachte sie wieder auf. »Ich hätte an jeden gedacht, nur nicht an dich. Ich muß zugeben, deine Tarnung ist geradezu perfekt. Sie werden dich nicht einmal verdächtigen, nachdem du mich umgebracht hast.« Sie hielt inne, fragte dann: »Wie wirst es machen? Wie bei den anderen? Ich hätte weiß Gott nicht gedacht, so schnell in der Hölle zu landen. Na ja, wenigstens hatte ich noch einen guten Fick. Was würdest du machen, wenn ich schreien würde?«

»Du wirst nicht schreien«, sagte er leise. »Es könnte dir unter Umständen das Leben retten, aber dafür würdest du für den Rest deines verfluchten Lebens hinter Gittern verschwinden. Und was sie dort mit dir machen würden ... Du kannst es dir bestimmt denken, oder? Du würdest dir wünschen, tot zu sein. Dein Leben ist zu Ende, ob du es wahrhaben willst oder nicht. Aus und vorbei.«

»Aber meinen Cognac darf ich noch trinken?« sagte sie und bewegte sich mit steifen Schritten auf den Tisch zu. »Der letzte Cognac meines Lebens, wer hätte das gedacht? Irgendwie war ich wohl immer der irrigen Meinung, ewig leben zu können.«

»Diese Meinung teilst du wahrscheinlich mit vielen anderen der Weltgeschichte. Hitler, Stalin, Mussolini, um nur ein paar zu nennen, die sich in ihrem Wahnsinn für unfehlbar hielten und meinten, gottgleich und unsterblich zu sein. O ja, sie hatten ihren Ruhm, einen traurigen, bitteren Ruhm. Bist du wirklich so naiv zu glauben, du und die Organisation könnten die Welt verändern? Glaubst du ernsthaft, daß das Verbrechen auf Dauer siegen wird? Weißt du, ich war lange Jahre Atheist, ich habe nur an das geglaubt, was ich mit meinen fünf Sinnen wahrnehmen konnte. Und dann kam der entscheidende Wendepunkt in meinem Leben, an dem ich mich fragte, warum ausgerechnet meine Frau und ich das alles ertragen müssen. Und weißt du was – als ich fast am Ende meiner Kräfte war und es nicht mehr aushielt, wie meine Frau litt, als ich in meinem Büro mit meiner Pistole spielte und kurz davor war, dem allen ein Ende zu bereiten, da war es, als ob eine unsichtbare Macht mir die Pistole aus der Hand nahm und sie auf den Tisch legte. Ich spürte mit einem Mal Wärme in mir aufsteigen und ein unbeschreibliches Gefühl. Von da an beschloß ich, zu leben, mich um meine Frau zu kümmern, aber ich beschloß auch, diesen Verbrechern das Handwerk zu legen. Ihr wart in allen Fällen immer so vorsichtig und habt jeden, den ihr neu aufgenommen habt, genauestens unter die Lupe genommen, nur bei mir habt ihr eine Ausnahme gemacht. Warum? Hättet ihr nachgeforscht, dann hättet ihr gewußt, daß ihr meine beiden Kinder auf dem Gewissen habt. Und meine Frau zwangsläufig auch. Aber mein Name war in den letzten fünf Jahren anscheinend so in Verruf geraten, daß ihr es nicht für nötig empfunden habt, mich zu überprüfen. Auch ihr macht Fehler, und dieser war der vielleicht schwerwiegendste.« Er machte eine Pause, ging zu ihr, legte einen Arm um ihre Schulter. Sie zitterte, legte ihren Kopf an seine Brust, sagte unter Tränen: »Ich will nicht sterben. Nicht jetzt. Bitte, ich will nicht sterben, hörst du? Ich fühle mich einfach noch zu jung dafür.«

»Es tut mir leid, ich kann dir diese Bitte nicht erfüllen. Wenn du dich schon zu jung zum Sterben fühlst, was glaubst du, wie die zahllosen Kinder und Jugendlichen sich gefühlt haben? Oder die unschuldigen Frauen, denen ihr den Himmel auf Erden versprochen, sie statt dessen aber in die Hölle geworfen habt? Sicher, du bist noch jung, aber doch viel älter als die meisten derer, die du in den Tod geschickt hast.« Er löste sich von ihr, trat einen Schritt zurück, fuhr fort: »Du hättest eine prima Staatsanwältin abgegeben«, sagte er. »Wahrscheinlich hättest du es über kurz oder lang sogar zur Generalstaatsanwältin gebracht. Doch du warst unersättlich in deiner Gier und hast nicht mehr die Grenze gesehen. Du hast gehandelt, wie deine Gier nach Macht und Ansehen und Geld es dir befohlen hat. Und dazu war dir jedes Mittel recht. Und wie gesagt – was noch viel schlimmer ist, du hast zugelassen, daß viele unschuldige Menschen gestorben sind. Nein, das wäre wohl falsch ausgedrückt, krepiert sind sie, elend krepiert.«

»Bin ich die letzte?« Sie nahm das Glas in die Hand, betrachtete es einen Augenblick lang.

»Nein. Es gibt noch einen auf der Liste.«

»Und wer ist dieser letzte?« fragte sie.

»Du wirst ihm in der Hölle begegnen«, sagte er. »Ihr alle werdet euch dort begegnen. Und vielleicht wirst du auch mich dort treffen.«

Sie setzte das Glas an die Lippen, trank es in einem Zug leer. Mit einem Mal wurden ihre Augen groß, sie sah ihn mit seltsamem Blick an, ließ das Glas fallen und faßte sich mit beiden Händen an den Hals. Sie wollte schreien, doch es war, als ob alles in ihr verbrannte. Sie stürzte zu Boden, wand sich in Krämpfen, versuchte, etwas zu sagen, doch kein Laut drang aus ihrem Mund.

Er zog sich an, holte den Aktenkoffer, öffnete ihn. Er wartete, bis ihr Körper aufhörte zu zucken, zog die Plastikhandschuhe über, nahm das Skalpell, beugte sich über sie, verharrte einen Moment, als überlegte er, schließlich machte er einen langen Schnitt quer über den Hals. Mit einem Finger tauchte er in die klaffende Wunde und schrieb die Zahl auf Judiths Stirn. Ihre Augen waren weit geöffnet, er wollte hineinstechen, doch etwas hielt ihn zurück. Es war das erste Mal, daß er eine Frau getötet hatte. Diesmal ließ er das von ihm benutzte Glas stehen, wischte es nicht ab. Er wollte den Zettel bereits neben die Tote legen, als ihm noch etwas einfiel. Er schrieb in Druckschrift eine weitere Notiz dazu, dann schloß er den Koffer. Bevor er hinaus auf den Flur ging, legte er die weiße Lilie auf die Brust der Toten. Er drückte den Aufzugknopf. Unbemerkt gelangte er nach unten und verließ das Haus. Auf dem Weg zum Auto schossen ihm viele Gedanken durch den Kopf, es war wie ein Karussell, das sich immer schneller und schneller drehte. Am Wagen angelangt, sah er zum Himmel, der fast wolkenlos war. Ein leichter Wind wehte vom Taunus herüber. Er fuhr nach Hause.

DONNERSTAG, 23.15 UHR

Anna und seine Frau waren eingeschlafen, der Fernsehapparat lief. Er stellte seinen Koffer im Büro ab, begab sich ins Wohnzimmer, weckte Anna. Sie sah ihn aus verschlafenen Augen an, sagte: »Es tut mir leid, aber …«

»Sie brauchen sich nicht zu entschuldigen. Sie können jetzt zu Bett gehen und morgen früh etwas länger schlafen, ich werde erst am späten Vormittag ins Büro fahren. Gute Nacht.« Nachdem Anna gegangen war, kniete er sich vor seine Frau und legte seinen Kopf in ihren Schoß. Sie atmete ruhig und gleichmäßig, ihre rechte Hand strich sanft über sein Gesicht. Er schloß die Augen, genoß diese Berührung.

»Bald ist alles vorbei«, flüsterte er. »Bald werden wir Ruhe haben. Und ich habe dich nicht betrogen heute abend, ich könnte dich überhaupt nicht betrügen. Ich habe es nur getan, weil es zum Spiel gehörte. Warum haben sie uns nur so weh getan? Warum haben sie all den anderen so weh getan? Ja, du weißt natürlich keine Antwort darauf, und ich will auch gar keine haben.« Er hob den Kopf, sah in ihr

Gesicht. Sie hatte die Augen geöffnet, für einen Moment glaubte er, daß sie verstand, was er ihr sagte.
»Ich liebe dich«, sagte er leise. »Und ich wünschte mir so sehr, dich einmal wieder lachen zu hören. Ich wünschte mir, einmal wieder mit dir zu schlafen, dich zu spüren. Und doch weiß ich, es wird nie wieder der Fall sein. Was haben sie nur aus uns gemacht?«
Er stellte sich auf, nahm ihre Hand und half ihr hoch. Gemeinsam gingen sie hinauf ins Schlafzimmer, entkleideten sich und legten sich ins Bett. Sie lag auf dem Rücken, die Arme über der Brust verschränkt, die Augen zur Decke gerichtet. Er lag auf der Seite, sah sie an. Mit einem Mal drehte sie sich zu ihm und sagte leise: »Ich liebe dich auch.«
Er löschte das Licht, er wollte nicht, daß sie ihn weinen sah. Er kroch zu ihr hinüber, den Kopf an ihre Brust gelegt. Er hörte das Schlagen ihres Herzens, fühlte, wie ihr Atem seine Haare berührte. Er schlief ein.

FREITAG, 7.45 UHR

Staatsanwalt Anders wird vermißt«, sagte Berger, als Julia Durant durch die Tür trat. »Seine Frau hat gestern abend noch die Vermißtenanzeige aufgegeben. Es scheint, als ob Sie recht hätten mit Ihrer Vermutung, daß Anders der anonyme Informant war.«
»Scheiße«, quetschte sie durch die Zähne. »Und jetzt?«
»Bis jetzt liegt kein Hinweis auf ein Gewaltverbrechen vor, deshalb sind uns die Hände gebunden.«
»Er sagte mir am Telefon, falls ihm etwas zu stoßen würde, sollten wir in seinem Schreibtisch nachsehen; wir würden dort einen Laptop finden, auf dem höchst brisante Informa-

tionen gespeichert sind. Zumindest dieser Spur sollten wir nachgehen«, sagte die Kommissarin. »Er hat mir sogar das Paßwort genannt. Ich warte, bis Hellmer kommt, dann fahre ich mit ihm hin.« Sie setzte sich, zündete sich eine Gauloise an. »Sonst war die Nacht ruhig?«

Berger zuckte mit den Schultern. »Ich habe nichts Gegenteiliges gehört.«

Hellmer kam um kurz nach acht. Julia Durant sagte: »Du brauchst dich gar nicht erst zu setzen, wir fahren gleich los zum Büro von Staatsanwalt Anders. Er wird seit gestern vermißt. Wir werden uns mal in seinem Schreibtisch nach einem Laptop umsehen. Und sollten wir zufällig unserer werten Oberstaatsanwältin über den Weg laufen ... Na, ich denke, sie weiß längst, daß er vermißt wird.«

Als sie im Auto saßen und aus dem Präsidiumshof herausfuhren, fragte die Kommissarin: »Und, wie war die Nacht?«

»Ich weiß nicht, wovon du sprichst«, sagte Hellmer, konnte sich aber ein Grinsen nicht verkneifen. »Aber wenn du's genau wissen willst, ich hatte eine gute Nacht.«

»Wirst du mit dieser Nadine wieder zusammenkommen?«

»Wie es aussieht, ja. Wenn mir das einer vor zwei Wochen prophezeit hätte, ich hätte ihn nur ausgelacht. Und jetzt mit einem Mal ... Ich kann es noch gar nicht richtig begreifen. Ich habe nur ein Problem ...« Er hielt inne, holte eine Marlboro aus seiner Hemdtasche und zündete sie an.

»Und das wäre?« fragte die Kommissarin.

»Nadine hat gestern erfahren, wieviel sie erbt. Es ist einfach Wahnsinn. Aber sie will, daß wir zusammenziehen.«

»Du hast ein Problem damit, daß sie reich ist? Freu dich doch, so kommst du wenigstens aus deiner Bruchbude raus.«

»Ja, ich freu mich ja auch, nur, es kommt alles so plötzlich. Und ich habe ein Problem damit, daß sie ...«

»Daß sie Geld hat und du meinst, von ihr abhängig zu sein.

Aber wenn ihr euch liebt, ist es doch egal, wer wieviel hat, oder? Ich an deiner Stelle würde es als ein Geschenk des Himmels betrachten. Fang an, positiv zu denken. Und tu mir einen Gefallen, laß endlich die Vergangenheit ruhen.«
»Genau das gleiche hat Nadine auch gesagt. Ich werde mir alle Mühe geben.«

FREITAG, 8.30 UHR

Die Sekretärin von Staatsanwalt Anders saß hinter ihrem Schreibtisch und blätterte in einer Akte. Sie blickte auf, als die Kommissarin und Hellmer plötzlich vor ihr standen. Sie war noch jung, höchstens achtundzwanzig, hatte kurzes, blondes Haar, grüne Augen und eine sportliche, fast knabenhafte Figur.
»Ja, bitte?« fragte sie.
»Wir kommen von der Kripo, mein Name ist Durant, und das ist mein Kollege Hellmer. Wir hörten, daß Staatsanwalt Anders seit gestern vermißt wird. Wir würden uns gern kurz in seinem Büro umsehen.«
»Ja, das ist seltsam, aber ich habe ihn seit vorgestern abend nicht mehr gesehen. Und normalerweise sagt er Bescheid, wenn er außer Haus ist oder nicht kommt. Ich verstehe das nicht.«
»Dürften wir jetzt bitte in sein Büro?« fragte Julia Durant.
»Ich weiß nicht, ob ich die Befugnis dazu habe«, sagte sie mit einem bedauernden Lächeln. »Eigentlich müßte Frau Doktor Schweiger ihre Zustimmung geben.«
»Dann holen Sie sie.«
»Tja, sie ist leider noch nicht da«, erwiderte die junge Dame schulterzuckend.

»Wann kommt sie denn in der Regel?« fragte Hellmer ungeduldig.
»Nun, normalerweise ist sie meist schon vor mir da, und ich komme immer um halb acht. Ich wundere mich auch, wo sie bleibt. Ihre Sekretärin war gerade bei mir und hat mich gefragt, ob Frau Doktor Schweiger mir etwas gesagt habe, ob sie heute später oder gar nicht kommt. Sie hat nämlich um zehn einen wichtigen Termin.«
Die Kommissarin sah Hellmer von der Seite an, ihr Blick war ernst. Er nickte nur sagte: »Dann müssen wir auch ohne die Zustimmung von Frau Doktor Schweiger das Büro Ihres Chefs sehen. Wir übernehmen die Verantwortung.«
Die junge Frau stand auf, kam hinter ihrem Schreibtisch hervor und blieb vor den beiden Beamten stehen. »Aber ich tue es nur, weil Sie darauf bestanden haben«, sagte sie. Sie öffnete die Tür. »Wonach suchen Sie eigentlich?« fragte sie.
»Nach einem Hinweis. Wir wären Ihnen dankbar, wenn Sie uns jetzt allein ließen.« Julia Durant setzte sich auf den schwarzen Sessel hinter dem Schreibtisch und zog eine Schublade nach der anderen heraus. In ihnen befanden sich nichts als Papiere und Akten und eine noch halbvolle Flasche Wodka.
»Kein Laptop«, sagte sie, und es klang Mutlosigkeit aus ihrer Stimme. »Und ich bin doch sicher, daß es Anders war, der mich angerufen hat. Und daß die Schweiger bis jetzt nicht aufgetaucht ist, gibt mir auch zu denken. Schauen wir noch in den Schränken nach.« Und dann: »Nichts. Hier finden wir nichts. Gehen wir.«
»Und, haben Sie gefunden, wonach Sie gesucht haben?« fragte die junge Frau neugierig.
»Nein, leider nicht. Eine Frage, ist der Schreibtisch von Doktor Anders jederzeit für Sie zugänglich?«

»Nein, er schließt ihn jeden Abend ab, bevor er nach Hause geht. Warum?«
»Haben Sie oder irgend jemand anderes einen Schlüssel für den Schreibtisch?«
»Ich habe keinen, aber mit Sicherheit wird es irgendwo einen Zweitschlüssel geben.«
»Was ist mit Frau Doktor Schweiger? Ist sie inzwischen aufgetaucht?«
»Nein.«
»Dann müßten wir kurz mit ihrer Sekretärin sprechen.«
»Das habe ich bereits getan«, sagte die junge Frau. »Sie hat bei ihr zu Hause angerufen, aber dort nimmt niemand ab. Es ist nur der Anrufbeantworter eingeschaltet.«
»Können Sie uns die Adresse von Frau Doktor Schweiger geben?«
»Einen Moment«, sagte die junge Frau und blätterte in ihrem Adreßbuch. »Hier hab ich's, Schweiger, Gottfried-Keller-Straße fünf in Kelkheim. Brauchen Sie auch die Telefonnummer?«
»Nein, die Adresse genügt. Vielen Dank für Ihre Hilfe«, sagte Hellmer.
Auf dem Flur sagte Hellmer: »Ob das Schreiben von gestern mit den beiden zu tun hat?«
Julia Durant zuckte mit den Schultern. »Wer weiß das schon?! Vielleicht, vielleicht aber auch nur mit einem von ihnen. Wir benachrichtigen kurz Berger und fahren dann nach Kelkheim. Anschließend würde ich gern einen Abstecher nach Hattersheim machen, um mit Frau Anders zu sprechen.«
Vom Auto aus telefonierte die Kommissarin kurz mit Berger. Als sie aufgelegt hatte, zündete sie sich eine Gauloise an, kurbelte das Fenster herunter. Hellmer startete den Motor und fuhr los. Er nahm die A 66 Richtung Wiesbaden,

bog in die Abfahrt Liederbach. Er fuhr durch den langgestreckten Ort, der wie ein Dorf wirkte, bis er nach etwa fünf Kilometern das Ortsschild von Kelkheim passierte. Die Gottfried-Keller-Straße lag in einem Villenviertel, an dessen Grenze in einem Halbrund sechs fünfstöckige, weiße Neubauten in futuristischem Stil standen. Es war eine ruhige, friedliche Gegend. Vor dem Haus Nummer fünf hielten sie und stiegen aus. Sie gingen auf die Haustür zu, über der eine Überwachungskamera angebracht war. Sie klingelten bei Schweiger, doch es klang weder eine Stimme aus dem Lautsprecher, noch ertönte der Türsummer. Eine junge Frau mit zwei kleinen Kindern kam auf sie zu, holte den Schlüssel aus ihrer Tasche und schloß auf.

»Verzeihung, bitte«, sagte Hellmer und hielt ihr seinen Ausweis hin. »Wir kommen von der Kripo Frankfurt und würden gern mit reinkommen.«

»Zu mir?« fragte die Frau erschrocken.

»Nein, wir wollen in den fünften Stock, zu Frau Schweiger.«

»Macht sie nicht auf?«

»Wir haben geklingelt, aber ...«

»Komisch, ich habe mich vorhin schon gewundert, daß ihr Wagen noch in der Tiefgarage steht. Sonst verläßt sie das Haus immer so gegen sieben. Ob ihr etwas zugestoßen ist? Daniel!« rief sie auf einmal, »bleib hier! Du weißt, du sollst nicht auf die Straße rennen. Komm bitte sofort zurück.« Der etwa fünfjährige Daniel trabte langsam zurück, die Hände tief in den Hosentaschen vergraben. »Kinder«, sagte sie nur und verzog die Mundwinkel. »Einen Augenblick nicht aufgepaßt und schon ... Na ja, Sie wissen sicher, was ich meine.«

»Nur für den Notfall – wer ist der Hausmeister hier?«

»Sein Name ist Klinger, er wohnt in Nummer sieben, Parterre. Er müßte eigentlich zu Hause sein.«

»Danke. Wir werden dann mal nach oben fahren.«
Im fünften Stock gab es nur eine Wohnung, die von Oberstaatsanwältin Schweiger. Der Flur war mit Teppichboden ausgelegt, in die Wand eingelassene Lampen spendeten dezentes Licht. Hellmer legte erneut seinen Finger auf den Klingelknopf, und als sich nichts rührte, klopfte er kräftig gegen die Tür. Kein Lebenszeichen.
»Bleib du hier«, sagte er zu Julia Durant, »ich lauf schnell rüber zum Hausmeister und werde ihn bitten, die Tür zu öffnen.«
Er kehrte nach wenigen Minuten mit einem etwa vierzigjährigen Mann zurück. Der Hausmeister hatte freundliche Augen, er war groß, etwa einsneunzig und athletisch gebaut. Er hielt einen dicken Schlüsselbund in der Hand, steckte einen Schlüssel in das Schloß und ließ es aufschnappen.
»Brauchen Sie mich noch?« fragte er.
»Nein, im Augenblick nicht«, sagte Hellmer.
»Wenn noch was ist, ich bin drüben in meiner Wohnung.«
Sie warteten mit dem Betreten des Penthouses, bis die Aufzugtür geschlossen war und der Lift sich nach unten in Bewegung setzte. Julia Durant ging voran, ließ ihren Blick durch das gewaltige Zimmer streifen. Vor dem Eßtisch blieb sie stehen. »Sie hat auf jeden Fall Besuch gehabt. Aber hier ist sie nicht. Sehen wir in den anderen Zimmern nach. Du schaust mal ins Bad und ich ins Schlafzimmer.« Die Tür war nur angelehnt, die Kommissarin stieß sie auf. Sie schluckte schwer bei dem Anblick, der sich ihr bot. Oberstaatsanwältin Schweiger lag auf dem Boden vor dem Bett, sie war nackt, ein zerbrochenes Glas neben ihr. Der Schnitt ging durch die Kehle, auf ihrer Stirn stand mit Blut die Zahl 666 geschrieben, eine weiße Lilie lag auf der Brust. Neben der Toten ein Zettel.

»Frank, ich hab sie«, rief Julia Durant und beugte sich zu der Toten hinunter, deren starrer, lebloser Blick zur Decke gerichtet war. Hellmer kam um die Ecke gestürzt, blieb in der Tür stehen.
»Unsere werte Oberstaatsanwältin, schau an«, sagte er sarkastisch. »Mausetot, die Gute. Aber ihr sind komischerweise nicht die Augen ausgestochen worden ...«
»Und die Eier konnte er ihr wohl auch nicht abschneiden«, bemerkte die Kommissarin zynisch. »Aber der Zettel stimmt, genau der gleiche Wortlaut wie ... Moment mal, hier steht noch etwas Handschriftliches: *Liebe Kommissarin Durant, falls Sie Staatsanwalt Anders suchen, so können Sie sich die Mühe sparen. Er ist beseitigt worden, weil er zuviel wußte und weil er Angst hatte. Ich habe mit seinem Verschwinden allerdings nichts zu tun. Ich habe auch erst heute davon erfahren.*« Sie reichte den Zettel Hellmer, der ebenfalls las.
»Für ein graphologisches Gutachten wird das wohl kaum ausreichen, weil er in Druckschrift geschrieben hat.«
»Dafür wird unsere Spurensicherung eine Menge mehr Arbeit als sonst haben. Es kommt mir fast so vor, als wolle er uns jetzt bewußt auf seine Spur führen. Informier doch schon mal Berger, ich seh mir die Schweiger etwas genauer an.« Julia Durant befühlte den Körper, der, bis auf die Ellbogen, steif war. Sie drehte die Tote auf die Seite, der leichte Geruch von Bittermandeln lag noch in der Luft.
Hellmer hatte mit Berger telefoniert, betrachtete noch einmal die Ermordete.
»Sie war eigentlich eine hübsche Frau«, sagte er. »Und für ihr Alter außerordentlich gut beieinander, körperlich, meine ich. Ich kenne jedenfalls welche, die sind halb so alt und sehen nicht halb so gut aus.«
»Mag sein, daß sie hübsch war«, sagte die Kommissarin

und erhob sich, »aber diese Schönheit hat ihren Mörder nicht davon abgehalten, sie umzubringen. Wenn wir nur wüßten, was alle diese Menschen miteinander verbindet?! Wenn wir nur wüßten, was sie dem Mörder angetan haben?! Wir haben drei Päderasten, einen kleinen Sadisten, aber was hat sie verbrochen? Ich kann mir nicht vorstellen, daß sie pädophil war, eine Frau wie sie sucht sich gestandene Männer. Aber wir haben ja noch Heroin-, Waffen- und Menschenhandel. Vielleicht war sie in eine dieser Sachen verwickelt, wer weiß? Und Anders? Vielleicht wurde er unter Druck gesetzt, womit auch immer. Auf jeden Fall scheint er eine Menge gewußt zu haben, denn sonst hätte die Organisation ihn nicht beseitigt. Mir tut nur seine Familie leid, er hinterläßt immerhin eine Frau und fünf Kinder.«
»Sie ist nackt, und das Bett ist verwühlt«, sagte Hellmer. »Es sieht beinahe so aus, als hätte sie nach dem Abendessen noch Sex gehabt. Da schau, rote Reizwäsche.«
»Die Autopsie wird zeigen, ob sie noch Geschlechtsverkehr hatte«, sagte Julia Durant. Es klingelte, Hellmer ging zur Tür und öffnete sie. Ein Arzt stand draußen, wies sich aus und wurde eingelassen.
»Sie ist im Schlafzimmer«, sagte Hellmer. »Ich will nur schon vorab sagen, daß es kein angenehmer Anblick ist.«
»Ich habe schon alle möglichen Toten gesehen«, sagte der Arzt, ein älterer Mann mit Nickelbrille, gelassen. »Mich kann so schnell nichts erschüttern.«
Er untersuchte die Tote und stellte nach einer Weile ruhig fest: »Sie ist vor Mitternacht gestorben. Bei dem Geruch war die Todesursache aller Wahrscheinlichkeit nach Zyankali. Der Schnitt über den Hals erfolgte, als sie bereits tot war. Und es scheint, als habe sie vor ihrem Ableben noch Geschlechtsverkehr gehabt. Es gibt Spermaspuren im Anal-

bereich. Mehr kann ich jetzt nicht sagen, den Rest müssen Ihre Leute von der Gerichtsmedizin herausfinden. Hier«, sagte er, nachdem er den Totenschein ausgefüllt hatte, »den brauchen Sie ja wohl. Ich verabschiede mich dann jetzt, denn eigentlich habe ich um diese Zeit Sprechstunde. Auf Wiedersehen.«

Nacheinander trafen die Spurensicherung, der Fotograf und die Männer vom Bestattungsinstitut ein.

»Ihr werdet eine Menge zu tun haben«, sagte Hellmer grinsend zu den Beamten der Spurensicherung. »Und ich möchte wetten, diesmal findet ihr auch etwas.«

»Ha, ha«, erwiderte der eine mit säuerlicher Miene. »Wie es aussieht, werden wir den ganzen Tag hier zubringen müssen. Scheißarbeit.«

»Gut, dann macht mal eure Scheißarbeit, aber macht sie richtig. Und ihr wißt, wir brauchen die Ergebnisse so schnell wie möglich.«

»Ihr werdet die Ergebnisse schon rechtzeitig bekommen. Aber vor morgen ist nichts drin.«

»Morgen früh um acht sind wir im Büro, auch wenn Samstag ist. Das Wichtigste sind im Augenblick Fingerabdrücke. Vielleicht will es ja der Zufall, daß der Kerl welche dagelassen hat und wir sie in der Kartei finden.«

Julia Durant stieß Hellmer leicht in die Seite. Sie sagte leise: »Das glaubst du doch wohl selber nicht. Ich bin sicher, daß seine Fingerabdrücke überall hier in der Wohnung sind, aber er wird nicht registriert sein. Komm, laß uns gehen und Frau Anders einen Besuch abstatten. Für uns gibt es hier nichts mehr zu tun.«

FREITAG, 11.10 UHR

Von Kelkheim bis nach Hattersheim waren es zwanzig Minuten. Auf dem Weg dorthin rief Berger an.

»Berger hier. Wie ist es bei der Schweiger gelaufen?« wollte er wissen.

»Das übliche. Nur daß ihr nicht die Augen ausgestochen worden sind. Aber wie es aussieht, hat sie mit ihrem Mörder vorher noch gegessen und danach mit ihm geschlafen. Er hat sich diesmal nicht die Mühe gemacht, eventuell verräterische Spuren zu beseitigen. Woraus ich schließe, daß es auf das Ende zugeht.«

»Was meinen Sie damit?«

»Nun, ich denke, er hat die Personen beseitigt, die in seinen Augen kein Recht zu leben mehr hatten. Er hat ja auch geschrieben, nach dem letzten Mord würden wir wissen, wer er ist.«

»Tja, liebe Kollegin, dann hören Sie sich mal an, was ich Ihnen jetzt vorlese. Es kam nämlich eben noch ein Brief von ihm. ›*Dann bestrafe ich den Erdkreis für seine Verbrechen und die Bösen für ihre Vergehen. Dem Hochmut der Stolzen mache ich ein Ende und werfe die hochmütigen Tyrannen zu Boden.*‹«

»Scheiße!« entfuhr es der Kommissarin. »Das heißt wohl, es wird noch ein nächstes Opfer geben.«

»Wo sind Sie gerade?« fragte Berger.

»Auf dem Weg zu Anders' Frau ...«

»Sein Wagen ist gefunden worden«, wurde sie von Berger unterbrochen. »Leer. Auch keine Anzeichen für Gewaltanwendung.«

»Und wo?«

»In der Nähe des Griesheimer Bahnhofs. Wir werden den

Wagen untersuchen lassen. Was werden Sie seiner Frau sagen?«
»Die Wahrheit, was sonst. Auch wenn es schwerfällt.«
»Danach kommen Sie gleich ins Präsidium?« fragte Berger.
»Natürlich. Wir werden eine Kleinigkeit essen und so gegen halb zwei, zwei im Büro sein.« Sie erzählte Hellmer kurz von dem Telefonat und dem Schreiben, worauf dieser nur mit einem Schulterzucken reagierte.
Anders bewohnte ein Reihenhaus im Tucholskyweg in einer ruhigen Wohngegend in einem Vorort von Hattersheim. Hellmer und Durant stiegen aus und gingen mit langsamen Schritten auf das Haus zu, dessen liebevoll angelegter, gepflegter Vorgarten sich von den anderen Vorgärten, von denen viele von Unkraut überwuchert waren, auf angenehme Weise unterschied. Sie gingen drei Stufen hoch, klingelten. Ein kleines, rothaariges Mädchen von vielleicht vier oder fünf Jahren, das Gesicht von Sommersprossen übersät, öffnete die Tür.
»Maria«, rief eine Frauenstimme aus dem Haus, »wer ist da?«
»Weiß nicht, ein Mann und eine Frau.«
»Ich komme.«
Hellmer und die Kommissarin hörten Schritte näher kommen, dann stand Frau Anders vor ihnen. Auf Hellmer wirkte sie irgendwie wie ihr Vorgarten, sauber und gepflegt, ihre Stimme hatte etwas Sanftes, ihre grünen Augen blickten etwas mißtrauisch.
»Frau Anders?«
»Ja.«
»Mein Name ist Hellmer von der Kripo Frankfurt, und das ist meine Kollegin, Hauptkommissarin Durant. Dürfen wir bitte eintreten?«
»Geht es um meinen Mann?« fragte sie besorgt.

Hellmer nickte. »Wir würden gern mit Ihnen allein sprechen, wenn es geht.«
Frau Anders gab wortlos die Tür frei und ließ die Beamten eintreten. Sie sagte zu ihrer Tochter: »Geh bitte auf dein Zimmer, und laß uns allein.«
»Ist mit Papa was passiert?« fragte die Kleine.
»Das weiß ich nicht.«
Sie ging vor Hellmer und Julia Durant in das geräumige, hell eingerichtete Wohnzimmer, von wo aus man einen wunderbaren Blick über den kleinen Garten mit der Terrasse hatte. Die Kommissare blieben in der Mitte des Raumes stehen, bis Frau Anders sie bat, Platz zu nehmen. Hellmer und Durant setzten sich auf zwei nebeneinander stehende Sessel, während Frau Anders auf dem schräg gegenüberliegenden Sofa Platz nahm. Sie hielt die Beine eng geschlossen, hatte die Hände gefaltet und auf ihren Oberschenkeln liegen. Einen Moment schien sie ihre Finger zu betrachten, dann sah sie auf und die Beamten an.
»Sie kommen also von der Kripo Frankfurt«, sagte sie leise. »Ich nehme an, Sie kommen mit keiner guten Nachricht, oder?«
Julia Durant hatte Mitleid mit der Frau, die es so gut verstand, ihre Gefühle einigermaßen unter Kontrolle zu halten, auch wenn sie das kaum merkliche Zittern nicht verbergen konnte.
»Frau Anders«, sagte Hellmer und beugte sich nach vorn, »wir müssen leider davon ausgehen, daß Ihr Mann nicht mehr am Leben ist.«
»Und woher wissen Sie das?« fragte sie und sah Hellmer mit traurigem Blick an. »Haben Sie ihn gefunden?«
»Nein, das nicht. Es wurde nur sein Wagen aufgefunden. Er war leer.«
»Das heißt, er könnte unter Umständen noch am Leben

sein?« fragte sie, und in ihrer Stimme klang ein wenig Hoffnung mit.
»Das ist nicht sehr wahrscheinlich. Wir haben nämlich heute morgen die Leiche von Oberstaatsanwältin Schweiger gefunden ...«
»Schweiger? Mein Gott, was ist passiert?«
»Sie wurde von demselben Täter ermordet, der auch schon ...«
»Ich habe von den Fällen gehört ...«
»Und neben ihrer Leiche fanden wir eine offensichtlich vom Täter stammende Nachricht, nach der auch Ihr Mann nicht mehr am Leben ist.«
Frau Anders schluckte schwer, sah geradeaus zur Wand, war nicht in der Lage, ihre Tränen zu unterdrücken.
»Ich habe es geahnt«, sagte sie mit belegter Stimme. »Ich habe es schon seit längerer Zeit geahnt, daß irgend etwas mit ihm nicht stimmt. Ich hatte einige Male in den letzten Wochen einen bestimmten Traum; Sie werden vielleicht lachen, aber ich bin überzeugt, daß Träume manchmal Botschaften enthalten. Ich wußte, es würde etwas passieren, doch ich wußte nicht, wann und wo und vor allem mit wem. Es hätte sich auch um eines unserer Kinder handeln können oder um mich. Bis vor ein paar Tagen, als der Traum mit einem Mal ganz klar wurde. Da wußte ich von der Gefahr, in der mein Mann schwebte. Ich träumte, ich stand auf einer Wiese, der Himmel war blau, die Sonne schien, doch vom Horizont näherte sich ziemlich rasch eine dunkle Wolkenwand. Gleichzeitig mit dieser Wolkenwand näherte sich auch ein Mann, den ich aus der Ferne nicht so genau erkennen konnte. Mit einem Mal begann es zu regnen, zu blitzen und zu donnern, und der Mann stand einen Augenblick vor mir, und ich meinte, sein Gesicht zu kennen, doch es war voller Blut, und sein Blick war so traurig. Ich wollte

ihm helfen, versuchte, ihn anzufassen, doch meine Hand ging durch ihn hindurch. Ich redete ihn an, aber er antwortete nicht, statt dessen ging er an mir vorbei. Ich drehte mich um, und er war verschwunden. Ich weiß noch, wie ich schweißgebadet aufwachte und mir erst dann in den Sinn kam, daß ich meinen Mann in diesem Traum gesehen hatte.« Sie hielt inne, ordnete ihre Gedanken, nahm ein Taschentuch vom Tisch, rieb sich über die Augen und putzte die Nase. »Entschuldigen Sie«, sagte sie, »aber ich weiß noch nicht, wie ich mit Ihrer Mitteilung umgehen soll. Von einem Tag auf den anderen hat sich mein Leben und das meiner Kinder geändert. Es wird nie mehr etwas so sein, wie es einmal war. Es ist so ungerecht, daß ausgerechnet er …!«

»Hat Ihr Mann über berufliche Dinge mit Ihnen gesprochen?« fragte Hellmer.

»Nur sehr selten«, erwiderte sie mit zittriger Stimme und umkrampfte das Taschentuch, als wäre es ein dickes Tau, an das sie sich festklammern konnte, während sie über einem tiefen Abgrund hing. »In den letzten Tagen und Wochen aber hat sich das geändert. Er wirkte zunehmend nervöser und unruhiger, er war irgendwie nicht mehr fähig, auch nur ein paar Minuten ruhig zu sitzen und fernzusehen. Immer wieder ging er in sein Arbeitszimmer und telefonierte, mit wem auch immer. Bisweilen machte er auf mich den Eindruck eines gehetzten Tieres.«

»Haben Sie mit ihm darüber gesprochen? Ich meine, über Ihren Eindruck?«

»Ja, natürlich«, antwortete sie mit einem bitteren Lachen. »Ich habe mit ihm gesprochen, ihn gefragt, was los sei. Erst wollte er nicht raus mit der Sprache, doch schließlich hatte ich ihn soweit, daß er es mir erzählte. Er hatte Angst, weiß Gott, er hatte panische Angst.« Wieder fuhr sie sich mit

dem Taschentuch über die Augen und die Nase. Stumme Tränen liefen über ihr ausdrucksvolles Gesicht, das ihr Alter nicht verriet, Hellmer schätzte sie auf Mitte Dreißig bis Mitte Vierzig.
»Wovor hatte er Angst? Vor der Organisation?«
Frau Anders blickte Hellmer ungläubig an, die Stirn in Falten gezogen, der Tränenfluß versiegte für einen Moment. »Was wissen Sie von der Organisation?«
»Einiges, aber leider nicht genug. Was wissen Sie?«
Sie holte tief Luft, erhob sich, ging an den Schrank, ließ eine Klappe aufschnappen und holte eine Flasche Gin heraus. »Möchten Sie auch einen?« fragte sie. »Oder darf ich Ihnen etwas anderes anbieten – Wasser, Orangensaft?«
»Wasser, wenn es nicht zuviel Mühe macht«, sagte Hellmer.
Sie schenkte sich ein Glas voll mit Gin, stellte es auf den Tisch, danach holte sie eine Flasche Wasser und zwei Gläser aus der Küche.
»Danke«, sagte Hellmer und schenkte Julia Durant und sich ein. Frau Anders nahm einen Schluck Gin, behielt das Glas in der Hand.
»Das ist das erste Mal in meinem Leben, daß ich am Vormittag Alkohol trinke.« Sie seufzte auf, fuhr fort: »Aber es gibt wohl für alles ein erstes Mal.«
»Natürlich. Doch würden Sie uns freundlicherweise verraten, was Ihnen Ihr Mann über die Organisation erzählt hat?«
»Er ist da irgendwie hineingeraten, und zwar durch diese Schweiger. Es gab vor etwa zwei Jahren einen Fall, den mein Mann bearbeitete und der von der Rechtslage her ganz eindeutig war. Es hätte nicht einmal viel Geschick gebraucht, um den Angeklagten für den Rest seines Lebens hinter Gitter zu schicken, doch die Schweiger wollte unbe-

dingt, daß bestimmte Fakten während des Prozesses nicht erwähnt wurden ...«

»Das heißt, sie hat Ihren Mann aufgefordert, Beweismaterial verschwinden zu lassen?« fragte Julia Durant.

»Genau so war es. Er hat sich natürlich geweigert und wollte gegen die Schweiger vorgehen, doch sie machte ihm unmißverständlich klar, würde er auch nur ein Wort von dem zwischen ihnen beiden geführten Gespräch nach außen dringen lassen, wäre er ein toter Mann.« Sie nahm einen weiteren Schluck, sah von Hellmer zu Julia Durant, ihre Augen waren rotumrändert.

»Und Ihr Mann, was hat er getan?«

»Das ist noch nicht alles. Sie hat ihm außerdem gedroht, einem unserer Kinder oder mir etwas anzutun.« Sie machte eine Pause und fragte: »Haben Sie zufällig eine Zigarette für mich? Ich habe vor fünf Jahren aufgehört zu rauchen, aber jetzt ...«

Hellmer holte die Schachtel Marlboro aus seiner Hemdtasche und hielt sie ihr hin. Sie nahm eine, Hellmer gab ihr Feuer.

»Und was geschah weiter?« fragte Julia Durant.

»Er hat natürlich nichts gesagt, er hat die Beweise verschwinden lassen. Der Prozeß dauerte nur ein paar Tage, der Anwalt des Angeklagten hatte leichtes Spiel. Es gab, wie nicht anders zu erwarten, einen Freispruch. Aber das Tollste kommt noch. Einige Tage nach dem Prozeß tauchte ein Fremder im Büro meines Mannes auf und gratulierte ihm zu seiner guten Arbeit. Dann überreichte er ihm einen Umschlag, in dem fünfzigtausend Mark in bar steckten. Dann zwang er meinen Mann, eine Quittung zu unterschreiben. Bevor der Fremde ging, sagte er fast drohend, er gehe davon aus, daß mein Mann sich auch in Zukunft als kooperativ erweisen würde. Sie hätten ihn jetzt in der Hand.«

»Was hat Ihr Mann mit dem Geld gemacht?« fragte Hellmer.

»Er hat es auf ein Konto in Luxemburg gebracht, das auf den Namen unserer ältesten Tochter läuft. Insgesamt liegen auf diesem Konto mittlerweile zweihundertfünfzigtausend Mark.«

»Alles Schmiergelder?« fragte Julia Durant.

»Wenn Sie so wollen, ja. Aber was hätte er machen sollen?« fragte sie und schloß für einen Moment die Augen. Als sie sie wieder öffnete, fuhr sie fort: »Sollte er das Leben seiner Kinder riskieren? Oder meines oder seines? Das hätte er nie getan, dazu liebte er seine Familie viel zu sehr. Aber er war nicht korrupt, er ist gezwungen worden, korrupt zu sein. In seinem Innern war er ein tadelloser Anwalt, und er war stolz darauf. Bis diese Schweiger kam!«

»Warum hat Ihr Mann sich nicht an den Generalstaatsanwalt gewandt? Oder an eine andere Person seines Vertrauens?«

Frau Anders lachte erneut bitter auf, schüttelte den Kopf, nahm einen Schluck Gin. »Wissen Sie, wenn Sie Ihrer direkten Vorgesetzten nicht vertrauen können, wem dann? Wer sagt denn, daß der Generalstaatsanwalt nicht auch in irgendwelche zwielichtigen Geschäfte verwickelt ist? Oder jemand von der Polizei? Für meinen Mann gab es ab diesem Moment keinen mehr, dem er vertraute. Anfangs fiel mir sein verändertes Verhalten nicht so sehr auf, doch mit der Zeit wurde ich aufmerksam. Er war des öfteren gereizt und schimpfte auch aus manchmal nichtigen Gründen mit den Kindern, was er vorher nie getan hatte. Dann wieder war er in sich gekehrt und nicht ansprechbar, es war, als hätte er eine Mauer um sich errichtet. Und wie gesagt, besonders schlimm wurde es in den letzten Wochen. Bis ich ihn zur Rede stellte, weil ich diesen Zustand nicht länger ertrug. Er

schlief nicht mehr mit mir, er war ein völlig anderer Mensch geworden.« Sie schloß kurz die Augen, atmete tief ein und fuhr fort: »Ich weiß noch, es war genau heute vor einem Monat. Die Kinder lagen im Bett, wir saßen allein hier im Wohnzimmer. Ich fragte ihn ganz ruhig, was mit ihm los sei. Ich erwartete eigentlich keine Antwort, ich erwartete höchstens, daß er wortlos aufstand und das Zimmer verließ. Statt dessen sprudelte mit einem Mal alles aus ihm heraus. Er erzählte fast zwei Stunden von dem, was im vergangenen Jahr geschehen war, er erzählte von der Organisation und ihren perfiden Machenschaften. Ich erfuhr zum ersten Mal von den Schmiergeldern und den Drohungen gegen ihn und uns. Mein Gott, er hatte das alles so lange mit sich herumgeschleppt! Mit einem Mal verstand ich, weshalb er sich so verändert hatte. Er war einfach fertig, seine Nerven spielten nicht mehr mit. Er saß da, wo Sie jetzt sitzen«, sie deutete auf Julia Durant, »und er vergrub sein Gesicht in seinen Händen und weinte hemmungslos. Er hatte solch furchtbare Angst! Und ich fühlte mich so hilflos, das einzige, was ich tun konnte, war, ihn in den Arm zu nehmen und ihn zu trösten. Er war ein guter, rechtschaffener Mann, das kann ich mit gutem Gewissen sagen. Er hat sich nie etwas zuschulden kommen lassen, nicht aus eigenem Antrieb. Aber diese Organisation ist so mächtig und so stark, dagegen kommt keiner an. Auch der Mörder nicht.«
»Sie meinen den Mörder von Matthäus und Schweiger und ...«
»Genau den. Mein Mann sagte vor ein paar Tagen, daß er den Mörder bewundere und sich wünschte, nur ein wenig von dessen Courage zu besitzen, sich gegen die Organisation zu stellen. Aber mein Mann hätte niemals jemanden umbringen können. Er trat für Recht und Gerechtigkeit ein, doch er war immer gegen die Todesstrafe. Allerdings sagte

er mir, daß der Mörder in seinen Augen rechtschaffen handele.«

Hellmer trank von seinem Wasser, stellte das Glas wieder auf den Tisch. Er zündete sich eine Zigarette an, inhalierte und blies den Rauch durch die Nase aus.

»Hat Ihr Mann jemals erwähnt, wer der Mörder sein könnte?«

Frau Anders schüttelte den Kopf. »Nein, er konnte sich überhaupt nicht vorstellen, wer diese Morde beging. Er kannte ja auch nicht die gesamte Organisation, dazu ist sie viel zu groß, aber er hat gewisse Einblicke bekommen. So zum Beispiel, daß in den Spitzenpositionen Decknamen verwendet werden.«

»Wußte er, wer sich hinter bestimmten Decknamen verbarg?« fragte Hellmer.

»Nein, das hat er nicht rausgefunden. Allerdings wurde er in den letzten zwei Jahren durch eine ihm unbekannte Quelle über gewisse Geschäfte und Transaktionen informiert. Immer nur schriftlich zwar, aber er hat alles in seinem Notebook-Computer vermerkt.«

»Befindet sich dieser Computer hier im Haus?« fragte Julia Durant.

»Nein, er müßte in seinem Schreibtisch im Büro sein.«

»War Ihr Mann mein Informant?« fragte die Kommissarin.

Frau Anders blickte zu Boden, drehte das Glas zwischen den Händen. »Er hat versucht, zu retten, was zu retten war. Ich konnte nicht glauben, was er von Menschenhandel und anderen, noch viel scheußlicheren Dingen erzählte. Ja, und er hat ein paarmal von Ihnen gesprochen und gesagt, Sie seien in seinen Augen eine aufrichtige, integre Person. Er hat Sie wohl eine Weile beobachtet und ... Er wollte sich mit Ihnen treffen, was ihm dann aber doch zu risikoreich erschien ...«

»Schon gut«, sagte Julia Durant und zündete sich eine

Gauloise an. »Wir werden auf jeden Fall alles tun, um der Organisation den Kopf abzuschlagen.«
»Das werden Sie nicht schaffen. Das schafft keiner. Die Organisation ist, wie mein Mann sagte, eine Hydra mit vielen, vielen Köpfen, und schlägt man einen ab, wachsen sofort zwei neue nach. Es gibt kein Mittel gegen sie.«
»Aber einige Köpfe sind abgeschlagen worden«, sagte Hellmer. »Und vielleicht ist es ja ein abschreckendes Beispiel für andere, die zu der Hydra gehören.« Er blickte zur Uhr, halb eins. Er sagte: »Frau Anders, eine Frage – können wir Sie jetzt allein lassen, oder sollen wir einen Arzt rufen ...«
»Nein, nein, Sie brauchen sich um mich keine Sorgen zu machen. Wenn ich Hilfe brauche, rufe ich meine Schwester an, sie wohnt nur ein paar Straßen weiter. Im Augenblick geht es. Auch wenn ich zugeben muß, vor den Fragen der Kinder Angst zu haben. Aber da muß ich wohl durch.«
»Auf Wiedersehen und nochmals, es tut uns leid, was mit Ihrem Mann geschehen ist«, sagte Hellmer.
»Auf Wiedersehen. Und von mir aus kann der Mörder noch ein bißchen weitermachen und noch ein paar Hydraköpfe abschlagen. In meinen Augen ist er auf jeden Fall jetzt schon ein Held.«
Hellmer und die Kommissarin erwiderten nichts darauf. Sie gingen zurück zum Auto, setzten sich hinein.
»Sie ist eine sympathische Frau«, sagte Hellmer. »Verdammt, warum trifft es immer die Guten? Oder besser gesagt, die, die für das Gute eintreten? Warum? Ist das Schlechte bereits so mächtig geworden, daß das Gute keine Chance mehr dagegen hat?«
»Hör auf zu philosophieren«, sagte Julia Durant. »Lies die Bibel, lies, was dort über Sodom und Gomorrha steht. Ich weiß nicht, ob es diese beiden Städte wirklich gab oder ob sie nur symbolisch für die Verkommenheit der Menschen

stehen, aber wenn du die Weltgeschichte studierst ... seit dem Beginn der Zivilisation strebt der Mensch nach Macht, Ansehen und Geld. Meinst du, daran hat sich je etwas geändert oder wird sich je etwas ändern? Wenn du das glaubst, bist du ein hoffnungsloser Phantast.«
Hellmer sah Julia Durant von der Seite kurz an. »Ich habe schon lange aufgehört, an das Gute im Menschen zu glauben, ich glaube aber an mich und an meine Zukunft. Und diese Zukunft gehört mir und Nadine.«
Seine Kollegin grinste. »Das ist doch schon was! Himmel, ich wünschte, ich hätte so ein Glück wie du. Was wirst du machen, den Polizeiberuf an den Nagel hängen?«
»Darüber habe ich mir, ehrlich gesagt, noch nicht den Kopf zerbrochen. Aber möglich ist alles. Wer weiß, was in ein paar Wochen oder Monaten ist?! So, und jetzt habe ich Hunger. Ich habe Appetit auf eine Currywurst mit Pommes. Und du?«
»Hört sich nicht schlecht an. Dann gibt es heute mittag Currywurst mit Pommes.«

FREITAG, 13.30 UHR

Und, haben Sie's hinter sich gebracht? Wie hat sie es aufgenommen?« fragte Berger, der sich zurücklehnte und mit dem Sessel wippte.
Hellmer und Durant setzten sich. »Sie ist eine tapfere Frau«, sagte Hellmer und schlug die Beine übereinander.
»Der große Schock wird noch kommen«, sagte Julia Durant. »Es dauert bei vielen eine ganze Weile, bis sie begreifen, was eigentlich geschehen ist. Zum Glück hat sie ihre Kinder, so ist sie wenigstens nicht ganz allein.«

»Und was haben Sie über Anders herausgefunden?«
»Wie schon gesagt, er scheint tot zu sein, und er war mein anonymer Informant. Das hat mir zumindest seine Frau noch einmal bestätigt. Er ist von der Schweiger seit etwa zwei Jahren unter Druck gesetzt worden, in bestimmten Fällen Beweise verschwinden zu lassen. Andernfalls wären sein Leben und das seiner Familie in Gefahr. Für jeden seiner Dienste hat man ihm fünfzigtausend Mark bezahlt. Er war aber kein Mitglied der Organisation.«
»Und woher hatte er dann seine Insiderinformationen, wie zum Beispiel die Sache mit dem Heroin?« fragte Berger.
»Ein Unbekannter hat ihn regelmäßig schriftlich mit Informationen gefüttert ...«
»Dann kann es sich nur um jemanden handeln, der zur Organisation gehört«, sagte Berger.
»Unser Mörder?«
»An die Möglichkeit habe ich auch schon gedacht«, sagte Julia Durant, »und ich halte sie für immer wahrscheinlicher. Aber wahrscheinlich hat der Killer mit mehr Zivilcourage seitens Anders' gerechnet. Wenn wir nur diese verdammten Informationen hätten!«
Berger stützte sich auf den Schreibtisch, schob der Kommissarin einen Zettel zu. »Hier«, sagte er, »das ist das Schreiben von vorhin. Es kam mit der normalen Post.«

»Dann bestrafe ich den Erdkreis für seine Verbrechen und die Bösen für ihre Vergehen. Dem Hochmut der Stolzen mache ich ein Ende und werfe die hochmütigen Tyrannen zu Boden.«

Sie hielt das Schreiben einen Moment in der Hand, überlegte. Sie zündete sich eine Zigarette an.

»Darf ich mal sehen?« fragte Hellmer, worauf die Kommissarin ihm wortlos den Zettel gab.
»Was lest ihr daraus?« fragte Hellmer. »Welches Wort hat eine Bedeutung? Ich meine, welches deutet auf das nächste Opfer hin? Tyrann?«
»Wahrscheinlich«, erwiderte Julia Durant. »Doch wer ist dieser Tyrann? Oder noch anders gefragt – was ist ein Tyrann? Haben wir ein Wörterbuch hier?« fragte sie.
»Wenn ein Duden reicht«, sagte Berger. »Dort im Schrank.« Sie stand auf, holte den Duden heraus, las laut vor: »Tyrann. Gewaltherrscher. Jemand, der seine Macht über andere streng und rücksichtslos zur Geltung bringt.« Sie schlug den Duden wieder zu, stellte ihn zurück in den Schrank. Sie setzte sich wieder, schüttelte den Kopf. »Es macht keinen Sinn. Gewaltherrscher!«
»Was ist«, sagte Hellmer, »wenn dieses Wort nur symbolisch gemeint ist? Daß es zum Beispiel auf jemanden gemünzt ist, der herrscht, der über andere regiert und alles, was seinem Ressort unterliegt, kontrolliert? Ein mächtiger Direktor oder Unternehmer, vielleicht sogar, so absurd sich das anhören mag, jemand aus der Politik? Ein Minister oder ein Bundestagsabgeordneter? Oder der Generalstaatsanwalt?«
Berger sah Hellmer ernst an. Er sagte: »Das sind Hypothesen, werter Kollege. Außerdem bin ich gerade vorhin von unserem Generalstaatsanwalt angerufen worden. Er dringt mit aller Macht darauf, daß alle verfügbaren Kräfte und Hilfsmittel eingesetzt werden, damit diese Fälle geklärt werden. Er will auch, daß das LKA in die Untersuchungen einbezogen wird. Er hat außerdem Verbindung mit dem Innen- und Justizminister aufgenommen. Sie sagen, sie werden alle nur denkbare Hilfe zur Verfügung stellen, damit der Mörder so schnell wie möglich gefaßt werden

kann. Außerdem hatte jedes unserer bisherigen Opfer auf eine gewisse Weise Macht inne. Ob das nun Matthäus war oder Neuhaus oder Schweiger ...«

»Richtig, sie hatten Macht. Und sie haben diese Macht mißbraucht. Selbst Mondrian, der ›nur‹ ein Sänger war, hatte Macht. Die Kids lagen ihm zu Füßen, er war in Deutschland, Österreich und der Schweiz ein Superstar. Aber hier wird von einem Tyrannen gesprochen, einem Menschen, dem anscheinend jedes Mittel recht ist, sein Ziel zu erreichen. Es muß jemand sein, der eine überaus bedeutende Position innehat. Gegen den Matthäus oder Neuhaus vielleicht nur kleine Fische waren.«

»Warten wir's ab«, sagte Berger. »Mehr können wir im Augenblick nicht tun. Warten wir auf die anderen Kollegen, dann werden wir sehen, ob es neue Erkenntnisse bei der Computerauswertung gibt oder im Fall Schnell. Ich muß jetzt jedenfalls mal für kleine Jungs.«

FREITAG, 14.30 UHR

Er war drei Stunden im Büro gewesen, um ein paar Briefe zu unterschreiben, seiner Sekretärin einige Anweisungen zu geben, und hatte sich danach noch mit zwei seiner Kollegen besprochen. Auf dem Weg nach Hause hörte er diesmal nicht »La Mer« von Debussy, sondern die vierte Sinfonie von Tschaikowsky. Als er den Jaguar durch die Toreinfahrt lenkte und vor dem Haus parkte, blieb er noch einen Moment im Auto sitzen und dachte über den folgenden Abend nach. Er hatte alles perfekt vorbereitet, ihm war bis jetzt kein Fehler unterlaufen, und er war sicher, auch diesmal würde alles nach Plan funktionieren. Er lächelte, als er ausstieg, die Stufen zum Haus hinaufging, aufschloß und die Eingangshalle betrat. Er begrüßte kurz Anna und seine Frau, die diesmal nicht in ihrem Sessel saß, sondern am Fenster stand und auf den sonnenüberfluteten Garten sah. Danach ging er in sein Arbeitszimmer, stellte den Aktenkoffer ab, nahm den Hörer vom Telefon und führte ein kurzes Telefonat.

»Ja«, sagte er zum Abschluß, »ich werde um Punkt halb neun im Hotel sein.«

Er holte ein Blatt Papier aus dem Schreibtisch, schrieb einen Brief an Julia Durant. Er steckte ihn in einen Umschlag, klebte ihn zu, schrieb ihre Adresse darauf. Danach ging er zurück ins Wohnzimmer, schenkte sich einen Cognac ein und trank ihn in einem Zug aus. Er ging in die Küche, wo Anna die Spülmaschine leerte, lehnte sich an den Kühlschrank, beobachtete Anna einige Sekunden bei der Arbeit, schließlich sagte er: »Anna, ich habe gestern doch gesagt, daß ich Ihnen sehr dankbar dafür bin, was Sie in den letzten Monaten und Jahren alles für meine Frau getan haben. Ich habe ein kleines Geschenk für Sie.«

Anna blickte auf, zog die Stirn in Falten, sagte: »Ein Geschenk? Für mich?«

Er holte aus seiner Sakkoinnentasche ein Kuvert und reichte es Anna. »Hier, für Sie.« Sie nahm es in die Hand, zögerte, bis er sagte: »Nun machen Sie schon, öffnen Sie es.«

Vorsichtig riß sie es auf, nahm den Inhalt heraus. »Du meine Güte«, entfuhr es ihr, »das wäre aber nicht nötig gewesen. Ich weiß überhaupt nicht, was ich dazu sagen soll.«

»Sie wollten doch schon immer mal nach London. Ihr Flieger geht morgen früh um halb sieben. Das Taxi ist für fünf Uhr bestellt. Das Hotel ist für eine Woche reserviert, dazu bekommen Sie von mir noch ein angemessenes Taschengeld, damit Sie einmal so richtig schön Shopping machen können. Machen Sie noch die Küche fertig, und dann fangen Sie schon mal an, Ihre Sachen zu packen. Nur heute abend müßten Sie noch einmal bei meiner Frau bleiben, weil ich einen unaufschiebbaren Termin habe.«

»Und nächste Woche? Wer kümmert sich da um Ihre Frau?« fragte Anna besorgt.

»Ich habe mir für nächste Woche Urlaub genommen. Vielleicht fahre ich mit meiner Frau auch ein bißchen weg.«

»Danke«, sagte Anna. »Das werde ich Ihnen nie vergessen.«

»Pst! Ich sagte doch, Sie sind eine Perle. Und jetzt will ich nichts mehr hören.«

Er machte kehrt und begab sich ins Wohnzimmer. Er schloß die Tür hinter sich, stellte sich hinter seine Frau, die noch immer auf den Garten blickte. Er umarmte sie, küßte ihren Hals.

»Es ist bald alles vorbei, Schatz. Bald haben wir unsere Ruhe. Heute ist das letzte Mal, daß ich dich allein lassen muß.« Er stand einen Augenblick schweigend, die Arme von hinten um sie gelegt, dann sagte er: »Der Garten sieht herrlich aus, wenn die Sonne scheint. Ich finde, wir haben einen der schönsten Gärten hier. Wollen wir uns ein bißchen in die Sonne setzen? Komm, wir gehen nach draußen.«

Er nahm sie bei der Hand, ging mit ihr auf die Terrasse und setzte sich mit seiner Frau in die Hollywoodschaukel. Sie legte ihren Kopf an seine Schulter, er streichelte ihr Haar. Er dachte an den vor ihm liegenden Abend und an den kommenden Tag. Er hatte keine Angst.

FREITAG, 15.00 UHR

Die von Berger einberufene Lagebesprechung fand pünktlich statt. Es gab keine neuen Erkenntnisse, was die Auswertung der Computer betraf. Auch die verdeckte Ermittlung gegen Schnell war bislang erfolglos geblieben. Nur Kullmer, der erst kurz vor drei ins Präsidium gekommen war, meldete sich zu Wort.

»Also«, sagte er, »ich habe herausgefunden, wer am Mittwoch abend die Ladung Heroin vom Flughafen abgeholt hat. Es handelt sich um einen Privatspediteur aus Mörfelden, der die Lieferung in das Gewerbegebiet von Kelsterbach brachte. Dort wurde sie in einen anderen Transporter umgeladen. Allerdings konnte er sich an das Kennzeichen des Fahrzeugs nicht erinnern. Der Mann selber ist sauber, er hat einwandfreie Papiere. Er sagte, er habe den Auftrag am Mittwoch vormittag per Telefax von einer Firma namens Computer Heinzl bekommen. Kurz darauf erhielt er einen Anruf und wurde gefragt, ob er den Auftrag annehmen könne. Das war's.«

»Und diese Firma Computer Heinzl existiert natürlich nicht, oder?« fragte Berger.

»Natürlich nicht. Keiner hat je etwas von denen gehört. Also stimmt es aller Wahrscheinlichkeit nach, was unser Informant über das Heroin gesagt hat.«

»Unser Informant, richtig. Sie wissen ja noch gar nicht, wer das war. Es war Staatsanwalt Anders. Wir müssen davon ausgehen, daß er tot ist. Es tut mir leid, Ihnen das mitteilen zu müssen.«

Für einen Augenblick herrschte betroffenes Schweigen. Nach einer Weile fragte Kullmer: »Gehörte Anders zur Organisation?«

»Nein, er wurde gezwungen, für sie zu arbeiten. Ersparen Sie mir Details, bitte. Hat sonst noch jemand etwas zu sagen?«
Kopfschütteln.
»Dann meine Dame, meine Herren, schlage ich vor, daß wir es für heute dabei belassen. Kollegin Durant sowie Kommissar Hellmer und Kullmer und ich werden morgen früh hier im Büro sein und auf die Ergebnisse der Spurenauswertung im Fall Schweiger warten. Ihnen anderen wünsche ich ein angenehmes Wochenende.«
Nachdem die meisten Beamten gegangen waren und nur noch Berger, Durant, Hellmer und Kullmer im Büro waren, sagte Berger: »Also, warten wir ab, was heute abend passiert. Wenn etwas passiert, dann wissen wir es spätestens morgen früh. Doch wie gesagt, halten Sie sich in Bereitschaft. Einen schönen Abend noch.«

FREITAG, 20.30 UHR

Er parkte seinen Jaguar in der Wilhelm-Leuschner-Straße, schräg gegenüber vom Hotel Intercontinental. Er nahm seinen Aktenkoffer, betrat die Eingangshalle, meldete sich beim Portier und fragte nach der Zimmernummer eines Dr. Winkler.
»Zimmer vierhundertachtzehn, vierter Stock.«
»Danke.«
Er fuhr mit dem Lift nach oben, stieg aus, ging fast lautlos über den menschenleeren Flur, bis er vor dem Zimmer stand. Er klopfte.
»Ja?« fragte eine männliche Stimme.
»Cicero.«

Die Tür wurde geöffnet, er trat ein. »Schön, daß du die Zeit gefunden hast, herzukommen. Setzen wir uns, und machen wir's kurz. Ich hab das Zimmer zwar bis morgen bezahlt, möchte aber gern vor Mitternacht wieder in Wiesbaden sein. Wenn du willst, kannst du dir ja eine hübsche Blondine raufkommen lassen. Oder stehst du eher auf dunkel?«
Cicero ignorierte die Bemerkung. Sie setzten sich an einen kleinen runden Tisch.
»Möchtest du etwas trinken? Die Minibar ist bis oben hin voll.«
»Einen Cognac, Cäsar.«
»Hier, bitte schön, ein Cognac. So, und jetzt schieß los, was hast du herausbekommen? Ich bin heute vom Justizminister und vom Generalstaatsanwalt angerufen worden. Die Organisation wird allmählich verdammt nervös. Wir können uns nicht mehr viele Verluste leisten. Wir haben Jahre gebraucht, bis die Organisation stand. Und ich kann nicht zulassen, daß irgendein Verrückter daherkommt und alles kaputtmacht. Ich hab gedacht, ich hör nicht richtig, als man mir heute vormittag sagte, daß Judith auch umgelegt wurde. Sie war einer unserer wichtigsten Verbindungsleute.«
Cicero schraubte den Verschluß von der Flasche, schenkte den Inhalt in ein Glas.
»Willst du nichts trinken?« fragte er sein Gegenüber ruhig.
»Nein, jetzt nicht«, erwiderte Cäsar nervös. »Also, was hast du für mich?«
»Es gibt einige Schwachstellen in der Organisation, die gar nicht so perfekt operiert, wie wir immer geglaubt haben. Es wurde Zeit, einmal eine genaue Prüfung der Entscheider vorzunehmen. Dabei bin ich auf einige interessante Details gestoßen. Aber nicht nur auf Entscheiderebene gibt es Fehlerquellen, auch weiter unten. Die Polizei hat zum Beispiel ein Auge auf Hauptkommissar Schnell vom OK geworfen.

Sie vermuten oder wissen vielleicht sogar schon, daß er geschmiert wurde ...«
»Aber dieser Schnell kann nicht der wahnsinnige Killer sein! Der hat ja nicht mal den Hauch einer Ahnung davon, daß wir nur mit Decknamen arbeiten.«
»Richtig. Also habe ich mir die Mühe gemacht, herauszufinden, wie viele aus der Organisation Decknamen haben und wie viele von ihnen bereits umgebracht wurden. Hier im Rhein-Main-Gebiet gibt es genau vierzig Personen mit Decknamen. Sieben von ihnen sind tot. Bleiben dreiunddreißig übrig, du und ich eingeschlossen.«
»Okay, okay, klammern wir uns beide aus, bleiben einunddreißig. Wem von denen ist absolut zu trauen und wem weniger oder gar nicht?«
»Warum willst du, daß wir uns beide ausklammern?« fragte Cicero.
»Was soll die bescheuerte Frage? Ich bin in diesem Gebiet der Kopf der Organisation. Welches Interesse sollte ich haben, meine besten Leute zu beseitigen?«
»Es gibt tausend Gründe, warum man dies oder jenes tut. Sag mir, wie integer bist du?«
»Mir reißt gleich der Geduldsfaden! Was willst du mit dieser Frage bezwecken?«
»Du bist ein hohes Tier in der Politik, angesehen in der Gesellschaft – und doch bist du alles andere als integer. Du bist es nur nach außen. Innen drin bist du ein Schwein, wie wir alle. Eigentlich bist du das größte Schwein von uns allen.« Cicero stand auf, die rechte Hand in der Jackentasche, die Finger fest um den Griff des Skalpells gelegt. »Denn du leitest eine Organisation, deren einziges Ziel ein möglichst hoher Gewinn auf Kosten anderer, Unschuldiger, ist. Damit liege ich doch richtig, Cäsar, oder?«
Cäsar erwiderte nichts. Er saß nur auf seinem Sessel und

beobachtete aus zu Schlitzen verengten Augen sein Gegenüber.

»Warum habt ihr mich damals in die Organisation geholt? Los, antworte!«

»Weil du als gerissen und äußerst kaltblütig bekannt warst. Du bist doch über die Schweiger zu uns gestoßen, soweit ich weiß.«

»Richtig. Nur, ich bin vielleicht gerissen, kaltblütig hingegen war ich nie. Du kannst meine Frau fragen, oder anders ausgedrückt, vor fünf Jahren hättest du sie noch fragen können, sie hätte dir genau das Gegenteil über mich berichtet. Jetzt kann sie es nicht mehr. Sie ist nämlich krank. Und weißt du auch, warum sie krank ist? Nein, das weißt du nicht, großer Cäsar! Wir waren eine intakte Familie, wir hatten zwei wunderbare Kinder, Carla und Patrick, und diese beiden wunderbaren Kinder, denen die Welt noch offenstand, die eine liebevolle Mutter hatten und einen Vater, der außer ihrer Mutter nichts mehr liebte, wurden getötet. Und weißt du auch, von wem? Nein, auch das weißt du nicht. Von der Organisation! Dieser gottverdammten, verfluchten Einrichtung der Hölle! Ihr habt alles zerstört, was mir lieb und teuer war. Aber offensichtlich hat euer Informationsfluß nicht funktioniert, als ihr mich in euren erlauchten Kreis aufgenommen habt. Ihr wußtet offenbar nichts von dem Schicksal, das meiner Familie widerfahren war. Und das war euer Pech. Ich habe bewußt mehrere Jahre verstreichen lassen, bevor ich mit meiner Rache begann. Ich habe mich in die Organisation eingebracht und alles getan, um keinen Verdacht zu erwecken. Und deshalb bin ich sehr schnell zu einer Art Vertrauensperson geworden. Tja, mein Lieber, das Leben schlägt manchmal seltsame Kapriolen. Jetzt sind hier in diesem Zimmer nur du und ich. Und du weißt, was jetzt kommt.«

»Das kannst du nicht machen!« stammelte Cäsar mit weitaufgerissenen Augen. »Mein Gott, ich hätte jeden ... aber du? Sag mir, was du willst, Geld, eine bessere Position, ich werde es dir beschaffen. Mein Einfluß reicht bis in die höchsten Spitzen der Politik, das weißt du. Ich brauche nur meine Kontakte spielen zu lassen, und schon bist du ein gemachter Mann!«

»Ich scheiß auf deine Kontakte, und Geld habe ich selber genug. Aber das, was mir fehlt, wirst du und auch kein anderer mir jemals wieder zurückgeben können. Oder seid ihr neuerdings etwa in der Lage, Tote wieder aufzuerwecken? Ist Jesus vielleicht ein Mitglied eures Clans?« fragte Cicero mit unverhohlenem Zynismus.

»Du Arschloch, wir haben dich großgemacht, und jetzt markierst du den wilden Mann! Die Rolle steht dir nicht. Früher oder später werden sie dich kriegen, und dann möchte ich nicht in deiner Haut stecken. Es gibt Foltermethoden, die ...«

»Spar dir deine Worte«, sagte Cicero mit einer verächtlichen Handbewegung. »Niemand außer einer bestimmten Person wird mich kriegen. Eine Person, die außerhalb der Organisation steht, loyal dem Gesetz gegenüber und absolut unbestechlich.« Er trat unbemerkt einen Schritt nach vorn, stand jetzt links von Cäsar, der seine Angst nicht verbergen konnte.

»Du willst also auch mich töten«, flüsterte er mit zittriger Stimme.

»Das haben ein paar andere vor dir auch schon gesagt, kurz bevor es soweit war. Ja, ich will und werde dich töten. Jetzt und hier. Du hast keine Chance.«

»Ich muß noch mal pinkeln.«

»Du mußt nicht pinkeln. Das geht gleich von allein ab.« Er machte noch einen kleinen Schritt nach hinten, stand schräg hinter Cäsar. Der wandte seinen Kopf, sah Cicero von unten an.

»Bitte, laß mich leben«, bettelte er. »Ich will leben, leben, leben! Hörst du!«

»Hör auf zu jammern, das steht dir nicht! Dich am Leben zu lassen würde bedeuten, andere in den Tod zu schicken. Das kann und werde ich nicht mehr zulassen. Du bist das achte und letzte Opfer. Schönen Gruß an die Hölle.« Er zückte blitzschnell das Skalpell, griff mit der linken Hand in die Haare von Cäsar, riß den Kopf nach hinten und machte einen langen Schnitt quer über den Hals. Er wich zurück, das Blut pulsierte aus der offenen, tiefen Wunde.

»Es tut mir nicht leid, mein Freund, es muß so sein. Ohne dich wird die Organisation zumindest hier eine ganze Weile brauchen, bis sie wieder aktiv werden kann.«

Der immer schwächer werdende Körper rutschte vom Stuhl, fiel auf den Boden. Cicero wartete, bis die letzten Zuckungen vorüber waren, dann zog er sich die Plastikhandschuhe über, entkleidete den Toten, kastrierte ihn und stach ihm die Augen aus. Mit dem Zeigefinger schrieb er die Zahl 666 auf dessen Stirn. Als er fertig war, legte er den Zettel und die Lilie neben die Leiche, zog die Handschuhe aus, wusch sich die Hände, warf einen letzten, verächtlichen Blick auf den auf dem Boden Liegenden und verließ das Zimmer. Er gelangte unbemerkt nach unten, durchquerte die Eingangshalle und begab sich zu seinem Wagen. Bevor er nach Hause fuhr, machte er einen Abstecher nach Sachsenhausen. Er hielt vor dem Haus Nummer 6, steckte einen Umschlag in den Briefkasten. Auf der Heimfahrt hörte er Tschaikowsky. Er war müde.

SAMSTAG, 2.15 UHR

Das Telefon klingelte zwölfmal, bevor Julia Durant den Hörer abnahm.

»Ja, bitte?« sagte sie mit schläfriger Stimme.

»Hauptkommissarin Durant?«

»Ja, wer spricht denn da?«

»Sehen Sie bitte in Ihrem Briefkasten nach.« Danach legte der Anrufer auf.

Julia Durant brauchte einen Moment, um zu sich zu kommen, zog sich dann aber schnell Leggins und ein T-Shirt über und rannte hinunter zum Briefkasten. Sie holte den Umschlag heraus, riß ihn auf und las den Zettel.

Liebe Kommissarin Durant,
dies ist der letzte Brief, den Sie von mir erhalten. Wenn Sie wissen wollen, wer ich bin, dann gehen Sie und Ihre Kollegen einmal sämtliche Vermißtenmeldungen aus dem Raum Frankfurt/Friedberg der letzten sieben Jahre durch, die Kinder und Jugendliche bis zwanzig Jahre betreffen. Es dürfte Ihnen nicht schwerfallen, dabei auf meinen Namen zu stoßen. Wir sehen uns.

Ihr Cicero

PS: Es ist vollbracht. Die Bösen wurden ihrer gerechten Strafe zugeführt, unschuldig vergossenes Blut gesühnt.

Mit zittrigen Fingern wählte sie die Nummer von Berger. Es dauerte eine Weile, bis er abhob und sich mit schläfriger Stimme meldete.

»Hören Sie«, sagte Julia Durant, »er hat wieder zugeschlagen und mir eben einen Brief in den Kasten gesteckt. Er schreibt, wir sollen sämtliche Vermißtenmeldungen der letzten sieben Jahre aus dem Raum Frankfurt durchgehen, die Kinder und Jugendliche bis zwanzig Jahre betreffen. Wir würden dabei zwangsläufig auf seinen Namen stoßen.«

»Wir treffen uns um sieben im Präsidium. Geben Sie Hellmer Bescheid, ich rufe Kullmer an.«

Die Kommissarin wählte die Nummer von Hellmer, doch der meldete sich nicht. Sie versuchte es unter seinem Handy, wo sie ihn auch erreichte.

»Hier Julia. Hör zu, wir sollen um sieben im Büro sein. Ich hab einen Brief bekommen. Wir werden noch heute wissen, wer hinter den Morden steht.«

»Um sieben? Verdammt, ich bin gerade eben erst eingeschlafen.«

»Das ist nicht mein Problem. Ab morgen kannst du schlafen, soviel du willst. Wo bist du überhaupt?«

»In einem Hotel. Mehr verrat ich nicht. Wir sehen uns nachher.«

Sie legte auf, ging ans Schlafzimmerfenster, zündete sich eine Zigarette an. Sie war innerlich aufgewühlt, ihre Hand, in der sie die Zigarette hielt, zitterte. Sie rauchte zu Ende, ging zur Toilette, holte dann aus dem Kühlschrank eine Dose Bier, riß den Verschluß auf und trank in kräftigen Schlucken. Sie setzte ab, rülpste leise, trank danach den Rest aus. Sie legte sich wieder ins Bett, doch es dauerte über eine Stunde, bis sie einschlief. Es war kurz vor vier.

SAMSTAG, 6.30 UHR

Julia Durant hatte geduscht, etwas Make-up und Lippenstift aufgelegt, eine Scheibe Brot mit Marmelade gegessen und eine Gauloise geraucht. Sie lief die Treppe hinunter, zog die Zeitung aus dem Briefkasten, setzte sich ins Auto. Um Viertel vor sieben war sie im Büro, das erste Mal seit langem, daß sie vor Berger da war. Er erschien fast zeitgleich mit Hellmer und Kullmer um sieben. Sie hatte sich inzwischen in die Vermißtenkartei des Computers eingeloggt, ging Name für Name durch.

»Und«, fragte Berger, während er um seinen Schreibtisch herumging und seinen massigen Körper auf den Stuhl hievte, »schon etwas gefunden?«

»Bis jetzt nicht«, erwiderte die Kommissarin. »Aber er schreibt, wir würden unweigerlich auf seinen Namen stoßen. Es muß sich um jemanden handeln, der innerhalb der vergangenen sieben Jahre ein Kind verloren hat.«

»Wo sind Sie jetzt?« fragte Berger.

»September siebenundneunzig.«

»Okay, dann fange ich bei Dezember sechsundneunzig, Sie, Kollege Hellmer, bei Dezember fünfundneunzig und Sie«, er deutete auf Kullmer, »bei Dezember vierundneunzig an. Mal sehen, auf was für einen interessanten Namen wir dabei stoßen.«

SAMSTAG, 6.15 UHR

Er hatte fast die ganze Nacht wach gelegen und sie in seinem Arm gehalten. Sie schlief, während er unentwegt an die vergangenen Wochen dachte und daran, daß jetzt alles vorüber war. Er dachte an Carla und Patrick, an das verlorene Paradies. Er dachte, was hätte sein können, wenn ...

Er drückte seine Frau ein wenig fester an sich, sie wachte auf, sah ihn an.

»Guten Morgen, Schatz«, sagte er. »Hast du gut geschlafen?«

Sie reagierte kaum, nickte nur. Sie wollte sich auf die Seite drehen, doch er ließ sie nicht los. Er sagte: »Ich möchte dich berühren. Ich möchte dich noch einmal so berühren wie früher. Bitte.«

Er strich mit einer Hand über ihr Gesicht, ihre Haare, streichelte ihre Brust und ließ seine Hand bis zur Scham gleiten. Er knöpfte ihr Nachthemd auf, küßte ihre Stirn, ihre Wangen, ihre Lippen, liebkoste ihre Brüste, ihren Bauch. Sie war jetzt nackt, genau wie er. »Ich liebe dich so sehr«, flüsterte er. »Und ich werde nie aufhören, dich zu lieben.« Obgleich sie sich kaum bewegte, blitzten ihre Augen einige Male auf, es schien, als genösse sie, was er mit ihr machte. Er drang vorsichtig in sie ein, er wollte ihr nicht weh tun, sie nur lieben. Noch einmal ganz eng mit ihr verbunden sein. Er bewegte sich langsam in ihr, eine wohlige Wärme umschloß ihn. Er liebte sie lange und intensiv, bis er nach einer halben Stunde ejakulierte. Er blieb noch eine Weile in ihr, küßte sie wieder und wieder, bis er aufstand und ins Bad ging. Als er zurückkam, lag sie auf dem Rücken, sie blickte ihn traurig an, ein Blick, den er in dieser Form an ihr lange nicht gesehen hatte. Voller Melancholie und Trauer. Ein paar Tränen lösten sich und liefen an der Seite herunter. Sie sagte nichts. Er setzte sich zu ihr auf die Bettkante, umfaßte ihre Hände.

»Du brauchst nicht mehr zu weinen«, sagte er zärtlich. »Es wird alles gut werden. Vertrau mir. Ich gehe jetzt kurz in die Küche und mach uns was zu trinken. Anna ist in London, sie hat einen Urlaub verdient. Sie ist eine gute Frau.«

Nach wenigen Minuten kehrte er zurück, mit zwei Gläsern in den Händen. Er stellte beide auf den Nachttisch. Er beugte sich zu seiner Frau hinunter, umarmte sie und küßte sie, atmete den Duft ihres Haares ein, den Duft ihrer Haut. Ihre Wangen waren naß von den Tränen.

Er hielt sie etwa fünf Minuten umarmt, dann sagte er: »Hab keine Angst mehr. Bald beginnt ein neues Leben. Carla und Patrick sind gar nicht so weit weg. Und es wird nicht lange dauern, bis wir uns wiedersehen.«

Er setzte sich wieder aufrecht hin, nahm die Gläser vom Nachttisch. »Komm, setz dich auf und trink. Du mußt es aber auf einen Zug leer trinken, sonst wirkt es nicht.«

Sie folgte seinen Worten, lehnte sich mit dem Rücken an die Wand. Er reichte ihr ein Glas, sie nahm es, und zum ersten Mal an diesem Morgen sagte sie etwas: »Warum?« Und wieder war ihr Blick traurig. Sie setzte das Glas an die Lippen und trank, wie er gesagt hatte. Sie sah ihn dabei unentwegt an, und als sie das Glas geleert hatte, wurden ihre Augen groß, ein kurzes Stöhnen kam aus ihrem Mund. Er nahm sie in den Arm, hielt sie ganz fest an sich gedrückt, wartete, bis auch das letzte Zucken vorüber war. Er hielt ihren Körper lange an sich gepreßt, mit einem Mal fing er an zu weinen, erst stumm, bis es in ein Schluchzen überging, schließlich schrie er, wie er noch nie zuvor geschrien hatte.

Er ließ seine Frau vorsichtig auf das Bett sinken, wischte ihr sanft den Mund ab, verschränkte ihr die Arme über der nackten Brust. Er holte aus dem Bad einen Lippenstift und etwas Make-up, er wollte, daß sie schön aussah, wenn sie gefunden wurde. Als er fertig war, ging er ins Wohnzimmer, holte die Flasche Cognac aus dem Barfach, schraubte den Verschluß ab und trank in großen Schlucken. Er setzte sich, die Flasche in der Hand, auf den Sessel, auf dem sie in der letzten Zeit immer gesessen hatte. Es war Viertel nach sieben. Er wartete, trank und weinte.

SAMSTAG, 7.30 UHR

Bingo!« rief Kullmer und lehnte sich zurück. »Ihr werdet's nicht glauben, wessen Namen ich hier gefunden habe.«
»Wessen Name?« fragte Julia Durant erregt.
»Am zwölften zehnten einundneunzig ging bei der Polizei eine Vermißtenmeldung ein. Der Name der Vermißten ist Carla Dreekmann. Die Suche nach ihr blieb erfolglos bis zum achtzehnten fünften dreiundneunzig. An dem Tag wurde ihre Leiche im Stadtwald von Spaziergängern gefunden. Die Kleine war vollgepumpt mit Heroin und Wodka. Der Fall wurde vom Rauschgiftdezernat unter der Rubrik der üblichen Drogentoten abgeheftet. Sie war gerade einmal fünfzehn.«
»Wow, das ist ein Hammer!« sagte Hellmer. »Dreekmann. Ist er unser Killer?«
»Das müssen wir herausfinden. Aber vorher sollten wir noch die restliche Liste durchgehen. Ich will jetzt nicht auf gut Glück handeln, es könnte immerhin sein, daß es ein Zufall ist«, sagte Berger warnend.
Nach weiteren zwei Minuten sagte Hellmer mit belegter Stimme: »Es ist kein Zufall. Es gibt noch einen. Patrick Dreekmann, vermißt gemeldet am zwanzigsten zehnten zweiundneunzig. Seine Leiche wurde in Friedberg gefun-

den. Er wurde erschossen. Man fand bei ihm allerdings eine nicht unerhebliche Menge Heroin und etliche tausend Mark in bar. Man ging davon aus, daß er sich in der Dealerszene bewegt hat. Ich schätze, wir haben unseren Mann.«

»Frau Kommissarin, Kommissar Hellmer, fahren Sie zu Dreekmann. Unsere Suche scheint beendet zu sein.«

Julia Durant und Hellmer wollten sich gerade erheben, als das Telefon klingelte. Berger nahm ab, meldete sich. Es war die Notrufzentrale, die mitteilte, daß im Hotel Intercontinental die Leiche eines Mannes namens Winkler gefunden wurde. Seine Kehle war durchschnitten, auf seiner Stirn stand die Zahl 666. »Wir kommen«, sagte Berger und legte auf.

»Kommissar Kullmer, Sie und ich fahren ins Interconti. Ein Toter. Wahrscheinlich der letzte in dieser Serie.«

SAMSTAG, 8.15 UHR

Julia Durant und Hellmer fuhren schweigend zu Dreekmanns Haus. Das Tor stand offen, sein grüner Jaguar parkte vor der Tür, sie hielten direkt dahinter. Sie stiegen aus, gingen die Treppe hinauf und klingelten. Sie warteten einen Moment, bis die Tür geöffnet wurde. Dreekmann stand vor ihnen, er hatte tiefe Ringe unter den Augen, eine fast leere Flasche Cognac in der linken Hand.

»Kommen Sie rein«, sagte er, »ich habe Sie bereits erwartet. Wenn Sie mir bitte folgen wollen«, sagte er und ging vor ihnen ins Haus und die Treppe hinauf in das zweite Zimmer rechts. Er stellte sich vor das Bett und betrachtete seine Frau.

»Sie ist tot«, sagte er wie in Trance. »Ich habe es nicht mehr ertragen, sie leiden zu sehen. Sie ist und war die schönste Frau, der ich je begegnet bin. Selbst jetzt sieht sie schön aus, finden Sie nicht? Sie besaß alles, was ich mir von einer Frau immer gewünscht hätte, sie war schön, liebevoll und intelligent. Wissen Sie, wir waren eine glückliche Familie. Wir hatten alles, was wir zum Leben brauchten. Und nur der Himmel weiß, weshalb uns dieses Glück genommen wurde. Aber ich habe sie bestraft, einen nach dem anderen. Ich habe gestern abend sogar noch ihren Leitwolf erlegt.«

Julia Durant stellte sich links neben Dreekmann, den berüchtigten Strafverteidiger, während Hellmer rechts von ihm stand. Sie sah auf die schöne Tote, deren Gesicht jetzt entspannt wirkte.

»Heute morgen ist ein Toter im Hotel Interconti gefunden worden. Ein Mann namens Winkler. War er der Leitwolf?«

Dreekmann lachte verzeihend auf. »Er heißt nicht Winkler, er hat sich nur unter diesem Namen eingetragen. Der Tote ist Innenminister Bernhardt.«

»Bitte, was?« fragte Hellmer und sah Dreekmann entgeistert an.

»Unser Innenminister?«

»Er war der Kopf der Organisation, zumindest hier im Rhein-Main-Gebiet. Große Aktionen liefen nur mit seiner Zustimmung. Und er hat sich seine Leute sehr gut ausgesucht. Sie sehen ja selber, welche Kaliber sich darunter befinden. Die Organisation ist perfekt durchorganisiert. Fast perfekt. Ich war die einzige Schwachstelle, aber ich war clever. Fast fünf Jahre lang habe ich ihr Spiel zum Schein mitgespielt. Bis ich der Meinung war, es sei an der Zeit, diesen Unrat zu beseitigen. Ich wollte nicht, daß sie noch mehr Unheil anrichten.« Ohne den Blick von seiner Frau zu nehmen, fuhr er fort: »Ich weiß, Sie haben mich immer für ein Schwein gehalten, einen gnadenlosen Rechtsverdreher, dem jedes Mittel recht war, seine Mandanten vor dem Gefängnis zu bewahren. Vielleicht war ich das eine Zeitlang auch, aber ich war nie korrupt, habe nie etwas Illegales getan. Doch irgendwann erlangt man diesen Ruf, und es ist schwer, wenn nicht gar unmöglich, ihn wieder loszuwerden. Bevor ich nach Frankfurt zog, war ich ein ganz normaler Anwalt in Friedberg. Sie wissen schon, Scheidungen, Erbschaftsangelegenheiten und so weiter. Ab und zu habe ich auch die Verteidigung eines Straftäters übernommen, aber hier in Frankfurt habe ich alles darangesetzt, so schnell wie möglich einen gewissen Ruf zu bekommen. Was mir erstaunlicherweise recht bald gelungen ist.« Er machte eine Pause, warf einen letzten, wehmütigen Blick auf seine Frau. »Kommen Sie, gehen wir. Lassen Sie meine Frau abholen, und bitte, führen Sie keine Autopsie an ihr durch. Ich habe ihr Zyankali gegeben. Ich möchte, daß sie so zu Grabe getragen wird. Ich will nicht, daß man ihren Körper aufschneidet.«

»In Ordnung«, sagte Julia Durant, und zum ersten Mal verspürte sie Mitleid mit dem allseits verhaßten Dreekmann. Sie ging ans Telefon, bestellte einen Arzt und die Männer vom Bestattungsinstitut. Hellmer holte die Handschellen aus seiner Jacke, doch Dreekmann wehrte ab: »Die brauchen Sie nicht. Ich laufe Ihnen nicht davon. Hätte ich sonst auf Sie gewartet?«

Julia Durant nickte Hellmer nur zu, der die Handschellen wieder in der Tasche verschwinden ließ. Sie warteten noch, bis der Arzt und die Männer von der Pietät eintrafen und Frau Dreekmann in einen Zinksarg gelegt wurde. Dann gingen sie, Dreekmann schloß die Haustür ab, stieg in den Polizeiwagen. Sie fuhren ins Präsidium.

SAMSTAG, 9.30 UHR

Die Nachricht vom Tod des Innenministers verbreitete sich in Windeseile. Die Medien berichteten lang und ausführlich über das Verbrechen an einem Mann, den viele schon als zukünftigen Ministerpräsidenten gehandelt hatten. Als auch Berger und Kullmer wieder im Präsidium waren, begann das Verhör von Dreekmann.

»Was haben diese Männer und Frau Schweiger verbrochen, daß Sie sie auf diese grausame Weise sterben ließen?« fragte Julia Durant, während sie eine Gauloise rauchte.

Dreekmann lehnte sich zurück, die Hände gefaltet, und antwortete leise und ohne aufzublicken. »Sie haben meine Kinder in den Tod geschickt. Erst Patrick und dann Carla. Erst ist Carla verschwunden, wohin, das wußten wir nicht. Nach einer Weile gaben wir die Suche nach ihr auf, nur Patrick, unser Sohn, glaubte fest daran, seine Schwester zu finden. Und er hat sie gefunden, in einem miesen Bordell, in dem nur Kinder und Jugendliche arbeiten. Er wollte sie befreien, ist dabei aber umgebracht worden. Die Polizei fand Heroin und Geld bei ihm – die Schlußfolgerung kennen Sie. Das war im Oktober zweiundneunzig. Ein gutes halbes Jahr später fand man Carla. Und alle sagten, sie wäre eben nichts als ein Junkie gewesen. Sie sagten sogar, sie hätte ihren Körper verkauft, um an den Stoff zu kommen. Aber wollen Sie wissen, wie die Wahrheit aussieht? Sie haben sie eines Tages entführt und zu einem Bauernhof im Hintertaunus gebracht, und nur Eingeweihte wissen, was sich auf diesem Hof abspielt. Eingeweihte, das sind Päderasten und Pädophile, die es nur mit Kindern können. Die einen Haufen Geld dafür bezahlen, ihre geilen Schwänze in diese unschuldigen Geschöpfe zu stecken ...«

»Wo liegt dieser Hof genau?« wollte Hellmer wissen.
»Haben Sie einen Zettel? Ich schreibe Ihnen alle Adressen auf, die mir bekannt sind. Die meisten der Kinder und Jugendlichen, die dort arbeiten, kommen übrigens aus dem Osten, meist mit ihren Müttern, die ebenfalls zur Prostitution gezwungen werden. Sobald sie hier sind, werden die Kinder von ihren Müttern getrennt. Einige Kinder dienen aber auch anderen Zwecken – sie werden als Organspender benutzt. Es gibt viele reiche Leute, die sich ihre Leber kaputtgesoffen haben oder deren Nieren nicht mehr richtig arbeiten und die bereit sind, eine Menge Geld für eine Leber oder eine Niere zu zahlen.«
»Das heißt«, sagte Julia Durant entsetzt, »daß diese Kinder umgebracht werden?«
»Genau das heißt es. Diese Sache war Meiningers Ressort. Aber Meininger war auch sonst pervers. Er war ein Päderast, ein verdammtes Päderastenschwein. Er war durch und durch verkommen. Aber er war der angesehene Humangenetiker, und ich bin sicher, eines Tages hätte er noch den Nobelpreis für eine seiner Forschungsarbeiten erhalten.«
Julia Durant war nervös wie selten zuvor, sie drückte die Zigarette aus und zündete sich gleich eine neue an.
»Und was ist mit Domberger?«
»Auch ein Päderast«, erwiderte Dreekmann leise. »Sie sollten außerdem einmal nachprüfen, wie viele Kinder aus seinem Kirchenbereich in den letzten Jahren spurlos verschwunden sind. Vor allem Jungs. Sie werden eine erstaunliche Feststellung machen.«
»Und Matthäus?«
»Geldwäsche. Die durch den Rauschgift- und Waffenhandel eingenommenen Gelder wurden zumeist außer Landes geschafft, nach Rußland zum Beispiel, wo man sie in Im-

mobilien oder Unternehmen steckte. Neuhaus und Matthäus haben übrigens eng zusammengearbeitet, da Neuhaus über exzellente Verbindungen nach Polen, Lettland, Weißrußland, Rußland und so weiter verfügte. Zudem gehören Neuhaus einige der Bauernhöfe, die ich vorhin genannt habe. Allerdings sind sie unter den Namen der Pächter eingetragen. Doch der Eigentümer war Neuhaus. Und bevor Sie weiterfragen, Winzlow und Mondrian waren für Rauschgift- und Waffenhandel zuständig. Wobei Sie über Winzlows Neigungen sicher schon Bescheid wissen. Er hat sich ja sogar an seinem eigenen Sohn vergangen. Bleibt noch die Schweiger.« Er lachte auf, schloß kurz die Augen, sagte dann: »Sie war die ideale Besetzung in der Rechtsabteilung der Organisation. Und sie hat Anders unter Druck gesetzt, damit er in bestimmten Fällen Beweismaterial verschwinden ließ. Anders war eigentlich sauber, er tat es nur, um zu verhindern, daß ihm oder seiner Familie etwas zustieß. Leider hat er zuviel gewußt und mit Ihnen Kontakt aufgenommen. Das hat die Schweiger rausgekriegt und sofort veranlaßt, daß er beseitigt wurde. Ich weiß aber nicht, wie und wo. Ich war jedenfalls am Donnerstag abend bei ihr, wir haben gegessen, und dieses sexbesessene Weib wollte unbedingt, daß ich mit ihr schlafe. Und wissen Sie was, ich habe es getan. Und es war furchtbar, weil ich unentwegt an meine Frau denken mußte. Ich habe meine Frau in mehr als zwanzig Jahren Ehe nicht ein einziges Mal betrogen, doch in diesem Fall mußte ich es tun, sonst hätte mein Plan vielleicht nicht funktioniert. Ich mußte auf Nummer Sicher gehen. Sie war übrigens die einzige, die ihren Tod mit etwas Würde genommen hat. Sie hätten Matthäus hören sollen, wie er gewinselt hat, und auch Mondrian. Selbst Domberger und der Innenminister haben mich angefleht, sie am

Leben zu lassen. Hätte ich das getan, wäre nie herausgekommen, was diese Männer getrieben haben.«

»Wie groß ist die Organisation?« fragte Hellmer.

»Zu groß. Viel zu groß und viel zu mächtig. Ich habe nur ein paar wichtige Köpfe abgeschlagen. Es ist in Wirklichkeit eine globale Organisation, die nicht mehr zerstört werden kann. Ihre Krakenarme reichen in fast jedes Land, fast jede Behörde, bis in die Spitzen der Politik. Ich glaube, es gibt nur eine Handvoll Leute, die wissen, wie mächtig diese Organisation ist. Während vor zehn, fünfzehn Jahren noch die Mafia die alles beherrschende Organisation war und man sich Kriege mit den Kolumbianern und Japanern lieferte, ist es heute so, daß sie alle zusammenarbeiten, vor allem, seit der Kommunismus nicht mehr existiert. Man kooperiert, und das macht sie so gefährlich. Sie unterstützen den Terrorismus, untergraben die Demokratie und lassen es sich auf Kosten der Ärmsten der Armen gutgehen. Aber ich kann Ihnen einunddreißig Namen aufschreiben, die allesamt unter Decknamen miteinander verkehren. Zumeist hochgestellte Persönlichkeiten, Politiker, Unternehmer, Künstler, Polizisten. Wenn Sie auf Nummer Sicher gehen wollen, dann reden Sie sie mit ihrem Decknamen an. Das zeigt garantiert Wirkung.«

»Polizisten?« fragte Julia Durant gespannt. »Sagt Ihnen der Name Schnell etwas?«

Dreekmann lachte auf. »Natürlich. Schnell wird seit einigen Jahren geschmiert. Wie sonst könnte er sich eine Familie und eine anspruchsvolle Geliebte halten? Aber Schnell gehört nicht zur Organisation.«

»Gibt es noch mehr Beamte in diesem Präsidium, die auf der Lohnliste der Organisation stehen?«

»Noch fünf, soweit mir bekannt ist. Auch deren Namen werde ich aufschreiben.«

Es entstand eine Pause, während der keiner ein Wort sprach. Berger saß hinter seinem Schreibtisch und drehte einen Stift zwischen seinen Fingern, Hellmer rauchte und stand am Fenster, während Kullmer lässig, die Beine übereinandergeschlagen, dasaß und einfach nur zuhörte. Nach einer Weile fragte die Kommissarin: »Was hat es mit den zwölf weißen Lilien auf sich? Steht jede für einen Mord?«

»Wenn es so wäre, hätte ich zwölf Morde begehen müssen. Nein, nur zum Teil. Aber ich werde Ihnen das Geheimnis der zwölf Lilien nicht verraten. Nicht jetzt. Später vielleicht. Vielleicht kommen Sie aber auch so drauf.« Er hielt inne, blickte die Kommissarin an, lächelte. »Ich bin hundemüde«, sagte er. »Ich habe die ganze Nacht kein Auge zugemacht. Ich wäre Ihnen dankbar, würden Sie mich in meine Zelle bringen lassen und das Verhör später fortsetzen. Sie haben jetzt schon eine Menge Informationen, mit denen Sie sich heute und in den kommenden Tagen und Wochen beschäftigen können. Ach übrigens, ich habe meine Rache am fünften Todestag meiner Tochter begonnen.«

»Eine Frage noch«, sagte Julia Durant. »Was für eine Bedeutung hat der Montagabend?«

»An diesen Abenden trafen sich die Spitzen der Organisation, und meist wurde die Zeit nach dem Meeting für das Ausleben bestimmter Triebe genutzt. Nicht von allen, aber von einigen. Ich war nie bei einer solchen Party, wie Sie sich bestimmt vorstellen können.«

Julia Durant sah Berger an, der nickte. Es wurde ein Beamter geholt, der Dreekmann in seine Zelle bringen sollte. An der Tür drehte Dreekmann sich noch einmal um und sagte: »Es stimmt übrigens, was ich geschrieben haben, Frau Durant, ich habe höchsten Respekt vor Ihnen. Ich wünschte wirklich, es gäbe mehr von Ihrer Sorte.«

Erst als sich die Tür hinter ihm schloß und die Kommissare

allein im Büro waren, sagte Hellmer: »Und jetzt? Ich hätte alles für möglich gehalten, nur nicht, daß ausgerechnet Dreekmann ... Es ist unfaßbar.«
»Und die Presse?« fragte Kullmer. »Was sagen wir der Presse? Daß der Innenminister der Kopf eines mächtigen Geheimbundes war?«
»Diese Aufgabe überlassen wir dem Generalstaatsanwalt. Er wird schon die passenden Worte finden«, sagte Berger mit kehliger Stimme.
Julia Durant saß mit nachdenklichem Blick auf der Schreibtischkante. »Was, um alles in der Welt, haben die zwölf Lilien zu bedeuten? Er hat nur acht Leute ...« Mit einem Mal faßte sie sich an die Stirn, sprang auf, schrie: »Zwölf Lilien – acht Morde, seine beiden Kinder, seine Frau ... Fehlt noch eine, er selbst. Verdammt, warum sind wir nicht gleich darauf gekommen?! Wir müssen schnell in seine Zelle, ich habe ein verdammt ungutes Gefühl.«
Sie und Hellmer rannten raus, brauchten drei Minuten, bis sie am Zellentrakt anlangten. »In welcher Zelle ist Dreekmann?« fragte sie keuchend einen der Beamten.
»Nummer fünf, warum?«
»Schließen Sie bitte sofort auf!«
Der Beamte beeilte sich, schloß die Zellentür auf.
»Oh, verdammt!« stieß Julia Durant hervor und ballte die Fäuste in ohnmächtiger Wut. »Die zwölfte Lilie.« Dreekmann lag auf dem Boden, der Körper verkrümmt, weißen Schaum um die Mundwinkel. Es roch nach Bittermandeln.
»Er war ein gebrochener Mann«, sagte Hellmer leise und faßte die Kommissarin bei der Schulter. »Wie gebrochen, das wußte nur er selber. Vielleicht ist es besser so für ihn. Gehen wir, wir haben noch eine Menge zu tun.«

SAMSTAG, 15.30 UHR

Berger hatte mit dem Generalstaatsanwalt gesprochen, der versprach, die Angelegenheit mit den Medien selbst in die Hand zu nehmen. Danach sagte Berger: »So, ich denke, wir sollten für heute Schluß machen. Wir haben in den letzten Wochen viel zu tun gehabt. Machen Sie sich ein schönes Wochenende, sofern Sie dazu in der Lage sind. Wir sehen uns am Montag wie gehabt.«
Die Beamten verließen das Präsidium, Hellmer und Durant liefen nebeneinander zu ihren Wagen. Sie fragte: »Wie sieht dein Wochenende aus?«
»Ich werde versuchen abzuschalten und mir mit Nadine eine schöne Zeit machen. Wir haben uns ein Zimmer in einem Hotel gemietet und werden wohl bald in ein Haus im Taunus ziehen. Sie möchte nicht mehr in Frankfurt bleiben.«
»Kann ich verstehen«, sagte die Kommissarin. »Vor allem, nachdem sie weiß, was ihr Mann so alles getrieben hat. Ich wünsche dir alles Gute.«
»Dir auch. Und versuch, dich zu entspannen. Bis Montag.«
Julia Durant hielt an einem Supermarkt, der bis sechzehn Uhr geöffnet hatte, kaufte etwas Brot, Bananen, Cornflakes, Wurst und Bier. Sie wollte einfach nur abschalten und nicht zuviel nachdenken. Sie beschloß während der Heimfahrt, am Abend bei Susanne Tomlin anzurufen. Sie fühlte sich leer und ausgebrannt. Und noch bevor sie zu Hause ankam, stoppte sie ihren Wagen am Straßenrand und weinte.

Hellmer fuhr zum Hotel. Er betrat die von Nadine gemietete Suite, ging auf sie zu, nahm sie wortlos in den Arm. Er legte seinen Kopf an ihre Schulter und schwieg einen Moment.

»Was ist los?« fragte sie und kraulte sein Haar.
»Der Fall ist gelöst. Wir haben den Mörder.«
»Und, wer ist es?«
»Du wirst es nicht glauben, aber es ist Doktor Dreekmann.«
»Der Anwalt meines Mannes?« fragte sie entsetzt und löste sich aus seiner Umarmung. »Dieser Mann hat all die Morde begangen?! Warum?«
»Das ist eine lange Geschichte, die ich dir einmal in Ruhe erzählen werde. Aber nicht jetzt. Es ist zuviel in den letzten Tagen passiert. Er selber hat, bevor wir ihn festnahmen, seine Frau getötet, und nach dem Verhör hat er sich selbst gerichtet. Er war ein armer Kerl.«
»Wonach ist dir jetzt? Etwas essen, spazierengehen, fernsehen?«
»Ich glaube, ich möchte ein Bad nehmen. Und danach einfach nur mit dir zusammensein. Wir lassen uns etwas zu essen aufs Zimmer bringen. Einverstanden?«
»Einverstanden«, sagte sie. »Ich lasse dir Wasser einlaufen. Ich hab übrigens heute morgen ein paar Besorgungen gemacht, hauptsächlich Sachen für dich gekauft, Unterwäsche, Socken, Hemden und noch so einiges mehr. Ich hoffe, es macht dir nichts aus, wenn ich das ohne deine Zustimmung getan habe?«
Er lächelte. »Ich vertraue deinem guten Geschmack.«
Nadine ging ins Bad, drehte den Wasserhahn auf, gab Badeschaum dazu. Als sie zurückkam, sagte sie: »Was würdest du davon halten, wenn wir uns ein Haus weit weg von hier nehmen würden? Italien, Frankreich, Spanien?«
»Laß uns nachher darüber reden, okay? Aber im Prinzip ist mir egal, wo wir wohnen, Hauptsache ist, wir sind zusammen.«
»Okay, nachher.«
Als das Badewasser eingelaufen war, fragte Hellmer: »Hast

du Lust, mit ins Wasser zu kommen? Die Wanne ist groß genug für uns beide.«
»Hast du etwas Bestimmtes vor?« fragte sie mit schelmischem Augenaufschlag.
»Vielleicht.«
»Dann komm ich mit. Ich habe zwar heute morgen erst geduscht, aber allein. Und zu zweit baden ist viel schöner.«
Sie badeten, und sie liebten sich. Sie ließen sich das Essen aufs Zimmer kommen, aßen bei Kerzenschein. Sie saßen lange Zeit auf der Couch, wo Nadine sich wie eine Katze an ihn kuschelte. Es war längst dunkel und die Kerze fast abgebrannt, als sie zu Bett gingen. Und es war weit nach Mitternacht, ehe sie einschliefen.

SAMSTAG, 19.30 UHR

Julia Durant hatte gebadet und gegessen und zwei Dosen Bier getrunken. Sie telefonierte mit ihrem Vater, berichtete ihm, was geschehen war. Als sie aufgelegt hatte, wählte sie die Nummer von Susanne Tomlin.
»Tomlin«, meldete sich Susanne.
»Hallo, hier ist Julia. Ich wollte mich einfach nur mal melden und hören, wie es dir geht.«
»Mensch, Julia! Das freut mich aber, daß du anrufst. Hast du meinen Brief erhalten?«
»Natürlich, aber ich hatte einfach noch keine Zeit, ihn zu beantworten ...«
»Ein schwerer Fall?« fragte Susanne Tomlin.
»Schwer ist überhaupt kein Ausdruck. Acht Morde in zwei Wochen. Du wirst sicherlich auch in Frankreich davon gehört haben.«

»Meinst du, die Sache mit Matthäus und ...?«
»Genau die. Aber die Morde waren nicht das eigentlich Schlimme, das Schlimme war, was hinter den Morden steckte. Es ist einfach furchtbar, zu was Menschen fähig sind.«
»Du meinst, der Mörder?«
»Nein, ich meine die, die er getötet hat. Aber laß uns von etwas anderem reden. Wie geht es dir? Sind deine Nachbarn immer noch so blasiert?«
»Es geht. Wenn man will, kann man mit jedem einigermaßen auskommen. Den Kindern macht die Schule Spaß, und mein Leben verläuft so, wie ich es mir immer gewünscht habe. Du weißt ja, ich liebe die Ruhe. Wann sehen wir uns?«
»Am fünfzehnten Juli. Aber am liebsten würde ich jetzt Urlaub nehmen und zu dir kommen. Aber es liegen wohl noch einige harte Tage, vielleicht sogar Wochen vor uns, bis wir alles aufgearbeitet haben. Aber ich komme. Und ich freue mich darauf. Ich habe meinen Urlaub schon im Februar eingereicht, vier Wochen am Stück. Ich will einfach mal die Seele baumeln lassen.«
»Das kannst du hier, versprochen. Ich habe übrigens vor, Anfang Juni für ein paar Tage nach Frankfurt zu kommen. Wir können uns dann sehen und vielleicht ein wenig die Stadt unsicher machen.«
»Da kannst du Gift drauf nehmen. Es war schön, mit dir zu plaudern. Wenn ich mir vorstelle, unter welchen Umständen wir uns kennengelernt haben ...«
»Es ist Vergangenheit. Für mich zählt nur noch das Jetzt. Ich brauche keinen Psychiater mehr, ich brauche mich vor niemandem mehr zu rechtfertigen, ich lebe einfach mein Leben.«
»Schön. Dann bis Anfang Juni. Meldest du dich vorher noch mal bei mir?«

»Klar doch. Und jetzt wünsche ich dir noch einen einigermaßen erholsamen Abend. Bis bald.«
Julia Durant legte auf und lächelte. Sie freute sich auf das Wiedersehen mit Susanne Tomlin, der einzigen echten Freundin, die sie hatte. Sie ging ins Schlafzimmer, machte ihren Schrank auf, holte frische Unterwäsche heraus und ein eng geschnittenes, kurzes, schwarzes Kleid. Sie beschloß, heute abend in eine Bar zu gehen, etwas zu trinken und vielleicht einen Mann kennenzulernen. Schier eine Ewigkeit war vergangen, seit sie das letzte Mal einen Mann gehabt hatte. Um neun Uhr verließ sie das Haus, fuhr Richtung Innenstadt, zu *ihrer* Bar. Sie lief die Treppe hinunter, sah sich um, fand, die Chancen, jemanden kennenzulernen, standen nicht schlecht. Sie setzte sich an den Tresen und bestellte eine Bloody Mary. Es dauerte eine halbe Stunde, bis ein junger, solariumgebräunter Mann sich neben sie setzte. Nach einer weiteren Viertelstunde sprach er sie an. Sie hatte gewußt, der Abend würde gut werden.

EPILOG

Von den einunddreißig Personen, die Dreekmann aufgeschrieben hatte, konnten siebenundzwanzig festgenommen werden. Vier hatten sich der Strafverfolgung entzogen, indem sie sich ins Ausland abgesetzt hatten. Gegen Hauptkommissar Schnell sowie vier weitere Beamte aus den Abteilungen Organisiertes Verbrechen und Rauschgift wurden Ermittlungsverfahren wegen Bestechlichkeit eingeleitet, ebenso gegen einige Zöllner. Gegen Schnell wurde außerdem wegen Beihilfe zum Mord ermittelt. Er wurde vorläufig vom Dienst suspendiert und in U-Haft gebracht.

Obgleich der Generalstaatsanwalt sein Bestes tat, damit nicht alle Details an die Öffentlichkeit gelangten, so beherrschte der Schlag gegen das organisierte Verbrechen doch wochenlang die Medien.

Hellmer und Nadine Neuhaus zogen doch nicht ins Ausland, sie kauften ein Haus im Vordertaunus. Trotz der Bitte von Nadine, seinen Beruf als Kriminalbeamter aufzugeben, konnte sich Hellmer nicht dazu durchringen. Nach anfänglichem Zögern gab sie nach und fügte sich seinem Wunsch. Einen Teil des von ihr geerbten Vermögens spendete Nadine Neuhaus Gesellschaften, die sich für mißbrauchte Kinder und Jugendliche und auch Frauen einsetzen. Im Juli teilte sie Frank Hellmer mit, daß sie schwanger sei, ein Geschenk, das er sich immer von ihr gewünscht hatte.

Berger besuchte jede Woche zweimal den Friedhof, legte frische Blumen auf das Grab, in dem seine Frau und sein Sohn lagen. Er lebte allein in dem großen Haus, und obgleich er müde war und am liebsten seine frühzeitige Pensionierung eingereicht hätte, fand er nicht den Mut dazu, hätte es doch bedeutet, daß er noch öfter allein in dem großen Haus war. Er aß und trank immer noch zuviel, aber es machte ihm nichts aus, es gab niemanden, den es kümmerte.

Julia Durant und ihre Kollegen hatten wochenlang alle Hände voll zu tun, die Akten aufzuarbeiten. Am fünfzehnten Juli fuhr sie nach Südfrankreich zu Susanne Tomlin, wo sie hoffte, innerlich wieder ruhig zu werden. Sie freute sich auf die Spaziergänge am Meer entlang, auf das Rauschen der Wellen, die Sonne, auf die Gespräche mit ihrer Freundin. Vier Wochen, in denen sie mit der Jagd nach Verbrechern nichts zu tun haben wollte. Als sie das Flugzeug bestieg und Frankfurt immer kleiner unter ihr wurde, atmete sie tief durch, schloß die Augen und lächelte.